New Orleans, die turbulente Metropole des Blues und des berühmten »Southern way of life«, ist der Schauplatz eines packenden Krimis: Während der großen Fastnachtsparade wird der Prinz Karneval, ein stadtbekannter Banker, von einer maskierten Person erschossen.

Skip Langdon, eine junge Polizistin im Einsatz, hat den Vorfall beobachtet. Wegen ihrer persönlichen Verbindungen zur Familie des Mordopfers Chauncey St. Amant wird sie vom Polizeipräsidenten dem Morddezernat zugeteilt: Sie soll an der Aufklärung dieses aufsehenerregenden Falles mitwirken.

Skip nimmt den Auftrag mit sehr gemischten Gefühlen an. Sie kennt die Familie St. Amant seit ihrer Kinderzeit. Chaunceys Tochter Marcelle ist mit ihr zusammen zur Schule gegangen. Aber Skip weiß, daß ihre Kollegen sie genau aus diesem Grunde ablehnen, und sie weiß auch, daß sie für die St. Amants ebenfalls eine Außenseiterin ist. Um so entschiedener versucht sie, beiden Seiten zu beweisen, daß es ihr gelingt, den geheimnisvollen Täter zu entlarven ...

Julie Smith wurde 1944 geboren. Sie hat als Reporterin in New Orleans und San Francisco gearbeitet und lebt heute als freie Autorin in Oakland / Kalifornien. Sie hat zahlreiche Kriminalromane veröffentlicht und 1991 für ihren ersten Skip-Langdon-Krimi, ›Blues in New Orleans‹, den Edgar-Allan-Poe-Preis erhalten.

Weitere lieferbare Titel im Fischer Taschenbuch Verlag: ›Ein Solo für den Sensenmann‹ (Bd. 11615), ›New Orleans Beat‹ (Bd. 15057), ›Eine ehrenwerte Familie‹ (Bd. 15058), ›Stumm wie ein Fisch‹ (Bd. 11720).

Unsere Adresse im Internet: www. fischer-tb.de

Für Ann –

ein Zug durch die alte Gemeinde

Tausend Dank an Lieutenant Linda Buczek vom
New Orleans Police Department und an Betsy Petersen,
die mir beide mit zahlreichen Details geholfen haben.
Auch Tom Petersen, Diane Angelico, Chris Wiltz,
Betty Pearson, Sheila Bosworth und William Barlow
danke ich für ihren Beitrag zum Lokalkolorit,
ebenso einem geheimnisvollen Detektiv,
dessen Name nicht genannt werden darf.
Außerdem haben mich Dr. Patty Barnwell,
Dr. Robert Harbaugh, Bob Celcia und Philip Shelton
großzügig mit fachkundigem Rat unterstützt.
Herzlichen Dank ihnen allen,
und einen besonderen Dank meinen Agentinnen,
Vicky Bijur und Charlotte Sheedy.

Vorwort

Karneval in New Orleans ist eine Saison für sich. Sie währt dreißig bis sechzig Tage und verschlingt buchstäblich die Zelebranten, die ihrerseits Ozeane berauschender Getränke konsumieren. Diese oppulenten jährlichen Festlichkeiten haben ihre Wurzeln, wie fast alle exzessiven Ausschweifungen dieser Art, in heidnischen Fruchtbarkeitsriten.

Um die Erde zu reinigen, bemalten sich die Priester im früheren Arkadien ihre Körper, die Hirten zogen sich nackt aus, und erstere jagten letztere durch die Gegend und geißelten sie dabei fröhlich mit Peitschen aus Ziegenhaut. Im Vergleich mit dem römischen Bacchusfest, das daraus hervorging, war das allerdings noch gar nichts. Selbstverständlich trachtete die Kirche danach, das ungezügelte Treiben zu beenden. Ebenso selbstverständlich scheiterte sie. Diese frühen vergeblichen Bemühungen führten lediglich zu solchen Possen wie dem mittelalterlichen Narrenfest, zu dem eine Narrenmesse mit blasphemischen Darstellungen kirchlicher Würdenträger gehörte.

Schließlich veranstalteten die Bischöfe mit dem Kompromißgeist, der ihnen schon häufiger die Haut gerettet hat, ihr eigenes Fest und verwandelten die heidnische Orgie säuberlich in eine christliche. Zuerst hieß es »carne vale« oder »Abschied vom Fleischgenuß«, weil darauf die vierzig fleischlosen Fasten- und Bußtage vor Ostern folgten. Aber um so ein Wort auszusprechen, muß man nüchtern sein, also wurde daraus einfach »Karneval«.

Der mittelalterliche Brauch, Paraden, Maskeraden und Gelage zur Feier des Karnevals abzuhalten, ist in einigen aufsässigen Städten bis heute überliefert – namentlich in New Orleans, Rio de Janeiro, Nizza und Köln. Hier in der Gegend brachten die beiden Herren, die Louisiana ursprünglich für Frankreich beanspruchten (Iberville und Bienville), die Dinge ins Rollen, als sie in einer Februarnacht gegen Ende des siebzehnten Jahrhunderts an einem kleinen Flußarm lagerten. Heimweh überkam sie, und sie erinnerten sich daran, daß sich auf den Straßen in Frankreich jetzt die Zecher drängten. Sie nannten den Seitenarm Bayou Mardi Gras, »fetter Dienstag«, die letzte Möglichkeit für ein Gelage, bevor am Aschermittwoch die Fastenzeit beginnt.

Die Siedler der Kolonie erinnerten sich ebenfalls an die alten Bräuche und wollten fern der Heimat nicht darauf verzichten. Sie trieben es sogar noch ein bißchen wilder, denn in den meisten Städten dauert der Karneval nur eine Woche. In New Orleans beginnt die Saison aber am sechsten Januar, und die Lustbarkeiten ziehen sich über Wochen hin, bis zum Höhepunkt am Mardi Gras.

Von Zeit zu Zeit wurde der Mardi Gras von dem einen oder anderen früheren Gouverneur wegen gefährlichen Rowdytums abgeschafft. Aber die Feiern lebten immer wieder auf, und jedesmal brutaler. 1857 glaubte man, das Fest werde wegen der hohen Kriminalität eines natürlichen Todes sterben. In Wahrheit wurden jedoch am Fastnachtsdienstag jenes Jahres jene Lustbarkeiten begründet, die wir heute kennen. Zum ersten Mal fand die Parade der Krewe Comus statt. Möglicherweise war dies das wichtigste Einzelereignis in der Sozialgeschichte der Stadt.

Etwas vereinfacht ist Comus die elitärste und wichtigste der Krewes, der Karnevalsorganisationen, von denen es inzwischen wahrscheinlich Hunderte gibt. Heutzutage gibt es Frauenkrewes wie Venus und Iris, Schwarzenkrewes wie Zulu, Schwulenkrewes, Krewes der schwarzen Schwulen, Krewes der Vorstadtzahnärzte, Krewes, die über Krewes herziehen, Krewes jeder politischen Richtung und Krewes jeder Gesellschaftsschicht. Die wichtigen Krewes aber sind geschlossene Gesellschaften, die sich aus den männlichen Mitgliedern der Crème de la crème zusammensetzen. Um aufgenommen zu werden, muß ein Anwärter unter Umständen warten, bis jemand stirbt. Dann muß natürlich noch die Wahl auf ihn fallen, und er muß es sich leisten können, einen erheblichen Beitrag zu den Kosten des jährlichen Balls und der Parade beizusteuern.

Denn die Existenzberechtigung der Krewes besteht darin, an Karneval einen Ball und eine Parade zu veranstalten. Das mag vielleicht exzentrisch anmuten, aber die Krewes existieren wirklich aus keinem anderen Grund. (Die Mitglieder von Comus beherrschen allerdings auch den Boston Club und damit die Stadt, obwohl sie theoretisch der Öffentlichkeit nicht bekannt sind.)

Rex, die zweitwichtigste Krewe, gehört zu einer anderen Gattung als Comus. Die Namen ihrer Mitglieder sind nicht geheim, und sie sind eher bürgerlich orientiert als gesellschaftlich. Sogar ein Neuling in New Orleans hat Chancen, in diese Krewe aufgenommen zu werden, wenn er den richtigen Job hat, die richtigen Leute kennt und zum Wohle der Stadt hart arbeitet. Trotz dieser scheinbar bescheidenen Position, im Vergleich mit den erlesenen Kreisen von Comus, Momus und Proteus, ist der eigentliche Rex, der bürgerliche Führer, der jedes Jahr zum König der Krewe gewählt wird, auch gleichzeitig König des Karnevals. (In den meisten Fällen ist er gleichzeitig Mitglied von Comus.)

Zum Rex gekrönt zu werden ist der begehrteste Ehrentitel von New Orleans. Man sagt, daß ein Ex-Rex dazu neigt, sich von seinem königlichen Status mitreißen zu lassen. Einer ließ sich mal kleine Kronen in sein Briefpapier prägen und ging damit in die Geschichte ein. Andere ruhen sich einfach im Rex-Separé bei Antoine auf ihren Lorbeeren aus, essen, trinken und schwelgen in Erinnerungen.

Die Idee, einen Rex zu küren, wurde im Jahre 1872 geboren, bei der prunkvollsten Fastnacht aller Zeiten. In diesem Jahr verwandte die Stadt all ihre Energien darauf, einen Romanoff bei seinem Besuch zu beeindrucken; er hatte mit seiner glanzvollen Erscheinung in New York beinahe Straßenschlachten verursacht und die Straßen mit ohnmächtigen Frauen übersät zurückgelassen. Das Lieblingslied des großen Fürsten, ›If Ever I Cease to Love‹, wurde zur Erkennungsmelodie des Mardi Gras, Mardi Gras wurde zum gesetzlichen Feiertag erklärt, und man kürte einen König, alles in einem einzigen Jahr.

Der erste Rex, Louis Salomon, trug einen mit Bergkristallen eingefaßten Purpurmantel aus Samt und saß nicht auf einem Festwagen, sondern auf einem Pferd. Obwohl Salomon Jude

9

war, kann ein Jude heute nicht mehr Rex werden. Diese Diskriminierung rührt daher, daß der Herrscher der Heiterkeit inzwischen Mitglied des Boston Clubs sein muß und der Boston Club weder Juden noch Frauen, noch Schwarze oder andere Personen zuläßt, deren Abstammungslinie nicht von leuchtend blauem Blut ist. Ursprünglich bestand der Club aus einer Gruppe von Männern, die ein Kartenspiel namens Boston spielten. Der Club wurde größer und exklusiver, bis er sich zum Machtzentrum der Stadt entwickelt hatte – einmütig und unwiderruflich verpflichtet zur Erhaltung des Status quo.

Nicht nur Rex, sondern jede Krewe hat ihren König, dessen Name in den vornehmeren geheimgehalten wird. Jeder König hat auch einen Hofstaat aus jungen heiratsfähigen Damen – Debütantinnen der Saison und fast ausschließlich Töchter von Mitgliedern. Von Geheimhaltung kann hier keine Rede sein, die Namen und Gesichter der Königinnen und Hofdamen werden der Öffentlichkeit vorgestellt, da sonst außer der Ehre wenig an dem Posten dran wäre.

Die wichtigste Party am Mardi Gras (abends stehen Comus- und Rex-Bälle auf dem Programm) findet natürlich im Boston Club statt. Der Club liegt an der Canal Street, die zur Paraderoute gehört. Von einem in Purpur, Grün und Gold, den Farben des Karnevals, dekorierten Balkon aus beobachtet die Karnevalskönigin mit diversen anderen Würdenträgern (einschließlich der beinahe vergessenen Ehefrau des Rex) den vorbeiziehenden König Karneval. Aus der dicht gedrängten, tobenden Menschenmenge auf der Straße prostet der König seiner Königin zu.

Man könnte auf die Idee kommen, daß es sich hier um ein Ereignis von größter Langeweile handelt, aber die einfallsreichen Bürger von New Orleans, der ›City That Care Forgot‹ haben reichlich Erfahrung in der Kunst der Zerstreuung.

Der Boston Club

1

Bitty würde man stützen müssen, und weiß der Himmel, was Henry anstellte. Wenn sie selbst auch noch auf die Nase fiel, hatten drei Leute von dreien total versagt. Wenigstens sie sollte auf den Beinen bleiben. Außer ihr war Chauncey sowieso allen scheißegal. Vielleicht Tolliver nicht, aber er gehörte nicht zu den St. Amants.

Wie viele Drinks waren zuviel? Drei hatte sie intus, vielleicht vier, und es war noch vor elf. Es würde noch eine knappe Stunde dauern – fast bis Mittag –, bis die Parade vorbeikam und anhielt, damit ihr Vater seiner jugendlichen Königin zuprosten konnte. Sie mußte langsamer machen – schließlich war sie nicht die Trinkerin in der Familie. Aber es war Karneval. Wer würde überhaupt etwas merken?

Wahrscheinlich alle. Weil heute aller Augen auf den St. Amants lagen. In anderthalb Stunden würde die Hälfte der Bevölkerung zum Balkon hochstarren, auf Rex' reizende Familie, die ihrem Patriarchen zuwinkte und wahrscheinlich wie ein Haufen Flüchtlinge aus den fünfziger Jahren aussah – bis zu den Frisuren und den Kleidern. Alle drei im Kostüm oder Anzug – Sohn Henry, Ehefrau Bitty und Tochter Marcelle. Ehefrau und Töchter des Rex trugen immer ein Kostüm, und die Königin war immer eine Debütantin und Tochter einer wichtigen Persönlichkeit. Dieses Jahr war es Brooke Youngblood, Mitglied von Kappa an der Louisiana State University – auch sie im Kostüm.

Marcelle fragte sich, ob man eine Frau im Kleid oder in Hosen überhaupt auf den Balkon lassen würde. Aber diese Frage stellte sich gar nicht erst. Man ging auch nicht im kleinen Schwarzen zu seinem ersten Ball.

Marcelle trug ein Kostüm mit schwarz-rosa Hahnentrittmuster, einen knielangen Rock mit kurzer, enger Jacke. Falls sie es jemals wieder anzog, würde sie den Rock vorher um mindestens fünf Zentimeter kürzen. Brooke Youngblood hatte einen Rock mit Kellerfalten an und trug eine Pagenfrisur.

Weil Marcelle schon Ende zwanzig war, blieb ihr der Pagenschnitt erspart, aber sie hatte ihr kurzes schwarzes Haar glattkämmen müssen. Heute hatte sie weder Gel noch Schaum, noch Farbspülung verwendet. Sie sah wie Papis braves kleines Mädchen aus, auch wenn sie es nicht war, was jeder wußte.

Nicht daß es irgend jemanden interessiert hätte. Ihre Mutter jedenfalls nicht. Was Bitty interessierte, mußte bernsteinfarben und flüssig sein. Und Henry, der war eine noch größere Schlampe als Marcelle. Aber Chauncey wäre überhaupt nicht aufgefallen, daß seine Tochter erwachsen war, wenn sie nicht bereits einen vierjährigen Sohn hätte. Er würde ihr noch immer das Haar zerzausen und Himbeereis kaufen. Als sie klein war, ging er mit ihr spazieren und kaufte ihr Eiswaffeln. Das war so ziemlich die einzige angenehme Erinnerung an ihre Kindheit.

Marcelles Glas war immer noch halbvoll. Chaunceys wegen, dachte sie. Chaunceys wegen konnte sie sich noch eine ganze Stunde an ihrem Drink festhalten. Es war merkwürdig still hier. Ein gleichmäßiger Stimmenpegel und das leise Klingen der Gläser waren die einzigen Geräusche. Man merkte kaum etwas vom Mardi Gras, und in gewisser Weise fand er hier ja auch gar nicht statt. Die Party im Boston Club hatte so lächerlich wenig mit all dem zu tun, was sonst an diesem Tag in der Stadt los war. Kein Mensch war kostümiert – wenn man von den beiden Frauen aus Mississippi im Clownskostüm absah. Die hatte jemand mitgebracht.

Und niemand randalierte, niemand benahm sich daneben oder sah auch nur betrunken aus, obwohl Marcelle annahm, daß mindestens fünfzig Prozent der Gäste mit einem Alkoholpegel angekommen waren, der weit über der Promillegrenze für Autofahrer lag. Das waren die Leute, die sich auch alkoholisiert unter Kontrolle hatten und so taten, als ob ihre Leber unverwüstlich wäre. Ihr Großvater zum Beispiel. Sie hatte ihn in ihrem ganzen Leben noch nie betrunken gesehen, obwohl er immer ein Glas in der Hand hielt und alle seine Küsse nach

Bourbon schmeckten. Der alte Knabe hatte in den letzten vierzig Jahren ganz ordentlich abgekippt. Was seinem sicheren Auftreten anscheinend nichts anhaben konnte – die alten Trottel, die sich regelmäßig in diesen dunkel getäfelten Räumen zusoffen, hatte er Zeit seines Lebens in den Schatten gestellt. Wie schade, daß Bitty seine Fähigkeit nicht geerbt hatte, im sturzbesoffenen Zustand aufrecht stehenzubleiben.

Marcelle fragte sich, wo ihr Großvater war, und hoffte, daß er ihr nicht über den Weg lief. Aber er lief sowieso nicht mehr viel. Wahrscheinlich hatte er einen ledernen Ohrensessel gefunden und saß da im Kreise seiner Speichellecker. Das Abbild einer Kröte auf einem Blatt – Wanst und Brustkorb riesig, winzige Beine, großer, häßlich fleckiger Kopf und scharfe, gefährliche kleine Augen. Kein Wunder, daß Bitty jemanden geheiratet hatte, der so anders war, so elegant und zuvorkommend.

Ach, Chauncey, hoffentlich machen dir Henry und Bitty nicht alles kaputt. Oder ich, wer weiß. Das ist absolut drin. Aber was soll man hier machen, außer trinken? Hier ist es so öde.

Geschlagen schlenderte Marcelle zur Bar und holte sich ihren vierten Drink an diesem Morgen. (Vielleicht war es auch ihr fünfter.) Eigentlich, fiel ihr auf, war der Raum hübsch – überhaupt nicht öde. Fast wie ein Wintergarten. Ansonsten sah der Club so aus, wie sie sich einen Herrenclub in der St. James Street in London vorstellte – dunkles Holz, Ledersessel, Orientteppiche. Stattlich. Elegant. Im Moment mit lauter Forsythien und hübschen Frühlingsblumen dekoriert. Der Boston Club war für seine kunstvollen Blumenarrangements am Mardi Gras berühmt. Marcelle mußte fast lächeln.

Im Venus Club und bei Endymion trugen die Damen (880 an der Zahl) fremdländischen Federschmuck auf dem Kopf, aber den Mardi-Gras-Indianern mit ihrem Federschmuck konnten sie nicht das Wasser reichen. Und die Indianer wurden ihrerseits von den Transvestiten weit übertroffen. Doch wenn man sich beim Boston Club richtig ins Zeug legte, ließ man ein paar Blumen kommen.

Marcelle sah sich um und fragte sich, warum sie die Atmo-

13

sphäre so öde fand. Vielleicht lag es wirklich an den Kleidern. Die Männer trugen alle dunkle Anzüge – nur das Empfangskomitée war im Cut. Die Kostüme und Seidenkleider der Frauen sahen aus, als hätten sie ebensoviel wie Marcelles Auto gekostet, und waren von ausgesucht tadellosem Geschmack. Marcelle allerdings fand sie fade – kein Rocksaum endete wesentlich über oder unterhalb des Knies.

In diesen dunklen, dumpfen Räumen fühlte man sich wie auf einem Mittelstreifen in der Stadt. Auf neutralem Boden. So nannte man in New Orleans die Mittelstreifen, die die Straßen teilten. Der Satz schien plötzlich zu beschreiben, was an der ganzen Sache faul war – jeder versuchte, neutral zu bleiben. Man mußte neutral aussehen, sich neutral benehmen, ein gelangweiltes Gesicht machen – während die ganze Familie zusammenbrach, obwohl der Vater Karnevalskönig war. Plötzlich fand sie es komisch. Der Drink begann zu wirken.

»So ist es schon besser.« Das war Jo Jo Lawrence, strohblondes Haar und Schultern wie ein Footballspieler. Er rempelte sie leicht an und schüttete dabei Weißwein über ihre rosa Seidenbluse. »O Gott, das tut mir leid.« Er betupfte sie mit einem Papiertaschentuch und berührte dabei sanft ihre Brust.

»Ist schon gut.« Marcelle strich sich selbst über die Bluse. »Ist nur Weißwein. Wird kaum zu sehen sein, wenn es trocken ist.« Sie sah zu ihm auf. »Wie *ist es schon besser?*«

»Mit dem kleinen Lächeln. Ich habe dich beobachtet. Warum so traurig am Mardi Gras? Und ausgerechnet *diesmal?*«

»Kümmere dich um deinen eigenen Kram, Jo Jo!«

»Ich habe gehört, daß deine Scheidung durch ist.«

Marcelle antwortete nichts. Manchmal wünschte sie sich, sie hätte Jo Jo geheiratet. Nach Lionels Wutausbrüchen, wenn er getrunken hatte, fand sie Jo Jo mit seiner nichtssagenden Liebenswürdigkeit wesentlich anziehender als damals auf der High School. Sie konnte sich ohnehin nicht erinnern, warum sie Lionel geheiratet hatte. Oder warum sie Jo Jo nicht geheiratet hatte. Wahrscheinlich hatte er sie nicht gefragt. Sie waren sowieso zu jung gewesen. Aber er war der erste, mit dem

14

sie ins Bett gegangen war – bloß war es kein Bett gewesen, sondern das Seeufer.

»Wie wär's mit einem Kuß für Jo Jo? Auf die alten Zeiten?«

Warum nicht? Er war so ziemlich der einzige Mann in der Stadt, den sie in den letzten sechs Monaten nicht geküßt hatte. Warum nicht Jo Jo? Sie hob ihm ihr Gesicht entgegen.

Er küßte sie zart, liebevoll. Dann nahm er sie in die Arme und küßte sie richtig. Mitten im Boston Club, vor allen Leuten. Aber wer achtete schon darauf? Sie hätte sich gewundert, wenn es jemand bemerkt hätte. Einen kleinen Kuß doch nicht. Jeder küßte jeden an Karneval. Niemand würde sich erinnern, wen er selbst geküßt hatte, und noch viel weniger, wer wen geküßt hatte. Es konnte passieren, daß man am Aschermittwoch in der Kirche neben jemandem saß, mit dem man Gott weiß was getrieben hatte, ohne sich auch nur dunkel daran zu erinnern.

Jo Jos Körper fühlte sich überraschenderweise angenehm vertraut an. Vertraut und trotzdem verboten. Jo Jo war inzwischen verheiratet. Aber alle anderen waren auch verheiratet, und das schien sonst niemanden zu stören. Sogar ihren eigenen Vater nicht. Marcelle hatte es auch nie gestört.

Es muß zwei Wochen her sein, seit ich mit einem Mann geschlafen habe – eigentlich ein Rekord für mich.

Jo Jo preßte seinen schweren Körper gegen sie und schob sie nach hinten auf die Wand, auf die nächste Tür zu, sein Atem verströmte den Duft von Bloody Marys. Ich brenne, dachte sie. Ich verbrenne. Ihre Kostümjacke klebte, die Korsage erdrückte sie.

Das kann ich nicht machen, das ist verrückt.

Aber in letzter Zeit schien sie sich nicht besonders in der Gewalt zu haben. Ach, zum Teufel. Sie wollte sowieso nicht in diesem scheußlichen Getümmel bleiben, mit ihrer Mutter und Henry und diesem Fossil von einem Großvater. Sie ekelten sie an.

Warum sollte sie nicht mit Jo Jo vögeln, wenn sie wollte? Alles, was sie heute tat, tat sie für ihren Vater. Warum sollte sie nicht dieses eine Mal etwas für sich selbst tun? Zeit war noch

15

genug bis zu dem glorreichen Auftritt der St. Amants. (Reichlich Zeit, falls sich Jo Jo nicht geändert hatte.) Es würde ein sehr langer Tag werden. Sie würde in den nächsten Stunden alle Hände voll zu tun haben. Warum sollte sie nicht erst die günstige Gelegenheit wahrnehmen? Sie fragte sich, ob Jo Jo einen Gummi dabeihatte, wie damals, in der High School.

2

Henry war stocknüchtern. So nüchtern, daß er lieber tot gewesen wäre. Andererseits war er bis obenhin zugekokst. Mußte er sein, bei der bevorstehenden Feuerprobe. Aber er fühlte sich so elend, als ob er literweise Martinis getrunken hätte.

»*Henry, alter Knabe, weißt du, was ein Zehner ist?*«

»*Ein Zehner?*«

»*Wie in ›Zehn – Die Traumfrau‹.*«

»*Ach so, aus dem Film! Weiß ich nicht.*«

»*Vier Fuß groß, Plattkopf mit 'nem Sechserpack drauf und keine Zähne.*«

Noch ein paar von der Sorte, und er würde ausflippen. Zu viel von dem tiefsinnigen Gequatsche mit diesen Oberschichttrotteln, und er würde sie einfach mit den Köpfen aneinanderknallen, statt bloß umzufallen. Umfallen war sowieso eher Bittys Stil. Und Marcelles, wenn sie sich aus dem Staub machen wollte. Passiver Widerstand. Bei dem Gedanken mußte er beinahe lachen. Genaugenommen war er von ihnen dreien der passivste gewesen, keiner hatte sich so… nein, das war nicht richtig. Bitty schon. Er wünschte, er könnte ihr wieder zurückgeben, was Chauncey ihr genommen hatte.

Ach Bitty, Bitty, Bitty, bist du in Ordnung? Wirst du das hier überstehen?

Wo war sie eigentlich?

Ihretwegen hatte er einen Anzug und eine Krawatte angezogen, sogar eine normale Krawatte, nichts Extravagantes, nichts Auffallendes. Und wie gerne hätte er etwas Aufregendes angezogen. So daß seinem Vater vor Schreck die Hosen runterge-

16

rutscht wären, und all diesen Sportskanonen auch, die jetzt als Banker, Rechtsanwälte und Ärzte Karriere machten.

Glücklicherweise waren nicht allzu viele junge Leute da. Henry wäre selbst wahrscheinlich auch nicht gekommen, wenn sein Großvater nicht wäre. Sogar der Status seines Vaters als König für einen Tag hätte ihm keinen Zutritt verschaffen können – männliche Nichtmitglieder waren im Boston Club nicht gern gesehen. Aber mit Haygood Mayhew diskutierte man einfach nicht, man unterwarf sich und tat so, als ob man sich geehrt fühlte. Selbst den vereinigten Mitgliedern des Boston, Pickwick, Bienville und Louisiana Clubs wäre es nicht gelungen, Henry von irgendeinem Ort fernzuhalten, wenn sein Großvater ihn dort zu sehen wünschte.

Um so schlimmer für Henry. Er hätte alles dafür gegeben, um an diesem Tag irgendwo anders auf der Welt zu sein. Aber um Bittys willen war er hier.

Doch es sah so aus, als gehe es Bitty ausgezeichnet. Sie hatte bisher keinen einzigen Schluck getrunken. Warum sie sich aus dieser Farce irgend etwas machte, wußte er nicht, aber sie hatte sich zusammengerissen und durchgehalten, wie die Heldin in einem englischen Roman aus dem neunzehnten Jahrhundert. Chauncey hatte das nicht verdient, aber vielleicht war es ein neuer Anfang für sie – vielleicht würde es sich am Ende doch lohnen.

Wenn er sich bloß von diesem Haufen Arschlöcher loseisen könnte – den unglaublich öden und dämlichen Begleitern der Hofdamen. Er sah sich um, auf der Suche nach der einzigen Person außer seiner Mutter, die er liebte. Wo zum Teufel war Tolliver, wenn er ihn brauchte? *Nur mit Tolliver kann man das Leben tolerieren.* Diesen Spruch hatte Tolliver ihm beigebracht, als er knapp sechzig Zentimeter groß war. Wenn er seine Eltern nicht mehr ertragen konnte, hatte Tolliver ihn hochgenommen, ihn umarmt und geküßt und ihm das Gefühl gegeben, einen richtigen Vater zu haben, nicht bloß Chauncey.

Und Henry hatte sich sicher und geliebt gefühlt. Tolliver war groß, aber schmächtig – nicht annähernd so stattlich wie Chauncey, und doch kräftig genug, um sich wie ein Vater anzufühlen. Henry glaubte auch immer, er sähe Tolliver ähnlich – in seiner Vorstellung waren Chauncey und Marcelle immer die dunklen, er selbst und Bitty und Tolliver die blonden, die *wirkliche* Familie.

Er hatte sogar seine Mutter gefragt, ob nicht vielleicht Tolliver sein Vater sei. Sie hatte gelacht und auf all die kleinen Ähnlichkeiten mit Chauncey hingewiesen – das runde Gesicht, das starke, eckige Kinn, die braunen Augen – im Gegensatz zu Tollivers länglichen, eleganten, beinahe traurigen Gesichtszügen mit den wässrigen, glanzlosen blauen Augen. Es war grausam, hatte Henry damals gedacht. Er wollte so gern glauben, daß Tolliver sein Vater war.

Das Leben läßt sich nur mit Tolliver tolerieren. Es war noch nicht lange her, daß er erkannt hatte, wieviel Wahrheit in diesem kindlichen Unsinn steckte.

Einer der Idioten von der High School gesellte sich zu der Gruppe junger Männer. »Henry! Der Mann der Stunde. Wie läuft's denn, Kumpel?«

»Und wie läuft's bei dir, Jack? Ich hab gehört, du gehst mit einer Charmer*.«

»Ich vernasch jedes appetitliche Häschen, Mann. Sag mal, wie geht's dir denn sonst so? Arbeitest du immer noch bei Brennan?«

»Hilft mir bei meiner Hauptbeschäftigung.«

»Ich hab schon gehört, daß du ziemlich guten Shit verteilst.«

»Ich meinte die Schauspielerei.«

»Hä?« Jack machte ein verständnisloses Gesicht. »Ach ja, das hatte ich vergessen.«

»Ist nicht so einträglich wie Schiffahrtsrecht, fürchte ich.«

»Sag mal, trittst du zur Zeit irgendwo auf? Vielleicht komme ich mit Doreen. Ich könnte sie überreden, 'ne Freundin mitzubringen, wir gehen hinterher aus, trinken was – und du kannst dein Yat 'n bißchen aufmöbeln.«

»Yat ist in ›Maß für Maß‹ nicht sehr gefragt.«

---

* Erläuterungen zu Begriffen aus dem Slang von New Orleans finden sich im Anhang; (Seite 409 f.); Anm. d. Übers.

»Maß für…‹? Ach ja – da spielst du ja mit. He, Shakespeare ist nicht alles – vielleicht schreibt irgendwann einer 'n Yat-Stück. ›Die Verschwörung der Idioten‹. Genau! Und du spielst den Ignaz.« Jack grinste, offensichtlich hocherfreut über seine literarische Anspielung.

»Klar, Jack, bring Doreen mit. Würd mich freuen, sie kennenzulernen.«

Jack würde Doreen nicht mitbringen. Henry bezweifelte, daß er sie jemals irgendwohin mitnahm, außer in ihre Eckkneipe, zwecks Lockerung. Und Jack würde sich auch keine kleine Theaterproduktion von ›Maß für Maß‹ ansehen. Verflucht, Jack würde nicht einmal in Stratford-upon-Avon ins Theater gehen. Im Gegensatz zu Henrys Vater. Chauncey rannte andauernd ins Theater – solange Henry mit der Produktion nichts zu tun hatte.

»He, Mann, hast du noch was von dem Koks?«

»Ich hab's alles weggegeben. Tut mir leid.«

Jack zuckte mit den Schultern. »Mir auch, Mann. Weißt du, du solltest es mal mit 'ner Charmer probieren – prima im Bett, kostet nicht viel, hat keine Nervenkrisen.«

»Entschuldige mich bitte. Ich muß mich nach meiner Mutter umsehen.«

Verdammt. Warum hatte er das gesagt? Es klang, als ob er meinte, er müsse sich um sie kümmern und aufpassen, daß sie sich nicht zu sehr besoff und auf dem Aussichtsbalkon auf den Arsch fiel. Er fing an durchzudrehen. Er brauchte frische Luft. Länger hielt er es hier nicht aus. Selbst Bittys wegen nicht. Er mußte sich für die bevorstehenden endlosen Stunden wappnen.

3

»Bitty!«

Sie drehte sich nicht um, wahrscheinlich hatte sie nichts gehört.

Tolliver gab auf und ging nach oben zur Männertoilette. Er machte ein Papierhandtuch naß, wrang es aus und hielt es sich gegen die Stirn.

»Tolliver, geht's dir nicht gut?«

Er hörte sich selbst nach Luft schnappen – ein lautes »Aaah!«, fast ein Schrei. Das Papierhandtuch fiel ihm aus der Hand, im Spiegel sah er sein verängstigtes Gesicht. Das war absurd, lächerlich. Er drehte sich um. Der Mann, der hinter ihm hergeschlichen war, war einer seiner Kunden, ein Mann namens Billy Ambrose.

»Du hast mich erschreckt.«

»Tut mir leid.« Billy grinste ihn belustigt an. »Ich wußte gar nicht, daß ich so beeindruckend bin. Geht's dir nicht gut? Kopfschmerzen?«

Tolliver versuchte zu lächeln, hatte aber den Verdacht, daß es eher wie eine Grimasse aussah. Mit einer Handbewegung bedeutete er Billy, zu den Kabinen weiterzugehen. »Alles in Ordnung«, flüsterte er und wußte, daß Billy ihn nicht verstehen konnte. Er hatte seine Tabletten zu Hause vergessen. Verdammter Mist. Ausgerechnet heute hatte er sie vergessen. Die Sorge um Bitty zerrte an seinen Nerven – schlimmer als erwartet, obwohl er damit gerechnet hatte, daß es ein schwieriger Tag werden würde. Er hatte nach ihr gerufen, weil er sah, wie sie stolperte. Er hätte es wissen müssen. Vorher hatte sie sich wunderbar gehalten, aber wieviel konnte man von einem schwachen menschlichen Wesen verlangen? Von einer sehr schwachen, unglücklichen Alkoholikerin, die seit mindestens zwanzig Jahren so gut wie nie nüchtern war. Von Zeit zu Zeit zog sie jedoch einen Schlußstrich, und es ging ihr eine Weile gut.

Zweifellos gönnte sie damit ihrer Leber eine Pause, aber lange hielt sie niemals durch. Jahrelang hatte ihre Familie versucht, sie zu überreden, den Anonymen Alkoholikern beizutreten, ohne Erfolg. Bitty hatte Angst, mit dem Trinken aufzuhören. Das Leben bereitete ihr ohne den süßen Nebel des Alkohols keine Freude mehr. Ohne ihn wollte sie nicht mehr leben. Und so hielt der Alkohol sie mehr oder weniger am Leben, worüber sie alle froh sein sollten. Aber in letzter Zeit, in den letzten Wochen, hatte es so ausgesehen, als gehe es ihr schlimmer denn je. Oder war das nur Einbildung?

Wahrscheinlich nicht. Der heutige Tag hatte sie wahrscheinlich beunruhigt. Er mußte zu ihr gehen… ihr helfen, den Tag durchzustehen. Er wußte, daß sie nüchtern bleiben wollte, und dabei brauchte sie reichlich Unterstützung.

Aber mit diesem quälenden Kopfschmerz, mit dieser Unruhe war er nutzlos. Er mußte hier raus. Er war müde, fühlte sich benebelt, verbraucht.

Schwankend, obwohl es ihm kaum bewußt wurde, bahnte sich Tolliver seinen Weg zur Straße. O Gott, er haßte den Karneval! Er haßte die Masken, und er haßte die Kostüme, und er haßte die Sauferei und den Lärm und die gezwungene, verzweifelte Fröhlichkeit und den Druck und die Massen und die abscheuliche, haltlose Gewöhnlichkeit der Veranstaltung. Es gab noch etwas, was er genausosehr haßte – oder noch jemanden. Was war es nur? Der Haß war ihm vertraut, aber er konnte im Moment nicht sagen, was es war.

Was hatte er sich dabei gedacht, nach draußen zu gehen? Die Menge stand so dichtgedrängt, daß man keinen Schritt vorwärtskam. Aber er mußte durchkommen. Er mußte nach Hause und seine Tabletten holen, und da war noch etwas, was er tun mußte… es hatte irgendwas mit Bitty zu tun.

Genau. Jetzt erinnerte er sich. Er mußte seinen Wagen holen, nach Hause fahren, seine Tabletten holen und tun, was er sich vorgenommen hatte, sich nämlich um Bitty kümmern. Wie immer. Er hatte sich um sie gekümmert, solange er denken konnte, und heute war ein wichtiger Tag.

Er fragte sich, wo Henry war. Würde er den Tag gut überstehen? Bei dem Gedanken an Henry – er war so jung und so verletzlich (dabei hielt er sich selbst für so weltgewandt) – wurde es Tolliver plötzlich ganz warm ums Herz, und er war glücklich. Wenn Bitty den Tag gut überstand, dann ging es auch Henry gut und Tolliver vielleicht auch. Es war allein dieser Gedanke, der ihn aufrecht hielt.

Sein Kopf begann, sich zu klären. Er fühlte sich jetzt besser. Er war lange gelaufen – sehr langsam. Als kleiner Junge war er an der Hand seiner Mutter gelaufen, erinnerte er sich, aber ohne sie sehen zu können. Und das war auf der St. Charles Avenue gewesen, wo es friedlicher zuging. Hier war die Menge am dichtesten, direkt auf der Canal Street. Er mußte ja nicht schnell gehen. Er kam prima vom Fleck. Er hatte das Gefühl, immer weiter und weiter und weiter zu gehen. Aber die Gesichter kamen ihm bekannt vor. Die gleichen Federn, die gleichen Münzen – oder trug jeder Exhibitionist in der Stadt einen Geldbeutel mit roten Federn am Hosenlatz und Hosenträger mit Silbermünzen? Das gleiche Sklavenmädchen, der gleiche Zauberer mit dem Zylinder und dem gleichen schäbigen Kaninchen zum Aufziehen. Du lieber Himmel! Das gleiche Mädchen auf dem gleichen Balkon. Die gleiche brüllende Menge: »Zeig uns deine Titten!« Sie hatte sich Sonnenräder draufgemalt.

Wie lange ging er schon durch die Straßen? Er hatte die Orientierung verloren. Hatte er seine Tabletten bekommen? Seine Gliedmaßen fühlten sich nicht mehr so schwach an. Als ob er die Zittrigkeit weggelaufen hätte. Die Schmerzen in seinem Kopf hatte er schon lange nicht mehr gespürt. Hatte er seinen Plan ausgeführt? Er mußte wieder zurück. Er mußte den Weg zurück finden.

Bitty würde sich fragen, was mit ihm geschehen sei. Henry würde bei dem Versuch, auf sie aufzupassen, beinahe durchdrehen und sich fragen, wo Tolliver war. Er hielt einen Mann im Gorillaanzug an und fragte nach dem Weg.

4

Bitty verteilte Make-up auf den leichten Tränensäcken unter den Augen, dann trug sie Eyeliner und Mascara auf. Ihre Hand war ganz ruhig, als ob sie in ihrem Leben nie getrunken hätte. Sie konnte sich zusammenreißen, wenn sie wollte, und sie würde diesen Tag mühelos überstehen, als ob sie genauso jung und leistungsfähig wie Henry wäre.

Sie war auf dem Weg zur Damentoilette gestolpert, und das hatte ihr Sorgen gemacht. Die Leute könnten denken, sie sei betrunken. Sollten sie nur. Dieser eine kleine Fehltritt war alles, was sie für ihr Gerede zu sehen bekamen. Sie hatte sich sechs Wochen lang auf diesen Tag vorbereitet und nicht vor, jetzt alles zu verderben. Sie hatte sich sogar dieses neue pflaumenblaue Kostüm gekauft, obwohl sie Einkaufen nicht ausstehen konnte. Aber Gus Mayer und Godchaux waren inzwischen out, und sie brauchte etwas Neues zum Anziehen. Sonst würden die Leute wirklich denken, daß es mit ihr bergab ging. Sie sah darin außerdem verdammt gut aus, falls sie nicht total danebenlag.

Ihr Haar war noch genauso blond wie an ihrem Hochzeitstag und ihre Augen ebenso klar – zumindest heute. Vorsichtig wusch sie ihre Hände – sehr, sehr vorsichtig. Anne-Marie Delamore, die gerade in eine der Kabinen gegangen war, hatte sie so seltsam angesehen, als ob sie überlegte, in der Nähe zu bleiben, um sie aufzufangen, wenn sie umfiel. Aber da war nichts zu befürchten – absolut nichts. Sie hatte lediglich das Bedürfnis, sich die Hände zu waschen, das war alles. Hatte Anne-Marie noch nie gesehen, daß sich jemand Zeit ließ?

Sie dachte flüchtig darüber nach, wo Marcelle und Henry und Tolliver waren. Weit konnten sie nicht sein, das wußte sie genau. Heute war Chaunceys großer Tag. Heute war er Rex, Herrscher der Heiterkeit, König Karneval und der erste Bürger von New Orleans. Es war der Höhepunkt seines Lebens – der Tag, für den er gekämpft hatte, seit sie ihn kannte. Wie hart er tatsächlich dafür kämpfte, hatte sie erst viel später erkannt, und es war eine ziemlich bittere Erkenntnis gewesen, aber heute war unwiderruflich Chaunceys Tag. All seine kleinen Vasallen – die reizende Familie, auf die er so stolz war, der beste Freund, der mit Bitty und Chauncey die härtesten Zeiten durchgestanden hatte, die eine Familie überhaupt erleben kann –, sie waren alle in seiner Nähe.

Normalerweise fühlte sie sich im betrunkenen Zustand sicherer, aber im Moment war sie stocknüchtern und kam sich so lebendig vor, als ob sie zu allem fähig wäre. Sie trat zur Seite, damit Anne-Marie ihre Hände waschen konnte, dann suchte sie nach ihrem Lippenstift. Sie würde ihn langsam und sorgfältig auftragen, damit Anne-Marie sehen konnte, was sie für eine brave, nüchterne kleine Ehefrau war.

»Mrs. St. Amant? Ist Bitty St. Amant hier?«

»Ja, bitte?«

Das war Skip Langdon, für eine Party im Boston Club absolut unpassend angezogen. Wie eine junge Kuh sah sie in diesem Aufzug aus. Skip war bestimmt einen Meter achtzig groß und würde wahrscheinlich ein Leben lang unter Übergewicht leiden. »Mrs. St. Amant?«

»Ja, Skip. Was ist los?« Prüfend sah sie der jungen Frau ins Gesicht, und dann fiel ihr ein, was Skip jetzt tat – das war kein Karnevalskostüm, was sie anhatte. Skip sah so traurig aus, so furchtbar traurig, als ob sie kaum ein Wort herausbringen könnte.

»Skippy, erzähl's mir. Was ist passiert?« Bitty wußte, daß ihre Stimme wie ein Wimmern klang, aber sie konnte nichts dagegen tun. Sie sah Anne-Marie Delamore an, die kreidebleich geworden war. Also hatte Anne-Marie das gleiche Gefühl. Irgend etwas Entsetzliches war passiert.

»Mrs. Delamore«, sagte Skip, »würden Sie uns bitte entschuldigen?«

Bitty würde nicht mit ihr alleinbleiben. Nein. Sie weigerte sich. In keinem Fall. Hinter der fliehenden Anne-Marie verließ sie auf unsicheren Beinen den Waschraum, lief durch den Vorraum mit dem hübschen Kaminsims und zur Party zurück.

Der Herrscher der Heiterkeit

Die Stille war betäubend. Skip hatte ihren Text vergessen, obwohl sie schon einmal am Mardi Gras hiergewesen war, als Gast von Tricia Lattimore, als sie beide das McGehee College besuchten und keiner ihrer Altersgenossen sie irgendwohin eingeladen hatte. Sie war heute nur deshalb hier, weil sie diese Leute kannte, sie gehörte hierher – jedenfalls glaubten das ihre Kollegen bei der Polizei. Ja, ihr Vater hatte sich den Weg bis zur Rex Krewe freigekämpft, aber natürlich nicht bis in diese Bastion blauen Blutes. Und das war nicht einmal der Anfang der Geschichte. Skips eigene, sonderbare Identitätskrise mußte mitberücksichtigt werden. Aber davon wußte Sergeant Pitre nichts, und es würde ihn auch nicht interessieren. Sie war greifbar, und das war alles. Sie war greifbar gewesen, und von den anderen traute sich keiner in die Höhle der oberen Zehntausend.

Skip war für die Paraderoute abgeordnet worden, zusammen mit einem Drittel aller Bullen der Stadt, und sie war wie alle anderen für eine Zwölf-Stunden-Schicht eingeteilt. Das System war eigentlich gar nicht schlecht. An Karneval tat ein Drittel seinen normalen Dienst im Revier von sechs Uhr morgens bis sechs Uhr abends, ein Drittel übernahm den Dienst von sechs Uhr abends bis sechs Uhr morgens, und damit blieb der Rest für die Paraderoute übrig.

Für Skip hatte der Tag mit der Zulu-Parade und einem Streit zwischen drei Männern und einer Frau angefangen. Der Begleiter der Frau war offensichtlich »von auswärts«, wie man in New Orleans sagt. »Die Münzen kannst du vergessen«, hörte Skip sie erklären. »Aber wenn du eine Kokosnuß erwischst, dann hüte sie wie deinen Augapfel.«

Zunächst stand Skip mit dem Rücken zur Parade und beobachtete vorschriftsmäßig die Menge. Die Sprecherin war eine blonde Frau in einem bedruckten Sweatshirt der University of New Orleans. Ihr Freund trug eine Jeansjacke. Skips Blick

25

schweifte über die Menge, als eine Kokosnuß, die ein Zulu-Krieger geworfen hatte, über ihre Schulter hinwegzischte. Der Mann in der Jeansjacke, von der Wertschätzung seiner Bekannten offensichtlich beeindruckt, sprang hoch, fing sie und klemmte sie sich unter den Arm wie ein Footballspieler, der einen zugespielten Ball erwischt. »Gut gemacht!« rief Skip. Ein paar Leute applaudierten und brüllten.

»He, was soll das!« schrie der Mann mit der Kokosnuß, und plötzlich war er unten. Die Menge teilte sich. Zwei gutgekleidete Männer versuchten, ihm die Kokosnuß zu entreißen. Skip bewegte sich auf sie zu. »Alles klar, und jetzt ist Schluß damit!«

Die Blonde sah kurz zu ihr herüber, zögerte nur eine Sekunde, dann warf sie sich auf den Haufen und grub ihre Zähne in den polobehemdeten Bizeps des obersten Mannes. Skip tat gar nichts und gab den dreien eine Chance, ihre Differenzen auszutragen. Sie trat zurück, um den beiden Schurken den Fluchtweg freizugeben. Von der Stimmung mitgerissen rief sie: »Eine Runde Applaus, meine Damen und Herren!« Die Menge schrie, die Blonde verneigte sich, und ihr höflicher Freund überreichte ihr die wohlverdiente Kokosnuß.

Ein befriedigender Vormittag. Im Gegensatz zu den meisten ihrer Kollegen mochte sie den Streifendienst bei Paraden. Sie empfand ihn als Erholung von dem gezwungenen Smalltalk mit Marcelle St. Amant-Gaudet und ihresgleichen, bei denen sie den eisblauen Schleier hinter den Augen nie übersehen konnte.

Er brachte Erholung von vielen Dingen. Sie erinnerte sich an eine Party bei Pontalba, wo der Gastgeber einen Eimer vom Balkon herabließ und rief: »Almosen für die Reichen.« Seine Freundin, die das nicht komisch fand, versuchte ihn zu stoppen, und er schleppte sie ins Badezimmer. Man hörte ein paar Schläge und Schreie, dann nichts mehr. Schließlich kam der Gastgeber mit Büscheln von gefärbtem, dauergewelltem und frischgeschnittenem Haar in den Händen wieder heraus, das er unter den Gästen verteilte.

Die geschorene, offensichtlich unverzagte Freundin verbrachte den Nachmittag damit, systematisch alle männlichen Familienmitglieder des Gastgebers zu verführen, wobei ihr nach Skips Zählung ein älterer Bruder, ein jüngerer Bruder und zwei Cousins zum Opfer fielen. Später erzählte sie ihren Freundinnen, daß auch der Vater gern gewollt hätte, aber zu besoffen war, um ihn hochzukriegen.

Schon als präpubertäre Göre war Skip an Karneval gern auf der Straße gewesen. Nicht gerade auf der Canal Street, wo die Menge so dichtgedrängt war, daß die Leute nur wenige Zentimeter vor den Umzugswagen standen – buchstäblich dagegenknallten, so daß die komplette amerikanische Armee und erst recht die Polizei von New Orleans hilflos war, wenn es Ärger gab. Man konnte nichts auffangen, weil man die Hände nicht hochbekam, und wenn man wegen Klaustrophobie in Ohnmacht fiel, drohte man totgetrampelt zu werden, weil man unmöglich den Kopf zwischen den Knien schützen konnte.

Sie mochte die St. Charles Avenue, die wie die Canal Street für die Rex-Parade gesperrt wurde. Aber auch hier, beim sogenannten »Familien-Mardi-Gras«, konnte es brutal zugehen. Sie hatte vergessen, wie brutal, wie gewalttätig die Leute werden konnten, und an diesem Morgen wurde es ihr wieder bewußt. Doch in früheren Jahren hatte sie den Bullen das Leben ebenso schwergemacht, wie manche besoffene, randalierende Collegeschwester ihr heute.

Die dichtgedrängten Menschen standen zu Hunderten hintereinander auf beiden Seiten der Straße, einige hatten Leitern für ihre Kinder oder sich selbst dabei, andere trugen Kleinkinder auf den Schultern und riskierten ihrer Meinung nach deren Leben – ein kräftiger Stoß, und das Baby läge am Boden. Als Polizistin – im Gegensatz zu ihrer früheren Rolle als begeisterte Krawallmacherin – war sie ehrlich entsetzt über die Art und Weise, wie die Leute schubsten und drängten und tobten, um irgendwas von den Wagen zu ergattern. Sie schrien und bettelten tatsächlich – genauso, wie man es in den Stadtführern lesen konnte. Anscheinend gehörte das zur Karnevalsetikette. Von den Aristokraten – den männlichen jedenfalls –, die hochherrschaftlich auf Umzugswagen transportiert wurden, erwartete man, daß sie ihre Größe demonstrierten, indem sie Plunder in die Menge warfen. Hauptsächlich kleine Perlenketten und Karnevalsmünzen.

Sie fragte sich, nach welchem Prinzip Rex' Hofstaat den einen oder anderen mit dem begehrten Tand bedachte. Suchten sie sich die hübschesten Mädchen aus? Oder die schrillsten Tunten? Oder kleine Kinder, die am wenigsten aggressiv aussahen? Die Mittelfeldspieler, diejenigen, die fingen und weiterwarfen, feilschten natürlich um Nacktheit. In den letzten Jahren war es in Mode gekommen, daß Frauen für Perlen die Bluse auszogen.

Wenn Skip auf einem Wagen mitfahren dürfte, würde sie darauf bestehen, daß die originellsten Kostüme belohnt wurden. Wie der Mann auf der anderen Straßenseite, der sich anscheinend als italienisches Restaurant kostümiert hatte. In Bauchhöhe befand sich ein runder, tischartiger Aufbau mit rotkariertem Tischtuch, darauf stand ein Teller mit Spaghetti und eine Weinflasche aus Pappmaché, auf der sogar die bunten Wachsnasen nicht fehlten. Und der Grashüpfer gefiel ihr auch, mit dem kleinen Grashüpfer, der ihm bis zum Knie reichte. Wenn man sich schon wie ein Idiot benahm, was schließlich Sinn und Zweck des Karnevals war, dann wenigstens richtig.

Es gab etliche Päpste in diesem Jahr, Seine Heiligkeit hatte die Stadt vor kurzem mit seinem Besuch beehrt. Hier und da gab es eine Dose Dixie-Bier auf zwei Beinen und den unförmigen Effetball, der sich mit Gold oder Silber besprüht hatte. Das unvermeidliche Filmteam bemühte sich vergeblich, Bilder in einer sinnvollen Abfolge einzufangen. Skip fragte sich, ob es den Filmleuten etwas ausmachte, daß sie zahllose Jugendliche in College-Sweatshirts vor die Kamera bekamen, die massenweise Hurricane-Drinks und Bier dabeihatten – manchmal sogar in erlaubten Plastikbechern – und sich gegenseitig vollkotzten. Das Alkoholverbot war kürzlich auf einundzwanzig raufgesetzt worden, aber das inoffizielle Mindestalter hatte immer noch der erreicht, der an die Bar heranreichen konnte. Und auf der Straße durfte man trinken, so viel

28

man wollte, solange man keine Flaschen oder Gläser dabeihatte, aber wer sollte für Mardi Gras ein Plastikbecher-Verbot durchsetzen?

Skip war davon überzeugt, daß die meisten Karnevalssäufer nur deshalb Schaden anrichteten, weil sie von den Football- und Biersäufer-Horden dazu angefeuert wurden. Sie mußte es wissen, da sie sich in früheren Zeiten oft genug selbst daran beteiligt hatte. Sie war sich der legendären Verwandtschaft von Bullen und Kriminellen wohl bewußt. Sie stand erst seit kurzem auf der Seite von Recht und Gesetz.

Ein Aufbrausen ging langsam durch die Menge vom unteren Ende der Straße her. Der herrschaftliche Wagen, auf dem sich König Karneval befand, rollte heran. Je näher er kam, desto mehr drängten und schubsten die Leute. Skip war klar, daß dies nicht der richtige Zeitpunkt war, die Gedanken schweifen zu lassen – und nur allzugut wußte sie, daß sie der Menge nicht den Rücken zuwenden durfte – aber einer der Pagen rief nach ihr.

»He, Skip, alles klar, Süße?« Wahrscheinlich der kleine Bruder von Tricia Lattimore, der gerade in dem Alter war, wo es die Kids komisch fanden, den Arbeiterdialekt nachzuäffen. Sie mußte unbedingt hallo sagen. Und damit nicht genug – sie mußte unbedingt einen ihrer ältesten Bekannten bei seinem glorreichen Auftritt sehen. Sie drehte sich um.

Da war er – König Karneval, Rex daselbst, der Herrscher der Heiterkeit, ganz in Gold, unverkennbar Noblesse oblige. Trotz aller Modespitznamen nannten ihn seine engeren Freunde nur Chauncey St. Amant. Er war ein gutgepolsterter Herr, wie die meisten Männer seines Alters in New Orleans, und ging völlig auf in der Rolle des munteren alten Königs. Skip hoffte, daß ihm vom vielen Winken nicht der Arm abfiel. Sie kannte ihn seit ihrer Kindheit.

Er sah auf und winkte jemandem auf einem der Balkone zu. Unwillkürlich folgten Skips Augen seinem Blick. Der Wagen befand sich auf gleicher Höhe mit dem Balkon, der ihr wohlbekannt war. Heute hatte man ihn in den Farben von Mardi Gras dekoriert – purpur, grün und gold. Eine einzelne Person stand darauf, als Dolly Parton im Cowgirl-Kostüm verkleidet.

Dolly trug die bekannte Lockenperücke, eine rote, mit Münzen bestickte Satinbluse, einen blauen Satinrock, Rehlederhandschuhe, Ballons unter der Bluse und einen Revolvergürtel mit zwei Revolvern. Ihre weiße Maske hatte dreifarbigen Lidschatten und glitzernde Rougepunkte. Als Chauncey winkte, zog sie eine ihrer Pistolen. Sie wirbelte sie herum, zog eine Show ab und zielte, wobei sie sich über das Balkongeländer neigte. Kein sehr erheiternder Anblick für eine Polizistin, aber Chauncey wußte es zu würdigen und warf ihr eine Münze zu. Und dann fiel er von seinem Thron.

Die Band vor dem Festwagen spielte ›When the Saints Go Marching In‹, deshalb hatte Skip den Schuß nicht gehört. Sie wußte nur, daß Chauncey Dolly für einen Moment bewundernd angesehen hatte und im nächsten Augenblick auf dem Boden des Festwagens lag. Skip wußte sofort, was geschehen war, und versuchte, ihre Pistole zu ziehen, aber sie hatte keine Chance. Sie wurde von allen Seiten angerempelt und hatte Mühe, aufrecht stehenzubleiben. Einer der Filmemacher, der nichts verpassen wollte, traf sie mit der Kamera an der Wange. »O Gott. 'tschuldigung. Haben Sie sich verletzt?«

»Weg damit!«

»Aber haben Sie das nicht gesehen? Dolly...«

Ihr Kollege schrie: »Verdammt noch mal, Langdon, benehmen Sie sich nicht wie ein altes Weib!« Sie konnte gerade noch einen Blick nach oben werfen. Dolly war verschwunden.

»Das war Dolly!« schrie sie zurück. »Dolly Parton!« Aber von den anderen Bullen schien sie keiner zu hören. Hatte es Sinn, hinter ihr herzurennen? Zu dem Apartmenthaus zu laufen, um ihr den Weg abzuschneiden, wenn sie herauskam? Keine Chance. Man konnte in dem Durcheinander weder rennen noch gehen, man konnte nur um sein Leben kämpfen. Inzwischen hatten ein paar andere Bullen ihre Gummiknüppel gezogen, und sie wußte, daß auch sie ihren benutzen mußte.

Einen Moment lang zitterte sie vor Angst. Die Menge war unberechenbar. Sie konnte jemanden verletzen. Und dann würde sich die Angst in Wut verwandeln. Verdammt, diese Leute waren Arschlöcher. Sie würden sie umbringen. Besonders dieser selbstgerechte Bastard mit der Kamera. Er würde sie einfach umhauen und zehn kleine Kinder mit. Mit dem ausgestreckten Gummiknüppel versetzte sie ihm einen anständigen Stoß, und er besaß auch noch die Frechheit, sie überrascht anzusehen.

»Treten Sie zurück, verdammt noch mal!«

Er starrte sie an, als ob er nicht richtig gehört hätte. »Aber Dolly...«

»Zurück!«

Die Menge rückte näher, und er verlor beinahe das Gleichgewicht. Skip verwendete kostbare Sekunden darauf, ihn am Umfallen zu hindern. Und dann hieß es, allein gegen den Pöbel. Sie erinnerte sich später nur noch daran, daß sie mit aller Kraft dagegenhielt, schob, bis ihr die Arme weh taten, eine halbe Ewigkeit lang.

Später wurde ihr klar, daß es wahrscheinlich nicht länger als zehn Minuten gedauert hatte. Und dann wurde sie zum Festwagen zitiert, wo König Karneval wie auf einer Totenbahre lag, mit seiner blutigen Maske neben sich und einem kreisrunden Loch in der königlichen Schläfe.

Sergeant Pitre wollte etwas sagen, aber Skip unterbrach ihn. »Dolly Parton!« platzte es aus ihr heraus, worauf ihre Polizeikollegen sie anstarrten, als ob sie im Delirium gesprochen hätte.

Sie riß sich zusammen. »Eine Frau im Dolly-Parton-Kostüm hat ihn erschossen. Von diesem Balkon.«

Während sie auf den Balkon im ersten Stock deutete, überlegte sie, was sich daraus schließen ließ, wem der Balkon gehörte – nämlich Tolliver Albert. Albert war »Onkel Tolliver« für die Familie St. Amant und gehörte praktisch dazu – Chaunceys und Bittys bester Freund. Er war Antiquitätenhändler, ein hinreißender Junggeselle Mitte fünfzig und als Lückenfüller auf Dinnerpartys in der Uptown gern gesehen. Eine gesellschaftliche Institution. Und trotzdem hatte jemand, der wie Dolly Parton angezogen war, auf seinem Balkon gestanden und Chauncey erschossen. »Ich habe gesehen, wie es passiert ist«, sagte sie.

»Sie haben gesehen, wie geschossen wurde?« Pitres Stimme

31

klang herausfordernd, als ob er nicht bereit wäre, den hohen Rang einer Kronzeugin einem weiblichen Anfänger zu überlassen.

Schnell umriß Skip, was sie gesehen hatte. Pitre bellte Befehle, kommandierte andere Polizisten für die Jagd auf Dolly ab. »Die Wohnung gehört Tolliver Albert«, sagte Skip. »Er ist sicher im Boston Club.«

»Es sei denn, er steckte in dem Dolly-Parton-Kostüm.«

»Die St. Amants werden auch dort sein.« Schließlich hätte die Parade die Canal Street hinunterziehen und vor dem Club anhalten sollen, wo die ganze Familie auf dem Paradebalkon gestanden und Rex seine Königin begrüßt hätte – wenn Chauncey nicht ermordet worden wäre. Im Augenblick herrschte das reine Chaos.

»Ich weiß, wo ich sie finde, Officer. Sie sind mit der Familie befreundet, stimmt's?«

Skip nickte, obwohl es eigentlich nicht stimmte. Sie war bloß eine alte Bekannte, die Tochter des Hausarztes, jemand, über den sie sich wahrscheinlich nicht mehr Gedanken als über ihren Kleiderständer machten. Sie war zwar mit Marcelle am McGehee und am Newcomb gewesen, hatte bei Marcelles Hochzeit mit Lionel Gaudet sogar die Brautjungfer gespielt, aber nur, weil Lionel ihr Cousin war. Sie waren nicht befreundet – Marcelle lebte von ihrem Vermögen, ging oft aus und spielte Tennis, Skip fand sie so interessant wie ein trockenes Brötchen.

Inzwischen trafen die Unfallwagen ein. Pitre hob einen Finger, kommandierte einen der Streifenwagen ab und gab Skip ein Zeichen, mit ihm einzusteigen. »Kommen Sie. Wir werden die nächsten Angehörigen verständigen.«

Normalerweise war dafür das Morddezernat zuständig – sie hatten wahrscheinlich gedacht, daß Pitre schneller vor Ort sein konnte. Pitre war offensichtlich zu feige, um allein in den Club zu gehen, wo sich fast alle hohen Tiere von New Orleans versammelt hatten. Skip war sicher, daß er ihr die ganze Arbeit überlassen würde, und der Gedanke gefiel ihr. Sie hatte nie in die Uptown-Gesellschaft gepaßt – wenigstens nach ihrer eigenen Vorstellung nicht –, aber das brauchte Pitre nicht zu wissen. So konnte sie ihm den Nachwuchs-Officer heimzahlen, indem sie diesen Job erledigte, und zwar korrekt. Noch während sie Rache an Pitre schwor, wurde ihr die Bedeutung dieses Jobs bewußt: Chauncey war tatsächlich tot. Sie hatte den Mord mitangesehen, aber die Sache mit dem Toten konnte sie noch nicht ganz fassen. So war das also, wenn man einen Schock hatte – ein taubes Gefühl, das die Katastrophe aus dem Bewußtsein auslöschte.

Die Menge auf der Paraderoute war fast undurchdringlich, aber auf der Prytania, einen Block hinter St. Charles, fühlte man sich wie in einer Geisterstraße. Sie bogen ab und flohen. Skip war froh, daß sie so schnell dahinsausten – sie wollte nicht, daß irgend jemand im Boston Club anrief und mit der Nachricht am Telefon herausplatzte.

Der König ist tot

Pitre sammelte die anderen ein, während Skip zur Damentoilette ging, um Bitty zu holen. Bitty floh vor ihr. Wieder unter Menschen, blieb sie wie versteinert stehen, sah mit wildem Blick und anscheinend orientierungslos um sich. »Ich bringe Sie zu den anderen«, sagte Skip und führte sie zu dem kleinen Raum im zweiten Stock, den man ihnen zugewiesen hatte. Skip beeilte sich, versuchte, nicht aufzufallen, aber als sie mit Bitty St. Amant durch die Menge ging, herrschte vollkommene Stille. Die elegante zerbrechliche Bitty und Skip, die sie um Haupteslänge überragte, ließen unwillkürlich an die Schöne und das Biest denken.

Pitre, der seinen Hut abgenommen hatte, nickte ihr zu. »Mrs. St. Amant«, sagte sie, »es tut mir furchtbar leid. Mr. St. Amant ist ermordet worden.«

Skip hatte gesehen, daß sie auf das Schlimmste gefaßt waren. Wenn zwei Bullen mit finsteren Mienen auf einer Karnevalsparty auftauchten, konnte man bestenfalls darauf hoffen, daß der Unfall nicht tödlich ausgegangen war. Aber auch dieses Wissen half nicht.

Bitty und Marcelle stießen gleichzeitig einen einzigen hohen, verzweifelten Schrei aus. Bitty sank unwillkürlich, wie es schien, in Tollivers Arme. Sie sah, wie sich sein Gesicht schmerzhaft verzog, und dann sah sie zu Henry hinüber. Den Ausdruck auf seinem Gesicht konnte Skip nicht deuten, aber außer Kummer war da noch etwas anderes – ein kleiner Triumph? dachte Skip. Aber Henry war ein hinterhältiger Typ, sie hatte ihn nie leiden können. Vielleicht bildete sie sich das alles auch nur ein.

Bevor sie weiterdenken konnte, lag Marcelle in ihren Armen und schluchzte in ihre Uniform. Sie schien ebenso unwillkürlich in Skips Arme gesunken zu sein wie Bitty in Tollivers. Skip fand es seltsam, daß sich niemand Henry ausgesucht hatte. Aber dann wechselte Bitty den Partner. Sie hielt sich an Henry fest, wie eine Tochter an ihrem Vater, klammerte sich zitternd

an ihn. Sie sah sehr klein und dünn aus in ihrem pflaumen-
blauen Kostüm. Tränen sammelten sich in Henrys Augen und
suchten ihren Weg. Skip dachte, sie hätte sich vielleicht doch in
ihm getäuscht.

Pitre zog sich zurück. Skip wußte nicht, wie lange sie Marcelle in den Armen hielt. »Daddy, Daddy«, sagte sie wieder und
wieder, erst laut und dann leiser, weinend, bis sie sich ausge-
weint hatte. Als sie zu weinen aufhörte, hörte auch Bitty auf, als
ob sie jemand unterbrochen hätte, und eine Zeitlang starrten
sich alle vier nur an. Dann kam Pitre mit zwei Beamten von der
Mordkommission, die gerade eingetroffen waren, zurück. Die
beiden gehörten zu den Stars der Abteilung, Frank O'Rourke
und Joe Tarantino.

Skip erzählte noch einmal, was sie gesehen hatte, und dann
meinte Tarantino: »Bleib hier, während wir diese Leute verhören. Du kennst sie doch, oder?«

»Ja.« Anscheinend kannte die Mordkommission ihre ganze
Lebensgeschichte.

»Vielleicht fühlen sie sich ungezwungener, wenn du dabei
bist.«

Sie riefen Tolliver herein. Der sonst so gut aussehende, for-
sche Tolliver war gelblich-blaß, von seiner Haltung blieb nichts
mehr übrig.

»Mr. Albert, haben Sie die Party zu irgendeinem Zeitpunkt
verlassen?«

»Natürlich nicht.«

»Würden Sie bitte nachsehen, ob Sie den Schlüssel zu Ihrer
Wohnung noch bei sich tragen?«

Mit ausdruckslosem Gesicht, als ob er die Frage gar nicht re-
gistriert hätte, zog er ein ledernes Schlüsseletui hervor und
hielt seinen Wohnungsschlüssel hoch.

»Besitzt außer Ihnen noch jemand einen Schlüssel zu Ihrer
Wohnung?«

»Meine Putzfrau.«

»Sonst noch jemand?«

Tolliver zögerte. »Warum? Was soll die Fragerei?«

»Würden Sie bitte einfach die Frage beantworten?«

»Mrs. St. Amant hat einen.«

»Haben Sie gesehen, ob Mrs. St. Amant die Party verlassen hat?«

»Was *soll* das alles?«

»*Haben* Sie sie gesehen?«

»Nein!«

»Wußten Sie, ob sich irgend jemand heute als Cowgirl kostümieren wollte? Oder als Dolly Parton?«

»Nein.«

»Kennen Sie jemanden, der so ein Kostüm besitzt?«

»Nein.«

»Besitzen Sie so ein Kostüm?«

»Nein. Warum stellen Sie mir diese Fragen?«

»Weil jemand in einem Dolly-Parton-Kostüm von Ihrem Balkon aus Chauncey St. Amant erschossen hat, Mr. Albert.«

Man hatte ihm vorher schon angesehen, daß er seinen besten Freund verloren hatte. Jetzt änderte sich seine Gesichtsfarbe von gelblichweiß in kreideweiß. Er sackte in seinem Stuhl zusammen. »Nein. Sie müssen sich irren.«

Tarantino hob eine Augenbraue und sah Skip an.

»Ich habe es gesehen. Ich kenne Ihr Haus, Tolliver. Es war Ihr Balkon«, sagte Skip.

»Ich wohne in einem Apartment. Es kann nicht meins gewesen sein.«

»Es war Ihr Apartment.«

»Hat irgend jemand gesehen«, fragte er schließlich, »wie diese Dolly herauskam?«

Statt einer Antwort sagte O'Rourke: »Gibt es einen Hinterausgang?«

»Ja.«

O'Rourke seufzte resigniert. Dolly war wahrscheinlich durch den Hinterausgang entwischt.

Nach Tolliver baten sie Bitty herein.

»Sie besitzen einen Schlüssel zu Mr. Alberts Apartment?«

»Ich gieße die Blumen, wenn Tolliver wegfährt«, sagte sie. »Er ist viel unterwegs, um Antiquitäten einzukaufen. Ich habe den Schlüssel seit Jahren.«

Sie war absolut ruhig, weshalb Skip annahm, daß sie unter Schock stand.

»Mrs. St. Amant, haben Sie den Schlüssel im Moment bei sich?«

»Warum fragen Sie mich danach?«

»Haben Sie die Party zu irgendeinem Zeitpunkt verlassen?«

Sie schüttelte den Kopf. Ihre Lippen kräuselten sich leicht, dann glätteten sie sich wieder. Skip sah, wie ein Muskel an ihrem Kiefer zu zucken begann. »Was soll das? Warum wollen Sie das wissen?«

»Wir werden es Ihnen sofort erklären. Bitte gedulden Sie sich nur noch ein bißchen.« Tarantinos Stimme war samtweich. Skip wußte, daß er fürchtete, sie könne die Beherrschung verlieren, bevor sie herausbekamen, wo sich der Schlüssel jetzt befand.

Bitty nickte, ihre Lippen wurden schmaler.

»Wo ist der Schlüssel jetzt?«

»In meiner Handtasche. Ich habe sie auf irgendeinen Stuhl gelegt.«

»Würde es Ihnen etwas ausmachen, nachzusehen, ob er noch da ist?«

Bitty schickte Skip los, um die Handtasche zu suchen, und durchwühlte sie nach ihrem Schlüsselbund. »Hier ist er.«

»Wie lange war die Tasche unbeaufsichtigt?«

»Ein paar Stunden, nehme ich an.«

»Wer wußte, daß Sie einen Schlüssel besitzen?«

»Ich weiß nicht, alle. Ich muß die Blumen immer irgendwann nach dem Mittagessen gießen, und ich sage normalerweise, wo ich hingehe.«

Sie fragten sie nach dem Dolly-Parton-Kostüm und eröffneten ihr dann die Geschichte mit dem Balkon. Ihre fest aufeinandergepreßten Lippen brachen auf. Sie schrie lauter als bei der Nachricht von Chaunceys Tod – eine verspätete Reaktion, dachte Skip. Die Schreie hörten nicht auf, sie schrie und schrie, bis man Tolliver rief, um sie zu beruhigen.

Die Verhöre von Marcelle und Henry brachten wenig. Marcelle hatte die Party gar nicht verlassen. Henry war für eine halbe Stunde rausgegangen, um frische Luft zu schnappen – vielleicht auch für fünfundvierzig Minuten.

»Ich glaube«, sagte O'Rourke, »wir sollten einen Blick in Mr. Alberts Apartment werfen.«

Sie sprachen mit Tolliver darüber. Der schluckte und sah Bitty an. »Ich möchte Mrs. St. Amant nicht alleinlassen. Könnte nicht jemand anderes Sie begleiten?«

»Marcelle, du gehst«, sagte Bitty. »Bitte.« Sie griff nach Henrys Hand. Offensichtlich wollte sie die Männer um sich haben, die ihr geblieben waren.

Marcelle schien sich überrumpelt zu fühlen. »Skip, kommst du mit?« fragte sie. Skip sah O'Rourke und Tarantino an. Sie nickten.

»Na klar.«

Auf dem Rücksitz im Polizeiwagen wandte Marcelle sich Skip zu, und wieder stiegen ihr Tränen in die riesengroßen Augen. Marcelle war für ihre Schönheit berühmt. Sie hatte die besten Anlagen beider Elternteile geerbt – Chaunceys dunkle Haut und Bittys klassisches Profil. Sie hatte jung geheiratet und sich früh scheiden lassen. Sie war vielleicht nicht gerade Skips liebste Gesprächspartnerin, aber trotz ihres angenehmen Lebens hatte sie eine gewisse Liebenswürdigkeit bewahrt.

»Skippy, das hat politische Gründe, glaubst du nicht? Mein Daddy hatte Feinde. Mutter hat ihn immer gewarnt. ›Chauncey, du solltest nicht immer so direkt sein. Es gibt eine Menge Verrückte auf der Welt.‹ Sie hatte bestimmt recht. Da sind politische Gründe mit im Spiel, glaubst du nicht auch, Skippy?«

Skip überlegte, ob Marcelle damit den Schnüfflern einen Hinweis geben wollte oder ob es ihr einfach egal war, daß sie zuhörten. »Ich weiß es nicht«, sagte sie und fragte sich, ob der Mord wirklich einen politischen Hintergrund haben konnte.

Zum ersten Mal dachte sie darüber nach, wie sich Chauncey St. Amants Tod auf das politische und kulturelle Leben der Stadt auswirken würde. Sein Tod war ein großer Verlust. Er war Mitglied im Boston Club gewesen, wo man keine Juden aufnahm, keine Schwarzen und keine Frauen, aber er hatte sich öffentlich gegen die Politik des Clubs ausgesprochen. Außenstehenden mag das unwesentlich erscheinen, aber in den Kreisen, in denen Chauncey verkehrte, nannte man diese Ansichten radikal. Sie hätten möglicherweise seinen Ausschluß bewirkt, wenn er nicht der Schwiegersohn von Haygood Mayhew gewesen wäre. Und das war nur *ein* Aspekt seines Engagements für die Bürgerrechte.

Er war Vorsitzender der Carrollton Bank, die zu den fortschrittlichsten Großunternehmen der Stadt zählte. Unter seinen Stellvertretern waren Schwarze und Frauen, und diese Minderheiten waren auch auf anderen Führungsebenen vertreten. Und er war ein bekannter liberaler Demokrat, der die Wahl des amtierenden schwarzen Bürgermeisters, Furman Soniat, unterstützt hatte. In letzter Zeit gab es jedoch Gerüchte, daß er für ein Amt kandidieren wollte, möglicherweise in der Landesregierung, obwohl Soniat selbst daran dachte, aufzusteigen.

Er war außerdem Jazzfan und einer der Begründer des ›New Orleans Jazz and Heritage Festivals‹, er hatte diverse junge Musiker zu seinen persönlichen Schützlingen gemacht, ihnen bei der Suche nach Auftrittsmöglichkeiten geholfen und ihnen, wenn nötig, »Kunstsubventionen« gewährt, wie er es nannte. Seine Schützlinge waren ausnahmslos Schwarze, und einige hatten seine Großzügigkeit ausgenutzt, sein Geld für Drogen ausgegeben und waren im Gefängnis gelandet, was die Rassisten in Chaunceys Umfeld als Munition gegen seine liberalen Ideen verwendeten – Munition von der Sorte, über die getuschelt, aber selten in aller Öffentlichkeit geredet wird. Solche Vorkommnisse hatten Chauncey jedoch nicht abschrecken können. Er glaubte an die Bürgerrechte, und er glaubte an die Musik, und er unterstützte sie. Natürlich hatte er auch die Philharmonie unterstützt, solange es sie gab, und das Museum – er glaubte an die Kunst, und damit Punktum – aber da der New Orleans Jazz größtenteils von Schwarzen gespielt wurde, nannte man seine Liebe zum Jazz »Niggerhätschelei«, ein Ausdruck, der sogar von so erhabenen Menschen wie den Mitgliedern des Boston Clubs – jedenfalls von den ungehobelteren – noch immer verwendet wurde.

Marcelle hatte demnach recht. Er hatte eine Menge Feinde. Rassisten und Ultrakonservative, die unter allen Umständen den weißen, männlichen Status quo erhalten wollten. Diese Feinde hatte er schon lange. Doch in letzter Zeit, als seine politischen Ambitionen stärker ins Rampenlicht rückten, hatte er sich auch im eigenen politischen Lager Feinde gemacht. Schwarze Politiker und ultraliberale Weiße, die Bürgermeister Soniat in Baton Rouge sehen wollten, waren mit dem Vorwurf über ihn hergefallen, er habe versucht, die liberale Wählerschaft zu spalten. Ja, er hatte politische Feinde. Aber Skip fragte sich, wie einer von ihnen an den Schlüssel zu Onkel Tollivers Wohnung kommen sollte.

Man kannte das Apartment gut in New Orleans, aus einem Artikel im ›Architectural Digest‹. Für Skips Geschmack war es etwas überladen, aber da sie derzeit in ziemlich spartanischen Verhältnissen lebte, stockte ihr jetzt der Atem, als sie es wiedersah. Fenster bis zum Boden, drei Meter fünfzig, vier Meter zwanzig hohe Wände und anachronistische Kamine, wie in vielen Häusern von New Orleans, bildeten eine perfekte Umgebung für die Antiquitäten, die Tolliver so liebevoll sammelte.

Er hatte die Wände hellbraun streichen lassen, ein prächtiger Hintergrund für das blauweiße chinesische Porzellan neben einer Messinguhr auf dem Kaminsims. Ein Bild eines amerikanischen Naiven hing über der Sammlung. Auf dem Boden lag ein chinesischer Teppich mit eher ruhigem Muster, der ausdrucksvolle Stoffdruck auf Sofas und Sesseln verriet Brunschwig & Fils.

Skip dachte, daß sie für den Mahagonischreibtisch, ganz sicher ein Sheraton, einen Mord begehen könnte. Offensichtlich sollte jedoch ein sehr dunkler, einfacher Beistelltisch die Aufmerksamkeit auf sich ziehen – die Bühne für Tollivers sensationelle Orchideenvorführungen. Auch einige kleinere Tische – die dennoch unbezahlbar aussahen – waren mit blühenden Orchideen geschmückt, aber auf diesem stand eine gediegene Auswahl der Pflanzen, die Bitty immer versorgte. Tolliver züchtete sie in einem der hinteren Räume, den er in ein kleines

Treibhaus verwandelt hatte. Die Waffe, mit der Chauncey wahrscheinlich erschossen worden war, ein seltsam aussehender alter Revolver, lag neben einem einfachen Tontopf.

Mitten auf dem eleganten Teppich ein Kleiderhaufen – eine blonde Lockenperücke, eine rote Satinbluse, ein blauer Satinrock, Handschuhe, Maske und ein Büstenhalter Körbchengröße D, mit Lumpen ausgestopft, wodurch der Balloneffekt entstanden war. Ein Revolvergürtel mit zwei Taschen, in der einen steckte noch ein Revolver, hing über einem Petit-Point-Fußschemel, der in einem seltsamen Winkel vor dem dazugehörigen Sessel stand. Dolly mußte ihn in der Eile weggestoßen haben, als sie sich die Kleider vom Leib riß.

Sie hatten sich zu dritt umgesehen und dann Marcelle hereingerufen, um sie zu fragen, ob etwas fehlte. Als sie den Kleiderhaufen sah, stieß sie einen kurzen Schrei aus, als ob ihr jemand einen Hieb in den Solarplexus versetzt hätte. »Die Kleider«, sagte sie. »Sie können ihre Herkunft ermitteln, nicht wahr? Wer so was verkauft hat, kann sich doch sicher daran erinnern.«

Sie traten alle näher und besahen sich die Beweisstücke, ohne sie zu berühren. Die Perücke konnte von Woolworth sein. Die anderen Sachen sahen dünn und billig aus. Wahrscheinlich hatte der Mörder jedes Teil einzeln gekauft, und zwar in Geschäften, wo es noch viel mehr von dem Zeug gab.

O'Rourke seufzte. »Mit den Revolvern haben wir vielleicht eher Glück.«

Das war immerhin möglich, dachte Skip. Sie wußte nicht viel über Feuerwaffen, aber diese hier sahen merkwürdig aus.

Skip ging auf den Balkon. Da standen Pflanzen – eine Zimmertanne, Jasmin und ein paar kleinere Töpfe. Es gab sogar einen Weihnachtskaktus in einem Tonhänger zwischen den Fenstern. Zwei altmodische Stühle aus Schmiedeeisen gruppierten sich um einen kreisrunden feuchten Fleck am Boden. Auf einem der Stühle stand eine Gardenie in einem Topf mit dem gleichen Durchmesser wie der Fleck. Skip drehte sich der Magen um, als ihr bewußt wurde, daß Dolly den Topf weggestellt haben mußte, um sich da zu postieren, wo sie am besten zielen konnte.

Die Männer ließen Skip mit Marcelle allein und sahen sich um. Nichts sei durchwühlt worden, berichteten sie bei ihrer Rückkehr. »Mrs. Gaudet, können wir Sie irgendwo absetzen?«

»Bringen Sie mich bitte nach Hause, damit ich mich umziehen kann. Dann muß ich zu meiner Mutter.«

Sie nahmen Skip zum Polizeipräsidium mit und befragten sie eine Stunde lang. Hinterher war sie völlig erschöpft. Fühlte sich ausgelaugt und belogen. Sie hätte alles gegeben, um an diesem Tag mit O'Rourke oder Tarantino zu tauschen.

Lieutenant Duby rief sie zu sich. »Ich habe eine Anfrage vom Chef.«

Polizeipräsident McDermott. Ihr Vater war sein Hausarzt. Manche Leute behaupteten, daß sie ihren Job deshalb bekommen hätte.

»Er will Sie als eine Art Sonderbeauftragte auf diesen Fall ansetzen. Sie sind für den Rest der Woche dem Morddezernat zugeteilt.«

Skip verschränkte ihre Hände im Schoß fest ineinander, wie ihre Mutter es ihr vor mehr als zwanzig Jahren beigebracht hatte. Sie mußte sich eben verhört haben. Sie sagte nichts.

»Der Chef will, daß Sie sich unter den Uptown-Mädchen umhören – verstehen Sie?«

Skip hatte verstanden. Sie wollten, daß sie herumschnüffelte.

»Sie arbeiten mit O'Rourke und Tarantino zusammen, okay? Und der Bericht geht an mich. Noch Fragen?«

»Ab sofort?«

»Ab morgen.«

Sie hatte immer noch Dienst bei der Fastnachtsparade. »Ich gehe wohl besser wieder an die Arbeit.«

»Langdon, wann haben Sie heute morgen Ihren Dienst angetreten?«

»Um fünf Uhr.«

»Sie sind freigestellt, Officer. Gehen Sie nach Hause.«

Mit leichten Schuldgefühlen verließ sie sein Büro und dachte über die seltsamen Wege von Comus, Momus und Proteus nach, den Göttern des Karnevals. Sie war Polizistin geworden, um dem Uptown-Volk zu entkommen, und jetzt half ihr das, was sie ihr Leben lang am meisten gehaßt hatte – ihre dürftigen Beziehungen zu diesen Leuten –, in ihrem neuen Leben. Sie hatte eine Aufgabe, mit der Anfänger so gut wie nie betraut wurden, und nur deshalb, weil sie ein Uptown-Mädchen war. Trotzdem hatte es zum ersten Mal nichts mit dem Einfluß ihrer Familie zu tun. Seltsamerweise hatte Skip das ganz allein sich selbst zu verdanken, weil sie Sachkenntnisse besaß, die kein anderer Anfänger hatte. Die Ironie des Schicksals. Ihr drehte sich der Kopf.

Duby rief sie zurück. »Da ist ein Anruf für Sie.«

»Hier?«

»Sieht so aus, Officer. Sie sind hier eingeteilt. Gehen Sie im Morddezernat an den Apparat.«

Die Büros der Kriminalpolizei waren nach Eigentumsdelikten und Delikten gegen Personen getrennt. Man mußte durch die Abteilung für Eigentumsdelikte, wenn man zum Morddezernat wollte, das sich mit dem Überfalldezernat ein Büro teilte. Der Raum hatte in etwa die Ausmaße eines Operationssaals. Ein einziges Bild hing an der Wand – ein Plakat von einer Schlange, die über eine nackte Frau hinwegkroch. Die Schreibtische der Mordkommission standen am einen Ende beisammen, die des Unfalldezernats am anderen. Es war niemand da, weder am einen noch am anderen Ende.

Skip zuckte mit den Schultern, ging an den nächstbesten Schreibtisch und bat um ihr Gespräch. »Officer Langdon? Na endlich. Hier spricht Dolly.«

Es war eine Männerstimme. Skip fragte sich, wie sie an eine Fangschaltung kommen sollte, wenn sie allein im Zimmer war. Überhaupt nicht, soweit sie wußte.

»Ich habe Sie gesehen«, sagte Skip. »Sie mich auch?«

»Nichts hast du gesehen, Süße. Ich war sturzbesoffen und drüben im Maidie Blanc.«

Skip seufzte und machte sich wegen der Fangschaltung keine Sorgen mehr. »Cookie Lamoreaux. *Très amusant.*«

43

»Schlimme Sache, das mit Chauncey. Ich hab gehört, du warst dabei.«

»Wie schnell sich alles herumspricht.«

»Ich habe einen Insidertip gekriegt. Einer meiner Hausgäste war auch dabei. Ein alter Kumpel aus Kalifornien, der hier einen Film über Mardi Gras dreht.«

»Ach so, der Scheißtyp.«

»He, er hält viel von dir. Sagt, du hättest seinen Arsch gerettet.«

»Dabei wäre meiner beinahe draufgegangen.«

»Er hat was für dich.«

»Ich hab auch was für ihn.«

»Ich geb ihn dir mal, okay? Ich hab versprochen, den Verbindungsmann zu spielen.«

»Hallo«, sagte eine andere Stimme, eine sehr angenehme – ein bißchen geschäftsmäßig, aber auch freundlich. »Ich bin Steve Steinman. Ich habe Ihr Namensschild gelesen, und Cookie hat gesagt, er kennt Sie. Seltsam, nicht? Ich wußte nicht, daß die Stadt so klein ist.«

»In mancher Hinsicht nicht größer als ein Dorf.« (Was sie haßte wie die Pest.)

»Danke für Ihre Hilfe von heute morgen.«

»Keine Ursache. Das ist mein Job.«

»Hören Sie, ich glaube, ich habe die Sache auf dem Film. Ich dachte, Sie könnten mir vielleicht sagen, wem ich den Film zeigen soll. Wer in dem Fall ermittelt.«

Skip klingelten die Ohren. »Sie haben einen Film? Von dem Mord?«

»Ich bin mir noch nicht ganz sicher. Er wird erst entwickelt. Vor zehn kriege ich ihn bestimmt nicht.«

»Heute abend?«

»Hm. Soll ich ihn einfach beim Polizeirevier abliefern?«

»Da wird's wie im Affenzirkus zugehen. Bringen Sie ihn lieber zu mir nach Hause. Ich gebe ihn dann morgen früh gleich weiter.«

Klar. Nachdem sie ihn sich sechs- bis achtmal angesehen hatte.

»Warum nicht? Cookie meint, Sie seien in Ordnung. Hält Sie für den einzigen Polizisten in der Stadt, dem er trauen würde.«

»Er war sicher besoffen, als er das gesagt hat.«

»Kann schon sein. Wenn Sie das sagen.«

»Paßt zu Cookie.«

Sie nannte ihm ihre Adresse.

Die Nacht

1

Nachdem alles vorbei war, griff Bitty erleichtert zu Dr. Langdons Tabletten. Sie hatte immer noch keinen Tropfen getrunken. Die Tabletten würden erst mal reichen. Wenn sie nur nicht jedesmal aufwachte, sobald ihre Wirkung nachließ. Beim Aufwachen fühlte sie sich wie ausgehöhlt, als ob man ihr alle lebenswichtigen Organe aus dem Leib gerissen hätte, als ob aller Alkohol und sämtliche Tabletten der Welt diese Leere nicht füllen könnten. Sie weinte, bis ihr Kopf schmerzte und ihre Augen brannten. Und doch hatte sie immer noch Tränen. Das war alles, was sie noch fühlte. Kein Herz, keine Gedärme, bestimmt keine Leber. Nur Tränen.

Sie wußte, wie sie sich morgen früh fühlen würde – wie eine Glocke, die jemand geschlagen und dazu verdammt hatte, bis in alle Ewigkeit zu schreien. Zum Schreien traurig, und doch zu traurig zum Schreien. Vor Kälte erstarrt.

Sie nahm noch eine Tablette und fühlte die Wärme sofort, aber sonst nichts. Betäubung war lange Zeit besser gewesen als das Leben. Jetzt war sie betäubt und würde es bis zum Morgen bleiben – so betäubt, daß sie sich bestimmte Gedanken erlauben konnte. Im Moment konnte sie damit fertigwerden. Im Moment brachen sie ihr nicht das Herz, statt dessen fühlte sie sich besser, wärmer, wärmer als das Bett, das noch vor wenigen Augenblicken ihre einzige Zuflucht zu sein schien.

Sie dachte an Chauncey, daran, wie glücklich sie am Anfang gewesen waren. Sie hatte ganz sicher in ihrem ganzen Leben keinen Menschen wie ihn kennengelernt, und sie hätte alles getan, um ihn glücklich zu machen – *hatte* einige Dinge getan, die sie sich nie zugetraut hätte. Er war so undurchschaubar und so kühn – so beschützend. Er gab ihr Sicherheit, und das hatte sie verzweifelt gesucht. Es gab Gründe, weshalb sie einen Mann wie Chauncey brauchte. Gründe, die außer Bitty niemand kannte.

O Gott, wie hatte sie den heutigen Tag nur überstehen können? Und doch hatte sie es geschafft, weil sie im Bett geblieben
war – in ihrem Bett, das nur ihr ganz allein gehörte, seit damals,
als Chauncey in das grüne Gästezimmer gezogen war. Nicht
einmal dieser Gedanke konnte sie jetzt zum Weinen bringen –
im Moment nicht. Immer wieder kehrten ihre Gedanken zu ihr
selbst zurück – wie stolz sie sein konnte, daß sie durchgehalten
hatte. Etwas getan hatte, was ihr niemand zugetraut hätte.
Chauncey hätte es ihr bestimmt nicht zugetraut. Wie schade,
daß er jetzt nicht hier sein und sie sehen konnte – um zu stau-
nen.

Solche Gedanken gingen ihr durch den Kopf, und dann drang
das eine oder andere Gefühl durch die winzigen Risse in dem
Panzer, den die Drogen um sie herumgebaut hatten, und sie erlebte einen Augenblick totaler Verzweiflung.

Aber es hörte auch wieder auf. Und ihr wurde wieder warm,
wenn sie noch einmal an die erste Zeit dachte. Mit Chauncey
hatte sie schon geglaubt, sie sei glücklich, aber damals hatte sie
noch keine Vorstellung davon gehabt, wie es mit Henry sein
würde.

Tolliver hatte sie doch mit Chauncey zusammengebracht,
oder? Sie erinnerte sich nur noch schwach, aber es mußte so
gewesen sein. Sie hatte Tolliver Zeit ihres Lebens gekannt, und
Chauncey war in der derselben Studentenverbindung gewesen.
Ein Deke – sie waren bei den Dekes gewesen. Ja, natürlich war
es Tolliver. Sie sah das Bild lebhaft vor Augen: Chauncey, der
sie turmhoch überragte, Tolliver ließ ihre Hand los, sie gab
Chauncey die Hand. Sie fühlte etwas wie einen elektrischen
Schlag. Jahre später versuchte sie, den Kindern davon zu erzählen, aber sie lachten nur über sie. Doch trotz aller albernen
Romantik war es genauso gewesen. In jenem Moment hatte sie
erkannt, daß er für sie bestimmt war.

Ihre Erinnerungen an die Zeit danach drehten sich nur um
Chauncey – wie sie mit ihm getanzt hatte, Krebse am See gege-
sen hatte, ihn geküßt, mit ihm gelacht und ihn schließlich geliebt hatte. Es war lächerlich – ihre Erinnerungen waren wie
ein alberner Liebesfilm. Sie erinnerte sich jetzt buchstäblich

nur an strahlend romantische Augenblicke, immer, immer strahlend im Glanz von Chaunceys braunen Augen. Seinen bezaubernden, samtweichen Augen.

Er war im letzten Studienjahr, und sie hatte gerade angefangen zu studieren, als sie sich kennenlernten. Er hatte ihr erst in dem Sommer nach ihrem ersten Jahr einen Heiratsantrag gemacht. Lieber Himmel, sie hatte geglaubt, ihre Eltern würden tot umfallen. Nicht genug damit, daß Chauncey ein Niemand aus einer Siedlung am See war, Bitty war auch noch zu jung zum Heiraten; mußte sie unbedingt aufs College gehen, um dann zu heiraten und ihre Ausbildung zum Fenster hinauszuwerfen?

Sie hatte ihren Eltern einen Kompromiß angeboten – sie würde ihr zweites Studienjahr beenden und erst im nächsten Sommer heiraten. Zuerst suchten sie Gegenargumente, aber dann hatte ihr Vater – der sich immer einen Sohn gewünscht hatte – an Chauncey einen Narren gefressen. Am Ende richteten sie die eleganteste Hochzeit aus seit der von Weezee Bettencourt zehn Jahre zuvor. Und ihr Vater hatte Chauncey praktisch adoptiert, er stellte ihn in seiner Bank ein und machte ihn zu seinem Protegé.

Dann kam Henry zur Welt, kahl wie ein Stein, verschrumpelt wie eine Rosine, für Bitty das hübscheste Baby der Welt. Die Leute sagten, er sähe aus wie ein Affe – sie glaubten, Bitty hätte sie nicht gehört –, aber er hatte die hinreißenden Augen seines Vaters, und sie verstand nicht, warum niemand das sah. Würde sie das Gefühl je vergessen, wie sie ihn an ihre Brust legte – diese gummiweiche, samtige Schöpfung von Chauncey und ihr? Auch jetzt würde sie noch sagen, daß dies der krönende Augenblick ihres Lebens war. Sie hätte nie gedacht, daß ein Kind sie so glücklich machen könnte.

An die Geburt konnte sie sich kaum erinnern. Man sagte, sie wäre fast gestorben, aber in New Orleans sagte man das einfach so. Vielleicht stimmte es, vielleicht auch nicht, sie wußte nur, daß es das wert war und daß sie es noch tausendmal tun würde, um dieses Gefühl noch einmal zu erleben.

Aber es gab kein Zurück. Das Gefühl, das sie bei Henry gehabt hatte, kam nie wieder. Er brauchte sie. Das erste Wesen in ihrem Leben, das sie brauchte. Und er liebte sie abgöttisch – das war von Anfang an nicht zu übersehen. Man sagte, daß Babies in der ersten Zeit von ihrer Umgebung nicht viel mitbekämen, aber das konnte nicht stimmen. Henry hatte sie glücklich machen wollen. Er war das perfekte Baby. Nicht nur beinahe perfekt – perfekt. Er weinte nicht, wurde nicht wütend, beklagte sich nicht. Er aß und machte die Windeln voll und lächelte. Mit ihm war ihr Leben der Himmel auf Erden – sie konnte sich kein süßeres, sanfteres, zärtlicheres Geschöpf vorstellen. Sie konnte nicht verstehen, warum Chauncey ihn so sehr haßte.

Und der arme Henry gab nie auf. Er glaubte immer, daß sein Vater ihn irgendwann mögen würde. Mit fünfzehn bat er Chauncey, ihm das Autofahren beizubringen. Chauncey war erfreut, daß sein Sohn sich wenigstens für irgendeine Tätigkeit interessierte, die ihn selbständiger machte, und stimmte bereitwillig zu, ihm am Samstag die erste Fahrstunde zu erteilen. Samstag war wunderschönes Wetter, und Chauncey sagte beiläufig, während er seine Schlüssel einsteckte: »Marcelle, hast du Lust auf einen Ausflug?«

Natürlich wollte Marcelle mitkommen. Welches Kind hätte nein gesagt? Sie war damals zwölf und Papas kleiner Liebling. Sie trug ihr Haar in einem geflochtenen Pferdeschwanz, wie sie es bei Estelle Villere gesehen hatte. Ihre Haut hatte die Farbe einer Praline und war auch so glatt und klar. Sie brachte nur die besten Noten nach Hause. Ihre kleinen Brüste zeichneten sich wie unreife Aprikosen unter ihrem Collegepullover ab.

Henry war schon so hoch aufgeschossen wie heute und so dünn, daß ein Kind einmal »Telegrafenmast« hinter ihm herrief, worauf ein anderes antwortete: »Dann schon eher Telegrafendraht.« Er kam in der Schule kaum mit, und die Pubertätsakne hatte sich auf seinem ganzen Gesicht ausgebreitet. Sein Haar wurde schnell fettig, und seine T-Shirts rochen nach Schweiß. Meistens gab er nur höhnische, einsilbige Bemerkungen von sich, aber wenn er sich aufregte, überschlug sich seine Stimme und wurde schrill. Was unglaublich oft passierte, er war so sensibel. Kein Tag verging ohne Stimmungsumschwünge. Natürlich war Chauncey nicht gern allein mit ihm im Wagen.

Als er aber Marcelle fragte, ob sie mitkommen wolle, erhob Bitty Einspruch: »Meinst du nicht, daß du diese Erfahrung mit Henry allein machen solltest?«

»Warum denn?«

»Weil *er* lernen soll, wie man Auto fährt.«

»Marcelle kann doch gleich mitlernen.«

»Marcelle, mußt du keine Hausaufgaben machen?«

»Mutter! Heute ist Samstag!«

»Dann fahren wir eben alle mit. Machen wir einen Familienausflug draus.« In Henrys Augen blitzte für eine Sekunde die Erleichterung auf – nur eine Millisekunde, aber Bitty hatte es gesehen und wußte, daß sie richtig gehandelt hatte. Trotzdem konnte sie die Katastrophe nicht verhindern.

Sie fuhren zur Sandbank im Audubon Park hinter dem Zoo hinaus, und Henry setzte sich ans Steuer. »Klammer dich nicht so fest, Henry. Das ist hier kein Ringkampf. Laß locker!«

»In Ordnung.«

»Jetzt halte dich in der Mitte der Straße. *In der Mitte, verdammt noch mal, in der Mitte!* Scheiße, da kommt ein Auto!« Chauncey griff ins Steuer und wollte den Wagen wieder auf die rechte Seite lenken – obwohl Bitty der Meinung war, daß keinerlei Gefahr bestand –, aber Henry bekam Panik und trat auf die Bremse.

Henry und sein Vater schlugen beide mit dem Kopf gegen die Windschutzscheibe. Bitty und Marcelle, die auf dem Rücksitz saßen, wurden nach vorn geschleudert, und Marcelle prallte mit ihrem Kopf gegen den ihres Bruders, als dieser durch den Stoß zurückgeworfen wurde, und biß sich dabei in die Lippe.

Sie schrie auf, Blut rann ihr übers Kinn.

Chauncey brüllte: »Du verdammter kleiner Idiot! Kannst du denn gar nichts richtig machen?«

Und Henry, rot vor Scham, sagte: »Halt bloß dein blödes Maul.« Worauf Chauncey ihm eine heftige Ohrfeige verpaßte, so daß sein Kopf gegen das Seitenfenster flog. Beim Aufprall hörte man ein entsetzliches »Rums«.

Bitty umschlang seine Schultern mit den Armen. »Liebling, ist alles in Ordnung?«

Chauncey rief: »Hinter uns kommt ein Auto. Fahr an die Seite. Fahr an die Seite! Fahr an die Seite!« Bitty glaubte, sie müßte durchdrehen, wenn er nicht aufhörte.

Henry ließ die Kupplung kommen, der Wagen tat einen Satz nach vorne. Wieder griff Chauncey ins Steuer und riß es zu weit herum. Der Wagen prallte gegen die Leitplanke. »Da siehst du, wohin du mich gebracht hast!«

Henrys mit Pusteln übersätes Gesicht war kreidebleich, seine Unterlippe ein Strich. Bitty wußte, daß er sich auf die Lippe biß, um die Tränen zurückzuhalten. »Mein Gott, Henry, steig aus. Du stinkst zum Himmel!«

Er hatte recht. Angst und Streß verlangten ihren Tribut, im Verein mit den Hormonen des fünfzehnjährigen Henry. Er stank fürchterlich, ihr armes kleines Baby. Bitty wünschte sich nichts sehnlicher, als ihn auf den Schoß zu nehmen und ihn zu wiegen und ihm ein Schlaflied zu singen.

Umständlich wand er sich aus dem Auto. Zitternd stand er mit dem Rücken zu ihnen an der Leitplanke. Aber er hatte vergessen, die Handbremse anzuziehen, und der Wagen kam ins Rollen. »Scheiße!« schrie Chauncey und zog sie an. »Hast du denn überhaupt kein Hirn im Kopf?«

Bitty sagte: »Chauncey, das reicht. Laß uns nach Hause fahren.«

Aber Marcelle quengelte: »Ich will auch mal.«

»In Ordnung, mein Schatz«, sagte Chauncey. »Du bekommst auch eine Chance, Liebes.«

»Bitte nicht, Chauncey. Henry...«

»Findest du nicht, daß Marcelle auch ein Recht auf ihre Chance hat?«

Was sollte sie ihm vor Marcelle antworten? »Ich denke, damit würdest du Henry verletzen...«

»Henry! Er hat seine Chance gehabt. Also los, mein Schatz. Jetzt bist du dran.«

Marcelle stieg aus, und Bitty wollte ebenfalls aussteigen. »Ich bleibe bei Henry.«

»Nein!«

Marcelle stieg ein und schlug die Tür zu. Chauncey sagte: »Laß ihn in seinem eigenen Saft schmoren. Der Junge denkt einfach nicht *nach*, das ist alles! Dazu hat er jetzt endlich Zeit.« Er wandte sich zu Marcelle. »Also, Liebling, dreh vorsichtig den Schlüssel um...«

Marcelle lernte Autofahren, wie sie Lesen gelernt hatte und Malen und Klavierspielen und alles, was sie anfing. Man brauchte ihr nur zu sagen, wo die Zündung war und die Kupplung und die Bremse, der Rest kam scheinbar von ganz allein. Sanft wie ein Profi, die Augen kaum über dem Lenkrad, manövrierte sie den Wagen um S-Kurven und wieder zurück, während Henry auf der Leitplanke saß, ein Ausgestoßener.

Bitty wäre am liebsten gestorben, hätte so gern geweint, aber das konnte sie nicht. Vor Chauncey und Marcelle konnte sie einfach nicht weinen. Es gab schon genug Streit in der Familie. Sie würde es aushalten, bis sie nach Hause kam und sich ein Glas Wein nehmen konnte.

Als sie zum zweiten Mal zurückfuhren, saß Henry nicht mehr auf der Leitplanke. Weiter vorn sahen sie ihn mit traurigen, hängenden Schultern, wie er sich vom Schauplatz entfernte, wo Marcelle, das kleine Mädchen, ihn wieder einmal in den Schatten gestellt hatte, eine glänzende Vorstellung lieferte, nachdem man ihn mit Buhrufen und Pfiffen von der Bühne gejagt hatte.

Chauncey ließ Marcelle anhalten und tauschte mit ihr die Plätze. Dann raste er wie ein Verrückter los, brachte tatsächlich ihr Leben in Gefahr, was Henry gar nicht getan hatte. Er sauste die Straße hinab, kam mit einer Vollbremsung zum Stehen, lehnte sich aus dem Fenster und schrie: »Kannst du mir mal verraten, wo du hingehst, junger Mann?«

Henry ging schweigend weiter.

»Antworte mir gefälligst, wenn ich dich etwas frage!«

»Nach Hause!«

»Du steigst jetzt sofort in dieses Auto!«

Statt einer Antwort fing Henry an zu laufen. Chauncey jagte

hinter ihm her, packte ihn am Arm und marschierte, ihn vor sich herschiebend, zum Wagen zurück. Wie ein aggressiver Bulle stieß er ihn auf den Sitz.

Jetzt, wo er neben Bitty auf dem Rücksitz saß, spürte sie das ganze Ausmaß seiner Erniedrigung. Sie blinzelte die Tränen fort und legte ihm sanft eine Hand aufs Knie. Wie sie geahnt hatte, stieß er sie fort und wandte sich ab, starrte zum Fenster hinaus, aber dennoch sah sie für einen kurzen Augenblick den gehetzten, verzweifelten Blick eines Tieres in seinen Augen.

Chauncey verprügelte ihn, als sie zu Hause angekommen waren, unter dem Vorwand, er habe sich ihm widersetzt und versucht, wegzulaufen, aber sie wußte, daß er keinen Vorwand brauchte. Er hatte beschlossen, seinen Sohn zu schlagen, und mehr brauchte es nicht. Er tat es zum ersten Mal, und sie drohte, ihn zu verlassen, falls er es jemals wieder täte.

Hinterher verließ Henry das Haus und wanderte stundenlang durch die Straßen – wie sie später erfuhr –, bis er schließlich zu Tolliver ging. Der gute Onkel Tolliver hörte sich die Geschichte an – oder vielmehr die winzigen Bruchstücke, die Henry in seinem Stolz preisgab, was nicht viel sein konnte, nach Bittys Einschätzung, aber sie wußte auch, daß Tolliver zwischen den Zeilen lesen würde.

Am Ende brachte Tolliver ihm das Autofahren bei, was Chauncey anscheinend erleichterte, jedenfalls dankte er ihm dafür, daß er sein Leben aufs Spiel setzte und auf sich nahm, was man »keinem menschlichen Wesen zumuten sollte«.

2

Marcelle hatte André vor einer Stunde ins Bett gebracht, und jetzt ging Henry endlich nach oben, nachdem er sich stundenlang betrunken von einem Sessel in den nächsten hatte fallen lassen, und behauptete, er sei zur Stelle, falls Bitty irgend etwas brauche. Bitty war total weggetreten, und Marcelle und Henry mußten allein mit dem Tod ihres Vaters fertig werden. Keiner von beiden war dazu stark genug, trotzdem schafften sie es ir-

gendwie. Verwandte kamen vorbei und erledigten einen Groß-
teil der harten Aufgabe, andere Verwandte und Freunde zu be-
nachrichtigen und eine ordnungsgemäße Totenwache für den
nächsten Tag zu organisieren.

Und bei näherem Hinsehen mußte Marcelle zugeben, daß sogar Bitty sich erstaunlich gut gehalten hatte. Sie hatte tatsächlich die Beerdigung arrangiert, bevor sie sich in ihr heißgelieb-
tes Niemandsland zurückzog. Und alles ohne einen Schluck
Alkohol. Marcelle war zuerst verblüfft, als sie aber die letzten
Jahre im Geiste Revue passieren ließ, fiel ihr auf, daß ihre Mutter eigentlich gar nicht so hilflos war. Im Gegenteil, zu jeder-
manns Erstaunen bewährte sie sich immer am besten in einer
Krise.

Einmal, in Covington, war Marcelle hingefallen und hatte
sich das Bein aufgerissen – es war nicht nur ein kleiner Schnitt,
sondern eine häßliche Wunde mit Hautabschürfungen, aus der
das Blut wie Preiselbeersaft herausfloß. Henry hatte angefangen zu schreien und hörte nicht mehr auf. Ma-Mère mußte sich
setzen und legte den Kopf in den Schoß. Chauncey stürzte los
und suchte ein Handtuch, um die Blutung zu stoppen, rannte
von einem Ende des Hauses zum anderen und fand keins. Die
bedauernswerte, betrunkene, unfähige Bitty riß einfach einen
Vorhang herunter, band die Wunde ab, warf Marcelle ins Auto
und war mit ihr schon ins Krankenhaus gefahren, bevor irgend
jemand ihre Abwesenheit bemerkt hatte.

Vorfälle wie diesen gab es zur Genüge. Wenn es hart auf hart
kam, reagierte Bitty beispielhaft zuverlässig und tüchtig. Aber
im täglichen Leben war sie nahezu unerträglich, nicht zu gebrauchen. Chauncey kümmerte sich immer rührend um sie, als
ob er an ihrer Krankheit, an ihrer Sucht schuld sei, als ob er
etwas tun könnte, um sie wieder ins Leben zurückzuführen.

Marcelle mußte beinahe lachen. Er hatte sterben müssen.
Marcelle konnte sich nicht erinnern, wann sie ihre Mutter zum
letzten Mal so lebhaft gesehen hatte. Chauncey hätte es kaum
glauben können, hätte fälschlicherweise Mut gefaßt – es würde
nicht so bleiben, das hatte Marcelle schon vor Stunden gewußt.
Es war schon wieder vorbei.

Aber in letzter Zeit hatte sich Chauncey anscheinend mit ihrem Zustand abgefunden. Marcelle vermutete es jedenfalls. Er hatte sich offensichtlich anderweitig orientiert.

Wieder fühlte sie sich den Tränen nahe und ging nach oben ins Badezimmer, um sich das Gesicht zu waschen. Sie ging in ihr ehemaliges Zimmer, wo noch immer ihre Puppen und Teddybären saßen, und zog ein kurzes rosa Satinnachthemd an. Henry und sie – und ihr Sohn André – blieben über Nacht bei ihren Eltern – bei ihrer *Mutter*, korrigierte sie sich und kämpfte wieder mit den Tränen. Sie war zwar hier, aber sie wußte nicht, was sie für ihre Mutter tun konnte. Falls Bitty etwas brauchte – Wasser oder vielleicht noch eine Ladung Tabletten –, dann war sie da. In der Zwischenzeit würde sie sich selbst einen Drink einschenken – den ersten, seit Skip die Nachricht überbracht hatte.

Bourbon vielleicht. Wohltuend stark, denn sie würde jetzt eine Menge Unterstützung brauchen. Und dann dachte sie daran, daß sie wußte, es gab kein politisches Motiv für den Mord an ihrem Vater –, daß sie den Mörder kannte.

Sollte sie es Skip sagen? War wirklich irgend jemandem geholfen, wenn sie das tat?

3

Skip zog sich Jeans an, nahm sich einen Gin Tonic und trug einen ihrer Regiestühle auf den Balkon. Im Februar und März konnte es in New Orleans noch ziemlich kühl sein, aber für Mardi Gras war es warm gewesen, und an diesem Abend reichte ihr ein Pullover.

Trotzdem saß außer ihr niemand auf seinem Balkon. Skip hatte sich nach draußen gesetzt, weil sie den Karneval sehen und hören wollte, das ungewohnte Lachen und Kreischen und den gewohnten rauhen Klang des Pianos aus Lafitte's Blacksmith Shop. Manchmal hörte sie die Musik beim Einschlafen und wurde am nächsten Morgen von den spielenden Kindern auf dem Schulhof auf der anderen Straßenseite geweckt. Angenehme Geräusche, mit denen man gern lebte. Und wenn die Wohnung auch winzig war, wer einen Balkon hatte, konnte sich nicht beklagen.

Glücklicherweise, dachte sie, besaß im French Quarter fast jeder einen Balkon. Fast jeder in der Stadt, um genau zu sein, der über dem Erdgeschoß wohnte. Auf dem eigenen Balkon zu sitzen, mit einem Drink in der Hand, und die verschnörkelten, schmiedeeisernen Geländer zu betrachten, die sich so anmutig um die Flachdachhäuser wanden, war so schön, daß es einem fast das Herz brach.

Von Skips Balkon aus sah man mehr als ein oder zwei Gebäude aus dem achtzehnten oder neunzehnten Jahrhundert. Eine Häuserzeile reihte sich an die andere, manche waren liebevoll restauriert, andere hatten einen Anstrich nötig, wieder andere waren verfallen. Alle (die kreolischen Herrenhäuser vielleicht ausgenommen) hatte man in Apartments wie ihres aufgeteilt – nicht in Museen oder Denkmäler umgewandelt, sondern einfach nur in Wohnhäuser, in denen es sich hervorragend leben ließ, als ob die Sozialbaublocks überhaupt nicht existierten. Eine Restaurationswelle hatte das French Quarter kürzlich überrollt, aber Skip machte sich nicht viel daraus. Die alten Gebäude wurden in geschmackvollen Pastelltönen gestrichen, was vielleicht zu Kalifornien gepaßt hätte, aber hier sahen sie einfach fehl am Platz aus. New Orleans, wie die Karibik, schrie nach Robustheit, war in Skips Augen sogar etwas vulgär. Besonders scheußlich fand sie den neusten Trend, die schmiedeeisernen Geländer in zartem Grau zu streichen, anstatt sie schwarz zu lassen, wie es sich gehörte.

In ihrer Straße gab es zwei elegante, alte kreolische Herrenhäuser. Das eine hatte man neu gestrichen in Mauve und Grau, das andere in einem schockierenden Pink mit apfelgrünen Verzierungen. Von dem ersten hätte jeder Dekorateur geträumt, dem nichts mehr einfiel, das zweite paßte.

Der Mann vom Delikatessengeschäft ging im Piratenkostüm vorbei und winkte. Ein Verkäufer im weißen Kittel kämpfte sich mit seinem verrückten Karren in der Form eines Hot Dogs die Straße hinunter, seine Ware anpreisend, und erinnerte sie aus irgendeinem Grund an Tennessee Williams. Bestimmt hatten Stanley und Stella und Blanche ihre Würstchen bei diesen alten Kerlen gekauft.

Sie liebte das French Quarter ebensosehr, wie sie den Garden District verabscheute. In seiner unendlichen Vielfalt pulsierte das Leben. Doch an diesem Abend bemerkte sie ihre Umgebung kaum. Sie weinte, aber nicht um Chauncey. Sie weinte über sich selbst. Es war Mardi Gras, und sie konnte nirgendwo hingehen, hatte niemanden, mit dem sie zusammensein konnte. Sicher, sie mußte auf Steve Steinman warten, der ihr den Film bringen sollte, aber viel lieber hätte sie sich an einen Liebhaber gekuschelt.

Allein der Gedanke an einen Liebhaber lag ihr so fern, daß sie es sich kaum vorstellen konnte. Sie überlegte, ob sie ins Abbey gehen sollte, um Claude zu treffen. Aber sie konnte sich nicht mit dem Gedanken anfreunden, sich noch einmal in das Karnevalsgetümmel zu stürzen, und außerdem war Toni wahrscheinlich da. Claude war ein Yat, hatte zwei Semester am Loyola studiert, und wenn er eine Zukunft hatte, dann vielleicht als Besitzer einer Trendkneipe. Mit ihm konnte man sich nur über Football und Rassismus unterhalten, und das war vor seiner Zeit als Ehemann gewesen. Aber er war groß und mochte große Frauen, und Skip hatte niemanden außer ihm. Wahrscheinlich *gab* es keinen anderen für sie.

Sie kam von einem anderen Stern. Eine fliegende Untertasse mußte eines Tages im Garten ihrer Eltern in der State Street gelandet sein und sie dagelassen haben. Jedenfalls kam es ihr manchmal so vor. Ihr Vater verbrachte seine Zeit mit Tennisspielen und richtete die Knochen der Reichen und Wohlgeborenen. Er war Mitglied bei Rex, aber nicht bei Comus, und das war die Enttäuschung seines Lebens. Ihre Mutter machte sich in Komitees für Wohltätigkeitsbälle nützlich. Anscheinend interessierten sich ihre Eltern nur für zwei Dinge – wie sie die gesellschaftliche Leiter hochklettern und ihre Tochter für ihr Hobby einspannen konnten. Sie waren bestimmt nicht ihre richtigen Eltern. Bestimmt kümmerten sich richtige Eltern wenigstens ein bißchen darum, wer ihre Kinder wirklich waren, statt sie mit aller Macht so hinzubiegen, wie sie ihrer Meinung nach sein sollten.

Den Vorstellungen ihrer Eltern entsprechend ging Skip zum McGehee College – obwohl sie für Newman auch schlau genug gewesen wäre – und in der sechsten Klasse in Miggys Tanzschule, in der siebten zu den Icebreakers, zu den Eight O'Clocks in der achten und später natürlich zu Valencia – wen interessierte es schon, daß sie zu groß, zu fett, zu schüchtern, zu unbeliebt war und keine Ahnung hatte, was das Ganze sollte. Schließlich wurde sie sogar eine Kappa am Newcomb College, obwohl niemand sie dazu gezwungen hatte und sie hätte wissen können, daß sie nicht mehr alles tun mußte, was ihre Eltern von ihr erwarteten. Das wurde ihr später bewußt, schlagartig.

Sie ging auf ihren ersten Ball. Sie hätte sogar Karnevalskönigin werden können – ihr Vater war außer bei Rex auch bei Proteus Mitglied –, aber das lehnte sie ab. Karnevalsköniginnen waren immer die Töchter von irgend jemandem, und sie hatte die Nase gestrichen voll davon, für alle Leute immer nur Dr. Langdons Tochter zu sein.

Sie ging nur aus einem einzigen Grund mit auf den Ball – es war zwar unwahrscheinlich, aber doch immerhin möglich, daß sie auf diese Weise lernen würde, sich anzupassen. Was sie ganz sicher wollte. Aber soweit sie sich zurückerinnern konnte, hatte sie die Regeln nie verstanden. Sie brachte alles durcheinander. Benehmen oder Etikette, Sachen, die man nachlesen konnte, waren nicht das Problem. So etwas war einfach. Aber sie hatte kein Talent, sich anzupassen, anscheinend begriff sie die ungeschriebenen Gesetze nicht, die gesellschaftlichen Regeln, Moden, Trends, das Wissen, was man wann tut, mit dem Südstaatler normalerweise schon auf die Welt kommen.

Wenn sie aus der Rolle fiel, wurde sie ausgelacht, belehrt, sogar geschlagen. Trotzdem schlugen alle Korrekturversuche fehl, da sie das nächste Problem nie kommen sah. Und so hatte sie keine Chance, ihre Eltern oder Schulkameraden für sich zu gewinnen. Sie begann sehr früh zu rebellieren.

Mit fünf war sie zu einer Geburtstagsparty eingeladen, zu der sie nicht gehen wollte. Und so warf sie die Einladung auf dem

Heimweg vom Kindergarten einfach weg. Niemand hatte ihr bisher gesagt, was u. A. w. g. heißt, aber als ihre Mutter von der Einladung erfuhr, versohlte sie ihr den Hintern.

Die Ungerechtigkeit konnte man nicht hinnehmen, also weigerte sich Skip, sie hinzunehmen. Sie riß eine der Wohnzimmerlampen vom Tisch und sah zu, wie der teure Lampenfuß in Scherben sprang. Dafür wurde sie erneut verprügelt – diesmal mit einer Haarbürste – und zwei Tage lang, in denen sie die Tränen hartnäckig zurückhielt, in ihrem Zimmer eingesperrt. Jahre später fiel ihr auf, daß in New Orleans niemand einer Bitte um Antwort nachkam, und sie ahnte den eigentlichen Grund, weshalb sie verprügelt worden war – das Geburtstagskind war die Tochter von Leuten gewesen, bei denen sich ihre Mutter einschmeicheln wollte.

Man hatte ihr erzählt, daß der Kindergärtnerin in diesem Jahr eine Veränderung an ihr aufgefallen sei: Das bisher so fröhliche Kind machte einen schwermütigen Eindruck auf sie. Sie rächte sich nicht für die beiden Tage der Gefangenschaft – ihre Racheakte entsprangen meist plötzlichen Wutanfällen, waren selten geplant –, aber von diesem Zeitpunkt an war sie sich der Ungerechtigkeit der Welt ständig bewußt. Trotzdem hatte das Leben auch seine angenehmen Seiten, sogar für eine Außenseiterin. Essen zum Beispiel. Und später kamen Alkohol, Rauchen, Drogen und an oberster Stelle Sex. In dem Jahr, als sie auf ihren ersten Ball ging, wurde Skip schwanger. Sie wollte das Baby behalten, aber ihrer Mutter fiel auf, daß ihre Kleider zu eng wurden, sie ahnte den Grund und arrangierte eine Abtreibung.

Danach gab sie auf. Sie flog vom Newcomb, da sie zu oft bekifft oder betrunken war, um die Versetzung zu schaffen. (Zu dem Zeitpunkt war Zelda Fitzgerald ihr Spezialgebiet.)

An der Louisiana State University nahm man sie danach nicht mehr auf, aber am Ole Miss. Auch da flog sie wieder raus. Danach dealte sie ein bißchen und kaufte sich von dem Erlös ein Ticket nach Los Angeles. Ihre Mitbewerberinnen sahen alle aus wie Starlets, womit sie nicht konkurrieren konnte, und so bekam sie nicht einmal einen Job als Kellnerin. Am Ende landete sie in San Francisco, ließ sich die Haare kurz schneiden und fuhr ein Motorrad für Speedys Kurierdienst. Bei diesem ungewöhnlichen Job fiel ihr zum ersten Mal auf – und erst nach vielen Monaten –, daß sie sich ihre Größe, ihren athletischen Körperbau, zunutze machen konnte.

Sie fing an zu trainieren, wurde ihren Babyspeck los und fühlte sich wie Sheena im Dschungel. Ihr altes Gefühl für Ungerechtigkeiten hatte sie nie verlassen, nur hatte es sich inzwischen verändert und war zu einem ausgeprägten Gerechtigkeitssinn geworden, wie sie glaubte. Wenn sie ihre täglichen Runden drehte, wurde sie manchmal Zeugin krimineller Akte, und eines Tages verhinderte sie ganz unwillkürlich einen Überfall, was ihr Leben entscheidend beeinflußte. Sie fuhr in Richtung ›Examiner‹ die Fifth Street hinunter, als sie einen Teenager sah, der eine alte Frau niederschlagen wollte, um ihr die Handtasche zu entreißen. Bevor ihr bewußt wurde, was sie tat, war Skip mit dem Motorrad auf dem Gehweg, schob ihren Körper zwischen den Jungen und sein Opfer. Und damit noch nicht genug – sie »stellte« den Jungen, wie die Polizei sagte, bis die Bullen am Tatort ankamen.

Danach begann sie zu träumen, sie sei Polizistin. Wirklich zu träumen, bei Nacht, wenn ihre Abwehrmechanismen ausgeschaltet waren. Und dann träumte sie auch am Tag, und bald war sie davon besessen. Sie wußte, daß sie dazu nach New Orleans zurückkehren mußte. Sie war immer noch sehr jung und hätte sich den Grund dafür nie eingestanden – Jahre würden noch vergehen, bis sie es verstand –, aber das war die endgültige Rache an ihren Eltern und dem ganzen stinkenden Haufen, mit dem sie sich abgaben.

Sie würden sie dafür hassen. Aber wie sollten sie eine verantwortungsvolle Tochter hassen, die auf der Seite von Gesetz und Ordnung kämpfte? Guten Gewissens konnten sie das nicht – sie mußten sich selbst ebenso hassen. Das war die perfekte Methode, es ihnen heimzuzahlen, mit ihrem ganzen verdammten Gesellschaftssystem. Wirklich schade, daß sie ihre Gesetze nie verstanden hatte – sie würde sich eben ihre eigenen machen.

Sie war sich des Racheaspektes bei ihrer Entscheidung nur

vage bewußt, für sie hatte die Entscheidung vorrangig einen konstruktiven Nutzen. Sie sah, daß sie sich auf diese Weise in ihrer Heimatstadt schließlich doch noch anpassen konnte, etwas über sie herausfinden konnte, was über den neusten Klatsch dieser winzigen sozialen Gruppe hinausging, dessen Dorfcharakter Steve Steinman so überrascht hatte. Außerdem war es ein Abenteuer für sie. Sie würde in Gegenden kommen, von deren Existenz sie bisher nur gehört hatte, und die Leute wirklich kennenlernen, die richtigen Leute, die Arbeiter und andere Schichten. Und das Beste war, zu guter Letzt bekam sie auch noch Macht, in ihrer eigenen Heimatstadt. Sie war nicht mehr bloß die Tochter von Dr. Langdon.

Sie übersah die unabänderliche Tatsache, daß sie nirgendwo dazugehören würde – zu ihren alten Leuten bestimmt nicht und zu ihren Polizeikollegen sicherlich auch nicht. Sie hatte sich zwar schon vorher wie eine Außerirdische gefühlt, aber das war nur ein Vorgeschmack gewesen. Sie hätte sich nicht vorstellen können, daß so ein tiefes, unüberwindliches Gefühl von Einsamkeit möglich war.

In mancher Hinsicht besaß sie jetzt wirklich Macht. Sie liebte ihren Job – mehr als ihr irgend jemand hatte vorhersagen können –, das erregende Gefühl, etwas gut zu machen. Zum ersten Mal in ihrem Leben leistete sie etwas, lernte etwas, fand ihr Leben lebenswert und aufregend. Aber in ihrem Privatleben fühlte sie sich vollkommen machtlos.

Tricia Lattimore, die sich auch nicht hatte anpassen können, war inzwischen Sozialarbeiterin in New York. Skips einziger Freund hieß Jimmy Dee Scoggin, ein schwuler, fünfzigjähriger, hoffnungslos krimineller Anwalt, der ihr Vermieter war – es sei denn, man zählte Tennessee Williams mit. Sie hatte in letzter Zeit nichts anderes gelesen, Tennessee half ihr über das Schlimmste hinweg. Jimmy Dee auch – teilweise mit verbotenen Substanzen und teilweise mit unglaublichen Anekdoten. Im Moment war Jimmy Dee mit seinem üblichen Heer von hübschen Knaben und hinreißenden alternden Tunten unterwegs. Somit blieb Skip allein auf ihrem Balkon und weinte in ihren Gin Tonic.

Sie dachte gerade darüber nach, wie sie die Gedanken loswerden sollte, die ihr das Hirn zermarterten, als das Telefon klingelte. »Skippy? Hier ist Marcelle.«

»Marcelle!« Mußte das sein?

»Skippy, ich fühl mich so elend. Ich weiß, daß du noch nicht lange bei der Polizei bist, aber ich dachte – gibt's eine winzige kleine Chance, daß du vielleicht an Daddys Fall mitarbeitest?«

»Ich glaube, ja. Wie kann ich dir helfen?« Sie hoffte, daß man ihr die Neugier nicht allzusehr anhörte.

»Ich weiß es nicht.« Marcelle begann zu weinen. »Es ist alles so sinnlos.«

»Du weißt, daß ich dir gern helfe, wenn ich kann.«

»Skippy, bitte sag mir eins – du hast diese Dolly doch gesehen, oder? Wie hat sie ausgesehen?«

»Wie sie ausgesehen hat? Ich weiß nicht, was du meinst.«

»Na ja, ich weiß, daß sie als Dolly Parton *verkleidet* war, aber wie hat sie *ausgesehen*?«

Genau die gleichen Fragen hatten ihr O'Rourke und Tarantino gestellt, immer wieder, bis sie ihr zu den Ohren rausgekommen waren. Wie groß war Dolly? Könnte sie ein Mann gewesen sein? War sie schwarz oder weiß? Dick oder dünn? Woher sollte Skip das wissen? Sie fand, daß Dolly ziemlich groß ausgesehen hatte und vielleicht ein Mann gewesen sein könnte, außerdem hatte sie den Eindruck gehabt, daß sie nicht dick gewesen war, aber wegen der Ballontitten konnte sie das nicht mit Bestimmtheit sagen.

Sie wußte nicht, was sie antworten sollte, aber sie verstand auch nicht, warum Marcelle sie danach fragte. »Ich weiß es wirklich nicht, Marcelle, aber warum willst du das wissen? Hat irgend jemand deinen Vater bedroht?«

Marcelle schluckte. Skip hatte zwar schon einiges getrunken, aber dessen war sie sich sicher. »Nein, natürlich nicht. Ich bin bloß so sauer auf das Schwein, das ist alles. Ich würde ihm am liebsten was antun.«

»Natürlich. Das ist verständlich.«

»Ach, Skippy, hast du wirklich nichts gesehen? Ich fühle mich einfach so hilflos.« Sie fing an, verzweifelt zu schluchzen.

»Marcelle, hör doch auf zu weinen. Wenn du aufhörst, erzähle ich dir eine gute Nachricht. Jemand hat sie gefilmt. Er bringt mir den Film in einer halben Stunde vorbei. Vielleicht hilft er meinem Gedächtnis auf die Sprünge. Vielleicht ist mir doch etwas aufgefallen, und ich habe es bloß vergessen.«

»Glaubst du das? Glaubst du das wirklich?«

Sie klang so hoffnungsvoll, und Skip war froh, daß sie es ihr erzählt hatte. Später, als sie wieder auf dem Balkon saß, fragte sie sich, ob sie richtig gehandelt hatte. Schließlich war der Film Sache der Polizei, oder jedenfalls bald. Sie holte sich noch einen Gin Tonic.

Auf dem Balkon wurde es ihr zu langweilig, und sie ging wieder hinein. Aus irgendeiner perversen Laune heraus legte sie eine Dolly-Parton-Platte auf. Fünfundvierzig Minuten später dachte sie, daß Steve Steinman nicht mehr kommen würde. Nach weiteren fünfzehn Minuten wurde sie langsam sauer. Sie rief Cookie Lamoreaux an. Jemand ging ans Telefon, konnte sie aber wegen des Lärms nicht verstehen. Sie wollte ins Bett.

Schließlich, es war schon fast Mitternacht, klingelte es. Sie trat auf den Balkon. »Hallo?«

»Hier ist Steve Steinman.«

Er klang anders als am Telefon. Normalerweise hätte Skip einfach auf den Türöffner gedrückt, aber irgend etwas an seiner Stimme beunruhigte sie. Sie stieg die Treppe hinunter und hielt die Pistole in der Hand. Die Haustür hatte ein Glasfenster, und sie erkannte den Mann, mit dem sie bei der Parade zusammengestoßen war. Es sah nicht so aus, als ob noch jemand bei ihm wäre.

Sie öffnete die Tür, die Pistole im Anschlag. Obwohl man es sich kaum vorstellen konnte, wurde Steinman noch blasser als vorher. »O nein.« Er hörte sich an, als ob ihn sein letzter Freund auch noch im Stich gelassen hätte, und Skip begriff, daß sie wahrscheinlich nicht besonders gastfreundlich aussah.

Schnell steckte sie die 38er weg. Sie war plötzlich äußerst alarmiert, aber nicht aus Furcht vor bewaffneten Eindringlingen. Steinman war groß, weit über einsachtzig, und wog nach ihrer Einschätzung mindestens zweihundert Pfund. Im Augen-

63

blick sah er nicht gut aus. Er stolperte über die Schwelle und fiel ihr in die Arme. Sie hatte Mühe, sich aufrecht zu halten. »Was ist los? Was ist passiert?« Irgendwie gelang es ihr, die Tür zu schließen.

Er faßte sich mit einer Hand an den Hinterkopf. »Jemand hat mir eins übergezogen. Und den Film mitgenommen.«

Automatisch legte sie ihre Hand über seine und fühlte nach der Beule an seinem Hinterkopf. Sie verzog das Gesicht. »Können Sie gehen?«

»Ich muß mich nur eine Minute hinsetzen. Würden Sie den Projektor holen? Er gehört mir nicht – ich mußte einen ausleihen.«

Wer den Film auch genommen hatte, er hatte nichts anderes gesucht. Der Projektor stand unberührt vor der Tür. Sie schleppte ihn hinein, manövrierte Steinman auf die ausgetretene, blanke Holztreppe und ging nach oben, um ihm einen Brandy und ein paar Aspirin zu holen. Eine Zeitlang saß er einfach nur da und atmete schwer. Sie war kräftig, aber nicht kräftig genug, um einen Kerl wie ihn nach oben zu schaffen. Wenn es ihm nicht bald besserging, würde sie Hilfe holen müssen. Im nächsten Krankenhaus war sicher die Hölle los. Wenn sie heute nacht medizinische Hilfe brauchte, würde sie sich wohl an ihren Vater wenden müssen, der höchstwahrscheinlich zu Hause war, nachdem man den Rex-Ball wegen eines kleinen Mordes abgesagt hatte. Aber damit würde sie sich eine Blöße geben, und das kam nicht in Frage.

Wenn sie an Gott glaubte, würde sie beten, aber sie glaubte an nichts als an ihre eigene Bestimmung. »Wird bald wieder besser«, seufzte sie und wollte dem Filmemacher Mut zusprechen, aber es klang eher wie ein Gurren.

Er versuchte zu lächeln. »Geht schon wieder. Der Brandy hat geholfen.«

»Können Sie aufstehen?« fragte sie hoffnungsvoll.

»Ich glaube schon. Gehen wir hinauf?«

Er konnte schon wieder laufen, und es schien ihm langsam besserzugehen. Skip fragte sich, womit man ihn niedergeschlagen hatte. Sie führte ihn in ihr schäbiges Apartment mit dem billigen Bettsofa, das jetzt für ihren Besucher ordentlich hochgeklappt war, glücklicherweise – im ausgeklappten Zustand nahm es fast das ganze Zimmer ein.

Außer dem Sofa besaß Skip noch ein Schubladenschränkchen, ein paar kleine Beistelltische und einen großen Drachenbaum, der immer verstaubt war, aber dennoch weiterwuchs, ganz gleich was sie tat – oder nicht tat. Sie hätte sich gern einen Wohnzimmertisch angeschafft, aber das wäre zu unpraktisch gewesen, weil sie das Sofa ausklappen mußte.

»Keine Bilder«, sagte Steinman.

»Wie bitte?«

»Ihre Wände sind vollkommen kahl. So was habe ich noch nie gesehen.«

Skip wurde rot. Sie wohnte seit über einem Jahr hier und hatte noch nie Besuch gehabt, von Jimmy Dee und Kumpanen abgesehen. »Ich bin einfach noch nicht dazu gekommen.« Sie dachte darüber nach, was sie sich gern an die Wand hängen würde. In San Francisco hatte sie Heavy-Metal-Plakate an der Wand gehabt, aber ob das für eine Polizistin das richtige war? War die ganze Geschichte nicht überhaupt ziemlich unheilvoll? »Was«, sagte Steinman, »würde sich eine Dame von der Polizei an die Wand hängen?«

»Mich dürfen Sie so was wirklich nicht fragen. Hat Ihnen Cookie nicht gesagt, daß ich keine Dame bin? Was kann ich Ihnen für Ihren Kopf anbieten? Was Heißes oder was Kaltes?«

»Weiß ich nicht. Wie wär's mit noch einem Brandy?«

Nachdem sie ihm und sich selbst etwas zu trinken geholt hatte, fragte sie: »Was ist da draußen passiert?«

Er zuckte mit den Schultern. »Ehrlich gesagt, ich hab keine Ahnung. Ich wollte gerade klingeln, als mir jemand eins übergezogen hat. Ich war nur ein paar Minuten zu spät, also muß ich ziemlich lange bewußtlos gewesen sein. Als ich wieder zu mir kam, war der Film weg.«

»Haben Sie irgend jemanden gesehen, bevor Sie klingeln wollten?«

»Hab nicht drauf geachtet.«

»Wer wußte, daß Sie den Film hierher bringen wollten?«

»Cookie. Und Sie. Alle in Cookies Haus. Aber die waren alle so blau, daß sie noch nicht mal 'ne Maus überfallen könnten, von einem Hünen ganz zu schweigen.«

Skip betrachtete ihn verstohlen von oben bis unten. Hüne wohl nicht, aber jedenfalls ein großer, rundlicher Kerl mit sympathischem Auftreten und blauen Augen hinter ein paar Brillengläsern, die so aussahen, als seien sie angewachsen.

»Haben Sie den Film in einem Labor entwickeln lassen? Was ist mit den Leuten vom Labor?«

»Der Typ ist mit Cookie befreundet – deshalb konnte ich ihn dazu überreden, an Fastnacht zu arbeiten. Ich mußte ihm erst erzählen, worum es geht, und er kam mir ziemlich neugierig vor – normalerweise würde es bis zum nächsten Tag dauern, aber er hat sich extra beeilt. Eigentlich war er *reichlich* schnell, weil er zu Cookies Besäufnis wollte. Ich mußte ihn hinterher noch hinfahren.«

»Also hätte er Ihnen nicht folgen können.«

»Ich wüßte nicht wie.«

»Moment mal. Von diesen Dingern muß man Kopien machen, oder? Wo ist das Original?«

Er sah betroffen aus. »Haben Sie irgendeine Ahnung vom Film?«

»Nein.«

»Na ja, Sie haben da in ein Wespennest gestochen. Heutzutage benutzen fast alle Leute Farbnegativfilme, von denen man Kopien machen muß. Wenn man aber auf einer Filmhochschule ist, schnorrt man Filme. Man putzt die Klinken bei den Filmproduzenten und bettelt praktisch um Almosen. Man versucht zu handeln und zu schieben. Und wenn man einen guten Preis bekommt, dann nimmt man am Ende auch einen Farbpositivanstelle eines Negativfilms. Von einem Typen in einem Kameraladen habe ich einige praktisch umsonst bekommen, und genau die habe ich heute benutzt.«

»Ich komme nicht ganz mit.«

»Man braucht keine Abzüge.«

»Das Original war alles, was Sie hatten?«

»›Hatten‹ trifft den Nagel auf den Kopf.«
»Haben Sie ihn sich angesehen, bevor Sie hierherkamen?«
»Klar.«
»Und?«
»War ziemlich beeindruckend.«

Interludium

»Inwiefern beeindruckend?«

»Perfekt. Großartig.«

»Ich such' mir einen neuen Job.«

Steinman wurde rot. »Tut mir leid. Jetzt halten Sie mich sicher für herzlos.«

»Etwas. Was war so perfekt und großartig? Was war auf dem Film zu sehen?«

»Dolly, wie sie den Revolver zog, ihn um den Finger wirbelte und das verdammte Ding abfeuerte. Unglaublich. Alles auf dem Film.«

»Was kam dann?«

Er runzelte die Stirn. »Nichts mehr. Jemand rempelte mich an, da habe ich sie aus dem Bild verloren. Bis ich das Gleichgewicht wiedergefunden hatte, war sie weg. Den fallenden Rex habe ich auch nicht erwischt.«

»Schade.«

»Finde ich auch. Cookie hat gesagt, er kennt den Typen schon ewig. Ich schätze, Sie auch.«

»Stimmt. Wer Chauncey gekannt hat, kennt auch Cookie und mich. Und da ich Cookie kenne, muß Cookie Chauncey auch gekannt haben. Von uns gibt's nur dreißig in der ganzen Stadt.«

»Klingt wie Los Angeles.«

»Schlimmer als hier kann's gar nicht sein. Wie geht's Ihrem Kopf?«

»Besser. Meinen Sie, wir sollten die Bullen anrufen?«

»Sie haben da was vergessen.«

»Nein, habe ich nicht. Nur wird man von einem normalen Bullen nicht ins Wohnzimmer mitgenommen und mit Brandy versorgt. Muß ich keine offizielle Anzeige erstatten?«

»Das müssen Sie selbst entscheiden. Aber ich weiß eigentlich nicht, was dabei rauskommen soll. Der Kerl ist weg.«

»Der Film ist ein Beweisstück in einem Mordfall. Sollte ich das nicht irgend jemandem mitteilen?«

Sie zuckte mit den Schultern. »Ich weiß es doch. Aber machen Sie ruhig eine Anzeige, wenn Sie wollen. Bloß haben Sie davon nur Ärger, und für alle anderen ist es Zeitverschwendung.«

»Jetzt habe ich den Eindruck, daß Sie herzlos sind.«

»He, habe ich Ihnen nicht Brandy angeboten? Das ist mehr, als jeder andere Bulle tun würde.« Mit einer hilflosen Geste fuhr sie fort: »Ich bin nicht gefühllos. Nur sind alle überarbeitet und können wirklich nichts für Sie tun.«

Er antwortete nicht.

»Wie wär's, wenn wir eine Nacht darüber schlafen? Reden wir morgen weiter.«

»In Ordnung.« Er machte keinerlei Anstalten zu gehen.

Schließlich sagte Skip: »Ach, was soll's, es ist Karneval. Ich hole uns ein Bier. Der Brandy ist alle.«

Steinman lächelte, und Skip fiel auf, daß er richtig schüchtern aussah, wenn er lächelte. Der Gedanke, er könnte sie attraktiv finden, schoß ihr durch den Kopf. Aber dann sagte er: »Danke. Ich glaube nicht, daß ich es im Moment bei Cookie aushalten könnte. Wahrscheinlich sind sie schon beim Mazola-Öl angekommen.«

Skip schüttelte den Kopf, zum einen über ihre eigenen idiotischen Ideen, zum anderen über Steinmans Unkenntnis von New Orleans. »Bestimmt nicht«, sagte sie. »Kein Mensch kann im volltrunkenen Zustand vögeln. Darf ich Steve zu Ihnen sagen?«

»Klar. Und du heißt Skippy, stimmt's?«

»Einfach nur Skip.«

»Die Fassung für Erwachsene.«

»Mehr oder weniger.«

»Skippy. Cookie. Bitty. Wo zum Teufel sind wir hier eigentlich? Im Kindergarten? Gibt's hier niemanden, der Bill oder Sue heißt?«

Skip schüttelte wieder den Kopf und ging in die Küche, um das Bier zu holen. Steve folgte ihr. »Niemanden«, sagte sie. »Das gehört hier zur Tradition.«

»Albern.«

»Schlimmer. Typisch für die Südstaatler. Aber falls es dir weiterhilft, in Wirklichkeit heiße ich Margaret.« Als sie das Licht einschaltete, huschten Küchenschaben über den Küchenschrank mit dem trockenen, raschelnden, wie Papier knisternden Geräusch, das manche Menschen krank machte, wenn sie es beachteten. Die Eingeborenen ignorierten es natürlich. Steve wurde blaß. »Wie haltet ihr das aus? Cookie hat auch welche.«

»Die gehören zum Leben in der Altstadt. Sogar meine Eltern haben welche, in der State Street.«

»State Street, na klar, wie locker dir das über die Zunge geht.«

»Cookie hat dir bestimmt erzählt, daß ich die einzige Polizistin in der Stadt bin, die einmal Kappa in Newcomb war.«

»Kappa – das ist doch so was wie eine Studentenverbindung. Davon hat man auch in Kalifornien schon gehört.«

Skip lachte. »Wie erfrischend, jemandem zu begegnen, der nicht gleich vor Ehrfurcht im Boden versinkt.«

Steve prostete ihr mit seiner Bierdose zu. »Es ist erfrischend, dich kennenzulernen, Nachwuchs-Officer.«

Skip zuckte zusammen. »Bitte nicht. So nennen mich meine Kollegen bei der Polizei, wenn sie mich ärgern wollen.«

»Tut mir leid. Ich bin heute abend eine gesellschaftliche Niete.«

»Du bist verletzt. Setzen wir uns wieder?« Sie setzten sich wieder auf das Sofa. Skip hatte so viel getankt – und war außerdem ziemlich erschöpft –, daß sie beinahe geglaubt hätte, eine private Verabredung zu haben. Sie wollte es sich gutgehen lassen, verdammt noch mal – seit sie zu diesen Hinterwäldlern zurückgekehrt war, hatte sie keine Verabredung mehr gehabt –, und es war ihr egal, daß Mr. Steve Steinman Zeuge in einem Mordfall war. Es war ihr egal, was der Lieutenant oder der Polizeipräsident oder Mr. Steinman selbst darüber dachten. Sie, Skip, hatte Lust, ihre Schuhe von sich zu schleudern und Bier zu trinken. Was sie auch tat.

»Warum«, fragte sie, »hast du eigentlich die Rex-Parade gefilmt?«

»Warum? Soll das ein Witz sein? *Warum?* Der Film sollte Teil meines Meisterwerks werden, deshalb habe ich ihn gedreht. Ich bin am AFI und...«

»Am AFI?«

»Das American Film Institute. Weißt du, wie viele inzwischen berühmte Filme als Projekte von AFI-Studenten entstanden sind?«

»Nein. Viele?«

»Ach was. Ich weiß es auch nicht. Ein paar bestimmt. Jedenfalls habe ich ein Drehbuch über eine Frau geschrieben, die in ein Verbrechen verwickelt wird und abhaut – nach New Orleans –, aber da ist gerade Karneval, und was sie dann erlebt, ist schlimmer als alles, was hinter ihr liegt, und schließlich sind zwei Banden von Bösewichten hinter ihr her. Na ja, die ganze Geschichte willst du sicher nicht hören – ich wollte heute bloß ein paar Farbszenen von der Parade schießen, aber jetzt sieht die Sache ganz anders aus.«

»Wie meinst du das?«

»Wie soll ich einen Film über ein fiktives Verbrechen drehen, wenn ich ein echtes vor der Nase hatte?«

»Hast du jetzt vor, einen Dokumentarfilm zu drehen?«

Er sah entsetzt aus. »Natürlich nicht. So was doch nicht. Das war so – ich bin auf die Idee mit New Orleans gekommen, weil ich Cookie kannte und mir den Mardi Gras ansehen wollte, aber jetzt, wo ich hier bin, denke ich, da steckt viel mehr drin, das ist ausbaufähig. Und zwar auch ohne den Mord. Jetzt habe ich Lust, die Geschichte hauptsächlich in New Orleans spielen zu lassen – eher was über New Orleans draus zu machen. Ich meine – ich weiß auch nicht, was ich will. Plötzlich kommt mir meine alte Idee so unausgegoren vor, das ist alles.«

»Unausgegoren?« sagte Skip. »Und kindisch?«

»Unreif und infantil.«

»Unausgegoren«, wiederholte Skip und ließ den albernen Klang des Wortes in ihrem Kopf nachhallen. Steve und sie fingen an zu lachen, wie zwei Verliebte, die sich über einen abgedroschenen Witz einig waren. »Noch ein Bier?«

Er zerquetschte seine Dose und reichte sie ihr. »Erzähl mir

71

mehr über diesen Typen. Über die St. Amants, meine ich. War Chauncey vielleicht der berühmte Sproß einer uralten Kreolenfamilie?«

»Keineswegs. Er stammt aus einer mittelständischen Familie vom Lake Pontchartrain. Ich habe seine Eltern kennengelernt – sehr nette, sehr durchschnittliche Leute. Aber Chauncey hat an der Tulane Universität studiert, und da hat er Bitty Mayhew kennengelernt, die aus einer der ältesten Uptown-WASP-Familien kommt. Sie haben geheiratet. Ihr Vater war Präsident der Carrollton Bank – und mehr oder weniger König der Stadt, mit dem König Karneval nicht zu verwechseln –, und er akzeptierte den Knaben trotz seiner niedrigen Herkunft. Man sagt, er habe es nie bereut. Chauncey war clever, und zu gegebener Zeit wurde *er* Präsident der Carrollton Bank – gute Arbeit zahlt sich aus.

Bitty trinkt zuviel und hat schon immer zuviel getrunken, jedenfalls seit ich sie kenne, und das heißt, solange ich lebe. Sie haben eine Tochter, die zuviel trinkt und von ihrem Vermögen lebt, und einen Sohn, ein unerträgliches Gör – der ebenfalls zuviel trinkt.«

»Das waren Marcelle und Henry. Ich habe gehört, daß es noch einen Freund des Hauses gibt.«

»Cookie hat dich bestens informiert.«

»Nicht nur über die St. Amants. Die Namen aller Mitglieder deiner Familie kenne ich auch. Aber zurück zu dem Freund des Hauses – Tolliver Albert –, was ist er für ein Typ?«

»Ich mag ihn – mochte ihn schon immer. Er spielt die Rolle des alternden Junggesellen, was in New Orleans normalerweise heißt, daß er schwul ist, aber wenn das stimmt, ist er sehr diskret. Er ist eigentlich überall dabei, der ständige Begleiter, hat aber nie eine spezielle Freundin. Wer weiß schon Genaues über seine Vorlieben?«

»Vielleicht war er Dolly – vielleicht haben Bitty und er ein Verhältnis?«

»Ich kann dir verraten, daß es Tollivers Balkon war, auf dem sie stand. Aber Bitty und er haben nichts miteinander, glaub mir. Sie liebt den Suff und nicht die Männer.«

72

Steve seufzte. »Ich wünschte, ich wüßte besser Bescheid über New Orleans.«

Es klang so schwermütig, daß Skip ihm am liebsten auf die Schulter geklopft hätte. »Das ist nicht so einfach. Die Sozialstruktur ist vielschichtiger als ein Schieferfelsen.«

»Das denke ich mir. Hättest du vielleicht Lust, mir ein paar von den Schichten vorzuführen?«

»O Gott, aber mach mir hinterher keine Vorwürfe, weil ich damit angefangen habe. In San Francisco habe ich mein Essen nie selbst bezahlt. Ich fing an mit Legenden aus Noolins, und schon haben die Leute mich eingeladen.« Sie brachte ihm noch ein Bier.

»Noolins? Wird das in Wirklichkeit so ausgesprochen?«

»Um Himmels willen, nein. Innerhalb der Stadtgrenzen habe ich das noch nie gehört. Aber außerhalb lieben die Leute diese Bezeichnung. Wenn man zum Beispiel auf dem Flughafen landet, sagt die Flugbegleiterin: ›Willkommen in Noolins‹, und die Leute denken, jetzt wüßten sie Bescheid.«

»Und wie heißt es richtig?«

»Ach, da gibt's tausend Möglichkeiten. Nju Oolins sagen die eingefleischten Südstaatler. Nju Olijuns gilt für die Privatschüler und ist ein bißchen affektiert. Am meisten verbreitet ist Nju Orlins – aber natürlich nie Nju Orliins. Und dann gibt's noch Nju Oins, bei den Leuten, die auch Mainiis sagen.«

»Was ist *Mainiis*?«

»Mayonnaise. Das sagt man ganz oben auf der Leiter. Wenn du irgendwo Nju Oins oder Mainiis hörst, verneigst du dich am besten sofort. Aber sei vorsichtig – wenn du zur Napoleon Avenue willst und der Taxifahrer setzt dich bei der Napojun ab, gehört er trotzdem nicht unbedingt zum verarmten Adel. Sogar die Yats sagen Napojun.«

»Die Yats?«

»Mal langsam. Haben wir nicht gerade von den Schichten geredet?« Die Sache fing an, ihr Spaß zu machen. Sie fühlte sich nach Kalifornien zurückversetzt.

»Hm. Volle Kraft voraus.«

»Also, da gibt es natürlich die alten Kreolenfamilien mit den schicken französischen Namen, und dann kommen die Uptown-WASPs – Leute wie ich, nur gehören meine Eltern zur ersten Generation und sind damit gut genug für die Rex-Krewe, aber nicht für den Boston Club, der nur die absolute Crème de la crème aufnimmt, egal, wem du Zucker in den Hintern bläst.«

»Du bist eine WASP? Ich dachte, Langdon sei ein irischer Name.«

»Darüber sprechen wir nicht. Wir gehen in die Trinity Episcopal Kirche, und damit sind wir WASPs. Dann gibt's die alten jüdischen Familien und die Leute vom Petroleum Club, größtenteils Ölmagnaten. Und einen Haufen Neureiche, die mehr Geld als Stammbaum haben, wie die Langdons. Dann kommen die etwas weniger betuchten – oder manchmal sogar armen – Abgänger vom Ole Miss oder LSU, die in der Stadt arbeiten und sich gelegentlich mit den Uptown-Leuten mischen. Und ganz, ganz unten, da sind die Yats.«

»Verstehe.«

»Das ist die Abkürzung für ›whereyat‹, ihre Grußformel, und heißt eigentlich ›wo bist du?‹. Wenn aber jemand sagt: ›Hey, Steve, whereyat?‹, antworte bloß nicht mit ›Ecke Ursulines und Royal Street‹, sonst halten sie dich für verrückt.«

»Dann heißt das also ›Hallo, wie geht's?‹«

»Ungefähr. Yats nennt man die Weißen aus der Arbeiterklasse, die sich ursprünglich am Irish Channel, an der Flußseite der Magazine Street und im Neunten Bezirk draußen, hinter dem Faubourg Marigny, niedergelassen hatten. Aus unerfindlichen Gründen reden sie mit einem Brooklyn-Akzent. Weibliche Yats heißen Charmer, spöttelnde Uptown-Leute wie ich sagen ›Tschäwämä‹.«

»So reden die?«

»Tja. Am besten steckst du dir mehrere Kaugummis in den Mund, nimmst eine möglichst lässige Haltung ein, machst alle ›As‹ zu ›Äs‹ und zischst und lispelst ein bißchen, dann hörst du dich ungefähr wie ein Yat an.«

»Eingebildet bist du gar nicht.«

»Ich gebe bloß ein bißchen Lokalkolorit weiter.«

»Und wie passen die Schwarzen in das System?«

Skip öffnete eine Keramikdose auf einem der Beistelltische. »Also, das«, sagte sie, »ist eine äußerst interessante Frage. Trotzdem braucht die Professorin zwischendurch etwas Aufbaunahrung. Machst du mit?« Sie hielt einen Joint hoch. Steve betrachtete ihn mit einem gierigen und gleichzeitig verwirrten Blick. Sie zuckte mit den Schultern, zündete den Joint an, nahm einen Zug und gab ihn weiter. Er wies ihn nicht zurück.

»Die Schwarzen gehören zu einer anderen Kaste, wie in anderen amerikanischen Städten auch, aber sie haben ihre eigene Gesellschaftsordnung. In den Zeiten der Sklaverei lebten die kreolischen Schwarzen im French Quarter in ihrer eigenen vielschichtigen Gesellschaft. Sie hatten ihre eigenen Geschäfte und waren reich, viele von ihnen, und hoch angesehen. Die hübschesten Mädchen – als hübsch galten Mädchen mit Weißen unter den Vorfahren – wurden zu Terzeronenbällen geschickt, wo sie mit reichen Pflanzern zusammenkamen, die ihnen Häuser kauften und die Kinder ihrer unerwünschten Vereinigung unterstützten. Die Kinder, die Mädchen, wurden dann wiederum zu den Bällen geschickt, die Jungen nach Paris in die Schule. Jedenfalls alle, die man für Weiße halten konnte. Ich würde mich nicht wundern, wenn die Ursprünge einiger hochangesehener Bürger dieser Stadt da zu finden wären. Sieh dir nur mich an.« Mit beiden Händen fuhr sie sich durch ihren üppigen Krauskopf.

»Ich hatte gedacht, das wäre eine Dauerwelle.«

»Alles Natur. Aber bei mir fällt es nicht ins Gewicht, weil wir ›von außerhalb‹ kommen. Egal wie, vor ein paar Jahren gab es eine Karnevalskönigin von Comus, die ihre ganze Familie in Verruf gebracht hat, weil sie sich weigerte, für das große Ereignis zum Friseur zu gehen. Augenzeugen berichten, der Afro sei so hoch und dicht gewesen, daß die Krone kaum drin gehalten hat.«

Steve lachte. »Ihr Vater wäre doch sicher nie in den Boston Club gekommen. Muß man da nicht eine einwandfreie Ahnenreihe vorweisen können?«

»Glaube ich kaum. Wer weiß das schon so genau? Egal wie –«,

sie nahm noch einen Zug, »die Schwarzen haben jedenfalls ihre eigene Hierarchie, und die hängt – jetzt halt dich fest – von der Hautfarbe ab.«

»Ich glaube, mir wird übel.«

»Warum? Sie wetteifern bloß mit uns übrigen Rassisten. Es gibt Geschichten über Nachtklubs, in die man nicht reinkommt, wenn die Haut nur eine Spur dunkler als eine Papiertüte ist. In einen ›integrierten‹ Club darf jeder zwischen Milchkaffee und Lakritze. Noch ein Bier?«

»Kann ich gebrauchen, danke.«

Skip sammelte die leeren Dosen ein und schleppte eine frische Palette Dixies aus der Küche. Als sie zurückkam, zupfte Steve sich nachdenklich am Bart. »Ich will den Stoff in meinem Film unterbringen«, sagte er. »Das wird ein komplett anderer Film.«

»Kriege ich auch eine Rolle?« Skip legte eine Hand an die Hüfte und schnitt Grimassen.

»Warum nicht? So ein erstaunliches Ding wie du ist mir noch nie begegnet.«

Sie war etwas überdreht, weil sie bekifft war und sich wohl fühlte – mit einer ernsthaften Antwort hatte sie nicht gerechnet. »Ding?« sagte sie. »Du hältst mich für ein *Ding*?«

»Betreibst du hier ethnographische Feldstudien?«

»Ich bin Bulle. Ohne Scheiß. Ein Bulle. Ich passe bloß auf, das ist alles.«

»Cookie hat mir erzählt, daß du öfters von der Schule geflogen bist.«

»Das hat er erzählt?«

»Ich hatte erwartet, daß du oberflächlicher bist.«

»Ich lese viel.« Er ging ihr langsam auf die Nerven. Sie konnte es nicht leiden, wenn die Leute ihr erzählten, was sie sich vorgestellt hatten, und außerdem konnte sie es nicht leiden, wenn sie sich überhaupt etwas vorstellten. Wen interessierte schon, wie sich Mr. Steve Steinman vom AFI einen dämlichen Bullen vorstellte? Skip war Skip und *nicht* so, wie er sie sich vorgestellt hatte. Außerdem trank er ihr Bier und rauchte ihren Shit und sollte die Klappe halten.

Steve sagte: »Du hast wunderschönes Haar. Wie viele Bullen haben wunderschönes Haar? Und bernsteinfarbene Augen. Vielleicht solltest du die Hauptrolle spielen.«

Sie sagte nichts, war sich nicht sicher, ob sie richtig gehört hatte. Und hätte sowieso nicht gewußt, was sie sagen sollte. Sie hätte schwören können, daß er ihr eben ein Kompliment gemacht hatte, oder sogar zwei, und das, als sie gerade stocksauer auf ihn war.

»Du solltest heute nacht auf einem Karnevalsball sein.«

Skip war verlegen. Sie wechselte das Thema, schlüpfte wieder in ihre Lehrerinnenrolle und ließ den Moment ungenutzt verstreichen. »Nicht ich, sondern *du*. Ein Karnevalsball in New Orleans ist ein unvergleichliches Erlebnis. Rex und Comus finden im Municipal Auditorium statt, das zu diesem Anlaß unterteilt wird. Die beiden bedeutendsten Bälle finden direkt am Mardi Gras statt.«

Wie ein braver Schüler ließ er sich auf ihren Themenwechsel ein. »Nehmen sie die Stühle raus, damit man tanzen kann?«

»Ach wo. Sie senken die Bühne ab, damit sie mit dem Boden auf gleicher Ebene ist, und da wird dann getanzt. So kann niemand abstürzen.«

»Und im restlichen Saal? Tanzen die Leute im leeren Auditorium?«

»Ganz im Gegenteil. Zuschauer schauen zu.«

»Verkaufen sie Eintrittskarten, oder wie geht das?«

»Vergiß es. Man braucht eine Einladung. Sehr spezielle Gäste werden aufgerufen, und das heißt, sie dürfen tanzen. Aber das gilt nur für Damen.«

»Mir dreht sich der Kopf.«

»Schon gut, ich erklär's dir: Wenn man von Comus eingeladen wird, muß man zum Beispiel im Frack mit weißer Fliege kommen. Oder wenigstens mit schwarzer Fliege. Dann wird einem ein Platz zugewiesen, und man sieht einem Haufen Männern in komischen Kostümen zu, die mit Damen in Abendkleidern tanzen. Die Damen könnte man erkennen, aber die Herren tragen natürlich alle Masken. Die Damen, die eine Aufforderung haben, sitzen alle in einer Extraabteilung. Das sind die

Frauen und Freundinnen der Mitgliederfamilien. Sie bleiben einfach da sitzen, bis sie jemand vom Festkomitee zu ihren Tanzpartnern eskortiert – für einen oder höchstens zwei Tänze.«

»Und dann wissen sie gar nicht, wer der Kerl war?«

»Wenn der Geschäftspartner des Ehemanns Mitglied ist, dann ist er es höchstwahrscheinlich. Aber niemand sagt es einem.«

»Also wüßte man theoretisch noch nicht einmal, mit wem man getanzt hat.«

»Genau. Die ganze Angelegenheit ist ein bißchen sonderbar.«

»Und was machen die Königin und ihr Hofstaat?«

»Das ist wieder was anderes. Bei Comus tragen sie Silber, bei Rex Gold – Glanz und Glimmer. Von weitem sieht das aus wie ein Science-fiction-Film. Die Schleppen allein wiegen soviel wie ein Toyota. Der große Moment kommt um Mitternacht, wenn Rex mit seinem Hofstaat auf die andere Seite zieht, um Comus und dessen Hofstaat seine Aufwartung zu machen – die Parvenus verneigen sich vor der wahren Macht. Ganz reizend.«

»Bescheuert.«

»Das ist der Lauf der Glitzersteinchen. Ein weiterer fetter Dienstag in der ›City That Care Forgot‹.«

»Erstaunlich, daß du so geworden bist, wie du bist.«

»Das würde ich nicht sagen. Eigentlich ließ es sich kaum vermeiden. Jedenfalls seid ihr armen Kinder nicht die einzigen, die sich durchboxen mußten.« Plötzlich wurde ihr bewußt, daß sie überhaupt nichts von Steve Steinman wußte. »Oder bist du tatsächlich arm?«

»Nicht unbedingt. Meine Familie ist Mitglied in einem jüdischen Country Club, der keine Glaubensbrüder russischer Abstammung aufnimmt.«

Skip warf ein Sofakissen nach ihm. »Und du hast über *meine* Freunde und Mitbürger die Nase gerümpft.«

»Ich habe nicht die Nase gerümpft. Die menschliche Natur enttäuscht mich bloß immer wieder, das ist alles.«

Besänftigt und plötzlich neugierig geworden, sagte Skip: »Du weißt alles über mich. Aber was ist mit dir?«

78

»Glatt gelogen, Officer Langdon. Ich weiß nichts über dich. Nur, daß du aus einer Familie kommst, die du als gesellschaftliche Aufsteiger bezeichnest, und eine große prachtvolle Polizistin bist.« Skip spürte, daß sie rot wurde. »Ich kann mir nicht vorstellen, wie du dazu geworden bist.«

»Dein Pech, aber ich habe genug geredet. Du bist dran.«

»Also gut. Ich komme aus Atlanta, war am Duke, wo ich mit Cookie Lamoreaux im gleichen Zimmer gewohnt habe, und jetzt gebe ich mir Mühe, ein zweiter George Lucas zu werden. Ich bin dreißig Jahre alt, unverheiratet und würde dich furchtbar gern wiedersehen.«

»Wirklich?«

»Hm. Wie wär's mit dem Frühstück?«

»Ich glaube nicht, daß mir danach sein wird.«

»Dann später, zum Brunch.«

»Ich muß arbeiten.«

»Also gut, dann komme ich vorbei, und wir reden darüber, ob ich diese Anzeige machen sollte.«

»O Gott, das hatte ich total vergessen. Komm um drei, okay?«

»Nicht gleich morgens?«

»Ich weiß nicht, wann ich aus dem Büro weg kann.«

»Kein Problem. Ich werde warten.«

Aschermittwoch

1

Man hatte Skip geraten, sich wie ein normales Uptown-Mädchen zu verhalten, und an erster Stelle stand der Kirchgang auf ihrem Plan, wie bei fast allen Leuten in der Stadt. Hinterher würde sie bei den St. Amants vorbeigehen, aber eins nach dem anderen – in einer Stadt, in der man Fastnacht feiert, feiert man auch den Beginn der Fastenzeit. Außerdem hatte sie nach ihrem Spaziergang durch das French Quarter geistlichen Zuspruch sicher nötig.

Trotz der Bemühungen heldenhafter Straßenreinigungskolonnen, die die Nacht durchgearbeitet hatten, wurde man am Aschermittwoch auf der Bourbon Street das ekelerregende Gefühl vom Morgen danach nicht los. Bestimmt waren inzwischen mehrere Tonnen Pappbecher, fallengelassene Hurricane-Flaschen – oder vielmehr die Scherben, die übriggeblieben waren –, spitze Maiskolbenspieße, Bierdosen und, am schlimmsten von allem, abgenagte Kolben beseitigt worden. Aber der Gestank nach Müll, Erbrochenem und verschüttetem Bier würde bleiben. Und wer sich noch auf der Straße aufhielt, hatte die Nacht wahrscheinlich nicht zu Hause verbracht.

Doch Skip brauchte den Spaziergang und die anschließende Straßenbahnfahrt. Wenn sie Zeit hatte, legte sie den Weg in die Uptown häufig auf diese Art zurück. Sie hatte ihren therapeutischen Wert erkannt, als jemand sie einmal vor ihrem Elternhaus abgesetzt hatte und sie prompt in eine Auseinandersetzung mit ihrem Vater geriet – der bisher letzten, an jenem Tag, als sie zum letztenmal miteinander gesprochen hatten. Sie war lieber mit der Straßenbahn nach Hause gefahren, als sich von ihm chauffieren zu lassen. Und bis sie in der St. Philip Street angekommen war, hatte sie sich wieder beruhigt.

An diesem Tag profitierte sie doppelt von dem Weg: körperlich und geistig. Sie litt unter einem quälenden, tückischen Kater, der nach frischer Luft und Bewegung schrie. Und dann mußte sie darüber nachdenken, was sie in der letzten Nacht getan hatte. Drei dämliche Fehler. Sehr gefährliche Fehler.

Erstens hatte sie Steve zu sich nach Hause gebeten und zweitens Marcelle davon erzählt. Die Kombination dieser beiden Fehler hatte bereits Konsequenzen gezeigt, und das mußte sie mit sich ins reine bringen.

Der dritte Fehler stand auf einem anderen Blatt – sie hatte mit jemandem Gras geraucht, den sie nicht kannte. Wenn sie an den Falschen geriet, konnte sie das den Job kosten. Es war unklug, paßte nicht zu einer Polizistin und paßte nicht zu Skip. Was hatte sie also dazu getrieben?

Vielleicht eine schlimmere Droge als Crack oder Heroin. Testosteron.

Eigentlich hätte der Spaziergang ihr helfen sollen, ihre Gedanken zu ordnen, aber sie trug Absatzschuhe, und die Füße taten ihr zu sehr weh.

So wurde der Weg zu einem Schaufensterbummel. In der Royal Street stank es fast genauso wie auf der Bourbon Street, aber hier gab es wenigstens keine zwielichtigen Clubs, aus denen noch immer Rauch aufstieg. Sie blieb vor den Antiquitätenläden stehen, wo all die hübschen Dinge auslagen, die sich eine Polizistin nicht leisten konnte.

Die Wanderung durch die Stadt nahm sie gefangen, was ihr vor ihrer Zeit in San Francisco nie passiert war, in letzter Zeit aber immer häufiger vorkam. Sie versenkte sich in ihre Umgebung, genoß die Eindrücke und entspannte sich so doch noch, wie sie es gehofft hatte. Es war herrlich, in nur fünfundvierzig Minuten die baufällige Schönheit der St. Philip Street und die geschmacklose Bourbon Street hinter sich zu lassen, die Royal Street mit ihrem eleganten Kommerz zu erreichen und schließlich, wenn man einmal in der Straßenbahn saß, in der prachtvollen St. Charles Avenue anzukommen. Je weiter man sich in Richtung Uptown bewegte, desto mehr erinnerte die Architektur an englische Villen. Skip stieg an der Jackson Avenue aus, der Demarkationslinie zwischen Downtown und dem Garden District. Sie befand sich ganz in der Nähe von Tolliver Alberts

Wohnung, und an dieser Stelle sah die St. Charles Avenue – an der noch gestern die Parade entlanggeführt hatte – fast wie immer aus. Skip ging in Richtung Fluß zur Trinity Episcopal Kirche, die ihr ebenso vertraut war wie ihr altes Zimmer in der State Street.

Ihre Eltern waren in der Kirche. Sie nahm am Abendmahl teil, ließ sich vom Priester ein Aschenkreuz auf die Stirn schmieren und verließ die Kirche wieder, ohne sie eines Blickes zu würdigen. Draußen überkam sie das beinahe unbezwingbare Bedürfnis, zum Fluß zu gehen. Sie sah in seine Richtung, zitternd – sie hatte keinen Mantel angezogen, nur das Kostüm, und der Wind war stärker geworden –, als sie die Stimme ihrer Mutter hinter sich hörte: »Skippy.«

Sie blieb stehen und drehte sich um. Ihr fiel auf, daß ihre Mutter Schwarz trug und zehn Pfund abnehmen sollte. »Tag, Mutter.« Ihre Mutter hatte gewollt, daß sie »Mummy« zu ihr sagte, aber das taten nicht einmal die anderen Mädchen am McGehee.

»Haben sie dir für heute freigegeben?« Ihre Mutter redete von »ihnen«, als ob sie Feinde wären, die ihre Tochter gefangenhielten.

»Das nicht. Sie haben mir einen neuen Job verpaßt. Ich arbeite an der Aufklärung des Mordes.«

»Ach, Skip. Es geht um Chauncey – er ist doch kein Fremder!«

»Ich glaube, deshalb bedeutet der Job mehr für mich als für jeden anderen Polizisten. Es ist ein guter Job, Mutter. Du kannst auf dein kleines Mädchen stolz sein.«

»Ach, Skip«, sagte ihre Mutter wieder, als ob Skip ihr von ihrer eigenen Verhaftung erzählt hätte.

»Ich habe einen netten Jungen kennengelernt, Mutter.«

»Wirklich? Kennen wir ihn? Ist es was Ernstes?«

»Ein Freund von Cookie Lamoreaux.« Sie hatte den armen Steve Steinman vorgeschoben, weil sie ihre Mutter irgendwie – egal wie – beruhigen wollte. Aber jetzt wurde ihr klar, daß sie selbst in die Falle gegangen war.

»Ist er von hier?«

»Aus Los Angeles, aber Cookie kennt ihn schon ewig. Sie haben in einem Zimmer zusammengewohnt, am Duke-College.«

»Skippy, sei bloß vorsichtig. Wir kennen diesen Jungen nicht, und die Welt ist voller Menschen, die dir weh tun könnten.«

»Ich bin ja vorsichtig, Mutter. Warum ist Papa nicht mit rausgekommen?«

»Du kennst ihn doch, Liebling. Er hat mir gesagt, ich soll dich fragen, wann du nach Hause kommst.«

»Ich bin in der St. Philip Street zu Hause, Mutter.«

»In einem Loch.«

»Ich muß jetzt zur Arbeit.«

»Willst du dir nicht noch mal überlegen, ob du mit der Schule weitermachen solltest?«

»Meine Arbeit gefällt mir. Ich wollte gerade zu den St. Amants. Gehst du auch hin?«

»Wir sind schon dagewesen.«

»Dann mach's gut.«

Einmal war sie mit ihrem Bruder nach der Kirche an den Fluß gegangen. Es war Sommer gewesen, und je mehr sie sich dem Fluß näherten, desto schwerer wurde die Luft. Bei den letzten Häuserblocks konnte man kaum noch atmen, die Luft legte sich schwer auf die Brust. Skip trug ein feines Kleid, das sie ruinierte, weil sie so sehr schwitzte. Ihr Bruder zog Jackett und Krawatte aus und warf sie von sich. An der Jackson Avenue standen zwischen von Kakerlaken verseuchten Apartmentblocks immer noch hochherrschaftliche Häuser, manche kurz vor dem Verfall, andere in gutem Zustand. Bis zur Magazine Street bot sich ein oder zwei Blocks lang das gleiche Bild. Und dann kam eine ärmliche Gegend, sie wurde immer ärmlicher, und es wurde heißer und die Hitze drückender. Hinterher hatte ihre Mutter sie verprügelt, trotzdem zählte dieses Abenteuer zu den besten ihrer Kindheit.

Jetzt dort entlangzugehen, konnte gefährlich sein, dachte sie. Manche meinten, eine junge Frau sollte heutzutage nicht einmal durch das French Quarter bis zur Straßenbahnhaltestelle an der Canal Street allein gehen. Es war egal – ihr war sowieso zu kalt, und außerdem mußte sie zu den St. Amants. Sie wandte sich um in Richtung See und ging dann stadtauswärts zur Prytania.

Für sich nannte Skip den Garden District »Rappaccinis Bezirk«, nach dem Giftgarten in der Erzählung von Hawthorne. Sie fand dieses Viertel ebenso schmerzlich schön – auf seine Art – wie die Gegend, in der sie wohnte. Aber statt des Durcheinanders von Stilformen aus drei Jahrhunderten – von den kreolischen Sommerhäusern bis zum Holiday Inn – bot der Garden District ein ruhigeres Bild. Die anmutigen alten Häuser sahen eher wie Landsitze aus, mit großzügigen Vorgärten statt der winzigen Hinterhöfe.

Man fühlte sich wie im neunzehnten Jahrhundert in der Karibik, insbesondere seit in den letzten Jahren die Gaslaternen in Mode gekommen waren. An Sommerabenden, wenn die Laternen brannten und der unglaubliche Duft von Magnolien und Jasmin die Luft erfüllte, glaubte man das Klappern der Hufe auf dem Kopfsteinpflaster zu hören und die Segel in der Ferne zu sehen. In den Gärten wuchsen Bananenbäume, Wundersträucher, tropische Pflanzen in Hülle und Fülle – und für Skip war jedes Tentakel eine Viper, die unweigerlich zuschlug, sobald man ihr den Rücken kehrte. Auf sie wirkte die Gegend ebenso gefährlich wie Tremé auf die Bewohner dieses Viertels, sie fand es im gleichen Maße lähmend und erstickend wie das French Quarter befreiend.

Doch hatten diese Gefühle nichts mit der Schönheit des Ortes zu tun. Es waren Assoziationen, die von ihren Besuchen in den Häusern herrührten, wo die Luft ebenso drückend war wie in der Nähe des Flusses, die Atmosphäre so behütend, daß man nach Atem rang.

Das Haus der St. Amants mit seiner spießigen Einrichtung und dem Flügel, auf dem niemand spielte, mochte sie ganz und gar nicht. Man hatte den Eindruck, als hätte hier jemand absichtlich besondere Phantasielosigkeit walten lassen, genau umgekehrt wie bei Tolliver Albert, der seinem Apartment eine außergewöhnliche und persönliche Note gegeben hatte. Skip nannte dieses Dekor das Ohrensessel-Blumendruck-Syndrom. Das Haus ihrer Eltern litt ebenfalls unter dieser Krankheit, und das waren nicht die einzigen Häuser, die ihr so unangenehm aufgefallen waren.

Heute bedeckte eine weiße Spitzendecke den hochglanzpolierten Eßtisch, und er war mit Speisen beladen, die wahrscheinlich doch nicht aufgegessen werden würden. Daß von den Getränken etwas übrigbleiben würde, bezweifelte Skip.

In einem der Schaukelstühle neben dem Kamin saß Haygood Mayhew, Bittys Vater, weißhaarig, rotgesichtig, in der Länge geschrumpft, in der Breite aufgegangen, so breit wie hoch und einer Kröte sehr ähnlich. Obwohl er sich von der Carrollton Bank zurückgezogen hatte, war er noch immer einer der mächtigsten Männer von New Orleans, wie jeder sehen konnte, der das Geschnatter der Aufsteiger an seiner Seite im Auge behielt. Wozu unter anderem der Bürgermeister zählte.

Man sagte, daß Haygood Chauncey akzeptiert und unterstützt hatte. Nicht daß er irgend etwas gegen einen schwarzen Bürgermeister, gegen eine Bürgermeisterin oder sonst irgend jemanden gehabt hätte, solange sie den Geschäften im allgemeinen und der Carrollton Bank im besonderen freundlich gesinnt waren. Haygood war kein Rassist. Er gehörte noch nicht einmal zu den Erzkonservativen. Skip hatte ihn einmal in einer hiesigen Fernsehshow gehört, wo er sich über seine Parteilosigkeit verbreitet hatte. Chaunceys politische Ambitionen – über die sich viele von Haygoods konservativen Zeitgenossen so erregt hatten – hatten dem alten Mann möglicherweise nur ein boshaftes Grinsen entlockt.

Im zweiten Ohrensessel saß Bitty, eine Porzellanfigur in Schwarz. Hinter ihr stand Tolliver, und sie nahm gerade die Beileidsbekundungen des einzigen Schwarzen neben Bürgermeister Soniat entgegen – von John Hall Pigott, dem Musiker, Clubbesitzer und ehemaligen Schauspieler. Skip hatte ihn noch nie persönlich gesehen. Sie hatte nicht gewußt, daß er so groß war. Sein Haar wurde langsam weiß, und er war mit Abstand der attraktivste Mann, dem sie seit ihrer Rückkehr aus San Francisco begegnet war. Kein Wunder, daß er in so vielen Filmen mitgespielt hatte, obwohl manche Leute behaupteten, er sei ein miserabler Schauspieler. Aber niemand konnte leugnen, daß er hervorragend Klarinette spielte, und außerdem war er Chaunceys zuverlässigster und einflußreichster Verbündeter gewesen, wenn es darum ging, Geld für Musik aus der Stadt herauszupressen. Er hatte jahrelang in Kalifornien gelebt, die Schauspielerei aber im vergangenen Jahr aufgegeben, um in seine Heimatstadt zurückzukehren und seinen eigenen Club zu eröffnen.

Skip zählte sich eigentlich nicht zu den Leuten, die sich von Stars beeindrucken lassen, und doch ertappte sie sich dabei, wie sie ihn anstarrte.

2

Sie hielten ihn für betrunken, genau wie gestern. Trotz des äußeren Anscheins war es ihm nicht gelungen, das ersehnte Stadium des Vergessens zu erreichen. Vielleicht lag es an dem Koks vom Vormittag, er wußte es nicht. Am Ende hatte er so tun müssen als ob, war von einem Sessel in den nächsten gefallen und früh nach oben gegangen.

So war er zur Stelle, falls Bitty ihn brauchte, und konnte doch fliehen, wenn schon nicht vor sich selbst, dann wenigstens vor dieser verrückten Marcelle und einem Haufen verlogener Verwandten.

Heute fühlte er sich besser. Er war nicht richtig betrunken – jedenfalls nicht annähernd so betrunken, wie er vermutlich aussah, aber gründlich betäubt, nicht so erschöpft, eher in der Lage, seine Rolle in diesem unglaublichen Szenario zu spielen, in das sie alle verwickelt waren. Er war Schauspieler, und das hier war seine wichtigste Rolle. So einfach war das. Egal, wieviel er trank – wenn er sich darauf konzentrierte, was als nächstes anstand, konnte er damit umgehen. Der Suff würde alles nur etwas erträglicher machen und ihm ein paar Freiheiten verschaffen.

Und doch gab es einen Bereich, wo es nicht funktionierte. Ein seltsames Gefühl, irgendwo in seiner Körpermitte, das er nicht loswerden konnte – ein sehr ungewisses, unsicheres, verschwommenes, verwirrendes Gefühl. Es hatte mit seiner ambivalenten Einstellung zu seinem Vater zu tun. Überraschenderweise litt er wirklich unter Chaunceys Tod. Natürlich gab es auch andere Gefühle – zunächst Erleichterung und außerdem eine heimliche Genugtuung für seine Mutter.

Chauncey hatte Bitty nicht gutgetan, hatte ihr immer geschadet, seinetwegen hatte sie zum Alkohol gegriffen. Ohne ihn war sie viel besser dran, vielleicht wurde sie sogar ihre Sucht los. Er fragte sich, ob sie heute etwas getrunken hatte. Bei all den Tabletten, mit denen Langdon sie vollstopfte, ließ sich das schwer sagen.

Wie schön sie aussah. Das schwarze Kleid zu dem blonden Haar, einen dramatischeren Effekt konnte es nach Karneval kaum geben.

Er wunderte sich immer wieder, daß sie tatsächlich ein so winziges, überirdisches Geschöpf war – wie Titania, nur zerbrechlicher. Wie gern erinnerte er sich daran, daß er auf ihrem Schoß gesessen, sich an ihre Brust gekuschelt hatte, von ihr hochgenommen und getröstet worden war. Er konnte damals nicht älter als zwei oder drei gewesen sein, aber er sah das Bild so lebhaft vor sich, daß er auch heute manchmal noch glaubte, sie wäre groß. In seiner Vorstellung stimmte das sogar irgendwie. Er hatte von der starken, glücklichen Mutter seiner Erinnerung nie Abschied genommen.

Im Gegensatz zu den meisten seiner Freunde, die sich anscheinend nur an die traumatischen Erlebnisse ihrer Kindheit erinnerten, hegte Henry bittersüße, immer wiederkehrende Gedanken an die Zeit, als er mit Bitty allein gewesen und Marcelle noch nicht geboren war – und sogar an eine kurze Zeit danach. Er hatte sich bewundert und behütet gefühlt. Als Bitty anfing zu trinken und allmählich immer mehr trank, bis sie ihn und seine Schwester an manchen Tagen nicht mehr versorgen konnte, gingen die glücklichsten Tage seines Lebens zu Ende.

Trotzdem hatte er nie aufgehört, davon zu träumen, daß diese Idylle wiederkehren könnte. Er fragte sich, wie die Chancen jetzt nach Chaunceys Tod standen. Für Bitty. Für ihn. Vielleicht sogar, ein bißchen, für Marcelle. Und für Tolliver – unbedingt für Tolliver. Für sie alle als eine Familie. Ja, für ihn gehörte Tolliver zur Familie, und er wünschte sich leidenschaftlich, daß es so wäre.

Während er der endlosen Parade der Bürger von New Orleans zusah, die der Familie ihr Beileid aussprechen wollten, fragte er sich, wie viele wohl über Chaunceys Tod froh waren. Sicher hatte er gestern richtig gehandelt. Und seine Sache sehr gut gemacht. Obwohl man mit solchen Dingen nicht ständig vor sich selber prahlt.

O Gott, war diese unglaublich angezogene Person da drüben wirklich die, für die er sie hielt? Von hinten sah er nur ein graues Flanellkostüm, das gar nicht aus der Mode kommen konnte, da es nie chic gewesen war. Très ordinaire – und très schlampig –, Hüften wie ein Staudamm. Der ganze Effekt wurde durch die braunen Pumps und die Frisur noch verschlimmert, eine Art französischer Knoten, der sich überall auflöste, so daß die Locken in Strähnen heraushingen. Verdammte Scheiße. Ein derart verlottertes weibliches Wesen gab es in New Orleans bestimmt kein zweites Mal. Mist, sie mußte es sein.

Verflucht noch mal, was dachte sich Skip Langdon dabei, einfach so reinzuschneien und zwischen den Gästen rumzulaufen, als ob sie eingeladen wäre? Scheiße und Pisse. Er würde sich noch einen Drink holen und dann gnade ihr Gott, er würde sie loswerden. Bitty konnte sie hier nicht gebrauchen und er ebensowenig.

3

Tolliver stand hinter Bittys Ohrensessel, mit einer Hand auf ihrer Schulter, wie ein Patriarch auf einer alten Fotografie. Er wußte, daß er steif und überheblich aussah, aber schließlich konnte er sich nicht auf die Sessellehne setzen, und sie sollte wissen, daß er da war, sollte seine Anwesenheit spüren – seine Hand auf ihrer Schulter –, um Kraft zu schöpfen.

Bitty bezog ihre Kraft nur von ihm oder von Henry, und

Henry war gegangen, anscheinend verfolgte er eine junge Frau, die offensichtlich nach der Toilette suchte. Tolliver fragte sich kurz, ob sie wohl eine ehemalige Mitschülerin war.

Er lächelte, mindestens ebenso hölzern wie George Washington, dachte er, während die Leute der Witwe ihr Beileid aussprachen. Es gelang ihm nicht, mit seinen Gedanken in der Gegenwart zu bleiben. Sein Leben zog an ihm vorbei.

Er stand lächelnd da, hielt sich an Bittys Schulter fest und dachte, daß die St. Amants sein Leben gewesen waren. Alles hatten sie gemeinsam getan, waren die gleichen Wege gegangen, hatten die gleichen Gedanken gedacht, und er hatte den perfekten närrischen Onkel gespielt. Er hätte ein »normales« Leben leben können – hätte sogar heiraten können –, aber er hatte es nicht getan. War es jetzt für ihn zu spät? Ziemlich sicher. Und doch, ob er etwas davon hatte oder nicht, er bedauerte Chaunceys Tod nicht im mindesten.

»Ich bin wieder da«, sagte Henry. »Hol dir doch was zu trinken.«

»Soll ich dir irgend etwas mitbringen?«

»Danke, Bourbon mit Wasser.«

Tolliver beeilte sich mit den Drinks, er ließ Bitty nur ungern länger mit Henry allein. Er nahm seinen Platz wieder ein, dafür setzte sich Henry auf die Lehne von Bittys Ohrensessel, griff nach ihrem Ellenbogen und sah aus, als ob er ohne sie zusammenbrechen würde. Tolliver dachte: Wir müssen wie eine alberne viktorianische Buchillustration zum Familienleben aussehen. Was für eine Farce.

Zum ersten Mal von Chaunceys erdrückender Präsenz befreit, wurde Tolliver allmählich bewußt, wie sehr er den Mann gehaßt hatte. Er hatte geglaubt, es zu wissen, es war wie ein Krebsgeschwür, mit dem er gelebt hatte, aber erst jetzt erkannte er, wie tief es saß. Chauncey und seine verdammte Heimlichtuerei, seine verdrehte Scheinheiligkeit, sein Ehrgeiz, der vor nichts haltmachte – was er Henry und Bitty angetan hatte, ließ sich mit Worten nicht beschreiben. Bestimmt konnte sein längst überfälliges Verschwinden nur Gutes bewirken. In unbeobachteten Augenblicken überfiel Tolliver jedoch die Angst, verrückterweise mußte er an Pandora denken. *Wenn die ver-dammten Dämonen bloß in der verdammten Büchse bleiben würden!*

Marcelle erschien mit dem großen Mädchen im grauen Ko-stüm. Es war das Mädchen, dem Henry gefolgt war. »Mutter, Skippy ist hier, in Zivil – die Tochter von Dr. Langdon.« Tolli-ver dachte, daß Marcelle gut daran tat, Bitty zu soufflieren, die selbst Marcelle nur mit Mühe erkannte, was sie keinem Ge-ringeren als Skippys Quacksalber von einem Vater zu verdan-ken hatte.

»Tag, Officer«, sagte Henry. »Kommen wir jetzt alle in Ihren Bericht?«

Das Mädchen sah verwirrt aus.

»Wie wär's hiermit: Zwei der Verdächtigen, Mrs. Bitty St. Amant und ihr Sohn Henry, waren am Mittwoch nach dem Ver-brechen voll bis an die Halskrause. Ach ja, und dann könnten Sie vielleicht noch eine kleine Anmerkung in Klammern hinzu-fügen, ›wie immer‹ zum Beispiel. Und weiter: ›Nach ausgiebi-ger Observierung bemerkte die Beamtin vom Dienst Marcelle Gaudet, die ehemalige Mrs. Lionel Gaudet, alias Marcelle St. Amant, wie sie mit drei oder vier Typen flirtete, die so alt waren wie ihr Vater, der durch seine Abwesenheit verdächtig auffiel.‹

Und dann könnten Sie noch erwähnen, wie Sie ohne Durch-suchungsbefehl das Arbeitszimmer meines Vaters durchsucht haben. Würde Ihnen das etwas ausmachen, Officer? Wäre diese kleine Bitte zuviel verlangt?«

Inzwischen waren alle erstarrt, konnten nicht glauben, was hier geschah. Tolliver spürte plötzlich, wie sich der Boden un-ter seinen Füßen auftat. Sein Körper zuckte, wie bei einem von diesen Schwindelanfällen im Halbschlaf, nur war jetzt hellich-ter Tag, und er stand aufrecht.

Bittys maskenhaftes Gesicht veränderte sich nicht – wahr-scheinlich war sie sowieso kaum dazu in der Lage, ihre Muskeln zu bewegen –, aber sie betupfte sich die Augen, als ob ihr für alles andere die Energie fehlte.

»Zeit«, fragte Marcelle, »für Henrys Mittagsschlaf?«

Wortlos legte Tolliver einen Arm um Henrys Schultern und

führte ihn behutsam zur Treppe. Er traute seinen Beinen nicht und hoffte, daß sie ihn nicht im Stich ließen. Er hatte schon wieder vergessen, eine Tablette zu nehmen. In seinem Kopf drehte es sich. Henry war schlimmer dran, was niemanden wunderte – er war voll bis ins Mark, nicht bis zum Hals. Seine Knie zitterten entsetzlich.

Verdammt, Henry, beweg dich! Ich falle auf der Treppe tot um, wenn ich meine Tabletten nicht kriege. Das dachte er, aber er sagte es nicht.

4

Marcelle kniete neben ihrer Mutter und hielt ihre beiden Hände. »Ist schon gut, Mutter. Ich bin ja da.«

Bitty schossen die Tränen aus den Augen. »Skippy«, sagte sie, »ich möchte mich für Henry entschuldigen. Wir sind heute alle sehr durcheinander.«

Skip murmelte etwas und wollte sich entfernen. »Skippy«, sagte Marcelle, »bitte geh nicht. Ich will bloß noch eine Minute bei meiner Mutter bleiben.«

Sie wußte nicht, warum. Bitty würde nicht vom Stuhl fallen, und offensichtlich war es ihr vollkommen egal, ob Marcelle bei ihr blieb oder nicht. Aber ganz sicher war sich Marcelle dessen nicht. Vielleicht lag ihre Gleichgültigkeit nur an den Medikamenten. Dennoch hatte sie nicht auf Marcelle reagiert, als Henry und Tolliver gegangen waren.

Zu viele Dinge gehen ihr im Kopf herum, versuchte Marcelle sich zu beruhigen. Es geht ihr gut, wenn sie einfach nur ruhig dasitzt. Aber sie hätte sie gern getröstet, so wie Henry und Tolliver. Sie schaffte es nicht, daß Bitty sie beachtete – es war ihr nie gelungen.

Sie wußte, daß Bitty nicht gleich nach ihrer Geburt angefangen hatte zu trinken, nicht vor ihrem dritten Lebensjahr, trotzdem konnte sie schon immer Alkoholikerin gewesen sein – Marcelle erinnerte sich nur an zwei Dinge aus ihrer frühen Kindheit: daß ihre Mutter nach Sherry und Bloody Marys roch, wenn sie »krank« war, und an die alte Sandkiste, die Chauncey und Bitty draußen hinter dem Haus für Henry gebaut hatten.

Ach lieber Gott, mach, daß ich André eine bessere Mutter sein kann, als sie es mir gewesen ist. Und wenn ich sonst nichts auf dieser Welt zustande bringe, mach bitte, daß mir das eine gelingt. Und es steht verdammt schlecht, daß ich sonst noch etwas schaffe.

André war zur Zeit oben und sah sich mit ein paar anderen Kindern irgendeinen Film an. Sie hatte ihn zwei Tage lang in diesem Haus des Trübsinns bei sich behalten, und sie wußte, daß es hart für ihn war, aber bestimmt immer noch besser, als ihn bei einem Babysitter abzugeben. Oder nicht? Warum zum Teufel war Kindererziehung, die wichtigste Aufgabe schlechthin, so verdammt unwissenschaftlich? Die Leute wußten mehr über Mikroben oder das Leben im Weltall als darüber, wie man Kinder großzog, und über solches Zeug schrieben sie auch viel mehr Bücher. Marcelle hatte wirklich Angst, den vierjährigen André total durcheinanderzubringen und ihn zu einem Leben voller Haß auf der Couch eines Psychiaters zu verdammen.

Ihr eigenes Leben kam dem ziemlich nahe. Und sie wußte, ohne ihren Vater wäre sie heute ein noch schlimmeres Wrack. Gott sei Dank, daß sie Chauncey gehabt hatte – jedenfalls manchmal. Im Moment vermißte sie ihn so sehr, daß sie sich nur an die guten Zeiten erinnern konnte – wie Chauncey ihr das Haar zerzauste, mit ihr schwimmen ging, ihr zeigte, wie man Fahrrad fuhr. (Bitty war der Meinung, daß Fahrradfahren zu gefährlich sei, und wollte nicht, daß sie eins bekam.)

Marcelle wollte unbedingt, daß der Mörder ihres Vaters bestraft wurde. Aber etwas beunruhigte sie: daß die Verhaftung des Mörders und seine Verurteilung Chaunceys gutem Namen schaden könnte. Daß sein Einsatz für die Menschenrechte nicht einfach nur vergessen, sondern in den Dreck gezogen wurde. Doch wie sollte der Mörder ohne Verhaftung und Prozeß bestraft werden?

Tolliver kam zurück und wirkte leicht benommen. Er sah

sehr schlecht aus, aber was konnte man unter den gegebenen Umständen erwarten? Marcelle sah selbst bestimmt schlimm genug aus, um kleine Kinder zu erschrecken.

Also gut. Alles klar. Wenn Tolliver wieder da war, um auf Bitty aufzupassen, würde sie Skip suchen. Sie hatte sie gebeten, dazubleiben; wahrscheinlich vermutete Skip, daß sie ihr etwas sagen wollte.

Ach Daddy, warum hast du das nur getan?

Sie fand Skip im Gespräch mit Jo Jo Lawrence. Bei seinem Anblick hätte sie allein schon kotzen können. Hatte sie gestern wirklich mit ihm gevögelt? Mit ihm gevögelt, während ihr Vater ermordet wurde?

Mein Gott, sie hoffte, daß man nicht allzu genau von ihr wissen wollte, was sie zur Tatzeit gemacht hatte. Sollte sie Skippy davon erzählen? Vielleicht konnte sie es für sich behalten. Aber dann fiel ihr ein, daß es unwichtig war. Wichtiger war, Skip von der anderen Sache zu erzählen.

»Jo Jo, läßt du uns bitte allein? Skippy und ich möchten ein bißchen über alte Zeiten plaudern.«

Er sah verwirrt aus. »Ich wußte nicht, daß ihr befreundet seid.«

Während er sich entfernte, dachte Marcelle darüber nach, ob Skip vielleicht auch zu seinen außerehelichen Abenteuern gehörte. Sie fragte sich, ob er sie – Marcelle – so schnell gebumst hätte, wenn er gewußt hätte, daß sie und Skip befreundet waren. Wahrscheinlich schon. Jo Jo war nicht so leicht zu erschüttern, und dann besaß er auch nicht genug Verstand, um sich groß aufzuregen.

Sie legte ihre Hand auf Skips Arm. »Skippy, ich muß dir etwas erzählen.«

Skip nickte.

»Erstens, Mutter und Daddy schliefen nicht mehr miteinander, sie hatten getrennte Schlafzimmer.«

Skip hob die rechte Augenbraue und errötete leicht.

»Jetzt werd nicht verlegen. Ich muß dir das erzählen, weil du die Zusammenhänge sonst nicht verstehst. Daddy hatte andere Frauen.«

»Ach so.«

»Eine andere Frau, wollte ich sagen.«

»Woher weißt du das?«

»Sie war einmal hier, vor ein paar Wochen. Total aufgemotzt mit Riesendckolleté und Stöckelschuhen. Ich war gerade hier, und Mutter war oben. Ich hörte, wie Daddy sagte: ›Laß dich hier nie wieder blicken.‹ Ich habe ihn noch nie in einem so bösartigen Ton reden gehört. Dann schmiß er ihr die Tür vor der Nase zu.«

Marcelle machte eine Pause und nippte an ihrem Drink. »Du hättest sie sehen sollen, Skippy. Sie war jung – bestimmt nicht älter als fünfundzwanzig – und hübsch. Ihr Gesicht war wie gemalt, kupferfarbene Haut und kupferrotes Haar. Und sie sah so *verletzt* aus, als er die Tür zuschlug. Und dann wütend. Sie trat gegen die Tür. Ich war mit André hier, die Großeltern besuchen. Ich hörte, wie es anfing, und dann ging ich zum Fenster und sah alles.«

»Glaubst du, daß sie deinen Daddy getötet haben könnte? Und deshalb erzählst du mir das alles?«

Marcelle nickte.

»Aber ich dachte, du glaubst, es war ein politischer Mord?«

»Ich weiß, daß ich das gesagt habe. Ich würde es so gern glauben. Aber hör zu, es könnte ja auch sein – vielleicht hat diese Frau Daddy nicht getötet, und wenn nicht, Skippy...«

Marcelle fürchtete, weinen zu müssen, und atmete tief ein. »Ach Skippy, weißt du, wenn sie es nicht war, kannst du es bitte, bitte geheimhalten – ich meine, die Sache mit ihr?«

»Geheimhalten? Ich weiß nicht, wie du das meinst.«

»Vor der Presse. Bitte, bitte. Weil, Skippy, weißt du, es ging nicht nur darum, daß er eine Affäre hatte, da war noch etwas anderes. Etwas, womit du bitte sehr diskret umgehen mußt.«

»Ich werde tun, was ich kann. Worum geht es?«

»Sie war eine Schwarze.«

Chauncey St. Amant, der Freund aller Unterdrückten, hatte eine junge Schwarze sexuell ausgebeutet. Marcelle hatte es wochenlang mit sich herumgeschleppt. Sicher, ihr Vater hatte sie enttäuscht, aber letztendlich glaubte sie, daß es seine Sache

war, wie er mit seiner verzweifelten Situation im Zusammenleben mit Bitty fertig wurde.

Wenn diese Liaison in der Öffentlichkeit bekannt wurde,
würde man ihren Vater posthum zur Witzblattfigur machen.
Wie konnte es sein, daß eine Liebesaffäre zwischen zwei
Menschen verschiedener Rassen in den achtziger Jahren des
zwanzigsten Jahrhunderts stigmatisierender war als im neunzehnten Jahrhundert? Und in Chaunceys Fall würde sie nicht
nur ein leises Kichern hervorrufen. Marcelle hatte ihren Vater
für sein mutiges Engagement in Rassenfragen grenzenlos bewundert.

Trotzdem war sie froh, daß sie Skip davon erzählt hatte.
Chaunceys weniger greifbare Verdienste – sein Einfluß auf die
öffentliche Meinung – waren möglicherweise in Gefahr. Aber
nichts konnte seine tatsächlichen Erfolge zunichte machen –
die positive Wirkung seiner Aktionsprogramme, die Unterstützung der Künste, seine konkrete Hilfe für Menschen, die man
kannte, mit denen man reden konnte. Niemand konnte die
Wahl von Furman Soniat in Zweifel ziehen.

Die Frau

Skip verließ das Haus mit dem leicht verwirrenden Gefühl, von Marcelle etwas voreilig ins Vertrauen gezogen worden zu sein. Ihr fiel ein, was Ring Lardner einmal über den Aschermittwoch gesagt hatte – man käme sich vor wie »Rex bei Comus« –, und sie lächelte. Sie hatte sich nie lebendiger gefühlt. Die Konfrontation mit dem Tod hatte eine andere Wirkung auf sie als Alkohol und Drogen – er betäubte nicht, im Gegenteil, ihr ganzer Körper arbeitete auf Hochtouren.

Sie zweifelte nicht daran, daß sie Chaunceys Geliebte finden würde. Vermutlich konnten das die beiden Stars, O'Rourke und Tarantino, genauso gut, aber den Tip hatte sie bekommen, und sie kannte die Leute. Sie fühlte sich in Hochstimmung. Sie würde sich noch heute um die Angelegenheit kümmern, aber zuerst mußte sie zum Polizeirevier, um ein paar Dinge zu überprüfen – und den Stars klarmachen, daß sie mit ihr rechnen konnten. Außerdem mußte sie sich mit den Jungs gutstellen – sie kannte sie bisher lediglich dem Namen nach.

O'Rourke war an die vierzig und der Schwarm aller Frauen – strohblondes Haar, fescher Bart, knackiger Hintern. Mit einer Polizistin aus dem Dezernat für Sexualdelikte verheiratet. Ein eher schweigsamer Typ.

Tarantino war vielleicht zehn Jahre älter, dunkelhaarig, glattrasiert und übergewichtig. Wie viele Männer in New Orleans hatte er eine birnenförmige Figur – Schultern, Brustkorb und Bauch gewaltig (mit Betonung auf Bauch), Arme, Beine und Gesicht normal. Sie wußte nicht, ob das Veranlagung sein konnte, aber die Hälfte aller Männer in der Stadt war so gebaut.

Beide saßen im Büro, als sie ankam. Tarantino erhob sich und schüttelte ihr die Hand. »Tag, Skip. Schön, daß du mitmachst. Hilfe können wir gut gebrauchen.«

Um nicht hinter seinem Kollegen zurückzustehen, erhob sich O'Rourke ebenfalls. »Willkommen an Bord, Langdon.« Er war in der Kirche gewesen – er trug den Aschenfleck noch auf der Stirn.

»Ich komme von den St. Amants«, sagte Skip. »Ich dachte, wir könnten mal unsere Informationen austauschen.«

»Gute Idee. Setz dich doch.« Tarantino deutete auf einen leeren Schreibtisch. »Du kannst Bennets Schreibtisch benutzen. Er ist krank.«

Skip setzte sich. »Mit den Klamotten ist nichts anzufangen«, fuhr Tarantino fort. »Die gibt es überall. Wahrscheinlich stammen sie vom Flohmarkt – wenigstens die Bluse. In einem Kostümladen hat sich ein Typ an den Stil erinnert, sie hatten so was vor drei Jahren. Der Rock ist neu, aber in jedem billigen Laden zu kriegen. Perücke und Handschuhe ebenso.«

»Welche Größe?«

»Gute Frage.« Er zuckte mit seinen Mammutschultern. »Medium. Die Bluse ist eigentlich ein Männerhemd, medium, und der Rock hat Größe vierzig. Ich hab mir sagen lassen, daß er einer kräftigeren Frau oder einem mittelgroßen Mann passen würde. Und er mußte gar nicht unbedingt passen – man kann ihn hinten offen lassen, wenn er zu eng ist, oder im umgekehrten Fall zusammenstecken.«

O'Rourke sah sie mit zusammengekniffenen Augen an. Überrascht stellte sie fest, daß sie braun waren. »Welche Größe trägst du, Langdon?«

»'ne riesige.« Sie wollte sich nicht die Laune verderben lassen. »Was ist mit den Handschuhen?«

Tarantino zuckte wieder mit den Schultern. »Männergröße, medium.«

O'Rourke fragte: »Haben ihr die Klamotten gepaßt? Waren sie zu weit? Oder zu eng? Oder wie sah sie aus?«

Die gleiche Frage hatte er gestern gestellt, bevor sie von dem Film erfuhr. Wenn sie den Film hätten, könnten sie sich selbst eine Vorstellung davon machen. Sie könnten ihn vergrößern lassen und bekämen vielleicht ein paar nützliche Informationen. Aus Ärger über sich selbst antwortete sie ihm unwirsch und betonte bewußt seinen Vornamen, um ihm klarzumachen, daß sie es nicht mochte, wenn er sie wie ein Vorgesetzter mit »Langdon« anredete: »Ich weiß es nicht, Frank.« Feindseligkeit lag in der Luft.

Tarantino ignorierte die Spannung und redete weiter. »Mit den Waffen sieht es schon besser aus. Alte .44er Colts mit Datumsstempel auf dem Lauf – 1912. Keine Seriennummern. Einigermaßen selten. Lagen vielleicht lange irgendwo auf dem Speicher, bis sich jemand dazu entschlossen hat, sie wegzugeben. Wir überprüfen die Waffenläden, aber ich glaube nicht, daß dabei irgendwas rauskommt. Hast du gesagt, du warst bei den St. Amants?«

»Warum fragst du, Joe?« Sie lächelte. Wenigstens einer von den beiden war ansprechbar.

»Ich frag mich bloß, was dort jetzt los ist.«

»Ich war bei der Totenwache. Und habe mich unerlaubterweise ein bißchen im Erdgeschoß umgesehen.« Sie gab sich Mühe, so gleichgültig wie möglich zu klingen. »Dabei habe ich eine interessante Entdeckung gemacht. Chauncey hatte in seinem Arbeitszimmer eine ganz hübsche Waffensammlung.«

O'Rourke lehnte sich über seinen Schreibtisch. »Fehlt irgendwas?«

»Kann ich schlecht sagen. Ich wollte Mrs. St. Amant später danach fragen. Sie war gestern in einer ziemlich üblen Verfassung.«

»Scheiße!« sagte O'Rourke.

Tarantino warf ein: »Hab gehört, daß sie trinkt.«

»Wie ein Loch.«

Tarantino gab das erwartete Glucksen von sich, O'Rourke zog einen Mundwinkel einen halben Zentimeter nach oben.

»Also glauben Sie«, sagte O'Rourke, »daß der Typ mit seinem eigenen Revolver erschossen worden ist? Aber warum, zum Teufel?«

»Ich glaube, daß der Mörder gestern im Boston Club war. Eins ist doch ziemlich klar, Frank – entweder hat jemand Mrs. St. Amants Schlüssel entwendet, oder sie hat ihn selbst umgebracht, richtig?«

»Genausogut kann jemand von außerhalb noch einen Schlüssel besitzen. Vielleicht haben sie ihr die Schlüssel schon vorher irgendwann abgenommen – auf irgendeiner Party, wo sie ihre Handtasche irgendwo abgelegt hatte.«

»Dann muß es immer noch jemand sein, den sie kannte – und dieser Jemand hat ihrem Mann einen Besuch abgestattet und die Revolver in seine Aktentasche gesteckt, während Chauncey ihm etwas zu trinken holte.«

O'Rourke rümpfte die Nase.

Tarantino spielte wieder den Friedensengel. »Wir hatten einen seltsamen Anruf von Tolliver Albert.«

Skip fühlte einen Stich in der Magengegend. Weshalb hatte er nicht bei ihr angerufen. Verdammt, schließlich *kannte* er sie. »Ach?« sagte sie.

»Wir mußten seine Wohnung versiegeln, er hat bei den St. Amants übernachtet. Aber zuerst ist er nach Hause gefahren, um ein paar Sachen zu holen.«

»Ja und?«

»Er meinte, dabei sei ihm etwas Merkwürdiges aufgefallen. Erinnern Sie sich an das Mardi-Gras-Zeug am Balkon? Das Zeug in Purpur, Grün und Gold?«

»Die Girlanden?«

»Genau. Er meint, er habe die Dekoration nicht aufgehängt.«

»Also muß es Dolly gewesen sein. Hat jemand sie dabei gesehen?«

Tarantino lehnte sich im Stuhl zurück und faltete die Hände über seinem mächtigen Wanst. »Bis jetzt hat sich noch keiner gemeldet, aber wir geben's an den ›Picahune‹ weiter. Vielleicht meldet sich noch jemand, wenn es in der Zeitung steht.«

»Also, Langdon«, sagte O'Rourke. »Was haben Sie sonst noch getrieben?«

»Mich bei den feinen Leuten rumgetrieben, wie's der Chef angeordnet hat.« Es sollte nicht allzu blasiert klingen, selbst wenn es ihr ziemlich egal war. O'Rourke ging ihr langsam auf die Nerven. Sie setzte sich auf. »Heute morgen war ich sogar in der Kirche.«

»Und was haben Sie jetzt vor?«

Das war eine gute Frage. Zum Beispiel könnte sie die nächsten paar Minuten damit verbringen, ihren dämlichen Fehler wegen des Films zu beichten. Aber das wagte sie nicht, O'Rourke war zu angriffslustig. Sie wußte nicht, was sie von ihm halten sollte – vielleicht war er immer so –, ausliefern wollte sie sich ihm aber lieber nicht, bevor sie ihn nicht besser kannte.

Sie sah auf ihre Uhr. »Ich bin um drei Uhr mit jemandem verabredet, den ich sprechen muß, und dann gehe ich wohl nach Hause, um ein bißchen rumzutelefonieren. Ich will sehen, was ich an Klatsch erfahren kann.«

»Scheißdreck!« murmelte O'Rourke.

Sie ignorierte ihn. »Ist das in Ordnung?«

»Das muß der Chef entscheiden, nicht wir«, sagte O'Rourke. »Sie sind wohl sein Lieblingskind.«

Skips Herz klopfte heftig. Sie spürte, wie die Wut langsam in ihr hochkochte. Sie wußte, daß sie nicht mehr lange an sich halten konnte, und dann würden häßliche Worte aus ihrem Mund hervorsprudeln. Sie holte tief Luft und hoffte, daß ihre Stimme gelassen klang. »Ich war auch auf der Akademie, genau wie ihr. Ich war die Beste in meiner Klasse. Wie steht's mit euch?«

»Zweiter«, ließ O'Rourke verlauten.

»Der Chef ist mit meinem Vater befreundet, nicht mit mir. Alles, was ich hier erreicht habe – nämlich angestellt zu werden –, habe ich mir selbst erkämpft.«

Tarantino machte eine besänftigende Handbewegung. »He, hört doch auf – wir müssen schließlich zusammenarbeiten.«

»Da bin ich mir nicht so sicher, Joe. Wenn Frank nicht mit mir zusammenarbeiten will, kann er's auch bleibenlassen.«

Sie ging mit gemischten Gefühlen – zerschlagen und zugleich ermutigt. Sie war stolz auf sich, weil sie sich von O'Rourke nicht hatte unterkriegen lassen, fragte sich aber auch, ob es kindisch gewesen war, ihre Position auszuspielen. Denn genau das hatte sie getan. Obwohl sie in Wirklichkeit höhere Posten bekleideten als sie, stand sie auf eine absurde Weise über ihnen. Der Chef hatte sie als eine Art unabhängige Beraterin aus einer anderen Abteilung hinzugezogen. Sie war zwar nur Streifenpolizistin, aber sie hatten ihr nichts zu befehlen, sie war in diesem Fall nicht für die Dreckarbeit zuständig – die endlosen Telefonate mit Kostümgeschäften und

Waffenhändlern. Sie durfte sich bei den hohen Tieren herumtreiben, das war offensichtlich die Meinung von O'Rourke.

Sie konnte seinen Unwillen verstehen und fragte sich, ob sie es vielleicht besser direkt zur Sprache gebracht hätte, anstatt schnippisch zu reagieren. Aber so etwas funktionierte nur mit vernünftigen Leuten, und sie wußte nicht, ob O'Rourke vernünftig war.

Noch ein Gefühl kam hoch – Unsicherheit. Unsicherheit, ob O'Rourke ihr Feind war. Vielleicht hatte er nur schlechte Laune gehabt, und sie war ihm auf die Füße getreten. Oder noch schlimmer, noch viel schlimmer – vielleicht spielten Tarantino und er ein Spiel mit ihr. Vielleicht ärgerten sie sich beide darüber, daß sie für diesen Fall abgestellt worden war, und wollten sie auf Abstand halten, hatten gar nicht vor, mit ihr zusammenzuarbeiten, vielleicht spielte Tarantino nur den Kooperativen. Wenn sie ihnen auf den Leim ging, würde sie verraten, was sie wußte, würde ihnen die Beute lassen und die Krümel, die sie ihr zuwarfen, dankbar annehmen.

Seufzend betrat sie den Aufzug und fragte sich, wann der berühmte Polizeikodex endlich greifen würde, die Wir-gegen-die-anderen-Mentalität, wann sie endlich einfach nur dazugehören würde. An der Akademie war es so gewesen, aber nach einem Jahr im Außendienst hatte sie ihre Nische am Revier noch immer nicht gefunden. Hier war es nicht wesentlich anders als draußen – die kleinen, hübschen, unterwürfigen Frauen hatten mit den meisten Männern weitaus weniger Probleme als sie. Es ging ihr nicht schlecht, sie fühlte sich nur noch nicht zu Hause. Zweimal hatte sie gute Erfahrungen mit der Zusammenarbeit gemacht. Mit einer Frau und mit einem jungen Mann, den sie von der Akademie her kannte. Aber die älteren Typen mochten einfach keine großen, unverschämten Weiber. Vielleicht war sie auch selbst schuld – vielleicht verhielt sie sich irgendwie abweisend.

Einmal hatte sie einen Lieutenant zur Rede gestellt, der sie mit seiner Blafferei fast so weit gebracht hätte, daß sie kündigte. »Ich mag einfach keine selbstbewußten Leute«, hatte er gesagt.

Wirklich ein guter Witz! Selbstbewußt? Skip? Aber sie hatte

erwidert: »Finden Sie nicht, daß eine Polizistin selbstbewußt sein sollte?«

Er sagte: »Ich mag *dich* nicht, Langdon«, und dann wurde ihr Versetzungsantrag bewilligt.

Es war ihr egal, ob sie mit Tarantino und O'Rourke zusammenarbeitete oder nicht. Vielleicht war sie sowieso eher eine Einzelgängerin.

Jedenfalls wissen sie nichts von dem Film und auch nichts von Chaunceys Affäre.

Skip, wie alt bist du eigentlich? Zwei oder drei Jahre?

Moment mal. Eine Sekunde. Darüber müssen wir reden. Wäre es klug, ihnen davon zu erzählen? Nein. Na also. Hör auf, an dir rumzumeckern. Mach deine Arbeit und laß sie ihre machen, und laß dich nicht von ihnen einschüchtern. Sie sind nicht deine Väter. Also mußt du sie auch nicht dazu machen.

Sie trat hinaus in die Sonne auf der South Broad Street. Vor dem Polizeihauptquartier gab es nicht besonders viel zu sehen. Einen undefinierbaren Brunnen und ein Denkmal, mit einer grammatikalisch ziemlich unmöglichen Widmung: »Dem Polizeipersonal, das in Erfüllung seiner Pflicht starb.« Ein Streifenpolizist war vor ein paar Tagen umgekommen, als er bei einem Überfall auf eine Bar eingreifen wollte, und ein paar Kränze lagen vor dem Denkmal. Skip überquerte die Straße, um sie sich anzusehen.

Es war fünf vor drei, und sie konnte genausogut hier auf Steve Steinman warten. Natürlich wollte sie nicht über das Filmproblem reden, wenn O'Rourke zuhörte – sie würde sich weder von ihm noch von sonst irgend jemandem ins Handwerk pfuschen lassen. Sie wunderte sich selbst über die Vehemenz ihrer Gedanken, und ihr fiel auf, daß sie unbewußt einen Zweig aus einem der Kränze gezogen und zerfetzt hatte. Sie öffnete die Hand und ließ die grünen Fetzen zu Boden segeln. Ihr wurde klar, wie sehr sie das Jagdfieber gepackt hatte – nach einem einzigen Tag, an dem sie eigentlich gar nichts unternommen hatte –, sie wollte unbedingt an dem Fall arbeiten. Und sie wollte gute Arbeit leisten. Sie mußte ernsthaft zugeben, daß sie in ihrem Leben noch nie so aufgeregt gewesen war, daß sie entsetzliche Angst hatte, die Sache zu verpatzen – wenn es nicht sowieso schon passiert war. Mein Gott, was würde sie darum geben, wenn sie sich den Film ansehen könnte!

»He, Skip, whereyat?« Steve Steinman winkte ihr vom Bürgersteig zu.

»Alles klar, Cher.«

»Cher? Wie die Schauspielerin?«

»So reden die Cajuns. Hast du nie ›Der große Leichtsinn‹ gesehen?«

»Na klar. Ich hab mich schon damals gefragt, was das für eine Sprache sein soll. He, der Rock steht dir gut.«

Skip sah an sich herunter auf das schlichte graue Kostüm und fragte sich, von welchem Planeten dieser Typ eigentlich kam. »Danke.«

»Du hättest nicht hier draußen auf mich zu warten brauchen – ich hätte dich auch so gefunden.«

»Und wo hättest du mich gefunden?«

»Weiß ich nicht. Ich hätte gefragt.«

»Wahrscheinlich hätte dir niemand sagen können, wo du mich findest. Ich arbeite normalerweise im V.-C. auf Streife.«

»Mit dem Vietcong hat das wohl nichts zu tun, oder?«

»Vieux Carré. Für diese Woche haben sie mich hierher beordert. Aber das ist eine lange Geschichte.« Sie sah ihm in die Augen und hoffte, darin ein Zeichen seiner Vertrauenswürdigkeit zu lesen. Es half ihr nicht weiter. »Willst du sie hören?«

»Klar.«

»Laß uns einen Kaffee trinken gehen, okay? Ich mag mich da drin nicht unterhalten.«

Steve sah sich irritiert um. »Die Gegend sieht nicht besonders einladend aus.«

»Stimmt. Da hinten ist gleich die Tulane Avenue. Wir könnten hinlaufen, aber –« sie zögerte.

»Aber was?«

Sie sah auf ihre abgelaufenen Sechs-Zentimeter-Absätze hinunter. »Ich bin an diese Dinger nicht gewöhnt.« Sie grinste verlegen. »Ich war in der Kirche und bei einer Totenwache. Hast du ein Auto?«

»Hab ich.«

»Vergiß das mit dem Kaffee. Fahren wir zum Napoleon-Haus.«

»Napojun?«

»Yeah, you right.«

»Wie bitte?«

Sie lachte. »Wie konnte ich das vergessen? ›Yeah, you right‹ sagt man einfach so. Das ist wie in Mexiko. ›Una cerveza, por favor‹ ist der eine Satz, den man können muß, mit dem kommt man überall durch.«

»He, Professor Longhair, danke für die Nachhilfe!« Er nahm sie bei der Hand, als ob sie zwei Verliebte wären.

Sie saßen im Hof des Napoleon-Hauses, womit sie sich um den Anblick seiner berühmten abblätternden Farbe und die zusammengewürfelte Gemäldesammlung des kleinen Eroberers brachten, aber dafür die letzten Strahlen der Wintersonne genießen konnten. In einem plötzlichen Anfall von Heißhunger – bei den St. Amants hatte sie nur einen Cracker mit Käse gegessen – bestellte sich Skip ein Dixie und ein Muffuletta.

Steve bestellte sich auch ein Dixie, und sie war ihm dankbar, weil er sich eine Bemerkung über Alkohol im Dienst verkniffen hatte. Sie redeten eine Zeitlang über Cookie und die halbwüchsigen Gören in seinem Dunstkreis, während Skip ihr Sandwich bearbeitete. Schließlich fühlte sie sich gerüstet und sagte: »Steve, weißt du, ich fühle mich wirklich schrecklich, weil dir das gestern passiert ist.«

Steve zuckte mit den Schultern und tastete nach seiner Beule. »Es tut heute kaum noch weh. Ich glaube, ich habe noch nicht einmal eine Gehirnerschütterung.«

Sie schnappte nach Luft. »Gehirnerschütterung! Du hättest keinen Alkohol trinken dürfen.«

»Mir geht's wirklich gut.«

»Aber es hätte dir auch schlechtgehen können, und ich habe nicht daran gedacht. Ich hätte es aber wissen müssen.«

»Bist du Ärztin oder Bulle?«

Sie schüttelte den Kopf. »Ich bin bescheuert, das ist alles.«

»He, was ist los? Wo ist deine übliche Arroganz geblieben?«

Sie lachte. Sie glaubte nicht, daß sie gestern nacht arrogant gewesen war, aber sie konnte es sein, und das hatte Steve sehr schnell erkannt – vielleicht konnte man es aber auch gar nicht übersehen.

»Ich hatte Probleme mit einem Kollegen. Ich schätze, das hat mich ein bißchen mitgenommen. Und ehrlich gesagt, genau darüber wollte ich mit dir reden. Ich habe gestern Mist gebaut. Ich habe dich in Gefahr gebracht, und – das läßt sich nicht leugnen – der Film ist futsch.«

Er setzte einen wohlwollenden Blick auf. Hinter diesen Brillengläsern erinnerte sie sein Blick an ihren Großvater. »Das war nicht dein Fehler. Du konntest nicht ahnen, wie viele Leute wußten, daß ich dir den Film bringe.«

Plötzlich fühlte sie sich in ihrem Wollkostüm beengt. *Ich hätte Marcelle nicht erzählen dürfen, daß er kommen wollte.*

Laut sagte sie: »Stimmt, aber von denen hätte dich keiner bei den Bullen vor der Haustür überfallen.«

Er lachte. »Ich mache dir keinen Vorwurf. Es ist passiert, und das ist schlimm genug, aber vielleicht hat es auch sein Gutes.«

»Wie meinst du das?«

Er sah verlegen aus. »Zum Beispiel – daß wir uns besser kennenlernen.«

Sie senkte den Blick auf ihren Teller, auf dem jetzt nur noch ein paar Brotreste und einige Tropfen Olivenöl zu sehen waren. Warum hatte sie ihn nicht gleich verstanden? War es möglich, daß dieser Typ sie wirklich mochte? Oder wollte er sie irgendwie ausnutzen? Sie wußte nicht wie, aber er war Filmemacher, und die kamen gleich nach den Reportern. Vielleicht brauchte er eine gute Quelle bei der Polizei. *Und?* sagte ein anderer Teil ihrer Psyche, der Teil, der sich nach der Nähe eines intelligenten und sensiblen Menschen sehnte.

Und wenn er sich für das Verhalten von Polizisten interessiert? Verhaltensforscher bauen doch auch eine Beziehung zu ihren Delphinen auf. Freunden sich mit Gorillas an.

Ohne nachzudenken, sagte sie: »Kann ich dir trauen, Steve?« Es hörte sich fast wie ein Wimmern an, ein Flehen.

105

Er sah sie noch immer so wohlwollend an. War das echt? »Natürlich.«

»Ich bin diese Woche zur Mordkommission abgeordnet worden – zum St.-Amant-Fall.«

Aha. Jetzt wurde sein Blick gierig. Es war nicht zu übersehen. Aber er versuchte wenigstens nicht, seine Neugier zu vertuschen. »Mein Gott!« platzte er heraus. »Ich beneide dich.«

»Du beneidest mich?«

»Allerdings. Ich hatte Journalistik als Hauptfach – und dann habe ich eine Weile als Reporter bei einer Zeitung in Orange County gearbeitet. Leute wie ich sind verhinderte Bullen oder Privatdetektive oder FBI-Agenten. Dabeisein, wo was los ist, aber es fehlt der Mut, um wirklich etwas zu tun. Also ziehen wir uns an den Abenteuern anderer Leute hoch.«

Sie fühlte sich besser. *Das* klang endlich nach Wahrheit.

»Also, hör zu. Ich schätze, das leuchtet dir ein: Man hat mir und zwei Polizisten den Fall übergeben, zwei Typen mit viel Erfahrung, die Hunderte von Mordfällen bearbeitet haben und ihren Job kennen. Theoretisch war es also völlig okay, da ich an dem Fall mitarbeite, daß ich mir mit dem Film einen Vorteil verschaffen wollte –«

Steves Mundwinkel zuckten. »Um den Mord vielleicht im Alleingang aufzuklären?«

»Mach dich nicht darüber lustig. Aber ein bißchen Ehrgeiz war natürlich auch dabei, zufrieden? Und eins kann ich dir sagen: Die Typen hätten meinetwegen verdammt wenig Hemmungen. Sie würden es beide ganz genauso machen, aber sie sind älter und haben mehr Erfahrung, wenn denen der Film gestohlen worden wäre, hätte es nicht so schlimm ausgesehen. Und wer hätte sie deswegen anschwärzen sollen? Ich? Na, wunderbar. Als Anfängerin hat man gefälligst Respekt zu haben vor den Älteren.

Aber es ist nicht ihnen passiert, sondern mir. Und einer von den beiden hat es ernsthaft auf mich abgesehen. Ich weiß nicht, warum, und ich weiß auch nicht, ob er sich deshalb auch mit dem anderen anlegen will, aber er macht mir das Leben schwer –«

»Und deshalb soll ich das mit der Anzeige bleibenlassen, damit die Sache nicht in die Akten kommt.«

Das war es, was sie wollte. Aber er hatte sich so erschreckend deutlich ausgedrückt. War sie vielleicht sogar bleich geworden?

»He, beruhige dich«, sagte Steve. »Kein Problem. Ich wollte bloß sicherstellen, daß die Bullen von dem Film erfahren, weil sie sonst nicht danach suchen können – du arbeitest mit an dem Fall, also kannst du danach suchen, okay? Mein Gott! Reg dich nicht auf. Ich traue dir wesentlich mehr als diesen anderen Wichsern.«

Skip durchzuckte das seltene Gefühl von Bullensolidarität – das Wir-gegen-die-anderen-Gefühl – bei seinem Rundumschlag, mit dem er ihre Brüder als Wichser bezeichnete. Aber diesmal ignorierte sie es. »Danke, Steve.«

Er sah sie sehnsüchtig an. »Wenn ich dir irgendwie helfen kann –«

»Wie lange bleibst du in der Stadt?«

»Ich dachte, noch eine Woche oder so. Vielleicht auch länger, wenn ich mir irgendwo Geld pumpen kann. Diese Geschichte hat mich, wie gesagt, total aus dem Konzept gebracht. Ich wollte hier nur das Mardi-Gras-Material zusammenkriegen – und den größten Teil des Films in L. A. drehen –, aber inzwischen will ich das Ding eigentlich noch komplett überarbeiten, solange ich hier bin. Ich will einen ganz anderen Film machen.«

»Hast du dir schon überlegt, was du verändern willst?«

»Das ist das Problem. Eigentlich nicht. Ich weiß nur, daß der Film ernsthafter werden muß, das ist alles. Ich denke, vielleicht kommt die Frau nicht erst nach New Orleans, vielleicht war sie von Anfang an da.«

Skip sah auf ihre Uhr. »Ich muß jetzt gehen. Viel Glück bei der Arbeit und allem übrigen.« Sie reichte ihm ihre Hand, aber Steve griff mit beiden Händen zu.

»Nicht so schnell. Ich möchte dich wiedersehen.«

Wozu? Damit ich für dich den Delphin oder Gorilla spielen kann? Dafür habe ich jetzt keine Zeit.

»Ich muß viel arbeiten.«

107

»Ich weiß. Aber du mußt doch auch essen, oder? Gehen wir morgen abend zusammen essen?«

Sie schüttelte den Kopf. »Ich glaube nicht, daß ich es schaffe. Aber ich ruf dich an. Du wohnst doch bei Cookie, oder?«

»Hm.«

Als sie ging, blieb er mit gekränktem Gesicht zurück, als ob sie ihn hatte abblitzen lassen. Und das hatte sie vielleicht auch. Sie wußte wirklich nicht, ob sie ihn anrufen würde, aber sie wußte, daß er zu den Komplikationen zählte, mit denen sie heute nicht fertig wurde – und morgen vielleicht auch nicht. Romantische Anwandlungen – und sie gab zu, daß sie sich zu ihm hingezogen fühlte – kosteten eine Menge Energie. Momentan konnte sie für solche Gefühle keine Energie aufbringen.

Sie ging zu Fuß zur St. Philip Street, wobei die ungewohnten Schuhe sie quälten. Sie schleuderte sie von den Füßen, sobald sie über die Schwelle getreten war.

Ihr ungemachtes Bett klappte sie schnell zum Sofa zusammen und haderte mit dem Gedanken, noch arbeiten zu müssen. Sie vertauschte das Kostüm mit Jeans, machte sich ein Glas Instant-Eistee und ließ sich mit ihrer Adreßkartei nieder.

»A« wie Albert – hatte sie bei Tolliver eine Chance? Sie glaubte nicht. Falls er von Chaunceys Affäre gewußt hatte, würde er sein Wissen erst preisgeben, nachdem man ihm sämtliche Fingernägel gezogen und beide Knie zerschlagen hätte. Sie mußte jemanden finden, der indiskret war und kein Hirn besaß. Cookie Lamoreaux! Nein – wenn er etwas wüßte, hätte er es ihr längst erzählt.

Sie wählte die Nummer von Alison Gaillard, einer ihrer alten Kappa-Kontakte.

»*Officer* Langdon! Ich habe deine ganze Geschichte heute morgen im ›Picayune‹ gelesen. Ich war stolz auf dich! Ich bin inzwischen bloß eine kleine Hausfrau. Und was ist mit *dir*? Ich würde mich nicht wundern, wenn sie eine Fernsehserie über dich schreiben würden.«

»Ich hab gehört, daß du eine kleine Tochter hast.«

»Ihrem Daddy wie aus dem Gesicht geschnitten, Gott sei Dank. Ich würde es nicht aushalten, wenn sie so aussähe wie ich.«

Skip atmete tief ein. Wenn Alison sich zu einem Titelfoto auf der ›Vogue‹ breitschlagen ließe, könnten die sich glücklich schätzen. Ihr Ehemann war untersetzt und hatte ein Mopsgesicht.

Das arme Kind konnte einem leid tun, aber das behielt Skip besser für sich. Außerdem war sie sich nicht sicher, ob sie Alison glauben sollte.

Wieder eine von diesen Südstaatenmaschen, die sie panisch nach einer passenden Antwort suchen ließ. Sollte sie Alison mit Komplimenten überhäufen? (»Alison, du bist wirklich nicht häßlich. Ganz bestimmt nicht. Mit ein bißchen Augen-Make-up hättest du sogar einen *gutaussehenden* Ehemann gekriegt.«) Oder sollte sie Alisons Selbstbezichtigungen ignorieren und das Thema direkt angehen? (»Ach, das arme Baby. Die Welt ist so ungerecht, nicht wahr? Aber ich habe gehört, daß die Gesichtschirurgie heutzutage Wunder vollbringt.«)

Schließlich sagte sie: »Bestimmt ein zauberhaftes Baby.« Aber damit waren ihre Probleme immer noch nicht ganz vom Tisch – sie wurde das Gefühl nicht los, daß Alison ein Kompliment erwartet hatte. Also schickte sie hinterher: »Und mit dir ist doch auch alles in Ordnung? Und mit deinen Levis auf jeden Fall, solange du drinsteckst. Das haben die Typen immer bestätigt.«

Alisons Lachen klang glockenhell. »Skippy, du bist *total* verrückt! Du bist einfach zum Schießen, weißt du das? Aber was kann ich für dich tun, altes Haus?«

»Na ja, eigentlich ist es vertraulich. Du wirst doch nichts weitersagen, nicht wahr?«

»Natürlich nicht, Skippy.«

Natürlich nicht. Und die Sonne würde heute abend im Osten untergehen. »Ich bin noch ein bißchen neu in der Abteilung, und weißt du, ein paar von den Typen mögen mich nicht besonders.«

»Skippy, das ist ganz bestimmt nicht wahr. Du bildest dir das sicher nur ein.«

»Nein, ehrlich. Man hält mich für versnobt.«

Alison lachte ihr Glockenlachen. »Du! Du und versnobt! Dieselbe Skip, die in Jeans und T-Shirt auf alle Parties gegangen ist? Die für eine *Schwarze* bürgen wollte? Skippy, sie kennen dich einfach nicht gut genug.«

»Aber sie wissen, daß ich eine Kappa bin.«

»Das ist es also.«

»Deswegen, und weil mein Daddy Arzt ist, glauben sie – na ja, du weißt ja, wie das ist. Irgendwie schikanieren sie mich.«

»Ach so. Sie lassen dich spüren, daß du nicht zu ihnen gehörst.«

»Hm. Deshalb lassen sie mich nie an irgendwelche interessanten Fälle. Und ich muß ihnen beweisen, daß ich gut bin. Weißt du, wenn ich selbst irgendwas wirklich Kompliziertes rauskriegen würde – vielleicht könnte ich Mimi Jurgenson überreden, im ›Picayune‹ was darüber zu bringen –, dann könnte ich ihnen zeigen, daß ich wirklich eine gute Polizistin bin, und dann läuft es vielleicht mit meiner Karriere auch.«

»Oh, Skippy! Polizeidirektorin Langdon! Klingt richtig gut.«

»Die Beförderung zum Sergeant würde mir erst mal reichen. Mir ist ein Gerücht zu Ohren gekommen, bei dem du mir vielleicht weiterhelfen könntest.«

»Da bist du an der richtigen Adresse! Gerüchte en gros und en detail.« Ihr Glockenlachen erklang. »Hat sich nicht viel verändert, was?«

»Das hoffe ich, Alison. Hör zu, ich habe gehört, daß Chauncey Bitty betrogen hat.«

»Das würde mich nicht wundern, er konnte einem leid tun. Ist sie in Schwierigkeiten?«

Skip atmete aus. Sie dachte, sie hätte die Sache so perfekt eingefädelt. Und jetzt sollte alles umsonst sein? »Willst du damit sagen, du weißt nichts darüber?«

»Also, vor ein paar Jahren gab's da diese Sache mit dem schwarzen Mädchen, die die PR für das Jazzfestival macht. Du kennst sie – Stephanie irgendwas. Sie ist in die Kirche Herz Jesu eingetreten. Aber alle haben gesagt, das wäre bloß ein Flirt gewesen. Er habe kalte Füße bekommen und sich nicht getraut, wirklich was mit ihr anzufangen. Obwohl ich nie geglaubt habe, daß er sich aus Loyalität zu Bitty zurückgezogen hat. Ich dachte, daß er wegen dem alten Mayhew die Hosen voll hatte, und das liegt ja auch nahe. Wer hat denn schon jemals was von den St. Amants gehört? Ohne Haygood Mayhew hätte Chauncey in dieser Stadt kein Bein auf den Boden bekommen. Sein Aussehen hätte ihm da auch nicht viel genutzt.«

»Anscheinend hat es ihm doch was gebracht. Schließlich hat er Bitty gekriegt, oder?«

»Du verrücktes Huhn! Wie kann man so *bös*artig sein! He, Officer, wie lautet denn der Insidertip? Wer hat ihn aus dem Weg geräumt? Einer von diesen drogensüchtigen Musikern, denen er immer aus der Patsche geholfen hat?«

»Alison, kann ich dir ein Geheimnis anvertrauen?«

»Natürlich!«

»Also, ich glaube, er hatte eine Affäre. Und die Frau wollte nicht sitzengelassen werden.«

»Aha. Wir kommen zum Kern der Sache.«

»Wen soll ich also anrufen? Was glaubst du, wer könnte Bescheid wissen?«

»Warte mal, laß mich überlegen. Erinnerst du dich an Annette Alexander? Ihr Mann arbeitet bei der Carrollton Bank. Oder die Kleine aus St. Francisville – Bella, hieß sie nicht so? Weißt du was, Skippy, ich telefonier selbst ein bißchen rum.«

»Mach dir keine Mühe. Das kann ich doch auch tun.«

»Das ist doch keine Mühe. Es macht mir Spaß. Ich ruf gleich zurück.«

Sie legte auf. Wie Skip wußte, wollte sie damit weiteren Protesten zuvorkommen. Denn obwohl Skip sich für gesellschaftlich unfähig und ziemlich angeschlagen hielt, war ihr doch klar, daß Widerspruch von ihr erwartet wurde. Natürlich würden die Telefonate Alison Spaß machen. Und Skip zweifelte nicht daran, daß sie ans Ziel kam. Nur um sicherzugehen, widmete sie sich wieder ihrer Kartei.

Francie Holloway war nicht zu Hause… Marigny Pecot telefonierte gerade… bei Barbara Lee Lipscomb war der Anrufbeantworter eingeschaltet… sollte sie ihren Bruder anrufen? Er könnte etwas wissen. Aber ob sich der Ärger lohnte? Ein Anruf bei ihrem Vater war ihr fast noch lieber.

Sie wählte die Nummer von Jo Jo Lawrence. Seine Frau, Baby, ging ans Telefon. (Es ging das Gerücht, daß Jo Jo, dessen IQ allgemein bekannt war, sie geheiratet hatte, damit er seinen hübschen Kopf nicht mehr anstrengen mußte, um sich ihren Namen zu merken. In zärtlichen Stunden stöhnte er einfach »Baby, Baby, o Baby« und war aus dem Schneider.)

»Baby? Hier ist Skip Langdon.«

»Hallo, Skippy. Jo Jo hat mir erzählt, daß er dich neulich gesehen hat.«

»Ja. Bei den St. Amants. Aber dich habe ich nicht gesehen.«

»Ich weiß. Ich bin mit dem Baby zu Hause geblieben.« (O Gott, wahrscheinlich nannte Jo Jo es ebenfalls Baby.)

»Jo Jo und du, ihr kennt die St. Amants ziemlich gut, nicht wahr?«

»Jo Jo schon, glaube ich.« Ihre Stimme klang ein bißchen traurig. »Er war früher mit Marcelle zusammen, weißt du.«

»Das ist ziemlich lange her.«

»Nicht lange genug.« Skip hätte schwören können, daß sie weinte. »Wolltest du mit Jo Jo sprechen? Er ist noch im Büro.«

»Bei welcher Firma arbeitet er denn jetzt?«

»Haw…«, sie schluchzte, schluchzte unverkennbar. »Haw… Hawkins…«

»Hawkins & Sneed?«

»Hm.« Sie hatte aufgelegt.

Skip wählte Jo Jos Nummer und überlegte, ob sie ihm erzählen sollte, wie seltsam Baby reagiert hatte. »He, Baby«, sagte er, beinahe hätte sie laut losgeprustet.

»Ich habe gerade mit Baby gesprochen.«

»Wie ging's ihr?« fragte er. »Sie war ziemlich übel drauf, als ich vor einer Stunde mit ihr telefoniert habe.«

»Ehrlich gesagt, klang sie ziemlich aufgelöst. Ist irgendwas nicht in Ordnung, Jo Jo?«

»Ach was, das ist keine große Sache. Jemand hat ihr eine verrückte Geschichte erzählt, weiter nichts.«

»Kann ich dir irgendwie helfen?«

»Nicht nötig, Baby. Das geht wieder vorbei. Kein Problem. Aber, sag mal, was kann ich für dich tun?«

»Ich muß gestehen, daß mich der gemeine Klatsch interessiert.«

»He! Glaub bloß kein einziges Wort! Was du auch hörst, ist alles gelogen! Nicht ein Wort ist wahr.«

Nicht umsonst nannten sie Jo Jo hinter seinem Rücken Dodo, dachte Skip. »Doch nicht über dich, Dummkopf. Über Chauncey.«

»Über Chauncey? Aber der ist doch tot.«

»Also hör zu, ich bin dabei, den Mordfall aufzuklären.«

Er lachte. »Ach so. Die neue Jessica Fletcher. He, du hast den richtigen Job gefunden.«

»Ich weiß. Ich hasse es bloß, Strafzettel auszufüllen.«

»Also, schieß los, Baby. Wie kann ich dir helfen?«

»Ich habe gehört, daß Chauncey ein Verhältnis hatte.«

»Ein Verhältnis?« Er klang verwirrt. »Meinst du, außer seiner Sekretärin?«

»Ich weiß es nicht. Ich weiß nur, daß es Unzählige gewesen sein können. *Hatte* er ein Verhältnis mit seiner Sekretärin?«

»Sicher. Jedenfalls vor ein paar Jahren. Villere hieß sie. Ich glaube Estelle mit Vornamen. Genau – Estelle Villere. Eine Schwarze. Du kennst ja den alten Spruch.«

»Klar. Heiß, schwarz und süß.« (Bei dem Spruch drehte sich Skip immer der Magen um, wie konnte man den bevorzugten Frauentyp von New Orleans mit der bevorzugten Kaffeesorte vergleichen!)

»Mein Vater hat mir von Chauncey und ihr erzählt – Chauncey und er waren dicke Kumpel, weißt du. Meinen Vater hat die ganze Sache tief getroffen – der Mord an Chauncey.«

»Das geht uns allen so, schätze ich. Jo Jo, ich werde mich bei Gelegenheit revanchieren.«

Sie suchte im Telefonbuch nach Estelle Villeres Nummer, aber ohne Erfolg. Gerade als sie sich noch ein Glas Instant-

Eistee machte und darüber nachdachte, wen sie als nächstes anrufen sollte – Teetsie Delegal oder SuSu Sims –, rief Alison zurück.

»Gerüchte en gros und en detail zum Rapport.«

»Ich wußte, daß du's rauskriegen würdest.«

»Und ich hätte es dir schon viel früher mitteilen können, wenn du nicht dauernd telefonieren würdest.«

»Ich hab auch was in Erfahrung gebracht. Estelle Villere ist es, stimmt's?«

»Oje, du hinkst vielleicht hinterher. Estelle Villere war Nummer drei.«

»Von wie vielen?«

»Es waren nur vier. Und sie alle waren seine Sekretärinnen.«

»Unglaublich!« Skip entsetzte die Aussicht auf vier Überprüfungen.

»Du wirst es glauben müssen, mein Schatz. Das war sein *modus operandi*. Ich weiß nicht, ob er sie erst gevögelt und dann zu seinen Leibeigenen gemacht hat oder ob er sie erst eingestellt und dann von seinem *droit du seigneur* Gebrauch gemacht hat. Ich bin dir sehr dankbar. Ich hatte ja keine Ahnung davon. Ich schätze, manchmal übersieht man beim Klatsch Leute, die doppelt so alt sind wie man selbst. Das passiert sogar geübten Klatschtanten.«

Skip lachte in sich hinein. Sie hätte nie gedacht, daß Alison Worte wie »Leibeigener« oder *droit du seigneur* überhaupt kannte. »Wer ist Nummer vier? Und was ist mit den anderen dreien passiert?«

»Ich muß mal in meinen Notizen nachsehen. Also, die erste hieß Nancy. Ihren Nachnamen konnte ich auf die Schnelle nicht rauskriegen, aber wenn du mir ein bißchen mehr Zeit gibst...«

»Vielleicht ist das gar nicht nötig. Was ist aus ihr geworden?«

»Sie ist rausgeflogen. Und hat kurz darauf einen netten jungen Mann geheiratet, der bis dahin noch bei der Carrollton Bank die Karriereleiter hochgeklettert ist. Wenig später ist *er* gefeuert worden. Sehen Sie da einen Zusammenhang, Officer Langdon?«

»Zumindest rieche ich ihn. Nummer zwei?«

»Du wirst es nicht glauben.«

»Was werde ich nicht glauben?«

»Sie hieß Heidi. Ernsthaft. Miss Heidi Homes aus Lafayette. Die Affäre hat nur ein Jahr gedauert. Sie hat selbst einen besseren Job bei einem Typen von Shell gefunden.«

»Und über die Art und Weise, wie sie zu dem Job gekommen ist, können wir nur spekulieren.«

»Häßlich, häßlich, Skippy. Du gehörst zu den letzten aufrechten Charakteren – wußtest du das schon?«

»Was war mit der hübschen Estelle?«

»Also das ging eine ganze Weile – mindestens fünf Jahre. Sie war praktisch eine Institution. Und *ausgesprochen* hübsch. Eine Schwarze – wußtest du das? Sehr hellhäutig, hat man mir gesagt, ungefähr einsachtzig groß, lange Beine. Es wird behauptet, daß die Typen sich mit Chauncey verabredeten, nur um vorbeizukommen und einen Blick auf sie zu erhaschen. Er nannte sie Stelly. Sie war berühmt. Und weißt du, was dann passiert ist? Sie war plötzlich einfach nicht mehr da. Kein Mensch weiß, was mit ihr geschehen ist – Chauncey hat keine Miene verzogen und nur gesagt: ›Sie arbeitet nicht mehr bei der Bank.‹ Sogar zu seinen engsten Freunden. Er mußte sich mit Agenturmädchen behelfen, bis er Ersatz gefunden hatte.«

Skip spürte ein Kribbeln auf ihrer Kopfhaut. Stelly konnte die Frau gewesen sein, die Marcelle gesehen hatte – »hübsch« und »hellhäutig« war zwar keine besonders genaue Beschreibung, paßte aber auch zu der Frau, die Marcelle beschrieben hatte.

»Skippy?« sagte Alison. »Bist du noch dran?«

»Ja, ich bin noch dran. Mir hat's die Sprache verschlagen, das ist alles. Unglaublich, was manchmal ans Tageslicht kommt, wenn jemand stirbt, findest du nicht auch?«

»Das kann man wohl sagen.« Sie hörte sich nicht sonderlich bekümmert an. »Nummer vier heißt jedenfalls Sheree Izaguirre.«

»Izaguirre? Das klingt nicht nach einer Schwarzen.«

»Sollte es?«

»Ich weiß es nicht.« Skip war verwirrt. Vermutlich hatte sie angefangen zu glauben, daß Chauncey eine Vorliebe für den Frauentyp aus Jo Jos Spruch hatte.

»Egal, damit sind wir jedenfalls am Ende. Willst du Sherees Adresse haben?«

»Mein Gott, Alison, wie gut, daß ich die Sache dir übergeben habe.«

»Siehst du? Ich bin gar nicht so blöd, wie du immer denkst.«

Skip war froh, daß sie ihr nicht gegenübersaß, weil sie mit ziemlicher Sicherheit gerade rot geworden war. Sie hatte Alison wirklich unterschätzt. Nachdem Alison ihr die Adresse gegeben und sie aufgelegt hatten – endlich konnte sie sich auch ihren Eistee holen –, dachte sie angestrengt darüber nach, an wen Alison sie plötzlich erinnert hatte, und ihr fiel ein, daß es ihre Mutter war.

Elizabeth Langdon wurde von ihren Freunden Liza genannt, aber ihre eigene Tochter nannte sie insgeheim immer Dizzy Lizzie. Lizzie machte auf Skip den Eindruck, als ob sie stets nur einen einzigen Gedanken im Kopf hätte: von wem sie als nächstes eingeladen werden wollte und wie sie das hinbiegen könnte. Alles, was sie sagte, waren gesellschaftliche Höflichkeitsfloskeln – bloß dazu angetan, zu gefallen und nur ja niemanden zu kränken.

Ihre Mutter betrieb ihre Machenschaften nicht ohne Geschicklichkeit, aber das war nicht der Grund, weshalb Alison sie an ihre Mutter erinnerte. Lizas Tagespensum für den gesellschaftlichen Aufstieg enthielt selbstverständlich auch karitative Arbeit, und darin war sie gut. Wenn man sie mit der Organisation einer Veranstaltung betraute, entwickelte sich diese Frau, die ansonsten mit ihrer eigenen Wäsche nicht fertig wurde, zu einem General.

Skip öffnete ihren Kleiderschrank. Sie war an den Status der Kriminalbeamtin nicht gewöhnt, aber die Auswahl an Kleidungsstücken in ihrem Schrank eignete sich hervorragend. Außer dem grauen Kostüm, das sie am Morgen getragen hatte, besaß sie einen beigefarbenen Rock, eine blaue Seidenbluse, noch zwei Jeans, Pullover für den Winter und Blusen für den

Sommer, außerdem eine schwarze Gabardinehose, die ihre Mutter im Ausverkauf gefunden und für sie erstanden hatte. Die zog sie jetzt an, dazu einen ockerfarbenen Pullover und einen dunkelblauen Blazer. Ihre Kleidung war zumindest schlicht. Reichlich schlicht.

Sheree Izaguirre wohnte hinter dem Veteran's Highway, in einem ziemlich schäbigen Apartmenthaus, wie man sie in allen Städten findet. Skip nahm an, daß der Swimmingpool für die Wahl der Wohnung ausschlaggebend gewesen war – oder die Anonymität, schließlich traf sich Sheree mit einem verheirateten Mann. Sie fragte sich, ob Chauncey für das Apartment bezahlt – es vielleicht sogar ausgesucht hatte.

Eine kleine Frau öffnete die Tür. Sie war genauso zierlich wie Bitty und hatte noch etwas mit ihr gemeinsam – den Ausdruck kindlicher Verletzlichkeit, schmale Schultern, die um Schutz baten. Skip schätzte sie auf ungefähr dreißig, sie hatte dunkle Haut – schön gebräunt, von Wochenenden am Swimmingpool wahrscheinlich –, aber schwarz war sie nicht. Ihre kurzen zerzausten Locken erweckten den Eindruck, daß sie sich gerade hingelegt hatte. Sie trug einen grauen Jogginganzug. Ein einfaches goldenes Armband – das sie wahrscheinlich nie ablegte und möglicherweise von Chauncey bekommen hatte – betonte ihr zerbrechliches Handgelenk am rechten Arm. Ihr Gesicht war vom Weinen geschwollen.

»Ja?«

»Sind Sie Sheree Izaguirre? Ich bin Skip Langdon, Kriminalpolizei.« Sie zeigte ihre Marke vor.

»Ja?« sagte die Frau noch einmal.

»Ich komme wegen Chauncey St. Amant. Ich würde mich gern ein paar Minuten mit Ihnen unterhalten.«

»Kommen Sie herein.« Irritiert trat Sheree Izaguirre zur Seite. Sie zog ein Papiertaschentuch aus einer Packung, die auf einer zum Wohnzimmertisch umfunktionierten Feldkiste lag, und schneuzte sich. »Ich bin ein bißchen durcheinander«, sagte sie. »Setzen Sie sich doch.«

Skip setzte sich auf ein mehrteiliges Sofa mit einer gelbbraunen Überdecke, das für den Raum zu groß war. Den Fußboden bedeckte beigefarbener Teppichboden, und vor den Fenstern hingen dunkelblaue Vorhänge, die nach Synthetik aussahen und es wahrscheinlich auch waren, Vorhänge, wie Vermieter sie aussuchen. Draußen gingen allmählich die Lichter der Stadt an. Über Skips Kopf baumelte eine Grünlilie in einem Makramee-hänger. Ein gerahmtes Jazzposter hing an der Wand. Von der Feldkiste abgesehen, sahen die Möbel nach Kaufhaus aus, hastig von jemandem ausgesucht, der zum Einkaufen keine Lust mehr hatte. Nur ein einziger Gegenstand paßte nicht zu dem Raum, ein Spielzeuglaster, der in einer Ecke auf der Seite lag.

Sheree setzte sich in einen Schaukelstuhl aus Kiefernholz mit einem orangefarbenen Sitzkissen. Mit weit aufgerissenen Augen blickte sie sich hastig im Zimmer um und rutschte unruhig auf ihrem Stuhl hin und her. »Es wird schon dunkel«, sagte sie und sprang wieder auf. Sie zog die Vorhänge zu und schaltete eine Tischlampe ein.

Skip sagte: »Mein Beileid zu Ihrem Verlust, Ms. Izaguirre. Ich habe Mr. St. Amant zeit meines Lebens gekannt. Mein Vater war sein Hausarzt – Sie kennen ihn vielleicht.«

»Wie war doch gleich Ihr Name?«

»Skip Langdon. Don Langdon ist mein Vater. Ich glaube, Chauncey und er sind häufiger zusammen essen gegangen.«

»Natürlich, Doktor Don.«

»Chauncey wird uns allen sehr fehlen.« Skip lächelte und war-tete einen Moment. »Es ist nicht leicht, über einen Mord zu spre-chen, verzeihen Sie mir also, wenn ich einfach loslege. Ich wollte mit Ihnen sprechen, weil Sie Chauncey jeden Tag gesehen haben. Sie wissen, wer sonst noch mit ihm zusammen war, wer ihn ange-rufen hat. Im Moment stellen wir uns alle die gleiche Frage: ›Wer hatte einen Grund, ihn zu töten?‹«

Sheree lächelte trotz ihrer unverkennbaren Angst. »Das frage ich mich immer wieder.«

»Sie müssen es besser wissen als die meisten von uns.«

»Ich?«

»Hat er sich in letzter Zeit mit irgend jemandem gestritten? Hat ihn irgend jemand am Telefon bedroht? Hatten Sie den Eindruck, daß er sich vor irgend etwas fürchtete? Oder beunruhigt war? Vielleicht erinnern Sie sich an irgend etwas in dieser Richtung?«

Sie schüttelte den Kopf. »Nein. Er war immer nett zu allen Leuten.« Sie tupfte sich die Tränen ab, die ihr aus den Augen schossen.

»Sind Sie jemals Ihrer Vorgängerin bei der Bank begegnet? Estelle Villere?«

Sie wurde rot. »Nein. Aber ich habe von ihr gehört. Jeder kannte Stelly.« Sie betonte den Namen etwas anders, es klang leicht verächtlich.

»Wußten Sie, daß sie eine Affäre mit Chauncey hatte?«

Sie senkte den Blick. »Ja.«

»Ms. Izaguirre, ich weiß, daß diese Situation nicht leicht für Sie ist. Ich bemühe mich, sie nicht noch schlimmer zu machen, aber ich muß Ihnen diese Fragen stellen.«

Sie blickte wieder auf und lächelte – ein tapferes Lächeln. »Natürlich. Das verstehe ich.«

»Gut. Leider muß ich noch etwas persönlicher werden, aber ich habe gehört, daß Sie ebenfalls ein intimes Verhältnis zu Chauncey hatten. Stimmt das?«

Sie nickte unglücklich.

»Wie lief Ihre Beziehung?«

»Wie sie lief? Ich verstehe Sie nicht. Gut, nehme ich an.«

»Wollte er die Beziehung beenden?«

»Nein. Jedenfalls hat er nichts davon gesagt. Glauben Sie, daß er mich loswerden wollte?« Auf ihrem Gesicht stand echte Angst.

»Ich habe keinen Grund, so etwas anzunehmen. Wollten Sie die Situation irgendwie verändern?«

»Verändern?«

»Abbrechen. Oder vielleicht heiraten?«

Sie sah Skip offen ins Gesicht. »Officer – ähm – Langdon –«

»Skip.«

»Skip. Ich hätte mich leicht in Chauncey verlieben können, aber ich ließ es nicht dazu kommen, um mich selbst zu schützen. Ehrlich gesagt, glaube ich nicht, daß er zu den Männern

119

gehörte, die sich verlieben. Obwohl man sagt –« Sie starrte in die Luft.

»Was sagt man?«

»Daß er Stelly geliebt hat. Unsere Beziehung war anders – von Liebe war einfach nie die Rede.« Sie zuckte mit den Schultern. »Ich habe einen kleinen Jungen drüben im Country Day College, und ich will, daß er da bleibt. Chauncey bezahlte sein Schulgeld. Das war unsere Abmachung.«

»Oh. Und wo ist er jetzt?«

»Jimmy? Bei seinem Daddy.«

»Hat Chauncey jemals über Stelly gesprochen?«

»Nein. Nie.«

»Wissen Sie, warum sie gegangen ist?«

»Nein.«

»Okay. Ich habe hier eine Beschreibung von einer Frau und würde gern wissen, ob Sie sie kennen: Sie ist Schwarze, jung – wahrscheinlich unter fünfundzwanzig –, sehr hübsch, kantiges Gesicht und helle Haut, im Hautton der Haarfarbe ähnlich – Kupfer, hat man mir gesagt.«

»Das ist LaBelle Doucette.« Sheree Izaguirre war erregt. »Du lieber Himmel, die hatte ich ganz vergessen.«

»Erzählen Sie mir von ihr.«

»O mein Gott.« Skip fiel ein ganz leichter Akzent auf, der erste Hinweis auf die berühmte Charmer-Herkunft. Skip nahm an, daß Sheree Izaguirre sich große Mühe gegeben hatte, ihn loszuwerden. »Ich kann's gar nicht fassen. Sie kam in Chaunceys Büro und wollte ihn sprechen – ach so –, das war vor ein paar Monaten. So ungefähr. Aber sie hat ihren richtigen Namen nicht genannt. Warten Sie, sie sagte…«

Nachdenklich legte sie eine Hand an die Stirn. »Sie nannte nur einen Vornamen, aber ich komme nicht drauf. O nein – was war es bloß?« Sie ballte ihre kleine Hand zur Faust und schlug auf die Armlehne des Schaukelstuhls. »Lynn! Nein, das war es nicht. Doch, das sagte sie. Ich bin mir fast sicher. Lynn. Egal, es ist sicher nicht so wichtig, oder?«

»Sie kam einfach herein und meinte: ›Sagen Sie Chauncey, daß Lynn ihn sprechen will‹?«

»Nein, nein. Sie sagte ›Mr. St. Amant‹.«

»Aber sonst war es ungefähr so?«

»Hm.«

»Und, wenn man bedenkt, in welcher Beziehung Sie zu Chauncey standen, sind Sie nicht neugierig geworden, wenn eine hübsche junge Frau Chauncey besuchen wollte und sich nur mit dem Vornamen vorgestellt hat?«

»Verdammt neugierig, da können Sie drauf wetten!« Von Tränen war keine Spur mehr zu sehen, die Erinnerung hatte sie gepackt. »Und gestritten haben sie sich, hatten Sie nicht gefragt, mit wem er Streit hatte? Mit ihr hatte er Streit, mit dieser Hure.«

»Worüber haben sie gestritten?«

»Wenn ich das wüßte. Ich hab wirklich alles versucht, sogar ein Glas an die Wand gehalten, aber Worte konnte ich nicht verstehen, nur Geschrei. Und mittendrin riß Chauncey seine Tür auf, zeigte auf meine Tür – die auf den Flur rausführt – und schrie: ›Verschwinde sofort aus diesem Büro! Und laß dich hier *nie* wieder blicken!‹«

»Ganz schön dramatisch.«

»Aber eins muß ich ihr hoch anrechnen. Er hatte zwar versucht, sie einzuschüchtern, aber sie öffnete ihre Handtasche und zog so ein kleines Stück Papier raus, das sie fix und fertig vorbereitet hatte. Sie gab es ihm und sagte: ›Hier ist meine Telefonnummer, falls du deine Meinung änderst.‹ Sie ging zur Tür, drehte sich um, lächelte und *winkte* – können Sie sich das vorstellen? Ich schwöre Ihnen, Chauncey wurde purpurrot. Im Ernst, diesen Blick hatte ich noch nie bei ihm gesehen. Er nahm den Zettel –«

Sie beugte sich vor, zog ein Papiertuch aus der Schachtel, knüllte es energisch zusammen und drohte mit der Faust.

»– und dann kam das. Er schmiß den Zettel in den Papierkorb, ging in sein Büro zurück und knallte die Tür zu, ohne ein Wort zu sagen.«

Skip lächelte ihr verschwörerisch zu. »Und Sie haben ihn natürlich rausgefischt.«

»Hätten Sie das nicht getan?«

»Natürlich.«

»Egal, es stand nur der Name und eine Telefonnummer drauf, und dafür lege ich meine Hand ins Feuer, das war nicht der Name, den sie mir gesagt hatte.« Wieder legte sie die Hand an die Stirn. »Hören Sie, es war nicht Lynn. Mir ist gerade was eingefallen. Ich meldete sie bei Chauncey, und er sagte: ›Ich kenne keine Lynn‹, und dann kam er zu ihr raus, und sie nannte ihm selbst ihren Namen. Es war irgendwas und dann Lynn – so was wie Ann Lynn oder Faye Lynn, vielleicht auch Ti-Lynn. Und als er das hörte, wurde er ganz ernst und bat sie in sein Büro.«

»Er kannte sie nicht?«

»Anscheinend doch, nachdem sie seinem Gedächtnis nachgeholfen hatte. Genau. Sie meinte: ›Erinnerst du dich an mich?‹, nachdem sie ihren Namen gesagt hatte. Und dann sagte sie noch: ›Ist schon sehr lange her‹, mit einer total verführerischen Stimme, richtig sexy. Jedenfalls hat sich dann rausgestellt, daß sie in Wirklichkeit LaBelle Doucette hieß – das stand jedenfalls auf dem Zettel. Da kann ich mich ganz genau dran erinnern. Wegen der Sängerin Patty LaBelle und meiner Nachbarin, als ich in Arabi gewohnt hab. Benny Doucette.«

»Haben Sie irgendeine Theorie, worum es ging?« fragte Skip.

»Klar. Ich dachte, daß er ursprünglich nur ihren Vornamen gekannt hatte. Vielleicht war es ein Künstlername – sie konnte eine Stripperin oder sogar eine Sängerin gewesen sein. Ich dachte, vielleicht hatte er sie irgendwo kennengelernt, eine Nacht mit ihr verbracht, und später, als sie herausfand, wer er war, hat sie versucht, ihn zu erpressen.« Ihr Blick sagte, daß sie ihre Theorie nicht schlecht fand. »Was halten Sie davon?«

Skip zuckte mit den Schultern. »Ich sag es nicht gerne, aber mir fällt auch nichts Besseres ein. So könnte es gewesen sein. Aber vielleicht können Sie sie noch etwas genauer beschreiben. Größe und Gewicht?«

»Mittelgroß, würde ich sagen, aber sie trug hohe Absätze. Nein, auf den zweiten Blick würde ich sagen, durchschnittlich groß. Aber sie wirkte größer, weil sie so dürr war. *Wirklich dürr.*«

»Haar- und Augenfarbe? Ich weiß nicht genau, was ich mir unter ›Kupfer‹ vorstellen soll.«

»Ihr Haar sah tatsächlich wie Kupfer aus – metallisch. Sehr metallisch. Aber eher gold als rot – rötlich gold. Wie Kupfer, das ein bißchen Grünspan ansetzt. Hinreißend. Wahrscheinlich auch eine teure Angelegenheit. Die Frisur sah nach Hollywood aus – wuschelig und zerzaust, als ob sie gerade aufgestanden wäre. Wie Tina Turner, nur etwas abgemildert. Und braune Augen.«

»Hautfarbe?«

»Sie hatten gesagt, Haut und Haare kupferfarben, und da habe ich gewußt, wen Sie meinen. Ihr Haar paßte zu ihrer Haut. Und die Hautfarbe wirkte – für Haut – irgendwie röter als ihr Haar als Haarfarbe. Ich meine, man kann eine feuerrote Haarfarbe hinkriegen, aber Haut wird nicht so rot.«

»Und sie sah gut aus?«

Sheree nickte resigniert. »Sie hat wirklich was hergemacht. Man konnte sich gar nicht sattsehen. Sie war bloß scheußlich angezogen, und ihr Make-up war schrecklich. Billig.« Sie kräuselte leicht die Lippen. »Ihre Fingernägel waren so spitz wie bei den alten Chinesen. Sie waren rot lackiert, passend zum Lippenstift, mit K-&-B-Rot.«

»Und Sie sind sicher, daß sie eine Schwarze war?«

Sheree zuckte mit den Schultern. »Klar.«

»Wissen Sie, irgendwas fehlt mir noch. Woher wußten Sie das?«

»Woher ich das wußte?« Sie sah Skip an, als ob sie nicht alle Tassen im Schrank hätte. »Keine Ahnung. Sie war es einfach, das ist alles. Wie sie redete, zum Beispiel. Und dann die Struktur ihrer Haare. Die Hautfarbe, schätze ich – es gibt nicht viele Weiße mit so einer rötlichen Haut. Ich weiß nicht – die Gesichtszüge vielleicht. Woran erkennen Sie, daß jemand schwarz ist?«

»Manchmal ist es nicht leicht. Sie könnten zum Beispiel schwarz sein. Ich meine, Sie sind dunkler als die Frau, über die wir reden, und Sie haben die Gesichtszüge einer Weißen, aber es *könnte* durchaus sein.«

»Aber ich bin's nicht. Doch diese LaBelle war Schwarze. Das konnte man aus hundert Meter Entfernung erkennen.«

»Das glaube ich Ihnen – ich war nur neugierig. Sie haben nicht zufällig ihre Telefonnummer im Telefonbuch nachgeschlagen?«

Sheree grinste, offensichtlich hatte sie Skip als weibliche Verbündete akzeptiert, trotz Marke. »Soll das ein Witz sein? Ich habe im Telefonbuch nachgesehen, weil ich wissen wollte, wo sie wohnt. Sie stand nicht drin, da wurde mir klar, daß Chauncey sie nicht ohne den Fetzen Papier erreichen konnte, deshalb hab ich ihn vertilgt.«

Skip war verblüfft. »Vertilgt?«

Sheree lachte lauthals. Es schien ihr besser zu gehen. »Nein, nicht wirklich. Ich habe ihn verbrannt. Und kann mich auch nicht mehr daran erinnern, wie die Nummer war.«

»Das hatte ich befürchtet«, sagte Skip und stand auf, um zu gehen.

LaBelle

Skip hielt bei einer K-&-B-Drogerie mit Telefonzelle, um selbst nach der Nummer von LaBelle zu suchen. Sie mußte lachen, als ihr Sherees verächtliche Bemerkung über LaBelles Make-up einfiel. Die Katz-&-Besthoff-Drogeriekette war für ihr knallrotes Logo genauso berühmt wie Pepto-Bismol für sein Pink, und bei der Farbe kam einem die Galle hoch.

Sheree hatte recht, es gab keine LaBelle Doucette im Telefonbuch, aber dafür dreißig andere Doucettes, weshalb sich Skip für eine Sekunde wünschte, sie hätte einen netten Job als Englischlehrerin am Sacred Heart. Hatte sie sich wirklich eingebildet, sie könnte sich vor Tarantinos und O'Rourkes Dreckarbeit drücken? Vor ihr lagen neunundzwanzig Anrufe bei Leuten, die wahrscheinlich nichts mit ihr zu tun haben wollten – oder eigentlich eher dreißig. Denn wenn LaBelle tatsächlich bei einem von diesen Doucettes wohnte, würde sie wahrscheinlich lieber mit dem Phantom in der Oper sprechen als mit der Polizei.

Skip fuhr nach Hause und zog wieder Jeans an. Zuerst rief sie bei Marcelle an, um sich eine genaue Beschreibung der Schwarzen geben zu lassen.

»Nicht allzu groß«, sagte Marcelle. »Ungefähr so wie ich – vielleicht einssiebzig oder einsfünfundsiebzig. Aber eine absolute Bohnenstange, wie Stelly Villere. Hast du Stelly je kennengelernt? Daddys Ex-Sekretärin?«

»Nein, aber ich hab gehört, daß sie 'ne Wucht gewesen sein soll.«

»Das stimmt allerdings. Und nett dazu. Zuckersüß und bildhübsch.« Sie brach ab. »Dabei muß ich immer an Daddy denken. So hat er mich auch genannt.« Ihre Stimme zitterte leicht. »Hat ja keinen Zweck.«

»Noch mal zu dieser Frau. Konntest du die Farbe ihrer Augen erkennen?«

»Nein. Es war dunkel draußen. Und ich stand im ersten Stock am Fenster.«

Skip ging die Fragen nach Haar- und Hautfarbe noch einmal durch, die sie mit Sheree besprochen hatte, und bekam ähnliche Antworten – jedenfalls ähnlich genug, um sie davon zu überzeugen, daß LaBelle die Frau war, die Marcelle gesehen hatte

»Marcelle, eine Frage zu Stelly – sie war sehr lange bei deinem Vater, nicht wahr?«

»Oh, ja, mindestens fünf Jahre.«

»Weißt du, warum sie gegangen ist?«

»Warum? Was hat Stelly damit zu tun?«

»Ich dachte nur. Könnte diese Frau mit ihr verwandt sein?«

»Verwandt! Wie kommst du darauf?«

»Du hast ihre Figuren miteinander verglichen.«

»Ach so, aber sonst haben sie nichts gemeinsam. Erstens hatte Stelly schwarzes Haar und eine goldene Haut – absolut gegensätzliche Farben. Und außerdem war sie…« Marcelle zögerte. »…sie war eine Dame.« Sie klang trotzig, aber Skip ging nicht darauf ein und lachte einfach. »In welchem Jahrhundert leben wir eigentlich?«

»Ach, Skippy, du weißt doch, was ich meine.«

»Natürlich. Sollte nur ein Scherz sein. Aber mal ernsthaft, weißt du, warum Stelly gegangen ist?«

Marcelles Stimme klang etwas spitz. »Nein, weiß ich nicht. Warum?«

»Es gehört zur Polizeiarbeit, alles zu überprüfen. Irgend jemand hat einen Groll gegen deinen Vater gehegt – einen ziemlich heftigen. Es ist schon vorgekommen, daß verärgerte Angestellte einen Mord begangen haben. Und kein Mensch scheint zu wissen, warum Stelly gegangen ist. Wir haben für so etwas einen Fachausdruck.«

»Und wie heißt der?«

»Mysteriös.«

»Skippy, du bist wirklich komisch. Ich werde Mutter fragen, warum sie gegangen ist. Vielleicht weiß sie mehr. Daddy schien es immer irgendwie zu bedauern. Vielleicht hat er sie bei einer Unterschlagung erwischt oder so.«

»Danke, Marcelle. Du würdest mir damit sehr helfen.«

Kein Grund, sich noch länger zu drücken. Skip ließ sich mit dem Telefonbuch nieder und begann zu wählen.

»LaBelle? Hier gibt's keine LaBelle!« Rums! Sie war doch kein Stöhner.

»Cornell? Cornell hat jetzt Nachtschicht.«

»Meine Mama ist nicht zu Hause. Sie ist zum Bingo gegangen, glaub ich. Wie sie heißt? Mama heißt sie, wie denn sonst.«

Besetzt.

Keiner zu Hause.

»Tut mir leid. Sie müssen sich verwählt haben. Welche Nummer haben Sie denn gewählt?«

Noch einer besetzt.

»Ich kenn keine LaBelle, cher, aber du kannst ja mal vorbeikommen und mir einen runterholen.«

»LaBelle wohnt nicht mehr hier.«

Skip sagte: »Danke. Bitte entschuldigen Sie die Störung.« Erst dann begriff sie, daß die Frau am anderen Ende etwas gesagt hatte, was sie hören wollte. Welche war das? Sie hatte so viele Nummern gewählt, daß sie nicht mehr wußte, wo sie aufgehört hatte. »Mrs. Doucette?« sagte sie. »Philomena Doucette? Wissen Sie, wo ich LaBelle erreichen kann?«

»Ich schätze, sie arbeitet immer noch in der Bourbon Street. Hab nichts mehr von ihr gehört. Genau weiß ich's nicht.«

»In der Bourbon Street? Wissen Sie, wie der Laden heißt?«

»Ich glaub, er heißt Do-It-Club. Auf jeden Fall irgendwas Unanständiges. Ich glaub, der Do-It-Club ist es. An Do-It kann ich mich jedenfalls erinnern – Gott helfe mir.« Ihre Stimme klang schleppend und müde und ein bißchen heiser.

Skip kannte all die finsteren Löcher auf der Bourbon Street und auch den Do-It-Nachtclub mit seinen beinahe nackten Tänzerinnen, in deren Gesichtern man lesen konnte, daß sie eigentlich lieber in Philadelphia wären, und LaBelle konnte sie sich nach Sheree Izaguirres Beschreibung in dieser Rolle ausgezeichnet vorstellen.

Skip sah auf ihre Uhr. Zehn. Ein bißchen früh für den Do-It-Club, und außerdem hatte sie Hunger, das Muffuletta vom

Nachmittag hielt inzwischen nicht mehr vor. In ihrem einzigen Vorratsschrank (es gab in ihrer winzigen Küche zwei, aber in den zweiten hatte sie die Teller gestellt) stand eine Dose mit Thunfisch ohne Öl und eine mit Erbsencremesuppe. Da sie kein Brot für den Thunfisch hatte, blieb nur noch die Erbsensuppe. Sie hätte dazu gern ein Bier getrunken, wagte aber nicht, das bevorstehende Verhör mit einer Bierfahne anzutreten – ein Verhör mit einer möglichen Mörderin, dachte sie mit leichtem Frösteln. Vielleicht war sie damit schon am Ziel. Wie sollte sie bei dem Adrenalinschub essen? Es ging trotzdem, aber sie schmeckte nichts.

Sollte sie sich wieder umziehen? Wahrscheinlich schon. Möglicherweise mußte sie eine Verhaftung vornehmen, und in Jeans sah das nicht gut aus – warf ein schlechtes Licht auf die Abteilung. Sie zog die schwarze Hose und den Blazer wieder an, die Pistole steckte sie in die Handtasche. Es war immer noch früh, aber bei ihrer Nervosität konnte sie nicht länger warten.

Von außen sah der Do-It-Club aus wie ein schwarzes Loch in der Wand mit vereinzelten Lichtflecken, wo nacktes, müdes Fleisch von unbarmherzigen Scheinwerfern angestrahlt wurde – sicher keine Goldgrube oder gefürchtete Konkurrenz, nur ein Laden wie jeder andere in einer der schäbigsten Straßen des Landes. Bei näherem Hinsehen erkannte man einen Laufsteg für die Tänzerinnen, eine Bar, ein paar armselige Tische – und zu bestimmten Zeiten sogar ein paar junge Typen, die wie räudige Hunde johlend und scharrend den Mond anheulten.

Skip bahnte sich ihren Weg durch die erstaunten Gesichter der jungen Kläffer. Mein Gott, hier fühlte man sich wie im achten Kreis der Hölle. Es roch nach übergeschwappten Getränken, saurem Bier, wochenalter Kotze, Urin, Schweiß und ekelhaftem Gebräu wie aus dem Buch ›Touristenfalle Bar‹. Und dazu kam noch der Qualm. Wie nannten sie das noch beim Katastrophenschutz? Mangelnde Luftzirkulation? Hier stand die Luft. Zu ihrem eigenen Entsetzen mußte Skip husten. »Was darf's sein?« fragte der Barkeeper. »Wissen Sie, wie viele Leute anfangen zu husten, wenn sie hier reinkommen?«

»Fünfzig Prozent, schätze ich.«

»Fünfundsiebzig. Sind Sie 'n Bulle oder was?« Skip starrte ihn an. Er war ungefähr zwanzig Zentimeter kleiner als sie und ein paar Jahre jünger. Er hatte olivbraune Haut und dunkle Augen, dazu einen sehr auffälligen Akzent – eigentlich war es kein Akzent, sondern ein Tonfall –, nasal und monoton. Er trug ein blaues Baumwollhemd.

»Schon möglich«, sagte sie. »Sie waren am Holy Name, bei den Jesuiten, und sind jetzt am Loyola, stimmt's?«

Er zeigte ihr fünf Finger, eine Geste, die sie nicht leiden konnte. »He, Treffer! Jetzt weiß ich, was Sie sind. Kriminalpolizei, hä?«

»Hm. Ich bin eine von denen mit den übersinnlichen Fähigkeiten, uns brauchen sie, um Leichen und solche Sachen zu finden. Ich kann Ihnen auch sagen, wie Sie mir auf die Schliche gekommen sind – die einzigen Frauen, die diesen Schuppen hier jemals betreten haben, waren entweder Bullen oder Nutten oder besoffene Touristinnen. Für eine Nutte bin ich falsch angezogen, nüchtern bin ich auch, also bleibt nur die Polizei übrig.«

»Die Luft hier bekommt Ihren magischen Kräften nicht.« Er beugte sich über die Theke. »Officer, Ihre Handtasche ist offen.«

Skips Hand flog zum Verschluß ihrer Handtasche und streifte leicht über die offen sichtbare Pistole, bevor sie die Tasche zumachte. »Danke. Herrgott, das hätte wirklich Ärger geben können. Darf ich Ihnen einen ausgeben? Ich heiße übrigens Skip Langdon.«

»Eddie Macaluso. Wollen Sie auch was trinken?«

»Nur eine Cola, bitte.«

»Davor muß ich Sie leider warnen.«

»Vor Cola? Sind Sie Gesundheitsfanatiker oder was?«

»Ich geb sie Ihnen gern, aber sie kostet siebenfünfzig.«

»Du lieber Himmel. Geben Sie mir ein Dixie.«

»Kostet auch siebenfünfzig.« Er zuckte mit den Schultern und wies mit einer Handbewegung auf die derzeitige Tänzerin. »He, Sie müssen die Show mitbezahlen.« Er gab ihr die ursprünglich bestellte Cola, die nach Rum schmeckte, weshalb sie

zu dem Schluß kam, daß sie nicht wußte, was von Eddie Macaluso zu halten war, und schob sie beiseite.

Für eine Weile beobachtete sie die übergewichtige Rothaarige im Leopardentanga. An den Brüsten hatte sie Narben vom
Liften und an den Armen vermutlich Einstiche. Der Ausdruck
ihrer wäßrigen Augen ließ darauf schließen, daß sich ihr Geist
gerade auf einen Trip zum äußeren Ring des Saturn verabschiedet hatte, was sie auch nicht lustiger fand als die Gefangenschaft im lauten Do-It-Club.

Sie wandte sich wieder an den Barkeeper. »Eddie, eine
Frage.«

»UNO.«

»Wie bitte?«

»Nicht am Loyola. Bei der UNO. Das mit den Jesuiten hat
aber gestimmt.«

»Das ist erfreulich. Es gibt noch etwas, wobei mich meine
übersinnlichen Fähigkeiten im Stich lassen. Arbeitet bei euch
eine Frau mit dem Namen LaBelle? LaBelle Doucette?«

»Nie gehört.«

»Wie wär's mit Lynn? Vielleicht auch ein zusammengesetzter
Name mit Lynn, wie Ann-Lynn oder Faye-Lynn?«

»Sherilyn. Sherilyn gefällt mir.«

»Sherilyn? Ihr habt eine Sherilyn?«

»Ne. Aber der Name gefällt mir. Wollen Sie vielleicht mit
dem Geschäftsführer sprechen? Ich bin erst seit ein paar Monaten hier.«

»Gern, wenn's nicht zuviel Umstände macht.« Sie konnte
sich selbst nicht ausstehen, wenn sie so redete. Das klang eher
nach einer McGehee-Schülerin als nach einer Polizistin.

»He, Onkel Dutch!« brüllte Eddie, übertönte aber kaum die
Country-music, zu der die Rothaarige gerade Boogie tanzen
sollte. Jedenfalls kam es Skip so vor. Aber irgendwo im Hintergrund tauchte ein erstauntes Gesicht auf – wahrscheinlich in
der Tür zum Büro. »Da is' 'ne Dame für dich.«

»Schick sie nach hinten.« Die Stimme klang heiser, was nicht
verwunderlich war, dachte Skip, wenn man sich jahrelang hier
aufgehalten hatte. Sie bezahlte ihren Drink, für den sie lieber

wesentlich weniger hingelegt hätte, und ging nach hinten, im vollen Bewußtsein der gierigen Blicke. »Mann, was Titten!« brüllte ein Bewunderer. Sie überlegte sich, ob sie sich verneigen sollte.

Ein Mann nahm sie in Empfang, dessen Figur man nur mit quadratisch-praktisch umschreiben konnte. Seine Größe schätzte sie auf etwa einsfünfundsiebzig, über den Umfang wagte sie erst gar keine Vermutungen. Er bewegte sich langsam, den einen Fuß – an dem er einen orthopädischen Schuh trug, wie Skip durch einen diskreten Blick nach unten feststellte – leicht nachziehend. Vermutlich hatte er einen Klumpfuß. Jammerschade, dachte sie.

Die Haare des Mannes trieften von Pomade, und er roch intensiv nach einem Eau de Toilette, das ihr in letzter Zeit an vielen Männern aufgefallen war – vermutlich war es irgendein modisches Elixier, das Töchter zu Weihnachten verschenkten. Ein schwerer, exotischer Duft, zu dem ihr ›Harem‹ einfiel – ein Duft, den der Sultan auftragen würde, wenn er seine Lieblingsdame für die Nacht empfing. Von dem Klumpfuß abgesehen war Onkel Dutch für die Rolle wie geschaffen. Mit Turban und wallendem Gewand würde er bei der Bühnenvermittlung als Sultan den ersten Platz belegen. Er hatte ein breites, grobes Gesicht, glanzlose, schmachtende Augen und volle, sensible Lippen, die sie bei Männern häufig schwach machten.

Trotz seiner Größe hätte man ihn auf eine schurkisch-seeräuberische Art anziehend finden können, wenn man seiner grauen Haut das Leben in geschlossenen Räumen mit dichtem Zigarettenqualm nicht so deutlich angesehen hätte. Er führte sie in ein Zimmer von der Größe eines Schrankes, das sich für zwei Leute von ihrer Statur einfach nicht eignete.

Möbliert war es nur mit einem Schreibtisch, Stuhl und Ablageschränken, aber an den Wänden hingen auf fast jedem freien Fleck Fotografien einer netten Familie – einer dunklen, hübschen Frau mit zwei lachenden Kindern, einem Jungen und einem Mädchen. Die Kinder waren ebenso hübsch. Auf einigen Bildern sah man auch Onkel Dutch, einen Arm um die Frau oder um eines der Kinder gelegt. Skip zog sich der Magen zusammen, als ihr bewußt wurde, daß ein Mann mit seinem Lebensstil – mit Übergewicht, Rauchen und ohne Nachtruhe – mit großer Wahrscheinlichkeit nicht alt genug werden würde, um seine Enkelkinder kennenzulernen.

Sie zeigte ihm ihre Marke. »Ich bin Skip Langdon. Von der Kriminalpolizei.« Sie wußte nicht genau, wie sie sich vorstellen sollte – bisher hatte die Uniform das immer für sie erledigt.

»Dutch Macaluso. Was kann ich für Sie tun?«

»Sie sind tatsächlich Eddies Onkel?«

»Wer würde den Faulpelz sonst einstellen? Sagen Sie mal, wieviel wollte er für die Drinks haben? Nein, sagen Sie's lieber nicht. Ich habe das dumpfe Gefühl, daß er da ein kleines Nebengeschäft betreibt – ein bißchen was obendrauf schlägt und den Überschuß selbst einsteckt – aber ich glaube, ich will's lieber nicht wissen.«

Okay, jetzt war sie mit Eddie quitt – sie war ihm für seinen Tip mit der offenen Handtasche dankbar und hatte dafür bezahlt. Sie atmete leichter – anscheinend war Eddie ein gewitzter kleiner Teufel, dem sie lieber nichts schuldig blieb. »Scheint ein cleveres Kerlchen zu sein.«

»Clever! Ich könnte Ihnen Sachen erzählen... als der Kerl dreieinhalb war, hat er es geschafft, eine Suppendose so in der Toilette zu verkeilen, daß kein Klempner im Dorf sie da rausgekriegt hat. Das ganze verdammte Klo mußte ausgetauscht werden. Meine arme kleine Schwester, mehr kann ich dazu nicht sagen. Setzen Sie sich doch.« Er deutete auf den einzigen Stuhl.

»Nein, danke, ich will Sie nicht lange aufhalten. Ich suche nach einer Frau, die, glaube ich, hier gearbeitet hat. LaBelle Doucette.«

»LaBelle. Mein Gott, hat mir das leid getan, daß sie gehen mußte. Das hübscheste Mädel, das ich hier je gehabt hab – ganz im Ernst –« Er schüttelte den Kopf. »Wie die mit dem Hintern gewackelt hat –« Das Kopfschütteln wurde heftiger. »Und tanzen! Wie die tanzen konnte! Wenn sie auf den Beinen war.«

»Hat sie getrunken?«

»Gefixt.« Er zündete sich eine Zigarette an und blies Skip den Rauch ins Gesicht. »Ich mußte mich schließlich von ihr trennen – hat mir wirklich keinen Spaß gemacht. Sie hat die Kunden angeschleppt, als ob ich Freibier ausschenken würde. Aber da war nichts zu machen. Manchmal kam sie zwei-, dreimal die Woche nicht zur Arbeit. Ist eine Schande, wenn Leute sich so was antun, finden Sie nicht?«

Skip drehte den Kopf zur Seite, als die zweite Rauchwolke auf sie zuschwebte. »Sie wissen nicht zufällig, wo sie jetzt arbeitet?«

»Ich hab gehört, daß sie jetzt nicht mehr tanzt. Was ich sonst noch gehört hab, davon will ich lieber nichts wissen.« Er schüttelte wieder den Kopf, traurig und mißbilligend.

»Mr. Macaluso. Ich bin Polizistin.«

»Ja, natürlich.« Er breitete hilflos die Arme aus. »Ich hab gehört, daß sie anschaffen geht. Was kann man anderes erwarten?«

Ich hätte erwartet, daß sie anschaffen ging, seit sie dreizehn oder vierzehn Jahre alt war, und ganz sicher solange sie hier gearbeitet hat. Und Sie, Dutch Macaluso, hätte ich nicht für so einen verlogenen Bastard gehalten. Ich könnte mir denken, daß Sie ihr Zuhälter waren.

»Ich hoffe nur, daß sie sich nicht wegwirft«, sagte Macaluso, »ich würde das Mädchen nicht gern in der Gosse sehen.«

Und wie würden Sie diesen Ort bezeichnen?

»Soll ich Ihnen ihre Adresse geben? Ich glaube, ich habe sie noch.«

»Da wäre ich Ihnen dankbar. Und die Telefonnummer, falls Sie die auch haben.«

Er blätterte seine Adreßkartei durch.

»Hatte sie sich hier mit irgend jemandem angefreundet? Oder gab es einen festen Freund?«

»Nicht daß ich wüßte. Da haben wir sie.« Er gab ihr eine Adresse mit Telefonnummer.

»Sie wissen sonst niemanden, der sie gekannt hat?«

»Mädchen, sie war nur sechs Wochen hier. Und das ist ungefähr ein Jahr her.«

133

Die Adresse führte zu einem Haus in der Burgundy Street, einer heruntergekommenen Straße an der Seeseite des French Quarter. Das Gebäude unterschied sich kaum von dem Haus, in dem Skip wohnte, ein einst großartiges kreolisches Stadthaus, das harte Zeiten hinter sich hatte und in Apartments aufgeteilt worden war. Was von seinem grünen Anstrich noch übrig war, sah beinahe so alt aus wie das Haus selbst. Die Fenster waren vergittert.

Skip drückte alle vier Klingeln gleichzeitig und bekam keine Antwort. Offensichtlich war Überwachung angesagt. Sie lief nach Hause, holte ihr Auto, kam zurück und klingelte noch einmal, wieder ohne Erfolg.

Gegen halb eins, eine knappe Stunde später, blieb jemand im Hauseingang auf der anderen Straßenseite stehen. Es war eine plumpe schwarze Frau im Minirock mit einem jungen Weißen, allem Anschein nach irgendein Arbeiter, und zwar von der Sorte, die in Arbeiterkneipen rassistische Reden schwingen. Seine rechte Hand umklammerte ihren Hintern. Die Frau wühlte in ihrer Handtasche. »Jetzt mach mal keinen Aufstand, irgendwo muß der dämliche Schlüssel ja sein.«

Ruhig trat Skip zu ihnen. »Entschuldigen Sie bitte.«

Beide drehten sich um und starrten auf ihre Marke, die sie ihnen vor das Gesicht hielt. »Ich bin auf der Suche nach einer Frau namens LaBelle Doucette.«

»Kenne ich nicht«, sagte der Mann. »'tschuldigung, aber ich muß jetzt gehen. In Ordnung, Officer?«

Wahrscheinlich war er nicht nur Rassist, sondern auch Sexist, dachte Skip. Im ersten Moment genoß sie seine Unterwürfigkeit. Schnell schob sie dieses Gefühl beiseite, ihr war nur allzu bewußt, daß gute Polizistinnen dadurch in kurzer Zeit zu Sadisten wurden. »Natürlich«, sagte sie.

Der Mann entfernte sich hastig.

»Das hab ich jetzt davon, Sie Bullenarschloch. Ihnen kann's ja egal sein, ob mein Baby Hunger hat. Das war mein erster Kunde heute nacht – ham Sie 'ne Ahnung, was Sie mich grade gekostet haben?«

»Ist Ihnen nicht bekannt, Sie Arsch zum Anfassen, daß Prostitution immer noch illegal ist? Jetzt beruhigen Sie sich und seien Sie kooperativ, okay? Vielleicht laß ich Sie dann verduften und verknack Sie nicht, weil Sie Freier an Land ziehen. Wie heißen Sie?«

»Jeweldean Sanders.«

»Ich bin Skip Langdon, Jeweldean. Ich bin auf der Suche nach...«

»Klar, ich hab Sie schon beim ersten Mal verstanden. Sie suchen nach LaBelle Doucette.« Sie war klein und mußte zu Skip aufsehen. Trotz ihres feindseligen Blickes hatte sie ein rundes, etwas kuhähnlich hübsches Gesicht mit einer Narbe am rechten Mundwinkel.

Skip nickte und sah zu, wie der feindselige Blick schmolz.

»Na ja, jedes Ding hat zwei Seiten. Kommen Sie rein. Meine Chance, mich an der Schlampe zu rächen. Was hat sie diesmal angestellt?«

»Ich will nur mit ihr reden.«

»Schon klar. Ich weiß, daß ihr nichts erzählen dürft. Ich hoffe bloß, daß sie tief in der Scheiße steckt. Wenn ich gegen sie aussagen soll, das können Sie haben. Dabei müßte ich gar keinen Meineid leisten. Wenn's 'ne üble Sache ist, dann war sie's – da können Sie sich drauf verlassen.«

Sie führte Skip eine ausgetretene Treppe hinauf und in ein Zwei-Zimmer-Apartment, das wie ein Puff aussehen sollte. Eine Tür war geschlossen.

»Pst«, sagte Miß Sanders. »Das Baby schläft.«

»Sie lassen Ihr Baby nachts allein?«

»Na ja, er ist schon vier. Ich komm sowieso alle Stunde nach Hause. Seh nach ihm, wenn ich mit dem Kunden fertig bin.«

Ein Teil des Wohnzimmers war mit einem behelfsmäßigen Vorhang abgeteilt, der nach schwarz gefärbten Bettlaken aussah, die sie mit Gold- und Silberglimmer besprüht hatte. Die sichtbare Möblierung bestand aus ein paar Topfpflanzen, einem alten Sofa mit rotem Samt und einem verkratzten Wohnzimmertisch. Über dem Kamin hing ein miserables Gemälde von einer nackten Schwarzen.

»Das ist mein Büro«, sagte Jeweldean Sanders und deutete

auf den Vorhang. »Als LaBelle noch da war, hat sie das Schlafzimmer benutzt. Billy Paul, der war damals bei seiner Oma, aber jetzt, wo die alte Schlampe hier draußen ist, hab ich ihn wieder hier.«

»Sie haben sich diese Wohnung mit LaBelle geteilt?«

»Genau. Bis sie mit zweihundert Dollar abgehauen ist, die ich gespart hatte. Ich wollte für Billy Paul einen Farbfernseher kaufen – er hat nur so 'n alten schwarzweißen, und Sie wissen ja, wie Kinder sind. Diese LaBelle, eines Tages war sie weg, mit ihrem ganzen Zeug und meinem Geld. Einfach so.« Sie schnippte mit ihren rotlackierten Fingern. »Jetzt kann ich keinen Fernseher kaufen und muß doppelt so viele Freier an Land ziehen, um die Miete zu zahlen, und deshalb werd ich Ihnen sagen, wo Sie die Schlampe finden.«

Skip folgte ihr in die Küche. Auf einer Anrichte lagen etliche Telefonnotizen und ein kunstledernes Adreßbuch. Darüber hing ein Wandtelefon. Sanders machte eine Handbewegung zur Anrichte hin. »Mein Handwerkszeug.« Sie griff nach dem Adreßbuch.

»Seit wann ist LaBelle weg?«

»Seit vielleicht sechs Monaten.«

»Hatten Sie sich gestritten?«

»Kein bißchen! Überhaupt kein Grund für so 'n Benehmen! Kam einfach so, aus heiterem Himmel.« Sie deutete mit einem Finger auf eine Zeile in ihrem Adreßbuch. »Okay, sind Sie bereit?«

»Einen Moment. Ist das nicht ein bißchen komisch, daß sie das ganze Geld mitgenommen und ihre neue Adresse dagelassen hat?«

»Sie hat keine Adresse dagelassen. Ich mach Geschäfte mit 'nem alten Kerl, der heißt Calvin und is' Geschäftsführer in so 'nem großen, scheußlichen Club drüben in Tremé. Er hat mir erzählt, wo sie jetzt wohnt.«

»Warum gehen Sie nicht einfach vorbei und holen sich Ihr Geld?«

Sanders starrte das Kind im Hintergrund an, das ihr in die Küche gefolgt war. »Was soll ich denn machen? Sie erschie-

ßen?« Skip ersparte sich die Frage, ob sie den Diebstahl ange-
zeigt hatte. Sie wußte, was dabei herauskam – LaBelle hätte
behauptet, daß das Geld ihr gehörte, und niemand hätte das
Gegenteil beweisen können.

Als Sanders ihr das Adreßbuch reichte, hatte Skip eine Idee.
»Mir ist aufgefallen, daß Ihr Kunde von heute nacht ein Weißer
war.«

»Gibt's da irgendwas dran auszusetzen? Haben Sie Vorurteile?«

»Ich dachte an LaBelle. Hatte sie weiße Kundschaft?«

»Herr Jesus, da könnte ich Ihnen was erzählen! Die glaubte,
sie wär mindestens Königin von Comus. Hatte so 'ne Vorstellung, daß die Gnädigste nur mit wirklich exklusiver Kundschaft zu tun haben will und nur auf Bestellung, meine Liebe.
Miß Größenwahn! Ich hab ihr gesagt, prima Idee, und du siehst
ja auch gut aus und so, aber wo willste die herkriegen? Vielleicht 'nen Prospekt verteilen, hä? Das geht nur, wenn man
selbständig arbeitet. Und nicht – ich kann's ja ruhig laut sagen
– mit so 'nem Loddel wie die einen hat. Was die zusammenge-
kriegt hat, reichte grade für den Kerl, und dann hat sie sich
zugedröhnt und konnte stundenlang nicht arbeiten. Wie soll sie
sich denn da 'n Geschäft aufbauen?«

Pain perdu

Marcelle wachte weinend auf, aber sie weinte nicht um Chauncey, nicht wie gestern. Die erste Welle des Schmerzes über den
Verlust ging langsam vorüber, und jetzt erinnerte sie sich, wie
das Leben vor dem Mardi Gras gewesen war. Sie weinte um sich
selbst.

Sie hörte André, der in seinem Zimmer vor sich hin sang,
wahrscheinlich leise mit seinen Schiffen und Lastwagen spielte
– Jungenspielzeug. Bald werden es Gewehre sein – die sie bisher von ihm hatte fernhalten können, aber auf Dauer würde ihr
das nicht gelingen. Andere Leute würden sie ihm geben, alle
anderen Kinder hatten welche, es war unvermeidlich – sie
konnte es nicht verhindern, aber das war nichts Neues. Nie
konnte sie etwas verhindern.

Er brauchte sein Frühstück, sie mußte aufstehen und es ihm
machen. Ach, zum Teufel, André brauchte sie nicht. André war
das selbständigste Kind in ganz New Orleans, absolut dazu in
der Lage, Frühstücksflocken und Milch in eine Schüssel zu geben. Sie drehte sich auf die andere Seite und genoß die Sonnen-
strahlen, die durch das Fenster auf ihre Satindecke strömten.

Ein Blick auf die Uhr sagte ihr, daß es halb neun war. Sie
konnte nicht ewig vor sich hintrödeln. Sie würde wirklich
ziemlich bald aufstehen müssen. Also gut. Sie würde aufstehen
und für André Frühstück machen. Pain perdu. Sie hatte es geliebt, wenn Bitty zum Frühstück Pain perdu gemacht hatte.
Nein, nicht Bitty. Bitty hatte das nie getan, das wußte sie genau.
Vielleicht war es Louise, die Pain perdu gemacht hatte, oder
Tonetta, irgendeine aus dem endlosen Strom schwarzer
Frauen, die für die St. Amants arbeiteten. Sie gingen immer,
weil sie bessere Jobs gefunden hatten, meinte Bitty, und das
leuchtete Marcelle sofort ein. Wenn sie gingen, waren sie immer
halbwegs verkrüppelt oder entstellt, was Henry mit einem teuf-
lischen Grinsen aus einiger Entfernung beobachtete. Als
Louise sich bückte, um ihre Kehrschaufel aufzuheben, hatte
Henry eine Hutnadel in ihr breites Hinterteil gerammt. Mar-

celle hatte sich in dem Moment mit einem Kindermädchen, Betsy Labadie, im Nebenzimmer aufgehalten. Als sie die Schreie hörte, bestand für sie kein Zweifel, daß ihre Mutter gerade umgebracht wurde, und sie machte in die Hosen. Aber statt die Polizei zu rufen, packte Mrs. Labadie für alle Fälle eine gußeiserne Bratpfanne und schoß selbst nach nebenan, eher aus Neugier als aus irgendeinem anderen Grund.

Um Bitty hatte sie sich mit Sicherheit keine Sorgen gemacht. Sie hatte Marcelle noch schnell beruhigt, daß das Leben ihrer Mutter ganz bestimmt nicht in Gefahr sei, da Bitty niemals geschrien hätte: »Aaauuu, du lieber Herr Jesus, Heiliger Vater im Himmel, mein armer schwarzer Arsch! Ogottogott, mein schwarzer Arsch tut so weh!«

Bitty hatte zu dem Zeitpunkt geruht, nach einem ausgiebigen Mittagessen, von dem sie offensichtlich indisponiert war. Als sie die Schreie hörte, war sie natürlich aufgestanden, wurde aber mit viel Aufhebens von einem besorgten Henry wieder zu Bett gebracht, der ihr erklärte, die alte faule Louise hätte sich hingesetzt, obwohl sie hätte arbeiten sollen, und wäre dabei von einem Polsternagel aufgespießt worden, der sich wegen ihres massigen Körpers aus seiner Verankerung gelöst hätte.

Es wurde Mrs. Labadie überlassen, Louises Rückseite mit einem Eisbeutel zu behandeln. Marcelle hatte sich zunächst eine trockene Hose angezogen und dann Chauncey angerufen, verschreckt und weinend, er müsse nach Hause kommen und mit Louise nach Touro sausen, damit sie eine Tetanusspritze bekäme. Louise war nur noch einmal zurückgekommen und hatte erfahren, daß nicht ihre, sondern Henrys Version von der Familie St. Amant als Wahrheit gehandelt wurde. Sie verließ das Haus wieder mit einer Bemerkung über Hinterteile, aber in einem anderen Zusammenhang. Ihre genauen Worte waren gewesen: »Ein Polsternagel, so'n Arsch!«

Später hatte sich Marcelle in Henrys Zimmer geschlichen und es durchsucht, wobei sie die Hutnadel in einem Umschlag mit der Aufschrift »Louise« fand, den er in einer ledernen Schachtel für Manschettenknöpfe von seinem Großvater aufbewahrte. Sie hätte sie ihren Eltern zeigen können, aber das hätte eine von zwei Möglichkeiten zur Folge gehabt: Henry hätte geleugnet, die Schachtel je gesehen zu haben, und behauptet, daß Marcelle wirklich krank und verrückt sein mußte – das sähe man an der Art, wie sie immer versuchte, die Aufmerksamkeit auf sich zu ziehen. Oder, falls Henry damit nicht durchgekommen und überführt worden wäre – zum Beispiel indem man seine Handschrift identifizierte –, hätte er sich wahrscheinlich gerächt, und Marcelle hatte ihre eigenen Theorien über die Gefahren, denen man sich aussetzte, wenn man Henrys Zorn auf sich zog, insbesondere nach dem Vorfall mit Tonetta. Also hatte Marcelle ihr Wissen für sich behalten – mit Petzen würde man Lousie sowieso nicht zurückholen können.

Mit Tonetta war folgendes passiert: Sie fiel eines Tages die Treppe hinunter. Glücklicherweise war sie schon auf der fünften Stufe von unten danebengetreten, und sie brach sich dabei lediglich das Fußgelenk. Sie sagte, sie sei auf einen Spielzeuglaster getreten und hätte das Gleichgewicht verloren, als er unter ihr wegflog. In der näheren Umgebung wurde jedoch kein Spielzeuglaster gefunden (da in der anschließenden Verwirrung reichlich Zeit gewesen war, ihn zu entfernen), und Henry, den man dazu befragte, war entsetzt und gekränkt, wie man ihm soviel Fahrlässigkeit unterstellen konnte, daß er sein Spielzeug auf der Treppe liegenließ.

Er erklärte einfach, man habe ihm die Gefahren von Nachlässigkeit von frühester Kindheit an beigebracht, und das hätte er sich gemerkt. Schließlich hätte er noch niemals seine Spielsachen auf der Treppe liegengelassen, oder? Das Argument klang natürlich absolut überzeugend, jedenfalls für ein Elternpaar, dem ein geplanter Unfall nie in den Sinn gekommen wäre.

Marcelle hatte allerdings daran gedacht, sie wußte ja auch, daß sie es nicht gewesen war, die ihren eigenen Goldfisch umgebracht hatte, indem sie rote Tinte in sein Wasser schüttete, obwohl man sie dafür bestraft hatte. Wenn man dies und noch einige andere Vorfälle bedachte, zum Beispiel, daß eines Tages aus völlig unerfindlichen Gründen ein Rad von ihrem Dreirad abfiel oder daß sie eines Abends Glasscherben auf dem Fußboden fand, als sie wie üblich mit roten Backen und bloßen Füßen aus dem Bad kam, dann kam man zu dem Schluß, daß man sich vor Henry am besten in acht nahm.

Ach, Scheiße! Warum konnte sie diese Stimmung nicht abschütteln? Vielleicht deshalb, weil sie das mit ihrem Vater so unfair fand, es war so unerwartet gekommen – er war der einzig normale Mensch der ganzen Familie gewesen.

Heute ist Daddys Beerdigung. Wie um alles in der Welt konnte ich das vergessen? Sie wußte warum, die Seelenklempner nannten es Verdrängung. Gut, in Ordnung. Sie war also schon wieder soweit. Sie setzte sich auf und schob den Vorhang beiseite, durch den sowieso schon die Sonne schien, die sie geweckt hatte.

Ein kleines Mädchen saß im Eingang auf der Treppe des schmalen Doppelhauses auf der anderen Seite der Burdette Street. Sie trug ein marineblaues Kleid, schwarze Lackschuhe und kurze weiße Söckchen, als ob sie ausgehen wollte. Ihre Hände hingen zwischen den Knien, sie saß über ihren Rock gebeugt, ihr braunes Haar glänzte in der Sonne. Sie sah rührend verloren aus, als ob sie dort von jemandem vergessen worden wäre. Das Haus, das dringend einen neuen Anstrich brauchte, schien ihre Stimmung zu reflektieren. Die Szene war so schön, so ergreifend, daß sie jemand malen sollte. Marcelle wußte, daß Degas, der für diesen Job der Richtige gewesen wäre, eine Zeitlang in New Orleans gelebt hatte, an der Esplanade. Sie erinnerte sich an seine zauberhaften Kinderbilder und die schillernden Visionen von Paris, die sie kürzlich in einer Wanderausstellung impressionistischer Malerei gesehen hatte. New Orleans war ganz sicher genauso schön wie Paris, und sie träumte davon, daß impressionistische Maler wieder auferstehen würden, um es zu malen. Ein Augenblick wie dieser sollte für die Ewigkeit festgehalten werden.

Vielleicht, dachte sie, sollte sie noch ein paar Kurse in Kunstgeschichte belegen. Nichts konnte sie mehr begeistern als außergewöhnliche Schönheit – an Gemälden und auch an anderen Dingen. Wäre sie Archäologin geworden, könnte sie vielleicht eines Tages eine etruskische Vase ausgraben und ein Leben lang vom Schauder der Berührung zehren. Oder als Tier-

141

ärztin würde sie vielleicht eines Tages einen Tiger oder eine Giraffe berühren. Dann könnte sie sich hinlegen und sterben, größere Freuden hatte das Leben bestimmt nicht zu bieten. Sie hatte nur André, den sie im Schlaf betrachten konnte. Und selbst wenn sie ihn jede Nacht ansah, blieb das Leben immer noch leer.

Sie betete André an – mehr als alles andere auf der Welt –, aber eine Karrieremutter war sie nicht. Das wußte sie inzwischen. André war ein Mensch und kein Tonklumpen, den sie kneten, formen und wieder knetend neu formen konnte, wenn ihr das erste Ergebnis nicht gefiel. Sie erkannte, daß die schlimmste ihrer Mutterpflichten darin bestand, ihn so zu lassen, wie er war, statt ihn in eine Aufziehpuppe zu verwandeln, die ihre Form verändern konnte, vom Holzsoldaten zum Teddybär, den sie in finsteren Augenblicken für sich haben wollte. Wenn sie sehr lange mit ihm zusammen war, riß sie die Anstrengung beinahe in Stücke, ihm sein eigenes Leben zu lassen und ihn zu unterstützen, statt zu kontrollieren. Gott sei Dank gab es Tageskrippen, sonst hätte sie inzwischen einen vierjährigen Fall für die Klapsmühle herangezogen, und sie selbst wäre auch nicht viel besser dran.

Oh, Gott! Wer behauptete eigentlich, daß sie normal war? Von den Leuten, die in letzter Zeit mit ihr zu tun hatten, bestimmt niemand. In Wirklichkeit brauchte sie einen Tonklumpen, den sie formen konnte. Nicht André, aber irgend etwas für sich. Etwas, womit sie das große Loch füllen konnte, um das tiefe Verlangen zu stillen, das Suff und Sex nie lindern konnten. Henry hatte wenigstens seine Schauspielerei. Sie hatte nichts. Vielleicht sollte sie die Metapher wörtlich nehmen – die mit dem Tonklumpen – und sich an Keramik versuchen.

Was soll das bloß! Du hast ungefähr so viel Talent wie der Ventilator da oben an der Decke.

Schon als Kind hatte sie schiefe Becher nach Hause gebracht, während die anderer Kinder glatt und symmetrisch waren, und Strichmännchen gemalt, als alle übrigen zum ersten realistischen Stadium übergegangen waren.

Sie war ebensowenig Künstlerin wie Karrieremutter. Aber

142

ihre Liebe für die Kunst – für das Schöne – rivalisierte mit ihrer Liebe für das Kind. Sie atmete tief ein und ließ die Luft langsam wieder ausströmen, während sie bei dem Gedanken verweilte. Sie hatte diese beiden Dinge noch nie nebeneinander betrachtet. Also Kunstgeschichte. Unbedingt.

Aber was sollte sie mit Kunstgeschichte anfangen? Unterrichten? Nein. Sie wollte die Kunstwerke in ihrer Nähe haben, sie sollten zu ihrem Leben gehören. Vielleicht – mein Gott, da war eine Idee! Eine Idee, die ein seltsames Kribbeln in ihrem Bauch hervorrief, so mächtig war sie. Sie kannte dieses Kribbeln und wußte, was es bedeutete. Es war Angst. Wenn sie an etwas Gutes dachte, an etwas, was sie gerne haben wollte, was sie unbedingt haben wollte, dann fing das Kribbeln an. Es bedeutete, daß sie Angst hatte, sie könnte es nicht bekommen, und besser nicht mehr daran dachte.

Sie hatte die Idee – vielleicht in Onkel Tollivers Antiquitätengeschäft zu arbeiten.

Er würde ihr etwas über Antiquitäten beibringen, und außerdem konnte sie noch Kurse belegen. Und sie wäre jeden Tag da und hätte die alten Stücke um sich, könnte sie sich ansehen, sie berühren und pflegen, wann immer sie wollte. Sie fragte sich, ob sie in Tränen ausbrechen würde, wenn sie ein persönliches Lieblingsstück verkaufte.

Schnell schob sie den Gedanken beiseite. Aber es war bereits zu spät. Er hatte sie schon gepackt, sie war schon verliebt, und deshalb mußte es schiefgehen. Wenn sie dieses Gefühl spürte, dann wußte sie, daß sie sich nie für den Job bewerben würde. Das war immer so. Wenn sie etwas haben wollte, dann nie länger als zehn Minuten. Dann ließ sie den Gedanken in den Hintergrund treten und wartete, bis sie ihn vergessen hatte. Ausblenden nannte sie das. Alles, was ihr wichtig schien, für ein besseres Leben notwendig, das blendete sie einfach aus.

Sie würde zu dieser Sache Abstand bekommen müssen, wenn sie ihre Idee in die Tat umsetzen wollte. Aber natürlich konnte es sein, daß sie sie nie in die Tat umsetzen würde. Sie setzte nie etwas in die Tat um. Sie wünschte sich, sie wäre wie Skippy Langdon. Skip wußte, was sie wollte, bemühte sich darum und bekam es. So stellte sich Marcelle die wahre Frau der Neunziger vor – stark, tüchtig, selbstsicher und kühn genug für einen Job im Blaumann, männlich und gefährlich. Wenn Marcelle nur so sein könnte. Wenn es nur etwas gäbe, was sie genauso wollte wie Skip ihre Polizeiarbeit. Irgendwie bewunderte sie Skip, fühlte sich sogar eingeschüchtert, und das war immer so gewesen, seit ihrer Kindheit. Als Kind hatte sie Angst gehabt, ihr die Freundschaft anzubieten – sie wußte, daß jemand wie Skip für einen Zwerg wie sie nur Verachtung hegen konnte. Als sie älter wurde, wuchs ihr Vertrauen in die Freundschaft – schließlich hatten sie sich wirklich ihr Leben lang gekannt, und Skippy hatte an ihrer Hochzeit teilgenommen. Bestimmt würde Skip sie jetzt nicht einfach im Stich lassen.

Obwohl sie Marcelle natürlich völlig zu Recht verachten würde, wenn sie wüßte, mit wievielen Männern Marcelle in den vergangenen zwei Jahren ins Bett gegangen war – daß Verführung zu einem Teil ihres Lebens, zu einer zwanghaften Rache geworden war. Die schönen Dinge, die sie in letzter Zeit genossen hatte, waren Männerkörper gewesen.

Das war ihr das Liebste am Sex – die Körper zu betrachten, sie so ehrfurchtsvoll zu berühren wie den Tiger oder die etruskische Vase, nach der sie sich sehnte. Mehr war ihr nicht geblieben – das und die Lust. *Der billige Schauder*, dachte sie verächtlich.

Vorher, wenn sie mit den Männern schlief, mit denen sie aufgewachsen war, die eine Frau geheiratet hatten, mit der sie aufgewachsen waren, mit denen, die neu in der Stadt waren, und denen, die nur zu Besuch da waren, erlebte sie manchmal Schübe von Selbstachtung. Für kurze Zeit fühlte sie sich wie Scarlett O'Hara im zwanzigsten Jahrhundert, wie eine nach Magnolien duftende Version von *la belle dame sans merci*, die unbekümmert durch ein Feld männlicher Tulpen stolziert und alles niedertrampelt, wenn es ihr in den Sinn kommt. Ungeahnte Kräfte wurden frei, wenn man absolut nichts in Sex investierte, keine Gefühle außer ästhetischem Genuß und erotischer Befriedigung. Sie fühlte sich schön und mächtig – nicht einsam, nicht leer, nicht so, wie sie tief in ihrem Inneren eigentlich war.

144

Sie hätte mit Freuden ewig so weitergemacht, wenn sie sich nicht plötzlich eher wie Blanche DuBois statt Scarlett O'Hara gefühlt hätte, ein bemitleidenswertes, gebrochenes Wesen, das vom Wohlwollen fremder Leute abhängig war, um ihre Bedürfnisse zu befriedigen. In letzter Zeit hatte sie sich nicht mehr mächtig, sondern impotent gefühlt, nicht schön, sondern zerfetzt, verlottert, verzweifelt.

Sie kauerte sich unter der Bettdecke zusammen, unterdrückte das Bedürfnis, sie ganz über den Kopf zu ziehen. Ist schon in Ordnung, sagte sie zu sich selbst.

Zwei Tage nach dem Tod deines Vaters darfst du so deprimiert sein – deines Vaters und einzigen lebendigen Verwandten (ehemals lebenden, bitte versuch das zu begreifen) –, des einzigen Verwandten, der sich etwas aus dir gemacht hat und, nennen wir die Dinge beim Namen, den du ertragen konntest.

Schluchzer stiegen in ihrer Kehle hoch.

Ich habe nie eine Mutter gehabt, und jetzt habe ich auch keinen Vater mehr.

Bitty hatte sie immer herausgeputzt, sie in schwarze Samtkleidchen und rote Felljäckchen gesteckt, und in kleine schwarze Lackschuhe, genau wie das kleine Mädchen auf der anderen Straßenseite. Bittys kleines Mädchen mußte perfekt sein – die perfekte kleine Fortsetzung von Bittys Schönheit und Bittys Benehmen. Immer ging es um öffentliche Auftritte, nie um Bitty und sie. Und dann mußte sie auch noch sein, was Bitty nicht war – tüchtig, intelligent. Scheiße, *aufgeweckt*. Wenn Bitty selbst nur halbwegs aufgeweckt gewesen wäre, hätte sie vielleicht bemerkt, daß Marcelle jemanden brauchte, der sie ab und zu in den Arm nahm, jemanden, der sie aufs Knie küßte, wenn sie es sich aufgeschürft hatte. Und niemanden, der ihr verbot, Fahrrad zu fahren, aus lauter Angst, sie könnte sich das verdammte Knie aufschürfen.

Und das war auch so eine Sache mit Bitty. Sie hatte sich vor ihrem eigenen Schatten gefürchtet und Marcelle keine größeren Abenteuer als einen Spaziergang um den Block erlaubt, fest an Louises Hand oder Tonettes oder welche ihrer augenblicklichen, immer nur kurzfristigen Ersatzmütter gerade ihre Hand ergriff. Meistens war Bitty einfach nicht da. Sie befand sich in ihrem bernsteinfarbenen Nebel, aus dem sie gerade lang genug auftauchte, um neue Restriktionen zu verhängen oder neue Perfektionsziele anzuordnen. Die Perfektionen waren einfach. Sie hatten immer irgendwie mit leise und bescheiden zu tun – im Hintergrund zu verschwinden, bis man dazu aufgefordert wurde, aus der Ecke vorzutreten und zu knicksen – die Hors-d'œuvres bei einer Party herumreichen, zum Beispiel, perfekt gekleidet, mit perfektem Benehmen, leise wie ein Kätzchen.

Mit den Restriktionen war das etwas anderes. Einmal, ungefähr um drei Uhr nachmittags, als sie wußte, daß Bitty nicht zu Mittag gegessen hatte, hatte sie ihr ein Sandwich gemacht – Frischkäse und Ananas, in damenhafte, mundgerechte Viertel geschnitten. Sie konnte ihre Mutter heute noch hören: »Marcelle, Kleines, du hast das doch hoffentlich nicht selbst geschnitten, oder?«

»Tonetta ist nach Hause gegangen…«

»Du weißt, daß du nicht mit Messern spielen sollst! Jetzt nimmst du das hier und wirfst es weg! Na los. Und wenn ich wegwerfen sage, dann meine ich es auch, Marcelle – du ißt das nicht. Sieh dir nur deine Pausbacken an, und außerdem hast du die Veranlagung deines Vaters zum Dickwerden geerbt.«

In diesen frühen Jahren – mein Gott, die Erinnerung tat so weh – hatte sie ein für allemal verstanden, daß sie nur zu einem einzigen Zweck auf der Welt war – ihre Mutter zufriedenzustellen. Das war in Ordnung. Sie hatte nichts dagegen. Mit dem größten Vergnügen hätte sie ihre Mutter zufriedengestellt, wenn es nur irgendwie möglich gewesen wäre. Aber wie sehr sie sich auch bemühte, ganz gleich, welche Anstrengungen sie unternahm, es führte zu nichts. Sie konnte Bitty nicht dazu bewegen, von ihr Notiz zu nehmen, sie kam nicht an sie heran.

Sie wußte nicht mehr, wie alt sie war – vielleicht sechs oder sieben –, als der Schmerz nachließ, als sie aufhörte, mit dem Kopf gegen die Wand zu rennen. Aber sie erinnerte sich, daß sie irgendwann eine Entscheidung getroffen hatte – daß sie aufgehört hatte, Bittys Aufmerksamkeit zu suchen, sich damit abgefunden hatte, nicht gewinnen zu können, und den Kampf durch nichts ersetzt hatte.

Sie tat nichts mehr, fühlte nichts mehr und dachte nichts mehr – sie vertrat überhaupt keine Meinung mehr. Sie traf keine Entscheidungen mehr, sie hörte auf, etwas haben zu wollen, was sie nicht kriegen konnte.

Merkwürdig war, daß sie ganz genau wußte, was sie nicht wollte. Nicht eine Sekunde lang hatte sie ihren Ehemann gewollt, Lionel Gaudet.

André habe ich auch nicht gewollt! Ich konnte mich bloß nicht zwischen einem Baby und einer Abtreibung entscheiden.

Sie hatte Lionel aus einem ganz bestimmten und sehr speziellen Grund geheiratet – damit sie weiterhin nichts tun, nichts fühlen, keine Meinungen vertreten und keine Entscheidungen treffen mußte.

Lionel empfand sie als Moloch – eine Analogie, die ihr recht gut gefiel, auch wenn sie ausgesprochen lächerlich war. »Siehst du denn nicht«, hatte er getobt, »daß du in dieser Ehe die ganze Macht hast? Die *ganze* Macht.«

Sie hatte ihn einfach nur ungläubig angestarrt. Wie konnte man nur so total danebenliegen? Sie besaß ungefähr so viel Macht wie der jüngste Büroangestellte in Lionels Firma.

»Solange du keinen Anteil nimmst, kann ich überhaupt nichts machen. Wie sollen wir irgendwas ändern, wenn du nicht bereit bist zu verhandeln?«

»Was gibt es denn da zu verhandeln?«

»Wir leben nicht, Marcelle. Wir existieren nur. Wir führen keine Ehe. Willst du keine Ehe führen?«

Nein! Lionel hatte nichts gebracht. Und ihre Rückzugsstrategie auch nicht. Sie konnte nicht länger nichts fühlen. Sie wußte nicht warum, aber sie hatte ihre Reserven in diesem Bereich erschöpft. Jetzt fühlte sie entschieden zu viel – und nur Unangenehmes.

Ach, Chauncey, warum mußtest du sterben? Und warum konntest du mir nichts Besseres vererben als Vermögen und deine Veranlagung zum Dickwerden? Du wußtest immer, was du wolltest – warum habe ich das nicht geerbt?

Das Telefon neben ihrem Bett klingelte. »Marcelle? Hier ist Jo Jo. Ich wollte mich nur erkundigen, wie's dir geht.«

»Ganz gut, glaube ich. Daddy wird heute beerdigt.«

»Hör zu, Baby. Tut mir leid, daß ich neulich eingeschlafen bin. Mein Gott, ich war so scharf auf dich, daß ich noch in der Hose hätte kommen können. Ich bin aufgewacht und hab an dich gedacht, und ich war so scharf auf dich wie in den alten Zeiten, aber dann habe ich den Arm nach dir ausgestreckt, und du warst nicht da. Ich mach dir ja keinen Vorwurf, ganz bestimmt nicht…«

Sie legte auf. Sie konnte nicht anders, es wurde ihr mit jedem Wort immer übler. Mußte sie kotzen? Sie schluckte. Vielleicht nicht. Sie legte sich in die Kissen zurück, erleichtert, daß sie entkommen war. Er hatte sie fragen wollen, wann sie sich wiedersehen würden, und zum ersten Mal fand sie das überhaupt nicht verlockend. Verlockend! Davon konnte keine Rede sein. Verlockung ging selten mit Brechreiz einher.

»Mommy?« rief André. »Bist du jetzt wach?«

»Guten Morgen, mein Schatz. Komm rein und gib Mommy einen Kuß.«

Als die kleinen Füße wie die eines Dickhäuters, der wie ein Wirbelsturm angebraust kam, stampften, statt wie sonst über den Boden zu tappen, fragte sie sich, was Jo Jo mit Einschlafen gemeint hatte.

Das Begräbnis

1

Mit einem winzigen feuchten Pinsel sollte man den neuen Lidschatten auftragen und ihn dann mit einem etwas größeren,
trockenen verteilen. Die Farbe breitete sich zu einer fleckigen
auberginefarbenen Schicht aus, aber – aha – jetzt wurde sie
gleichmäßiger. Himbeerfarben. Hübsch.

Jetzt den passenden Lippenstift, Rouge, Eyeliner und reichlich dickes, schwarzes Mascara. Mascara trug Henry ganz besonders gern auf. Er riß die Augen so weit auf, wie er konnte,
und streichelte mit der einen Hand seine Wimpern und mit der
anderen seinen Penis unter dem schwarzen Kleid, das er dem
Begräbnis seines Vaters zu Ehren angezogen hatte, einer kleinen Kreation aus Taft vom Flohmarkt. Eigentlich war es nichts
für den Tag und ganz sicher auch nichts für eine Beerdigung,
aber wer wird denn so kleinlich sein, Liebling! Es war schließlich auch nicht für einen Mann gedacht.

Darunter hatte er einen schwarzen Hüftgürtel, um die
schwarzen Seidenstrümpfe zu befestigen, aber kein Höschen,
da dies den Zweck der Übung behindern würde. Außerdem trug
er einen BH, den er mit Maisstärke-Säckchen ausgestopft
hatte, um das Kleid an den Stellen auszufüllen, wo Henrys
Brust nichts aufzuweisen hatte, aber das war nicht sein einziger Zweck. Der BH war es, wovon er den Ständer bekam. Das
beengende Gefühl, das unbequeme Eingezwängtsein war es,
was ihn jedesmal erregte.

Er hatte versucht, es zu analysieren. Er ließ sich auch gerne
quälen und dachte, daß es zwischen beiden Dingen einen Zusammenhang geben müsse. Ein Büstenhalter war wie ein Ge-
schirr, bei dem man die Schultern hochziehen wollte, um sich
wohler zu fühlen, aber das ruinierte nicht nur den Effekt, es
half auch nichts. Also ließ man es bleiben. Man hielt das beengende Gefühl aus, um für den Liebhaber schön zu sein oder
vielleicht auch in der leisen Hoffnung, daß der Liebhaber einen

bald davon befreite – er wußte nicht genau, woher die Erregung kam. In seinem Fall gab es äußerst selten einen Liebhaber, der ihn auszog, da er sich nicht mehr viel aus Sex zu zweit machte und Autoerotik mit seiner Travestiemasche sowieso viel amüsanter fand. Ein Ritual, das sich langsam steigerte, wie ein großes Drama immer erregender wurde, bis es einen ergötzlichen Punkt erreichte, den befriedigenden Klimax. Eine Katharsis – nach einem Vormittag in dieser Aufmachung war er so ausgeglichen, daß er ein halbes Dutzend Beerdigungen von Verwandten überstehen würde.

Er legte seine beiden Zeigefinger über Kreuz und hielt sie im Hexazeichen vor den Spiegel, um sein eigenes Spiegelbild abzuwehren, als ob sein Bild diese schrecklichen Gedanken hegte. Hm – ein Schönheitspflaster könnte sich gut machen. Und eine kurze schwarze Perücke – er würde als Liza Minelli gehen. Natürlich brauchte er Perlen, wegen der schwarzen Grundfarbe. Er durchwühlte eine Schublade, stieß auf eine Kette in Opernlänge und drapierte sie um seinen Hals. Er schlüpfte in seine Pumps mit den Pfennigabsätzen, einer Spezialanfertigung, die in Männergrößen extra bestellt werden mußte, und trat vor seinen großen Spiegel. Der Rock hatte genug Fülle, so daß sein nun beinahe berstender Penis die Linie nicht zerstörte.

Und jetzt zum Finale. Er wollte gerade seine schwarze Perücke holen, als das metallische Summen der Türklingel ertönte. Mein Gott, war das laut! Wie die Hornisse, die Cleveland aufgefressen hat, dachte er und spürte, wie die angenehme Härte zu schwinden begann.

Mist! Wenn das Tolliver war? Er lebte ständig in der Angst, daß Tolliver seinen Hang zur Travestie entdecken könnte. Und doch würde er für eine Begegnung mit Tolliver sein Ritual mit Freuden abbrechen. Er könnte behaupten, daß er gerade unter der Dusche stand, und sich schnell umziehen und das Make-up abwischen. Falls es jemand anders war, konnte er einfach sagen, er sei beschäftigt.

Er ging zur Sprechanlage. »Ja bitte?«

»Henry? Hier ist Skip Langdon. Kann ich dich eine Minute sprechen?«

Scheiße! Dafür hatte er sich von seinem Ständer verabschiedet?»Ich habe zu tun.«

»Es dauert nicht lange.«

Obwohl man der Situation auch ihre komische Seite abgewinnen konnte. Tubs Langdon, Nachwuchsbulle, fand sein Outfit möglicherweise überhaupt nicht witzig. Ihre Vorstellung vom verruchten Pflaster bestand wahrscheinlich darin, daß es dort statt der Eisdielen Stände mit Joghurteis gab. Er könnte als Noel Coward auftreten – vielleicht mit Zigarettenspitze... andererseits störte sie trotzdem sein Ritual.

»Es geht um LaBelle.«

Verdammt. Das war's dann also. Ihm fiel gerade noch ein, »um wen?« zu fragen, während er den Türöffner drückte. Sollte er statt des Kleides einen Bademantel überwerfen, wegen des Scheißegaleffekts (ein Hausrock wäre ideal, aber er besaß keinen). Nein. So machte es mehr Spaß. Er riß die Tür weit auf.

»Guten Morgen, Officer.«

Sie trug wieder das unmögliche graue Kostüm, allerdings mit einer blauen Seidenbluse.»Hübsche Bluse«, sagte er und prüfte das Material wie eine Hausfrau im Stoffgeschäft am Kragen.

Ihr Gesichtsausdruck hatte sich verändert, als sie seinen Aufzug sah – von neutral in belustigt. Verflucht, so war das nicht gedacht.

»Jede Wette, daß ich weiß, wo du die Schuhe herhast«, sagte sie. »Ich muß mir meine auch anfertigen lassen.«

»Wollen wir uns nicht setzen?« Ihre verdammt blasierte Art warf ein vollkommen neues Licht auf die Szene. Er wußte nicht mehr, wie er seine Rolle anlegen sollte.

Er trippelte zu einem seiner beiden Regiestühle. Außerdem besaß er noch ein Rattansofa, aber das überließ er Tubs. Während sie ihren massigen Körper auf dem Sofa niederließ, sagte sie: »Fein. ›Cabaret‹ steht also auf dem Programm – Old Chum?«

Mein Gott, war die spröde. Aber was soll's, jedenfalls funktionierte der Liza-Look. »Ich muß zu einer Beerdigung.«

»Wirklich?« Sie sah hocherfreut aus. »*Toute Nouvelle Orléans* wird sich vor Entzücken das Maul zerreißen.« Während

151

sie sprach, klatschte sie in die Hände, drehte den Kopf leicht zur Seite, senkte das Kinn und schnitt eine Grimasse.

Wer zum Teufel war hier eigentlich der Schauspieler? Hatte sie keinen Respekt? Sein Vater wurde heute beerdigt, Herrgott noch mal. Also gut, noch ein Versuch. »Ich dachte, ich sollte jemanden mitnehmen. Einen Schwarzen natürlich, wegen der Trauer. Kennst du Jackson Robichaux?«

»Den Barmixer vom ›Lafitte's in Exile‹ oder den Pförtner vom Richelieu? Beide sind am Revier ziemlich bekannt. Ich persönlich finde, der Pförtner ist eher dein Typ. Er ist nicht so groß.«

»Miststück! Was zum Teufel willst du eigentlich?«

»Wie wäre es zunächst mal mit einer Entschuldigung für unser kleines Gefecht von gestern?« In den Südstaaten redeten viele Mädchen in dieser merkwürdigen Frageform. Bei Tubs wirkte es leicht sarkastisch. Er mimte jetzt Tallulah Bankhead. »Tut mir aufrichtig leid, Liebste, aber ich kann mich wirklich an nichts erinnern. Ich muß wohl ein bißchen durcheinander gewesen sein, so wurde jedenfalls berichtet.« Er hatte sich einen britischen Ton zugelegt, vielleicht Glenda Jackson als Tallulah. »Er war schließlich mein Vater, wie du ja weißt.«

Tubs' Mundwinkel zuckten leicht nach oben und dazu dieser verflucht überhebliche Blick. »Entschuldigung angenommen«, sagte sie. »Ich bin eigentlich aus einem ganz anderen Grund hier. Kennst du eine Frau namens LaBelle Doucette?«

»Warum interessiert dich das?«

»Sie könnte deinen Vater umgebracht haben.«

Mein Gott, sie konnte einem das Leben wirklich zur Hölle machen. Er sehnte sich nach einem Drink. »So. Und was hast du damit zu tun?«

»Herrje, dir ist es wohl vollkommen egal, wer deinen Vater umgebracht hat?« Sie äffte ihn nach. »Er war schließlich mein Vater, wie du ja weißt.« Während sie sprach, wedelte sie lässig mit der Hand in der Luft herum, eine Beleidigung, wie er fand, denn für einen Mann gehörte wirklich verdammt viel dazu, am hellichten Tag mit Make-up, Pumps und Taftkleid als Tallulah aufzutreten.

Trotz seiner Wut beherrschte er sich und behielt die Rolle bei. »Wenn du so fragst, ja, Liebste, ich kann dir versichern, daß es mir vollkommen egal ist, wer meinen Vater umgebracht hat, da ich es aus gutem Grund ebensogut selbst getan haben könnte. Möglicherweise ist dir entgangen, dath ich ein Homothekthueller bin.« Er zischte die letzten Worte wie eine Schlange.

Aha, was war denn das? Ein Lachen von der alten Tubs. Nun, das Lispeln war ihm wirklich gut gelungen. »Dath habe ich allerdingth bemerkt.«

Oh, verdammt, sie war auf Spielchen aus. Er ließ Tallulah bleiben, stand auf und fuhr mit tragender Stimme fort, als Orson Welles. »Dann sollte Ihnen ebenfalls geläufig sein, daß ich Schauspieler bin?«

»Henry, das würde ich nie wagen!« Sie lachte schon wieder.

Miststück! »Die Behauptung, mein Vater hätte keine meiner Neigungen unterstützt, wäre eine Untertreibung ersten Ranges.« Verflucht! Bei dieser Rolle mußte man auf und ab schreiten, aber das war mit seinen zehn Zentimeter hohen Absätzen unvorstellbar. »Er drohte damit, mich zu ›enterben‹, was immer *das* zu bedeuten hatte, wenn ich von meinem sündigen und, schlimmer noch, kompromittierenden Verhalten nicht abließe. Chauncey St. Amant war, wie du weißt, ein berühmter Patron der Künste. Aber hat er vielleicht die künstlerischen Neigungen seines eigenen Sohnes unterstützt? Das tat er nicht! Er war ein berühmter Verfechter der Bürgerrechte, hat er aber vielleicht das Recht seines eigenen Sohnes auf eigene – äh – Wahl seiner sexuellen Vorlieben respektiert? Das tat er nicht!«

Lieber Himmel, das war doch – wie hieß er doch bloß, dieser Schauspieler, der an Lungenkrebs gestorben ist – Hamilton Burger, Bezirksanwalt. Ach Scheiße, was soll's? Es machte ihm Spaß. »Statt dessen bestand er darauf, aus seinem Sohn etwas Anständiges zu machen, einen Sohn, wie er ihn sich ausgedacht hatte, einen Banker, Familienvater und Bürgerrechtler, genau wie er selbst. Ein Abbild von Chauncey St. Amant – kleiner, blonder und *eleganter* vielleicht, aber immer noch ein Abbild« – beinahe hätte er »meine Damen und Herren Geschworenen« gesagt – »das war der Sohn, den Chauncey St.

Amant forderte. Chauncey St. Amant forderte nichts weniger als ein komplettes Persönlichkeitstransplantat, mit dem drastischsten aller Mittel durchzusetzen: unter Zuhilfenahme eines meisterhaften Vorbilds.« (Angemessenes Gelächter im Publikum.) »Mit anschließender Psychotherapie zur Erreichung eines einzigen Zieles – den Sohn von seiner thekthuellen Vorliebe abzubringen.« Er war wieder bei der zischenden Schlange, wandte sich an Tubs, worauf sie seine Spucke abbekam.

»Bravo, Sir Larry –«

»Lord Larry.«

»Lord Larry. Oder wer immer du bist. Vielleicht Joanne Woodward in ›Eva mit den drei Gesichtern‹. Also hast du deinen Vater umgebracht, um ihn loszuwerden.«

»Natürlich nicht. Wenn, dann nur, um mir meinen Anteil am Vermögen der St. Amants zu sichern, bevor er seine entsetzliche Drohung in die Tat umsetzen konnte.«

»Dich zu enterben.«

Henry nickte.

»Sag mal, seit wann hat er dir schon damit gedroht?«

»Och, vielleicht seit zehn oder zwölf Jahren.« Er behielt den unbekümmerten Tonfall bei, damit sie nicht mitbekam, wann er es ernst meinte und wann nicht.

»Aha. *Hast* du ihn umgebracht?«

»Wie sollte ich? Ich war im Boston Club.«

»Ich dachte, du wärst an die Luft gegangen. Eine Zeitlang hat dich keiner gesehen. Etwa eine halbe Stunde, um genau zu sein. Zeit genug.«

»Wie hätte ich durch die Menge durchkommen sollen?«

»Eine Frage, Henry: Wie bist du überhaupt in den Boston Club gekommen?«

»Mit dem Wagen. Du wirst doch der kleinen, aber majestätischen Bitty nicht zutrauen, daß sie zu Fuß gegangen ist, oder?«

»Aber du wohnst hier im Quarter – du hättest problemlos zu Fuß gehen können.«

»Ich habe meine Mutter abgeholt, damit wir alle zusammen fahren konnten.«

154

»Du hast sie abgeholt?«

Er seufzte ungeduldig. »Ich bin zu ihr gelaufen und mit ihrem Wagen zurückgefahren. Mit dabei waren meine Mutter, meine Schwester und Tolliver Albert.«

»Und wo hast du den Wagen abgestellt?«

»Auf dem Parkplatz der Bank – auf Dads Parkplatz.«

»Die Bank befindet sich etwa zwei Blocks vom Boston Club entfernt. Und weit ab von der Paraderoute. Stimmt das?«

»Stimmt.«

»Also brauchtest du nichts weiter zu tun, als die Schlüssel deiner Mutter zu entwenden – den Schlüssel zu Tollivers Apartment brauchtest du sowieso –, dich zwei Blocks weiter durch die Menge zu wühlen und irgendeine Straße entlangzufahren, nur nicht die St. Charles Avenue. Ist das richtig?«

»Behauptest du, daß ich das getan habe?«

»Ich frage, Henry. Ich frage, ob du es getan hast.«

»Und was gibt dir das verdammte Recht zu fragen?«

Sie suchte in ihrer Handtasche nach ihrer Marke, hielt sie hoch und setzte ihr überhebliches Grinsen auf. »Hast du vergessen, daß ich eine Dienerin des Staates bin?«

»Du hast mit dem Fall nichts zu tun. Ich habe mit den Typen gesprochen, die ihn bearbeiten – O'Rourke und Tarantino.«

»Oh, ich arbeite sehr wohl an dem Fall. O'Rourke, Tarantino und Langdon. Wir arbeiten zusammen. Ruf sie an, wenn du mir nicht glaubst.«

Warum in aller Welt hatte er sie bloß reingelassen? Die Idee, sie mit dieser Aufmachung zu schockieren, kam ihm plötzlich unglaublich albern vor. Zumindest war seine Frage inzwischen beantwortet – er wußte, warum sie nach LaBelle fragte, was sie, gottverdammter Mist, schon wieder tat.

»O'Rourke, Tarantino und ich haben uns gefragt, ob du eine LaBelle Doucette kennst.«

»Von dem... der habe ich noch nie gehört.«

»So?«

Himmel! Beinahe hätte er gesagt: »Von dem schwarzen Arsch habe ich noch nie gehört.« *Paß auf deinen eigenen sexy Arsch auf, Henry.*

»Dann hast du sie vielleicht schon mal gesehen.« Skip beschrieb sie ihm.

»Nee. Wer soll das sein?«

»Eine Frau, die deinen Vater zu Hause und im Büro aufgesucht hat. Mehr kann ich dir nicht sagen.«

»Weil du nicht mehr weißt oder weil du nicht willst?«

Sie zuckte mit den Schultern. Mein Gott, wie er die Bullen haßte.

»Weißt du, was ein .44er Colt ist?«

»Ein Revolver, nehme ich an.«

»Ein alter Revolver. Und dein Vater besaß eine Waffensammlung. Ich frage mich, ob er ein Paar von der Sorte besessen hat.«

»Das fragst du *mich*? Den Homo...«

»...thekthuellen?« Sie spuckten beinahe gleichzeitig. »Blödsinnige Idee, stimmt. Ich wette, du hast auch keine Ahnung von Baseball.«

»Ist das jetzt alles, Officer?«

Sie stand auf. »Ich denke schon. Und herzlichen Dank für dein kooperatives Verhalten. Wir sehen uns in der Kirche.«

Sie schlenderte zur Tür und ging, ohne sich auch nur nach ihm umzudrehen.

Wir sehen uns in der Kirche? Scheiße!

Er sah auf seine Uhr. Quadratscheiße. Er riß seinen Rock hoch und begann die Strümpfe vom Hüftgürtel abzumachen, fummelte in der Eile sinnlos herum. Scheiß auf Tubs Langdon und die Cellulitis, die sie mit sich rumschleppte. Er bekam Panik wegen der gottverdammten Seidenstrümpfe.

Blieb vor der Beerdigung noch genug Zeit für einen Drink? Soviel mußte sein. Sie konnten sowieso nicht ohne ihn anfangen. Seine Hände zitterten immer noch, als er das Eis und sämtliche Zutaten für einen Wodka Martini zusammenschüttete. Er stürzte die Hälfte in einem Zug hinunter und schüttelte sich, um den Kopf freizubekommen.

So. Besser. In zwanzig Minuten mußte er im Anzug vor Bittys Haustür stehen. Vorsichtig löste er jetzt den zweiten Strumpf und begann sich mit dem neuen Problem zu befassen. LaBelle. Woher zum Teufel wußte Tubs von LaBelle? Konnte es sein, daß

Marcelle ihr von ihr erzählt hatte? Aber woher sollte *sie* das wissen? Er glaubte nicht, daß seine Schwester überhaupt etwas von LaBelles Existenz wußte.

2

Bitty hatte eine Abmachung mit sich selbst getroffen – wenn sie den Gottesdienst (den strapaziösen Gang zum Friedhof eingeschlossen) überstand, durfte sie anschließend ihren Kummer ertränken. Das Haus war dann zwar voller Leute, aber Bitty, die Schloßherrin, konnte sich in ihre Privatgemächer zurückziehen und sich so unmöglich benehmen, wie es ihr paßte.

Bis dahin konnte sie sich wegen der verdammten Aufsteherei keinen Alkohol und keine Tabletten erlauben.

Während der Priester vor sich hinmurmelte (Bitty dachte gar nicht daran, ihm zuzuhören), sah sie, wie ihr Vater die Lippen zusammenpreßte, um keine Gefühle zu zeigen. Vielleicht hatte er sich an das Gespräch vor der Hochzeit erinnert, wo sie alle darüber geredet hatten, ob die Kinder katholisch erzogen werden sollten oder nicht. Die Mayhews waren strikt dagegen gewesen. Der erwartete Widerspruch blieb aus. Chauncey war froh, eine Protestantin zu heiraten, seine Kinder protestantisch zu erziehen, und wäre wahrscheinlich mit Freuden zum Protestantismus übergetreten, falls irgend jemand, ihn eingeschlossen, sich irgendwas daraus gemacht hätte. Um Religion hatte er sich nie besonders gekümmert, und so blieb er formal ein nicht besonders gläubiger Katholik. Weshalb sie sich jetzt alle mit dem ungewohnten, seltsamen Ritual abfinden mußten.

André bewegte sich neben ihr. Sie fragte sich, ob Marcelle ihn nicht besser zu Hause gelassen hätte, aber für sein Alter wirkte er bereits sehr vernünftig. Würde André es zulassen, daß sie ihn bei der Hand nahm? Wie ein kleiner Mann sah er aus mit dem zurückgekämmten Haar. Vorsichtig schob sie ihre Hand zu ihm hinüber, aber plötzlich verließ sie der Mut. Er brauchte sie nicht. Marcelle hatte sie nie gebraucht, und André war genau wie sie.

Marcelle war bestens gerüstet zur Welt gekommen, wie Athene, dachte Bitty. Sie war von Anfang an eine Schönheit gewesen, und mit drei beherrschte sie alle gesellschaftlichen Tugenden. Marcelle war die Perfektion selbst. Nie hatte sie auch nur die geringsten Schwierigkeiten gemacht. Von jeher war sie schlauer gewesen als die meisten Erwachsenen um sie herum.

Wenn Henry weinte, weil er im Dunkeln Angst hatte, legte sich Bitty zu ihm. Marcelle ging los und kaufte ihm ein Nachtlicht, von ihrem eigenen Taschengeld. Bitty war gar nicht auf die Idee gekommen.

Wenn sie sich an die goldenen Zeiten dieser wenigen frühen Jahre erinnerte, als die Kinder kamen, vergaß sie alles um sich herum – was mit Chauncey passiert war, und daß das alles schon fast ein Vierteljahrhundert hinter ihr lag.

Zuerst hatte es ihr genügt, mit Chauncey zusammenzusein. Aber in den Jahren, als sie nicht schwanger wurde, war ihr Leben immer leerer geworden, von Kummer und Versagen geprägt. Dann kam Henry, und sie verliebten sich ineinander.

Drei Jahre später, als sie Chauncey Marcelle in die Arme drückte, begannen seine Augen zu leuchten, was sie bei Henrys Geburt nicht getan hatten. »*Das* ist ein hübsches Baby.«

»Sie sieht genauso aus wie du«, sagte Bitty.

Er war schockiert. »Wirklich. Sie sieht genauso aus wie ich.«

Bitty sagte: »Natürlich tut sie das. Hast du geglaubt, ich würde dich betrügen?«

Er küßte sie auf die Stirn. »So was darfst du nicht sagen.«

Sie liebte ihn so abgöttisch, es war absurd, lächerlich – jenseits menschlicher Vorstellungskraft, das war alles. Und jenseits aller menschlichen Leidensfähigkeit, was ihren Freund, den Suff auf den Plan rief.

Während sie jetzt so dasaß, in ihrem schwarzen Kostüm, mit hängenden Schultern, durchströmte sie die Erinnerung wie die Morgensonne. Eine vergessene Zeit, ein anderes Leben, das Leben einer anderen.

Das Leben, das sie vor ihrer Ehe gelebt hatte, schien ihr jetzt realer, abrufbarer, nachempfindbarer. Sie spürte, wie ihr mit den Erinnerungen die Tränen kamen und allmählich ihr sorgfältiges Make-up zerstörten. Auf der Beerdigung ihres Ehemanns weinte sie paradoxerweise über die Scherben ihrer Kindheit. Wann werden wir erwachsen? fragte sie sich und schluchzte in die eine Hand, während sie mit der anderen nach einem Taschentuch wühlte. Hört es nie auf? Läßt es nie nach? Für niemanden?

Ihr Vater legte seinen Arm um sie. Sie zitterte bei dem Gedanken, daß ihr die Umarmung einer Boa Constrictor lieber wäre. Die Berührung ihres nach Bourbon stinkenden, barschen, skrupellosen Vaters war widerlich, und normalerweise gelang es ihr hervorragend, ihm aus dem Weg zu gehen. Aber jetzt konnte sie unmöglich aufstehen und sich einen anderen Platz suchen. Sie sank in sich zusammen, konnte es nicht ertragen.

Jetzt legte er beide Arme um sie, versuchte, sie zu stützen. Gleich würde sie schreien. Das konnte sie nicht aushalten, sie spürte, wie der Schrei in ihrer Kehle aufstieg. Gott sei Dank, die Gemeinde stand auf.

»Alles in Ordnung?« flüsterte er.

»Ja. Laß mich bitte los.«

Zu Weihnachten in dem Jahr, als Henry zwei geworden war, hatte er sich richtig ausgetobt, bis zur völligen Erschöpfung. Und er wollte nicht, daß der Spaß zu Ende ging. Kreischend rannte er durchs Haus, damit kein Erwachsener ihn erwischen und ins Bett bringen konnte. Bitty hatte gelacht. Es machte ihr nichts aus, wenn er ein bißchen herumrannte und kreischte. Das war ihr Haus, außerdem tat er niemandem weh. Chauncey hatte sich seufzend am Kopf gekratzt, als ob Vater sein nicht ganz nach seinem Geschmack wäre.

Ihr Vater hatte Henry erwischt und hielt das Kind auf seinem Schoß gefangen, Henrys Beine zwischen seinen, mit einer Hand hielt er Henrys beide Hände fest, die andere hatte er auf seinen Mund gepreßt, so daß Henry sich überhaupt nicht bewegen konnte, nicht einmal den Kopf. Bitty saß auf dem Sofa. Einen Moment lang starrte sie ihn ungläubig an, wie gelähmt. Und dann taute sie auf, erwachte wie aus einer Ohnmacht, und plötzlich stand sie vor ihm, klammerte sich an ihr Kind und schrie: »Laß das Baby los! Laß das arme Kind los!« Als ob ihr Vater ein Nazioffizier wäre, der ihr Baby zu Seife verarbeiten wollte.

»Bitty, was hast du? Was ist los?« erkundigte sich ihr Vater besorgt, mit verwirrtem Blick, aber ohne Henry loszulassen. Er dachte überhaupt nicht daran.

Chauncey strich ihr übers Haar. »Bitty, Liebes, es ist alles in Ordnung. Henry kommt zu Daddy, nicht wahr, Sportsfreund?«

»Nimm das kleine Monster«, sagte ihr Vater. Henry flüchtete sich in Chaunceys Arme, als ob er aus den Klauen eines Kidnappers entkommen sei.

Später sagte Chauncey: »Meinst du nicht, daß du etwas zu heftig reagiert hast, als dein Vater Henry hochgenommen hat? Bist du müde nach all der Aufregung?« Er küßte sie auf den Scheitel.

Sie hatte nicht geantwortet, weil sie nicht wußte, ob sie überreagiert hatte. Eine ursprüngliche, elementare Kraft hatte sie getrieben, vielleicht Mutterinstinkt. Oder war das eine Erinnerung, die sie noch von früher verfolgte? Bitty dachte, daß wahrscheinlich beides mit im Spiel war. Sie war sich beinahe sicher, daß ihr Vater mit ihr das gleiche getan hatte, als sie in Henrys Alter war, sie wie ein Spielzeug hochgehoben und festgehalten und geknebelt hatte, wenn er Lust dazu hatte. Ihre Reaktion war zu impulsiv, zu verzweifelt gewesen, so daß es kaum einen Zweifel gab.

Ihr Vater räumte alles beiseite, was sich ihm in den Weg stellte, jedes menschliche Wesen mit Sicherheit, und wenn es kleiner war als er erst recht. Was er haben wollte, das wollte er sofort, und wenn es sich dabei zufällig um Ruhe und Frieden handelte, dann brachte er den Krachmacher zum Schweigen.

An jenem Weihnachten war sie schwanger. Sie wußte es noch nicht definitiv, war sich aber ziemlich sicher, und der Gedanke an ein zweites Baby bestärkte sie in ihrem Entschluß, ihrem Gelübde, das sie abgelegt hatte, als sie erfuhr, daß sie mit Henry schwanger war. Manchmal glaubte sie, daß sie deshalb so lange brauchte, bis sie schwanger wurde, weil sie Angst um ihre Kinder hatte und ihr Körper sich einfach weigerte, ihr Kinder zu schenken, solange sie sich noch nicht sicher war, daß ihnen niemand weh tun würde. Sie hatte geschworen, ihre Kinder vor Gewalt zu schützen.

Ihre Mutter war auf den Namen Marianna MacDuff Scarborough getauft, aber seit ihrem zweiten Lebensjahr nannte man sie Merrie Mac – angeblich wegen ihres sonnigen Gemüts, dabei fand Bitty sie eher streitsüchtig.

Falls Merrie jemals fröhlich gewesen war, dann sicher lange vor Bittys erster Erinnerung an sie, an Merrie Mac, wie sie ihr das Kleid zuknöpfte und ihr dann anschließend einen Klaps auf den Hintern gab, zum Abschluß einer unangenehmen Pflicht, um den kleinen Störenfried wegzuschicken, der ihr immer in den Weg kam. Bitty konnte sich nicht erinnern, daß ihre Mutter sie ein einziges Mal in den Arm genommen hatte. Sie tat alles, was von einer Mutter erwartet wurde, aber immer auf die gleiche widerwillige Art, mit der sie Bitty nach dem Zuknöpfen des Kleides wegschickte. Bitty wußte, daß sie ihr auf die Nerven ging, und sah zu, daß sie nicht im Weg war, besonders dann, wenn ihre Eltern stritten, was meistens der Fall war.

Ihre Mutter fing an zu reden, sobald die Suppe auf dem Tisch stand, zum optimalen Zeitpunkt, um Bitty und ihrem Vater den Appetit zu verderben. »Haygood, hast du wieder die Milch vergessen?«

»Welche Milch?«

»Ich habe dir heute morgen gesagt, daß wir keine Milch mehr haben.«

»Nein, das hast du nicht gesagt, Marianna.«

»Ganz sicher habe ich das gesagt.«

»Du hast mir nicht gesagt, daß wir keine Milch mehr haben, sonst hätte ich daran gedacht, wie immer, wenn du mir sagst, daß wir keine Milch mehr haben.«

»Ich habe den Kühlschrank geöffnet und *gesagt*: ›Oh, Haygood, die Milch reicht gerade noch für Bittys Frühstücksflokken‹, und *du* hast geantwortet: ›Ich bringe auf dem Heimweg vom Büro welche mit.‹«

»Marianna, ich habe heute morgen gar nicht hier gefrühstückt. Ich habe mit Hugh Del Monte im Roosevelt gefrühstückt.«

»Das hast du wohl. Du hast genau hier auf diesem Stuhl gesessen und deinen Kaffee getrunken.«

»Das habe ich nicht, Marianna.«

»Hast du doch. Willst du behaupten, daß ich lüge?«

Meistens schüttelte er dann ungläubig den Kopf. »Ich weiß nicht, wovon du redest. Wenn du mit mir über etwas reden willst, was ich nachvollziehen kann, dann will ich mich gern mit dir unterhalten.«

»Du hast genau hier auf diesem Stuhl gesessen, Haygood.«

»Ich habe nicht auf diesem Stuhl hier gesessen.«

Und so ging es immer weiter.

Sie stritten sich über einen Liter Milch, aber Merrie Mac würde nie darum bitten, auszuziehen – aus dem zugigen, dunklen alten Haus in der Louisiane Avenue, dem Haus, über das sie sich den lieben langen Tag bei Bitty beschwerte und abends dann bei Haygood noch einmal. Sie sagte, sie würde hier so depressiv, daß sie sich am liebsten die Pulsadern aufschlitzen würde, und sie sagte, es sei hier so zugig, daß sie deshalb wahrscheinlich schon wieder krank sei. Aber nie sagte sie: »Haygood, laß uns umziehen.«

Sie hatte Angst vor ihm, und Bitty ebenso. Bis zu ihrem neunten Lebensjahr hatte sie herausgefunden, daß ihre Mutter mit ihm zeterte und zankte, um sich an ihm zu rächen, weil sie nicht wagte, ihn zu bitten, wenn sie etwas von ihm wollte. Bitty fragte nicht, warum ihre Mutter nie um etwas bat. Sie wußte es. Er scherte sich einen Dreck um das, was andere wollten, es sei denn, es kam seinen eigenen Plänen entgegen.

Sie bekam das Fahrrad zu Weihnachten, das sie sich gewünscht hatte, aber der kleine Guilford Del Monte bekam im gleichen Jahr auch ein Fahrrad, und weil Haygood nicht übertroffen werden wollte, kaufte er ihr ein besseres als sein Freund Hugh für seinen Sohn. Sie hatte sich eine andere Farbe gewünscht, und außerdem war es zu groß für sie. Sie hatte Angst, damit zu fahren, und beim ersten Versuch fiel sie herunter.

Als sie sich ein Haustier wünschte, sagte Haywood: »Du würdest dich doch nicht darum kümmern, Bitty, das weißt du selbst. Sieh dir das Fahrrad an, es steht nur in der Garage herum und verrostet.«

Er hatte sie sowieso nie gewollt. Er wollte einen Sohn. Sie mußte lernen, wie man jagt und angelt, statt in den Ballettunterricht zu gehen, obwohl sie Würmer verabscheute und überhaupt alles, was mit rausgehen zu tun hatte. Eine Zeitlang mußte sie sogar Reitunterricht nehmen, aber ihre Angst vor Pferden war so groß, daß die Reitlehrer die kreischende kleine Kreatur in den extra angefertigten Miniaturreithosen schließlich vor die Tür setzten, weil sie sich an sie klammerte, sobald sie auch nur in die Nähe eines Stalls kam. (»Noch ein Grund, weshalb du nicht für ein Tier sorgen könntest. Du hast eine höllische Angst vor ihnen.«)

Merrie Mac war fast immer krank. Ihr fehlte überhaupt nichts, aber sie bekam häufig Grippe und Magenschmerzen und Mittelohrentzündung und manchmal Kopfschmerzen. Sie besaß zwei Lieblingsthemen – die Fehler ihres Ehemanns und ihre Gesundheit. Am Nachmittag, nach der Schule, erzählte sie Bitty, was jetzt wieder mit ihr nicht in Ordnung war und was der Doktor dagegen unternommen hatte und daß es nicht geholfen hatte und was er dann getan hatte und wie das auch nicht half und endlich, was er jetzt unternahm.

Als Bitty Chauncey begegnete, war er ihr wie ein Wunder vorgekommen – tatkräftig, voller Leben, weder krank wie ihre Mutter noch betrunken wie ihr Vater. Sie wollte, daß er sie aus ihrer düsteren Welt rettete. Und sie wollte Kinder von ihm – starke, gesunde Kinder, die sie nicht mit jedem haben konnte, bei ihrem Hintergrund. Perfekte Kinder, die sie nie ablehnen würde und Chauncey auch nicht.

Gekränkt hatte Tolliver gesagt: »Irgendwie habe ich immer geglaubt, daß du und ich – ich schätze, ich bin einfach davon ausgegangen...«

»Oh, Tolliver!«

Der dünne, blasse Tolliver? Der so ruhig, beinahe kraftlos war. Aber sie konnte verstehen, warum er das gedacht hatte.

Aus gutem Grund hatte er das angenommen. Ihre Familien standen in engem Kontakt miteinander. Sie waren fast zusammen aufgewachsen – waren mit der gleichen Clique ausgegangen, hatten sich dann abgesetzt und sich zu zweit getroffen. Sie liebte Tolliver und fühlte sich in seiner Gegenwart wohler, sicherer als mit irgendeinem anderen Menschen. Er war wie ein Cousin, fast wie ein Bruder. Und wenn sie darüber nachdachte, war sie vor Chauncey nie mit jemandem zusammengewesen – hatte sich zu niemandem hingezogen gefühlt, sich für niemanden interessiert. Sie nahm an, daß sie in irgendeiner Ecke ihres Bewußtseins auch immer »davon ausgegangen« war oder wäre, wenn sie darüber nachgedacht hätte.

Aber das hatte sie nicht, an Heirat hatte sie noch nicht gedacht. Wenn Tolliver sie gefragt hätte, sie hätte ihn wahrscheinlich geheiratet, aber erst nachdem sie sich Zeit genommen und darüber nachgedacht und sich gefragt hätte, warum sie vorher nicht auf die Idee gekommen war.

Chauncey war wie eins der Pferde, vor denen sie sich so gefürchtet hatte – eine Kraft, gegen die sie nicht ankam. Sie hatte immer gewußt – bei den Pferden –, daß Reiten die aufregendste Sache der Welt wäre, wenn sie nicht solche Angst hätte. Sie wußte, daß es mit Chauncey genauso sein würde – und diesmal hatte sie keine Sekunde Angst.

Der Priester benahm sich jetzt etwas seltsam. Er redete, als stünde er vor ein paar Leuten in einer kleinen Kapelle statt vor Hunderten, vom Bürgermeister bis zu einigen Straßenmusikanten, die Chauncey unterstützt hatte. Er redete über Chauncey, erzählte Anekdoten von Chauncey, und dann änderte sich seine Ansprache. Er sprach über die Tatsache, daß nach dem Tod die Überlebenden dazu neigten, sich schuldig zu fühlen, weil sie noch am Leben waren, und daß sie lernen müßten, sich selbst zu akzeptieren, wie sie waren, frei von Schuld am Tod des anderen. Und dann sagte er, daß sie den Toten ebenfalls akzeptieren müßten. Er sagte: »Wir alle müssen Chauncey jetzt so akzeptieren, wie er jetzt ist – nämlich tot.« Bitty hörte für einen Augenblick auf zu schluchzen. Er hatte nicht gesagt, daß Chauncey jetzt zu seinem Schöpfer gegangen oder von Jesus zu sich gerufen worden sei oder irgendwelchen anderen Unsinn. Er sagte tot.

Chauncey war für sie schon seit Jahren tot.

3

Er wurde auf dem Metairie-Friedhof beerdigt, das heißt, man bestattete ihn über der Erde, wie es wegen des hohen Grundwasserspiegels in New Orleans traditionell üblich ist. Offensichtlich beanspruchten ihn die Mayhews für sich – ihre Familiengruft wurde seine letzte Ruhestätte.

Skip stand, in Seidenbluse und Kostümjacke vor Kälte zitternd, dabei und dachte, daß diese Grabstätte mit dem Obelisken in der Mitte, den säulengeschmückten Totenhäusern und Grabmalen und dem ausgedehnten Areal drumherum wie ein Landsitz en miniature wirkte. Ein Landsitz mit der Familienheimstatt der Mayhews.

Sie bemerkte Chaunceys Eltern, die alten St. Amants, die etwas verloren beisammenstanden, gegen den Wind eng aneinandergedrängt wie zwei alte Domestiken, nur daß Mrs. St. Amant jetzt als Zeichen der Vertraulichkeit den kleinen André Gaudet bei der Hand nahm. Sie trug einen einfachen schwarzweißen Tweedmantel, er einen braunen Anzug. Ein Buchhalter, dachte Skip.

Die Morgensonne war verschwunden. An einem windigen Tag wie heute, mit bedecktem Himmel, war der Ort richtig unheimlich. In New Orleans nannte man die Friedhöfe Städte der Toten, und Metairie war die größte aller Totenstädte, wahrscheinlich auch die schönste. Die Gräber sahen wie kleine – und manchmal große – Häuser aus, die an sorgfältig gepflegten Straßen lagen. Das Grab der Mayhews mit seinem eigenen Obelisken, der wiederum seinen eigenen Wassergraben hatte, und so vielen kleinen Häusern, die die Gebeine so vieler heimgegangener Mayhews beherbergten, war wie eine Totenstadt für sich innerhalb einer größeren. Der »Landsitz« war heute derart übervölkert, als ob ein Freiluftkonzert bevorstünde.

Skip hatte ihre Eltern in der Kirche entdeckt und sah sie nun wieder. Ihre Mutter drängte sich wegen der Kälte dicht an ihren Vater, beide sahen in Schwarz etwas kränklich aus. Sie machte keine Anstalten, ihnen guten Tag zu sagen.

Sogar ihr Bruder war da. Er stand nicht mit ihren Eltern zusammen, sondern mit einer Frau, fiel ihr auf – einer Verwandten der Mayhews vielleicht, mit der er befreundet war. Conrad hatte das Familienhobby, den gesellschaftlichen Ehrgeiz, geerbt. Die Frau drehte sich um, und Skip erkannte sie – es war Sara Ann Gaillard, eine Schwester von Alison. Alison und ihr Mann standen daneben.

Mein Gott! Wem immer sie am Miggy- oder McGehee- oder Newcomb- oder Trinity-College je begegnet war, sie waren alle hier, und dazu alle alten Bekannten aus der State Street und alle Nachbarn aller kleinen Mädchen, die sie als Kind zum Spielen besucht hatte.

Da war Judith Harmeyer, Tolliver Alberts grauhaarige schreckliche Schwester mit Arthur, ihrem Ehemann. Tolliver und Henry standen bei Bitty. Bittys Vater hatte einen Arm um sie gelegt, vermutlich, damit sie auf den Beinen blieb. Sie sah niedergeschlagen aus, als ob sie sich nicht aufrecht halten könnte, wenn niemand sie festhielt, aber Skip hatte in der Kirche feststellen können, daß ihre Gesichtsfarbe in Ordnung war. In dem Witwenschwarz sah sie wie eine überirdische Schönheit aus. Tolliver hingegen: mein Gott! Er war noch blasser als sonst, seine Augen lagen tief in ihren Höhlen und waren dunkel umrandet, als ob er nicht geschlafen hätte. Und nicht nur das. Skip konnte sich nicht erinnern, jemals einen derart jämmerlichen Ausdruck auf einem menschlichen Antlitz gesehen zu haben. Er starrte Bitty an, als ob sie am Ertrinken wäre und er nicht schwimmen könnte.

Die Musiker schienen sich wohl zu fühlen. Für sie war Chauncey eine Persönlichkeit des öffentlichen Lebens gewesen. Sie fanden es völlig in Ordnung, hier dabeizusein. John Hall Pigott, der schwarze Star, der seinen Ursprüngen auf der Spur war, stand bei ihnen. Am Ende der Gruppe sah Skip einen fetten Kerl in einem plumpen Anzug und einen großen im gut-

166

geschnittenen Blazer. Sie standen etwas abseits und traten, mit den Händen auf dem Rücken, unbehaglich von einem Fuß auf den anderen, sie wirkten ebenso fehl am Platz hier wie Chaunceys Eltern. Ihr Anblick tat Skips rachsüchtigem Herzen gut – ziemlich sicher waren das O'Rourke und Tarantino. Wie Parasiten, denen es nicht recht gelang, sich ihrer Gegner zu bemächtigen, sahen sie aus. In ihrer Nähe, aber näher am Geschehen, stand Marcelle. Wie Bitty sah sie in Schwarz großartig aus, aber eher kraftvoll als zerbrechlich. Da André jetzt bei seiner Urgroßmutter war, sah sie so einsam aus, als ob sie auf der Welt keinen einzigen Freund hätte.

Skip bewegte sich auf sie zu und stieß gegen einen Mann mit einem Plastikbecher. Sie traute ihren Augen nicht – ein Plastikbecher auf einer Beerdigung. Irgendein stinkendes Gebräu – Scotch wahrscheinlich – ergoß sich über ihr Kostüm. Als der Schock langsam nachließ, hob sie ihren Blick von den Rorschach-Klecksen auf ihrer Brust und sah verärgert in die schelmischen blauen Augen von Cookie Lamoreaux.

»Tut mir leid, Officer.«

»Cookie, du bist unverbesserlich«, zischte sie.

»Hallo«, flüsterte eine Stimme hinter ihr. Sie drehte sich um und erblickte Steve Steinman, der sich in seinen Khaki-Sommerhosen – für L. A. wahrscheinlich genau das Richtige – mit Tweedjackett und Strickkrawatte extrem unwohl zu fühlen schien. War ihm der Schlips zu eng? Auf jeden Fall sah er so aus. Er neigte sich ihrem Ohr zu und sagte: »Schön, dich zu sehen. Hast du bemerkt, wer hier ist? John Hall Pigott, der Filmstar.«

Sie nickte und ging weiter auf Marcelle zu. Steve folgte ihr, nahm ihren Arm und nickte jedem zu, dem Skip zunickte, bis er schließlich fragte: »Wohin willst du denn?« Skip deutete in Marcelles Richtung. Steve nahm sie bei der Hand und bahnte ihr den Weg, als ob er zu ihr gehörte.

Die Zeremonie war zu Ende, und sie bewegten sich gegen den Strom der Leute, die gehen wollten. Bereitwillig stellte sich Steve als Puffer zwischen sie und die Meute aus der Uptown, die sie bedrängte, mit ihr plaudern und sie möglicherweise über den Fall ausquetschen wollte. Er bat höflich darum, Platz zu

167

machen, und zog Skip weiter ihrem Ziel entgegen. So mußte es wohl sein, dachte Skip, wenn man einen Freund hatte – einen mit gesellschaftlichen Umgangsformen, den man in der Öffentlichkeit vorzeigen konnte, keinen verheirateten Halbgebildeten. Das Gefühl war ihr nicht unangenehm, und sie dachte: Meinetwegen. Wenn er mich benutzen will, soll er doch. Im Moment benutze ich ihn und genieße es.

»Oh, Gott«, sagte sie, »schneller. Da ist mein Yuppie-Bruder.« Er zog sie auf eine Art Lichtung. »Marcelle«, rief sie.

Marcelle war nicht mehr allein. Sie war umringt. Aber als sie Skip rufen hörte, brach sie aus und warf ihr die Arme um den Hals. »Oh, Skippy! Es ist furchtbar.«

»Es tut mir so leid. Ich kann es mir vorstellen.«

Ein lauter, klagender Schrei ertönte – André. Marcelle verschwand und ließ Skip merkwürdig berührt zurück. Sie war sich nicht sicher, warum sie meinte, diese Frau trösten zu müssen, die sie kaum kannte – und eigentlich nie gemocht hatte –, oder warum Marcelle reagiert hatte, als ob sie eine nahe Verwandte wäre.

Sie schob den Gedanken beiseite, die Spannung ließ nach, und dann plauderte sie mit alten Bekannten, stellte ihnen Steve vor, war seltsamerweise stolz, daß er bei ihr war, und fühlte sich in ihrer Gesellschaft wesentlich wohler als sonst. Die sozialen Artigkeiten schienen ihr so viel erträglicher, wenn man sich die Arbeit teilen konnte. Sie hoffte, daß Tarantino und O'Rourke nicht entging, wie sehr sie unter den Uptown-Leuten in ihrem Element war, und daß sie vor Neid blaß wurden, während sie zusahen, wie Skip hier und da einen Brocken hilfreichen Tratsch und neuste Nachrichten aufschnappte. Sie war heute nachmittag mit den beiden verabredet und hatte keine Ahnung, was sie ihnen berichten sollte.

»Sind wir immer noch für heute abend zum Essen verabredet?« fragte Steve.

»Ich hatte gesagt, daß ich dich anrufe!«

»Hast du vergessen, stimmt's? Kein Problem. Im Bon Ton, um acht.« Er ließ ihr keine Zeit abzulehnen und schob seinen riesigen Körper wie einen Rammbock durch das Gedränge.

168

Sie beobachtete, wie ihre Eltern im Kreise ihrer Bekannten ihm neugierig hinterherstarrten. Ihr Vater wandte wie üblich den Blick ab, als sie zu ihm hinübersah. In den Augen ihrer Mutter schwammen große, vorwurfsvolle Tränen. Keiner von beiden versuchte, mit ihr zu sprechen.

4

Wenn LaBelle nicht gewesen wäre... Zum erstenmal verfehlte die kraftspendende Beschäftigung mit seinen Orchideen ihre Wirkung. Tolliver hatte angefangen, Orchideen zu züchten, weil die behutsamen Tätigkeiten bei der Pflege seiner wenigen Zimmerpflanzen ein neues Gefühl in ihm geweckt hatten. Mit den Antiquitäten war das anders. Sie zu kaufen und verkaufen, zu hegen und pflegen, regte ihn an. Dies hier war entspannend. Man fühlte sich wie in Trance, an einem beruhigenden Ort, wo man vergessen konnte, was vorher gewesen war, und einfach nur *da* war, die Pflanzen goß und mit Erde spielte. Über solche Dinge sprach ein erfahrener Mann nicht in der Öffentlichkeit, aber gegen ein Gespräch über die Blüten, die er züchtete, war nichts einzuwenden. Gelegentlich benutzten die Leute das Wort »Zauberei« in diesem Zusammenhang. Aber mit Zauberei hatte das in Wirklichkeit überhaupt nichts zu tun. Nichts konnte elementarer, natürlicher, vorhersehbarer sein und von Zauberei weiter entfernt. Auf »mystisch« hätte er sich vielleicht noch eingelassen, würde dieses Wort aber niemals über die Lippen bringen, selbst wenn er noch seinen hundertsten Geburtstag bei Antoine feiern sollte.

Heute verweigerte der magisch-mystische Prozeß seine kraftspendende Wirkung. Seine Hände zitterten, und immer wieder verschüttete er Wasser. Die sonst so liebevollen Tätigkeiten führte er mechanisch aus, brachte die Arbeit einfach nur hinter sich, unfähig, das Band abzustellen, das sich in seinem Kopf wieder und wieder abspulte.

Wenn die verdammte LaBelle bloß die Finger davon gelassen hätte. Verflucht soll sie sein. Und ich ebenso.

169

Zu seiner Verwunderung bohrte sich Chauncey, den er so lange gehaßt hatte, immer wieder in sein Bewußtsein. Aber nicht der tote Chauncey, sondern der Chauncey, mit dem er am Tulane befreundet gewesen war, der vertraute, vitale, unwiderstehliche junge Mann mit der glanzvollen Zukunft. Auch damals, das wußte Tolliver, hatte er schon einen Hang zum großen Geschäft gehabt. Er war ehrgeizig. Und warum auch nicht? Er war kein Albert und kein Mayhew, er kam von draußen vom See. Ehrgeiz war für jemanden wie Chauncey angemessen. Seine Energie wirkte belebend auf Tolliver. Chauncey erinnerte ihn an einen Vers aus einem Gedicht: »Gesund, frei, vor mir die Welt.« Die ganze Welt. Aber das war, bevor Chauncey ein Gefangener seiner Sehnsucht geworden war.

Tolliver lachte und verschüttete dabei Wasser auf seinem Wohnzimmertisch. Mein Gott, er sollte Titel für Schundromane erfinden. Aber ihn amüsierte nicht nur die Melodramatik, sondern auch das ungewollte Wortspiel. LaBelle war es gewesen, die das ganze Kartenhaus zum Einstürzen gebracht hatte, und sie war Produkt, Gefangene und Opfer der »Sehnsucht«, des übelsten Slums im Lande mit dem unheimlich passenden Namen ›Desire Project‹ – Projekt Sehnsucht. Chauncey selbst brauchte kein Projekt – er war Opfer seiner eigenen Sehnsucht, mit der er sich selbst konsequent zugrunde richtete, und nicht nur sich selbst, sondern auch seine Frau und seinen Sohn.

Die Sorge um Bitty empfand er heute nur wie einen dumpfen Schmerz. Vielleicht war es für sie wirklich zu spät. Oder er hatte doch mehr Bammel, als er dachte. Im Augenblick sorgte er sich hauptsächlich um Henry. Der Junge hatte Bitty immer so nahegestanden, daß er sich nie von ihr befreien, nie sein eigener Herr werden konnte.

Ich bin auch nicht anders. Er schüttelte den Kopf, um die Gedanken loszuwerden. Sie blieben und breiteten sich aus. *Was unterscheidet mich von ihm? Für mich ist es nicht nur Bitty. Sie alle sind es. Die ganze Familie St. Amant.*

Er stellte seine Gießkanne auf den Läufer und sank auf das blaue Sofa. Ihm ging es nicht anders als Henry. Und jetzt war das Unvermeidliche geschehen – er versuchte, sie zu retten, und

170

brachte sie damit um. Auf jeden Fall hatte er Chauncey auf dem Gewissen. Aber was war mit den anderen? War es für sie damit ebenfalls vorbei? Würden sie sich befreien können? Vielleicht, wenn die Leute sie in Ruhe ließen.

Verdammt, das war eine Familienangelegenheit. Das ging die Polizei nichts an. Skip Langdon hatte einen scharfen Verstand, was immer man von ihrem Vater halten mochte. Er zweifelte nicht, daß sie der Sache auf den Grund gehen würde. Die meisten Polizisten würden nicht wissen, wo sie anfangen sollten, aber Skip besaß nicht nur eine schnelle Auffassungsgabe, sie kannte sich aus. Und schließlich war die Sache gar nicht so kompliziert. Man mußte nur wissen, wem man welche Fragen stellen sollte.

O Gott, was hatte er getan? Aber die eigentliche Frage hieß: War es ungeschehen zu machen? Wenn er am Tag der Totenwache nur nicht so entsetzliche Kopfschmerzen gehabt hätte… aber egal, man konnte sie immer noch aufhalten, und er wußte genau, wie. Allerdings blieb ihm nicht viel Zeit, er mußte schnell handeln.

»Officer.« Lieutenant Duby nickte ihr zu, immer höflich. Skip kam zu spät – die anderen beiden waren bereits da.

Während sie sich auf den freien Stuhl setzte, sagte Tarantino: »Wie läuft's denn, Skip?«

O'Rourke sagte keinen Ton. Skip verstand nichts mehr. Wie konnte ein Typ, der mit einer Polizistin verheiratet war, sich so benehmen? Kaum zu glauben, daß sie ihn je für kollegial gehalten hatte.

»Heute morgen vor der Beerdigung hat mich der Bürgermeister angerufen. Könnt ihr euch vorstellen, von wo er angerufen hat?« fragte Duby.

Skip war sich ziemlich sicher, daß sie es wußte, lehnte sich aber zurück, um den anderen eine Chance zu geben. Als keiner antwortete, sagte sie: »Von Haygood Mayhew.«

»Treffer.«

»Ich wette, er hat erwähnt, daß der arme Furman ohne seinen Schwiegersohn Chauncey St. Amant nie gewählt worden wäre und er es für eine verdammte Schande hielt, daß Furmans ganzer verdammter Polizeiapparat nicht dazu in der Lage sei, einen Mord aufzuklären, der vor der Nase der halben Stadt verübt worden ist.«

Tarantino und Duby lachten. »Hört sich so an, als ob Sie den alten Herrn ziemlich gut kennen«, meinte Duby.

»*Herrn*, daß ich nicht lache. Truthahngeier stimmt schon eher.«

»Nun ja, dem alten Truthahngeier gehört mehr oder weniger die ganze Stadt, nur zu Ihrer Information. Deshalb dachte ich, wir sollten hier lieber ein paar Notizen vergleichen.«

»He!« Tarantino verzog gekränkt sein Gesicht. »Wir laufen so schnell, wie uns unsere kurzen Beine tragen.«

»Kein Grund, beleidigt zu sein, Joe. Ich möchte bloß wissen, wie der Stand der Dinge ist. Wer will zuerst berichten?«

»Wir haben an dem Tag des Mordes mit ein paar Leuten im Boston Club geredet«, sagte O'Rourke. Er blieb sachlich, aber

Skip meinte aus seiner Stimme einen leichten Triumph herauszuhören, als ob er ihr die Schau stehlen könnte. Tarantino fixierte sie – wollte er ihre Reaktion prüfen?

»Logistisch ist die Sache verdammt simpel«, fuhr O'Rourke fort. »Zu Fuß braucht man zu Alberts Wohnung und zurück zwischen vierzig Minuten und einer Stunde, wenn man durch die Seitenstraßen geht. Am Anfang mußte man zwar durchs Gedränge, aber das war bestimmt in zehn bis fünfzehn Minuten zu schaffen. Mit einem fahrbaren Untersatz in der Nähe, einem Fahrrad oder Motorrad zum Beispiel, konnte man das Ganze in einer halben Stunde erledigen.«

»Sie glauben an die Theorie, daß der Mörder im Boston Club zu suchen ist?« fragte Duby.

Tarantino zuckte mit den Schultern. »Da war jedenfalls der Schlüssel.«

O'Rourke redete weiter, als ob es gar keine Unterbrechung gegeben hätte. »Tolliver Albert ist etwa eine halbe Stunde vor dem Mord gesehen worden, wie er den Boston Club verließ. Nach eigener Aussage ist Henry St. Amant ›ein bißchen an die frische Luft‹ gegangen. Niemand kann sich daran erinnern, gesehen zu haben, wann die beiden zurückkamen. Im Club gibt es am Mardi Gras immer ein Empfangskomitee, also steht normalerweise jemand an der Tür. Aber wie man mir berichtet hat, unterhalten die sich auch mit den Leuten oder gehen mal pissen, so daß *möglicherweise* Leute auch unbemerkt kamen oder gingen. Außerdem gibt es ein Tor vom Hof auf die Canal Street.«

Er sah auf seine Notizen. »Eine Mrs. Del Monte erinnert sich, vierzig Minuten, bevor der Mord bekannt wurde, mit Mrs. St. Amant gesprochen zu haben. Also etwa zwanzig bis dreißig Minuten vor dem Mord. Mrs. St. Amant entschuldigte sich, um zur Damentoilette zu gehen. Ansonsten kann sich niemand erinnern, sie gesehen zu haben bis kurz vor dem Zeitpunkt, als Officer Langdon sie in der Toilette fand. Eine Mrs. Anne-Marie Delamore berichtet ebenfalls, sie dort gesehen zu haben…«

»Sie war vierzig Minuten da drin?« fragte Duby verblüfft.

O'Rourke zuckte mit den Schultern. »Weiß nicht. Sir. Aber

sie war am Anfang der vierzig Minuten da und am Ende. Vielleicht waren es auch dreißig Minuten oder zwanzig – Mrs. Del Monte sagt, sie weiß es nicht genau. Vielleicht ist Langdon so freundlich und fragt sie noch einmal.«

Skip nickte.

»Dann ist da Mrs. Gaudet. Sie wurde kurz vor dem Mord gesehen, wie sie mit Mr. Jo Jo – äh –«

»Lawrence?« sagte Skip.

O'Rourke sah zu ihr herüber. »Genau. Lawrence. Woher wußten Sie das, Langdon?«

»Sie waren früher zusammen. Und außerdem sagt man Jo Jo einiges nach.«

»Nun, ich will ja niemanden beleidigen, aber das trifft auf Ihre Freundin Marcelle Gaudet auch zu.«

Duby beugte sich vor. »So?«

»Haben Sie schon mal von der Hure von Babylon gehört? Eine Anfängerin, verglichen mit der reizenden Mrs. G.«

Tarantino sah mitfühlend zu Skip herüber. Wenn sie ihm nur trauen könnte. Ob er sich unwohl fühlte, weil man über ihre Freundin herzog? Auch Duby sah verlegen aus.

Skip zuckte mit den Schultern. »Warum seht ihr mich so an? Bloß weil ich sie zeit meines Lebens kenne, ist sie noch lange nicht meine beste Freundin. Frank, von mir aus kannst du über sie erzählen, was du willst. Mir ist das scheißegal.«

»Bei der Beerdigung hast du sie wie eine Schwester umarmt.«

»Das nennt man Mitgefühl, du Scheißtyp. Ihr Vater ist ermordet worden.«

»Officer!« sagte Duby scharf, mit einem ärgerlichen Blick auf Skip. »Was ist hier los?«

»Tut mir leid«, sagte Skip. »Nichts.«

Er wandte sich an O'Rourke: »Frank?«

O'Rourke winkte ab und schüttelte den Kopf.

»Also gut. Damit werden wir uns später beschäftigen. Fahren Sie fort mit Ihrem Bericht.«

»Jemand hat Lawrence und Mrs. G. beobachtet, wie sie sich nach oben schlichen.« Er starrte Skip an. »Da gibt es einen Ruheraum.«

174

Duby fragte: »Was sagt Lawrence dazu?«

»Er sagt, er sei betrunken gewesen, und sie habe ihm die Treppe hinaufhelfen müssen. Sie habe ihm geholfen, sich hinzulegen, und ansonsten könne er sich an nichts mehr erinnern, bis ihn jemand wachgeschüttelt habe, nachdem wir da unten aufgetaucht seien.«

»Und Mrs. Gaudet?«

»Wir haben noch keine Gelegenheit gehabt, mit ihr zu sprechen.«

»Das kann ich gerne übernehmen«, bot Skip an.

Duby nickte und wandte sich wieder an O'Rourke. »Alles klar. Fahren Sie fort.«

»Das war eigentlich alles, Sir. Wir konzentrieren uns fürs erste auf diese vier. Ich sollte vielleicht noch erwähnen, daß Albert gelogen hat, als es darum ging, wann er die Party verlassen hat – er sagte, er sei nicht weggegangen.«

»Ich glaube, ich kann noch etwas hinzufügen. Wußten Sie von dem Wagen?«

Tarantino schüttelte den Kopf; O'Rourke funkelte Skip an.

»Sie sind alle zusammen angekommen und haben bei der Carrollton Bank geparkt, etwa zwei Blocks weiter. Mrs. St. Amants Autoschlüssel und die Schlüssel zu Tolliver Alberts Wohnung befanden sich am gleichen Schlüsselbund. Der Killer konnte beides auf einmal entwenden.«

Skip war mit der Entwicklung der Dinge zufrieden. Über LaBelle waren die beiden Typen offensichtlich nicht gestolpert. Sie wollte diesen Aspekt noch eine Weile für sich behalten und LaBelle verschweigen. Im Geiste hörte sie Duby sagen: »Gute Arbeit, Skip«, und dann würde er sich zu O'Rourke und Tarantino umdrehen. »Ihr beiden überprüft die Sache.«

Duby sagte jetzt: »Ist das alles, Leute?« Als O'Rourke und Tarantino nickten, wandte er sich an Skip. »Sind Sie bereit?«

»Ich denke schon. Ich habe versucht, persönliche Informationen über Chauncey zu sammeln, aus denen sich ein Motiv ergeben könnte. Ich frage mich, ob die vier Leute, auf die ihr euch konzentriert...«

»Scheiße!« brüllte O'Rourke. »Du fragst dich! Lieutenant,

175

würden Sie Officer Langdon bitte über die Statistiken zur Gewaltanwendung im familiären Bereich aufklären?«

»Jetzt halten Sie mal die Luft an, Frank!« Duby wurde sauer. »Ob es Ihnen gefällt oder nicht, Langdon arbeitet an dem Fall. Arbeiten Sie mit ihr zusammen.«

Skip fuhr fort, als ob nichts geschehen wäre. »Ich schätze, Ehefrauen haben genügend Gründe, ihre Männer umzubringen, und Söhne und Töchter erben natürlich. Aber mir fällt kein Motiv für Tolliver Albert ein.«

»Dabei könntest du uns wirklich helfen«, sagte Tarantino.

»Und wie?«

»Indem du für uns den Tratsch aufsammelst. Wir nehmen an, daß er mit der Frau klarkam, aber...«

»Hm«, sagte Skip. »Darum geht es nicht. Ihr wißt, daß Bitty Probleme mit dem Alkohol hat?«

O'Rourke rümpfte verächtlich die Nase. »Klar, und von der großen weiten Welt haben wir auch schon mal gehört. Darüber haben wir schon mal geredet – erinnerst du dich, Langdon?«

Sie warf ihm einen wütenden Blick zu. »Über das alles wird schon seit Jahren geredet. Gelegentlich taucht Tolliver mit einer Frau auf Parties auf, oftmals ohne. Manche Leute halten ihn für schwul, aber diskret. Was Bitty angeht, Romanzen vertragen sich nicht mit dem Suff. Ich könnte also versuchen, in Erfahrung zu bringen, ob Tolliver vielleicht ein anderes Motiv hatte.«

»Da wären wir dir wirklich dankbar«, sagte Tarantino. Skip hätte ihn gern gemocht, aber sie traute sich nicht.

»Wieviel wißt ihr über die Beziehung zwischen Henry und seinem Vater?« Als sie nicht antworteten, fuhr sie fort. »Offensichtlich haben sie sich gehaßt. Chauncey schämte sich wegen Henrys Homosexualität...«

»Der Knabe ist schwul?«

Sie starrte O'Rourke an. »Er ist eine Schwuchtel. Und obendrein noch Schauspieler. Jedenfalls wären sich Chauncey und er seit Jahren am liebsten an die Gurgel gegangen. Wie es mit Marcelle aussieht, weiß ich nicht – sie hat Chauncey heiß und innig geliebt.«

Tarantino zuckte mit den Schultern. »Wir wissen nur, daß sie ein Alibi hat.«

Duby strich sich über den Bart. »Haben Sie sonst noch was, Skip?«

»Chauncey hatte eine Affäre mit seiner Sekretärin.«

»Sheree Izaguirre. Sie war zur Tatzeit bei der Parade in Algiers. Mit ihrer Mutter und ihrem Kind. Und ein paar Leuten, mit denen die Mutter zusammen arbeitet.«

»Was für Leuten?« fragte Duby.

O'Rourke druckste herum. Tarantino sagte: »Die Mutter arbeitet in einem Heim für behinderte Frauen. Von denen hatte sie einige zur Parade mitgenommen.«

»Also bestehen Izaguirres Zeugen aus ein paar Behinderten und ihrer eignen Mutter. Stimmt das?«

Die beiden Männer nickten.

»Kümmert euch weiter darum. Was wissen Sie noch, Skip?«

»Na ja, es sieht so aus, als ob Sekretärinnen Chaunceys Spezialität gewesen seien. Vor ein paar Jahren hatte er mit einer eine Affäre, die unter mysteriösen Umständen verschwunden ist.«

O'Rourke fragte: »Unter was für Umständen?«

»Wenn ich das wüßte, wären die Umstände nicht mehr mysteriös, oder? Ich würde mich gern weiter darum kümmern.«

»Klingt, ehrlich gesagt, ziemlich dünn. Egal, wer der Mörder war, aber er hatte einen Schlüssel zu Alberts Wohnung. Was wissen Sie noch?«

»Das war es so ziemlich.«

»Das ist alles?«

Skip nickte.

»Also viel ist das ja nicht. Ich mache Ihnen keinen Vorwurf, Skip – oder jedenfalls nicht Ihnen allein. Sondern euch allen. Das ist der bedeutendste Mordfall in der Geschichte der Stadt, und ihr drei habt überhaupt nichts. Mein heißestes Team in der Mordkommission und der clevere Neuzugang mit den vielen wichtigen Kontakten. Was zum Teufel ist eigentlich mit euch los?« Er wandte sich an O'Rourke und Tarantino. »Besonders mit euch beiden. Und jetzt verschwindet hier.«

Als die beiden gegangen waren, sagte er zu Skip: »Ich weiß nichts über Sie. Der Chef will, daß Sie dabei sind, aber Sie schmeißen O'Rourke aus der Bahn und haben nicht genug anzubieten, um das zu rechtfertigen.«

»Ich werfe O'Rourke aus der Bahn!«

»Er mag Sie nicht, Langdon.«

»Ist das meine Schuld?«

»Woher soll ich das wissen?«

»Ich bin gestern zur Tür reingekommen, und er war mißtrauisch. Das ist alles. Ich habe überhaupt nichts getan, um ihn mir zum Feind zu machen.«

»Sie haben ihn Scheißtyp genannt.«

»Mein Gott! Das war im Affekt.«

»Nun, dann lassen Sie sich eben nicht mehr provozieren, okay? Er ist einer von meinen besten Männern, und ich kann es mir nicht leisten, daß er sich aufregt.«

»Dann darf ich ihm wohl nicht mehr über den Weg laufen.«

»Bleiben Sie dran an dem Fall. Verschaffen Sie den beiden die Informationen, die sie haben wollen.«

Er beugte sich über die Papiere auf seinem Schreibtisch und machte sich nicht die Mühe, sie zu entlassen.

Sie mochte Duby. Er war locker und diplomatisch – kein Wunder, daß er es in dieser schwierigen Abteilung so weit gebracht hatte. In seinen dunklen Anzügen sah er immer eher wie ein Banker oder ein Anwalt aus. Er hatte an der University of New Orleans studiert. Skip kam gut mit ihm aus, weil ihr seine Art vertraut war. Und weil es sein Job war, mit Leuten gut auszukommen – mit schwierigen Leuten, die sich nicht mochten. Aber der Vorfall von eben war eine schreiende Ungerechtigkeit.

Dieser verdammte O'Rourke konnte sich ihr gegenüber benehmen, wie er wollte, weil er – um die Dinge beim Namen zu nennen – einfach der wertvollere Beamte war. Ohne ihr eigenes Zutun »warf sie ihn aus der Bahn«. Wenn sie sich in seine Lage versetzte, konnte sie Dubys Haltung verstehen. In seinen Augen war O'Rourke die Hälfte des Teams, das den Fall möglicherweise aufklären würde. Skip war eine harmlose Dreingabe, die ihnen der Chef verschafft hatte. Er erwartete sowieso nichts von ihr, aber wenn sie O'Rourke in die Quere kam, mit oder ohne ihre Schuld, war sie für ihn ein Hindernis. Also mußte sie zusehen, daß ihr Wert stieg. Langsam bekam sie das Gefühl, daß es ein Fehler gewesen war, die Sache mit LaBelle für sich zu behalten. Allerdings hatte er ihre Idee mit Stelly einfach vom Tisch gefegt – wahrscheinlich war es noch zu früh, um LaBelle zu erwähnen. Bis jetzt wußte sie nur, daß Chauncey einen Grund hatte, auf LaBelle sauer zu sein, was nicht hieß, daß sie ihn umgebracht hatte.

Sie setzte sich an einen Bildschirm und forderte LaBelles Strafregister an. Der Vollständigkeit halber tat sie das gleiche für Henry, Marcelle, Bitty, Tolliver und Chauncey. Sie überflog gerade die Ausdrucke, als sich eine Hand auf ihre Schulter legte.

»Hallo, Skip.« Es war Tarantino.

»Tag, Joe.« Er lächelte und setzte sich.

»Hör zu, kümmer dich nicht um Frank. Er hat Hummeln im Arsch.«

»Ist mir auch schon aufgefallen.«

»Das hat nichts mit dir zu tun. Er hat persönliche Probleme. Ich kann ihn im Moment auch nicht ausstehen. Normalerweise ist er ein großartiger Kumpel, wirklich.«

»Frank O'Rourke und Wladimir der Große.«

»Wer?«

»Auch ein großartiger Kumpel. Er mag mich nicht, Joe. So einfach ist das.«

»Ich weiß, aber das hat nichts mit dir zu tun.« Er sah verlegen aus. »Das geht vorbei. Laß ihm Zeit.«

Sie lächelte wieder. Dieser Typ war bewundernswert. »Also gut. Ich werde versuchen, nett zu ihm zu sein.« Sie klemmte sich die Computerbögen unter den Arm.

»Was gefunden?« Tarantino sah ihr über die Schultern. Bittys Strafregister lag obenauf, mit etlichen Verhaftungen wegen Trunkenheit am Steuer. »Weißt du was? Wir haben vergessen, unsere vier in der Kartei zu überprüfen.«

Klang das nicht ein bißchen zu naiv? Sie wurde wieder unsi-

179

cher. »Ich kann euch die Mühe ersparen. Chauncey, Marcelle und Tolliver sind absolut sauber. Das hier ist Bitty« – sie reichte ihm das Blatt – »und Henry ist einmal wegen Drogen erwischt worden. Mit Marihuana.«

Sie ließ die Seiten über Henry und LaBelle in ihre Tasche gleiten und stand auf. Tarantino sagte: »Kann ich mal sehen, was bei Henry steht?«

»Na klar.« Sie zog das Blatt heraus. »Willst du's behalten?«

Sie sah erst auf LaBelles Strafregister, als sie draußen war und sicher in ihrem Wagen saß. Tarantino hatte total harmlos ausgesehen, aber auch Charles Manson war es gelungen, die Leute zu täuschen. Wer sich in Frank O'Rourkes Nähe aufhielt, konnte unmöglich ganz unschuldig sein.

Was sie sah, überraschte sie nicht – Routineverhaftungen wegen Prostitution, Drogen und Ladendiebstahl.

Froh, daß es noch hellichter Tag war, fuhr sie nach Tremé, zu der Adresse, die Jeweldean Sanders ihr gegeben hatte. Von Polizeibeamten abgesehen wagten sich nur wenige Menschen nach Tremé – höchstens ins Bürgerhaus, wo die verrücktesten Fastnachtsbälle stattfanden, oder in den Louis-Armstrong-Park, aber seit dort ein Tourist ermordet worden war, sah man auch dort nicht mehr so viele Spaziergänger.

In dieser Gegend hatte anscheinend seit Beginn des Jahrhunderts kein Haus einen neuen Anstrich bekommen. Wenn eine Fensterscheibe zu Bruch ging, was laufend passierte, griffen die Bewohner als erstes zu Brettern und Nägeln. Dabei hätten die Häuser, mit Ausnahme einiger Backsteinbauten, hier genauso hübsch aussehen können wie überall in New Orleans, wenn sie nicht so verfallen würden.

Auf den Straßen herrschte viel Betrieb, wahrscheinlich wegen der Arbeitslosen. Der Gestank von Armut lag in der Luft, die Skip den Atem verschlug, schwer und drückend wie der Rauch eines Buschfeuers.

LaBelle wohnte in einem der wenigen neueren Backsteingebäude. Es sah eher aus wie ein Gefängnis als wie ein Wohnhaus. Ein schmuckloser Kasten mit winzigen Fenstern, die kaum der

Rede wert waren. Was ein Garten hätte sein können, hatte man geteert und zum Parkplatz gemacht. Das nächste Haus war ausgebrannt.

Mit dem Wissen, wie verdächtig sie als Weiße in ihrem Kostüm wirken mußte, klingelte sie bei LaBelle. Da sich nichts rührte, drückte sie auf die Klingel des Hausmeisters, ein Mann namens Calvin, mit dem Jeweldean Sanders »geschäftlich zu tun hatte«. Wieder rührte sich nichts. Sie fragte sich, ob man sie von drinnen sehen konnte.

Nun, sie würde LaBelle erkennen, wenn sie sie sah. Sie stellte das Auto in der North Villere Street ab und richtete sich auf eine längere Wartezeit ein. Nach fünfzehn Minuten hatte sie von zwei Männern Angebote bekommen, von zwei besorgten alten Frauen war sie gewarnt und von etlichen Kindern angebettelt worden. Sie wartete bereits fast eine Stunde, als man versuchte, sie zu überfallen. Drei junge Männer umringten ihr Auto und verlangten ihr Geld. Verflucht. Es war fast unmöglich, auf dieser verdammten Straße nicht aufzufallen. Um sich nicht als Polizistin zu erkennen zu geben – und in der Gegend bekannt zu werden –, ließ sie einfach den Wagen an und fuhr los, verfehlte knapp einen der Möchtegern-Straßenräuber, wobei sie sich in irgendeiner dunklen Ecke ihres Bewußtseins wünschte, sie hätte den Bastard erwischt.

Scheiße. Man mußte einfach Schwarze sein, wenn man in dieser Gegend jemanden beobachten wollte. Und selbst das mußte nicht unbedingt helfen – eine einzelne Frau fiel wahrscheinlich immer auf und wurde angemacht, egal wie sie aussah. Mit ein paar Typen ging es vielleicht, wenn sie schwarz waren und sich mit irgendwas beschäftigten, was man in einem Auto tun konnte, zum Beispiel trinken. Aber viel länger als eine Stunde ging das sicher auch nicht, dann würden sie auffallen. Es waren einfach zu viele Leute unterwegs. Vielleicht konnte sie Calvin dazu überreden, ihr sein Apartment zu überlassen. Sie hatte seinen Namen vom Briefkasten notiert – Calvin Hogue. Sie würde nachsehen, ob er ein Strafregister hatte. Vielleicht konnte man mit ihm verhandeln.

Momentan fiel ihr jedenfalls nichts mehr ein, was sie hätte

tun können. In die North Villere Street konnte sie kaum zurück – und außerdem erwartete Steve Steinman sie im Bon Ton. Jetzt, wo es ihr wieder einfiel, wurde ihr bewußt, daß sie eigentlich nie ernsthaft vorgehabt hatte hinzugehen; nicht geglaubt hatte, daß sie sich die Zeit nehmen könnte. Es sah fast so aus, als ob ihr nichts anderes übrigblieb. Was soll's, vielleicht würde er sie nach dem Essen noch einmal nach Tremé fahren. Sie könnten nachsehen, ob bei LaBelle Licht brannte.

Skip bezweifelte allerdings, daß sie ihre Kunden dort empfing. Nicht wenn sie weiße Kunden bediente. Eher nahm sie Anrufe entgegen und traf sie dann in Hotels. Vielleicht hatte sie sogar einen Piepser und mußte nicht einmal neben dem Telefon sitzen und warten.

In ihrem Apartment angekommen, sah sie auf die Uhr. Noch fast zwei Stunden bis zu ihrer Verabredung. Reichlich Zeit, um sich aufzumotzen. Sie schleuderte die Schuhe in die Ecke und ließ sich mit Schwung auf ihr ungemachtes Bett fallen. Herrje, eine Verabredung! Officer Langdon ging nie mit Männern aus. Gelegentlich saß sie für ein paar Stunden mit einem in der Kneipe, mit dem sie später ins Bett ging, aber sie war seit dem College nicht mehr mit einem netten jungen Mann essen gegangen. Oder doch? Na ja, einmal, in San Francisco…

Sie fragte sich plötzlich, warum sie so lebte. Lag es an ihrer Größe? Zu groß und zu dick; keine besonders gelungene Mischung, um Männer anzumachen. Aber das war noch nicht alles – sie mochte die Männer nicht, die sie in New Orleans von Tanzverabredungen seit ewigen Zeiten kannte, und in der ganzen verdammten Stadt gab es sonst nur noch Polizisten, die sich vor ihr hüteten, und verheiratete Cajun-Barmixer. War das der Grund? Sie dachte an heute abend und ihren Mangel an Enthusiasmus, der damit nichts zu tun hatte. Sie war einfach nicht in Stimmung.

»Juhuu! Officer, Liebste!« Das war ihr Vermieter und Nachbar, Jimmy Dee Scoggin, der vor ihrer Tür stand und im Falsett nach ihr rief. Lächelnd öffnete sie. »Dee-Dee Doll, dich hab ich seit Ewigkeiten nicht mehr gesehen.«

Er segelte an ihr vorbei und drückte ihr gleichzeitig einen

Joint in die Hand. Er war knapp einen Meter achtzig groß, mager und bereits ergraut. Bei seinem Lebenswandel mußte man sich über die Haarfarbe nicht wundern. »Jetzt sieh sich einer das an, was ist denn *das*! Mein Gott, was für ein Aufzug. Du siehst aus, als ob du zu einer Beerdigung wolltest.«

Skip schloß die Tür und starrte auf den Joint in ihrer Hand, in dem Versuch, eine Entscheidung zu treffen. »Ich *war* auf einer Beerdigung, Do-Do.« Ach was, warum nicht? Mit einem Schulterzucken nahm sie einen Zug und gab Dee-Dee den Joint zurück.

Er legte sich auf ihr Bett. »Oh, von Chauncey St. Amant, schätze ich. Nun, mein liebes Kind, meinst du nicht, ...daß du... ein bißchen zu jung... für sooo was.«

»Soll ich dir was sagen, Dee-Dee? Ich bin heute abend verabredet. Du wirst vor Neid blaß werden, mein Schatz.«

Er setzte sich auf. »Mit einem Mann?«

»Einem großen Mann.«

»Ooooh, sprich nicht weiter, mein Herz. Und was gedenkst du anzuziehen, Herzallerliebste?«

Während er Skip den Joint wieder herüberreichte, erhob er sich und öffnete den Schrank. Sie nahm noch einen kurzen Zug, während Jimmy Dee sich einen Überblick über ihre Garderobe verschaffte. Das Ergebnis war Ratlosigkeit.

»In Klamotten investierst du dein Riesengehalt nicht, wie ich sehe.«

»Ich habe nichts Brauchbares, hm?«

Er warf ihr einen vielsagenden Blick zu. »Nein, aber ich.«

»Dee-Dee! Seit wann machst du dir was aus Travestie? Aber mir würden deine Sachen sowieso nicht passen, du Zwerg.«

»Das weiß ich wohl, Euer Dicklichkeit.« Er nahm ihr den Joint aus der Hand und verschwand wie ein geölter Blitz. Tagsüber arbeitete er in einer biederen Anwaltskanzlei in der Stadt, wo die Sekretärinnen reihenweise vor ihm in Ohnmacht sanken und die Ehefrauen seiner Partner ihn mit guten Partien bekannt machten. Skip wußte, daß seine Auftritte lediglich ihrer Erheiterung dienen sollten, was er sich zur Aufgabe gemacht hatte. Er meinte, sie sei zutiefst deprimiert und würde ohne seine Possen wahrscheinlich nicht überleben; was er ihr ziemlich barsch einmal in der Woche an den Kopf warf. Sie fragte sich, ob er nicht der depressivere von ihnen beiden war oder wenigstens ebenso deprimiert, aber irgendwo in ihrem Inneren wußte sie auch, daß er recht hatte. Sie brauchte ihn.

Sie klappte das Sofa zusammen und wurde immer bekiffter, während sie auf ihn wartete. Er war wie Tolliver, dachte sie. Er behielt sein Privatleben für sich. Nur ganz wenige Menschen wußten mit Sicherheit, daß er schwul war.

Er schoß wieder in ihr Zimmer und warf ihr einen riesigen schwarzen Pullover mit einem metallisch glänzenden, abstrakten Muster zu. »Ich habe ihn nach dem Karneval im Bad gefunden. Du fragst besser nicht weiter«, sagte er.

Sie hielt ihn sich an und sah in den Spiegel. »Ist eigentlich nicht ganz mein Stil.«

Er hielt sich die Hand an die Stirn. »Dem Himmel sei Dank!«

»Was soll ich dazu anziehen? Die Gabardinehosen?«

»Oh, Skip, Skip, Skip. Was sollte ohne mich aus dir werden! Jeans, Liebste, Jeans! Und, Herzblatt, tu mir einen Gefallen, ja? Heute keine Turnschuhe.« Er wandte sich zum Gehen.

»Dee-Dee, warte noch einen Moment.«

»Was, soll ich mich auch noch um deine Frisur kümmern?«

»Kennst du Tolliver Albert?«

Er sah verwirrt aus. »Dazu fällt mir nichts ein.«

»Sieht gut aus. Ihm gehört ein Antiquitätenladen auf der Royal Street.«

»Hm. Vielleicht sollte ich ihn mal kennenlernen. Das heißt, falls er nicht über dreiundzwanzig ist.«

»Ich möchte gern wissen, ob er schwul ist. Kannst du dich mal umhören?«

»Ist das der Typ, mit dem du verabredet bist, meine Kleine? Du Schmeißfliege!« Die Tür flog hinter ihm zu, und Skip ließ sich, wie üblich nach seinen Vorstellungen, lachend aufs Sofa fallen.

Das lag auch nicht nur an seinen Auftritten. Dee-Dees Dope war auch immer vom Feinsten. Sie fühlte sich leicht und wunderbar. Normalerweise duschte sie nur, aber heute war ihr nach einem Schaumbad. Dabei konnte man mit den Bläschen spielen.

Um sieben Uhr vierzig stand sie vor dem Spiegel, in dem schwarzen Pullover, der wirklich ganz chic aussah, einer knallengen Jeans (aufgrund bestimmter Umstände besaß sie nur diese Sorte) und ihren einzigen, unmöglichen braunen Pumps. Verdammt, wenigstens waren sie unauffällig, und sie hatte keine andere Wahl – sie hatte Dee-Dee versprochen, keine Turnschuhe anzuziehen.

Sie hatte genug Zeit, um zu Fuß zu gehen – sollte sie es wagen? Ja, unbedingt. Sie war immer noch leicht bekifft. Sie würde leichtfüßig über das Trottoir trippeln, wie ein tanzendes Nilpferd in ›Fantasia‹.

Sie schloß die Tür ab. Hinter sich hörte sie einen Schritt, nur einen einzigen, aber viel zu nah. Sie wollte herumwirbeln, leichtfüßig wie ein Nilpferd, aber über den Vorsatz kam sie nicht hinaus. Der Gedanke herumzuwirbeln durchfuhr sie wie ein Blitz, als ihr Schädel explodierte. Mit einer Hand am Türknauf sank sie in die Knie.

Das Licht war höllisch. Keine Chance, noch weiterzuschlafen. Sie erinnerte sich an Stimmen, irgendwelche Leute hatten sie gefunden und sie in ein Auto gehoben und ins Krankenhaus gebracht. Sie wußte sogar, in welches Krankenhaus. Ins Charity (weil man fast alle Unfallopfer der Stadt dort hinbrachte). Und dort müßte sie in einem kleinen Zimmer mit der Aufschrift »Trauma 7« liegen. Patienten mit Gehirnerschütterungen lagen immer dort. Sie hatte in dem Raum einmal eine gräßliche Stunde mit einer verletzten Frau verbracht, die ihre Hand nicht loslassen wollte. (In diesem Zimmer würde sie allerdings nur dann liegen, wenn sie keine offene Kopfverletzung hatte, und sie konnte sich nicht an Blut erinnern.) Gut. Sie war nicht bewußtlos (obwohl sie so gern noch länger geschlafen hätte), und sie konnte sich sogar orientieren. Sie wußte genau, wo sie sein sollte – aber nicht war.

Das hier war nicht Trauma 7, mit seinen beinahe freundlichen Jalousien. Dieser Raum war zu hell, zu steril, und sie bewegte sich, ihr Körper lag auf einer Art Bahn, glitt unter einem weißen Bogen durch. Und dann war es hier so furchtbar kalt.

»Skip? Skip, können Sie mich hören?« Es war eine Frau im weißen Kittel – eine Ärztin, Krankenschwester oder technische Assistentin.

»Das ist nicht das Charity.«

»Doch, natürlich. Sie machen Fortschritte. Es ist alles in Ordnung. Wir machen nur noch ein Computertomogramm, um sicherzustellen, daß Sie keine inneren Blutungen oder eine Fraktur haben.«

Fraktur! Bei den Schmerzen war das durchaus möglich. Ihr wurde bewußt, daß es der Schmerz war, der sie so schläfrig machte – oder vielmehr der Wunsch, den Schmerz loszuwerden. In Ordnung, das reicht. Sie kannte den Begriff »extreme Benommenheit« und was er im Zusammenhang mit Kopfverletzungen bedeutete. Es bedeutete »ernsthaft« oder sogar »lebensgefährlich«. Solch eine Verletzung hatte sie nicht. Sie versuchte sich darauf zu konzentrieren, aufzuwachen.

Die Frau im weißen Kittel sagte: »Es sieht gut aus. Wir werden noch ein paar andere Tests machen – neurologische und ophthalmologische – und dann können wir Sie sicher nach Hause schicken.«

Man brachte sie zurück nach Trauma 7 und ließ sie da ziemlich lange liegen. Wenigstens fror sie hier nicht mehr so.

Ein Mann steckte seinen Kopf zur Tür herein. »Skip? Ich bin Dr. Saul. Wie fühlen Sie sich?«

»Wie heißen Sie mit Vornamen?«

Er sah verwirrt aus. »Äh – Gilbert. Warum?«

»Es geht mir gut, Gilbert.«

Er sah noch verwirrter aus. Du lieber Himmel! Sie fragte sich, ob man einen dreistelligen IQ brauchte, um Medizin zu studieren. »Hier – ähm – ist jemand, der Sie besuchen möchte. Meinen Sie, daß Sie –?«

Dieser Typ hatte anscheinend Mühe zu verkraften, daß man ihm den Titel entzogen hatte – oder er war grundsätzlich ein Schlappschwanz. Als Tochter eines Arztes – in ihren Augen eines ausgemachten Schwindlers – hatte sie mit Menschen dieser Profession keine Sekunde Geduld. Verdammt! Ihr Kopf tat weh. Vielleicht war der Besucher ihr Vater. Ob sie die nächsten Angehörigen verständigt hatten? O Gott, ihn wollte sie am allerwenigsten sehen. »Wer?« fragte sie.

Aber zu spät. Hinter Gilberts Schultern tauchte ein Gesicht auf. Ein attraktives, irisches Gesicht, das Gesicht eines unverschämten Bullen, dem es nichts ausmachte, sich den Weg durch die geheiligten medizinischen Bastionen bis in Traumaabteilungen freizuboxen, wo er nichts zu suchen hatte.

Sie stöhnte: »Ach du Scheiße, ausgerechnet Sie.«

Und O'Rourke sagte: »Wir haben uns Sorgen um dich gemacht, Langdon. Dumm von uns, nicht wahr? Du hast einen harten Schädel.«

Gilbert floh.

»Nett von euch. Wo ist Joe?« Wegen der letzten drei Worte hätte sie sich am liebsten die Zunge abgebissen – vielleicht ging sie ihnen schon wieder auf den Leim. *Ach, finde dich damit ab, daß du schon viel zu tief drinsteckst, um da wieder rauszukommen.* Tatsache war, daß sie sich gefreut hätte, Joe zu sehen.

»Schon unterwegs.«

»Würde es dir was ausmachen, mich ein bißchen allein zu lassen?«

»Ich wollte nur sichergehen, daß dir deine Gehässigkeit nicht abhanden gekommen ist.« Er drehte sich um und ging. Sie hörte das Stakkato seiner Schritte, als er sich verärgert entfernte, und dachte, was hat er bloß? Dabei wußte sie, was mit ihm los war. Sie hatte seine Gefühle verletzt.

Verfluchter Mist! Warum sollte sie bei so einem Scheißkerl Kindermädchen spielen, wo er nur ekelhaft zu ihr war und ihr der Kopf so weh tat. Sie war kurz davor, wieder wegzudösen, aber aus lauter Hartnäckigkeit – O'Rourke hätte Gehässigkeit gesagt – blieb sie wach.

Nach einer Sitzung mit dem Neurologen und mit dem Augenarzt, bekam sie die endgültige Diagnose und wurde mit Instruktionen nach Hause geschickt. Sie sollte wiederkommen, falls sie erbrechen mußte, die berühmte extreme Benommenheit verspürte oder Schwierigkeiten hatte, ihre Gliedmaßen zu bewegen. Außerdem sollte jemand bei ihr bleiben und sie alle halbe Stunde wecken, um sicherzugehen, daß sie wußte, wo sie war. Wer? dachte sie. O'Rourke?

Er wartete unten mit Tarantino, um sie nach Hause zu bringen. Tarantino umarmte sie, hüllte sie in eine kräftige Wolke Männerduft, den sie alle verbreiteten. Sie fragte sich manchmal, ob das ein Pheromon war, verwarf den Gedanken aber wieder; der Geruch war entspannend und nicht erregend. »Alles in Ordnung?«

»So ziemlich. Es tut noch weh, aber dagegen kann man nichts machen. Nicht trinken, kein Kodein oder so. Nur Aspirin.«

»Gehirnerschütterung?«

»Ja, aber das ist alles. Nichts gebrochen.«

»Wir bringen dich nach Hause, okay? Ich hole den Wagen.«

Sie war für ein paar Minuten mit O'Rourke allein. Hatte das irgendwas zu bedeuten? Wenn sie wirklich Katz-und-Maus mit ihr spielten, wären sie sicher schlau genug gewesen, Joe bei ihr zu lassen. Geschwächt wie sie war, konnte man nie wissen, was sie sagen würde. Sie wollte sich an eine große, starke Schulter anlehnen, aber bestimmt nicht an die von Frank O'Rourke. »Setz dich lieber«, sagte er. Aber im Wartebereich der Notaufnahme, wo sie gerade standen, waren alle Stühle belegt. O'Rourke machte keinerlei Anstalten, einen freien Platz für sie zu suchen oder ihr dabei zu helfen, daß sie auf den Beinen blieb.

»Es geht mir gut«, sagte Skip und mußte sich dazu zwingen, nicht gegen die Wand zu sinken.

Im Auto fragte er: »Was ist passiert, Langdon?«

»He«, sagte Joe. »Komm schon. Hör auf damit.«

»Ich habe nur gefragt, was passiert ist.«

»Laß sie in Ruhe. Siehst du nicht, daß das arme Kind sich fühlt, als ob man sie gerade den Wölfen zum Fraß vorgeworfen hätte?«

Was *war* eigentlich passiert? Sie hatte sich überlegt, ob sie zum Bon Ton fahren oder laufen sollte... »O nein!«

»Was ist los, Skip?« fragte Joe. »Wird dir schlecht?«

»Ich hatte eine Verabredung!«

»Und der Kerl hat dir eins über den Schädel gehauen?«

»Nein! Ich habe ihn sitzengelassen. O nein!«

»Na ja, am besten sagst du's nicht weiter. Sonst schmeißen sie dich aus dem ›Who is Who‹.«

»Ich bin nicht im ›Who is Who‹!«

»Laß sie ihn Ruhe, ja?« Zu Skip: »Da wären wir. Frank hilft dir nach oben, bis ich einen Parkplatz gefunden habe.«

»Nein!« Sie stürzte aus dem Wagen und rannte auf ihre Haustür zu, aber das bekam ihr nicht. O'Rourke war ihr gefolgt. Sie war nur ein paar Schritte gerannt, aber von der Anstrengung drehte sich ihr der Kopf.

»Langsam«, sagte O'Rourke und legte einen Arm um sie.

Wortlos, sie protestierte nicht einmal gegen den entwürdigenden Arm um ihre Taille, schloß sie die Tür auf und begann, die Treppe hinaufzusteigen. O'Rourke ließ den Arm sinken.

In ihrem Apartment angekommen, zögerte sie, weil sie das Licht nicht anmachen wollte. Jimmy Dee könnte es von seiner Luxuswohnung in dem alten Sklavenquartier aus sehen. Vielleicht kam er auf einen Sprung vorbei, mit dem üblichen Joint in der Hand. Während sie noch mit sich kämpfte, betätigte O'Rourke selbst den Schalter. Skip hatte ihr Kostüm aufgehängt, aber die Strumpfhose auf dem Boden liegengelassen. Gott sei Dank, dachte sie, hatte sie das verdammte Bett zusammengeklappt. Sie beugte sich vor, um die Strumpfhose aufzuheben, wobei irgend etwas verrutschte. In ihrem Schädel.

»Au.« Sie richtete sich langsam auf und sah nach ihrem Anrufbeantworter. Drei Nachrichten. Zwei mehr als gewöhnlich, wenn man bedachte, daß Dee-Dee sich hin und wieder meldete, was er heute aber bestimmt nicht getan hatte. Also drei mehr als gewöhnlich. Sie waren sicher alle von Steve, und mit wachsendem Unmut. Aber sie hatte nicht vor, O'Rourke damit zu unterhalten. Sie ignorierte ihn einfach. Wenn er sich setzen wollte, sollte er doch, ihr war's egal. Sie nahm jedenfalls auf ihrem Sofa Platz und wählte die Nummer von Cookie Lamoreaux. Steve meldete sich.

»Steve, hier Skip. Hör zu, es tut mir wirklich…«

Es klickte laut, so laut, daß O'Rourke es gehört haben mußte.

Als sie auflegte, sagte er: »Also, wer hat dich verprügelt, Langdon?«

»Ich habe niemanden gesehen. Ich war gerade dabei, die Tür abzuschließen.«

Angewidert schüttelte er den Kopf. »Und du bist wirklich auf der Hochschule gewesen? Oder haben sie dich heimlich zur Hintertür reingelassen?«

»Darf ich dich was fragen, O'Rourke? Warum haßt du mich?« Er sah total verblüfft aus, als ob man zur Abwechslung ihm mal eins über den Schädel gezogen hatte.

»Ich...«, er brach ab, und sie wußte, daß er ihr widersprechen wollte, es aber nicht konnte, weil er sie tatsächlich haßte.

Vielleicht lag es an der Kopfverletzung, vielleicht hatte sie deswegen weniger Hemmungen, aber sie wußte, sie hatte den Nagel auf den Kopf getroffen. Er und Tarantino spielten nicht mit ihr, und es stimmte auch nicht, daß er sie einfach nur nicht mochte, wie Duby vermutet hatte. Frank O'Rourke haßte sie wirklich, und sie glaubte, daß es ihm erst in diesem Moment bewußt geworden war.

Es klingelte an der Tür, und O'Rourke ließ Joe herein, nicht aus Hilfsbereitschaft, sondern um ihr aus dem Weg zu gehen. Sie ließ nicht locker. Als Joes schwere Schritte die Treppe heraufstampften, sagte sie: »Was habe ich dir eigentlich getan?«

Sie hatte den Eindruck, als ob seine rote Gesichtsfarbe blasser geworden sei, aber sicher war sie sich nicht.

Joe stand auf der Schwelle und fragte: »Alles in Ordnung?« Sie nickte. »Wir müssen kurz miteinander reden.«

Sie merkte, daß er darauf wartete, hereingebeten zu werden. Es kostete Mühe, aber sie lächelte: »Komm rein, Joe.« Die Chance mit O'Rourke war vertan.

Obwohl es in ihrem Kopf hämmerte und sie sich nichts sehnlicher wünschte, als sich hinzulegen, überließ sie den beiden Männern das Sofa und setzte sich auf ihren Regiestuhl.

»Das Ganze hat etwas mit dem Fall zu tun, oder?« fragte O'Rourke.

»Der Überfall? Ich weiß es nicht. Wie gesagt – ich habe nicht gesehen, wer es war.«

»Die Leute, die dich gefunden haben, waren entsetzt, als sie eine Pistole in deiner Handtasche entdeckten. Deine Geldbörse war auch noch da. Hast du dein Geld gezählt?«

»Nein.«

»Dann tu's jetzt.«

»Nein.«

»Verdammt noch mal, du behinderst die Ermittlungen in einem Mordfall.« Als ob sie nicht selbst Polizistin wäre.

»Verlaß bitte meine Wohnung.«

»Was redest du da?«

»Ich rede von deiner Unhöflichkeit und Respektlosigkeit.«

Zum ersten Mal sah O'Rourke verunsichert aus, für einen winzigen Moment hatte ihn seine übliche Arroganz verlassen. »Joe?«

»Skip ist gereizt. Laß mich für eine Weile mit ihr allein.«

»Wir sind mit deinem Auto hier. Wie soll ich zu dem verdammten Krankenhaus zurückkommen?«

Tarantino sah ihm direkt ins Gesicht. »Zu Fuß zum Beispiel. Vielleicht kühlt dich das ab.«

O'Rourke stampfte aus dem Apartment und die nackten Treppenstufen hinunter wie eine Büffelherde.

Tarantino wandte sich an Skip. »Manchmal bringt der Kerl sogar mich auf die Palme.«

»Er haßt mich.«

»Kann schon sein. Aber nimm's nicht persönlich.«

Trotz ihrer Schmerzen entging Skip die Komik seiner Bemerkung nicht. Aber ihr Lachen verschlimmerte die Schmerzen. Sie rieb sich den Kopf. Als sie Joes Blick sah, fiel ihr auf, daß er gekränkt war.

»Weißt du, für mich ist das ganz schön hart – daß ihr beiden euch so spinnefeind seid«, sagte er.

»Und was kann ich dafür? In neun von zehn Fällen wehre ich mich ja nicht einmal mehr. Verfluchte Scheiße, was mach ich denn schon, außer mich höchstens alle drei Tage einmal zu weigern, weitere Beleidigungen hinzunehmen.« Ihre Stimme wurde mit jedem Wort lauter, und gleichzeitig hämmerte es heftiger in ihrem Kopf. Sie endete mit einem Stöhnen.

191

»Armes Kind«, sagte Joe mit einer Stimme, aus der jahrelange Erfahrung mit Kindern sprach. »Ich hol dir was.« Er ging in die Küche, schnappte nach Luft, als das Rascheln der Küchenschaben einsetzte, und öffnete den Kühlschrank.

Während er herumstöberte, rief Skip noch einmal bei Steve an. Diesmal hob keiner ab.

Tarantino kam mit einer Diät-Cola zurück und drückte sie ihr in die Hand. »Trink das.«

»Hast du Kinder, Joe?«

»Zwei.«

»Das dachte ich mir. Und Frank?«

»Ein kleines Mädchen.«

»Das arme Kind tut mir leid.«

Tarantino zuckte genervt mit den Schultern. »Er hat Probleme, Skip. Mehr kann ich dir nicht sagen. Tut mir leid.«

Sie beugte sich vor und legte ihre Hände auf seine. »Dank dir, daß du gerade jetzt auf meiner Seite bist.«

»Ach was – ich hatte die Schnauze voll von ihm.«

Skip griff nach ihrer Handtasche und zählte ihr Geld. »Alles da. Ich hatte nichts dagegen, es zu zählen, aber ich laß es mir nicht gern befehlen – verstehst du das?«

»Klar.«

»Wenn man mich nicht ausgeraubt hat, muß der Überfall was mit unserem Fall zu tun haben – das ist eure Theorie?«

Tarantino nickte. »Wir glauben, daß du mehr weißt, als du sagst.«

»Stimmt. Ich wollte der Sache nur noch eine Weile allein nachgehen – ich wollte den Triumph nicht euch überlassen.«

»Skip, eins schwöre ich dir. Ich werde dafür sorgen, daß deine Mitarbeit angemessen gewürdigt wird.«

Einen Moment lang kehrte das Mißtrauen zurück, von dem sie sich hatte trennen wollen. Er redete weiter. »Du mußt rausrücken mit dem, was du weißt, zu deiner eigenen Sicherheit. So einfach ist das. Du weißt etwas, und das wissen sie. Sie glauben, daß du die einzige bist, die es weiß, also haben sie versucht, dich auszuschalten. Hast du dir das schon mal überlegt? Jemand hat wirklich versucht, dich umzubringen.«

Sie antwortete nicht und fragte sich, ob er recht haben könnte.

»Erzähl mir, was du weißt, okay? Laß dir von Onkel Joe da raushelfen.«

»Ich habe versucht, darüber zu reden, aber alle fanden es lächerlich.«

»Wann denn?«

»Erinnerst du dich, was ich über die Sekretärinnen gesagt habe?«

»Das ist alles?«

»Nein, da ist noch ein bißchen mehr dran, aber laß mich darüber schlafen. Können wir morgen weiterreden?«

»Na klar.«

Sie begleitete ihn zur Tür, und als sie gerade hinter ihm schließen wollte, hörte sie sich sagen: »Joe? Würdest du mich bei jemandem absetzen?«

Skip quälten Schuldgefühle, weil sie Steve Steinman sitzengelassen hatte. Normalerweise neigte sie nicht zu Schuldgefühlen, die sie bestenfalls idiotisch und schlimmstenfalls selbstzerstörerisch fand. Aber jetzt fühlte sie sich schuldig und hielt es kaum aus.

Auf dem Weg zu Cookie Lamoreaux überließ Tarantino sie ihren Gedanken. Sie stellte sich vor, wie sie in ihrem winzigen Apartment auf und ab ging, sich kalte Tücher an den Kopf hielt, heulte und nicht schlafen konnte. Ich kann ja zu Jimmy Dee gehen, dachte sie, niemand zwang sie dazu, das auszuhalten. Aber das Bild, wie sie in dem riesigen antiken Bett in Jimmy Dees Gästezimmer selig schlief, wollte sich nicht einstellen. Auch da würde sie auf und ab gehen und heulen. Allmählich wurde ihr klar, warum sie Schuldgefühle hatte: Die waren nur ein Mantel – ein Mantel für ihre Einsamkeit und Angst.

Trotz des pochenden Schädels spürte sie die Selbstzufriedenheit. *Ich hab's doch gewußt, Schuldgefühle sind Schwindel.* Und dann: *Mein Gott, du arrogantes altes Biest!*

Die Lichter waren aus in Cookies vergammeltem alten Haus – einer Erbschaft, deren Unterhalt er sich eigentlich nicht leisten konnte. »Bist du sicher, daß du klarkommst?« fragte Tarantino. »Ich kann auf dich warten.«

Als Steve an der Tür erschien, in einem viel zu kleinen Bademantel, der nur Cookie gehören konnte, schob Skip einen Fuß in den Türspalt. Sie winkte dem Wagen zu, er solle verschwinden, und begab sich damit in die Hände dieses beinahe Unbekannten.

»Hallo, Skip.« Er trat beiseite, um sie hineinzulassen, sein Blick war gar nicht verärgert, sondern nur verwirrt.

Plötzlich war sie wütend. »Du hast einfach aufgelegt!«

Er wand sich. »Ich wollte nicht…«

»Du wolltest dir nicht mal meine Erklärung anhören?« Zu ihrem eigenen Entsetzen fing sie plötzlich an zu schluchzen, heulte sich die Augen aus, in ihrer Brust würgte es so stark, daß sie meinte, sie müßte ihre Lungen auskotzen, ihre Leber und alles, was da war, von ihrem Zwerchfell wie von einer Art Blasebalg herausgepreßt. Das körperliche Gefühl war mörderisch, aber eigentlich nichts im Vergleich mit der Peinlichkeit. Je peinlicher ihr die Situation wurde, desto mehr heulte sie.

Steve gab den Kampf mit dem Bademantel auf und nahm sie in die Arme. Sie spürte nackte Haut – er hatte nur einen Slip an unter dem Bademantel.

»Ist schon gut«, sagte er. »Laß es alles raus.« Wie sollte er wissen, daß dann nichts mehr von ihr übrigbleiben würde.

Sie klammerte sich an den blauen Frotteebademantel, griff mit den Fäusten in den Stoff, um nicht das Gleichgewicht zu verlieren, und er begann, ihr übers Haar zu streichen. Sie wollte rechtzeitig ausweichen, um das Unabwendbare zu vermeiden, aber sie war nicht schnell genug. Als er die Prellung berührte, schrie sie auf und warf den Kopf herum und prallte mit seinem Kinn zusammen. Sie hörte, wie seine Zähne aufeinanderschlugen.

»Was ist los? Skip, was ist los?« sagte er. Und dann begriff er. »Du bist niedergeschlagen worden.«

Sie nickte, noch unfähig zu sprechen. Schließlich ließ der Brechreiz nach, und sie legte den Kopf an seine Schulter. Er bugsierte sie zu einem Sofa. »Ich hole dir einen Brandy.«

»Nein. Und ich hatte damals auch recht – auf keinen Fall hätte ich dir einen Brandy geben dürfen. Mein Gott, es tut so weh. Hat es bei dir auch so weh getan?«

»Ich glaube nicht. Ich bin groß, da kommt man nicht so leicht dran.«

»Tut mir leid, daß ich dich nicht anrufen konnte. Als sie mich fanden, haben sie mich ins Charity gebracht. Ich war den ganzen Abend da. Ehrlich gesagt, ich hatte eine Zeitlang völlig vergessen, daß ich auf dem Weg war, um mich mit dir zu treffen.«

»Ich hätte es wissen müssen. Ich dachte, der verdammte Job...«

»Du konntest nicht ahnen, daß ich niedergeschlagen worden bin.«

»Du konntest nichts dafür.«

»Aber wenn's der ›verdammte Job‹ gewesen wäre, hätte ich auch nichts dafür gekonnt.«

»Nein, das ist es eigentlich nicht. Ich war einfach nur durcheinander. Ich hatte Angst, du würdest nicht kommen, und mir lag an der Verabredung mit dir. Mehr, als ich gedacht hatte.«

Sie starrte ihn an, suchte nach Zeichen von Lüge oder Unaufrichtigkeit, bis er fragte: »Was ist los?«

»Hast du das wirklich ernst gemeint?«

»Natürlich. Warum denn nicht?«

Sie fing wieder an zu heulen. »Es klang so lieb.« Aber sie weinte nicht aus Rührung. Sie weinte um sich selbst, weil sie nie wagen würde, so etwas zu sagen. Er nahm sie wieder in den Arm.

»Wie geht's deinem Kopf?« fragte sie schließlich.

Automatisch tastete er danach und grinste. »Tut immer noch weh.«

»Das hatte ich befürchtet.«

»Skip, bleib heute nacht bei mir. Laß mich für dich sorgen.«

»Hierbleiben?« Sie wußte nicht genau, was er meinte, und Sex stand ihrer Meinung nach nicht zur Diskussion.

»Ich will nur, daß es dir gutgeht. Cookie hat tausend Schlafzimmer – und er benutzt heute nacht kein einziges davon.«

»Aber die Sache hat einen Haken. Jemand muß mich alle Stunde wecken.«

»Deshalb bist du hergekommen, du Biest. Du willst mich nur benutzen.«

Er klang wütend, und sie konnte nicht besonders schnell denken, aber dann begriff sie, daß er sie aufzog. Und sie sagte einfach: »Ja.«

»In Ordnung, es hat funktioniert. Kennst du Cookies Kusine Camilla?«

»Ja, natürlich. Die kleine Blonde aus Francisville.«

»Du kannst ihr Zimmer haben. Cookie hat das Bett nicht abgezogen, weil sie die einzige war, die Karneval nicht jede Nacht mit Unbekannten – oder auch nur mit einem alten Freund – gevögelt hat. Außer mir, wollte ich sagen – ich war bei dir und hatte Kopfschmerzen.«

»Wenigstens eine Nacht lang«, sagte Skip und ließ sich von ihm die Treppe hinaufhelfen.

Steve brachte ihr ein T-Shirt und ließ sie dann allein. Sie hörte, wie er sich die Zähne putzte, und dann hörte sie ein Klopfen an ihrer Tür. Er wartete nicht, bis sie antwortete. »Alles in Ordnung?«

»Hm.«

Im Dunkeln kam er an ihr Bett. »Du kannst meine Zahnbürste benutzen, wenn du willst.«

»Danke.«

»Gute Nacht.« Er beugt sich zu ihr herunter, um ihr einen Gutenachtkuß zu geben.

Danach wollte er sich wieder aufrichten, aber sie nahm sein Gesicht in beide Hände und hielt es fest. Ohne nachzudenken, zog sie ihn wieder zu sich herab. Als sie sich küßten, ließ sie sein Gesicht los, glitt mit ihren Händen über seine Schultern und umarmte ihn.

Er flüsterte: »Dein Kopf. Wir werden deinem Kopf weh tun.«

Sie antwortete nicht. Sie fühlte den Schmerz nicht, als sie sich liebten, sie fühlte gar nichts, außer einem sehnsüchtigen Verlangen, nicht so sehr nach ihm, Steve Steinman, sondern weil sie nicht allein sein wollte, beruhigt werden wollte, etwas tun wollte, um zu spüren, daß sie noch am Leben war, daß alles gut werden würde. Hinterher haßte sie sich selbst für ihr Verlangen und rollte sich auf die andere Seite des Bettes.

Er weckte sie nach einer Stunde, wie versprochen, und liebte sie wieder, diesmal war es seine Idee. Sie fühlte sich schläfrig und verletzt. Er nahm sich Zeit, sie zu erregen, ihr Verlangen nach ihm zu wecken, sich wiederzuholen, was sie sich von ihm genommen hatte, und sie war ihm dankbar. Er hatte das Konto ausgeglichen. Und diesmal fühlte sie sich ihm nahe, war froh, nicht mit irgend jemandem zusammenzusein, sondern mit ihm.

Geschwister

1

Wieder starrte sie zu dem reglosen Ventilator an der Decke hinauf. Marcelle spürte, wie ihr die Tränen übers Gesicht liefen. André hatte auf die Gruft gedeutet und gesagt: »Mommy, wollen sie Poppy wirklich da reintun?« Und sie hatte sich gewünscht, sie hätte ihn nicht mit zu der Beerdigung genommen. Er war zu klein, um den Tod kennenzulernen, ihn genauso zu erleben wie die Erwachsenen. Aber sie wollte ihn nicht ausschließen. Sie wollte, daß er als aktives, integriertes, erwünschtes Mitglied der Familie aufwuchs, nicht als Randfigur. Doch diesmal hatte sie sich vertan. Ihre Entscheidung war falsch gewesen. Er hatte sich an sie geklammert und später Alpträume bekommen.

Gestern war die Zeit für Pain perdu dann doch zu knapp geworden, und sie hatte ihm Müsli gegeben. Heute würde sie Pain perdu machen. Dann würde sie ihn zur Tagesmutter bringen und anschließend zu Onkel Tolliver gehen und nach dem Job fragen.

Sie setzte sich auf und lächelte. Die Tränen waren versiegt. Sie fühlte sich richtig... glücklich. Fühlte sich das so an? Es fühlte sich leicht an, fremd, zu gut, um wahr zu sein. Was war das? Erleichterung, weil sie die Beerdigung ihres Vaters hinter sich hatte? Oder waren das wirklich die ersten grünen Keime des Glücks?

»Mommy! Mommy!« Erst das unglaubliche Trappeln der Füße und dann ein zappelnder Torpedo auf ihrem Schoß.

»André-Pandré! Guten Morgen!«

»Können wir heute etwas richtig Lustiges tun?«

»Natürlich. Du warst gestern so ein braver Junge. So tapfer wie ein toller, *großer* Junge. Wir machen alles, was du willst.«

»Mommy, ich bin froh, daß Ma-Mère da war. Sie hat meine Hand festgehalten – weißt du –, als sie *das* mit Poppy gemacht haben. Aber sie war so traurig.«

198

Sie strich ihm über den schmalen, sich windenden Rücken. »Ich weiß, mein Liebling. Wir waren alle traurig.« Die Tränen kehrten bei dem Wort zurück.

»Ich hab nicht gewußt, daß man vor seiner Mutter und seinem Vater sterben kann.«

Sie hielt ihn dicht an sich gedrückt und wiegte ihn, weinte wieder und hoffte, daß er nicht auch weinte. »Nein, Liebling, normalerweise passiert das auch nicht. In unserer Familie ist nur ein ganz, ganz großes Unglück geschehen. Dir passiert das nicht, mein Herzblatt, ich verspreche es dir.«

»Ich würde aber viel lieber vor dir sterben, Mommy. Ich will nicht, daß du zuerst stirbst.«

»Liebling, sieh mich an.« *O nein, tu's nicht, ich weine.* Sie hielt ihn so fest, daß er sie gar nicht ansehen konnte.

»Mommy, ich kann nicht. Laß mich los.«

»Gut, aber erst ziehst du mich an den Haaren.«

»Dich an den Haaren ziehen?«

»Genau. Zieh, so fest du kannst.«

Er zog. »Au«, sagte sie und ließ ihn los. »Weißt du, warum ich wollte, daß du das tust?«

»Nein.«

»Damit du wirklich weißt, daß ich da bin. Und ich werde dich nicht verlassen. Okay? Ich werde nicht sterben, und du wirst auch nicht sterben. Glaubst du mir das?«

»Ich glaub schon.« Er war nicht davon überzeugt. Sie hätte sich in den Hintern treten können, weil sie ihn zu der verdammten Beerdigung mitgenommen hatte.

Für Pain perdu brauchte man altes Brot, und das war in Marcelles Haushalt jederzeit vorhanden. Sie weichte einige Scheiben in Milch und Eiern ein, mit ein bißchen Zucker und Vanille, dann briet sie die Scheiben, bis sie herrlich goldbraun waren. Triumphierend ließ sie sie auf einen Teller gleiten und rief: »André!«

Während die kleinen Füße sich trappelnd näherten, bestäubte sie ihre Kreation mit Zimt und Puderzucker. Sie goß ihm Milch ein, während er sich setzte. Ohne seinen Teller eines

Blickes zu würdigen, nahm er das Glas und trank es zur Hälfte leer. Dann sah er mit großen Augen über dem Milchbart zu ihr auf und sagte: »Kann ich Freakies haben?«

»Herzblatt, heute morgen gibt es Pain perdu.«

»Aber ich mag das Zeug nicht.«

»Beim letzten Mal mochtest du es.«

»Mochte ich nicht.«

»André, du mochtest es. Erinnerst du dich nicht?«

»Es schmeckt eklig.«

»Versuch nur ein bißchen, okay?«

»Nein.«

»Komm schon, nur ein bißchen.« Sie trennte ein kleines Stück mit der Gabel ab und hielt sie ihm an den Mund. Er stieß die Gabel beiseite, das kleine Stück Weißbrot kam ins Rutschen und fiel ihm in den Schoß.

»Mein Schlafanzug! Du hast meinen Schlafanzug schmutzig gemacht!« Er sprang auf und stürzte vom Tisch, mit trappelnden Füßen in sein Zimmer zurück.

Ich brauche einen Teppich für den gottverdammten Flur. Sie setzte sich und begann, das Pain perdu selbst zu essen, aber der Puderzucker blieb ihr wie Sägemehl im Hals stecken. André kam ohne Hosen zurück, nur mit einem langärmligen, flaschengrünen T-Shirt bekleidet, und sah wie ein Engel aus. »Freakies gibt es nicht«, sagte sie. »Die hattest du diese Woche schon dreimal. Wie wär's mit Weizenflocken?«

»Ich hasse Weizenflocken?«

»André, willst du nicht nur ein ganz kleines Stück Pain perdu probieren?«

»Nein!« Er verschwand wieder.

Sollte sie ihm die Freakies geben? Sie hätte ihm welche gegeben, wenn er sich nicht geweigert hätte, das verdammte Pain perdu zu essen. Aber jetzt hatte sie nein gesagt. Konnte sie ihr Nein wieder zurückziehen? Würde er damit nicht die Oberhand gewinnen?

Sie ging in ihr Schlafzimmer und entschied sich für einen dunkelblauen Pullover zu schwarzen, schmalen Hosen. Es war nicht leicht, sich in der Woche nach dem Tod des Vaters richtig anzuziehen. Ganz in Schwarz kam ihr zu melodramatisch vor, aber nach leuchtenden Farben stand ihr der Sinn auch noch nicht. Bis sie mit dem Make-up fertig war, hatte sie die Frühstücksfrage auch geklärt. Sie machte sich auf die Suche nach Andrés Jeans. »Versuch's mal hiermit, Sportsfreund.« Sie half ihm erst in eine Unterhose, dann in die Jeans. »Hast du Hunger?«

»Ich will Freakies!«

»Wie wär's mit Egg McMuffin?«

»Oh, Mann! Darf ich wirklich?«

»Hm.«

»Und dann? Gehen wir in den Zoo?«

»Liebling, ich muß heute morgen etwas erledigen.« *Hoffe ich.*

»Du hast gesagt, daß wir was ganz Lustiges machen!«

O Gott, das hatte sie gesagt. Und hatte ihre anderen Pläne total vergessen – sie hatte so verdammt selten etwas vor. »Ich weiß, daß ich das gesagt habe, Liebling. Ich hatte einfach vergessen, daß ich etwas erledigen muß. Morgen gehen wir in den Zoo. Ich verspreche es dir.«

Ohne Vorwarnung verzog sich sein kleines Gesicht und löste sich in Tränen auf. Er schlang seine Arme um ihre Beine und schrie: »Du hast's versprochen! Du hast's versprochen!«

»André, um Himmels willen, wir gehen morgen in den Zoo.« Sie versuchte, die verschränkten Finger zu lösen, aber André hielt fest.

»Mommy, du hast's versprochen!«

Wut kochte in ihr hoch. Warum konnte er sie nicht in Ruhe lassen, ausgerechnet heute. Warum mußte er sich ausgerechnet diesen Tag aussuchen, um sich an sie zu klammern? An dem ersten Tag in seinem kurzen Leben, an dem sie etwas anderes vorhatte, als zu vögeln.

Sie stieß ihn mit Gewalt von sich, sie war mit ihrer Geduld am Ende. Sie zerrte ihn regelrecht zum Auto, fuhr mit ihm zum nächsten McDonald's und ließ ihn weiterschreien, während sie sein Egg McMuffin holte. Der Tagesmutter drückte sie die Tüte in die Hand. »Wenn er aufhört zu schreien, geben Sie ihm das bitte. Er hat noch nicht gefrühstückt.«

Dann ließ sie André einfach stehen, mit ausgestreckten Händen und »Mommy! Mommy!« schreiend, als ob es um sein Leben ginge.

Sie war noch keine zwei Blocks weiter, als sie sich fragte, ob sie in der Kita wohl eine Mikrowelle hatten. Sein Frühstück würde mittlerweile kalt sein. Sollte sie irgendwo anhalten und ihm ein Stückchen holen? Nein. Sie konnte nicht mehr zurückfahren – er würde sie nie wieder fortlassen. Warum mußte er sich so anstellen? Warum? Ausgerechnet heute? Als ob er wüßte, daß sie sich einen Job suchen wollte – etwas vorhatte, was sie ihm wegnehmen würde. Er konnte manchmal so raffiniert sein. Aber es würde nichts nützen – sie würde sowieso tun, was sie wollte. Er konnte sie nicht davon abhalten.

Das beklemmende Gefühl in ihrem Hals nahm ihr mit jeder Sekunde stärker die Luft und verfestigte sich zu einem harten, schmerzhaften Klumpen. Plötzlich wußte sie, was geschehen würde, und konnte gerade noch rechtzeitig anhalten. Die Schluchzer brachen aus ihr hervor – heftige, verheerende Schluchzer, die ihren Körper durchzuckten.

Als sie wieder fahren konnte, fuhr sie nach Hause, erneuerte ihr Make-up und machte sich entschlossen auf den Weg ins Quarter, erstaunt über ihre Entschiedenheit.

Onkel Tolliver sah hager und mitgenommen aus, nicht so adrett wie sonst. *Aber wir sind in dieser Woche alle nicht ganz auf dem Posten.* Sie fragte sich, ob das Make-up ihre geschwollenen Augen wirklich kaschierte.

Sie versuchte es mit ihrem strahlendsten, herzlichsten (und heute absolut verlogenen) Lächeln. »Hallo, Onkel Tolliver.«

»Was machst du denn hier?« Sein Gesicht war grau, und die Schultern hingen nach vorne, wodurch sein Brustkorb eingefallen wirkte, was Marcelle noch nie zuvor bemerkt hatte.

»Ich – herrje, du scheinst nicht gerade erfreut über meinen Besuch.«

»Ich bin ziemlich beschäftigt, das ist alles.«

Verwirrt sah sich Marcelle rasch um. Außer ihr war nur noch eine Person im Laden, ein Mann, der ihnen den Rücken zukehrte und einige Porzellanstücke betrachtete. »Vielleicht sollte ich ein andermal wiederkommen.«

»Nein, mein Liebes. Was ist los?« Plötzlich sah er alarmiert aus. »Mit deiner Mama ist alles in Ordnung?«

»Sicher.« Sie wußte es nicht. Sie hatte Bitty nicht angerufen.

»Fehlt Henry irgendwas?« Er rieb sich den Kopf, gedankenverloren, verlegen.

»Nein, es ist nicht wichtig. Ich komme später wieder.« Vollkommen fassungslos wollte sie aus dem Laden stürzen und wußte genau, daß sie nicht wiederkommen würde, niemals würde sie den Mut aufbringen. Sie hatte geglaubt, daß er sie herzlich begrüßen, sie ins Hinterzimmer führen und ihr Tee anbieten, sich auf einen Schwatz zu ihr setzen würde.

Er rief sie zurück. »Marcelle, was ist los?« Seine Stimme klang nervös, die Stimme von Eltern, denen ihre Kinder auf die Nerven gehen.

Sie wandte ihm jetzt den Rücken zu, und der Kunde kam in ihr Blickfeld: Dulles Moorehead, mit dem sie vor etwa drei Monaten eine entsetzliche Nacht voll frustrierter Leidenschaft verbracht hatte. Sie sah Dulles kläglichen Penis wieder vor sich, rosa und runzelig auf seinem aufgeblähten Bauch. Marcelle war stolz auf ihre Erregungstechniken – wenn man mit so vielen Trinkern schlief wie sie, mußte man einiges davon verstehen –, aber Dulles war für all ihre Bemühungen unzugänglich geblieben, und erst als er schnarchte, hatte sie aufgegeben.

Die Nacht mit Dulles war möglicherweise die schlimmste in ihrer Karriere als männermordender Vamp – auf jeden Fall gehörte sie zu den Top Ten. Da waren die Zeiten, als Conley Butterfield sie als Ficktarantel bezeichnet hatte, und die beiden Typen aus Houma, die glaubten, sie würde sie alle beide übernehmen. Und natürlich Hilly Jordan, der ihr ins Bett gekotzt hatte. Aber Dulles' unglückliche Anatomie war ihr mehr als einmal unfreiwillig in Erinnerung gekommen, gelegentlich mit Titel: »Mobys Dickerchen«, »Wassermelone mit Wurm«, »Kaulquappe im weißen Feld«. Sie hatte ernsthaft daran gedacht, ihn zu malen, weil sie ihn so lebendig vor sich sah und so ergreifend fand. Aber sie konnte nicht malen, und dabei fiel ihr ein, wie wichtig ihr der Grund ihres Kommens war. Es war typisch für sie, daß sie ihn jetzt ausblendete, aus den Augen verlor, was sie gewollt hatte, und sich dem geliebten dumpfen Zustand überließ, in dem sie lebte.

Diesmal passierte nichts, und sie wußte nicht warum. Sie fühlte sich wachsam, lebendig und viel stärker, als ihr lieb war. Sie spürte plötzlich eine Spannung in ihrem Unterleib und ein Zucken in ihren Geschlechtsteilen, eine deutliche sexuelle Erregung, von der sie wußte, daß es Verlangen war, Begierde. Sie spürte, wie ihre Entschlossenheit zurückkehrte, wie ein Vitamin durch ihren Körper zirkulierte.

Sie konnte weitergehen, auf Dulles Moorehead zu, Sinnbild der Impotenz und ihres Lebens. Oder sie konnte zurückgehen zu Onkel Tolliver und ihre Bitte aussprechen, die ihr bedeutender vorkam als alles andere. In diesem Moment schien alles so klar wie ein Gebirgssee.

»Onkel Tolliver, ich wollte dich um einen Gefallen bitten.« Sie hörte ihre Stimme, frisch, klar, optimistisch. »Eigentlich ist es kein Gefallen. Vielmehr glaube ich, daß ich dir wirklich eine Hilfe sein könnte.«

Sein Gesicht verzerrte sich wie im Schmerz, als ob er sich wünschte, irgendwo anders zu sein, nur nicht hier. Aber Marcelle würde sich jetzt nicht aufhalten lassen. Sie hörte ihre Stimme, wie sie begann, sich selbst anzupreisen, und der Klang war so fremd, daß sie ihre Person damit nicht in Verbindung bringen konnte. Wohl aber mit ihrem Wunsch. Sie war so ausschließlich und unabänderlich darauf fixiert. Ihr brennendes Verlangen fühlte sich wie Bestimmung an. »Ich möchte dir gern im Laden helfen, Onkel Tolliver. Du weißt ja, ich habe mehrere Monate am Museum gearbeitet und an mehreren Kursen über Kunstinterpretation teilgenommen. Ich dachte, ich könnte damit weitermachen ... Ich würde alles tun, um den Job zu lernen. Ich will nur ... eine Chance.« Sie redete stockend, kam außer Atem, denn jetzt begann die Angst das Verlangen zu verdrängen. Ihr Herz flatterte, ihr Hals ging langsam zu.

»Du bittest mich um einen *Job*?« Er schrie fast. Er klang wütend.

Zu erschrocken für eine Antwort, brachte sie nur ein Nicken zustande.

»Marcelle, ich kann dir darauf im Moment keine Antwort geben.« Er drehte sich um und verschwand im Inneren des Ladens.

»Marcelle? Marcelle, bist du das?« Dulles Moorehead hatte sich ihr zugewandt, um ihr einen Kuß auf die Wange zu geben.

Sie zuckte nur leicht, riß sich zusammen, erneut die perfekt geschmierte Benimm-Maschine, die sie in all den Jahren mit Bitty und Chauncey gewesen war. »Hallo, Dulles, wie geht's?«

Er nahm ihre beiden Hände in geheucheltem Mitgefühl. »Das mit deinem Daddy tut mir ja so leid.«

»Danke, Dulles. Es war für uns alle ein Schock.« Sie haßte dieses wohlerzogene Androidenmädchen, das die verlangten Klischees herunterbetete.

»Und wie geht's dir sonst, Marcelle?«

»Ach, alles wie gehabt, du weißt ja, wie das ist, Dulles. Was macht Amy?« Amy war seine Frau.

»Geht ihr prima. Einfach prima.« Sein Doppelkinn wabbelte, als sein falsches Grinsen breiter wurde. Seine Schweinsäuglein fixierten sie. Er flüsterte: »Ich würde dich gern wiedersehn. Wenn ich mal nicht so betrunken bin.«

»Dann müssen wir uns mal darum kümmern.« Dieser Satz zusammen mit einer kühnen Kopfbewegung, schon war sie die duftende Magnolien-Maschine. »Bis dann.«

Sie schwebte hinaus, passend zur Rolle, und verzog das Gesicht, als sie den Bürgersteig erreicht hatte. »Igitt!« sagte sie laut, weshalb ein Touristenpärchen mit Segeltuchhüten im Partnerlook einen weiten Bogen um sie machte.

Mit Dulles war ihre Gleichgültigkeit zurückgekehrt, die Automatik, mit der sie Totenwache und Beerdigung hinter sich gebracht hatte – und den größten Teil ihres Lebens –, aber dieser Zustand hielt nicht an. Als sie ihren Wagen erreicht hatte, war sie tief deprimiert.

Instinktiv wußte sie, was sie brauchte, um ihre Stimmung zu heben – Wasser. Sie fuhr zum West End, auf den Pier hinaus, und sah zu, wie der Wind den See aufwühlte. Es war wieder bedeckt und sehr windig, so daß die Wellen regelmäßig gegen die Kaimauer schlugen und dabei üppige Gischtwolken aufspritzen ließen. Jedesmal, wenn eine Woge aufschlug, hüpfte Marcelle ein wenig, voller Aufregung: etwas anderes wurde geschlagen, nicht sie.

Sie konnte nicht begreifen, daß sie um etwas so offensichtlich Unmögliches gebeten hatte, daß sogar Tolliver wütend geworden war. Sie hatte wirklich nicht gewußt, daß sie so ein hoffnungsloser Fall war, wie man aus Tollivers Reaktion schließen mußte, und das Wissen paralysierte sie. Wofür sollte sie Kurse belegen? In der Hoffnung auf etwas Eigenes? Was sie ganz bestimmt nicht bekam, also konnte sie genausogut von ihrem Vermögen leben und so tun, als wäre ihr alles egal.

Das war vermutlich die logische Konsequenz, aber sie war ungeheuer bestürzt. Onkel Tolliver hatte sie noch nie so barsch abgefertigt. Noch nie. Sie hatte ihn natürlich auch noch nie um etwas gebeten. Hatte er sie auch die ganze Zeit übersehen?

»Marcelle, würdest du uns ›Tom Sawyer‹ bringen? Es ist Zeit für Henrys Vorlesestunde.«

Bitty hatte Henry jeden Abend vorgelesen, obwohl er der ältere war, während Marcelle auf dem Boden mit ihren Puppen gespielt, zugehört und so getan hatte, als würde es sie nichts angehen. Sie war verwirrt gewesen, als Tom der Katze den Schmerztöter gab. Bestimmt tat er es nicht aus Bosheit, und doch klang es in der Geschichte so.

»War das Kätzchen krank?« fragte sie.

Henry antwortete: »Das ist mein Buch. *Du* darfst nicht zuhören.«

Und Bitty hatte weitergelesen, als ob Marcelle die Frage nie gestellt hätte.

Sie wußte nicht, was sie tat. Sie hatte keine Ahnung. Aber ich. Und mein Kind wird sich nie so fühlen. Nie!

Lieber würde sie heute sterben, als mit dem Wissen ins Grab gehen zu müssen, daß sie ihr Kind ebenso ignoriert hatte wie Bitty, keine bessere Mutter gewesen war als ihre eigene und aus ihrem schlechten Vorbild überhaupt nichts gelernt hatte. Lieber sterben? Für André wäre es besser, wenn er stürbe, als so

206

etwas zu erleben. Er war das wichtigste in ihrem Leben, und das würde sie nie vergessen, nie wieder, keine Sekunde. Zum Teufel mit Tolliver, und zum Teufel mit ihrer idiotischen Idee. Als sie zurücksetzte und wendete, dankte sie dem See für seine wiederbelebenden Kräfte.

Sie fühlte sich wunderbar befreit, als sie an der Kita ankam. Ihr Schritt war leicht, sie lächelte. André baute mit einem anderen Jungen zusammen eine riesige Burg aus Legosteinen.

»André? Mommy ist wieder da.«

»Tag, Mom. Ich baue eine Burg.« Er sah zu ihr hoch, dann auf seine Burg, demonstrativ.

»Ich seh's, Herzblatt. Weißt du was? Mommy hat für den Rest des Tages frei. Wir können jetzt in den Zoo gehen.«

André starrte zu Boden und sah tieftraurig aus. War er immer noch böse mit ihr?

»André, es tut mir leid, daß wir heute morgen nicht gehen konnten, aber dafür geht es jetzt. Das wird genauso lustig, ich verspreche es dir. Weißt du was, Liebling, wir können ein Boot nehmen. Es gibt ein richtiges Boot mit Segeln obendrauf, das fährt den Fluß hinunter direkt bis zum Zoo.«

Das hieß, wieder in die Stadt zurückzufahren, die ganze Strecke bis zum Riverwalk, aber das schuldete sie André, nachdem sie ihn alleingelassen hatte.

André starrte immer noch zu Boden. »Jetzt will ich nicht mehr.«

»Natürlich willst du, mein Herz. Sie haben weiße Alligatoren, Liebling – kleine Babys, die jemand im Fluß gefunden hat. Nur ganz wenige Kinder haben je einen weißen Alligator gesehen, und du kannst dir gleich viele auf einmal anschauen.«

André antwortete nicht. Sie nahm sein Handgelenk, zum Zeichen, daß er mit ihr kommen sollte. Er rührte sich nicht. »Nein!«

»André, komm mit!«

»Nein!«

Sie zog ihn jetzt hoch und sah, daß er weinte. »Liebling, bitte schrei Mommy nicht an.« Sie hatte es nicht verdient, daß man sie anschrie. Sie war jetzt eine gute Mutter. Heute morgen war sie eine schlechte Mutter gewesen, aber wie lange durfte André sie dafür bestrafen?

Er stand schluchzend da, mit einem Gesicht, als ob man ihm gerade erzählt hätte, daß sein Daddy in den Krieg ziehen würde. Sie nahm ihn auf den Arm und trug ihn zum Auto.

2

»Hollandaise *und* Rahmspinat?«

»So ist es, Madam.«

Die Frau rümpfte die Nase.

Ihr Ehemann meinte: »Versuch es doch mal, Marilyn. Sei doch mal ein bißchen unternehmungslustig.«

Sie redeten mit New Yorker Akzent, was sich an dem milden Südstaatenmorgen anhörte wie ein quietschender Fingernagel auf einer Tafel.

»Hat die weichhäutige Krabbe noch nicht gereicht?« Sie wandte sich an Henry: »Das Ding sah aus wie eine riesige Spinne. Mitten auf dem Teller. Ekelhaft.«

Er zwang sich zu einem Lächeln. »Vielleicht würden Madame ein Omelett vorziehen?« Er sagte »Madame« statt »Madam« – das erhöhte das Trinkgeld. Manchmal legte er sich sogar einen falschen französischen Akzent zu.

»Also ich nehme die Eggs Sardou«, sagte ihr Mann selbstgefällig in seinem einsamen Unternehmungsgeist.

»Und den dritten Bypass kriegst du noch dazu.« Zu Henry: »Für mich bitte nur etwas frisches Obst.«

Bei Brennan bestellt man kein frisches Obst, Idiotin. Hier holt man sich seine Herzverfettung und stirbt.

Er hatte letzte Nacht vom Tod geträumt. Er war wieder auf dem Friedhof gewesen, und da öffneten sie die Familiengruft. Chauncey lag schon drin, es ging nicht um Chauncey. Es ging um Bitty. Sogar an diesem Morgen bei all dem Betrieb im Restaurant überfiel ihn die Traurigkeit des Traumes erneut. Der Sarg war schon da, wie Chaunceys, zur Bestattung bereit. Er konnte es nicht ertragen. Er würde nicht zulassen, daß sie Bitty begruben. Er würde sie retten, sie wegschaffen. Er öffnete den Sarg, um sie herauszuholen, und sah, daß alles in Ordnung war. Nicht Bitty lag darin, sondern er.

Er hatte befürchtet, daß er Chauncey noch weiter vermissen würde, daß ihm sein Tod trotz allem leid tun würde. Aber jetzt war das Gefühl vorbei. Der Traum war das Zeichen. Chauncey war in seinem Traum schon tot, aber das machte nichts. Es machte überhaupt nichts, es hatte mit seinem Traum überhaupt nichts zu tun, und Chauncey hatte auch mit ihrer aller Leben nichts mehr zu tun.

»Paß auf, Junge!« Ein anderer Kellner, ein Tablett voller Gläser mit Ramos Fizz balancierend, wich ihm geschickt aus.

Bei der Beerdigung hatte er das Bedürfnis gehabt, sich in Bittys Nähe aufzuhalten, und wie ein altes Faktotum an ihr geklebt. Zu seinem Bedauern hatte er nur kurz Gelegenheit gehabt, mit den einzigen Verwandten zu sprechen, die er außer seiner Mutter ertragen konnte – seinen Großeltern väterlicherseits, Poppoo und Mommoo. Oder Pa-Père und Ma-Mère, wie die dämliche Marcelle, das ewige Fräulein Superbenimm, sie immer noch nannte. Henry war gerade alt genug gewesen, um selbständig zu denken, da hatte er ihre Spitznamen anglisiert. Sie waren ihm albern vorgekommen und paßten überhaupt nicht zu seinen bodenständigen Großeltern. Die Spitznamen waren Chaunceys Idee gewesen, ausnahmsweise zu Ehren seines St.-Amant-Erbes.

Vor Henrys und Marcelles Geburt hatte Bittys Mutter, Merrie Mac Mayhew, ein freundliches altes Haus in Covington am Bogue Falaya Fluß geerbt. Es war groß genug, um die zahlreichen lärmenden Mitglieder des MacDuff-Clans in den stickigen Sommermonaten zu beherbergen. Bitty hatte als Kind die Sommer dort verbracht, und nach Merrie Macs Tod gab ihr Vater das Haus an sie weiter. Bitty und Henry und Marcelle hielten sich im Sommer meistens dort auf, und Chauncey blieb wegen der Arbeit bei der Bank in der Stadt. Er besuchte sie an den Wochenenden, und Geegaw, Henrys Großvater Mayhew, kam gelegentlich mit. Mommoo und Poppoo waren fast immer bei ihnen.

Henry hatte diese Sommermonate geliebt. Damals war man gleich im Wald gewesen, sobald man den Causeway hinter sich gelassen hatte. In der Umgebung von Covington gab es Pinien und Platanen und Magnolien von unvorstellbarer Größe, so daß man draußen das Gefühl hatte, in einem hohen Raum zu stehen, in dem es nach Erde roch. Merrie Macs Haus knarrte unter der Last von Alter und Charakter. Es hatte ein spitzes Dach, eine Veranda mit Schaukel, einen Hof an der Seite und einen Schlafsaal, der mit Wandschirmen abgeteilt war.

Eines Tages hatte Henry gesagt: »Gehst du mit an den Fluß, Poppoo?«

Prompt hatte sein Großvater erwidert: »Na klar, Kidoo.« Von diesem Moment an benutzten beide ausschließlich diese Namen.

Bei dem Gedanken an Poppoo und Mommoo knallte Henry das leere Tablett auf den Tisch, womit er die strafenden Blicke seiner Kollegen auf sich zog. Er war wütend, weil es keine Entschuldigung dafür gab, daß Chauncey so ein Vater gewesen war. Poppoo und Mommoo waren wie das Salz der Erde, das absolute Gegenteil von allen Menschen, die er sonst kannte. Einfache Leute. Poppoo war Buchhalter, Mommoo einfach nur Großmutter. Poppoo verbrachte jeden Tag mit Henry, während Mommoo kochte und Bitty vor sich hin träumte. Mommoo setzte einen großen Topf Gumbo auf oder kochte Shrimps, und dann aßen sie alle draußen. Jeder Abend wurde zum Picknick, jeder Tag war so friedlich wie der Fluß selbst.

Poppoo war ein dicker, dunkelhaariger, gutmütiger Mann, der den ganzen Tag angelte und Bitty seine Beute überreichte, als ob er ihr schwimmende Schlüssel zum Himmelreich bringen würde. Beide beteten Bitty an, Mommoo und Poppoo, und Chauncey beteten sie genauso an.

Poppoo sagte immer: »Wie läuft's in der Bank, Chauncey? Zeigst du's ihnen ordentlich da drüben?«

»Alles läuft bestens, Dad«, antwortete Chauncey dann, und Poppoo wandte sich an jemand anderen und meinte: »Chauncey ist ein Goldkind, ein Junge, der alles kann. Mit Führungsqualitäten, schon immer. Hatte immer die besten Noten, war immer der Beste beim Sport.«

Und Chauncey grinste: »Mir blieb gar nichts andres übrig.«

210

Poppoo knuffte ihm in den Arm, und beide lachten. Poppoo behandelte Chauncey wie einen Prinzen, gab ihm das Gefühl, als wäre er ein König, der die Welt erobern könnte. Den ganzen Sommer erzählte Poppoo Geschichten über seinen Goldjungen, seinen Augapfel.

»Wir hatten damals diesen nichtsnutzigen Irish Setter Murphy, der tat nie was, lungerte bloß den ganzen Tag im Haus rum und kratzte sich wegen der Fliegen. Chauncey war noch 'n ganz kleiner Kerl, grade eben in der ersten Klasse, da kommt er nach Haus und zeigt mir sein Bild von Murphy. Ich schwör dir, ich konnt' mir nicht vorstellen, daß das 'n Sechsjähriger gemalt hat – sah richtig professionell aus, so gut war's. Aber das hab ich ihm nicht gesagt, ich hatte 'ne bessere Idee. Also sag ich zu Chauncey: ›Weißt du, das sieht mir aber nicht nach dem alten Murphy aus. Du mußt ihn malen, wie er sich kratzt. Der Hund hat doch immer 'ne Fliege im Pelz.‹ Der kleine Knirps guckt zu mir hoch und sagt todernst: ›Daddy, was meinst du, wo soll ich die Fliege hintun?‹

Ich sag: ›Genau da, gleich hinter dem linken Ohr.‹ Der kleine Kerl macht sich davon. Als er wiederkommt, hat er 'n ganz neues Bild dabei, und ich schwör's, der Hund ist *lebendig* geworden. Chauncey hat sein Hinterbein nach oben hinters Ohr gemalt, sieht aus, als ob's eine Meile pro Minute macht. Also sag ich: ›Chauncey, das ist so toll, das würd ich mir gern ausleihen und mit ins Büro nehmen, geht das?‹ Chauncey sagt: ›Natürlich, Daddy.‹

Er hat's nicht gewußt, aber ich hatte in der Zeitung was gelesen über 'nen Wettbewerb für ein Stipendium an dieser Kunstschule, die eine Dame im Quarter aufmachen wollte. Also hab ich das Bild eingeschickt, und weißt du, was passiert ist? Es hat den zweiten Platz gemacht.«

Bitty, der er die Geschichte erzählt hatte, gab bewundernde Laute von sich, und dann sagte Poppoo: »Ich hab zu ihm gesagt, Chauncey, du mußt einfach beim nächsten Mal besser sein. Er meinte: ›Aber Daddy, ich will gar nicht an die Kunstschule.‹ Ich sagte: ›Klar willst du.‹ Und weißt du was? Im nächsten Jahr hab ich's wieder gemacht. Ich hab ihn einfach angemeldet, ohne

211

ihm was zu sagen, und in dem Jahr hat er gewonnen.« Er brach ab und fing an zu kichern. »Dieser Chauncey. Mußte immer der Beste sein. Was anderes kam für meinen Jungen gar nicht in Frage.«

Er ließ einen Moment verstreichen und sagte dann: »Am Ende war er von der Kunstschule ganz begeistert. Stimmt's, mein Junge?«

Chauncey hatte geantwortet: »Ich weiß es nicht mehr, Dad.«

Henry überkam jedesmal die Wut, wenn er an die Geschichte dachte. Auch er hatte ein Bild von einem Hund nach Hause gebracht, und Chauncey hatte gesagt: »Sieht aus wie eine Katze, mein Sohn. Warum machst du seine Ohren nicht länger?« Henry fühlte sich so gedemütigt, daß er niemals wieder ein Bild vorzeigte.

Er brachte dem New Yorker Pärchen die Eggs Sardou und das Obst. Mit dem gewünschten frischen Obst hatte das wenig gemeinsam. Er hatte Madame Bananas Foster aufgeschwatzt. Sie würde es mögen und davon mindestens zwei Pfund zulegen, ihm würde es doppelt so viel Trinkgeld einbringen wie für ein normales Frühstück. Er hoffte, daß er das Flambieren hinbekam.

Als er den Rum anzündete, ruhten die Augen von Madame liebevoll auf ihm, beiläufig, als ob er ihr Enkelsohn wäre. Sie war ungefähr in Mommoos Alter und ebenfalls grauhaarig (allerdings mit einem glatten Kurzhaarschnitt statt der Heimdauerwelle).

Henry beschloß, bei Mommoo und Poppoo anzurufen, um sie in dieser Woche zu besuchen. Chauncey hatte ihnen die kalte Schulter gezeigt. Nie lud er sie irgendwohin ein, statt dessen verbrachte er seine Zeit damit, um Bittys schreckliche Eltern herumzuscharwenzeln. Henry wünschte sich, sie hätten nicht unter Chaunceys Ehrgeiz leiden müssen. Und das galt doppelt für jemand anderen, den er gerne angerufen hätte. Für LaBelle, die Frau, mit der Chauncey sogar noch rücksichtsloser umgegangen war als mit ihm oder Bitty oder seinen Eltern.

Er goß den Rum über die Bananen. »Bon appétit«, wünschte er den New Yorkern.

Rebellionen

1

Übel gelaunt, mit dröhnendem Schädel und überhaupt nicht in der Verfassung zu arbeiten, zog Skip Dienstkleidung an – einen Pullover und den beigefarbenen Rock. Wenigstens paßten die häßlichen Schuhe zu diesem Outfit.

Ihre romantischen Gefühle hatten sich mit dem grellen Licht des Morgens (zum ersten Mal war der Himmel klar) verflüchtigt, als Steve ihr Pfannkuchen vorsetzte und versuchte, sie zum Essen zu überreden. Sie hatte ihn gebeten, sie nach Hause zu bringen, aber er weigerte sich, wenn sie sich nicht von ihm verpflegen ließ. Wie kann man nur so autoritär sein.

Während sie die Teigscheiben anstarrte, dachte sie wehmütig an Claude aus dem Abbey. Vielleicht eignete sie sich einfach nicht zur Häuslichkeit. Sie nahm einen Bissen und zwang sich, ihn hinunterzuschlucken. Oder der Typ war nicht der Richtige für sie.

Bei Tageslicht traute sie ihm nicht. Er war aufgewacht, zu ihr herübergerollt und hatte gesagt: »Bleib heute bei mir.«

»Ich muß arbeiten.«

»Nimm mich mit.«

Ihn mitnehmen! Sie war Polizistin. »Du weißt, daß ich das nicht kann.«

»Warum nicht?«

»Würdest du mich dabeihaben wollen, wenn du drehst?«

»Natürlich, ich würde dich filmen.« Er strich ihr mit dem Zeigefinger über eine Augenbraue.

»Ich bin Polizistin, Steve. Ich darf das nicht.«

»Was darfst du nicht?«

»Einen Zivilisten in Gefahr bringen. Mich von der Arbeit ablenken lassen. Diesen Fall verharmlosen. Das ist kein Film, das ist Realität.« Sie konnte ihren eigenen Tonfall nicht leiden.

Er auch nicht, wenn sie sein Pfeifen richtig verstanden hatte.

»Tut mir leid, aber es geht einfach nicht, das ist alles.«

»Ich verstehe.«

Sie war nicht sicher, ob er sie wirklich verstand. Warum war er sonst so hartnäckig? Er nahm ihren Beruf einfach nicht ernst. Wieder fragte sie sich, ob er sich nicht in erster Linie für ihren Job interessierte – für die Informationen, die er von ihr bekommen konnte, das Lokalkolorit – und nicht für sie als Mensch.

Komm schon, Skip. Du hast damit angefangen, nicht er.

Aber vielleicht war sie nur schlechter Laune wegen der Aufgabe, die ihr heute morgen bevorstand. Um Zeit herauszuschinden, hielt sie erst am Präsidium und besorgte sich das Strafregister von Calvin Hogue. Sehr gut – der Typ sah nach einem Gelegenheitsdealer aus. Vielleicht hatte sie damit etwas in der Hand.

Sie zwang sich dazu, in den Aufzug zu steigen, und fuhr nach oben zu Duby.

»Hallo Skip. Setzen Sie sich. Wie geht es Ihnen?«

Sie zuckte mit den Schultern. »Nur eine Gehirnerschütterung. Wird schon vorbeigehen.«

»Die Jungs glauben, daß der St.-Amant-Mörder Ihnen eins übergebraten hat – und daß Sie wissen, wer er ist.«

»Ich hätte nie gedacht, daß man mir so viel zutraut.«

Er winkte ab. »Ach was, die tun bloß so.«

»Ich glaube wirklich, daß ich etwas weiß. Eine Frau ist in diese Sache verwickelt, und ich kann sie nicht auftreiben.«

Sie erzählte ihm, was sie über LaBelle wußte. Als sie fertig war, verzog er keine Miene. Er gab keinen Kommentar ab und klopfte ihr nicht auf den Rücken. Er sagte nur: »Fühlen Sie sich fähig weiterzuarbeiten?«

»Natürlich.« Aber sie war sich gar nicht so sicher.

»Dann finden Sie sie.«

»Ich werde mich bemühen.«

»Hören Sie, irgendwann muß sie mal nach Hause kommen. Überwachen Sie ihr Apartment. Bleiben Sie da, bis Sie sie hineingehen sehen. Ganz einfach.«

Nicht ganz so einfach für eine weiße Frau, wollte sie sagen, aber sie fürchtete, zimperlich und unprofessionell zu wirken.

»Allein?«

Er nickte.

»Werden Sie diesen Job rund um die Uhr besetzen?«

»Wissen Sie eigentlich, wie viele Beamte ich zur Verfügung habe, verdammt noch mal?«

Eine Überwachung mit einer einzigen Person war äußerst ungewöhnlich. Aber Dubys Verärgerung über ihre zweite Frage hatte ihr gezeigt, was dahinterstand – mit Personalmangel hatte das nichts zu tun. Es ging darum, dem Polizeipräsidenten einen Gefallen zu tun, indem er sie einsetzte, selbst wenn Duby den Einsatz für unwichtig hielt. Es machte ihr nichts aus. Bis auf die Tatsache, daß Überwachungen für sie zu den Höllenqualen zählten. Alles hätte sie lieber getan, wenn sie damit LaBelle hätte finden können.

Sie ging zum Morddezernat und suchte nach Tarantino – um ihr Versprechen einzulösen. Weder er noch O'Rourke waren da, was ihr nur recht sein konnte. Ihr Kopf schmerzte viel zu sehr, um zu reden. Sie hinterließ eine Nachricht für Joe.

Sie wollte so schnell wie möglich nach Tremé, in der stillen Hoffnung, daß sie LaBelle noch antreffen würde, die sich nach einer anstrengenden Nacht in Ausübung ihres Gewerbes jetzt vielleicht ausschlief. Aber so, wie sich das Glück zur Zeit ihr gegenüber verhielt, glaubte sie nicht daran. Also fuhr sie erst nach Hause und zog sich Jeans, einen dunklen Pullover und ein blaues Halstuch an. So sah sie zwar immer noch wie eine Weiße und eine Fremde aus, aber nicht mehr unbedingt wie ein leichtes Ziel für einen Überfall.

Weder LaBelle noch Calvin Hogue reagierten auf ihr Klingeln. LaBelles Apartment lag im Erdgeschoß, vermutlich von den beiden mittleren das rechte. Sie ging zur rechten Seite des Gebäudes. Vorhänge, Rollos, Jalousien oder angepinnte Laken verdeckten alle Fenster im Erdgeschoß – die Intimsphäre stand offensichtlich in dieser Gegend hoch im Kurs. Das mittlere Apartment hatte Blenden aus Reispapier, eine davon mit einem winzigen Riß am unteren Ende, etwa von der Größe eines Nikkels. Skip fand zwei Mauersteine, auf denen sie stehen konnte und zog sich hoch. Falls dies LaBelles Apartment war, hatte sie sich zumindest nicht aus dem Staub gemacht. Sie konnte ein ordentliches Schlafzimmer erkennen, mit einem Bett auf einem Podest, einer Frisierkommode aus den Dreißigern und den üblichen Nachttischen und Lampen. Auf dem Bett lag ein Pullover, als ob LaBelle es sich beim Ankleiden im letzten Moment noch anders überlegt hatte und dann in aller Eile aus dem Zimmer gestürzt war.

Skip ging zurück zur North Villere Street. Das ausgebrannte Haus würde ihr als Beobachtungsposten dienen müssen. Aber es war vernagelt, und die Bretter abzureißen wäre viel zu auffällig. Sie ging um den Bau herum, in der Hoffnung, ein Fenster zu finden, das man von der Straße nicht sehen konnte. Sie fand auch eines, aber offensichtlich war schon jemand vor ihr dagewesen. Ein Blick ins Innere zeigte ihr, daß diejenigen noch da waren – drei Teenager, die einen Haufen Fünfer und Dollarnoten aufteilten. Mist! Vermutlich hatten sie gerade die Bar an der Ecke ausgehoben. Sie könnte Verstärkung anfordern, aber damit würde sie Aufmerksamkeit auf sich lenken, die sie nicht gebrauchen konnte.

Durch das Fenster rief sie: »He, ihr Fritten-Banditen – wo habt ihr das grüne Zeug her?«

Sie blickten langsam hoch, eiskalt und ohne mit der Wimper zu zucken. Einer von ihnen trug ein orangefarbenes T-Shirt. Er sagte: »Wir kümmern uns um einsame Ladys, Mutter. Wie wär's denn mit dir?«

Sie hielt ihre Marke hoch. »Du hast noch einen Versuch, Junghengst.«

»Äh – wir ham 'n Limonadenstand!«

Seine beiden Kumpel wälzten sich kichernd am Boden.

»Haltet's Maul!«

Stille.

»Eure Namen?«

»James Guyton.«

»Albert Tree.«

Der im orangefarbenen T-Shirt sagte: »Ralph Leonard.«

»James. Wieviel Geld ist das?«

James trug eine umgedrehte Baseballmütze. Er blickte zu

Boden wie ein Kleinkind, und das war er auch noch. »Fünf-
'nachtzig Dollar.«

»Wo habt ihr das her?«

»Wir ham was verkauft.«

Sie brüllte: »Was, verdammt noch mal?«

Ralph meint: »Sag nichts, James.« Er begann, auf Skip zuzu-
gehen, die am Fenster lehnte. Sie zog ihre Pistole. »Bleib stehen.«
Ralph hielt an und hob langsam die Hände. »He. Ich hab nix
gemacht.«

»Stellt euch an die Wand.«

»Okay, wer von euch hat einen Ausweis?«

James Guyton warf seinen Führerschein auf den Boden. »Gut.
Wohnst du immer noch unter dieser Adresse?« Er nickte. Sie
steckte den Führerschein ein. »Okay, Jungs. Ich hab einen Vor-
schlag. Ihr kommt nicht in den Knast und behaltet das Geld.
Wenn ihr's gestohlen habt, dann schickt es zurück. Ihr habt drei
Tage Zeit. Wenn ich irgendwas höre, daß in dieser Gegend fünf-
undachtzig Dollar geklaut worden sind und das Geld nicht wieder aufgetaucht ist, dann seid ihr dran. Kapiert?«

Sie nickten, verblüfft, aber schlau genug, um vor einer überdi-
mensionalen Frau mit einer Pistole zu kuschen. »Wenn ich
nichts höre, dann schicke ich den Führerschein zurück. Das ist
alles, was ich für euch tun kann. Und jetzt zu dem, was ihr für
mich tun könnt. Tretet das Fenster da drüben ein, verschwindet
dahinter und kommt nicht mehr wieder.«

»Und was noch?« fragte Albert Tree.

»Benehmt euch und seht zu, daß ihr nicht noch mal Probleme
kriegt.«

Ralph fragte: »Das ist alles?«

»Das ist alles.«

Ohne weitere Diskussionen abzuwarten, folgten sie ihren Instruktionen. Das Fenster, das sie von ihnen eintreten ließ, war
vernagelt gewesen und verschaffte ihr jetzt eine nette Aussicht
auf LaBelles Haus. Wenn sie am anderen Ende des Raumes auf
dem Boden saß und das Kinn reckte, sah sie ganau auf die Tür.
Der versengte Geruch im Zimmer war gottserbärmlich.

Sie versuchte es im Schneidersitz, im Lotussitz, sie schlang

217

die Arme um die Knie. Sie streckte sich, ging auf und ab, beugte sich vornüber, um die Zehen zu berühren. Sie beobachtete einen fast gewalttätigen Ehekrach und ein Gespräch, bei dem es nur um Drogen gehen konnte. Sie sah drei ziemlich kleine Kinder im Haus verschwinden und einen älteren Mann. Für eine Cola hätte sie einen Mord begehen können. Nach einiger Zeit übertönte ihr knurrender Magen die Geräusche von der Straße.

Das Bedürfnis zu pinkeln zwang sie schließlich zu gehen. Sie kannte unendlich viele Geschichten über Beschattungen, die schiefgingen, weil der Bulle im entscheidenden Moment weggeguckt hatte, um sich die Schuhe zuzubinden oder ähnliches, außerdem kannte sie ihre Anweisungen. Aber sie wollte verdammt sein, wenn sie sich die Hosen runterzog, um in einem abgebrannten Haus in die Ecke zu pissen.

Draußen aß sie einen Hamburger und kam zurück, gestärkt für weitere höllische Stunden. Als erstes sah sie in LaBelles Fenster, um sicherzugehen, daß sie nicht inzwischen zurückgekehrt war. Der Pullover lag immer noch auf dem Bett. Sie klingelte, niemand öffnete, und klingelte bei Calvin Hogue. Eine männliche Stimme tönte durch die Sprechanlage. »Hallo?«

»Polizei«, sagte sie.

Der Mann an der Tür sah wie Anfang vierzig aus, trug ein Unterhemd und Khakihosen. Er hatte eine Narbe auf der rechten Wange und gelblich-weiße Augen.

»Jeweldean Sanders hat mir gesagt, daß Sie LaBelle Doucette kennen.«

»Kenn Sie vom Sehen. Sie zahlt pünktlich die Miete.«

»Wohnt sie schon lange hier?«

»So an die sechs Monate. Ist aber viel unterwegs. Meistens ist die sowieso nicht da. Ehrlich gesagt, glaub ich, sie arbeitet bei Kongressen.«

»Dann verdient sie wohl ganz gut.«

Er zuckte mit den Schultern. »Trotzdem wohnt sie immer noch hier in dem Dreck.«

»Hat sie manchmal Besuch?«

»Nee, wirklich nicht. Miss LaBelle Doucette doch nicht. Eher würde sie den Gouverneur zum Tee bitten, bevor sie einen Freier hierher bringt. Miss LaBelle – die hat *Uptown*-Kundschaft.«

»Ich meinte eigentlich keine Freier. Ich dachte an eine Frau – vielleicht eine Schwester oder Freundin.«

»Ne, bestimmt nicht. Niemand außer dem einen Typ, den sie herbestellt. Der verschafft ihr, was sie braucht.«

»Stoff?«

Hogue nickte. »Das wird's wohl sein, weshalb sie noch hier wohnt. Kommt von dem Zeug nicht mehr los.«

»Sind Sie mit ihr befreundet?«

Er dachte darüber nach, zuckte schließlich mit den Schultern. »Kann man nicht direkt sagen.«

»Sehr gut. Dann werden Sie ihr auch nicht erzählen, daß ich nach ihr suche.«

»Ich weiß noch nicht mal, wann sie wiederkommt. Hab sie lang nicht mehr gesehn – seit zwei oder drei Wochen.«

»Zwei oder drei Wochen!«

»Mindestens. Macht sie öfter. Bleibt wochenlang weg.«

»Wissen Sie, wo sie dann ist?«

»Hab ich doch schon gesagt, ich glaub, daß sie bei Kongressen arbeitet. Vielleicht in Atlanta oder Dallas – und bleibt da 'ne Weile.« Er zuckte mit den Schultern. »Vielleicht auch nur in Baton Rouge.«

Skip dachte nach. Auf keinen Fall würde sie hier rumhängen, bis LaBelle von einer Reise zurückkam. »Hören Sie, ich habe heute einen Blick auf Ihr Strafregister geworfen. Sie könnten einen Freund wie mich gebrauchen.«

»Ach nee! Und was wollen Sie für mich tun?«

»Weiß ich nicht. Das hängt von den Umständen ab. Wenn man Sie vielleicht wieder einsperrt, könnte ich sagen, daß Sie ein anständiger Kerl sind, der mir mal in 'ner Sache ausgeholfen hat. Ich könnte vielleicht ein bißchen Geld auftreiben, wenn Ihnen das lieber ist.«

Er zog die Mundwinkel nach unten wie ein beleidigtes Kind. »Ich verpfeif niemanden.«

»Sie sollen niemanden verpfeifen. Sagen Sie mir einfach Bescheid, wenn LaBelle wieder zurückkommt, das ist alles. Sie ist keine Freundin von Ihnen, oder? Und wahrscheinlich wissen Sie Bescheid, was sie mit Jeweldean gemacht hat. Das war nicht nett von ihr, Calvin.«

»He, wo Sie von Jeweldean reden, können Sie mir 'nen Freischuß besorgen?«

»So gut wie passiert.« Falls Jeweldean es nicht umsonst machte, konnte sie immer noch selbst dafür bezahlen.

Sie gab Hogue ihre Telefonnummer, schrieb sich seine auf und ging mit dem Gefühl, einen hervorragenden Beschiß geliefert zu haben. Man konnte sich daran gewöhnen, so allein zu arbeiten. Niemand konnte überprüfen, wie man arbeitete.

2

»Mr. Albert, hätten Sie vielleicht eine Minute Zeit für uns?« Der Dunkelhaarige hatte geredet, der freundlichere.

Ich hätte noch nicht mal einen Nickel für euch übrig, selbst wenn ihr am verhungern wärt. Verschwindet und laßt uns alle in Frieden.

»Tag, Inspektor – Officer –«

»Sagen Sie Joe und Frank zu uns. Joe Tarantino und Frank O'Rourke.« Er erinnerte sich, die beiden im Boston Club gesehen zu haben, aber nur vage. Er hatte gewußt, daß sie kommen würden, aber mit Marcelles Besuch hatte er nicht gerechnet. Sie hatte ihn aus dem Gleichgewicht gebracht, und jetzt war er auf die beiden nicht vorbereitet.

»Wie kommen Sie in der Sache voran? Irgendwelche Spuren?« So ähnlich drückten sie sich doch immer im Fernsehen aus.

»Wir kommen der Sache näher, aber wir müssen Ihnen noch ein paar Fragen stellen.«

»Ich werde mein Möglichstes tun.« Er hoffte, daß er diesmal durchhalten würde. Bei Marcelle hatte er alles vermasselt.

»Es geht um die Dekoration an ihrem Balkon. Sie haben gesagt, daß Sie die Dekoration nicht dort angebracht hätten.«

»Ich habe das Zeug vorher noch nie gesehen.«

»Können Sie sich vorstellen, aus welchem Grund der Mörder das getan haben könnte?«

Er ließ ein paar Sekunden verstreichen, als ob er nachdenken würde. »Keine Ahnung«, sagte er. Er hoffte, daß er sich das Zucken in seinem Auge nur einbildete.

»Mr. Albert«, sagte der andere, der gutaussehende Blonde, »Sie sagten, Sie hätten die Party am Dienstag nicht verlassen.«

Dienstag, Mardi Gras meinten sie. Die Party im Boston Club. »Das ist richtig«, sagte er.

»Nun, Mr. Albert, wir fragen uns, ob Sie vielleicht doch weggegangen sind, es aber nur vergessen haben.«

»Bei allem nötigen Respekt, Officer, aber es ist erst zwei Tage her.«

»Man hat Sie im Club beobachtet, Sir.«

Tolliver fuhr sich mit einer Hand übers Gesicht. Was sollte das? »Beim Verlassen des Clubs?«

»Jawohl, Sir.«

»Darf ich fragen, von wem?«

Der Fette zog ein Notizbuch heraus und blätterte darin. »Von einer Mrs. – äh – Kerlin. Teata Kerlin.«

»Tea-Ta.«

»Bitte?«

»Tea. Ta. nicht Teata. Ihre ältere Schwester nannte sie so, aber mich wundert, daß das noch jemand weiß; Deeanna ist seit zehn oder zwölf Jahren tot. Tea-Ta muß inzwischen, na ja, fünfundsiebzig sein.« Und noch immer eine Schönheit. Das weiße Haar zu einer Frisur zusammengesteckt, die man früher Chignon nannte – jetzt hieß das bestimmt anders. Oder vielleicht auch nicht, wenn man bedachte, daß Tea-Tas Frisur ganz genauso aussah wie vor dreißig Jahren. Sie hatte einen Iren geheiratet, aber Tea-Ta war eine typische kreolische Aristokratin, mit viel spanischem Blut. Eher hätte sie der Meute vom Balkon des Boston Clubs aus den blanken Hintern hingestreckt, bevor sie unter die Schnüffler ging, dabei hatte sie einen Zinken von der Größe eines kleinen Pimmels. Er paßte hervorragend zu ihr, bei ihren Haaren und den hohen Wangenknochen. An diesem

Tag, am Mardi Gras, hatte sie mauvefarbene Spitzen getragen... »Ja. Ich habe Tea-Ta gesehen. Jetzt erinnere ich mich.«

»Um wieviel Uhr war das, Sir?«

»Wieviel Uhr? Ich weiß es nicht. Vor der Parade. Entschuldigen Sie, vor dem Mord.« Er straffte seine Schultern und bemühte sich, ihnen mutig entgegenzutreten. Tea-Ta hatte gesagt: »Du gehst schon, Tolliver?« Aber er hatte kein Wort herausgebracht in dem Moment.

»Sie war gerade gekommen. Jetzt fällt es mir wieder ein.«

»Sie waren auf dem Weg nach draußen?«

»Ja.«

»Wohin sind Sie gegangen, Sir?«

»Ich hatte Kopfschmerzen. Ich wollte meine Tabletten holen.«

»Und haben Sie die Tabletten geholt?«

Die Tabletten waren in der Wohnung. »Nein. Das Gedränge war höllisch.«

»Wo befanden sich Ihre Tabletten?«

»In meinem Wagen.«

»Wir dachten, Sie wären mit Mrs. St. Amant gefahren?«

Er schwitzte, sein Kopf begann zu schmerzen. »In ihrem Wagen, meine ich. Ich hatte sie im Handschuhfach liegengelassen. Aber ich habe den Wagen nicht gefunden.«

»Sie haben ihn nicht gefunden, Sir? Soll das heißen, daß er nicht mehr da stand, wo Sie ihn geparkt hatten?«

Er öffnete seine Hände. »Ich bin nicht so weit gekommen, wissen Sie. Das Gedränge war so dicht, daß ich nicht durchkam.«

»Der Mörder ist durchgekommen.«

Was sollte er dazu sagen? »Es ging mir an dem Tag nicht gut.«

Der Blonde redete weiter. »Eine letzte Frage, Mr. Albert! Besitzen Sie einen Schlüssel für den Wagen von Mrs. St. Amant?«

»Nein, wozu denn. Warum fragen Sie?«

»Wie wollten Sie dann an Ihre Tabletten rankommen?«

Er legte eine Hand unters Kinn. »Nun, ich wäre gar nicht drangekommen. Jetzt verstehe ich, was Sie sagen wollen.« Er hielt einen Moment inne und schüttelte dann heftig den Kopf, er hoffte, überzeugend zu wirken. »Ich konnte nicht klar denken.« Er tippte sich an den Schädel. »Wegen der Kopfschmerzen.«

»Hatten Sie viel getrunken, Mr. Albert?«

»Nein, natürlich nicht.«

»Wissen Sie, diese Geschichte klingt verflucht mager«, meinte der Blonde. »Erst behaupten Sie, Sie hätten den Club nicht verlassen, dann sagen Sie, doch, aber ohne zu tun, was Sie tun wollten, und dann erzählen Sie, daß es sowieso gar nicht gegangen wäre.«

Der dicke Dunkelhaarige zog an seinem Ärmel. »Frank. Halt die Luft an.«

»Würden Sie jetzt bitte gehen?« sagte Tolliver. »Ich glaube, ich habe alle Fragen so gut ich konnte beantwortet.«

Er drehte sich um und ging zum Hinterzimmer seines Ladens – warum, wußte er auch nicht so genau. Um einfach wegzukommen. Er machte einen Satz nach vorne, weil er hinter sich ein Geräusch gehört hatte. Aber es war nur jemand hereingekommen. In letzter Zeit zuckte er bei jeder Kleinigkeit zusammen.

Skip Langdon, ausgerechnet, stand mitten im Laden neben dem Porzellan und sah exakt wie der sprichwörtliche Elefant aus. Was war sie doch für eine unfeminine Frau! Und noch dazu in diesen schrecklichen Jeans, in denen ihre Hüften und Oberschenkel wie Ausläufer einer mittleren Gebirgskette aussahen. Aber ein hübsches Gesicht hatte sie. Wenn sie dreißig Pfund abnehmen und sich die Haare schneiden würde…

Was zum Teufel wollte sie eigentlich hier. Dieses Mädchen kannte die St. Amants seit dem Tag ihrer Geburt – wahrscheinlich waren sie sogar bei ihrer Taufe gewesen. Ihr Vater hatte sich zeit ihres Lebens um die ganze Familie gekümmert und davor auch schon. Ach was, viel früher, nach dem Tod seines Partners – des alten Dr. Eustache – war Dr. Langdon Merrie Macs Hausarzt geworden. Warum konnte diese Frau die Familie nicht in Ruhe lassen?

»Tag, Mr. Albert.«

»Hallo Skip.« Er hoffte, daß man ihm seinen Unwillen anhörte.

Skip kam näher. »Stimmt irgendwas nicht? Fühlen Sie sich nicht wohl?«

»Nicht besonders. Zwei von deinen Kollegen sind gerade gegangen.«

»Oh, Tarantino und O'Rourke. Sagen Sie mal, war der Blonde mürrisch und der andere etwas freundlicher?«

»Ich sehe, du kennst die beiden Herren.«

»Dieser O'Rourke kann mich nicht ausstehen. Ich habe mich bloß gefragt, wie er mit anderen Leuten umgeht.«

»Als ob er den Polizeijargon aus dem Fernsehen gelernt hätte.« Das entlockte ihr ein Lächeln. »Du bist hoffentlich nicht wegen der selben Sache hier, oder? Der alte Tolliver hat einiges hinter sich.«

»Na ja, ich habe mich bloß gefragt...«

»Ihr solltet dem Ganzen ein Ende machen.« Er schüttelte seinen Kopf wie ein alter Mann, der nicht mehr aufhören konnte. »Das ist zu viel... für mich, für Henry und besonders für Bitty. Du weißt, wie empfindlich sie ist. Ihr könnt einfach nicht so weitermachen.

Viel länger halten wir das nicht aus, speziell von dir. Du solltest dich schämen. Ein Mädchen aus guter Familie, dessen Vater sich seit einem Vierteljahrhundert um jedermann in der Stadt kümmert und dessen Mutter in all den Jahren soviel Gutes getan hat. Du hättest doch alles mögliche machen können. Was findest du nur an der Polizeiarbeit? Herumzuschnüffeln, hinter den Leuten herzuhetzen... wirklich, Skip, das ist doch nichts für dich...«

Er hatte das dumpfe Gefühl – ein merkwürdiges Gefühl –, daß er diesen Vortrag besser hätte bleibenlassen sollen, daß er sich irgendwie danebenbenahm. Aber in welcher Beziehung daneben? Alles, was er sagte, entsprach der Wahrheit. Das *Mädchen* benahm sich daneben. Und das hatte er ihr gesagt, irgend jemand mußte es ihr sagen. Dieser ehrgeizige Quacksalber von einem Vater kam offensichtlich überhaupt nicht mit ihr zurecht.

»Sieh mal, ich kann das aushalten. Ich habe in meinem Leben viel ausgehalten und kann wahrscheinlich noch eine Menge mehr ertragen. Aber Bitty! Die arme Bitty! Du weißt doch, was mit ihr los ist, die ganze Zeit schon, seit sie das Baby verloren hat. Das ist einfach nicht recht.«

»Ein Baby? Bitty hatte eine Fehlgeburt?«

»Nein, nein, nein. Ein *Baby*. Du weißt schon.«

»Ich glaube eigentlich nicht.«

»Aber das weiß jeder.« Wirklich? Oder war sein Leben mit dem der St. Amants so sehr verflochten, daß er glaubte, alle wären über jeden Augenblick ihres Lebens genausogut informiert wie über die Personen in ›Dallas‹? »Das dritte Kind«, sagte er, »das nach Marcelle geboren wurde und kurz darauf starb. Damals hat Bitty angefangen zu trinken.«

»Ach so. Sie stehen der Familie sehr nahe?«

»So nahe man jemandem kommen kann, mit dem man nicht verwandt ist.« Wesentlich näher als Chaunceys Eltern, die Chauncey gehaßt hatte. Bitty hatte Tolliver erzählt, warum das so war.

»Kannten Sie Chaunceys frühere Sekretärin, Stelly Villere?«

Er fühlte sich jetzt gelassener. Die Tabletten schienen zu wirken. Aber die Wendung, die das Gespräch nahm, gefiel ihm nicht. »Ja. Jeder kannte sie.« Schon wieder dieses Gefasel. Wie Kleinstadtgeschwätz.

»Soweit ich weiß, hatte Chauncey eine Affäre mit ihr.«

»Darüber weiß ich nichts.«

»Wissen Sie, warum sie gegangen ist?«

Weil Chauncey so ekelhaft zu ihr war.

»Ich hatte gedacht, daß sie einen besseren Job gefunden hat.«

Mutterschaft ist doch ein besserer Job, oder?

»Ach ja? Wissen Sie wo?«

»Keine Ahnung.«

»Mir ist zu Ohren gekommen, daß Chauncey sich regelmäßig mit seinen Sekretärinnen einließ.«

»Du hast deine hübschen Ohren jedenfalls offengehalten.« Na. Das klang schon eher nach dem charmanten Tolliver, den alle Damen liebten.

»Und Prostituierte?«

»Ich kann dir nicht ganz folgen.«

»Hat er sich mit Prostituierten eingelassen?«

»Wo, um alles in der Welt, hast du das gehört?«

»Tolliver, ich verstehe Sie wirklich nicht. Sie reden davon, was ›jeder‹ weiß, solange es Ihrem kostbaren Chauncey nicht schadet. Sie wissen genausogut wie ich, daß ›jeder‹ über die Sekretärinnen Bescheid wußte. Aber ich kann Ihnen etwas erzählen, was Sie vielleicht nicht wissen – Chauncey *hatte* sich mit einer Prostituierten eingelassen. Sie hat ihn zu Hause und einmal in seinem Büro aufgesucht. Bei beiden Gelegenheiten schien sie extrem wütend auf ihn zu sein. Ich glaube, wir können mit einiger Berechtigung annehmen, daß er von jemandem umgebracht wurde, der extrem wütend auf ihn war, oder?«

Mein Gott, sie weiß von LaBelle!

Sie legte eine Hand auf seine, plötzlich war sie wieder das Mädchen, das er von klein auf gekannt hatte. Ganz sanft sagte sie zu ihm: »Sie können ihn jetzt nicht mehr beschützen, Tolliver. Helfen Sie mir, seinen Mörder zu finden.«

Er hielt sich zurück mit seiner Antwort, um sich ihrer neuen Stimmung anzupassen. »Skip, glaubst du nicht, daß ich das gerne tun würde? Glaubst du nicht, daß ich alles tun würde, um dir zu helfen? Kleines, es tut mir wirklich leid, daß ich so abweisend zu dir war. Du hast ja recht. Natürlich hatte er eine Affäre mit Stelly und Sheree und allen seinen Sekretärinnen. Das war allgemein bekannt. Aber Prostituierte! Das ist wirklich etwas ganz anderes.«

»Sie ist kein Strichmädchen. Vielleicht habe ich mich nicht klar genug ausgedrückt. Dieses Mädchen ist eher ein Callgirl. Hinreißend, hat man mir gesagt. Bedient möglicherweise ziemlich feine Kundschaft.«

Er zuckte mit den Schultern. »Ich weiß nichts davon. Weißt du, ehrlich gesagt glaube ich, daß der Mörder ein politisches Motiv hatte – das habe ich von Anfang an gedacht. Chauncey hatte Feinde in beiden Lagern, und er war mächtig genug…«

»Tolliver, ich muß herausfinden, wer diese Frau war. Könnte es sein, daß er sie kennengelernt hat, ohne von ihrem Gewerbe zu wissen?«

»Wie soll ich das wissen? Ich habe noch nie von ihr gehört.«

»Also, erst mal ist sie Schwarze. Sie heißt LaBelle Doucette. Fällt Ihnen dabei irgendwas ein?« Er schüttelte den Kopf.

Sie beschrieb die Frau. »Haben Sie sie je gesehen?«

»Bestimmt nicht.«

»Denken Sie lange Zeit zurück. Könnte es sein, daß Sie sie mit Stelly zusammen gesehen haben?«

»Ich *glaube* nicht. Stelly ist schon lange nicht mehr da.« Er schüttelte den Kopf und verschränkte die Hände, wohl wissend, daß sie zitterten.

Reaktionen

1

Einen Schritt nach dem anderen. Bitty hielt sich am Geländer fest und bewegte sich langsam vorwärts. Hatten sie das nicht bei den Anonymen Alkoholikern gesagt? Nein, aber so was Ähnliches. Sie hatten über Tage geredet. Bitty hatte in letzter Zeit viele Tage ohne Alkohol überstanden, und sie betete zu Gott, daß sie das nie wieder nötig haben würde. Heute morgen hatte sie sich einen Mimosa zum Frühstück gemixt und dann noch einen und jetzt wieder einen. Ein Ramos Fizz wäre ihr lieber gewesen, aber den konnte sie nicht selbst zubereiten, und Yvonne würde sie nicht bitten; Yvonne arbeitete jetzt für sie, und nur deshalb ließen Tolliver und Henry sich dazu überreden, überhaupt noch nach Hause zu gehen. Sie hatten sie nicht alleinlassen wollen, und sie liebte sie dafür, aber sie mußte eine Zeitlang allein sein. Um sich in den Schlaf zu trinken und dann zu schlafen. Und dann aufzuwachen und zu weinen und wieder zu schlafen.

Nach dem Frühstücks-Mimosa hatte sie geschlafen. Es ging jetzt auf den Nachmittag zu, und sie wußte, daß sie etwas zu Mittag essen mußte, aber ihr war überhaupt nicht danach. Sie wollte Wein. Wunderbaren, kühlen Weißwein. Und sie brauchte ihn sofort. Der Schmerz überwältigte sie, hielt sie gefangen, machte sie zu einem zappelnden Fisch im Netz. Sie stolperte, fing sich wieder und sah, wie eine Träne auf ihre Hand fiel, die weiße Hand, die das Geländer umklammerte.

»Missus St. Amant?«

»Ja, Yvonne.«

»Sind Sie das? Sie sind auf?« Yvonne kam in die Halle, trocknete sich die Hände an einem Geschirrtuch ab.

Bitty blieb stehen, sie wollte vor ihr nicht zeigen, wie unsicher sie auf den Beinen war. »Ich wollte zum Lunch nach unten kommen.«

»Ich helfe Ihnen.« Yvonne wog bestimmt zweihundertfünfzig

Pfund. Man kam sich vor, als ob man ein Kissen dabeihatte, wenn man sich von ihr helfen ließ. »Sie können leicht ausrutschen, mit den kleinen Schühchen da auf der Treppe.«

»Ja«, sagte Bitty, im vollen Bewußtsein der Farce, die sie aufführten.

Yvonne beugte sich zu Bittys Ohr hin, als Bitty ihr Gewicht verlagerte. »Da is 'ne junge Frau von der Polizei, die Sie sehen möchte. Ich hab ihr gesagt, daß Sie schlafen, aber sie sagt, sie will warten. Ich kann Sie ganz schnell wieder hochbringen, dann sag ich ihr, Sie ham 'nen Schwächeanfall oder so.«

Aber es war schon zu spät. Skip Langdon, die Yvonne offensichtlich gefolgt war, erschien in der Halle.

»Tag, Mrs. St. Amant. Ich will Sie gar nicht lange aufhalten.« Eine schwarze Woge der Verzweiflung fuhr durch Bittys Körper, vom Scheitel bis in den Magen, wo sie sich als taubes Gefühl festsetzte. Das war gar nicht so schlecht; sie konnte damit umgehen. Beinahe wie das Vergessen, das sie sich auf andere Weise hatte beschaffen wollen. Es befreite sie von den Gefühlen, so daß sie kämpfen konnte. Sie bedauerte nur kurz, daß sie noch den Jogginganzug trug, in dem sie geschlafen hatte. Wenigstens hatte sie sich die Haare gekämmt.

»Hallo, Skip. Ich wollte gerade zum Lunch nach unten kommen.«

»Ich bleibe wirklich nur eine Minute.«

»Danke, Yvonne«, sagte Bitty, als sie im Erdgeschoß angekommen waren. Sie führte Skip ins Wohnzimmer.

»Ich will mich gar nicht erst setzen«, sagte Skip. »Ich habe nur eine winzige Frage an Sie. Ich arbeite am Zeitplan für den Tag des Mordes.« Sie lachte nervös. »Sie wissen ja, wie das ist – den letzten beißen die Hunde.«

Bitty nickte und hoffte, daß sie bald zum Thema kam.

»Als ich Sie im Waschraum fand, wie lange waren Sie da drin gewesen?«

»Zwei oder drei Minuten, denke ich.«

»Jemand hat gesehen, wie Sie etwa eine halbe Stunde vorher hineingingen...«

Bitty nickte.

»Sie waren zweimal dort?«

Sie nickte wieder.

»Ich habe mich gefragt... erinnern Sie sich, was Sie in der Zwischenzeit getan haben?«

»Wie bitte?«

Skip wurde immer unruhiger. »Ich meine, mit wem haben Sie gesprochen... in welchem Raum haben Sie sich aufgehalten – zum Beispiel.«

Bitty schwieg und dachte nach. Nichts fiel ihr ein. Schließlich sagte sie: »Ich kann mich ehrlich gesagt an nichts erinnern.«

Skip lächelte. Eigentlich war sie ein sehr hübsches Mädchen, wenn sie nicht diese häßliche Uniform trug. »Dumme Frage, schätze ich. Nur noch eins – wissen Sie, ob Chauncey zwei .44er in seiner Sammlung hatte?«

»In seiner Sammlung?«

»Seiner Waffensammlung.«

»Ach so. Das sind Waffen. Ich weiß es nicht und auch nicht, ob er eine Liste darüber führte. Warum fragst du?«

»Der Mörder hat so einen Revolver benutzt. Ein .44er ist ein alter Revolver – die Cowboys benutzten solche Waffen – ein Sammler würde sich dafür interessieren.«

»Aber... warum sollte die Waffe aus unserem Haus stammen?« Ihr Gesicht verzog sich angstvoll.

»Wir müssen lediglich jeder Möglichkeit nachgehen, das ist alles. Bitte entschuldigen Sie, daß ich Sie gestört habe.«

Bitty brachte sie zur Tür. Dann knabberte sie an einem Thunfischbrot herum und zwang sich sogar zu etwas Tomatensuppe, bevor der Anfall von Durchhaltevermögen sie wieder verließ. Sie war bei ihrem zweiten Glas Wein, aber es reichte nicht. Die Gefühle kehrten zurück. Damit Yvonne sie nicht weinen sah, ging sie wieder nach oben, die halbleere Weinflasche nahm sie mit. Sie dachte an ihre zweite Tochter.

Nachdem sie jahrelang unfruchtbar gewesen war, hatte sie nie daran gedacht, Verhütungsmittel zu benutzen, mit dem Segen eines dritten Kindes hätte sie nicht in zehntausend Jahren gerechnet. Und natürlich auch nicht damit, die Schwangerschaft bis zum Ende austragen zu können. Beinahe alles, was schiefgehen konnte, war schiefgegangen, und Bitty hatte die letzten zwei Monate im Bett verbracht. Aber es hatte noch schlimmer kommen sollen. Das Baby kam zu früh, ein schrumpeliges und runzliges Etwas, sogar noch schlimmer als bei Henry, aber für Bitty das hinreißendste Geschöpf von der Welt, schöner als die schöne Helena, nach der Bitty sie benannt hatte.

Der Verlust dieses Babys, der plötzliche, katastrophale Trennungsschmerz, war noch um vieles schlimmer gewesen als das Netz der Verzweiflung, das sie jetzt umhüllte, dieser kumulierte Schmerz eines ganzen Lebens. Dies hier war ein dumpfes, bedrückendes, hoffnungsloses Leiden. Als sie ihre Tochter verlor, spürte sie einen scharfen Schnitt mitten ins Herz.

Es war schlimmer als alle Erlebnisse ihrer Kindheit. Und Bitty hatte als Kind manchmal geglaubt, es könnte ihr *nichts* Schlimmeres passieren, es sei denn, überirdische Mächte nähmen sie gefangen, rissen ihr die Augen aus, fesselten sie, ließen wilde Tiere an ihr nagen und kleine Stücke aus ihr herausreißen, wann immer sie hungrig wären, bis weder Finger noch Zehen, noch Ohren an ihr dran wären.

Wenn es so schlimm wurde, dann kroch sie immer unter ihr Bett und blieb in der staubigen Dunkelheit liegen. Sie wußte nicht, warum sie das tat, nur daß sie an diesem Ort gut darüber nachdenken konnte, ob sie sterben wollte oder nicht.

2

Die Laken waren von Skips aufgeklapptem Sofa heruntergerissen worden, alle Schrankschubladen auf dem Boden ausgeleert. Das Fenster zum Hof war eingeschlagen worden. In der Küche sah es noch schlimmer aus – alle Fächer waren ausgeleert und Gläser mutwillig zerbrochen. Die Scherben knirschten unter Skips Füßen.

»Scheiße!« schrie sie, laut genug, daß Jimmy Dee sie in seinem Hinterhaus hören könnte. Aber er war noch nicht da, er war noch bei der Arbeit. Unwillig hob sie die Lampe auf und stellte sie auf den Tisch zurück, nur um etwas zu tun und die Panik abzuwehren, die in ihr hochstieg. Wer immer sie niedergeschlagen haben mochte, war diesmal auch in ihr Apartment eingedrungen. Sie wußte sogar, wie – indem er Jimmy Dees Leiter an der Rückwand aufgestellt und, vielleicht in Arbeitskleidung, das Fenster eingeschlagen hatte, mit einem Gegenstand in einem Tuch, um den Lärm zu dämpfen. Der Hinterhof war verschlossen, aber man konnte über das Tor klettern, wenn man dreist genug war, und Jimmy Dee bewahrte in seinem Schuppen eine Leiter auf, die jetzt unter ihrem Fenster stand.

Jemand wollte ihr beweisen, daß sie nirgendwo sicher war, auch nicht in ihrem eigenen Apartment. Aber wer? LaBelle oder ihre Freunde? Hatte Calvin Hogue geplaudert? Aber mit ihm hatte sie heute erst gesprochen, und gestern hatte man sie niedergeschlagen.

Langsam verlor sie die Fassung, wurde nervös – sie mußte einen Freund anrufen. Aber wen? Jimmy Dee nicht – sie hatte ihn einmal im Büro angerufen und wußte, daß er es haßte. Steve? Nein. Sie wollte es sich nicht zur Gewohnheit werden lassen, von ihm abhängig zu sein.

Eine Anzeige bei der Polizei kam auch nicht in Frage – niemand vermutete sie zu Hause, sie sollte LaBelles Wohnung überwachen. *Scheißdreck!*

Sie setzte sich und atmete tief durch. Vom Atmen wurde sie ruhiger. Marcelle fiel ihr ein. »O Skippy, du armes Kind«, würde sie sagen und ihr eine warme Milch oder so etwas geben. Marcelle hatte etwas Liebevolles an sich, was ihr vorher nie aufgefallen war. Aber Marcelle war nicht nur keine richtige Freundin, sie stand auch unter Mordverdacht.

Wie wär's mit Conrad? Ihrem Yuppie-Bruder? Oh, nein. Er würde erklären, daß so etwas eben dabei herauskam, wenn man zu den Bullen ging. Er nahm ihr ihren Beruf übel, nicht wegen der Gefahr, sondern wegen des niedrigen sozialen Status. Conrad war ein Snob.

Die beruhigende Wirkung der Atemübung half nur für etwa dreißig Sekunden. Dann kehrte das Entsetzen wieder zurück, und Skip griff nach dem Telefon. Sie wählte eine Nummer, die sie inzwischen auswendig konnte.

»Geh da raus«, sagte Steve. »Warte beim Blacksmith Shop auf mich.«

»Sie sind aber schon weg.« Sie war verwirrt. »Hier ist keiner mehr.«

»Darum geht es nicht. Du wirst nur immer depressiver.« Er legte auf und war sich offensichtlich sicher, daß sie seine Anordnungen befolgen würde, was sie auch mehr als gern tat.

Sie ging in die dunkle, verrauchte Bar – eine echte ehemalige Schmiede –, bestellte sich trotz ihrer Gehirnerschütterung ein Bier und dachte, was soll's. Die ganze Kneipe stank nach Bier, warum dagegen ankämpfen. Das Bier tat ihr gut. Aber es stimmte, was die Leute sagten – nach einem Einbruch in die eigene Wohnung fühlte man sich wie vergewaltigt. Sie hatte das schon öfter gehört und gedacht: ›Dummes Gerede! Erzähl das mal einem echten Vergewaltigungsopfer‹, aber jetzt wußte sie, was damit gemeint war.

Steve kam, nahm sie in die Arme und ging mit ihr wieder nach oben. »Okay«, sagte er, »willst du mir helfen, oder willst du zusehen?«

»Wobei zusehen?«

»Wenn ich aufräume.«

Sie mochte sich eigentlich nicht bewegen, fühlte sich immer noch wie betäubt, aber sie konnte ihn nicht allein arbeiten lassen. »Ich helfe dir.«

»Du nimmst dir das Schlafzimmer vor.« (Die eigentliche Arbeit war natürlich die Küche.)

Während Steve die Scherben in der Küche und auch im Zimmer auffegte, begann sie ziellos in dem Haufen ihrer dürftigen Besitztümer herumzupicken. »Ein Glück, daß ich arm bin«, sagte sie, »sonst hätten wir hier ein richtiges Chaos.«

»Na, das«, sagte Steve, »ist ein ziemlich idiotischer Optimismus.« Er pfiff vor sich hin, während er ihre billigen Teller wieder in die Schränke einräumte und die Dosensuppen auf die Regale stellte.

Sie hatte recht mit ihrer Bemerkung – weil es nur wenig zu

durchsuchen gegeben hatte, waren sie mit der Arbeit nach einer guten Stunde fertig.

»Und jetzt«, sagte Steve, »zum Reinigungsritual. Nimm die Arme hoch.« Er zog ihr den Pullover über den Kopf.

»Oh, Steve, ich glaube nicht –« Sie wollte nicht mit ihm schlafen, wollte es ihm aber auch nicht sagen.

»Psst. Zu diesem Teil gehört tiefes Schweigen.« Er hakte ihren BH auf und zog ihn ihr aus. »Setz dich«, sagte er und zog eine Schachtel Räucherstäbchen hervor, nahm eines heraus und zündete es an. »Jetzt steh auf.«

Er öffnete den Reißverschluß ihrer Jeans und zog sie zusammen mit der Unterhose hinunter. Auf ein Zeichen von ihm stieg sie aus den Hosen. Er nahm das Räucherstäbchen in die Hand und nebelte sie ein, wobei er sang: »Uh-wa, ii-wa, uuh-wa –«

»Ich dachte, man müßte dabei still sein.«

»Psst. Bis auf den Gesang. Uh-wa, uuu-uh-waaah –« Sie hatte den Eindruck, daß er beim Singen weiterimprovisierte.

Als sie total eingenebelt war, gab er ihr das Räucherstäbchen und legte ihre beiden Hände an die Taille. Skip fühlte sich wie eine Karyatide. Ihr Blick lag in weiter Ferne, ihre Augen wurden ausdruckslos, als sie sich dem Ritual hingab. Und sich ziemlich anturnen ließ, als sie nackt dastand, während Steve sich auszog, wie sie aus den blicklosen Augenwinkeln mitbekam.

Er nahm ihr das Räucherstäbchen weg und hielt sie bei der Hand. Er zog sie nicht an sich, wie sie erwartet hatte, sondern führte sie ins Badezimmer und stieg mit ihr unter die Dusche. Bedächtig, immer noch ohne ein Wort, wusch er sie, sogar ihre Haare, ganz vorsichtig, um ihrem Kopf nicht weh zu tun. Dann trocknete er sie ab und schlang zwei Handtücher um sie, das eine wie einen Sarong, das andere um ihren Kopf. »Jetzt«, sagte er, »wird alles anders aussehen.«

Er führte sie in ihr Zimmer zurück, wo es inzwischen dunkel geworden war, und knipste die Lampe an. Skip stockte der Atem. Es sah wundervoll aus, sauberer als zuvor.

»Schon besser?« fragte Steve.

Sie schlang die Arme um seinen Hals, aber immer noch ohne sexuelle Intentionen. Sanft fragte er: »Hungrig?«

»Hm. Sollen wir uns etwas kommen lassen?«

»Nein. Der Heilungsprozeß geht noch weiter. Laß mich dir die Haare trocknen.«

»Das gehört auch dazu?«

»Nein, Dummkopf, aber du kannst nicht mit nassen Haaren auf die Straße gehen.«

Er überredete sie dazu, sich noch nicht anzuziehen, schlang aber eine Decke um sie, damit sie nicht fror, während er sie mit dem Fön bearbeitete.

Weiß der Himmel, wie meine Haare hinterher aussehen werden, aber mir ist es egal, selbst wenn's lauter Korkenzieher werden. Näher komme ich dem Paradies wahrscheinlich nie wieder.

Und dann dachte sie natürlich daran, einen Joint anzuzünden.

Das Stichwort für Jimmy Dee, an die Tür zu klopfen. »Margaret? Margriit!«

Steve stellte den Fön ab. »Noch ein Bewerber?«

»Mein Nachbar. Machst du ihm bitte die Tür auf?«

»Das«, sagte Jimmy Dee, »ist eine Premiere.« Er reichte Steve einen Joint, bevor er sich vorstellte. »Ein Hetero mit einem Fön in der Hand. Du bist doch hetero, oder?«

»Ja«, sagte Skip. »Steve Steinman, Jimmy Dee Scoggin.«

»Officer, meine Liebe, Sie sind nackt! Ich werde mich eine Minute umdrehen –«

»Dee-Dee, sei still, es gibt viel zu erzählen.«

»Das *sehe* ich.« Mit einer affektierten Geste (der Fön hatte wieder angefangen zu dröhnen) nahm er Steve den Joint wieder ab. »Laßt euch durch mich nicht von irgendwas abhalten.«

»In Ordnung«, sagte Steve und beschäftigte sich weiter mit Skips Mop.

Jimmy Dee nahm am anderen Ende der Couch Platz und starrte ihn an. »Ich glaub, ich bin tot, und das ist der Himmel.« Er fand Skips Fuß unter der Decke. »Wie wär's, wenn ich an einem deiner Zehen nuckele, bis er fertig ist?«

Skip trat zu. »Halt den Mund, Dee-Dee, und hör zu. Ich habe den vergangenen Abend im Charity verbracht.«

»O mein Gott, du hattest gestern abend eine Verabredung. Die Ein-Minuten-Schwangerschaft?«

»Ich bin niedergeschlagen worden.«

»Niedergeschlagen?« Er schrie auf.

Wegen des Föns mußte Skip brüllen, als sie ihre Geschichte erzählte, während Dee-Dee in angemessenen Abständen jammerte: »Oh, mein armes Kind, warum hast du mich nicht angerufen?«

Weil ich statt dessen Steve angerufen habe – lieber Gott, hilf mir.

Sie waren alle drei köstlich bekifft, als Skips Haare trocken waren, aber Steves Großzügigkeit hatte offensichtlich ihre Grenzen. Skip hätte Jimmy Dee gefragt, ob er mitkommen wolle. Steve erklärte: »Skip und ich wollten gerade ausgehen –«

»Ach, herrje, ja natürlich, junge Liebe, laßt euch durch mich altes Haus nur nicht aufhalten – hat mich gefreut, Steve.« Skip wurde das Gefühl nicht los, daß er das Gegenteil dachte. Er wandte sich zur Tür. »Oh, Margaret, apropos Tolliver Albert. Der ist total schräg.« Er machte eine Kunstpause. »Aber unantastbar.«

»Wie bitte?«

»Er ist sonderbar, Schätzchen. Aber wahrscheinlich nicht schwul. Er gehört zu keiner der Schwulenkrewes und treibt sich weder bei Lafitte noch sonst irgendwo rum. Übrigens hast du mir verschwiegen, wie gut er aussieht. Etliche Jungs haben versucht, bei ihm zu landen – ohne Erfolg.«

»Weshalb ist er dann sonderbar?«

Aber die Tür hatte sich mit dem letzten Wort geschlossen. »Tüdelü.« Skip war sicher, daß er ihre Frage gehört hatte.

Steve starrte sie an. »Was hat er denn?«

»Wahrscheinlich war er sauer, weil du ihn nicht gefragt hast, ob er mit uns kommen will.«

»Und du?«

Sie dachte eine Weile nach. Vor einer Sekunde war sie sauer gewesen, aber das Gefühl hatte sich gelegt, wahrscheinlich weil Steve inzwischen ihre linke Brust streichelte. »Nein. Ich möchte lieber mit dir allein sein.«

236

Am liebsten hätte sie den Satz gleich wieder zurückgenommen. Er paßte nicht zu ihr.

Auch die Fortsetzung ihres Reinigungsrituals hatte mit Wasser zu tun, den Wassern des mächtigen Mississippi. Sie fuhren zur Jax-Brauerei, wo man ziemlich gut (wenn nicht gar hervorragend) essen konnte, mit Blick auf eine Szenerie aus dem neunzehnten Jahrhundert. Die altmodischen Schaufelraddampfer gab es immer noch oder wieder, aber anstelle von Spielern, Entflohenen und niederem Volk auf dem Weg zum Verwandtschaftsbesuch beförderten sie heutzutage Touristen.

Steve sagte: »Ich weiß nicht so genau, was ich von Jimmy Dee halten soll. Bist du sicher, daß du ihm trauen kannst?«

Jimmy Dee trauen! Die Frage ist vielmehr, ob ich dir trauen kann!

»Was meinst du mit trauen?«

»Ich weiß nicht. Es hörte sich so an, als ob er für dich recherchiert hat.«

Sie zuckte mit den Schultern. »Ich habe ihn nur gebeten, ein bißchen Tratsch für mich aufzuschnappen. Auf seine Art ist Jimmy Dee im übrigen genauso respektabel, wie Chauncey es war. Ihm gehört das Haus, in dem ich wohne, und er wohnt im Hinterhaus, in den ehemaligen Sklavenquartieren, das er wie ein Gallier-Haus eingerichtet hat; arbeitet in einer großen Anwaltskanzlei – und benimmt sich in der Öffentlichkeit niemals wie eine Tunte.«

»Wenn ihm das Haus gehört, dann könnte er ein bißchen mehr dafür tun.«

»He.« Sie nahm seine Hand. »Auf Dee-Dee brauchst du nicht eifersüchtig zu sein.« *Nur weil er noch dasein wird, wenn du längst wieder weg bist.*

»Ich bin auf Dee-Dee nicht eifersüchtig. Auf *Mr.* Scroggin, meine ich. Ich denke nur, daß du im Moment ein bißchen vorsichtig sein mußt, wem du vertraust...«

»Ich weiß.«

»Wer wußte, daß du gestern mit mir verabredet warst?«

Skip überlegte eine Minute. »Nur Dee-Dee.« *Und du natürlich.*

»Das gefällt mir nicht.«

»Dee-Dee kann keiner Küchenschabe was zuleide tun. Das meine ich ernst, so etwas muß ich immer für ihn erledigen. Einmal hat er einen jungen Vogel großgezogen, der aus dem Nest gefallen war. Er hat ihn mit ins Büro genommen, damit er ihn rechtzeitig füttern konnte.«

»Sieh mal, ich beschuldige Jimmy Dee gar nicht. Ich finde nur, du solltest an dieser Sache nicht allein arbeiten.«

»Das findest du? Mr. Steve Steinman aus Los Angeles, der nicht einen einzigen Tag in seinem Leben als Polizist verbracht hat, meint, daß ich nicht allein arbeiten sollte. Mein Boß denkt da anders, mein großer Freund, und er ist seit dreißig Jahren bei der Polizei von New Orleans.«

Wie ein Schupo hob er die eine Hand. »Schon gut, schon gut. Ich bin sicher, daß du auf deine Winzigkeit selbst achtgeben kannst...«

»Ach, hör doch auf, du redest wie Jimmy Dee.«

»...Ich wollte sagen, daß du auf deine amazonenhafte Groß-artigkeit aufpassen kannst. Ich wollte nur meine Hilfe anbieten, für den Fall, daß du sie brauchen kannst, das ist alles.«

Sie antwortete nicht gleich, scheute sich zu fragen. »Danke. Es gibt da etwas.«

»Und was?«

»Ich bin nicht besonders scharf darauf, die Nacht dort allein zu verbringen. Ich meine, mir ist...« Sie suchte nach dem passenden Wort.

»Unheimlich?«

»Ja, unheimlich.«

»Das würde jedem so gehen. Willst du wieder mit zu Cookie?«

»Nein, ich will da schlafen. Bleibst du bei mir?«

»Natürlich.« Und dann erklärte er ihr, daß noch zwei weitere Schritte zu dem Reinigungsritual gehörten – ein Kinofilm, um in die reale Welt zurückzukehren, und ein Brandy als Schlaf-mittel. Es ergab sich, daß sie selbst noch einen Schritt hinzu-fügte – nach dem Film ein Spaziergang am Fluß, um weiteren Nutzen aus den heilenden Kräften des Wassers zu ziehen.

Sie fühlte sich wirklich gereinigt, als sie mit einer Flasche

Cognac unter Steves Arm zurückkehrten. Sie plauderte fröhlich über den Film, ihre Probleme waren vergessen, als sie in die St. Philip Street einbogen. Sie wühlte in ihrer Handtasche nach dem Schlüssel, mit dem Blick nach unten, und deshalb war es Steve, der ihre Haustür zuerst sah.

»Ach, Scheiße«, sagte er, und ihr Magen tat einen Satz.

»Was ist los?« Aber jetzt sah sie es selbst, Blutspritzer bis in Kniehöhe, und auf der Schwelle lag eine Hühnerklaue. Über dem dicksten Fleck hatte jemand das Blut als Tinte verwendet und mehrere Kreuze gemalt. »Gris-gris.«

»Wie bitte?«

»Ein Gris-gris ist ein Voodoo-Zeichen – etwas wie ein Fluch oder Zauber. Glaube ich jedenfalls. Ich habe so etwas noch nie gesehen.«

»Die Hühnerklaue! Das riecht wirklich nach Voodoo.«

»Und muß ein Zauber sein. Der Grabstein von Marie Laveau ist damit übersät.« Sie zeigte auf die Kreuze.

»Also, schrubben wir's ab.« Er hob den Hühnerfuß auf.

Sie war ihm dankbar für seine Sachlichkeit, ohne die sie jetzt mit Sicherheit zusammengebrochen, schreiend die Bourbon Street hinuntergerannt und am Ende womöglich von Kollegen in der Nervenheilanstalt abgeliefert worden wäre. Hysterie überrollte sie wie eine Flutwelle, anscheinend konnte sie keinen Schritt tun, ohne verfolgt zu werden. Steves Stimme, die Berührung seines Armes, den er um sie legte, trieben die Welle in die Bucht zurück.

Sie stürzte sich auf die Hausarbeit und wusch das Hühnerblut ab (es war *bestimmt* Hühnerblut). »Könnte das ein und derselbe gewesen sein?« Sie hatte laut gedacht.

»Der dich niedergeschlagen und bei dir eingebrochen hat? Wir wissen noch nicht einmal, ob es in den ersten beiden Fällen derselbe war. Aber ich glaube schon, daß es der- oder dieselbe war. Obwohl ich von diesem Zauberkram überhaupt nichts verstehe. Kennst du jemanden, der einem Kult angehört?«

»Nein. Ich habe keine Ahnung von diesem Zeug. Aber ich glaube, Voodoo wird meistens von Schwarzen praktiziert.«

»Schwarze sind nicht in den Fall verwickelt, oder?«

»Vielleicht doch.« Sie schnippte mit den Fingern. »Weißt du, was ich jetzt tun werde? Ich muß etwas überprüfen. Hättest du etwas gegen eine gemeinsame Spritztour?«

Sie fuhren zu LaBelle, wo Skip an die Tür hämmerte, ohne Erfolg. Sie versuchten es bei Calvin Hogue, der sagte, LaBelle sei nicht nach Hause gekommen.

Später, als sie mit Steve im Bett lag und der Cognac sanft durch ihre Adern strömte, fühlte sie sich sicher. Ihre Gedanken wanderten zu LaBelle, und sie fragte sich, ob sie die Stadt überhaupt verlassen hatte. Vielleicht hatte LaBelle bei ihrer Mutter Zuflucht gesucht.

Töchter

1

Wie sollte man ein Antiquitätengeschäft führen, so verängstigt und müde und verstört? Es geht nicht, dachte Tolliver, und doch, warum nicht? Du hast es schon öfter geschafft.

Obwohl es diesmal schlimmer war. So schlimm war es mit Abstand noch nie gewesen. Seine Hände zitterten, seine Schultern zuckten. So mußte man sich beim Veitstanz fühlen.

»Wieviel kostet das?«

Wieviel kostete was? Zum Teufel, wohin deutete der Kunde? »Das – äh – kleine Tischchen? Dreifünfzig, glaube ich.«

Kostete das verdammte Ding dreifünfzig oder nicht? Und wo war sein Verkaufsgeschick geblieben? An dieser Stelle müßte er eigentlich erklären, wie kostbar das Tischchen war und warum. Aber er konnte sich nicht erinnern. Es lag ihm auf der Zunge, aber irgendwie konnte er sich nicht auf die relevanten Tatsachen konzentrieren.

»Ist es amerikanisch oder europäisch?«

»Amerikanisch. Föderalistisch.«

Es war nicht föderalistisch, nicht einmal annähernd föderalistisch. Er hoffte, daß dieser Kerl keine Ahnung von Antiquitäten hatte. Der Kunde warf ihm einen verwirrten Blick zu und ging. Tolliver mußte feststellen, daß es ihm egal war. Er war nicht ganz bei sich, und das wußte er selbst... am Montag mußte er unbedingt den Arzt anrufen.

Viele Dinge gingen ihm heute im Kopf herum, und auch sein Kopf funktionierte nicht mehr richtig. Marcelle hatte ihm das angetan. Ihr verrückter, jämmerlicher Besuch hatte den Anfall hervorgerufen, und jetzt verfolgte sie ihn wie ein winziger Geist mit riesigen Kinderaugen.

Sie war vielleicht das hübscheste Kind gewesen, das er je gesehen hatte – hübscher als Henry, und Tolliver betete Henry an wie einen eigenen Sohn. Marcelle hatte diese hinreißenden Augen, und sie bemühte sich so sehr, zu gefallen. Es gelang ihr auch, sie hatte Erfolg mit ihrem Kleinmädchenehrgeiz. Sie tat etwas Niedliches oder Nettes, man bedankte sich dafür, und damit war die Sache erledigt.

Er war dabeigewesen, als Chauncey zu ihr sagte: »Liebling, weißt du, warum ich mir eine Tochter gewünscht habe? Weil ich wußte, daß sie immer für mich dasein würde. Ganz gleich, was passiert, du bleibst Daddys kleines Mädchen, nicht wahr? Du verläßt deinen Daddy doch nicht, oder?«

Marcelle, die auf seinem Schoß saß, hatte gesagt: »Ja. Ich bin Daddys kleines Mädchen. Ich verlaß dich nicht, Daddy.« Sie sprach mit großem Ernst in der Stimme, sehnte sich offensichtlich danach, daß man ihr glaubte.

»Du kümmerst dich um mich, wenn ich alt bin?«

»Ja!«

»Hältst du mich ein bißchen lieb? Jetzt gleich?«

Marcelle schlang ihre Arme um ihn und bedeckte ihn mit Küssen. So war sie immer, immer bemühte sie sich zu tun, was von ihr verlangt wurde, und verschwand dann leise im Hintergrund. Aber sie hatte auch etwas Trauriges an sich, etwas, das über sie gekommen war, nachdem Bitty das Baby verloren hatte und zusammengebrochen war. Tolliver wunderte sich über sich selbst, daß es ihm erst jetzt auffiel. Es lag schlicht an der Tatsache, daß er über Marcelle nicht sehr häufig nachdachte.

Seine Aufmerksamkeit hatte sich auf Henry konzentriert, aus dem sein Vater eine exakte Kopie seiner selbst machen wollte. Der Junge reagierte oft so heftig, und dann versagte er, das heißt, wenn Tolliver darüber nachdachte, war es wohl eher umgekehrt. Wenn er zum Beispiel gegen Chauncey beim Schach verlor, bekam er einen Anfall, schmiß das Brett durchs Zimmer, Bauern und Läufer flogen durch die Gegend. Chauncey glaubte, es läge daran, daß er total verwöhnt sei. Tolliver wußte, daß das nicht der Grund war. Es war Frustration und ein Gefühl der Unfähigkeit, weil er wieder einmal keine hervorragende Leistung vollbracht hatte und seinem Vater nicht genügte. Das arme Kind hatte seinen Vater damals vergöttert, weshalb er vermutlich eine Heidenangst vor ihm hatte. Manchmal gewann er gegen Tolliver, und Tolliver konnte Chauncey schlagen. Aber Henry gelang das nie.

Marcelle war bereits perfekt und mußte nicht erst etwas beweisen. Von den wenigen Gelegenheiten abgesehen, wo er ihr diese albernen, übertriebenen Liebesbezeugungen entlockte, ignorierte Chauncey sie mehr oder weniger. *Wir alle haben sie ignoriert.*

Ihm fiel auf, daß er sich nicht erinnern konnte, Bitty jemals mit Marcelle zusammen gesehen zu haben. Nicht ein einziges Mal. Sie und Henry waren so fest miteinander verbunden, daß er sie als Einheit wahrnahm. Er hatte sich nie bewußtgemacht, wie schwer es für ein anderes Kind gewesen sein mußte, diese Einheit aufzubrechen. Als das Baby kam, das zweite Mädchen, war Henry gerade in einer rebellischen Phase; sie hätte vielleicht eine Chance gehabt, dieses Mädchen, so stolz und glücklich wie Bitty damals war. Aber Marcelle hatte keine Chance. Sie ließen sie einfach in ihren Club nicht rein. *Warum habe ich das nie bemerkt? Ich habe wirklich nichts davon gewußt.*

Und Tolliver hatte all seine Energien darauf verwendet, Henry zu helfen. Er hatte versucht, sein Selbstbewußtsein zu stärken... *Sei ehrlich, Tolliver, du wolltest dem Jungen ein Vater sein. Chauncey tat nichts für ihn, und irgend jemand mußte es ja tun.*

Er hatte geglaubt, daß er eines Tages, wenn Bitty Chauncey verlassen hätte oder Chauncey gestorben wäre oder Tolliver ihn umgebracht hätte, Henrys Vater sein könnte. Aber das war noch nicht alles – er liebte Henry fast ebenso wie Bitty, auf eine für den Freund der Familie oder Lieblingsonkel ziemlich ungewöhnliche Art. Oder zumindest etwas unpassende Art. Er liebte ihn mit einer verborgenen Leidenschaft, die aus der Verzweiflung geboren war. Seiner eigenen und Bittys und Henrys Verzweiflung.

Marcelle blieb aus diesem schwarzen Zirkel ausgeschlossen – selbstgenügsam und glücklich, wie sie war. Jedenfalls hatte es damals so ausgesehen. Aber ihr Besuch hatte ihm lebhaft vor Augen geführt, daß er sie eigentlich gar nicht kannte. Marcelle interessierte sich für Antiquitäten? Wollte einen Job? Um zu *arbeiten*? Wie absurd sich das alles anhörte. Sie, ein hübsches Geschöpf, das nichts im Kopf hatte und keinen Funken Ehrgeiz besaß. Tolliver erschrak vor seiner eigenen Dummheit.

Und jetzt hatte er ihren Vater getötet, den einzigen Menschen, der sie gelegentlich beachtet hatte. Nie im Leben, keine einzige Sekunde, hätte er gedacht, daß es ihm leid tun könnte. Er hatte den Mord so viele Male geplant, so viele Möglichkeiten durchgespielt, im Laufe so vieler Jahre.

Wie oft hatte er sich vorgestellt, mit welcher Genugtuung er sich mit einem von Chaunceys eigenen Revolvern in der Hand über ihn beugen und zusehen würde, wie Chauncey starb, mit überraschtem Blick auf seinen besten Freund, den geliebten Freund, der die sich ständig wiederholende Scheiße seines Lebens immer wieder ausgebügelt hatte und ihn schließlich von seinen Sorgen erlöste. Bitty hatte ihm erzählt, daß Chauncey meinte, er – Tolliver – helfe gern, weil sein eigenes Leben so langweilig sei.

Dafür, Chauncey, leide, bevor du stirbst. Vielleicht sollte ich bei den Kniescheiben anfangen, damit du dich windest, vor dem coup de grace.

Es gab auch leisere Methoden. Chauncey war gegen Penicillin allergisch, was nur ein wirklich guter Freund der Familie wissen konnte. (Die Ironie gefiel Tolliver.) Ein Freund, der das wußte, würde auch wissen, wann Chauncey wegen einer anderen Krankheit Medikamente nahm, und könnte eine Tablette austauschen – nur eine, die Chauncey zu gegebener Zeit einnehmen würde. Vielleicht nicht am ersten Tag und auch nicht am zweiten – Tolliver würde die Spannung richtig genießen, das Wissen würde ihn erregen, daß Chauncey bald sterben mußte und er dafür verantwortlich war.

Eine andere Idee, die ihm gut gefiel – vermutlich seine liebste –, war die mit dem Fassadenkletterer. Wenn Bitty mit den Kindern in Covington war, würde Tolliver die Alarmanlage der St. Amants abstellen – er wußte ganz genau, wie es ging, da er sich oft genug um das Haus gekümmert hatte, wenn die Familie weggefahren war – in das Haus einbrechen und Chauncey im Schlaf erstechen. Ihn mit einem Stich ins Herz töten. Immer

244

wieder sah er vor sich, wie das Heft des antiken Dolches aus Chaunceys blutüberströmter Brust herausragte. Dieser Traum hatte so viel Gewalt über ihn, daß er ihn zweimal ausgeführt hatte – vielmehr beinahe ausgeführt hätte. Einmal war er ins Haus eingebrochen, als niemand da war, hatte sich bis ins Schlafzimmer vorgetastet und den Mord gespielt. Ein anderes Mal – erst vor kurzem, vor sehr kurzer Zeit – hatte er sich eingeschlichen, als Chauncey allein zu Hause war. Er war wirklich bis an Chaunceys Bett vorgedrungen und hatte Chaunceys Atem gelauscht und sich danach gesehnt, seinen Atem abzustellen. Aber er hatte seinen Dolch nicht dabeigehabt, ihn absichtlich nicht mitgenommen. Er war noch nicht bereit.

Trotz der Schmerzen in seinem Kopf spürte er, daß ihn diese Gedanken befriedigten, wie immer. Er konnte sich nicht mehr erinnern, welche Waffe er letztendlich benutzt hatte, bis das Bild unversehens vor seinem geistigen Auge auftauchte, während er an etwas anderes dachte. Es war LaBelle. LaBelle selbst war die Waffe. Sie war vor seiner Haustür aufgetaucht, LaBelle, mit ihrer roten, feurigen, leidenschaftlichen Schönheit und ihrem scheußlichen Akzent und diesem Duft, der sie umgab – er verstand nicht viel von Frauenparfums, aber dieses war neu, dessen war er sich ziemlich sicher, und es erinnerte ihn an Geschichten, die er gelesen hatte, über chinesische Konkubinen und ägyptische Modedamen, die sich mit Liebessalben einrieben, bevor sie ihre unschuldigen Opfer verhexten.

Die violetten Fingernägel paßten nicht zu ihrer Hautfarbe – oder vielleicht sollten sie gar nicht passen, vielleicht wollte sie absichtlich den Eindruck von Dissonanz und Gefahr verbreiten, wie eine Hexe mit ihrem Sirenenduft, ihrem Kupferrot und ihrer wütenden Energie, die sie ehrgeizig und phantasievoll steuerte. Er wußte, daß er zu alt, zu deprimiert war, um sie wirklich zu würdigen, obwohl er sie grenzenlos bewunderte. Am Ende hatte sie ihn trotz allem bezaubert, aber nicht mit den Waffen einer Lilith oder Circe, sondern eher wie Scheherazade. In ihrem Gossenenglisch hatte sie ihm die Geschichte erzählt, die Chauncey das Leben gekostet hatte. So hatte er sich das nicht vorgestellt. Mit seinen Plänen hatte das wenig Ähnlichkeit. Es war einfach nur traurig.

Er war jetzt zu betrübt, um weiter so zu tun, als ob er arbeitete. Er schloß seinen Laden und ging nach Hause.

2

Yvonne hatte samstags frei, und Bitty sah keinen Grund, warum das heute anders sein sollte. Sie war sogar entzückt, daß heute niemand zu ihr ins Haus kommen würde, kein menschliches Wesen, vor dem sie sich zusammennehmen mußte. Sie würde sich eine wunderbare Flasche Scotch mit ins Schlafzimmer nehmen und brauchte überhaupt nicht aufzustehen. Henry und Tolliver mußten arbeiten und waren nicht in der Nähe. Sie könnte den ganzen Tag liegenbleiben und sich betäuben, soviel sie wollte. Aber dann tauchte Marcelle auf. An sie hatte Bitty nicht gedacht.

Da Marcelle einen Schlüssel besaß, kam sie einfach herein, kochte Kaffee, machte Eier mit Toast und brachte das Frühstück zu ihr hinauf. »Mutter? Guten Morgen, Mutter.« Bitty blinzelte, als Marcelle die Vorhänge aufzog.

Sie atmete tief ein, und Bitty wußte, daß sie den Scotch aus dem Glas auf ihrem Nachttisch roch, wußte aber auch, daß sie viel zu höflich war, um etwas zu sagen.

Bitty murmelte Marcelles Namen, unfähig, sich darauf zu konzentrieren, was sie sonst noch sagen könnte. Sie hatte wieder an ihre andere Tochter gedacht. Marcelle war ein Eindringling.

»Ja, natürlich, ich bin's. Und André ist unten, brav wie ein Lamm, und wartet darauf, daß er seine Mo sehen darf.«

»Wie schade. Ich fühle mich heute nicht besonders.«

»Iß etwas, Mutter. Bitte.«

Sie setzte sich und starrte Bitty an, die sich wirklich nicht vorstellen konnte, wie sie mehr als einen oder zwei Bissen herunterbringen sollte. Sie trank einen Schluck Kaffee und fand ihn seltsamerweise wohltuend. Sie hatten schon lange nicht mehr so zusammengesessen, fast wie ein Tableau, nur Bitty bewegte ab und zu die Gabel und tat so, als würde sie essen. Sie wußte, daß Marcelle nicht gehen würde, bevor sie das Gefühl hatte, daß sie ihren Tochterpflichten nachgekommen war. Sie mußte wenigstens versuchen, den Toast zu essen.

Bitty konnte sich natürlich weigern. Sie konnte ihre Flasche Scotch hervorholen und wußte, daß Marcelle sie ihr nicht abnehmen würde. Aber dazu war sie zu stolz.

»Mommy?« rief André. »Darf ich jetzt zu Mo?«

Marcelle lächelte ihrer Mutter zu. »Der Zeichentrickfilm ist anscheinend zu Ende. Soll ich ihm sagen, daß er raufkommen kann?«

»Oh, Marcelle, bitte versuch doch, mich zu verstehen – ich bin im Moment wirklich in einer schlechten Verfassung. Ich muß heute morgen im Bett bleiben. Dr. Langdon hat gesagt, daß ich eine Weile brauchen werde, bis ich wieder bei Kräften bin. Nach all dem Streß.«

»Wir kommen später wieder. Ist dir das recht?«

»Natürlich.« Sie brachte ein mütterliches Lächeln zustande. Später war in Ordnung. Nur nicht jetzt.

Als Marcelle gegangen war, füllte sie ihr Glas einige Zentimeter hoch. Pur. Erleichtert nippte sie daran und lehnte sich in die Kissen zurück.

Manchmal dachte Bitty, sie sei der einzige Mensch auf der Welt, dem etwas an dem kleinen Mädchen gelegen hatte, dem zweiten, das sie nur so kurz gekannt hatte. Und doch kam zu dem Schmerz noch die Kränkung hinzu. Als sie das Baby verlor, hatte sie das Gefühl, auch ihre Eltern noch zu verlieren – nicht ihre wirklichen Eltern, aber ihre Adoptiveltern, die sie erst als Erwachsene bekommen hatte. Chaunceys Eltern, Ma-Mère und Pa-Père. Chauncey hatte sie so angeredet, als Henry geboren wurde, und von dem Zeitpunkt an hatte Bitty sie auch so genannt; es hörte sich nach Eltern an, und das gefiel ihr.

Aber die beiden machten sie für den Tod ihres Babys verantwortlich. Sie gingen ihr danach aus dem Weg. Sie wollten nichts mit ihr zu tun haben, waren nur noch höflich zu ihr, obwohl sie jeden Sommer mit ihr und den Kindern zusammen waren, in dem Haus in Covington. Aber das war nur noch eine oberflächliche Beziehung.

Sie hatten sogar versucht, ihr Henry und Marcelle wegzunehmen, als ob sie glaubten, daß Kinder in ihrer Nähe nicht sicher wären. Einen Monat nach dem Tod des Babys waren sie zu Besuch gekommen, Bitty konnte sich damals kaum auf den Beinen halten, mehr oder weniger so wie jetzt. Zu viele Gefühle stürmten auf sie ein, ließen ihr keine Ruhe. Was Dr. Langdon ihr verschrieb, half ein bißchen, Wein half besser. Sie war so depressiv, daß sie es kaum schaffte, sich anzuziehen. Aber das war kein Grund, ihr die Kinder wegzunehmen. Sie hatte reichlich Hilfe im Haushalt – sie kam zurecht, ihren Kindern ging es gut.

Sie hatte sich an jenem Abend schon hingelegt und nicht gewußt, daß Chaunceys Eltern gekommen waren. Ma-Mère kam zu ihr ins Schlafzimmer. »Bitty? Wie geht's dir, Schätzchen?« Bitty lächelte in Erinnerung an ihren Tonfall, der sie immer amüsiert hatte – Ma-Mère war in Chalmette aufgewachsen.

»Gut, Ma-Mère. Ich werde nur immer noch schnell müde.«

»Schätzchen, du bist so blaß! Du brauchst Hilfe, mein Püppchen. Wir haben mit Chauncey gesprochen, und wir würden gern etwas für dich tun.«

Bitty drehte sich der Magen um, ihr Instinkt warnte sie.

»Wir dachten, wir könnten Marcelle und Henry für den Sommer zu uns nehmen, damit du dich erholen kannst.«

»Marcelle? Henry?« Bittys Lippen waren so ausgetrocknet, daß sie kaum sprechen konnte. Sie wußte, was Ma-Mère gesagt hatte, konnte aber den Gedanken nicht ertragen, daß es wahr sein sollte. Sie hatte gerade ein Kind verloren. Nicht auch noch die anderen. Nein!

»Nach Covington, Schätzchen!«

»Aber wir fahren doch alle nach Covington. Wie immer.«

»Püppchen, du brauchst deine Ruhe. Du kommst mit Chauncey an den Wochenenden, und dann sind wir alle zusammen. Und unter der Woche hast du Zeit, um wieder zu Kräften zu kommen.«

Bitty sank in die Kissen zurück und schloß die Augen, sie

wußte, daß es keinen Sinn hatte zu widersprechen, wenn Chauncey etwas beschlossen hatte – sie konnte nichts tun, um ihn davon abzubringen. Sie war machtlos.

Sie mußte ihre eigenen Kinder besuchen, in diesem Sommer, als ob sie die Großmutter wäre, nicht Ma-Mère. Sie behandelten sie wie eine Außenseiterin, Chauncey und seine Eltern, wie jemanden, der nicht in ihr eigenes Haus und zu ihrer eigenen Familie gehörte.

Als sie einmal ohne Chauncey draußen war, bat sie Ma-Mère um ihren Wagen, damit sie Wein holen konnte. »Mir wär's lieber, du würdest nicht fahren, Püppchen«, hatte Ma-Mère gesagt. »Mir ist nicht mehr wohl dabei, wenn jemand mit meinem Wagen fährt.« Als ob sie eine Fremde von der Straße wäre.

Ma-Mère übernahm die Regie – setzte sich einfach über sie hinweg, überstimmte sie, überlistete sie. Wenn Bitty sagte: »Zeit fürs Bad, Kinder«, dann sagte Ma-Mère: »Ich wollte gerade das Wasser einlaufen lassen. Kommt mit, meine Süßen, kommt mit Ma-Mère.«

Zu Bitty sagte sie: »Ich weiß, daß du noch nicht soweit bist, du sollst dich sowenig wie möglich anstrengen müssen.«

Bitty kam, um mit ihnen zu beten, und Ma-Mère war schon da und sagte: »Schätzchen, dein Atem – du willst doch nicht, daß sie was merken.« Bitty durfte ihre eigenen Kinder nicht küssen.

Die St. Amants dachten, das Baby sei ihretwegen gestorben, wegen ihres Körpers, weil sie klein war, weil ihre Erbmasse nicht gut war. Sie selbst waren starke, tatkräftige, bodenständige Leute. Sie müssen Bitty bestenfalls für blutarm gehalten haben. Und Bittys Familie mit der aristokratischen Inzucht muß ihnen schwach und bleich vorgekommen sein. Deshalb hatten sie beschlossen, sie zu verabscheuen und zu ächten, weil sie glaubten, sie hätte ihr Enkelkind umgebracht, mit ihrer bloßen Unzulänglichkeit.

Jetzt sehnte sie sich nach ihnen, den liebevollen Eltern, die sie nur für so kurze Zeit besessen hatte, bevor sie von ihnen wieder verlassen wurde. Aber in jenem Herbst hatte sie sie gehaßt, als sie versucht hatten – *ernsthaft* versucht hatten –, ihr die Kinder wegzunehmen. Als der Sommer zu Ende ging, wollten sie die Kinder bei sich behalten, versuchten, Chauncey dazu zu überreden. (Nur ließ sich Chauncey nicht überreden – wie hätte das schließlich vor Haygood ausgesehen? Es hätte eine Auseinandersetzung gegeben, und Haygood hätte seine ganze Welt zerstört, das wäre passiert.) Und so durfte Bitty ihre Kinder behalten.

Aber sie hatten gesagt – Ma-Mère und Pa-Père –, hatten behauptet, daß sie Marcelle weh getan hätte. Bitty spürte einen Stich in der Brust, wenn sie sich daran erinnerte, als ob Ma-Mère sogar jetzt noch das Messer umdrehte. Sie konnte sich gar nicht vorstellen, wie die Geschichte angefangen haben sollte – oder besser, sie konnte sich nicht daran erinnern. Sie wußte, daß da etwas gewesen war. *Irgend etwas* war passiert. Sie wußte es, weil sie sich vage an etwas erinnerte und an etwas anderes vollkommen klar. Was sie klar vor Augen sah – und nicht aus dem Kopf bekam –, war Marcelles entsetzter Blick.

Bitty hatte getrunken und sich wegen des Babys aufgeregt, wegen des kleinen Mädchens, das sie nie aufwachsen sehen würde. Daran konnte sie sich erinnern, und sie erinnerte sich an Marcelle, die auf dem Boden saß und mit diesem Blick zu ihr aufsah, und dann daran, daß sie selbst auf dem Boden saß und Ma-Mère die schreiende Marcelle aufhob. Diese Erinnerungen schienen sie zu verurteilen, aber die eine an das Baby, das sie vermißte, versicherte ihr, daß sie Marcelle nicht weh getan haben konnte. Sie wäre die letzte, die ein Kind dafür verantwortlich machen würde, daß es nicht so war wie ein anderes. Bitty bestimmt nicht, deren Vater sich so sehnlichst einen Jungen gewünscht hatte, daß er ihr Jungenspielzeug schenkte, wollte, daß sie sich wie ein Junge benahm, sie dazu gezwungen hatte, ein Kaninchen zu töten.

Sie goß sich Scotch nach und stürzte ihn hinunter. Daran konnte sie sich erinnern. Sie hatte keinem Kind je etwas zuleide getan, aber ein Kaninchen hatte sie wirklich getötet. Ihr wurde übel. Sogar den Scotch brachte sie nicht mehr hinunter. Mehr hatten sie an dem Tag nicht geschossen, und es war winzig gewesen. Winzig! So ein dürres kleines Ding konnte man gar nicht essen, aber ihr Vater war so stolz auf sie, er zwang sie dazu, es mit nach Hause zu nehmen und Merrie Mac zu zeigen. Angewidert befahl ihnen Merrie Mac, es auf der hinteren Veranda zu lassen.

Bitty ging an diesem Abend noch einmal zu ihm, um sich von ihm zu verabschieden, sie berührte seinen haarigen Körper, wollte es streicheln, vielleicht, um es oder sich selbst zu trösten. Sie hatte das vertraute weiche Fell erwartet, aber es fühlte sich steif und fremd an. Nicht wie ein junger Hund oder ein Kätzchen, nicht wie ein Kaninchen. Tot. Das war es, was tot meinte. Sie hatte es nicht gewußt. Kurz nachdem sie es erschossen hatte, war es warm und beweglich gewesen, nicht so wie jetzt, wo die dünnen Beine abstanden. Entsetzt zog sie die Hand zurück und schrie. Schrie und schrie. Sie konnte nicht aufhören. Merrie Mac kam nach draußen, um sie zu suchen.

»Oh, Mutter, es ist tot«, schrie sie. »Es ist so furchtbar. Ich habe es umgebracht. Ich habe es *umgebracht*.« Sie wiederholte ihre Beichte wieder und wieder, flehte um Absolution. Sie wollte von ihrer Mutter in den Arm genommen werden, aber sie wagte es nicht, darum zu bitten.

»Geschieht dir ganz recht, Bitty! Ich habe dir gesagt, du sollst das abscheuliche Ding in Ruhe lassen, und du hast wieder nicht gehört! Geschieht dir *ganz* recht. Hoffentlich *träumst* du davon!« Die letzten Worte brüllte sie, mußte sie brüllen, damit sie gehört wurde, weil Bitty so laut schrie. Als sie den Fluch aussprach, landete ihr Handrücken auf Bittys Wange. »Sei still und benimm dich so, wie es sich für ein großes Mädchen gehört. Du bist schon fast zwölf.« Sie ging ins Haus zurück, ließ Bitty, die Angst hatte, ihr zu folgen, mit dem Kaninchen allein. (Wenn Merrie Mac die Geschichte später erzählte, sagte sie, Bitty habe einen hysterischen Anfall bekommen, so daß sie ihr eine Ohrfeige geben mußte, damit sie aufhörte zu schreien.)

Nach dem Tod des Kaninchens hatte sich Bitty wochenlang immer wieder weinend unter dem Bett verkrochen. Noch jetzt erinnerte sie sich an das abgrundtiefe Gefühl von Verzweiflung, als sie das Tier berührte und ihr in diesem Moment der Unterschied zwischen Leben und Tod bewußt wurde und sie die Zwangsläufigkeit des Sterbens erkannte.

Ihr Vater kaufte ihr ausgestopfte Kaninchen und Bücher über Kaninchen. Er nahm sie auf seinen Schoß, blies ihr seinen beißenden Atem ins Gesicht, umarmte sie und hielt sie fest. »Da ist ja mein süßes kleines Mädchen, das einfach ein zu weiches Herz hat, um zur Jagd zu gehen.« Und dann gab er ihr einen dicken, nassen Kuß aufs Ohr. Mein Gott! Wenn er mal keinen Jungen aus ihr machen wollte, behandelte er sie wie eine Geliebte.

Eines Tages war er nach Schnaps stinkend und breit grinsend nach Hause gekommen, überheblich und selbstzufrieden. »Sieh mal, was ich meinem Engel mitgebracht habe. Du wirst deinen Daddy richtig liebhaben, mein kleiner Liebling.«

»Was denn, Daddy?«

»Gib Daddy erst einen richtig dicken Kuß.«

Sie küßte ihn. Und er zog ein zitterndes junges Kaninchen aus einer Schachtel, ein weißes, das wie ein Geist des Kaninchens aussah, das sie getötet hatte. Es zappelte in seinen großen, rauhen Händen, mit weit aufgerissenen, verzweifelten rosa Augen. Bevor sie sich besinnen konnte, schrie sie los. Aber dann erinnerte sie sich, schlug sich eine Hand vor den Mund und rannte weg. Sie wußte, daß ihre Mutter sie ohrfeigen würde, wenn sie noch einmal schrie.

3

»Hat Mo jetzt ausgeschlafen?« André stieß die Worte zwischen zwei Schluchzern hervor. Marcelle hatte sich mit ihm im Kino ›Bambi‹ angesehen, und jetzt hätte sie sich zum zweiten Mal in dieser Woche am liebsten in den Hintern getreten, weil sie ihn diesem Kummer aussetzte. Sie hätte daran denken können, wie traurig und brutal der Film war, und sich etwas Besseres einfallen lassen sollen, als ihm einen Film zu zeigen, der sie beide zum Weinen brachte. Sie hatten sich schluchzend aneinandergeklammert, waren aber wie gelähmt gewesen und hatten es nicht fertiggebracht, das Kino zu verlassen.

Hinterher hatte sie ihm ein Joghurteis gekauft, was ihn – oder eher sie – für kurze Zeit aufgeheitert hatte, aber jetzt bekam er anscheinend einen Rückfall. Sie war gerührt, daß er seine Großmutter besuchen wollte, und betete zu Gott, daß Bitty jetzt dazu bereit war. »Wir fahren zu ihr«, sagte sie. »Falls sie noch im Bett liegt, könnten wir vielleicht – jetzt weiß ich! Ich habe eine Überraschung für dich.«

Sie wußte, was sie mit André vorhatte – womit sie ihn überraschen wollte –, aber sie konnte sich noch nicht dazu durchringen, es ihm zu sagen, sie wollte sich noch nicht festlegen. Sie dachte daran, ihm ein kleines Tier zu schenken, etwas Lebendiges, um ihm nach dem Verlust seines Großvaters wieder Hoffnung zu geben, etwas Weiches, das ihn daran erinnerte, daß es trotz seines Kummers noch Liebe gab und sie beide nicht die einzigen füreinander waren. Aber irgend etwas hielt sie zurück, eine dumpfe Angst nagte an ihr, daß sie die Nerven verlieren könnte oder daß es im Zoogeschäft vielleicht keine kleinen Tiere gab, daß er irgendwie enttäuscht werden könnte.

Zu ihrer Erleichterung saß Bitty am Küchentisch und aß Hühnersuppe. »Oh, Mutter, ich hätte dir doch etwas kochen können.«

»Yvonne hat mir die Suppe dagelassen. Ich mußte sie nur noch aufwärmen.«

Was, fragte sich Marcelle, hatte ihre Mutter dazu gebracht, aufzustehen? Sie hatte damit gerechnet, sie für alle äußeren Einflüsse unempfänglich mit einer üblen Fahne vorzufinden.

Bitty rief nach André, der sich im Hintergrund hielt und darauf wartete, daß man ihn bemerkte. »Da ist ja mein großer Junge! André, komm zu Mo, Liebling.«

André rührte sich nicht vom Fleck, nur eine Hand wanderte befangen zu seinem Mund, aber er lächelte sein schüchternes Lächeln, woran Marcelle erkannte, daß er den Gipfel der Glückseligkeit erreicht hatte. Wenn er ein junger Hund gewesen wäre, hätte er gewedelt, aber er war André, und es lag ihm nicht, seiner Freude offen Ausdruck zu geben.

Völlig unvermittelt, offensichtlich wußte er selbst nicht, wie ihm geschah, warf er sich Bitty in die Arme und begann zu schluchzen, als ob Bambi ein zweites Mal seine Mutter verlöre.

»André? Was ist denn, mein Schatz?« Bitty sah besorgt zu Marcelle auf, die intuitiv erkannte, was los war.

»Er ist zum ersten Mal seit Daddys Tod mit dir allein«, sagte sie.

Bitty nickte. »Schon gut, mein Kind. Ich weiß, daß Poppy dir fehlt –«

»Das ist es nicht«, sagte Marcelle, wobei sie sich fragte, woher sie das wußte. »Er weiß, daß du traurig bist. Er weint um dich.«

»Wir beide vermissen Poppy«, sagte Bitty, ohne zu zögern. »Wir vermissen ihn zusammen, nicht wahr?« Kurz darauf hatte er sich beruhigt und erlaubte Marcelle, ihm einen Platz für seinen Mittagsschlaf zu suchen.

Marcelle wunderte sich über das, was passiert war – als Mutter und Tochter hatten sie so etwas nie erlebt. Es war ein seltener, kostbarer Augenblick zwischen drei Generationen gewesen, der winzige Silberstreif am Himmel an einem verhangenen Tag, dachte sie.

Als sie zurückkam, saß ihre Mutter noch immer am Tisch, ohne zu trinken, und wartete auf sie. »Marcelle, ich möchte gern wissen, ob du dich an etwas erinnerst.«

Ihre Stimme klang ungewöhnlich kalt und weckte in Marcelle selbst das Bedürfnis nach einem Drink.

»Erinnerst du dich an einen Sommer mit Ma-Mère und Pa-Père? Draußen in Covington?«

»Du meinst ohne dich?« Die Erinnerung war verschwommen, und sie hatte dabei ein seltsam flatteriges Gefühl, aber Marcelle wußte genau, daß es das war, was sie meinte. Sie wollte nicht darüber sprechen.

»Du warst in dem Sommer dreieinhalb – Henry muß ungefähr acht gewesen sein.«

Marcelle nickte. Woher kam dieses seltsam beunruhigende Gefühl?

»Erinnerst du dich?«

Marcelle nickte wieder.

»Marcelle, hör mir zu, das hier fällt mir nicht leicht. Aber ich muß etwas wissen.«

Marcelle wußte jetzt wieder, was das für ein Gefühl war. Es war Angst.

»Ist dir etwas passiert?«

Ja.

»Habe ich dir weh getan, Marcelle? Hat es irgendeinen Unfall gegeben – irgend etwas, was dir angst gemacht hat? Ich habe mich so sehr bemüht, mich zu erinnern. Ist es möglich, daß ich meinem eigenen Kind weh getan habe?«

Ja. Noch einmal, ja. Marcelle war erstaunt. Das war nicht die Angst, die ihr den Rücken hinaufkroch – die hatte etwas mit Ma-Mère zu tun. Aber da war noch etwas, etwas mit Bitty, das sich in ihr Bewußtsein schlich.

Sie sagte: »Aber Mutter, natürlich nicht. Wie kommst du nur darauf?«

Die Augen ihrer Mutter füllten sich mit Tränen. »Es war ein schrecklicher Sommer – schreckliche Dinge sind in jenem Sommer passiert.«

Da hast du recht.

Sie mixte Bitty einen Vanille-Milchshake, weil sie fand, daß Bitty etwas Kräftigeres als Hühnerbrühe brauchte, und sah zu, wie das Eis darin schmolz, während Bitty so tat, als würde sie trinken. Nach der merkwürdigen Unterbrechung schien sie in sich zusammenzusinken und blieb nur mit Mühe sitzen. Marcelle wußte, was sie eigentlich wollte, daß sie zu stolz war, um es zu sagen, und sie fühlte sich schuldig, weil sie ihre Mutter von ihrem einzigen Vergnügen abhielt. Als André im Schlaf leise wimmerte, benutzte sie diese Ausrede, um ihn zu wecken und zu gehen.

Lieber Gott, was *hatte* Bitty getan? Man konnte sich nur schwer vorstellen, daß die betrunkene, unfähige, gleichgültige Bitty Marcelle auch nur lange genug wahrgenommen hatte, um sie zu mißhandeln. Und doch mußte irgend etwas Gewalttätiges in diesem Sommer vorgefallen sein. Marcelle hatte die Wiederholung ziemlich deutlich vor sich gesehen – Bruchteile vielmehr – in Bittys Küche. Sie hatte gesehen, wie sich ihre Mutter auf sie stürzte – mit einem großen, schrecklich beängstigenden Gegenstand in der Hand –, und sie schlug zu. Marcelle war hingefallen, sie erinnerte sich an den Stoß, konnte beinahe spüren, wie es ihr den Atem verschlug. Dieses Gefühl konnte man nicht erfinden, das wußte Marcelle genau. Es mußte wirklich passiert sein. Aber wenn ihre Mutter sie wirklich geschlagen hatte, warum hatte sie das getan? Was hatte Marcelle getan, um sie dazu zu bringen? Das Teuflische war, sie glaubte es zu wissen, nur bekam sie den Gedanken nicht zu fassen.

In dieser Nacht wachte sie schreiend auf, jedenfalls meinte sie, daß sie geschrien hätte. Sie sah nach André – er schlief noch. Selbst wenn sie wirklich laut gewesen war, hatte sie ihn jedenfalls nicht geweckt. Ihm würde wahrscheinlich nichts geschehen, er würde entkommen. Er war vier Jahre alt und hatte noch nie Alpträume gehabt – mit drei Jahren neigten die Kinder normalerweise dazu.

Das hatte sie gelernt, als sie sich mit Büchern über Kindererziehung auf ihre Mutterschaft vorbereitete, und ihr war bewußt geworden, daß sie in jenem Sommer in Covington unter Alpträumen gelitten hatte. Jede Nacht war sie schreiend und wimmernd aufgewacht, voller Entsetzen und nicht zu beruhigen.

»Was ist los?« hatte Ma-Mère gesagt, mit funkelnden Augen, wütend.

Marcelle hatte zu große Angst, um zu antworten, hätte es wahrscheinlich ohnehin nicht gewußt, dachte sie jetzt.

»Was *ist* denn, Marcelle? Du weckst noch Pa-Père und Henry auf.« Ma-Mère hatte sie geschüttelt, vielleicht wollte sie die Antwort aus ihr herausschütteln.

»Was ist denn, Chère?« Marcelle hatte dann vermutlich um sich geschlagen, falls sie genauso reagiert hatte, wie es in den Büchern stand, und nur um so heftiger geschluchzt.

»Sei still! Sei still, oder ich gebe dir einen Grund zum Weinen!« Und das tat sie. Sie zog Marcelles Pyjamahose herunter und schlug sie mit der Haarbürste.

In den Büchern stand, daß Kinder Mißhandlungen vergaßen, und Marcelle hatte wahrscheinlich auch eine Menge vergessen – was mit Bitty passiert war, zum Beispiel –, aber die Erinnerungen an die Haarbürste schmerzten sogar jetzt noch – wie Bakelit auf nacktem Fleisch.

Pa-Père hatte Henry jeden Tag zum Angeln mitgenommen und sie praktisch überhaupt nicht beachtet. Aber sie hatte mitangehört, wie er Henry vermutlich das Angeln erklärte – sie wußte nicht, worüber sie redeten –, sie hörte ihn, und er machte ihr angst, einfach nur durch die Art, wie er redete. Sogar seine Stimme machte ihr angst. Als sie erwachsen wurde, gelang es ihr, sich einige Sachen zusammenzureimen, und sie erkannte, daß ihre Großeltern ziemlich streng waren – viel strenger als ihre eigenen Eltern –, aber damals waren sie ihr einfach furchterregend vorgekommen. Das beste an Pa-Père war gewesen, daß er seine Aufmerksamkeit Henry gewidmet hatte und nicht ihr.

Der Sommer in Covington war ihr immer wie ein Schuldspruch vorgekommen. Marcelle wußte – sie hatte es immer gewußt –, daß man sie nicht ohne Grund dorthin geschickt hatte. Sondern weil sie böse gewesen war und irgendwie ihrer Mutter weh getan hatte. Henry hatte ihr das gesagt. Als sie jetzt nach dem Alptraum wieder einzuschlafen versuchte, nachdem sie deutlich vor sich gesehen hatte, wie böse Bitty mit ihr gewesen war, wie sie sie verprügelt und zu Boden geschlagen hatte, versuchte sie, aus dem Morast eines knappen Vierteljahrhunderts weitere Bilder herauszubaggern.

Ein Bild aus ihrem Alptraum kehrte zurück – eine Puppe, die gegen die Wand geschleudert wurde, aber dabei spritzte Blut. Es war überhaupt keine Puppe, sondern ein lebendes Baby. In ihrem Kopf lief der Traum rückwärts – als das Blut spritzte, war sie aufgewacht. Jetzt schwenkte die Kamera zurück auf die Person, die die Puppe geworfen hatte – Marcelle, lachend.

Das war es also. Es war der Sommer, in dem ihre kleine Schwester geboren wurde. Sie sah den Traum jetzt lebhaft vor Augen. Sie hatte die Puppe gehaßt – verabscheut. (Ganz sicher hatte sie ihre kleine Schwester verabscheut.) Und sie hatte Angst vor ihr. Wie konnte man ein Baby so sehr hassen und zugleich fürchten? *Moment mal, du warst selbst noch ein Baby. Du warst eifersüchtig.*

Marcelle konnte sich an das Baby überhaupt nicht erinnern, nur an diese Wogen des Hasses, die sie selbst jetzt noch überkamen.

4

»Was hast du vor?«

Skip hatte gehofft, sich hinauszuschleichen, bevor Steve aufwachte, um der anscheinend endlosen Diskussion zwischen ihnen beiden aus dem Weg zu gehen. Schon wieder wollte er sich
zu ihrem Partner ernennen, und sie mußte ihm ein weiteres Mal
erklären, daß seine vor dem Fernseher und der Kinoleinwand
genährten Phantasien noch keinen vereidigten Polizisten aus
ihm machten.

»Ich muß noch etwas erledigen.«

»Ist heute nicht Samstag? Ich dachte, es wäre Samstag.«

»Ich muß etwas erledigen, was ich schon gestern hätte tun
sollen. Oder vielleicht auch am Donnerstag. Verschiedenes, um
ehrlich zu sein.«

»Und ich kann nicht mitkommen?«

Als er schließlich kapierte, war sie so überrascht, daß sie noch
mit ihm frühstücken ging und sich für den Abend mit ihm ver-
abredete. So war es schon fast Mittag, als sie das Viertel beim
Desire Project erreichte, eine Alptraumgegend, die allenfalls
einen Wunsch hervorrufen konnte, den Wunsch, diesem Viertel
fernzubleiben oder, wie in LaBelle Doucettes Fall, hier so
schnell wie möglich wieder wegzukommen.

Die Gebäude waren aus rotem Backstein errichtet, glücklicherweise, dachte Skip, weil sie sonst womöglich auseinan-
dergefallen wären, so vernachlässigt, wie sie waren. Es war das
reine Chaos. Überall lag der Müll verstreut, Fensterscheiben
fehlten, Stufen waren gebrochen, Scherben von kürzlich zer-
schmetterten Glühbirnen knirschten unter den Füßen. Hier
und da lag jemand, vor sich hin dösend oder schlafend, in einer
Ecke, und junge Männer drängten sich in Trauben um Dealer –
wie sie annahm. Vielleicht hat mich auch gerade der berühmte
Bullenzynismus eingeholt, dachte sie. Wie dem auch sei, im
Vergleich mit dieser Gegend sah Tremé nach Aufstieg aus – was
es aus dieser Perspektive auch war.

Die Gegend war derartig verrufen, daß Skip versucht gewesen war, ihre Uniform anzuziehen, aber sie wollte Mrs. Dou-

cette nicht erschrecken und beschränkte sich darauf, ihre Marke sichtbar zu tragen und mit gelangweiltem Gesicht die üblichen Zurufe – »Hey, Big Mama!« – über sich ergehen zu lassen.

»Sie wünschen, Madam?« Philomena Doucette sah aus wie zweihundert, war aber vermutlich den Achtzig näher. Sie war so schmal und dünn, daß die Haut über den Knochen spannte und jede Falte eine tiefe Furche bildete. Sie ging leicht gekrümmt und trug ein blaues Baumwollkleid mit einem großen weißen Kragen, das eindeutig nicht nur selbst genäht, sondern dazu auch noch nach einem zwanzig oder dreißig Jahre alten Schnittmuster entworfen worden war. Modern war es eigentlich nie gewesen – es war einfach ein Kleid. Wie meine Röcke und Blazer, dachte Skip. So werde ich irgendwann auch aussehen – nur in einer riesenhaften Version.

Sie stellte sich vor und erklärte, daß sie wegen LaBelle gekommen sei.

»Ach ja, LaBelle, die hab ich vor drei oder vier Jahren zum letzten Mal hier gesehen.«

»Möglicherweise ist sie in Schwierigkeiten«, sagte Skip.

Mrs. Doucette trug das entkrauste Haar in einer Art Knoten. Ihr Gesicht reckte sich einem entgegen, jede Regung für den Betrachter entblößt. Jetzt las Skip Angst in diesem Gesicht, Angst und einen tiefen, allumfassenden Schmerz – der mit etwas Größerem als mit LaBelle zu tun hatte, dachte Skip, mit der Beschaffenheit des Menschen an sich, wie Mrs. Doucette sie erfahren hatte.

Eine männliche Stimme sagte: »Nicht übel«, und Skip tat einen Satz, als ob ihr jemand an den Hintern gegriffen hätte. Sie wollte sich umdrehen und den Kerl anschreien, ihn vielleicht verhaften, aber das war jetzt nicht der richtige Moment. Ihr eigenes Gesicht sprach bestimmt ebenfalls Bände. Mrs. Doucette sagte: »Komm rein, mein Kind.«

Skip war gerührt und kam sich albern vor, wegen ihrer heimlichen Debatte in bezug auf ihre Uniform. Sie wußte, daß Mrs. Doucette sie mit oder ohne Uniform als ihr Kind betrachten würde, das sie beschützen mußte.

Sie betrat die Wohnung und fühlte sich wie in einer Herberge am Himalaya – ein warmes Fleckchen in der endlosen und unwirtlichen Wildnis. Mrs. Doucette konnte nicht nur Kleider nähen, sondern auch Schonbezüge. Das Sofa hatte einen geblümten hellgrünen Überzug, genau wie die beiden Sessel, er war abgenutzt, aber sauber und hatte gehäkelte Sesselschoner. Sesselschoner befanden sich auch auf den Arm- und Rückenlehnen eines vermutlich mit Roßhaar gepolsterten, alten blauen Schaukelstuhls. Neben jedem Sitz stand ein Beistelltisch und in der Mitte ein Wohnzimmertisch, allesamt mit Kramladenvasen und Porzellannippes vollgestellt, die teilweise so alt waren, daß sie inzwischen zu den Objekten der Kitschsammler zählten. Die Tische waren billig und vermutlich doppelt so alt wie Skip, glänzten aber und rochen nach Zitronenpolitur. Ein Sonnenstrahl fiel durch die gerafften Gardinen, ruhte auf dem Wohnzimmertisch und förderte nicht ein einziges Staubkorn zutage. Skip war sicher, daß sie in der ganzen Wohnung keins finden würde.

»Eistee?«

»Vielen Dank.« Wenn man eine Erfrischung annahm, rechneten die Leute nicht damit, daß man ging, bevor man ausgetrunken hatte. (Jedenfalls nach Skips Theorie.)

Mrs. Doucette brachte den Tee auf einem Tablett, die Gläser sahen aus, als ob früher Gelee darin gewesen wäre, und waren mindestens so alt wie einige der Porzellanfiguren. Am Rand klemmte kokett je eine Zitronenscheibe. Skips Gastgeberin reichte ihr das Glas auf einem Untersetzer mit einem Katzengesicht.

Als Mrs. Doucette es sich im Schaukelstuhl bequem gemacht hatte, das Teeglas damenhaft auf dem Schoß, sagte sie: »Sitzt LaBelle schon wieder im Gefängnis?«

»Nein, nichts dergleichen. Wir brauchen ihre Aussage in einem Fall, an dem wir arbeiten. Aber ich kann sie nicht finden. Offen gestanden bin ich ein bißchen beunruhigt.«

»Sie ist nicht nach Hause gekommen?«

»Nein.«

Mrs. Doucette preßte die Lippen zu einem festen, dünnen

Strich aufeinander. »Das sieht LaBelle ähnlich. Der liebe Gott möge mir verzeihen, aber manchmal tut es mir leid, daß ich sie überhaupt aufgenommen habe.«

»Aufgenommen? Sie ist nicht Ihre Tochter?«

»Mein Gott, Kind, LaBelle ist gerade einundzwanzig. Sehe ich so aus, als ob ich 'ne Tochter in dem Alter haben könnte? LaBelle ist meine Urenkelin. Meine Tochter, Verna Ruth, ist schon so lange tot, daß ich mich kaum an sie erinnern kann. Sie hatte keinen Mann, also hab' ich *ihre* Tochter großgezogen. Das sind zwei Generationen von Töchtern, und das langt, ich kann's Ihnen nur sagen. Als dann LaBelle ankam, war ich viel zu alt. Die Welt hatte sich zu sehr verändert. Ich konnte für das Kind nichts mehr tun.«

»Ist Ihrer Enkelin etwas passiert?«

»Sie hat Glück gehabt. Sie bekam die Chance, aufs College zu gehen.« Vom Beistelltisch an ihrer Seite nahm sie die gerahmte Fotografie einer jungen Frau mit einem Mondgesicht. »Sehen Sie? Das ist meine Jaree. Jetzt ist sie Lehrerin.«

»Sicher sind Sie sehr stolz auf sie.«

»Na klar bin ich das, Schätzchen. Sie ist mein Stolz und meine Freude. Wegen LaBelle geht's mir manchmal richtig schlecht.« Ihr Gesicht verfinsterte sich, als ihr der Vergleich in den Sinn kam, und sie suchte in einer verborgenen Tasche nach einem Taschentuch. »Das Kind hatte keine Chance, so, wie sie aussah, wo unsere Welt so schlecht ist. Zu hübsch, um was aus sich zu machen, so war das mit LaBelle. Immer nur Jungs, Jungs, Jungs, da kam keiner gegen an. Männer auch. Und immer hatten sie Dope, die Jungs wie die Männer. Ein Gutes ist an der heutigen Zeit dran, und das ist die Geburtenkontrolle. Aber wirklich, Schätzchen! Ich hab LaBelle von Anfang an diese Pillen gegeben. Gerade zur rechten Zeit. Bei all dem Lotterleben ist sie nie schwanger gewesen. Jedenfalls nicht, daß ich wüßte.«

»Mrs. Doucette, die Frage mag Ihnen seltsam vorkommen, aber was für ein Mensch ist LaBelle?«

»Wild, Schätzchen! Sie ist schlicht und ergreifend wild.«

»Ich meinte ihre Persönlichkeit. War sie offen? Schwermütig? Freundlich? Mürrisch?«

»Ich hab Sie schon verstanden, ich weiß bloß nicht recht, wie ich das sagen soll.« Sie dachte nach. »Ich weiß nicht, ob verschlagen das richtige Wort ist – aber gierig ist sie. Wenn sie was will, dann nimmt sie's sich.« Sie schüttelte den Kopf. »Schätzchen, LaBelle hat kein Gewissen.«

»Haben Sie irgendwelche Verwandte mit dem Namen Villere? Oder hatte LaBelle eine Freundin, die Estelle Villere hieß?«

Mrs. Doucette setzte nachdenklich ihren Schaukelstuhl in Bewegung. »Verwandte nicht. Und auch keine Freundin. Ich glaub nicht, daß ich sie kenne.«

Skip stellte ihr Teeglas ab mit dem Gefühl, daß sich die Befragung dem Ende näherte. »Wie lange ist LaBelle schon weg, Mrs. Doucette?«

»Vier Jahre, glaub ich. Richtig, vier. Sie ging weg, als sie siebzehn war. Daß sie bei ihrer Mama leben wollte, hat sie gesagt. Obwohl's nicht gestimmt hat. Kam nur ab und zu vorbei, um sich Geld zu holen.«

»Hat sie jetzt Kontakt zu ihrer Mutter?«

»Nicht daß ich wüßte.« Mrs. Doucettes Blick lag in weiter Ferne. Skip dachte, daß sie vielleicht müde war, aber aus Höflichkeit nichts sagte.

»Ich würde sie selbst gern fragen, wenn das möglich ist. Könnten Sie mir ihren Namen und die Adresse geben?«

»Sicher, Schätzchen. Besuchen Sie Jaree. Sie ist jetzt verheiratet. Hat selbst Familie.«

Zu der die große Tochter nicht dazugehört, dachte Skip, das Produkt einer Jugendsünde, aus einer Welt, die Jaree wahrscheinlich weit hinter sich gelassen hat. Für einen kurzen Moment fühlte sie Sympathie für LaBelle.

Jaree (alias Mrs. Purcell Campeau) wohnte in einem ordentlichen Haus in Mid City und wollte gerade wegfahren, als Skip ankam. Jedenfalls war irgend jemand dabei wegzufahren und stieß mit dem neuesten Toyota-Modell rückwärts aus der Einfahrt heraus. Winkend, um einen freundlichen Eindruck zu machen, beging Skip die unverzeihliche Sünde, die Einfahrt zu blockieren.

»Mrs. Campeau? Ihre Großmutter schickt mich.« Die Frau blieb im Auto sitzen.

Skip trat näher. »Ich bin Skip Langdon, Polizei.«

»Polizei! Mein Gott, nicht wieder LaBelle.« Ihre Haut war wesentlich heller als die ihrer Großmutter, leicht rötlich, und außerdem hatte sie abgenommen. Das frühere Mondgesicht stach nun spitz unter der gepflegten Frisur hervor.

»Leider ja.«

Ihre Augen funkelten wütend. »Also was?« Sie warf einen vielsagenden Blick auf ihre Uhr. »Ich muß meine Tochter in zehn Minuten einsammeln, und dann habe ich genau eine Stunde Zeit, um meine Einkäufe zu erledigen, bis ich meinen Sohn vom Turnen abholen, ihn zu Hause absetzen, zum Schönheitssalon fahren und mit den Vorbereitungen für unsere Gäste um drei Uhr dreißig fertig sein muß.«

»Sie sind mich in dreißig Sekunden wieder los.« Die Frau war sichtlich erleichtert. »Ich möchte nur wissen, ob Sie mit LaBelle Kontakt haben.«

»Wir haben seit zwei Jahren kein Wort miteinander gewechselt. Würde es Ihnen jetzt etwas ausmachen, Ihren Wagen beiseite zu fahren?«

Verwirrt sagte Skip: »Natürlich. Entschuldigen Sie die Störung«, und ging schnell zu ihrem Auto, Mrs. Campeau hatte sie mit ihrer Eile angesteckt.

Mit dem Gefühl, abgefertigt worden zu sein – was sie wütend machte –, fuhr Skip nach Hause, zog ihre Jeans an, erstand ein Sandwich mit gebratenen Austern und schlenderte zum Moonwalk. Der Fluß hatte in der vergangenen Nacht so friedlich dagelegen, daß sie sich jetzt an sein Ufer setzen wollte, um über den Fall nachzugrübeln, während sie auf ihrem Sandwich herumkaute.

Wer war LaBelle Doucette, verdammt noch mal (außer Jarees Tochter und Philomenas Urenkelin), und warum tauchte sie nicht auf? Sie war mit ziemlicher Sicherheit immer noch Prostituierte, wahrscheinlich eine Einzelgängerin. Wenn Jeweldean Sanders Erfahrung symptomatisch war, dann gehörte sie nicht zu den Leuten, die viele Freunde hatten.

Das ist nicht fair! dachte Skip kindischerweise. Sie war wegen ihrer Uptown-Verbindungen zu dem Fall hinzugezogen worden, aber in der Uptown brauchte man nach einer Antwort wohl nicht zu suchen. Sie konnte sich nicht vorstellen, was ihre berühmten Verbindungen ihr hier nützen sollten. Zerstreut warf sie einer Möwe einen Brocken von ihrem Sandwich zu. Und als die Möwe nach dem Brot schnappte, lösten sich ihre Gedanken aus der eingefahrenen Bahn. Ihr fiel ein, daß die beste Quelle zu ihrer eigenen Familie gehörte. Ihr unglaublicher Bruder, Conrad, hatte zu ihrem Entsetzen einmal mit großer Genugtuung seine Kenntnisse über die Besuche seiner Kommilitonen bei den Schönen der Nacht ausposaunt.

Sie schluckte ihren Stolz hinunter und rief ihn an. Er begrüßte sie mit: »Hallo, schwarzes Schaf.«

»Tag, du Kronprinz. Ich brauche deine Hilfe.«

»Am Samstag?«

»Ich bin auf der Suche nach einer Frau – einer besseren Prostituierten, einer Schwarzen, die sich möglicherweise auf weiße Freier spezialisiert hat.«

»Na, da bist du auf jeden Fall an der richtigen Adresse. Sie liegt zufällig gerade bei mir im Bett, kann aber im Moment nicht sprechen, da sie anderweitig beschäftigt ist.«

»Du bist abscheulich!« Sie haßte ihren eigenen Tonfall, der nach einer weinerlichen Zwölfjährigen klang. Diese Szene hatten sie ein dutzendmal durchexerziert.

»He, hast du angerufen oder ich? Wer hat denn diese Frage gestellt?«

»Ich nicht, großer Bruder. Falls es dir nicht aufgefallen sein sollte. Ich habe nicht gefragt, ob du sie in deiner allumfassenden Weisheit zufällig kennst, ich *wollte* dich fragen, ob du irgendwas gehört hast.«

»Aha. Wer war der Kerl, mit dem man dich auf Chaunceys Beerdigung gesehen hat?«

»Das geht dich nichts an.« Mein Gott. Beinahe hätte sich ihre Stimme überschlagen. »Entschuldige. Hab's nicht so gemeint. Das war ein Filmemacher namens Steve Steinman aus Kalifornien. Ausgesprochen netter Mann.«

264

»Aber Jude.«

»Conrad, du verdammter Bastard –«

Aber er lachte. »Du fällst immer wieder drauf rein, Stupido.«

Er hatte recht. Skip war dafür bekannt, daß sie aus dem Zimmer stampfte, wenn ihr Vater eine rassistische oder antisemitische Bemerkung fallenließ. Conrad war nicht besser, aber zu intelligent für solche Äußerungen. Trotzdem machte es ihm Spaß, sie hin und wieder auf die Palme zu bringen.

»Verdammt, Conrad, warum wirst du nie erwachsen?«

»Und wie steht's mit dir?«

Mist. Immer fiel ihm noch was ein. »Conrad, ich brauche wirklich Hilfe. Meine ganze Karriere könnte davon abhängen, ohne Witz.«

»Ohne Scheiße. Herrje, deine ganze Karriere. Das ist ja mal wirklich ein Angebot.«

»Ich hätte dich wahrscheinlich nicht anrufen sollen.« Sie fühlte sich gekränkt und in all die alten Spielchen verwickelt, die er immer gewann.

»Warte mal. Vielleicht können wir einen kleinen Handel abschließen. Ich habe in letzter Zeit ziemlich viele Strafzettel gekriegt.«

»Für falsches Parken?«

»Hm.«

»Wie viele?«

»Ungefähr ein Dutzend.«

»Mein Gott!«

»Wenn du nichts tun kannst, dann sag's nur.«

»Na ja, vielleicht könnte ich ein bißchen was tun –«

Am Ende ließ sie sich darauf ein, sich um fünf seiner Strafzettel zu kümmern, und er versprach, sich wegen LaBelle umzuhören. Das mit den Strafzetteln würde sie in Ordnung bringen, indem sie sie selbst bezahlte. Wenn er weiterhin Strafzettel bekam, konnte Conrad zu einer netten kleinen Quelle werden. Sie fragte sich, ob sie sich Schmiergeld besorgen könnte, um die Strafzettel zu bezahlen.

In Wahrheit versprach sie sich nicht allzuviel von dem Handel, aber Conrad rief nach zwei Stunden zurück und nannte ihr einen Namen. Eins mußte sie Seiner Sonstigen Wertlosigkeit lassen – dem jungen Herrn Ich-werde-es-schon-zu-was-bringen –, abgemacht war abgemacht. Er blieb einfach so lange am Telefon, bis er liefern konnte. Liefern konnte er folgendes – ein alternder Deke namens Hinky Herbert kannte ein Callgirl mit dem Namen LaBelle Doucette, sie würde ihn abends im Tipitina finden.

Falls es in New Orleans noch jemanden gab, von dem Skip weniger hielt als von ihrem Bruder, dann war das Hinky Herbert. Und wenn man sie fragte, wo sie beim besten Willen niemanden ausquetschen wollte, dann im Tipitina.

5

Scheiße! Seine Schwester. Jesus, und André auch noch. Henry hatte ungefähr soviel Lust, Onkel zu spielen, wie ein Laternenpfahl. Und Bruder genausowenig. Er fühlte sich ziemlich scheußlich, viel zu ausgelaugt und konnte sich gerade noch auf den Beinen halten. Ihm war jetzt nicht danach, sich um die Familie zu kümmern. Bitty hatte ihm bereits den letzten Nerv geraubt.

Das Gepolter auf der Treppe brach ab, er öffnete die Tür. »Tag, Schwesterchen.« Sie gab ihm einen Kuß auf die Wange.

»Hallo. Darf André in deinem Schlafzimmer fernsehen? Ich muß mit dir reden.«

Sie mußte mit ihm reden. Er war verblüfft. Er konnte sich nicht erinnern, jemals ein offenes Gespräch mit Marcelle geführt zu haben.

»Klar. Komm mit, Sportsfreund.« Er nahm André bei der Hand und brachte ihn zum Fernseher.

Als er zurückkam, hatte Marcelle sich ein Glas Wein eingeschenkt. Da er dem Alkohol abgeschworen hatte, haßte Henry sie dafür. »Bedien dich nur«, sagte er.

»Danke.« Sie hatte seinen Sarkasmus gar nicht bemerkt. »Henry, mir ist etwas eingefallen. Erinnerst du dich an den Sommer, den wir ohne Mutter in Covington verbracht haben?

Als sie nur an den Wochenenden herauskam?« Sie war in einer schlimmeren Verfassung als er, jetzt fiel es ihm auf. Ihre Stimme klang wie ein abgehacktes Flüstern, und sie schüttete den Wein in sich hinein.

Er nickte, zum Zeichen, daß er sich erinnerte. (Es war nicht seine Art, etwas zu vergessen.)

»Mutter ist auf mich losgegangen.«

»Marcelle, hast du das letzte bißchen Verstand verloren?«

»Sie hat es getan. Sie hat mich gestern danach gefragt. Und dann habe ich mich daran erinnert.«

»An was hast du dich erinnert, sag mal?«

»Sie ist mit einer Art Waffe auf mich losgegangen.«

»Mit einer Waffe? Bitty?« Er trug den ironischen Unterton extra dick auf. »Unser kleines, neunundneunzig Pfund schweres Paket Hilflosigkeit?«

»Mit einem großen Gegenstand.«

»Mit einem M-1-Karabiner vielleicht?«

Sie kaute auf ihrer Unterlippe. »Kein Gewehr. Sie wollte mich nur verprügeln, glaube ich.«

»Dich nur verprügeln. Anstatt was zu tun? Dich umzubringen?«

»Ich... weiß es nicht.« Die Pause zwischen den Wörtern dauerte ziemlich lange, als ob Marcelle wirklich über seine Bemerkung nachdenken müßte.

»Du weißt es nicht? Weißt du eigentlich, was du da redest, Marcelle? Entschuldige, aber hast du gerade deine Mutter beschuldigt, daß sie dich umbringen wollte?«

»Das habe ich nicht! Du hast das Wort Mord ins Spiel gebracht!« Zu seinem Entsetzen fing sie an zu heulen. Sie wandte sich von ihm ab, vor Scham, glaubte er. »Jedenfalls hatte sie einen guten Grund.« Sie fuhr wieder herum, jetzt verlegt sie sich aufs Dramatische, dachte er. Sie sagte mit leiser, ruhiger Stimme: »Ich habe ihr Baby umgebracht, nicht wahr?«

»Du hast was? Du hast das Baby umgebracht? Welches Baby, in drei Teufels Namen?«

»Oh, Henry, bitte. Weißt du, wie bescheuert du dich anhörst?« Verächtlich äffte sie ihn nach: »Welches Baby?« Nach einer Pause fuhr sie mit verhaltener Stimme fort, er hatte sie noch nie so reden gehört – ruhig, aber mit einem dumpfen Unterton: »Glaub mir, mit mir ist alles in Ordnung. Ich schwöre dir, daß alles in Ordnung ist. Aber hör *bitte* auf, mich zu schonen, wie sie das alle mein ganzes verdammtes Leben lang getan haben.« Er hätte nie gedacht, daß soviel Leidenschaft in ihr steckte.

»Ich will dich gar nicht schonen. Ich weiß bloß wirklich nicht, wovon du redest, das ist alles. Welches Baby hast du im Alter von dreieinhalb Jahren höchstpersönlich ins Jenseits befördert?«

»Unsere Schwester, verdammt noch mal! Und hör mit deinem blasierten Getue auf!«

»Unsere Schwester? Du erinnerst dich daran, wie du sie umgebracht hast?«

»Da hast du's! Ich hab's getan, nicht wahr?«

»Vielleicht hättest du's gern getan...«

»Mein Gott, ich war es, ganz bestimmt. An den Teil kann ich mich ausgezeichnet erinnern. Und wahrscheinlich habe ich sie aus ihrer Wiege gekippt oder absichtlich fallen gelassen, als ich sie halten sollte. Stimmt das? Bitte schon mich nicht, Henry. Ich muß wissen, was passiert ist. Bitte!«

»Marcelle, sie hat das Krankenhaus nie verlassen. Das Baby hat den verdammten Heimweg nie erlebt, okay? Du hättest sie gar nicht umbringen können.«

»Sie kam nie nach Hause?«

Er schüttelte bedächtig den Kopf, in der Hoffnung, daß die Nachdrücklichkeit sie ernüchtern würde. »Und außerdem«, sagte er, »ist Bitty nie auf dich losgegangen.«

»Ich erinnere mich aber daran.«

»Dann ist deine Erinnerung falsch.«

»Das Baby kam nie aus dem Krankenhaus nach Hause?«

»Ganz bestimmt nicht.«

»Woran ist sie dann gestorben?«

Henry zuckte mit den Schultern. »Ich weiß es nicht. Hast du schon mal erlebt, daß Erwachsene ihren Kindern davon erzählen?«

»Wenn sie schon größer sind.«

»Na ja, mir haben sie nichts erzählt, okay? Ich weiß nicht, woran sie gestorben ist – sie ist einfach … *gestorben*, alles klar? Mein Gott, Marcelle, du bist unglaublich. Falls es dir noch nicht aufgefallen ist, in dieser Familie ist tatsächlich jemand umgebracht worden. In dieser Woche, mein Täubchen.«

Mit ihren großen Augen funkelte sie ihn an. »Ausgerechnet du bringst es fertig, Chauncey aufs Tapet zu bringen. *Dir* war er doch immer scheißegal. Du hast ihn gehaßt!«

»Und was weiter, Marcelle? Er war mein Vater. Glaubst du, mir würde das gar nichts ausmachen? Aber wer bin ich schon – die Schauspielerschlampe von einem Bruder –, um mich brauchst du dich nicht zu kümmern.« Er wirbelte zu ihr herum, versuchte, sie mit ihrer Taktik zu schlagen. »Aber was ist mit *Bitty*? Was ist mit deiner Mutter? Was glaubst du, wie sie sich jetzt gerade fühlt? Und du mußt dir dein eigenes kleines Drama ausdenken, mitten in der Tragödie. Es ist eine Tragödie, Marcelle, und sie ist echt. Dein Daddy ist tot, und deine Mutter leidet, verstehst du? Würdest du vielleicht nur dieses eine Mal nicht alle Aufmerksamkeit für dich beanspruchen?«

»Du selbstgerechtes Arschloch«, sagte Marcelle verächtlich, aber ohne die Stimme zu heben. Sie wartete eine Sekunde, und dann sah er das unmißverständliche, boshafte Glitzern in ihren Augen. »Ich war heute am frühen Vormittag im Haus unserer leidenden Mutter und habe ihr ein Frühstück gemacht, das ich ihr buchstäblich mit dem Löffel zuführen mußte. Auf ihre Bitte ließ ich sie allein, damit sie ›ihr Schläfchen halten‹ konnte, wie sie es nannte, und bin später wiedergekommen, nachdem ich mit André im Kino war. Als ich ankam, fing sie an, Fragen über den bewußten Sommer zu stellen. Sie hat damit angefangen, nicht ich.« Sie machte wieder eine nervtötende Pause. »Wo warst du denn den ganzen Tag, lieber Bruder?« fragte sie mit einem scheinheiligen Lächeln auf den Lippen.

Vielleicht war sie es eher, die sich in der Schauspielkunst versuchen sollte. »Ich habe gearbeitet«, sagte er.

»Und danach?« Immer noch dieses Lächeln – sie konnte ein unglaubliches Biest sein.

Danach *hatte* er nach ihr gesehen. Bitty war sturzbesoffen gewesen und hatte unzusammenhängendes Zeug geredet. Zu deprimiert, um zu bleiben, hatte er sich einen Fick gesucht, mit dem er den Rest des Tages verbringen konnte. Und jetzt haßte er sich selbst. Weil er seine Mutter allein gelassen hatte, weil er ihr nicht hatte helfen können und sich auf Sex eingelassen hatte, der ihm nichts bedeutete, Tolliver betrogen hatte – bei diesem Gedanken schüttelte er den Kopf, wunderte sich, daß er Tolliver gegenüber so empfand.

Aber was sollte er sonst tun, nachdem er den Drogen und dem Alkohol abgeschworen hatte? Sex war alles, was ihm noch blieb.

»Ich habe nach Bitty gesehen. Als du im Kino warst, vermutlich. Sie schlief.«

»Das läßt sich leicht sagen, nicht wahr?« *Immer noch dieses überhebliche Grinsen.*

»Marcelle, verschwinde. Geh einfach. Und nimm dein Gör mit.«

»Glaub mir, ich würde André nicht einmal für zwei Minuten mit dir allein lassen.«

Er holte aus. Sie taumelte zur Seite und kippte nach hinten über, landete auf dem Boden.

Er half ihr nicht beim Aufstehen. Er stand zitternd daneben, während sie sich schwankend aufrichtete, ihn dabei im Auge behielt, falls er noch einen Versuch unternehmen würde, und machte sich hastig auf die Suche nach André. Er brachte kein Wort heraus und konnte sich nicht von der Stelle rühren, Geist und Körper versuchten, die eigentlich unmögliche Tatsache zu begreifen, daß er sie geschlagen hätte, wenn sie nicht ausgewichen wäre.

Die Tür schlug zu, und er hörte sie rennen, offensichtlich mit André auf dem Arm. Unter diesen Umständen war ihr das Risiko wohl zu groß, mit einem Kleinkind langsam die Treppe hinunterzugehen. Als ihm bewußt wurde, was ihre Angst ihm sagen sollte, begann sein Herz schneller und schneller zu rasen.

Ihm wurde klar, daß der Tod seines Vaters etwas Großes und Unkontrollierbares ausgelöst hatte, etwas, das seltsame Wendungen nahm, die ihn erschaudern ließen. Erleichtert, daß er weder betrunken noch stoned war, ließ er dieses Bild näherkommen und erkannte, daß es wesentlich schrecklicher war, als er zuerst angenommen hatte, die Konsequenzen viel weiter führten. Er wünschte sich sehnlichst, daß Marcelle mit ihrer brennenden Erinnerung gar nicht erst angefangen hätte.

Partner

»Also, was unternehmen wir heute abend?«

Steve trug Jeans und ein Sweatshirt, woraus Skip schloß, daß er nicht besonders scharf darauf war, überhaupt etwas zu unternehmen. Auch sie hatte Jeans an und dazu den Pullover von Jimmy Dee, seinen Beitrag zu ihrer ersten Beinahe-Verabredung vor zwei Tagen. Als sie dieses Outfit wieder aufleben ließ, hatte sie sich überrascht an den Kopf gegriffen und dabei bemerkt, daß er inzwischen kaum noch weh tat. Und noch etwas war mit ihr geschehen, etwas, daß sie bisher nicht gekannt hatte. Sie wollte Steve gefallen, so nett zu ihm sein, wie er in den letzten Tagen zu ihr gewesen war – ihr Vertrauen war groß genug, um dieses Gefühl zuzulassen.

»Was du willst«, antwortete sie. »Das heißt, wenn es dir nichts ausmacht, mich bei einer kleinen Polizeiaktion zu begleiten.«

»Kein bißchen.« Seine Gelassenheit klang etwas gezwungen.

»Aber erst sollten wir etwas essen.«

Sie gingen ins Liuzza, nachdem sie Steve beigebracht hatte, daß man »Liuusa« sagte und nicht »Liiutza«, wie die Yankees aus Kalifornien. Trotzdem schüttelte er über die Speisekarte den Kopf und brummte, daß ein Lokal mit so einem Namen, egal wie man ihn aussprach, schon aus Stolz den Salat des Hauses nicht »Itaker-Salat« nennen sollte. Trotzdem bestellten sie welchen, dazu Knoblauchbrot, gebratene Dillgurken, überbackene Auberginen, Nudeln mit Shrimps und Austern und einen riesigen Humpen Bier. Als sie die Rechnung an sich nahm, protestierte er: »Skip, das kannst du dir nicht leisten.«

Er hatte keine Ahnung, daß das Ganze nicht mehr als achtzehn Dollar kostete. »Ist schon okay, einmal in hundert Jahren. Ich wollte dir sowieso noch für die letzten Tage danken. Daß du so nett zu mir warst.« Die letzten Worte waren ihr schwergefallen.

»Du hättest das gleiche für mich getan.« Er zuckte mit den Schultern.

Aber das hätte sie nicht; niemals hätte sie sich so weit auf jemanden eingelassen, den sie kaum kannte, hätte nie die Geduld aufgebracht, sich ein komplettes »Reinigungsritual« auszudenken – mit einem Wort, sie wäre nie so nett gewesen.

»Ich muß etwas überprüfen, kommst du mit?«

Sie fuhren zu LaBelles Apartment, in dem wie immer kein Licht brannte, aber Steve fand Geschmack an der Sache. »Laß uns durch die Fenster sehen.«

»Das habe ich schon getan.«

»Aber ich nicht. Was soll dabei schon passieren?«

Nichts. Und schließlich habe ich den Abend Steve gewidmet, auch wenn er nichts davon weiß.

»Also gut«, sagte sie.

Steve parkte um die Ecke in der Governor Nicholls Street. Skip ging mit ihm zu dem Seitenfenster, wo sie durch das Loch in der Reispapierjalousie gesehen hatte. Sie richtete ihre Taschenlampe auf das Loch, damit Steve hindurchsehen konnte, aber zuerst warf sie selbst einen Blick in das Zimmer, um sich zu vergewissern, daß der Pullover immer noch auf dem Bett lag. Das Zimmer sah aus wie eine Müllhalde.

»O Scheiße!«

Steve konnte sich offensichtlich keine Sekunde länger beherrschen und riß ihr die Taschenlampe aus der Hand. Er warf einen kurzen Blick in das Zimmer, versuchte, das Fenster zu öffnen, und ging weiter zum Badezimmerfenster, immer noch mit der Taschenlampe in der Hand. »War dieses Fenster neulich auch schon offen?«

Er trat zur Seite, damit sie sehen konnte, was er meinte. »Nein. Verdammt.«

»Ich klettere rein.«

»Das kannst du nicht machen.«

Aber er hatte sich schon zum Fensterbrett hinaufgezogen. Zu spät, um bei Calvin Hogue zu klingeln und im Polizeipräsidium anzurufen. Sie konnte ihn nur noch festnehmen – oder hinterherklettern. Sie zögerte keine Sekunde und folgte ihm, fand auf der Toilettenschüssel Halt, von der Steve gerade hinunterstieg. Vom Badezimmer aus betraten sie den Flur, Steve zuerst, mit der Lampe in der Hand. Plötzlich sah Skip eine überraschende Bewegung. Schnell leuchtete Steve in die gleiche Richtung, und eine dunkel gekleidete Person drehte sich um, rannte ein paar Schritte, blieb stehen, um die Wohnungstür zu entriegeln, und floh. Steve rannte hinterher und lief ihr vor die Füße.

»Stehenbleiben«, rief sie energisch. »Polizei.« Als sie durch die Tür gestürzt war, hielt sie kurz an, um sie zu schließen – ganz die brave Bürgerin –, wobei sie kostbare Sekunden verlor.

Die rennende Gestalt – Skip konnte nicht erkennen, ob es ein Mann oder eine Frau war – hatte den nächsten Häuserblock erreicht, der hünenhafte Steve lief im Abstand von einem halben Block hinter ihr her. Sie war jämmerliche Dritte.

»Stehenbleiben!« rief sie wieder. Die Gestalt dachte überhaupt nicht daran, dem Befehl zu folgen. An der Governor Nicholls Street bog sie nach rechts ab. Sehr gut. Sie würde Steve die Verfolgung zu Fuß überlassen, während sie mit dem Wagen hinterherfuhr. So konnte die Gestalt nicht im Dunkeln verschwinden, während sie damit beschäftigt war, den Wagen in Gang zu bringen. Sie wollte sich gerade mit der Idee anfreunden, als ihr ein unangenehmer Gedanke kam.

Es ist Steves Wagen.

Aber Steve, der offensichtlich die gleiche Idee hatte, blieb stehen und suchte nach seinen Autoschlüsseln. Als Skip an ihm vorbeirannte, sagte er: »Du folgst ihm zu Fuß. Ich hole dich dann ein.« Der Plan war gut, und sie hätte ihm für seine schnelle Reaktion Beifall spenden müssen und auch dafür, daß es ihm nicht scheißegal war, was aus der Verfolgung wurde, aber sie war wütend. Ein Zivilist hatte ihr gerade Befehle erteilt, obwohl das hier eindeutig Sache der Polizei war, und das machte sie wütend, egal, wer der Zivilist war. Aber sie stampfte hinter dem Eindringling her und griff nach ihrer Waffe. Er bog in die Tremé Street ein, und als sie dort angekommen war, war er verschwunden. Mit gezückter Pistole sah sie nach rechts und nach links und kam sich wie ein Idiot vor. *Wo, zum Teufel, konnte der Kerl stecken?*

Hinter sich hörte sie jetzt ein Auto, ziemlich sicher war das Steve. Ihre Augen suchten noch immer die Straße ab, als Steve mit dem Wagen um die Ecke bog, und jetzt wäre sie vor Wut am liebsten geplatzt. Sie, eine Polizistin, hatte vor den Augen eines blutigen Amateurs einen Einbrecher entwischen lassen.

»Steig ein, Skip.«

Sie winkte Steve vorbei, ohne die Straße aus den Augen zu lassen, als ob sie das Versteck des Einbrechers mit magischem Blick bannen könnte.

»Steig ein!« wiederholte er ungeduldig. »Da ist er!«

Ein Auto scherte nur wenige Meter vor ihnen mit quietschenden Reifen aus einer Parklücke. Im gleichen Augenblick wußte sie, was passiert sein mußte. Er hatte sich von der Straße aus unter seinen Wagen gerollt und war weitergekrochen, um die Tür zu öffnen, die er so präpariert hatte, daß die Innenbeleuchtung nicht anging. Sie hatte einfach in eine andere Richtung gesehen, als er auf den Fahrersitz geschlüpft war.

Skip sprang zu Steve in den Wagen, inzwischen so wütend (auf sich selbst, auf Steve eigentlich nicht), so voller Adrenalin, daß ihr die möglichen Konsequenzen einer Verfolgungsjagd in einem Privatauto gar nicht erst in den Sinn kamen.

Verfluchte Scheiße, war der schnell. Er führte sie um absurde Ecken und Kurven, aber an der North Rampart wurde er schon von einer roten Ampel aufgehalten. Er bog links ab und dann wieder rechts auf die Elysian Fields. Hier im Marigny konnte man ihn gut von der Straße abdrängen. Steve versuchte es, aber der Kerl hatte starke Nerven und glaubte offensichtlich, schnell genug zu sein, um sie in diesem Labyrinth von schmalen, kurvenreichen Straßen abzuhängen. Er bog nach rechts in die Burgundy Street und dann gegen die Fahrtrichtung in die Frenchman Street. Am Washington Park hätten sie beinahe ein Auto gerammt.

Skip hielt die Luft an, bis sie wieder auf der Esplanade Avenue in Richtung City Park fuhren, immer geradeaus. Sie wußte, daß ihre Jagd nicht lange auf gerader Strecke weitergehen konnte, hoffte aber, daß sie ihn vorher an einer Ampel einholen konnten. Sie hatte so eine Ahnung, daß die Ampeln ihm zum Verhängnis werden mußten. Jetzt schaltete die nächste auf Rot.

Unerschrocken fuhr er zurück über die North Rampart nach

Tremé und bog nach rechts auf die North Claiborne Avenue, offensichtlich wollte er die Schnellstraße erreichen. Und wenn er das schaffte, waren sie am Ende. Verdammt! Er schaffte es, mit einer Haarnadelkurve bei Touro. Diese Auffahrt nahm kein Ende, und schräg war sie auch. So wie Steve sie nahm, fühlte sich Skip wie auf der Achterbahn, sogar ihre Hände waren schweißnaß.

»Was, zum Teufel, sollen wir machen«, fragte Steve, »wenn wir ihn kriegen?«

»Über Funk Verstärkung anfordern?« Sie schwieg eine Sekunde. »Pardon, das hab ich vergessen – wir sitzen im falschen Auto.«

Steves Gesichtszüge waren starr, er antwortete nicht. Ihre Schlagfertigkeit beruhigte sie. Diese endlose Auffahrt half ihr seltsamerweise, das Gleichgewicht wiederzufinden, sowohl für sich selbst als auch in bezug auf Steve. In dieser Situation mußte er wissen, wer der Boß war – das konnte ihnen beiden das Leben retten.

In sanfterem Ton sagte sie: »Vielleicht könnten wir ihn von der Straße abdrängen – es war gut, daß du es bei Elysian Fields versucht hast. Das ist wahrscheinlich unsere einzige Chance.«

»Freut mich, daß du weißt, was du tust.« Sie sah, daß ihm der Schweiß die Nase herunterlief. Sein Adrenalinstoß ließ nach.

»Bist du okay?« fragte sie.

»Alles klar.«

Aber sie war sich nicht sicher, ob sie ihm glauben konnte. Um ihn zu beruhigen, redete sie weiter. »Was meinst du, was für einen Wagen er fährt?«

»Hochkarätiger Toyota – ich vergesse immer, wie der heißt. Baujahr '85, glaube ich.« Seine Stimme klang fester, nachdem sie ein Gebiet erreicht hatten, auf dem er sich auskannte.

»Sein Nummernschild hast du nicht erkennen können?«

Er schüttelte den Kopf, anscheinend wollte er nicht sprechen, um sich besser auf die Fahrbahn zu konzentrieren. Langsam wurde er ihr lästig – auch eine Möglichkeit, mit dem Geruch von Angst umzugehen, dachte sie. Aber sie wußte, daß es keinen Sinn hatte, ihn dazu zu überreden, die Jagd abzubrechen, und so groß war seine Angst noch nicht, daß er falsche Entscheidungen treffen würde.

Sie rasten am Medical Center der Louisiana State University vorbei, dann am Superdome und auf die South Claiborne. Plötzlich bog der Toyota in die Washington Avenue ein, und sie fuhren an den Slums vorbei. Es schien ganz ruhig hier, irgendwie verlassen. Skip erschauderte in einem Anflug von Panik, wie sie die Weißen oft überfällt. Dieses Gefühl hatte sie noch nicht einmal in Tremé gehabt. Sie fragte sich, ob der Fahrer vor ihnen das gleiche empfand – und ob er überhaupt ein Weißer war. Steve trat das Gaspedal bis zum Anschlag durch, aber der Abstand zum Toyota verringerte sich nicht. Es kam ihr so vor, als ob sie schon etliche Meilen auf der Washington Avenue zurückgelegt hätten, als eine Ampel auf Rot umschaltete. Wie immer bog der Toyota nach links ab, in die St. Charles Avenue.

Skip hielt es nicht mehr aus. »Das ist doch idiotisch!« schrie sie.

»Was findest du so idiotisch?« fragte Steve sanft, als ob er eine Hysterikerin beruhigen wollte.

Wirklich großartig. Anscheinend hatte er sich wieder unter Kontrolle, nur weil er sich einbildete, mit seiner Männlichkeit eine Frau zu beschützen, die die Beherrschung verlor. »Sei nicht so überheblich«, sagte sie. »Ich habe mich voll in der Gewalt. Der geht mir nur auf die Nerven. Siehst du nicht, was er vorhat? Wir fahren wieder in die Innenstadt.«

»Na und?«

»Wir waren gerade in der Uptown!« Vermutlich konnte nur ein Einheimischer begreifen, was er für sinnlose Schlenker fuhr, dachte sie. Und dann fiel ihr auf, daß das mit Sinnlosigkeit nichts zu tun hatte – der Kerl versuchte lediglich, sie um jeden Preis abzuhängen. Er hatte gar keinen Plan – er fuhr ziellos durch die Gegend. Nachdem ihr das klargeworden war, fiel ihr auf, daß darin ihr Vorteil lag. Wenn der verdammte Toyota bloß nicht so schnell wäre.

Sie beruhigte sich, legte eine Hand auf Steves Oberschenkel und sah ihn an. »Wie fühlst du dich?«

Für einen kurzen Moment sah auch er zu ihr hinüber und

lächelte sie an. »Ich hab mich noch nie so gut amüsiert, wenn ich ehrlich bin.«

Noch besser. Er nahm ihre Verfolgungsjagd eines Kriminellen gar nicht ernst. Vielleicht wollte er sie aber auch nur beruhigen. Sie hätte gern gewußt, welche ihrer Vermutungen richtig war, aber noch viel sehnlicher wünschte sie sich, sie wäre gar nicht erst in die Situation gekommen. *Andererseits, wenn alles gut geht, dann kann ich vielleicht in den nächsten paar Minuten Chaunceys Mörder verhaften.*

Am Lee Circle machte der Fahrer des Toyota einen kleinen Schlenker zur Howard Street, die zur Camp Street führt. Von der Camp Street bog er in die Canal Street, die kurz vor dem Fluß einen Bogen macht, und der Bogen führt – zu spät fiel Skip auf, daß der Fahrer doch einen Plan hatte –, der Bogen endet an der Fähre. Als sie ankamen, fuhr der Toyota gerade auf die Fähre.

Skip warf einen kurzen Blick auf die Ampel. Grün. Noch war es nicht zu spät. Sie sagte: »Ich kann's nicht fassen«, und Steve, der die Situation sofort begriffen hatte, fuhr triumphierend auf die Rampe.

Sie sahen sich an, grinsend, unfähig, ihr gemeinsames Entzücken zurückzuhalten.

»Erwischt!« sagte Skip und schlug sich auf die Schenkel.

Steve sagte: »Wie eine Ratte sitzt er in der Falle.«

»Oder sie.«

Skip war schon ausgestiegen, mit der Waffe im Gürtel, bevor Steve den Motor ausgeschaltet hatte. Diesmal wollte sie nicht, daß er ihr im Weg stand und sie behinderte. »Du bleibst im Wagen. Das meine ich ernst.« Sie wußte, daß die Bemerkung nichts nützen würde.

Der Fahrer hatte weiter vorne auf der Fähre gehalten und sich niedergekauert, wahrscheinlich war ihm inzwischen bewußt geworden, daß er eine unglaubliche Dummheit begangen hatte, als er in Panik auf die Fähre gefahren war. Aber die Metapher mit der Ratte traf zu – gefangene Tiere waren gewalttätig, und er trug möglicherweise eine Waffe.

Skip hielt ihre Marke hoch und blaffte: »Polizei. Treten Sie bitte zurück. Treten Sie zurück.«

Ein paar Halbwüchsige traten zurück und Steve mit ihnen, wie sie erleichtert bemerkte.

Sie stand hinter dem Toyota und erhob die Stimme: »Ich will Ihre Hände sehen. Kommen Sie hoch, und legen Sie die Hände hinter den Kopf. Sofort.«

Nichts geschah. Was sollte sie jetzt tun? Sie konnte dem Fahrer fünf Sekunden Zeit geben, in der Hoffnung, daß er die Nerven verlor, oder den Wagen stürmen. Sie brauchte Verstärkung. Gern hätte sie Steve gebeten, die Tür zu öffnen, damit sie mit der Waffe schneller war, aber sie durfte sein Leben nicht noch mehr in Gefahr bringen.

Vergiß das mit den fünf Sekunden. Du bist zu nervös.

Sie riß die Beifahrertür auf. Auf dem Vordersitz war niemand zu sehen. Sie riß die Rücklehne nach vorn, aber inzwischen wußte sie, was sie vorfinden würde – nichts.

Sie trat gegen das Auto, brüllte laut »Scheiße!« und rannte auf die Treppe zum Passagierdeck zu. Hinter sich hörte sie Schritte – mit ziemlicher Sicherheit Steves. Jemand sagte: »Was für Ausdrücke!«, und eine Gruppe von Männern fing an zu lachen.

Als sie auf dem Oberdeck angekommen war, legte die Fähre ab. »Scheiße!« sagte sie noch einmal, jetzt war ihr klar, was abgelaufen war. Die Ratte hatte sie überlistet. Der Toyota-Fahrer war einfach die Treppe hinaufgestiegen und hatte die Fähre verlassen. »Quadratscheiße!«

Steve legte seine Hand auf ihre Schulter, aber sie schüttelte sie ab. Sie war nicht in Stimmung, um sich trösten zu lassen.

Auf dem Deck war nur ein Passagier, ein Schwarzer, der vor sich hin döste. Sie steckte die Waffe wieder in den Gürtel und tippte ihm auf die Schulter. »Entschuldigen Sie bitte, Sir.« Er zuckte zusammen und schlug die Augen auf. »Haben Sie vor ein oder zwei Minuten jemanden von Bord gehen sehen?«

Er schüttelte den Kopf und schloß die Augen wieder. Einen kurzen Moment fragte sie sich, ob er der Fahrer des Toyota gewesen sein könnte, aber sein Körperbau schien nicht zu stimmen – viel zu untersetzt. Außerdem trug er ein gelbes Hemd, der Einbrecher war dunkel gekleidet.

Steve fragte: »Was machen wir jetzt?«

»Wir fahren nach Algiers«, sagte sie. »Es könnte trotz allem sein, daß er noch an Bord ist. Ich werde mich mal umsehen. Kann ich mich darauf verlassen, daß du hierbleibst?«

»Er ist nicht mehr auf der Fähre.«

Ein Stich in der Magengegend sagte ihr, daß er recht hatte. »Ich muß mich trotzdem umsehen.«

Sie entfernte sich, ohne ihm noch einen Blick zuzuwerfen, und redete sich selbst ein, daß sie fest davon überzeugt sei, er würde ihre Anweisungen befolgen.

Es war nur noch eine Frau an Bord, und sie war zu alt, zu plump und zu klein. Keinerlei Ähnlichkeit mit der Person, die sie gejagt hatten. Unter den Männern gab es ein oder zwei Kandidaten, aber keiner paßte wirklich zu ihrer Beschreibung – entweder stimmte etwas mit der Bekleidung oder mit der Statur nicht ganz.

Skip ging zurück zu dem Toyota, den sie durchsuchen wollte, und traf auf Steve, der daneben Wache stand (wofür sie ihm dankbar war). Nach Fingerabdrücken am Türgriff zu suchen, dachte sie, hatte sicher keinen Zweck. Jede noch so geringe Möglichkeit hatte sie wahrscheinlich selbst zunichte gemacht. Sie öffnete die Tür und sah, was ihr beim ersten Mal entgangen war, daß vorne ein Strumpf am Boden lag – oder vielmehr die Hälfte einer Strumpfhose, von der sie annahm, daß sie als Maske verwendet worden war – und ein Paar Kunstlederhandschuhe. Im Handschuhfach fand sie nur Straßenkarten. Sonst lag nichts in dem Auto, nicht einmal Schlüssel.

In Algiers stiegen alle aus, außer Steve und Skip. Niemand kümmerte sich um das Auto. Skip machte den Kapitän ausfindig, der ihnen bei der gründlichen Durchsuchung der Fähre helfen sollte. Sie fanden keine blinden Passagiere.

Auf der Rückfahrt gingen sie aufs Passagierdeck, um sich zum ersten Mal seit über einer Stunde zu entspannen. Sogar jetzt, im Winter, spürte sie die Trägheit des Flusses. Es war kalt, und Steve versuchte, sie an sich zu ziehen, aber sie entzog sich.

An Land rief sie kurz an, um den Toyota abschleppen und erkennungsdienstlich behandeln zu lassen, außerdem ließ sie das Nummernschild überprüfen. Es war auf einen Horton Charbonnet angemeldet, der Name sagte ihr nichts. Aber ihre Gedanken kreisten nicht um das Auto – sie kehrten zu LaBelle zurück, in deren Wohnung sie sich mit Leuten von der Spurensicherung und dem Morddezernat treffen würde. Steve und sie wechselten kaum ein Wort auf der Rückfahrt. Skip dachte darüber nach, wie sie ihm sagen sollte, was gesagt werden mußte.

Aber er hatte es bereits erraten. Als er den Wagen einparkte, fragte er: »Soll ich draußen warten?«

»Tut mir leid. Das ist jetzt ein Tatort.«

»Soll ich nach Hause fahren?«

»Es sei denn, du hast Lust, ins Tipitina zu gehen.«

»Du bist verrückt. Du willst noch tanzen gehen? Nach diesem Abend?«

»Das nicht gerade. Ich muß mich da mit jemandem treffen. Willst du mitkommen?«

Er zuckte mit den Schultern. »Na klar.«

»Ich hole dich, wenn die anderen da sind. Du warst Zeuge, und wir müssen dich verhören. Tu mir nur einen Gefallen – mach ihnen klar, daß ich dich nicht davon abhalten konnte, durch das verdammte Fenster einzusteigen.«

Sie gab ihm einen Kuß auf die Wange und ging in LaBelles Wohnung zurück. Hier sah es wüst aus. Überall lag Staub, eine Pflanze war eingegangen, Anzeichen, daß die Bewohnerin in letzter Zeit nicht zu Hause gewesen war, und dann gab es Hinweise auf eine Durchsuchung – nichts war zerstört, aber achtlos beiseite genommen und auf dem Boden verteilt. Ein Blick durch alle Räume sagte ihr, daß der Einbrecher nicht auf Anhieb gefunden hatte, was er suchte. Sämtliche Zimmer hatte er auf den Kopf gestellt, auf der Suche nach einem Safe alle Bilder von den Wänden genommen – eine absurde Idee in so einem Haus, dachte Skip. Da sie keine Handschuhe bei sich hatte, benutzte sie eines von LaBelles Papiertüchern, um keine Spuren zu verwischen.

Es gab nicht viele Papiere – bezahlte Rechnungen hatte LaBelle gesammelt, Steuerunterlagen gab es nicht und auch keine Bücher. Aber im Wohnzimmer befand sich eine gute Schallplattensammlung, hauptsächlich Jazz und andere Musik von schwarzen Musikern. Sämtliche Platten waren aus ihrer Hülle herausgenommen, einige Covers zerrissen worden. Auf dem Wohnzimmertisch lag ein billiges Album, aufgeschlagen und mit dem Gesicht nach unten, als ob man es ausgeschüttelt hätte. Es war elfenbeinfarben und mit einer hübschen Kordel gebunden. Mit dem Papiertuch drehte sie es vorsichtig um.

In dem Album klebten Zeitungsausschnitte, Artikel über die St. Amants, speziell über Chauncey. Aber immer wenn Bittys oder Marcelles Anwesenheit bei einem offiziellen Lunch in den Klatschspalten erwähnt worden war, war der ganze Artikel ausgeschnitten und die entsprechende Stelle mit einer manchmal sehr krakeligen Linie unterstrichen worden. Praktisch jeder Schritt von Chaunceys Karriere war in der Zeitung festgehalten worden – seine politischen Beiträge, seine Arbeit in den Ausschüssen und als Präsident einer Bank, die viel für die Stadt tat. Mit Henry befaßten sich nur zwei Artikel – die Ankündigung einer Theaterpremiere, bei der er mitspielte, und dann eine Besprechung der Aufführung.

Es handelte sich um die peinlich genaue Chronik eines Jahres aus dem Leben der St. Amants – genaugenommen von vierzehn Monaten. Weiter zurück ging sie nicht.

Noch ein Gegenstand weckte Skips Aufmerksamkeit – ein gerahmtes Bild einer Straßenszene in New Orleans, laienhaft, aber liebevoll gemalt, offensichtlich von einem Amateur – Skip tippte auf Philomena Doucette, im Malkurs irgendeines Seniorenzentrums. Es hatte mit der Vorderseite nach unten am Boden gelegen, und sie meinte auf der Rückseite noch Reste von Klebeband zu entdecken, als ob dort jemand etwas heruntergerissen hätte. Nachdenklich ruhte ihr Blick auf dieser Stelle, und sie fragte sich, was das bedeuten könnte, als die diensthabende Beamtin von der Mordkommission eintraf – Sylvia Cappello –, jung, aufgeweckt und ganz bei der Sache.

Ein Mann von der Spurensicherung traf ein und begann mit seiner Arbeit, während Skip Cappello über den Zusammenhang zwischen dem Mordfall und dem Einbruch informierte. Dann zeigte sie ihr das Album und das Gemälde mit den Klebebandspuren. Cappello bezweifelte die Sache mit dem Klebeband anscheinend, aber zumindest blieb sie höflich. Sie war etwas kurz angebunden – vielleicht aus Unsicherheit –, gehörte aber auf jeden Fall zu den Leuten, mit denen Skip auskommen konnte. Mit Freuden hätte sie O'Rourke gegen sie eingetauscht.

Cappello befragte Steve höflich und sachlich, nur als sein Einstieg in LaBelles Wohnung zur Sprache kam, wurde sie etwas ungeduldig. Er behauptete inzwischen, er hätte ein Geräusch gehört – obwohl Skip nichts bemerkt und vorher auch nichts davon erwähnt hatte.

Cappello deutete mit dem Bleistift auf ihn. »Sie hatten eine Polizeibeamtin dabei. Warum haben Sie ihr Ihre Beobachtung nicht mitgeteilt?«

»Ich habe nicht nachgedacht. Ich war zu aufgeregt.«

»Wenn eine Zivilperson bei einer anderen einsteigt, nennt man das Hausfriedensbruch.«

Steve antwortete nicht.

»Ich nehme an, daß Officer Langdon Sie bereits festgenommen hätte, wenn sie es für notwendig halten würde, aber sie hat Sie mit Sicherheit ausdrücklich verwarnt, und das tue ich hiermit noch einmal.« Sie hatte tiefschwarze Augenbrauen, die sie bedrohlich zusammenzog.

»Ich verstehe. Es tut mir leid«, sagte Steve ganz leise, kaum lauter als ein Flüstern, und Skip hätte ihm seine Zerknirschung beinahe geglaubt.

Es war kurz nach halb zwölf, als sie sich auf den Weg ins Tipitina machten – immer noch früh. Ursprünglich hatte sie allein hingehen wollen – Hinky Herbert würde sowieso erst auftauchen, wenn anständige Leute von ihrem Samstagsschwof längst heimgekehrt waren und sich für eine lange Winternacht zusammengekuschelt hatten. Mit Leichtigkeit hätte sie es nach ihrem ausgefüllten Abendprogramm ablehnen können, die Nacht mit Steve zu verbringen, um dann später wieder auszugehen, ohne daß er etwas davon mitbekam. Sie hatte sich aber schon in dem Moment dafür entschieden, ihn mitzunehmen, als sie ihren Pullover angezogen und beschlossen hatte, ihm den Abend zu schenken.

»Ist das hier euer Uptown-Schuppen?« fragte Steve, als sie tatsächlich vor einem Schuppen hielten, der noch dazu ziemlich überfüllt war, junge Leute, vermutlich Studenten, standen in Grüppchen draußen auf dem Gehsteig.

»Uptown ist eine Geisteshaltung und zugleich ein geographischer Ort«, sagte Skip. »Und daß wir hier in der Uptown sind, läßt sich nicht leugnen. Du mußt dir das Volk nur ansehen.«

»Die sehen in ihren Hard-Rock-T-Shirts doch alle gleich aus.«

»Du mußt auf ihre Turnschuhe achten. Reeboks bedeuten hier das gleiche wie überall.«

Sie betraten eine dunkle Scheune mit Wellblech an den Wänden, einer Bar und einer Bühne. Ein Haufen Jugendlicher stand herum und trank Dixies. Skip biß die Zähne zusammen, während sie sich zur Bar durchkämpften, und dachte, daß Hinky Herbert für diese Szene ein bißchen zu alt war.

Und dennoch, wenn sie sich umsah, erinnerte sie sich an die Zeiten, in denen sie selbst hier verkehrt hatte. Damals wie heute war dies die Domäne der Studenten, aber trotzdem fand man in der Menge auch damals schon alle Altersklassen. Schon immer hatte es ein paar Leute gegeben, die eigentlich zu alt waren, wie Steve und sie, und unauffällig gekleidet, unkonventionelle Typen aller Altersklassen, die weiß Gott was anhatten, und wesentlich ältere, die Vierzig- bis Sechzigjährigen, in Ausgehklamotten – manchmal, besonders an Karneval, in Abendgarderobe. Tipitina war unglaublich »in« und wurde deshalb oft von den abgeklärten älteren (über fünfundzwanzigjährigen) Leuten mit Verachtung gestraft: Sie überließen den Schuppen lieber den Kids und den Hinky Herberts. Aber jedesmal, wenn sie unter lautem Protest hierher geschleppt wurde, erinnerte sie sich daran, was den Laden so attraktiv machte – die Musik war unschlagbar.

Heute abend war Charmaine Neville die Hauptattraktion, und im Moment beherrschte eine große Dicke namens Marvella Brown die Bühne. Sie hatte den üblichen Umfang, ihre Bewegungen und die Witze erinnerten an Mae West, mit zynischen Songs rückte sie ihre Männer in ein schlechtes Licht, dazu kamen die üblichen drei weiblichen Backgroundsängerinnen, zwei davon im üblichen verführerischen Dreß und die dritte im schwarzen Rock mit schlichtem Jackett, was Skip zu der Bemerkung veranlaßte, sie sei wohl direkt vom Flughafen hierhergerast und habe keine Zeit zum Umziehen gehabt. Steve meinte, nein, sie gehörte wahrscheinlich irgendeiner christlichen Vereinigung an, eine Vorstellung, die sich mit Marvellas Texten nur schwer in Einklang bringen ließ.

Die knochigen Schultern von Hinky Herbert waren nirgends zu sehen. Von Zeit zu Zeit ließ Skip ihren Blick über die Menge schweifen, entdeckte hier und da jüngere Geschwister ihrer Altersgenossen, von denen sie keiner erkannte. Zu stoned, zu besoffen oder in mehr als nur einem Fall zu blöd, dachte sie.

Marvella stürzte sich mit ihren diversen hundert Pfund ins Finale, als Skip Hinky Herberts besten Freund von der Grundschule entdeckte, Bobby Alexander. Aha, wo Bobby war, konnte Hinky Herbert nicht weit sein. Bobby hatte einen Arm um ein weibliches Wesen gelegt, das Skip für seine Frau zu schmächtig vorkam, trotzdem mußte sie es sein – Tipitina am Samstagabend war nicht der richtige Ort für Seitensprünge. Da kam Hinky auch schon, mit drei Dixies in den Händen. Bobby ließ die Frau los und nahm sich ein Bier. Sie beugte sich vor, um sich auch eins zu nehmen, und Skip brach plötzlich der Schweiß aus. Mein Gott, sie hatte Skip gesehen. Sie winkte. Die anderen drehten sich um und winkten ebenfalls. Es war Mary Earle O'Rourke, die Gattin von Frank dem Tyrannen.

Bis die Pause anfing und sie und Steve sich mit frischen Dixies versorgt hatten, hatte sich ihr Herzschlag wieder beruhigt. Ihr Opfer hatte sie davor bewahrt, sich in dem Gedränge auf die Suche zu machen – oder zumindest seine Begleitung, Bobby und Mary Earle. (Wie Tolliver sah man auch Hinky Herbert selten mit einer Frau, obwohl niemand ernsthaft glaubte, daß er schwul wäre. Man ging einfach davon aus, daß er für gewöhnlich zu betrunken war, um sich für irgend etwas anderes als Musik zu interessieren.)

Nachdem Skip Steve vorgestellt hatte, sagte Mary Earle: »Wie ich gehört habe, kennen Sie Bobby bereits.«

»Seit dem Kindergarten. Aber ich wußte nicht, daß Sie ihn kennen.« Ihr Blick wanderte von Mary Earle zu Bobby.

»Darf ich dir meine neue Verlobte vorstellen?« sagte Bobby.

Skip sah erstaunt zu Mary Earle. »Er meint es ernst, Schätzchen«, sagte sie. »Ich habe Frank vor einem halben Jahr verlassen – wußten Sie das nicht?«

»Nein.«

»Wir leben zusammen«, sagte Bobby. »Es war nicht so leicht für JoAnn…«

»Ich denke, für Frank ist es auch nicht so einfach. Ich weiß, wovon ich rede. Wir haben zusammen gearbeitet.«

»Mir ist zu Ohren gekommen, daß er in letzter Zeit ziemlich mürrisch sein soll. Irgendwer hat mir erzählt, daß sogar Joe es nicht mehr mit ihm aushält.«

»Denken Sie daran, zu ihm zurückzukehren?«

Bobby verzog das Gesicht. »Müssen wir unbedingt über Frank reden?«

»Darf ich Sie zu einem Bier einladen, Bob?« fragte Steve, dem keineswegs entgangen war, daß Bobby bereits eines hatte, und Skip hätte ihn dafür küssen mögen. Sie nutzte die Unterbrechung so, wie sie gedacht war, und seilte sich ab.

Hinky Herbert lehnte an der Bühne, beide Arme um die Taille einer italienischen Schönheit von etwa achtzehn Jahren geschlungen. »Tag, Romeo.«

»Tag, liebste Skip.« Sein Lallen hörte man kaum. Er ließ das Mädchen los und umschlang dafür Skip. »Wie geht's deinem Bruder?«

»Das solltest du eigentlich selbst wissen. Du hast doch heute mit ihm gesprochen, oder?« Über die Schulter sah sie, wie sich die junge Schönheit entfernte. Hinky ließ Skip los.

»Mit ihm gesprochen?«

»Hat er nicht bei dir angerufen, um dir zu sagen, daß du dich hier mit mir treffen sollst?«

»Ist das ein Komplott?« röhrte er und fand die Idee zum Schreien komisch.

»So ähnlich. Es geht um dienstliche Angelegenheiten. Bist du
sicher, daß Conrad wirklich nicht mit dir geredet hat?«

»Ganz sicher.«

»Und woher wußte er dann, daß du hier bist?«

Er röhrte wieder los. »Liebste, ich bin sieben Tage in der Woche hier. Das weiß jeder. Und wenn ich nicht hier bin, dann bin
ich bei Jimmy, und wenn ich nicht bei Jimmy bin, dann bin ich
im Maple Leaf, und wenn ich nicht im Maple Leaf bin...«

»Ich hab schon verstanden, Hinky.«

Skip haßte klischeehaftes Denken und ertappte sich selbst
nicht gern dabei, aber Hinky erinnerte sie immer an Weißbrot.
Trotz seines französischen Nachnamens (und möglicherweise
katholischen Glaubens, aber das wußte Skip nicht genau) kam
er ihr so weich und farblos wie ein typischer WASP vor und
hätte jedem x-beliebigen Woody-Allen-Film entsprungen sein
können. Nicht in der Rolle des brillanten reichen Sprößlings,
der an Regattas teilnahm und Ski fuhr, sondern als Cousin aus
der Stadt, der zuviel trank und sich so verrückt benahm, daß er
in Windeseile zum Maskottchen der Studentenverbindung
wurde.

Kein Wunder, daß er nie eine Frau abbekam, dachte Skip – er
war eine Witzblattfigur, mit seinen schmalen Schultern, der
teigigen Haut, der Brille, dem dünnen, aschblonden Haar und
einem unglaublich leeren Gesichtsausdruck. Man blickte um
sich und dachte »keiner zu Hause«, und wenn man gerade weitergehen wollte, dann sagte er entweder etwas Dämliches, Pro-
vozierendes, ausgesprochen Gemeines oder einfach nur Ungewöhnliches, je nachdem, wie betrunken er gerade war. Und
manchmal blieb man dann stehen und redete mit ihm, weil
einen seine Unauffälligkeit faszinierte.

»Sag mal, was ist denn mit Bobby und Mary Earle?« fragte
sie.

»Wußtest du das nicht? Alison Gaillard ist doch sonst nicht so
nachlässig.«

»Alison und ich haben nicht viel miteinander zu tun«, sagte
sie und ärgerte sich, weil es stimmte und sie Alison doch als
Informationsquelle benutzt hatte.

»Liebste, das ist aus erster Hand.« Seine Brillengläser waren sehr dick, aber Skip meinte trotzdem, ein schadenfrohes Glitzern dahinter zu entdecken. »Bei Bobby und JoAnn hat jemand eingebrochen und JoAnn überfallen. Mary Earle –« bei ihrem Namen hob er die Stimme – »hat den Fall bearbeitet.«

»Ach du lieber Himmel.«

Hinky hob die rechte Hand zum Schwur. »Das ist die Wahrheit.«

Skip fragte sich, ob ihr Gesicht grün angelaufen war. »Was meinst du mit ›überfallen‹? Vergewaltigt?«

»*Mary Earle* sagt nein. *Mary Earle* sagt, bei der medizinischen Untersuchung hätte man keinerlei Anzeichen bemerkt. Und weißt du was? Der sogenannte Vergewaltiger hat ihren Ehering geklaut. Erinnerst du dich an den Ring? Bobby hat ihn aus drei Ringen seiner Großmutter machen lassen – mindestens fünfzig Karat und reines Gold. Das scheußlichste Ding, das man je gesehen hat.«

Skip nickte. Wer diesen Ring einmal gesehen hatte, vergaß ihn bestimmt nicht.

»Na ja, Bobby fand ihn ungefähr eine Woche später, als er ganz *zufällig* in JoAnns Wäscheschrank sah. Und nachdem er ihn gefunden hatte, dachte er, daß er mit Sergeant O'Rourke noch einmal über den Fall sprechen müßte. Und außerdem kam er auf die Idee, JoAnn nichts von seinem Fund zu sagen – schließlich kann man einen gestohlenen Gegenstand nicht mehr stehlen, oder?«

Ehrfurchtsvoll sagte Skip: »Also konnte sie den Diebstahl nicht noch einmal anzeigen.«

»Brillant, findest du nicht?«

»Aber was hat sich JoAnn dabei gedacht?«

»*Also*...«, er dehnte das Wort so dramatisch, wie er nur konnte, »...Alison Gaillard meint, daß JoAnn ein Verhältnis mit Jo Jo Lawrence hatte...«

»Wer hat das nicht?«

Hinky sah sie mit boshaft funkelnden Augen an. »Du auch, meine Liebe? Ich hätte nicht gedacht...«

»Natürlich nicht, du Idiot.« Verdammt! Sie war auf sein Spiel reingefallen.

»Also, jedenfalls dachte JoAnn, sie wäre schwanger, und Bobby ist total knickerig. Sie hatte kein Geld für eine Abtreibung. Also hat sie den Ring versetzt, um den Arzt zu bezahlen, und die sogenannte Vergewaltigung inszeniert. Aber dann bekam sie am nächsten Tag ihre Periode und hat den kleinen Klunker wieder ausgelöst. Geschickt eingefädelt, findest du nicht?«

»Ach, Hinky, warum, in aller Welt, hat sie sich das Geld nicht einfach gepumpt? Oder von Jo Jo geben lassen?«

»Du übersiehst den besten Teil der Geschichte, meine Liebe. So brauchte sie das häßliche Scheißding nicht mehr zu tragen.«

Skip lachte. »Das hast du alles von Alison?«

»Na ja, weißt du...« Sie hatte gar nicht gewußt, daß Hinky rot werden konnte. »...als diese Romanze anfing und Bobby einen Abend mit Mary Earle aus war, bin ich mit JoAnn...«

»Sag's nicht, das halte ich nicht aus!« Skip hielt sich die Ohren zu, aber ihre Sorge war unnötig. Charmaine Nevilles Auftritt hatte gerade angefangen, sie schleuderte ihre wilde Mähne zum Salsa-Rhythmus. Hinky hatte sich wieder zur Bühne gewandt. In der einen Hand hielt er sein Bier, mit der anderen klatschte er den Rhythmus auf seinen Schenkel.

Skip beugte sich vor und brüllte ihm ins Ohr. »Hinky! Ich muß mit dir reden.«

Er sah sie überrascht an. »Wir haben doch geredet.«

Sie spürte, wie sich ein Arm um ihre Taille schlängelte. Ohne sich umzudrehen, schmiegte sie sich an eine breite Brust, von der sie wußte, daß sie zu Steve gehören mußte. Sie hob eine Hand und berührte seine Wange. Die ganze Show war für Hinky gedacht und sollte ihn mit dem Versprechen auf neuen Klatsch neugierig machen, aber es funktionierte nicht. Als er sah, daß sie beschäftigt war, wandte er sich wieder der Musik zu. Schnell flüsterte sie Steve zu, daß dies der Mann sei, den sie sprechen wollte, und schrie noch einmal in Hinkys Ohr. »Kommst du bitte für eine Sekunde mit mir nach draußen?«

Er starrte Steve an. »Meine Liebe, ich kann nichts für dich tun, was dieser Typ nicht besser könnte.«

»Ach, Hinky, hör doch auf. Es geht um Mord.« Sie brüllte so laut, daß sie heiser wurde.

Die farblosen Augen flackerten hinter den Brillengläsern. »Chauncey?«

Sie nickte.

»Später«, schrie er. »Ich steh auf Charmaine.«

»Skip«, brüllte Steve, »ich muß jetzt wirklich nach Hause.«

»Geh nur. Ich werde schon jemanden finden, der mich mitnimmt.«

»Ich laß dich nicht allein.«

»Geh nur. Mir passiert nichts.«

Sie brüllten so laut, daß sich die Leute nach ihnen umdrehten.

»Nein. Ich gehe nicht ohne dich.«

»Herrgott noch mal, geh. Mir passiert nichts.«

Hinky blickte sie entsetzt an. »Schon gut!« schrie er. »Gehen wir gleich nach draußen. Dann kriege ich wenigstens noch die zweite Hälfte des Auftritts mit.«

Skip sah zu Steve, der ihr kurz zuzwinkerte. Sie zwinkerte zurück und formte mit den Lippen ein »Danke«. Laut sagte sie (oder schrie vielmehr): »Es dauert nicht lange.«

Aber Hinky zupfte an ihrem Ärmel. »He, diesen Typen möchte ich gerne kennenlernen. Ich habe schon von ihm gehört.«

Sie bahnten sich im Gänsemarsch ihren Weg nach draußen, wobei Skip sich erneut über den Kleinstadtcharakter von New Orleans wunderte. Sie war seit weniger als einer Woche mit Steve zusammen, und schon hatte es sich herumgesprochen. Aber dann fiel ihr ein, daß sie selbst dran schuld war - auf Chaunceys Beerdigung hatten sie sich ziemlich eindeutig benommen.

Die Abendluft war ziemlich frisch. Sie zitterte und nahm einen kräftigen Schluck von ihrem Dixie (diesmal im Pappbecher), um ihre lädierten Stimmbänder zu reparieren. Während sie trank, stellten sich die Männer gegenseitig vor. Hinky sagte: »Ich hab schon gehört, daß unsere Skippy schließlich doch noch einen Kerl gefunden hat, der groß genug für sie ist.«

Steve lachte. »Groß genug, um sie Skippy zu nennen, bin ich jedenfalls nicht. Das hat sie mir ziemlich eindeutig klargemacht.«

»Sag mal«, meinte Hinky, »stimmt es, daß du mit Simi *und* Susie Barclay am Montag vor Mardi Gras gebumst hast?«

Skip schluckte.

»Total gelogen«, sagte Steve. »Das war ein Typ namens Joe Paul Carter. Kumpel aus Winona in Mississippi. Er sieht mir ziemlich ähnlich.«

Skip mußte sich zusammenreißen, damit ihr die Kinnlade nicht herunterklappte. »*Kumpel*«? *War das wirklich Steve Steinman, der da redete?*

Hinky meinte: »So'n Ärger. Ich dachte, du wärst das gewesen.«

»Hinky«, sagte Skip, die endlich zum Thema kommen wollte, »ich hab gehört, daß du mir was über eine Frau namens LaBelle Doucette erzählen kannst.«

»Also, das ist eine ziemlich persönliche Frage, Officer.«

»Entschuldige, aber hast du gerade meinen Freund hier gefragt, was er an einem bestimmten Tag getan hat? Und mit wem er sonst noch was tat?«

Hinky lachte schallend. »Schätze, ich muß wohl antworten, was?«

»Ich denke schon.«

»Also, LaBelle ist ein schwarzes Callgirl. Mit dem niedlichsten kleinen Arsch der Gemeinde von New Orleans. Wow, sag ich dir.«

»Und weiter?«

»Willst du wissen, welche Stellungen sie bevorzugt?«

»Sie bevorzugt überhaupt keine. Prostituierte lügen in solchen Fällen immer.«

»Jetzt kommen Sie mir nicht mit der feministischen Tour, Officer.«

»Zum Teufel, sag Skippy zu mir.« Sie wandte sich an Steve. »Du hast nichts gehört.«

»Hast du gesagt, daß die Sache was mit dem Mord an Chauncey zu tun hat?«

»Es könnte sein.« Sie spürte einen merkwürdigen Stich in der Magengegend, ein Zeichen, daß sie allmählich bereute, Chauncey erwähnt zu haben.

Hinky kaute an seinen Nägeln. »Irgendwie hört sich das ganz plausibel an. Ich frage mich, ob er wirklich die ›herausragende Persönlichkeit von New Orleans‹ war.«

»Vielleicht fängst du einmal von vorne an zu erzählen.«

»Also, LaBelle ist in letzter Zeit ziemlich viel rumgekommen, hat die alte Garde umgepflügt. Mir fällt jetzt nicht mehr ein, wer sie entdeckt hat – vielleicht war's Jack Kincaid –, aber inzwischen kennt sie jeder.«

Skip war entsetzt. Nicht über das Callgirl – in einer Gegend, wo die Trennung zwischen Madonna und Hure so selbstverständlich war, daß viele Frauen aus der Uptown – von denen etliche nicht einmal katholisch waren – behaupteten, nur mit ihren Ehemännern zu schlafen, um sich schwängern zu lassen. Entsetzt war sie darüber, daß die »alte Garde« die AIDS-Gefahr offensichtlich ausblendete. Streitsüchtig sagte sie: »Ich habe gehört, daß sie fixt.«

Hinky zuckte mit den Schultern. »Kann schon sein, meine Liebe, sie hat aber immer ihre eigenen Gummis dabei. ›Sei kein Dummi, mach's mit Gummi‹, sagt sie immer, mit einer unheimlich erotischen Stimme. Und wenn du zufällig deine eigenen dabei hast (Marke gefühlsecht), dann zwingt sie dich dazu, sie in der Tasche zu lassen. Mit Latex oder gar nicht, heißt die Devise dieser Dame. Also fühlt sich jeder bei ihr sicher. Und *küssen* will sie ja gar keiner.«

»Was war das mit der ›herausragenden Persönlichkeit von New Orleans‹?«

»Miss LaBelle hegt einige hochkarätige Phantasien über ihre Person – oder falls sie nur so tut, dann gehört das mit zu ihrer Show. *Ich* persönlich glaube, daß nichts dran ist. Sie hält sich für die uneheliche Tochter von einem hohen Tier.«

»Weiß oder schwarz?«

»Wen interessiert das schon? Nein, warte mal – weiß. Das weiß ich, weil das zu ihrer Show gehört. Sie macht dich glauben, daß es dein Vater war – sie sagt so was wie: ›Ich könnte deine eigene Schwester sein.‹ Und dann fragt sie dich, was du in deinem tiefsten Inneren immer mit deiner Schwester machen wolltest oder so. Mich hat sie damit nie sonderlich anmachen können – ich wollte das kleine Miststück immer am liebsten erwürgen. Deshalb hat sie's bei mir dann bleibenlassen und ist zu 'ner Nummer mit Pirat und Sklavenmädchen übergegangen. Wahrscheinlich hat sie noch tausend andere Varianten.«

»Hat sie jemals versucht, dich davon zu überzeugen, daß an der Geschichte irgendwas Wahres dran ist?«

Hinky schwieg eine Weile und versuchte, nachdenklich auszusehen. Skip fand, daß er darin wenig Übung hatte. Schließlich sagte er: »Nein, das kann ich eigentlich nicht behaupten.«

»In Ordnung, noch eine Frage zu einem anderen Thema: Ist dir jemals eine Frau mit dem Namen Estelle Villere begegnet? Die für Chauncey St. Amant gearbeitet hat?«

»Ich hab von ihr gehört, aber gesehen habe ich die Dame nie.«

»Wenn du LaBelle engagieren willst, wie nimmst du zu ihr Kontakt auf?«

»Erst mal mußt du Wochen im voraus buchen – sie ist häufig nicht in der Stadt. Und dann muß es bei dir oder in einem Hotel stattfinden – sie macht nur Besuche außer Haus. Wenn ich dir ihre Nummer gebe, läßt du mich dann wieder reingehen, damit ich mir den Rest von Charmaines Auftritt anhören kann?«

Steve wollte unbedingt auch wieder hinein, aber Skip erklärte, sie sei zu erschöpft. Als sie im Wagen saßen, sagte er: »Ich bin dir wirklich dankbar, daß ich dabeisein durfte. Es gibt mir das Gefühl, du könntest mir vielleicht vertrauen.«

Es gefiel ihr, wie er ihr auf seine kalifornische Art zu verstehen gab, was er an ihr mochte. Aber im Moment war sie mit sich selbst unzufrieden. »Mir blieb eigentlich gar nichts anderes übrig, meinst du nicht auch? Hinky hat dir eine wichtige Frage gestellt.«

Darüber ging er hinweg. »Was glaubst du? War Chauncey die ›herausragende Persönlichkeit von New Orleans‹?«

In Wahrheit war sie genauso begierig darauf, über den Fall zu sprechen, wie er, und nach allem, was er mitbekommen hatte, schien Diskretion absurd. Sie erzählte ihm von dem Album. »Aber damit ist nicht bewiesen, daß sie wirklich seine Tochter war. Vielleicht ist sie mit ihr verwandt oder kennt jemanden, der mit ihr verwandt ist, und das hat sie auf die Idee gebracht…«

»Könntest du dich bitte etwas klarer ausdrücken?«

»Entschuldige, ich habe bloß laut gedacht. Chauncey hatte über lange Zeit eine Affäre mit einer Schwarzen namens Estelle Villere. Sie war seine Sekretärin und ist ziemlich plötzlich gegangen. Wenn sie ein Kind von ihm hätte, wäre es jünger als LaBelle. Aber LaBelle könnte dem Kind irgendwo begegnet sein. Vielleicht beim Babysitten.«

Steve lachte. »Bevor sie dann auf eine einfachere Möglichkeit verfiel, sich ihren Lebensunterhalt zu verdienen. Egal wie, nehmen wir mal an, sie ist Chaunceys Tochter. Ergibt das ein Mordmotiv?«

»Klar, ich glaube schon. Du solltest sehen, wo sie aufgewachsen ist. Wenn sie da so niederträchtig geworden ist, wie ich an ihrer Stelle, dann hätte sie ihn einfach nur deshalb umbringen können, weil er sie da sitzengelassen hat. Aber irgendwie leuchtet es mir nicht ganz ein – sie hat als Callgirl wahrscheinlich ganz gut verdient…«

»Ganz gut verdient, du meine Güte. Ist dir nicht aufgefallen, wie tief sie in der Scheiße steckt?«

Skip antwortete nicht.

»Also gut, wie steht's mit folgendem Szenario: Wer immer ihre Mutter ist…«

»Sie heißt Jaree Campeau. Ich habe mit ihr gesprochen.«

»Gut«, sagte Steve, »Jaree ist betrunken oder wütend oder sonst irgendwas und erzählt LaBelle, wer ihr Vater ist – ich nehme an, es muß irgendein Schweigegeld gegeben haben…«

»Ja. LaBelles Urgroßmutter hat erzählt, daß Jaree Glück gehabt hat – sie konnte aufs College gehen. Vielleicht hat Chauncey dafür bezahlt, und Jaree hat das Kind ihrem Aufstieg geopfert und es im Desire Project aufwachsen lassen.

Aber vielleicht kam LaBelle zurück. Jetzt fällt mir ein, daß

Jaree und ihre Großmutter davon erzählt haben. Und angenommen, sie wollte Geld. Und Jaree hatte keins oder hatte keine Lust mehr, ihr den Stoff zu bezahlen, oder war immer noch ziemlich wütend auf Chauncey – vielleicht hat sie in einem Anfall von Wut gesagt: ›Hol's dir doch von deinem Vater, wenn du kannst‹, und schon ist die Bombe geplatzt.«

»Genau das gleiche habe ich auch gedacht«, sagte Steve. »Also bastelt sich LaBelle den ganzen Traum über ihre Herkunft zusammen, und wie ihr Vater sich um sie kümmern sollte, und verlangt von ihm, sie zu unterstützen. Aber er weigert sich, und sie bringt ihn um.«

»Natürlich erklärt das nicht, wo sie ist oder wer ihre Wohnung auf den Kopf gestellt hat.« Skip gähnte.

»Müde?« Er ließ den Wagen an.

»Total erledigt.« Und morgen mußte sie Horton Charbonnet auftreiben, den Besitzer des Toyota, falls Cappello ihn nicht gefunden hatte. Und Estelle Villere hatte sie auch noch nicht gefunden. Plötzlich geriet sie in Panik. Fühlte sich völlig überfordert. Sie hatte gelobt, Steve den Abend zu schenken, und sich daran gehalten. Für mehr reichte ihre Kraft nicht. »Würde es dir was ausmachen, wenn wir die Nacht nicht zusammen verbringen? Ich habe morgen einen anstrengenden Tag.«

»Natürlich nicht.« Ein Muskel zuckte in seinem Gesicht, und sie wußte, daß es ihm doch etwas ausmachte. Ihr im übrigen auch. Sie waren sich zum falschen Zeitpunkt begegnet.

Sie fühlte sich fremd in ihrem Apartment, und außerdem zog es – Jimmy Dee hatte ihr Fenster noch nicht repariert, deshalb hatte sie es mit Papier zukleben müssen. Seit dem Einbruch hatte sie nicht mehr allein hier geschlafen. Sie fühlte sich merkwürdig einsam.

Ungern gestand sie sich ein, daß sie sich fürchtete. *Fürchten ist nicht das richtige Wort – du lieber Himmel, ich bin schließlich Polizistin. Aber mir ist unheimlich. Eindeutig unheimlich.* Sie hatte von neulich nacht noch etwas Brandy übrig. Nach ein paar kräftigen Zügen war sie weg.

Sie wußte nicht genau, wovon sie aufgewacht war – so etwas wie ein Rums, dachte sie später, aber als sie die Augen aufschlug, sah sie eine Gestalt im Dämmerlicht, LaBelles Einbrecher, den Toyota-Fahrer. Es war noch dunkel und die Person nur als Umriß mit einer Strumpfmaske zu erkennen.

Er stand vor ihr, hielt etwas in der Hand, als ob er damit zuschlagen wolle. Skip rollte sich schnell auf die andere Seite des Bettes, tastete nach ihrer Pistole, konnte sich aber in ihrer Benommenheit nicht erinnern, wo sie sie hingetan hatte. Die Gestalt rannte durch die Wohnungstür nach draußen.

Skip fühlte sich zerschlagen, und sie hatte Kopfschmerzen, wahrscheinlich vom Brandy. Es kostete sie ihre ganze Kraft, sich aus dem Bett zu erheben, zu eruieren, wo sich die Pistole befand und die Treppe hinunterzurennen, aber dieser Scheißtyp war zum zweiten Mal bei ihr eingedrungen, diesmal offensichtlich mit dem Vorsatz, ihr etwas anzutun. So etwas konnte sie nicht auf sich sitzen lassen.

Sie bog in die Bourbon Street Richtung Uptown ein. Einen Häuserblock weiter vorne sah sie jemanden rennen. »Stehenbleiben«, schrie sie, obwohl sie wußte, daß er sie unmöglich hören konnte. Die letzten Wochenendzecher machten sich torkelnd auf den Heimweg. Er konnte problemlos in der Meute untertauchen. Aber was war mit ihr? Einer einsachtzig großen Frau mit zerzaustem Haar im Nachthemd, die mit einer Pistole herumfuchtelte? Ihr Verstand gebot ihr, sofort umzukehren und nach Hause zu gehen, aber das konnte sie nicht. Zu groß war das Gefühl der Demütigung. Ihr Kopf war inzwischen klar, aber die Wut kochte in ihr hoch.

»Stehenbleiben... verdammt noch mal!« schrie sie, während sie an einer Gruppe von jungen Nachtschwärmern vorbeirannte.

»Hilfe! Herbie, Hilfe!« kreischte eines der Mädchen.

Jemand antwortete: »Vorsicht! Sie hat eine Pistole!«

Und wenn sie jetzt die Polizei riefen?

Die Vorstellung, von Beamten, die sie nicht kannten und sie für eine Verrückte hielten, mit Handschellen abgeführt zu werden, war zuviel für sie. Der Einbrecher würde entwischen – daran bestand kein Zweifel –, und wenn Skip jetzt nicht nach Hause ging, würde sie in einen Alptraum geraten. Sie verlangsamte ihr Tempo und wechselte auf die andere Straßenseite hinüber, damit sie an Herbie und seinen Freunden nicht noch einmal vorbei mußte. Den Blick starr nach vorne gerichtet, versuchte sie, normal und harmlos auszusehen, obwohl sie tief in ihrem Innern wußte, daß dieser Versuch aussichtslos war. Herbie und seine Freunde zogen sich an der Häuserwand entlang zurück und würden aus einer der noch immer geöffneten Bars die Polizei anrufen, das war klar. Also, zum Teufel mit dem Versuch, normal auszusehen – jetzt ging es darum, von der Straße zu verschwinden, bevor die Polizei auftauchte. Sie spurtete nach Hause und genoß beinahe das Gefühl, barfuß durch die Kälte zu rennen.

Der Einbrecher hatte ihre Wohnung durch das bereits eingeschlagene Fenster betreten – verfluchter Jimmy Dee, warum hatte er es nicht repariert, bevor er übers Wochenende weggefahren war. Bei näherem Hinsehen erkannte sie, daß er nicht nur durch das gleiche Fenster eingestiegen war, sondern auch wieder Jimmy Dees Leiter benutzt hatte, die Jimmy Dee einfach wieder in seinen unverschlossenen Schuppen zurückgebracht hatte. Schande über sein Haupt!

In Sweatshirt und Jeans steckte sie sich die Haare hoch, um der Verrückten so wenig wie möglich ähnlich zu sehen, nach der die Bullen Ausschau halten würden. Skip ging um das Haus herum, zerrte die Leiter herein und stellte sie im Hausflur ab. Während sie arbeitete, hörte sie die Sirenen näherkommen und bemerkte entsetzt, wie sie ihr Angst einjagten. Das unheimliche Gefühl von vorhin war nichts dagegen.

Das Fenster hatte nur ein kleines Loch – gerade so groß, daß jemand mit der Hand durchgreifen konnte, um es zu entriegeln. Auf Anraten von Jimmy Dee hatte sie Papier darübergeklebt, statt es zu vernageln, weil Nägel häßliche Löcher hinterließen. Sollte sie es jetzt vernageln?

Nein. Sie brachte es nicht fertig, sich hier noch länger aufzuhalten. Sie würde gleich morgen früh den Glaser anrufen und die Rechnung an Dee-Dee schicken lassen, dreimal verfluchter Kerl.

Fürs erste mußte sie hier raus. Als sie die Tür abgeschlossen hatte und zu ihrem Auto ging, wußte sie immer noch nicht genau, zu wem sie fahren sollte.

Geneologie

1

»André, Liebling, kannst du bitte in deinem Zimmer spielen?
Wir dürfen Skip nicht aufwecken, mein Schatz.«

»Kommst du mit, Mommy?«

Marcelle hatte überhaupt keine Lust, mit einem Vierjährigen
zu spielen, bevor sie ihren Kaffee getrunken hatte, aber es war
nicht fair, André wegzuschicken, während Skip auf dem Sofa
schlief. Und Skip konnte sie unmöglich wecken, nach allem,
was sie durchgemacht hatte. Was sollte sie tun?

Einen Handel anbieten, wie üblich. »Schätzchen, Mommy
braucht jetzt erst mal ihren Kaffee. Kannst du nicht ein bißchen allein spielen? Später gehen wir dann in den Park.«

»Okay.«

Er zog ab, verständig wie immer, und Marcelle staunte über
ihr Glück. Das mußte es sein – schieres Glück –, weil es etliche,
wesentlich bessere Mütter gab, die ziemlich schreckliche Kinder hatten.

Sie kochte Kaffee für Skip und sich, obwohl sie nicht wußte,
ob Skip aufwachen würde, bevor er kalt war, aber sie wollte so
gern etwas für sie tun. Nach dem ersten Schrecken darüber, daß
im Morgengrauen eine Polizistin vor ihrer Tür stand, war sie
Skip kindischerweise dankbar dafür, daß sie sich an sie gewandt hatte. Ein eindeutiger Beweis, daß sie wirklich Freundinnen waren – und eine Freundin würde ihr sicher nicht schaden oder kaputtmachen, was von ihr und ihrer Familie noch
geblieben war. Solange Skip auf ihrer Couch schlief, hatten die
St. Amants nichts zu befürchten.

Sie überlegte, ob sie noch Eier im Haus hatte.

»Marcelle? Wie spät ist es denn? Ist es schon Nachmittag?«

Skip trat in die Küche, barfuß wie André, mit einem T-Shirt,
das Marcelle ihr zum Schlafen gegeben hatte.

*Was sie für tolle Schenkel hat. Wenn ich so dick wäre, würde
ich schwabbeln wie Wackelpudding in einem Wirbelsturm.*

»Es ist erst kurz vor zehn. Möchtest du einen Kaffee?«

»Gern.« Sie setzte sich an den Küchentisch. »Marcelle, ich habe versucht, die Frau zu finden, von der du mir erzählt hast.«

»Mein Gott, Skip, du glaubst doch nicht, daß sie bei dir eingebrochen hat?«

»Nein, bei ihr ist auch eingebrochen worden.«

»Du weißt also, wo sie wohnt.«

»Ja, und auch wie sie heißt. Ich kann sie bloß nicht auftreiben. Sie heißt LaBelle Doucette – fällt dir dazu irgendwas ein?«

Marcelle biß an ihrer Nagelhaut herum. »Ich glaube nicht.«

Skip sah zu ihr auf, in ihren grünen Augen lagen Mitgefühl und Traurigkeit, dachte Marcelle. »Du kennst doch das alte Sprichwort über Hobeln und die Späne?« meinte Skip. »Ich sag's nicht gern, aber ich glaube, wir beide müssen einmal ernsthaft miteinander reden.«

Marcelle nahm warmes, duftendes Weißbrot aus dem Toaster und reichte es Skip. Ihr selbst schnürte es die Kehle zu. Skip strich energisch Butter auf ihren Toast, offensichtlich war sie blind für die Tatsache, daß Marcelle zitterte, als sie sich zu ihr setzte.

»Wird es schlimm werden, Skippy?«

»Nur ein bißchen. Hältst du es aus, wenn du Dinge über deinen Vater erfährst, die du nie wissen wolltest?«

Marcelles Stimme versagte. Am liebsten wäre ihr gewesen, das Gespräch fände überhaupt nicht statt. Mit ruhiger Stimme sagte Skip wie zu einem aufgeregten Kind: »Marcelle, es ist wichtig. Wenn wir herausfinden wollen, wer ihn umgebracht hat, müssen wir uns über dieses Thema unterhalten.«

Nicht genug damit, daß ihr Vater tot war. Jetzt durfte er nicht einmal mehr ihr Vater bleiben, Chauncey, der sie in die Arme genommen und ihr das Gefühl gegeben hatte, daß es doch nicht das schlimmste auf der Welt war, keine Mutter zu haben.

Skip wartete die Antwort nicht ab und fuhr fort: »Reden wir zuerst über den Mordtag.« Hastig korrigierte sie sich: »Ich meine Mardi Gras.«

Marcelle brachte ein kleines Lächeln zustande. »Ist schon gut, du kannst die Dinge ruhig beim Namen nennen.«

300

»Kannst du dich daran erinnern, was an jenem Morgen passiert ist – wer wann gekommen und gegangen ist?«

»Ach, Skippy!« Sie konnte sich nicht schnell genug abwenden, riesige Tränen rollten ihre Wangen hinab. »Ach, Skippy, es ist so demütigend.«

»Erzähl's mir.«

»Ich war nicht einmal dabei. Das heißt, eigentlich schon, aber nicht so, wie du dir das vorstellst.«

Skip wartete.

»Versprich mir, daß du das niemandem erzählst.«

»Ich werde tun, was ich kann.«

»Das weiß ich. Ich schäme mich so sehr.« Sie riß sich zusammen, biß sich heftig auf die Unterlippe, damit sie aufhörte zu zittern. »Ich war oben und habe mit Jo Jo Lawrence gevögelt.«

»Im *Boston Club*?«

Skip klang so schockiert, daß Marcelle beinahe angefangen hätte zu kichern. In ihrem Tonfall lag soviel Unschuld, daß sie sich plötzlich wie ein Schulmädchen fühlte, das Vertraulichkeiten austauscht. »Sie haben oben einen ›Ruheraum‹, für Leute, die zu betrunken sind, um nach Hause zu gehen, nehme ich an.«

»*Natürlich.*«

»Nein, im Ernst – er ist wirklich nicht zum Vögeln eingerichtet. Man kann noch nicht einmal abschließen.«

Skip zwinkerte mit den Augen. »Hat jemand reingeschaut?«

»Ich weiß es nicht. Ich lag mit dem Kopf in die falsche Richtung.«

Sie kicherten beide. Aber Skip ließ sich nicht vom Thema abbringen. »Ich muß dich noch etwas über Stelly Villere fragen.«

»Du hast mich schon gefragt, warum sie gegangen ist. Ich weiß es nicht.«

»Wußtest du, daß dein Vater ein Verhältnis mit ihr hatte? Es war eigentlich allgemein bekannt.«

Nein. Das kann nicht wahr sein. Stelly hat mir beigebracht, wie man sich am Hinterkopf einen Zopf flicht. Sie antwortete nicht.

»Es tut mir wirklich leid, Marcelle, aber es könnte sein, daß sie in die ganze Sache verwickelt ist.«

»Stelly? Aber sie war nicht die Frau, die ich gesehen habe.«

»Ich frage mich trotzdem, ob sie mit Stelly verwandt sein könnte. Oder befreundet.«

Marcelle fand die Frage überflüssig. »Ich verstehe nicht, wie Stelly ins Bild paßt.«

»Ich weiß es nicht. Aber sie hat ihren Job ziemlich plötzlich aufgegeben, und anscheinend weiß niemand, warum.«

»Aber das ist schon Jahre her.«

»Du mußt damals noch ein Teenager gewesen sein.«

»Ich war neunzehn, und Stelly wahrscheinlich Anfang dreißig. Ich konnte den Gedanken nicht ertragen, sie nie mehr wiederzusehen.« Sie zuckte mit den Schultern. »Aber dann habe ich mich wohl verliebt – oder vielleicht habe ich mich auch nicht getraut, weil sie Schwarze war. Ich weiß nicht mehr, was los war. Jedenfalls habe ich sie nie angerufen.«

»Du hattest ihre Telefonnummer?«

Marcelle nickte. »Ich weiß noch, wie ich sie mir aus Daddys Adreßkartei besorgt habe.« Sie zuckte mit den Schultern. »Vermutlich habe ich sie immer noch.«

»Wirklich? Könntest du sie mir geben?«

»Na klar.« Sie blätterte in ihrer eigenen Adreßkartei. »Ach, da – zwei Nummern. Eine in New Orleans und eine in Harvey. Neben der in Harvey steht etwas: ›ab 1. November‹. Ich hab's abgeschrieben.«

Skip fiel ihr um den Hals. »Es ist kaum zu glauben. Du bist wunderbar.«

»Vielleicht ist sie veraltet.«

»Was Besseres hab ich bis jetzt nicht.« Während sie die Nummer abschrieb, fiel ihr etwas ein. Sie grinste und sagte unvermittelt: »Wußtest du, daß sich Bobby Alexander von JoAnn getrennt hat?«

»Aber sicher. Ist mit einer Polizistin zusammengezogen – eine Zeitlang ging das Gerücht um, daß du das wärst. Aber ich habe Alison Gaillard gesagt, daß du dich *niemals* mit diesem Windhund einlassen würdest. Dabei fällt mir ein – was ist mit dem Filmemacher, mit dem ich dich bei der Beerdigung gesehen habe?«

Ihre Heldin, der neue weibliche Zentaur, errötete wie ein Schulmädchen. »Er ist sehr nett.« Sie zog die Schultern hoch, sie fühlte sich überhaupt nicht wohl in ihrer Haut. »Ich mag ihn.«

»Bist du jeden Tag mit ihm zusammen?«

Skip gab ihr keine Antwort. »Weißt du, ich sag's wirklich nicht gern, aber der unangenehme Teil ist noch nicht vorbei. Ich möchte, daß du dir die nächste Frage gründlich überlegst. Ich habe in bezug auf LaBelle, die Schwarze, einen Tip bekommen. Möglicherweise ist nichts dran, aber ich muß es überprüfen.«

Wieder kroch die Angst in Marcelle hoch, und wieder versagte ihre Stimme. Sie nickte nur.

»Hast du je von einer Frau namens Jaree Campeau gehört? Das heißt, Moment mal, ihr Mädchenname war Jaree Doucette.«

»Nein.«

»Hat dein Vater sie nie erwähnt?«

»Wer soll das sein?« krächzte Marcelle.

»Die Mutter von LaBelle. Es ist möglich, daß Chauncey ihr Vater ist.«

»Das kann nicht sein.« Der Kloß in ihrem Hals löste sich, ihre Stimme wurde wieder kräftiger. »Das paßt nicht zu meinem Vater.«

Skip sah in ihre Tasse und schwieg.

»Vielleicht hat er ein bißchen herumgevögelt. Kennst du dich mit Alkoholikern aus? Ich schon, na klar. Ich habe ziemlich viel darüber gelesen. Der ›physisch unabhängige Partner‹, wie sie das nennen, hört auf, den Alkoholiker zu respektieren und verliert das Interesse am Sex. Kann man ihm daraus einen Vorwurf machen?«

»Eine schreckliche Situation.«

Verdammt! Warum mußte sie sich so eiskalt berechnend und unverbindlich benehmen?

»Wie soll man Spaß daran haben, mit jemandem ins Bett zu

gehen, der aus jeder Pore nach Alkohol stinkt? Meine Mutter riecht so. *Natürlich* mußte mein Vater sich für seine sexuellen Bedürfnisse eine andere suchen. Ich kann ihm deswegen keinen Vorwurf machen. Du vielleicht?«

»Das tut sicher niemand«, sagte Skip vorsichtig.

»Gut, er hat herumgevögelt, aber niemals, niemals in seinem Leben hätte er sein Kind verleugnet. Das konnte er einfach nicht.«

»Was hätte er tun sollen? Sie mit nach Hause nehmen und mit dir und Henry und Bitty zusammen aufwachsen lassen?«

Marcelle war verblüfft. *Was hätte er getan?* »Er hätte für sie gesorgt...«

»Ich denke, das hat er versucht. Ich glaube, er hat Jaree Geld gegeben.«

»Niemals hätte er seine eigene Tochter so behandelt, wie er mit dieser Frau umgegangen ist. Ich hab's doch gesehen! Niemals hätte er ihr befohlen zu gehen und ihr die Tür vor der Nase zugeschlagen – das hätte er einfach nicht getan.«

Auch diesmal sagte Skip nichts.

»Du glaubst, daß ich ihn idealisiere? In Ordnung, wahrscheinlich ist das nur normal, unter diesen Umständen. Aber hör zu – Chauncey hat einmal mitbekommen, wie Henry ›Bastard‹ gesagt hat, als er etwa zwölf Jahre alt war, glaube ich – ich war vielleicht sieben oder acht. Er hat ihm verboten, das Wort jemals wieder in den Mund zu nehmen. Er sagte, in seinem Hause würde er dieses Wort nicht dulden, man dürfe niemanden aufgrund seiner zufälligen Herkunft beurteilen, sondern nur nach seinen Leistungen, wir seien alle gleich geschaffen, und es sei nicht wichtig, was für Eltern man habe, sondern was man aus seinem Leben mache.«

»Jetzt verstehe ich, warum du ihn geliebt hast.«

Marcelle spürte, wie ihr wieder die Tränen in die Augen schossen. »Aber weder Henry noch ich haben irgendwas aus unserem Leben gemacht.«

»Wie kannst du sowas sagen? Du hast einen kleinen Sohn, und Henry ist Schauspieler.«

»Daddy hat eigentlich nur die Leistungen anerkannt, die sich bezahlt machen. Ästhetische Aspekte von Henrys Schauspielerei haben ihn überhaupt nicht interessiert.«

»Merkwürdig, wo er doch immer als Förderer der Künste galt.«

»Wahrscheinlich ist das etwas anderes, wenn es sich um die eigene Familie handelt. Die soll genauso werden, wie man selbst ist.« Sie zuckte mit den Schultern. »Jedenfalls hielt er André nicht für eine große Leistung. Man kann wohl sagen, daß er mit zweierlei Maß gemessen hat.«

»Das ist eine seltsame Stadt. Wenn ich gar nichts tun würde, wäre mein Vater bestimmt zufriedener mit mir, als er mit meinem jetzigen Beruf ist.«

»Aber du hast wenigstens was geleistet.«

»Don Langdon ist da anderer Meinung. Er ist erst glücklich, wenn ich irgendeinem Mann die dreckige Unterwäsche einsammele – einem reichen, gesellschaftlich bedeutenden Mann.«

»Dann hättest du bestimmt ein Hausmädchen und müßtest das nicht selbst tun.« Sie lachten. Marcelle würde jetzt genug Geld erben, um sich selbst ein Hausmädchen zu leisten. Sie wollte aber keins.

»Daddy war ein wunderbarer Mann, Skip. Das war er wirklich. Er hat an die Kunst geglaubt, hat sich bemüht, all den armen Musikern zu helfen, und ihnen nie einen Vorwurf gemacht, wenn sie Junkies waren. Es sei ein Verbrechen, sagte er, wie dieses Land mit seinen Künstlern umgehe. Und über die Armen dachte er ebenso, deshalb hat er sich politisch engagiert. Es lag ihm wirklich am Herzen, Skippy. Und er hat versucht, Henry und mir ein Gefühl für – wie soll ich das sagen – soziale Verantwortung zu vermitteln. Und Engagement. Er wollte, daß wir ebenso hart arbeiten wie er und nicht einfach wie reiche Kinder erzogen wurden, die nichts gelernt haben.« Sie schnitt eine Grimasse. »Wie ich.«

»Du bist eine gute Mutter.«

»Das ist nicht genug.« Zum ersten Mal sah sie einen Zusammenhang zwischen ihrem Bedürfnis, etwas zu tun, etwas für sich zu haben, und Chaunceys Wertvorstellungen. Für einen Moment fühlte sie sich bestärkt, als ob ihr Vater noch immer bei ihr wäre, wie damals, als sie zum ersten Mal auf dem Klavier vorspielen mußte und er ihr ins Ohr flüsterte: »Du kannst es, mein Schatz.«

»Ich sollte mich langsam auf den Weg machen«, sagte Skip. »Würdest du dir noch eine letzte Sache gut durch den Kopf gehen lassen?«

»Natürlich.« Warum auch nicht? Jetzt fühlte sie sich stark, nach Chaunceys Geisterbotschaft.

»Ist LaBelle an dem Abend, als du sie gesehen hast, bei euch im Haus gewesen? Oder wäre es möglich, daß sie zu irgendeinem anderen Zeitpunkt das Haus betreten hat?«

Marcelle schloß die Augen. Könnte Chauncey sie hereingelassen und dann vor die Tür gesetzt haben, als sie unangenehm wurde? Ziemlich unwahrscheinlich, aber...

»Vielleicht«, sagte sie. »Warum fragst du?«

»Es ist nicht ausgeschlossen, daß dein Vater mit einem Revolver aus seiner eigenen Sammlung erschossen wurde.«

»Nein!«

»Ich bin mir nicht sicher. Weißt du, ob er ein Paar .44er Colts besaß?«

»Sind das Revolver?«

»Die haben wir bei Tolliver gefunden.«

»Mir kamen sie nicht bekannt vor«, sagte sie zweifelnd, »aber die verdammte Waffensammlung hat mich noch nie interessiert. Wenn du willst, könnte ich nachschauen, ob etwas fehlt – ob es einen staubfreien Fleck auf einem Regal gibt oder so. Würde dir das weiterhelfen?«

»Eine Liste von all seinen Waffen wäre mir lieber.«

»In Ordnung. Ich werde in seinem Schreibtisch nachsehen.«

»Dafür wäre ich dir sehr dankbar.«

Als sie gegangen war, ließ Marcelle sich auf ihr Bett fallen. Sie war nicht einmal dazu in der Lage, Andrés Frühstück zurechtzumachen. Sie starrte auf den Ventilator an der Decke und fragte sich, ob sie ihren Vater überhaupt gekannt hatte. Bei ihrem Gespräch mit Skip war sie sich absolut sicher gewesen, daß ihr Vater unmöglich ein uneheliches Kind gehabt haben konnte, niemals so etwas vor seiner Familie verheimlicht hätte.

Trotzdem hatte es eine Affäre mit seiner Sekretärin gegeben, die Marcelle wie ihre kleine Schwester behandelt hatte.

Sie erinnerte sich an die Szene, die sie zwischen Chauncey und LaBelle beobachtet hatte. Schlimm genug, falls sie seine Geliebte gewesen war, aber unverzeihlich gegenüber einer Tochter. Und wenn Marcelle sein Verhalten unverzeihlich fand, was würden die anderen erst dazu sagen? Sie hatte sich Sorgen gemacht, daß sein Lebenswerk gefährdet sein könnte. Was, wenn er eine Tochter mit einer Schwarzen gehabt hatte – mit dieser Jaree – und sie abgeschoben hatte? Dann machte er sich nicht mehr nur lächerlich, dann würde man ihn hassen.

2

Im hellen Licht des Vormittags kehrte Skips mitternächtliche Panik zurück. Der Tag entglitt ihr. Sie rief beim Morddezernat an. Cappello hatte vorerst alles getan, was sie konnte, um den Toyota-Besitzer aufzutreiben, aber das Ergebnis war enttäuschend. Anscheinend arbeitete Horton Charbonnet für eine Ölgesellschaft und wohnte in der Nähe von Carrolton. Eine Jeanette Nelms, Studentin an der University of New Orleans, die sich um seinen Hund und die drei Katzen kümmerte, hatte Cappello erzählt, Charbonnet würde Freunde in Houston besuchen – und soweit sie wüßte, bliebe er dort bis Mittwoch. Eine Telefonnummer hatte er nicht hinterlassen und sein Auto mit keinem Wort erwähnt. Sie hatte den Haushüterjob über eine Anzeige bekommen, kannte ihn nicht und hatte nicht die leiseste Ahnung, wem er seinen Wagen geliehen haben könnte.

Verdammt! Charbonnet könnte der Schlüssel zu der ganzen Sache sein – es sei denn, er hatte seinen Wagen einfach auf der Straße geparkt, und er war gestohlen worden.

Sie rief Steve an, nur um mal vorzufühlen und ihn zu besänftigen, falls er von gestern nacht noch gekränkt war.

»Du hast mir gestern nacht gefehlt. Ich wäre lieber bei dir gewesen«, sagte er.

»Du hast mir auch gefehlt.«

»Wirklich?«

»Ganz sicher. Besonders nachdem LaBelles Einbrecher durch mein kaputtes Fenster eingestiegen ist.«

»Das darf doch nicht wahr sein.«

»Schön wär's. Ich kann aber jetzt nicht länger telefonieren – ich muß mich wieder auf den Weg machen.«

»Kannst du heute abend vorbeikommen? Cookie kocht. Er meinte, mit Damenbesuch und so.«

»Ich glaube schon. Ich ruf später wieder an.«

Sie versuchte es mit der zweiten Nummer von Stelly Villere, in Harvey. Am Apparat war eine männliche Teenagerstimme. »Hallo?«

»Ich möchte mit Estelle Villere sprechen.«

»Mit wem?« Er klang so empört, als ob sie ihm einen unsittlichen Antrag gemacht hätte.

»Estelle...«

»Ach so, *Stelly*.« Äußerst blasiert. »Stelly ist wieder in New Orleans. Ihr Mann arbeitet jetzt da.«

»Hast du ihre Telefonnummer?«

»Nein.«

»Deine Mutter vielleicht?«

»Die ist nicht da.«

Er legte auf, und Skip verfluchte alle Kids unter zwanzig, ein Alter, das sie selbst noch gar nicht so lange hinter sich hatte. Sie wählte die Nummer noch einmal. »Sag mal, wie heißt Stellys Mann?«

»Peeler.«

»Und mit Vornamen?«

»Peeler.«

»Aha, und mit Nachnamen?«

»Johnson.«

»Vielen Dank für deine freundliche Hilfe an diesem wunderschönen Sonntagmorgen.«

Es gab ein halbes Dutzend P. Johnsons im Telefonbuch, und Skip rief sie alle an, während ein Mann ihr Fenster verglaste. Vier von ihnen kannten keine Estelle Villere, die anderen beiden meldeten sich nicht.

Sie fuhr zu LaBelles Wohnung, berichtete Calvin Hogue von dem Einbruch und bat ihn noch einmal, sie anzurufen, falls La-Belle auftauchte. Dann schnappte sie sich ein Sandwich und fuhr zu Jaree Campeau.

Jaree hielt ihren Mittagsschlaf, aber ihr Ehemann, ein hellhäutiger Mann mit vielen Fältchen um die Augen, meinte, es sei sowieso langsam Zeit, daß sie wieder aufstehe. Skip saß unbehaglich im Wohnzimmer, wo ein zwölfjähriges Mädchen fernsah, während Jaree sich anzog. Als sie das Zimmer betrat, trug sie Jeans zu einem Pullover mit U-Boot-Ausschnitt und war noch damit beschäftigt, ihre Frisur zurechtzurücken. Ohne Skip zu begrüßen, blaffte sie: »Stell das Ding ab, Shirley Ann. Draußen ist wunderbares Wetter. Geh und verschaff dir ein bißchen Bewegung.«

Skip stand auf und stellte sich Jaree vor, sicher hatte sie ihren Namen vergessen.

»Ich erinnere mich an Sie, Officer«, sagte ihre Gastgeberin. »Ich hatte gehofft, Sie nicht noch einmal zu sehen. Und nie wieder von Miss LaBelle Doucette zu hören.«

Skip verabscheute ihre Kaltschnäuzigkeit. LaBelle war vielleicht eine Enttäuschung, aber trotzdem die Tochter dieser Frau. Sie konnte sich nicht beherrschen und sagte: »Ein Kind ist eine lebenslange Verpflichtung.«

»Was Sie nicht sagen. Ich kann Ihnen versichern, ich wünschte, ich hätte von dem Mädchen nie etwas gesehen oder gehört.«

Ich kann Ihnen versichern, daß Leute wie Sie keine Kinder verdient haben. Hoffentlich heiratet Shirley Ann einen Weißen und beschließt, daß Sie dann nicht mehr gut genug für sie sind.

Wahrscheinlich konnte man in Skips Augen lesen, was sie dachte. Jaree sagte etwas milder: »Setzen Sie sich, Officer. Ich weiß, daß meine Worte hart klingen, aber wenn Sie das Mädchen kennen würden und wüßten, was ich und meine Oma und mein Mann und die Kinder wegen ihr alles durchgemacht haben…«

»Es tut mir leid, Ihnen das sagen zu müssen, aber ich fürchte, daß LaBelle in ein schweres Verbrechen verwickelt ist.«

»So! Ein schweres Verbrechen. Die war schon in alle möglichen Arten von Verbrechen verwickelt.«

»Es geht um Mord, Mrs. Campeau.«

Kein Muskel zuckte in Jarees Gesicht, sie zwinkerte nicht einmal mit den Augen. »Das überrascht mich nicht. Dieses Mädchen kann mich nicht mehr überraschen.«

»Ich bin immer noch auf der Suche nach ihr.«

»Also, ich habe immer noch nichts von ihr gehört. Sie können mir glauben, wenn sie sich melden würde, wären Sie die erste, die es von mir erfährt.«

»Ich habe mich gefragt, ob sie bei ihrem Vater sein könnte.«

»Ganz ausgeschlossen, Schätzchen. Sie hat nicht die geringste Ahnung, wer ihr Vater ist.«

»Mir ist zu Ohren gekommen, daß sie Geschichten über ihn verbreitet – sie erzählt herum, er sei ein Weißer, ein prominenter Mann in New Orleans.«

Jaree lächelte kalt und überheblich, das Lächeln eines Scharfrichters, der seine Arbeit wirklich liebt, beim *coup de grace*, dachte Skip. »Das kann schon sein, Officer. Aber LaBelle weiß nicht, wer er ist, und ich ebensowenig.«

Skip mußte sich sehr beherrschen, damit ihr nicht die Kinnlade herunterklappte, während sie sich die spröde Jaree in der Rolle der Vorgängerin ihrer Tochter als Liebchen einer ganzen Heerschar vorzustellen versuchte.

»Wie die Mutter, so die Tochter, das denken Sie doch jetzt, nicht wahr?« sagte Jaree. »Aber Sie irren sich. Zu meiner größten Freude kann ich Ihnen sagen, daß LaBelle nicht mein leibliches Kind ist. Ich habe sie adoptiert, als ich siebzehn war, und ich wünsche mir bei Gott, ich wäre lieber Hausmädchen geblieben.«

Skip wartete, sie wußte, daß noch mehr folgen würde. Jaree fand anscheinend Gefallen an der Situation. »Das war ich nämlich damals«, sagte sie. »Ich habe versucht, genügend Geld zu verdienen, um durchs College zu kommen. Und dann kam plötzlich dieses Angebot, aus heiterem Himmel. Die Familie, bei der ich gearbeitet habe, bot mir fünfundzwanzigtausend Dollar an, wenn ich ein Kind großzöge, das ein Zuhause brauchte. Mein Gott, wenn ich damals gewußt hätte, was ich heute weiß! Meine Großmutter wollte das Baby wirklich gern haben – ich dachte, sie würden miteinander glücklich werden und ich käme auf diese Weise zu meinem Collegeabschluß. Na ja, ich hätte mir besser einen Job als Kellnerin gesucht – wie Sie schon sagten, ein Kind ist eine lebenslange Verpflichtung, und ich war viel zu jung dafür und erst recht für eine Tochter wie LaBelle.«

»Sagen Sie, war die Adoption legal?«

»Soll das ein Witz sein?«

»Also vermutlich nicht. Macht es Ihnen was aus, mir den Namen der Familie zu sagen? Den Namen der Leute, für die Sie gearbeitet haben?« Skip drückte sich vorsichtig aus und versuchte, sie nicht merken zu lassen, wie wichtig die Antwort für sie war.

»Überhaupt nicht. Sie hießen Harmeyer. Arthur und Judith Harmeyer.«

Sie kannte die Harmeyers gut, zuletzt hatte sie sie auf Chaunceys Beerdigung gesehen. Judith Harmeyer war Tolliver Alberts Schwester.

Sonntagsliebe

1

Bitty betrachtete sich im Spiegel. Wie zierlich sie in dem schwarzen Kostüm aussah, das blonde Haar glänzte wie immer, sie konnte kaum glauben, daß sie das war. In der Kirche hatten alle viel Aufhebens um sie gemacht, ihr gesagt, wie gut sie doch aussähe. Es stimmt, dachte sie, und sie stand nüchtern vor dem Spiegel, hatte heute noch nichts getrunken. Sie konnte es nicht fassen – innerlich fühlte sie sich wie tot.

Sie sah aus wie eine junge Witwe, die mit der Tragödie erstaunlich gut fertig wurde. Wahrscheinlich hatte sie eine unverwüstliche Leber, die wunderbarerweise immer weiter funktionierte. Ihr Vater hatte so eine – warum nicht auch sie?

Sie riß sich die Kleider vom Leib, sie beengten sie. Perlknöpfe sprangen von ihrer cremefarbenen Seidenbluse.

Wo war Henry? Arbeiten natürlich. Sie würden heute abend zusammen essen gehen, falls sie bis dahin am Leben blieb. Im Moment fragte sie sich zum ersten Mal in ihrem Leben ernsthaft, wie es wohl wäre, wenn sie sich schnell umbrachte, im Gegensatz zu der schleichenden Methode, an der sie seit zwei Jahrzehnten arbeitete.

Sie fühlte sich so einsam. Sie fragte sich, warum Tolliver nicht angerufen hatte, gestern abend oder heute morgen. Sie hatte geglaubt, er liebte sie.

Vielleicht war sie deshalb so durcheinander – weil sie von Tolliver nichts gehört hatte. So wie sie war, im Unterrock und barfuß, rief sie bei ihm an.

Nicht zu Hause. Und er war nicht in der Kirche gewesen. Ihr Vater hatte sie in die Kirche mitgenommen, gestern spät abends hatte er angerufen und ihr angeboten, sie abzuholen, und Bitty war so überrascht gewesen, daß sie ja gesagt hatte und dann zu stolz gewesen war, um ihn warten zu lassen. Ihr Vater gehörte nicht zu den Leuten, die anderen einen Gefallen taten, das war nicht seine Art. Aber Tollivers.

Sie zog sich einen pfauenblauen Trainingsanzug an und stellte sich wieder vor den Spiegel. Sie könnte für Anfang dreißig durchgehen. Sie sah großartig aus. Sie könnte sicher einen neuen Mann finden, wenn Tolliver sie nicht wollte. Aber er wollte sie bestimmt, falls an den Gerüchten nicht doch etwas dran war. Aber wie denn? Sie kannte ihn schließlich besser als alle anderen.

Sie legte sich für eine Weile aufs Bett, in wenigen Minuten würde sie hinuntergehen und sich einen Mimosa machen, aber sie wollte das Vergnügen noch etwas herauszögern, die Vorfreude.

Aha! Ich sterbe noch nicht. Ich will einen Mimosa.

Würde sie überhaupt noch leben können? Sie versuchte sich ein Leben ohne Chauncey vorzustellen, ein richtiges Leben, nicht diesen wachen Schlafzustand der vergangenen zwanzig Jahre. Ein Leben, in dem sie mit Tolliver verheiratet war.

Vielleicht würde er mit mir schlafen.

Der Gedanke traf sie wie ein Schlag. Es war mindestens sieben Jahre her, seit sie zum letzten Mal mit Chauncey geschlafen hatte, und das letzte Mal davor lag mindestens ein oder zwei weitere Jahre zurück.

Tolliver würde mit ihr schlafen, und er würde sie lieben. Chauncey hatte sie nicht geliebt, hatte sie nie geliebt, hatte sie deshalb geheiratet, weil ihr Vater ihm nützlich sein konnte, und sie hatte ihn angebetet. Zumindest am Anfang. Über Jahre hatte sie diesen Bastard gehaßt. Sie lächelte in sich hinein, als sie daran dachte, wie sehr er dieses Wort gehaßt hatte, und ging nach unten, um sich ihren Drink zu holen.

Hätte sie Tolliver heiraten können? Im Laufe der Jahre hatte sie sich halbwegs der allgemeinen Auffassung angeschlossen, er sei homosexuell, also hätte er sie dann möglicherweise doch nicht geheiratet. Aber er hatte einmal mit ihr geschlafen. Es war hastig und schmerzhaft gewesen, und er hatte immerzu ihren Namen gesagt. Wenn sie jetzt daran dachte, wurde sie rot, nicht weil es angenehm gewesen war, sondern vor Zorn. Sie hatte es abscheulich gefunden, daß er immer wieder ihren Namen sagte, hatte nicht gewußt, wie sie darauf reagieren sollte.

Sie hatte gewußt, daß etwas mit ihm geschah, an dem sie keinen Anteil hatte.

Es war ihr erstes sexuelles Erlebnis gewesen, und ein Erlebnis konnte man es wirklich nicht nennen. Sie hatte die Augen geschlossen und Tolliver und sich selbst irgendwie von oben beobachtet, über ihren beiden Körpern in der Luft schwebend, beinahe unbeteiligt. Sie goß gerade Orangensaft ein, als ihr das seltsame Spektakel wieder einfiel – das Bild, das sie vor so langer Zeit vor ihren geschlossenen Augen gesehen hatte. Sie hatte dreißig Jahre lang nicht mehr daran gedacht.

Sie hatte es nicht wiederholen wollen und Tolliver damit abgewehrt, daß sie sagte, sie habe zuviel Angst, und nur zwei Wochen später hatte sie Chauncey kennengelernt, dessen erste Berührung, als sie sich die Hand gaben, jeden Nerv in ihrem Körper vibrieren ließ.

Nie wieder hatte sie Tolliver mit Sexualität in Verbindung gebracht. Als die Beziehung mit Chauncey sich gefestigt und die erste Verliebtheit sich gelegt hatte, fiel ihr auf, daß Tolliver da war, daß er immer dagewesen war. Sie war wohl einfach davon ausgegangen, daß er immer da sein würde. Über sein Privatleben hatte sie sich kaum Gedanken gemacht, hatte ihn für ein Anhängsel von Chauncey und sich selbst gehalten, mehr brauchte sie nicht zu wissen. Er war einfach da, das war alles. Und jetzt, wo sie ihn brauchte, war er nicht zu Hause.

2

Henry fand sie schnarchend auf dem Wohnzimmersofa, neben ihr auf dem Teppich eine Pfütze von dem umgekippten Drink. Er war mehrere Stunden zu früh für ihre Verabredung zum Essen gekommen, weil er sich vorgenommen hatte, sie diesmal aus dem Haus zu treiben und vor dem Vollsuff zu bewahren.

Er säuberte den Teppich, schämte sich für sie und ließ sie noch eine Stunde schlafen. Dann schüttelte er sie sanft. »Bitty, Bitty, Liebes, ich bin's, dein Baby.«

Sein Herz schmolz wie Butter, als sie sein Gesicht berührte

314

und lächelte. Diese Geste hatte er bestimmt schon tausendmal bei ihr gesehen. Er konnte sich nicht vorstellen, wie er ohne sie zurechtkommen sollte, wahrscheinlich würde er sterben, wenn sie aus seinem Leben verschwand.

Warum war er bloß nicht gleich wieder hierhergezogen, für ein paar Wochen vielleicht, bis sie wieder ein bißchen besser auf den Beinen war? Er war entsetzt, daß er an diese Möglichkeit gar nicht gedacht und dieses Haus noch immer als das Haus seines Vaters angesehen hatte, ein Haus, in dem er unerwünscht war.

»Henry? Bist du das, mein Baby?«

»In voller Größe, Mutter.«

»Habe ich verschlafen?«

»Nein. Ich bin ein bißchen früher gekommen. Ich dachte, wir könnten vielleicht eine Fahrt ins Blaue machen.«

»Eine gute Idee, mein Schatz. Hilfst du mir bitte die Treppe hinauf?«

Bis sie die oberste Stufe erreicht hatten, war ihm klar, daß sie nirgendwo hingehen würde als zurück ins Bett. Er stopfte die Decke um sie herum und ging wieder nach unten, um fernzusehen.

Er wußte nicht, was er sah, er war zu beunruhigt. Wie würde es jetzt mit ihr weitergehen? Er hatte vorgeschlagen, mit ihr essen zu gehen, damit sie sich auf etwas freuen konnte, aber es hatte nicht funktioniert. Da er heute hatte arbeiten müssen und Tolliver auf seinen Anruf nicht reagiert hatte, hatte er Geegaw, den er eigentlich fürchtete, gebeten, sie mit in die Kirche zu nehmen. Später würde er ja dann bei ihr sein. Aber offensichtlich war er nicht schnell genug gewesen, wahrscheinlich wartete sie jeden Tag einfach nur, bis sie allein war, um sich dann dem Vergessen hinzugeben.

Er mußte zu ihr ziehen, es ließ sich nicht umgehen. Schon gleich morgen.

Gegen halb sechs hörte er sie rumoren, ein Bad einlaufen lassen. Sie war einfach wunderbar – nie verpaßte sie eine Verabredung, anscheinend besaß sie eine innere Uhr, die sie sogar aus der Bewußtlosigkeit weckte.

Als sie hinunterkam, sah sie hinreißend aus, in einem Kleid aus mitternachtsblauer Seide. Auf sein Kompliment erwiderte sie: »Ich muß mir noch etwas Schwarzes kaufen. Außer dem Kostüm habe ich nichts.«

»Ich gehe mit dir einkaufen. Morgen, wenn du willst.«

Sie gab ihm eine ausweichende Antwort, und er wußte, daß sie Kopfschmerzen vorschieben würde.

Im Restaurant stocherte sie in ihrem Salat herum, versuchte zu verbergen, daß sie nichts aß. Aber nach einem Glas Wein röteten sich ihre Wangen, und sie plauderte ziemlich angeregt.

»Erinnerst du dich noch, wie wir jeden Nachmittag zusammen ausgegangen sind, als ihr beide noch klein wart, Marcelle und du?«

Jeden Nachmittag hatte es Stunden gedauert, bis Marcelle fertig war, und dann gingen sie nur irgendwo hin, wo man mit Babys hinging, und Bitty ließ Marcelle keine Sekunde aus den Augen. Henry mußte sich meistens allein beschäftigen, aber wenn er Marcelle allein erwischte, dann warf er ihr Dreck ins Gesicht.

»Erinnerst du dich noch, wieviel Spaß wir zusammen hatten?«

»Marcelle ist mir immer auf die Nerven gegangen.«

»Aber Liebling, das stimmt doch gar nicht. Du weißt ganz genau, wie sehr du deine Schwester geliebt hast. Du warst damals immer so süß zu ihr, hast dir immer Sorgen gemacht, daß ihr irgend etwas passieren könnte.«

»Wirklich?«

»Du lieber Himmel, besonders in der Zeit, als sie die Halsentzündung hatte. Erinnerst du dich? Sie blieb über Nacht im Krankenhaus, und du bist am nächsten Morgen zu mir ins Zimmer gekommen und hast gefragt, ob sie gestorben wäre.«

Er konnte sich überhaupt nicht daran erinnern.

»Gestern nacht mußte ich an diese Zeit denken. Das war wirklich eine schlimme Woche, Henry.«

»Ich weiß, Mutter. Du brauchst jemanden, der dir Gesellschaft leistet. Ich würde gerne für eine Weile zu dir ziehen.«

»Ich komme gut allein zurecht. Wirklich. Gestern nacht

hatte ich das Gefühl, daß alles in Ordnung ist, daß ich meinen Frieden mit mir machen kann.«

Der Kellner räumte ihren fast unberührten Salat ab und brachte die Vorspeise.

»Ich habe an diese Zeit gedacht – als nur wir drei zusammen waren –, und mir ist bewußt geworden, daß ich damals richtig glücklich war. Wie viele Menschen können das von sich sagen?« Er lächelte und schwieg, ermutigte sie dazu, weiterzusprechen. »Das Leben hat einen Sinn gehabt, man hat nicht umsonst gelebt, wenn es so vollkommen war, nur ein einziges Mal.«

»Mutter, natürlich hast du nicht umsonst gelebt. Was sollte ich nur ohne dich tun?«

»Du brauchst mich eigentlich nicht. Aber das macht nichts, verstehst du? Das ist es, was ich dir eigentlich sagen will – ich habe bereits ein glückliches und zufriedenes Leben hinter mir. Mehr brauche ich nicht.«

Angst schnürte ihm die Kehle zu. Dachte sie an Selbstmord? Nicht nach allem, was in der letzten Woche geschehen war. Er konnte es nicht glauben. »Du hast doch keine Depressionen, Mutter?«

»Natürlich nicht, Schatz. Das versuche ich dir doch gerade zu erklären. Du brauchst dir um mich keine Sorgen zu machen, und du mußt auch nicht zu mir ziehen. Du hast dein eigenes Leben, und ich will dir nicht zur Last fallen.«

»Komm morgen abend zu mir. Ich koche etwas für dich.«

»Sei nicht albern. Du kannst nicht jeden Abend mit deiner Mutter verbringen.«

»Wenn ich könnte, würde ich das tun.« Er lächelte sie kokett an.

Sie beugte sich über ihren Teller zu ihm hinüber und nahm seine Hand, eine Falte ihres Ärmels hing in die Sauce Meunière. Ihre Hand war kalt und knochig wie eine Hühnerklaue. »Das weiß ich, Liebling.« Sie lächelte tapfer.

Das Lächeln verschwand, aber der Druck blieb. Eine Träne rollte ihre Wange hinab, aber sie rührte sich nicht, um sie abzuwischen. Sie sah ihm einfach weiter in die Augen und hielt seine Hand.

317

Er mußte etwas tun, um ihr jetzt zu helfen. Er fragte sich nur, was. Sie sagte: »Du bist ganz anders als Chauncey, nicht wahr?«

Er wußte nicht, was er darauf antworten sollte. Wollte sie von ihm hören, daß er eigentlich genauso wie Chauncey war, daß zumindest er ihr geblieben war? Oder erwartete sie seine Zustimmung? Verwirrt verpaßte er seinen Einsatz.

Ihre Nase fing an zu laufen, so daß sie seine Hand loslassen mußte, um nach einem Taschentuch zu suchen. »Was Chauncey getan hat, würdest du nie tun.«

»Mutter, du kannst dich immer auf mich verlassen. Das weißt du.«

»Ach, Henry, was soll ich bloß machen? Tolliver hat sich heute nicht bei mir gemeldet.«

Tolliver?

»Das wird sich bestimmt aufklären«, sagte er.

»Ich fühle mich so elend. Ich habe niemanden mehr auf der Welt.«

»Niemanden? Und was ist mit mir?« Wie konnte sie so etwas zu ihrem einzigen Sohn sagen, der mit Freuden sein Leben für sie geben würde? »Und was ist mit Geegaw und Marcelle und André und – ich weiß auch nicht – Yvonne und Mommoo und Poppoo –«

»Du verstehst mich nicht. Ich bin jetzt ganz allein.« Sie schluchzte.

»Mutter, ich glaube, wir sollten jetzt gehen.« Ihm wurde bewußt, daß der plötzliche Umschwung in Verzweiflung nur ein weiteres Symptom ihrer Betrunkenheit war, genau wie ihre vorherige gute Laune. Ganz New Orleans würde das auch so sehen, und bis zum nächsten Morgen wüßten alle Bescheid. Das ließ sich inzwischen nicht mehr vermeiden, aber er hatte das dringende Bedürfnis, sie irgendwo hinzubringen, wo sie in Sicherheit war, wo die Leute sie nicht anstarren konnten, und zwar so schnell wie möglich. Er gab ein Zeichen, daß er bezahlen wollte.

»Das kommt alles in Ordnung. Es wird alles wieder gut.« Sie schenkte sich noch ein Glas Wein ein und nippte daran. Die

Tränen hatte sie abgewischt, eine seltsame Kindlichkeit, ein rührendes Bedürfnis zu gefallen, besiegte ihre Melancholie.

Wie er das haßte. »Mutter.«

»Tut mir leid, Henry. Ich wollte dich nicht in Verlegenheit bringen.« Sie hatte »Verlenheit« gesagt.

»Mutter, bitte, du bringst mich nicht in Verlegenheit. Ich möchte dir nur gern helfen und fühle mich so hilflos.« Er holte tief Luft und nahm all seinen Mut zusammen. »Laß dich von mir ins Betty Ford Center bringen. Bitte. Du brauchst Hilfe. Und das weißt du.«

»Du glaubst nicht daran, daß ich noch eine Chance habe, nicht wahr?«

»Natürlich glaube ich daran. Sonst würde ich das doch nicht sagen.«

Sie tunkte ihre Serviette in das Wasserglas und betupfte ihr Kleid, erst jetzt hatte sie den Soßenfleck bemerkt. »Ich fühle mich so schrecklich.«

»Ich helfe dir. Ich werde mich um dich kümmern.«

»So weit von zu Hause weg würde ich es nicht aushalten.«

»Dann suchen wir etwas in der Nähe. Oder ganz was anderes – wir gehen zu den Anonymen Alkoholikern.«

»Zu den Anonymen Alkoholikern kann ich unmöglich. Chotsie Carruth ist bei denen. Sie sagt, die rauchen alle.«

»Mutter, du bringst dich um.«

»Ich will ja auch sterben.«

Plötzlich sah sie wie siebzig aus. Die schöne Bitty, eine alte tragische Maske. Er hielt es nicht mehr aus. Er mußte irgend etwas tun, um ihr da rauszuhelfen.

»Ich brauche dich, Mutter.«

»Nein, du brauchst mich nicht. Nicht wirklich.«

»Doch, wirklich, Mutter. Wirklich, wirklich, wirklich.« Nachdrücklich warf er seine Serviette auf den Tisch. »Ich brauche das Gefühl, daß es dich gibt. Du mußt für mich stark sein.«

Wieder betupfte sie sich die Augen, versuchte, sich zu einem Lächeln zu zwingen, aus dem eine Grimasse wurde. »Nein, das ist nicht wahr, mein Sohn.« Ihre Stimme war nur ein Flüstern.

»Mutter, hör mir zu. Ich brauche dich. Du weißt, wovon ich spreche.«

»Nein, Henry.«

»Ich spreche von Skip Langdon.«

»Was meinst du damit?«

»Ich meine, daß man mich möglicherweise verhaftet.«

Sie schrie auf. Nicht besonders laut, es war eher ein unterdrückter Schrei, aber unzweifelhaft ein Schrei. Drei Kellner schwebten auf der Stelle herbei und schirmten ihren Tisch vor den anderen Gästen ab. »Gibt es irgendein Problem, Monsieur?«

»Meiner Mutter geht es nicht gut. Würden Sie mir bitte behilflich sein?«

Die Kellner bewegten sich mit überraschender Effizienz, zwei verschwanden, um die Mäntel zu holen und die Tür aufzuhalten, der dritte half Henry dabei, Bitty zu stützen, versuchte, sie zu verdecken, was ihm nicht gelang, während Bitty vor sich hin murmelte und auf wackligen Beinen zu gehen versuchte, wobei sie eigentlich halb gezogen und halb getragen werden mußte.

3

Skip sollte für *Cookie* ein Mädchen auftreiben? Sie konnte die Nachricht auf ihrem Anrufbeantworter einfach nicht glauben. Hatte Steve Steinman den Verstand verloren? Keine Frau in New Orleans würde mit Cookie Lamoreaux ausgehen, und aus gutem Grund. Jede war schon einmal mit ihm ausgewesen, und keine wäre so dumm, sich noch ein zweites Mal darauf einzulassen. Obwohl an die dreißig, spielte sich Cookie wie ein rüpelhafter Teenager auf – war schon betrunken, wenn er ankam, kotzte in die Blumenbeete, betatschte Frauen, beleidigte ältere Autoritätspersonen, mußte nach Hause gefahren und aus seinem Auto gezerrt werden, und das waren nur ein paar Beispiele seines berüchtigten Liebreizes.

Auf ihrem Anrufbeantworter wurde auch nicht einfach

irgendein Mädchen verlangt, sondern Marcelle. Marcelle! Aphrodite in Menschengestalt. Verflucht unwahrscheinlich, Steinman. Die Alternative bestand allerdings darin, einen Abend mit Steve und Cookie allein zu verbringen. Cookie würde unablässig Zoten reißen, die Steve und sie sich anhören mußten. Skip dachte angestrengt nach. Vielleicht gab es eine Polizistin, die ihn noch nicht kannte.

Mitten in ihrer Grübelei rief Marcelle an, um sich zu erkundigen, wie es ihr gehe und ob sie mit ihr einen Happen essen gehen wollte. Skip war inzwischen verzweifelt genug, um sie zu fragen. Erstaunlicherweise war Marcelle einverstanden – schien sogar begierig, konnte aber nicht wegen André. Und noch erstaunlicher war, daß Cookie, den sie mit dem Problem konfrontierte, André ebenfalls einlud.

Wegen bekleidungstechnischer Unschlüssigkeit, die zu dem festen Vorsatz eines baldigen Einkaufsbummels führte, hatten die anderen längst mit den Cocktails angefangen, als Skip zu ihnen stieß. Wie angekündigt, kochte Cookie, Steve und Marcelle saßen einträchtig nebeneinander auf dem Sofa im Wohnzimmer. Skip hatte schließlich einen noch fast neuen roten Pullover herausgezogen, zu dem sie Jeans trug; Marcelles Outfit ließ sich theoretisch als Sweatshirtanzug bezeichnen, nur waren die Hosen schmal und eng, das Hemd darüber lang und sexy, magentarot mit Leopardenmuster. Skip überkam plötzlich das dringende Bedürfnis, LaBelles Wohnung weiter zu überwachen. Zu ihrem Entsetzen stellte sie fest, daß sie ernsthaft eifersüchtig war. Sie hatte sich in Steve Steinman verliebt.

Er stand auf und drückte sie fest an sich, sie fühlte sich wie in den Armen von Mighty Joe Young. Schuldgefühle, dachte sie und sagte ziemlich gereizt: »Aua.«

»Entschuldige. Aber du siehst so hübsch aus. Ich wollte nur...« Er biß sie ins Ohrläppchen.

»Jetzt nicht, King Kong.«

Marcelle stand auf, um sie ebenfalls zu umarmen. »Wurde langsam Zeit, daß du kamst. Kannst du dir vorstellen, was mit meinem Selbstwertgefühl passiert, wenn ich mich mit einem

Mann unterhalten muß, der dauernd auf die Uhr sieht und die Tür im Auge behält?«

Meinte sie das ernst? Skip beschloß, nicht darüber nachzudenken und dankbar zu sein, daß sie wenigstens beide höflich waren. Steve folgte ihr in die Küche, wo sie Cookie begrüßen wollte. »Marcelle ist nett. Ich mag sie.«

»Welcher Mann würde das nicht?«

»Aber sie hat einen seltsamen Kleidergeschmack.«

Von seinem Posten am Herd brüllte Cookie: »He, Kojak! Was macht die Liebe, Puppe?«

Skip gab ihm den obligatorischen Schwesterkuß. Ihr fiel auf, daß er ungewöhnlich geschniegelt aussah. »Was verschafft uns die Ehre?«

Er zuckte mit den Schultern. »Ich dachte, wir könnten alle Freunde werden.« Skip überlegte, ob er vielleicht schon länger für Marcelle schwärmte. So ordentlich hatte sie ihn noch nie gesehen.

»Also, Kojak, dann erzähl uns mal von dem großen Fall.« Geschickt wendete er eine dicke Garnele in der Pfanne.

»Nichts Dienstliches heute, okay?«

»Kein bißchen okay. Was glaubst du wohl, warum ich dich eingeladen habe?«

Marcelle trieb es in die Küche. »Cookie, bitte nicht.« Sie sah aus, als ob sie gleich in Tränen ausbrechen würde.

»O Gott, entschuldige bitte, Marcelle. Ich war nicht ganz bei Verstand.« Sein Gesicht glühte wie ein Tequila Sunrise, und Skip konnte sich nicht vorstellen, daß die Hitze am Herd dafür verantwortlich war. »Frauen raus aus der Küche. Ihr macht mich nervös. Steve, du kannst mir helfen.«

Die Frauen nahmen ihre Drinks mit ins Wohnzimmer. Vom Heimtrainer am Fenster abgesehen, sah es nicht nur ansehnlich, sondern richtig hübsch aus. Cookie hatte gewischt, abgestaubt, die Polstermöbel abgesaugt und ein paar Narzissen in einen grünen Krug gestellt.

»Cookie…« Sie hatten beide gleichzeitig angefangen zu sprechen.

»Nach dir«, sagte Skip.

».. . hat sich verändert. Wie verwandelt.«

»Das finde ich auch. Offensichtlich erst vor ein paar Stunden.«

»Wirklich? Willst du damit sagen, daß er nicht im Laufe der Jahre reifer geworden ist?«

»Hast du ihn länger nicht mehr gesehen?«

»Ziemlich lange.« Ein wehmütiger Blick trat in ihre großen Augen. »Wir sind früher mal zusammen gegangen. Das ist sehr lange her.«

»Du bist doch mit jedem in der Stadt mal gegangen.«

Sie senkte den Kopf. Als sie wieder aufsah, blinkten Tränen in ihren Augen. »Skippy, ich hätte nie gedacht, daß du, ausgerechnet du...«

»Was ist? Was habe ich denn gesagt?« Aber es war zu spät, sie wußte es selbst. Sie erinnerte sich an O'Rourkes Bemerkung über die Hure von Babylon.

»Du weißt ganz genau, was du gesagt hast.«

Seltsamerweise fühlte sie beinahe den gleichen Stich wie bei Steve, wenn er böse auf sie war. Sie hatte Marcelle verletzt, und Marcelle war ihr nicht mehr gleichgültig. Der Gedanke überraschte sie. *Marcelle St. Amant, die oberflächliche Marcelle, meine beste Freundin.* Nun ja, vielleicht war Marcelle wirklich ein Hohlkopf, Skip hatte sich noch nicht entschieden, aber sie war gefühlvoll und großzügig. Wenn sie keine Mörderin war.

»Es tut mir leid. Ich meinte nur, du bist so schön und so beliebt... ich wußte nicht, daß du mal mit Cookie zusammenwarst.«

Sie lächelte, offensichtlich besänftigt. »Na ja, wir waren damals vierzehn.«

»Das kann doch nicht wahr sein.«

»Er hat mich sitzengelassen. Meine erste unglückliche Liebe.«

»Cookie hat *dich* sitzengelassen?«

»Ich bin nie darüber hinweggekommen. Wir haben jahrelang nicht mehr miteinander geredet. Genau genommen – bis heute.«

Die Geschichte wurde immer besser. Wer hätte das gedacht? Der rüpelhafte Teenager und die verletzliche Magnolienblüte als unglücklich Verliebte?

Die Männer kamen mit den Garnelen, die als Cookies berühmtes Cajun Tempura auf den Tisch kamen, von ihrem Gastgeber als Hors d'œuvre serviert, und nichts weiter waren als fritierte Shrimps, scharf gewürzt nach Cajun-Art. Cookie hatte sogar an André gedacht, der sich für kurze Zeit von einem Fernseher irgendwo im Obergeschoß losriß, um Essen in sein kleines Gesicht hineinzustopfen, und bei seiner Portion die Gewürze weggelassen.

Auf das Tempura folgte ein Salatgang und dann die beste Paella, die Skip in ihrem Leben gegessen hatte. Cookie meinte: »Blödsinn, Schätzchen, das ist nichts weiter als Reiseintopf mit einem komischen Namen.« Aber Marcelle hörte nicht auf, ihn dafür zu loben.

»Du solltest ein Restaurant aufmachen, Cookie, ohne Witz. Dieses Zeug ist besser als alles, was meine Zunge bisher je gekostet hat.«

»Genau das braucht diese Stadt – noch ein Restaurant.«

Skip zuckte mit den Schultern. »Es gab auch schon tausend Restaurants, als K. Paul aufgemacht hat.«

»Siehst du, man braucht einfach einen Werbegag.« Seine Stimme klang etwas spitz.

»Moment mal«, sagte Skip. »Ich glaube, ich merke etwas.«

»Darauf trinke ich.« Cookie erhob sein Glas. »Kojak hat etwas gemerkt.«

Sie tranken alle mit und ließen sich alle nachschenken.

»Und was hast du gemerkt, Kojak?«

»Du hast über die Sache mit dem Restaurant schon nachgedacht. Du würdest wirklich gerne eins aufmachen.«

»Ach was – nicht wirklich.«

Trotzdem wußte sie, daß sie recht hatte.

Marcelle fragte: »Wenn du mit deinem Leben machen könntest, was du wolltest, was würdest du am liebsten tun?«

Er starrte sie an. Skip rechnete mit einer seiner flapsigen Bemerkungen, aber er senkte den Blick. Schließlich sagte er: »Kochen wahrscheinlich.« Sie glaubte, daß es ihm bestimmt nicht leichtgefallen war, ernsthaft zu antworten, auch wenn es nur zwei Worte gewesen waren.

»Du bist wirklich ein glücklicher Mensch«, sagte Marcelle.

Er starrte sie wie das Orakel von Delphi an, von dem er eine unerhörte Weisheit erwartete. »Du hast etwas, was du liebst.« Sie hielt einen Moment inne. »Eine Aufgabe.«

Niemand sagte ein Wort.

»Ihr alle«, sagte sie. »Ihr wißt gar nicht, was das für ein Geschenk ist.«

»Du hast André«, sagte Cookie, dessen Abneigung gegenüber Kindern unter den Frauen in seinem Umfeld berüchtigt war.

Skip mußte sich beherrschen, damit sie sich nicht aufs Ohr schlug, um zu prüfen, ob sie noch richtig hörte. Als nächstes würden die beiden vermutlich auf den Tisch klettern und ein Duett vorsingen.

»Ich liebe ihn abgöttisch«, sagte Marcelle. »Aber das ist nicht das gleiche wie etwas, was man *tun* kann.« Ihr Stimme wurde immer piepsiger und endete fast in einem Winseln.

Gott sei Dank. Es funktioniert wieder.

»Steve, du bist der Glücklichste von allen.«

»Ich?«

»Weil du ein Künstler bist. Was muß das für ein Gefühl sein, etwas zu erschaffen! Mit nichts anzufangen und etwas zu *erschaffen*, was einem wirklich gehört.«

»So ähnlich ist Kochen auch.« Cookie klang leicht gereizt, aber Steve fühlte sich geschmeichelt.

»Weißt du, die meisten Menschen verstehen das nicht. Sie denken nicht darüber nach. Sie denken nur: ›O Mann, Film, Flimmer und Glitter‹ oder ›Tanzen, toll, wie der das kann‹. Wie man da hinkommt, darüber denken sie nicht nach, wie das ist, wenn man die ganze Zeit sowas mit sich herumträgt und versucht, es rauszubekommen.«

»Vielleicht finden wir jemanden, der dir 'ne billige Abtreibung macht«, meinte Cookie, aber keiner würdigte ihn auch nur eines Blickes.

Skip dachte schuldbewußt, daß sie sich darüber wirklich

noch keine Gedanken gemacht hatte, was Steve eigentlich tat und was es für ihn bedeutete.

Marcelle war ganz bei der Sache. »Ich habe viel darüber nachgedacht. Ich denke immer daran, wenn ich mir ein Gemälde oder eine Statue oder auch nur ein schönes Möbelstück ansehe. Ich stelle mir den Schreiner vor, wie er sein Holz zusammensucht, es berührt und streichelt und mit Öl einreibt. Wenn ich Henry auf der Bühne sehe, kann ich kaum glauben, daß das mein Bruder ist, der sowas fertigbringt. Ich würde alles darum geben, an seiner Stelle zu sein. Ich möchte am liebsten weinen.« Sie brach ab.

»Weshalb? Weshalb möchtest du am liebsten weinen?« fragte Cookie.

Skip hatte mit noch mehr Selbstmitleid gerechnet, von dem armen kleinen Südstaatenmädchen, das *gar nichts* zustande brachte und ach so hilflos war, aber Marcelle errötete und flüsterte: »Über die Schönheit. Die Kunst.«

Betretenes Schweigen. Skip dachte, so etwas sagt kein Mensch. So etwas denkt man, aber man sagt es nicht. Und ihr fiel auf, wie ähnlich ihre eigenen Gefühle waren. Oder zumindest früher gewesen waren. In den letzten Jahren hatte sie dieses Gefühl in sich sterben lassen. Aber jetzt erinnerte sie sich an eine Ausstellung von Bildern einer Frau im College. Sie hatte den Blick nicht abwenden können, ein Kloß hatte ihr im Hals gesteckt. Sie war damals stoned gewesen und hatte geglaubt, daß es daran läge. Aber das Gefühl kam immer wieder, immer dann, wenn sie ihren Fuß in ein Museum setzte, und manchmal, wenn sie bestimmte Häuser im Quarter ansah. Sie ignorierte es, tat so, als wären diese Gefühle nicht vorhanden.

Der Name der Künstlerin von der Collegeausstellung fiel ihr plötzlich wieder ein und auch, daß sie kürzlich etwas über sie in der Zeitung gelesen hatte. Sie würde sich gern eins ihrer Bilder in die Wohnung hängen – ein Bild von dieser Künstlerin würde dieses Gefühl wieder wecken. Plötzlich sah sie ihr verwahrlostes Apartment vor sich, die Wände bedeckt mit schönen Bildern, nicht mit Heavy-Metal-Plakaten, und sie lächelte, nahm ihr Glas in die Hand, um einen Toast auszusprechen.

»Auf die Kunst.«

»Hört, hört.«

»Auf die Künstler«, sagte Marcelle, wobei sie Cookie so offensichtlich mit einschloß, daß er aufhörte zu schmollen und das Dessert servierte.

Zwischen halbbetrunkenen Lobeshymnen auf sein Kunstwerk, ein Meisterwerk, ein Chef d'œuvre, vergleichbar mit der Mona Lisa, spülten sie den mehrschichtigen Schokoladenkuchen mit Champagner hinunter, und Skip spürte, wie sich eine ungewöhnliche Milde in ihrem Körper ausbreitete, die mit Betrunkenheit nichts zu tun hatte.

Sie fragte sich, ob sie alle langsam erwachsen wurden, alte Ressentiments ablegten, alte Vorurteile, und andere Menschen wurden – Menschen, durchzuckte es sie plötzlich, die sich wirklich gerne kennenlernen würden – Freunde sein konnten, wie Cookie vorgeschlagen hatte. War sie dazu bereit?

Tolliver

1

Sie wachte früh auf und küßte Steve wach. Sie hatten die Nacht in Cookies Haus verbracht. »Ich muß gehen, D. W. Griffith.«

Er zog sich das Kissen über den Kopf. »Oh, mein Kopf tut so weh. Ich kann kaum glauben, daß dieses Gespräch wirklich stattgefunden hat.«

»*In vino veritas*, Roger Corman. Ich werde dich in Zukunft viel ernster nehmen.«

»Wie wär's, wenn du mich einfach nur nimmst?« Er zog das Laken beiseite, um ihr seine Erektion zu zeigen.

Mein Gott, es war schön, sie konnte ihn beinahe spüren. Sie glitt seinen Körper hinab, ihre Hormone liefen plötzlich auf vollen Touren.

Aber du hast keine Zeit. Es ist Montag morgen, und du bist Polizistin. Erinnerst du dich?

Sie setzte sich auf. »Ach Scheiße. Es geht nicht. Ich muß erst nach Hause, bevor ich zur Arbeit gehe.«

»Verdammt.« Er rollte sich auf die Seite.

»Genau.«

Wahrscheinlich hatte man sie zur Überwachung von LaBelles Wohnung eingeplant, wie schon seit Tagen, aber sie mußte ihren Anrufbeantworter abhören.

Zuerst trällerte ihr Jimmy Dees Stimme ins Ohr: »Guten Morgen, meine Herzallerliebste. Ich nehme an, daß außer Knochen und Haarbüscheln von dir nicht mehr viel übrig ist, wenn du mit deinem elefantösen Freund die Brunftzeit verlebst. Ruf doch mal beim dürren alten Dee-Dee an, wenn du noch sprechen kannst.«

Dann Dubys flache, emotionslose Stimme: »Skip, ich hoffe, daß Sie noch nicht auf ihrem Beobachtungsposten sind. Wir haben den Fall St. Amant abgeschlossen. Melden Sie sich heute morgen bei Ihrer alten Dienststelle.«

Den Fall St. Amant abgeschlossen?

Ihr Finger zitterte beim Wählen. »Morgen, Lieutenant. Ich habe wohl gerade unter der Dusche gestanden. Was ist passiert?«

»Haben Sie von Tolliver Albert gehört? Sie bringen es überall im Radio.«

Sie schwieg und versuchte zu begreifen.

»Mein Beileid, falls Sie mit ihm befreundet waren. Er ist tot. Hat Tabletten genommen, vermutlich am Samstag.«

»Das ist doch nicht möglich!«

»Sie kannten ihn gut?«

»Nicht deshalb...«

»Seine Nachbarin hat ihn gefunden. Er war bei ihr und ihrem Mann gestern zum Abendessen eingeladen gewesen und hatte darum gebeten, Mrs. St. Amant mitbringen zu dürfen, damit sie nicht allein sei, aber Mrs. S. sagt, er habe sie gar nicht gefragt. Als er nicht kam, ging die Nachbarin nachsehen. Fand die Tür unverschlossen, den Leichnam auf dem Bett, voll bekleidet, Hände über der Brust gefaltet.«

Skips Herz klopfte heftig. Sie saß auf dem Boden und versuchte, ihre Selbstbeherrschung zurückzugewinnen, ihre rasenden Gedanken zu beruhigen. In der Hoffnung, daß ihre Stimme normal klang, fragte sie: »Hat er eine Nachricht hinterlassen?«

»Aber ja, das hat er. In der er den Mord gesteht an seinem besten Freund, an Chauncey St. Amant.«

»Aber warum? Steht in dem Brief, warum er es getan hat?«

»Er liebte Chaunceys Frau.«

»Bitty? Aber...«

»Was aber?«

Sie hatte sagen wollen: »Aber sie trinkt doch«, als ihr auffiel, wie bescheuert das klang. Wie blind sie gewesen war. »Erzählen Sie weiter.«

»Anscheinend hat Mrs. St. Amant ihn zurückgewiesen, und er hat sich aus Reue und gebrochenem Herzen umgebracht.«

»Das glaube ich nicht.«

Der Lieutenant redete sanft auf sie ein. »Ich weiß, daß es ein Schock für Sie sein muß, Skip. Aber er ist tot.«

»Die Sache klingt ziemlich faul.«

»Die Nachricht hat er eindeutig selbst geschrieben. Und dann war da noch etwas – ein handschriftliches Testament.«

»Mein Gott. Hat er alles Bitty hinterlassen?«

»Nein. Wir wissen noch nicht, ob dem Testament ein anderes vorausging. Er hat nicht seinen ganzen Besitz erwähnt. Nur sein Geschäft, den Antiquitätenladen. Er hinterläßt ihn Marcelle Gaudet.«

»Ich wußte gar nicht, daß die beiden sich nahestanden.«

»Wer weiß? Jedenfalls sind wir dabei, den Fall abzuschließen – danke, daß Sie uns geholfen haben.«

»Mein Gott, ich fühle mich entsetzlich.«

»Ich kann's Ihnen nachfühlen, Skip. Tut mir wirklich leid.«

»Ich meine körperlich krank. So etwas ist mir noch nie passiert…«

»Das ist der Schock. Warum legen Sie sich nicht ein bißchen hin? Dann gehen Sie eben eine Stunde später zum Dienst.«

Nach einer Stunde rief Skip ihren Sergeant im Vieux Carré an, in ihrem alten Bezirk, und klagte über schlimme Frauenbeschwerden, vielleicht eine Zyste am Eierstock, sie hatte das schon mal gehabt, und es kann passieren…

Um sich weitere gräßliche Details zu ersparen, schnitt er ihr mit einem schroffen »Okay« das Wort ab. Kein ›na dann bis morgen‹, bloß ›aus der Leitung, Lady‹. So ungefähr hatte sie es sich vorgestellt.

Sie konnte jetzt nicht aufhören. Zu viele faule Geschichten waren ans Tageslicht befördert worden, die faulste trug den Titel ›LaBelle‹. Falls Tolliver Chauncey aus Liebe zu Bitty umgebracht hatte, warum hatte er LaBelles Wohnung durchsucht? Warum hatte er sich nach weniger als einer Woche umgebracht? Ganz sicher hatte er sich nicht erst vor kurzem in Bitty verliebt, die er zeit seines Lebens kannte. Das mußte vor Jahren passiert sein. Also hat er vielleicht einige Zeit gebraucht, bis er es wagte, Chauncey umzubringen – oder verrückt genug war, es zu tun –, wenn er aber schon jahrelang auf sie gewartet hatte, warum nach einer knappen Woche aufgeben? Logischerweise mußte er damit rechnen, daß sie eine Zeitlang trauerte. Er hätte später offiziell um sie werben können. Nach so kurzer Zeit machte das alles keinen Sinn.

Skip war klar, daß es für all diese Einwände eine Erklärung geben konnte – er war durchgedreht. Aber LaBelle paßte dann immer noch nicht ins Bild.

Sie zog ihr graues Kostüm an – sie hatte einen Beileidsbesuch vor sich –, und dann suchte sie nach den letzten beiden P. Johnsons, die sie bisher nicht erreicht hatte. Wenn sie mit Stelly reden wollte, dann mußte das heute vormittag passieren, solange Stelly noch nichts von Tolliver wußte – die Leiche war für die Morgenzeitung zu spät gefunden worden, aber vielleicht hörte sie Radio. Die erste Adresse war draußen in New Orleans East, eine Frau ging an den Apparat. »Spreche ich mit Mrs. Johnson?«

»Ja, bitte?«

»Bin ich mit Peeler Johnson verbunden?«

»Ja, das ist richtig.«

»Ich bin vom Gaswerk. Unsere Ableser können Ihren Zähler nicht finden. Ich wollte Sie fragen, ob Sie noch eine Weile zu Hause sind.«

»Ungefähr eine Stunde.«

Zuerst dachte sie, sie hätte das falsche Haus erwischt. Das Kind auf der Treppe war eindeutig weiß. Aber die Adresse stimmte. »Wohnen hier die Johnsons?«

»Hm. Meine Mom ist drinnen.« Seine Stimme klang erkältet.

Es war ein kleines Backsteinhaus, wie aus einer Seifenoper, mit einem gepflegten Rasen, auf dem Gartenweg stand ein Fahrrad. Sie hörte die Mutter, bevor sie sie sah.

»Mark? Mark Anthony, wer hat dir erlaubt, nach draußen zu gehen?« Sie öffnete die Tür und trat hinaus, in Jeans und einem alten, schwarzen Sweatshirt, fast zu Anthrazit ausgebleicht. Die Haare hatte sie mit Kämmen zu einem fransigen Pferdeschwanz zurückgesteckt. »Du gehst auf der Stelle ins Haus zurück, verstanden?« Ihr Schimpfen unterschied sich nicht von dem anderer Hausdrachen, aber selbst in dem verwaschenen Sweatshirt sah sie noch so aus, als ob sie auf die Titelseite der

Vogue gehörte. Ihr Taillenmaß entsprach vermutlich dem Umfang von Skips Oberschenkel.

»Mrs. Johnson?« rief sie.

Die Frau war damit beschäftigt, dem Jungen die Fliegentür zu öffnen, und knuffte ihn, als er hineinging. »Wenn du dich gesund genug fühlst, um auf der Treppe zu sitzen, dann bist du auch nicht so krank, daß du zu Hause bleiben mußt. Morgen gehst du wieder in die Schule, und wehe, du kriegst eine Lungenentzündung.«

»Mrs. Johnson?«

»Was kann ich für Sie tun?«

Skip stellte sich vor. »Ich würde gern mit Ihnen über Chauncey St. Amant sprechen.«

»Chauncey! Ich habe seit Jahren nicht mehr an Chauncey gedacht. Bis man ihn umgebracht hat.«

»Ich wollte mit Ihnen über eine seiner Bekannten sprechen.«

»Möchten Sie nicht hereinkommen?« Sehr gut. Von Tolliver hatte sie anscheinend noch nichts gehört.

»Vielleicht sollten wir uns hier draußen unterhalten. Sie möchten sicher nicht, daß Ihr Sohn erfährt...«

»Mein Sohn!« Ihre Augen blitzten wütend auf, als ihr klar wurde, daß ihre Privatsphäre verletzt werden könnte. »Worüber wollen Sie reden, Officer? Worum geht es hier eigentlich? Ich bin dem Mann seit mindestens zehn Jahren nicht mehr begegnet. Wie kommen Sie dazu, mich zu Hause aufzusuchen, um mit mir über Chauncey St. Amant zu reden?«

»Mrs. Johnson, ich...«

»Ich erzähle Ihnen über Chauncey, was Sie wollen, falls Ihr Magen das aushält.« Ihre unverminderte Wut hatte ein neues Opfer gefunden. Skip wartete nur noch darauf, daß zuckende Blitze aus ihren Augen schossen, die inzwischen so finster und bedrohlich wie der Fluß aussahen.

»Haben Sie keine Angst, daß Ihr Sohn...«

»Mein Sohn hat mit Chauncey St. Amant nichts zu tun.«

Skip fiel auf, daß sie den Jungen wegen seiner dunklen Haare und den kaukasischen Gesichtszügen für Chaunceys Sohn gehalten hatte. In wenigen Momenten hatte sie sich eine ganze

Geschichte über Stelly zusammengereimt, die ihren Job sausen ließ, weil sie schwanger wurde. Aber jetzt erinnerte sie sich an die Farbe seiner Augen. Mark Anthony hatte blaue Augen, keine braunen, wie Chauncey.

»Weshalb sind Sie hierhergekommen, und was wollen Sie wissen?«

»Ich möchte gern wissen, ob Sie eine Frau mit dem Namen LaBelle Doucette kennen.«

Johnson stieg die Treppe hinunter und führte Skip vom Haus weg, offensichtlich hatte sie wegen des Jungen beschlossen, vernünftig zu sein.

»Nie gehört. Wer ist das? Chaunceys letzte ›Sekretärin‹?«

»Sie könnte in den Mordfall verwickelt sein.«

»Mmpf.« Es war ein erstickter Laut, als ob sie eine Menge hatte herunterschlucken müssen, was sie jetzt wieder auszuspucken bereit war. »Das kann ich mir vorstellen, falls er mit ihr genauso umgegangen ist wie mit mir. Ich hatte mir auch schon gedacht, daß ihn eine Frau umgebracht haben muß. Das war mir schon immer klar. Und meinen Beifall hat sie. Diesen Bastard hätte schon viel eher jemand umbringen sollen.« Sie redete laut und hitzig, offensichtlich waren die Nachbarn ihr egal, nachdem sie sich um Mark Anthonys Ohren jetzt keine Gedanken mehr machen mußte.

»Er muß Ihnen etwas Schreckliches angetan haben.«

»Schrecklich? *Schrecklich?* Wissen Sie, was der Bastard mir angetan hat? Mit keinem Hund sollte man so umspringen, mit überhaupt keinem Tier!« Tränen der Wut liefen ihr übers Gesicht. »Wir hatten eine Affäre, wußten Sie das?«

Skip nickte.

»Jeder in der Stadt wußte es. Aber ich war zur gleichen Zeit mit Peeler – meinem Mann – zusammen. Er wußte von Chauncey, aber Chauncey wußte nichts von ihm. Peeler bat mich, ihn zu heiraten, aber ich konnte mich nicht entscheiden. Ich fühlte mich mit diesem feinen weißen Pinkel so groß und stark, daß ich mich einfach nicht binden wollte. Meine Mutter hat immer gesagt: ›Stelly, je höher du aufsteigst, desto tiefer wirst du fallen.‹ Und damit hatte sie sogar recht.

Na ja, ich bin schwanger geworden. Wer der Vater war, wußte ich nicht, und es war mir auch egal. Mich hat nur das Baby interessiert. Von dem Moment an, wo der Doktor es mir gesagt hat, war ich so glücklich, daß ich mich fragte, worauf ich eigentlich noch wartete. Also hab ich Peeler gesagt, ich würde ihn heiraten, und Chauncey, daß ich heiraten wollte. Chauncey fragte: ›Bist du schwanger?‹ Einfach so. Bloß weil ich ein paar Pfund zugenommen hatte und mir immer schlecht wurde, wenn ich Kaffee oder Zigaretten roch, also hat er sich's wohl gedacht. Ich sagte: ›Ja, freust du dich für mich?‹ Er meinte: ›Stelly, und was ist, wenn es meins ist?‹ Ich sagte: ›Ich werde dich nicht damit belästigen. Ich will keinen Penny von dir. Ich gehe hier weg und heirate.‹

Er meinte, das könnte ich nicht machen. Können Sie sich das vorstellen?«

»Vielleicht wollte er Sie nicht verlieren.«

»Das war es nicht. Überhaupt nicht. Er wollte nicht, daß ich das Baby bekam. Meinte, was ist, wenn's ihm ähnlich sieht – wenn Peeler mich sitzenläßt und ich es nicht ernähren kann, wenn ich ihn verklagen würde, wenn ich Geld von ihm haben wollte. Ich sagte: ›Mach dir keine Gedanken. Es wird überhaupt nichts passieren.‹ Wissen Sie, was er dann getan hat? Er hat mir Geld angeboten, damit ich's abtreiben lasse. Bargeld – zehntausend Dollar –, um mein Kind abtreiben zu lassen. Haben Sie sowas schon mal gehört?«

Skip schüttelte den Kopf.

»Na ja, ich hab natürlich nein gesagt. Er sagte, er wollte mir sowieso Geld geben – als Hochzeitsgeschenk, und dann fragte er mich, ob ich auf einen Drink vorbeikommen wollte – zum Abschied. Er überredete mich, mit ihm etwas zu trinken. Ich nahm nur Fruchtsaft, weil ich an das Baby dachte, aber als nächstes kann ich mich nur noch erinnern, daß ich bei irgendeinem Doktor in der Praxis aufgewacht bin. Ich hab versucht herauszufinden, wo ich war, aber dann gab mir jemand eine Spritze. Als ich danach wieder zu mir kam, war ich zu Hause und bis unters Kinn mit blutigem Mull ausgestopft. Und schwanger war ich nicht mehr.« Sie sah Skip mit ihren funkelnden Blitzen an. »Was halten Sie jetzt von Ihrem Mr. Chauncey St. Amant, dem Bürgerrechtler, Freund der Unterdrückten, insbesondere der Schwarzen, und noch dazu König des Karnevals?«

Die Frage ist, dachte Skip, was ich von der Geschichte halte.

»Wollen Sie damit sagen, er hat Sie mit Drogen vollgepumpt und Ihnen sozusagen eine Abtreibung aufgezwungen?«

»Genau das will ich damit sagen.«

»Auf so etwas würde sich doch kein Arzt einlassen.« Wie gern hätte sie selbst daran geglaubt.

»Ach nein? Auch nicht für Mr. Chauncey St. Amant, den Bürgerrechtler? Das glauben Sie nicht? Schätzchen, ein Rechtsanwalt war's nicht und auch kein Indianerhäuptling, der mir den Mull in die Muschi gestopft hat.« Zum ersten Mal bemühte sie sich nicht mehr um eine gepflegte Ausdrucksweise. »Ist Ihnen klar, was er getan hat? Das war illegal. Oder wie würden Sie das nennen, Officer? So kann man mit Menschen einfach nicht umgehen.«

Skip zwang sich zu der nächsten Frage. »Wissen Sie, wer der Arzt war?«

»Das war mir völlig egal. Ich wollte nur mein Baby wiederhaben.« Als Skip nicht antwortete, sah Mrs. Johnson sie an, die Wut in ihren Augen war einem boshaften Lächeln gewichen. »Bloß bin ich gleich wieder schwanger geworden, und am Ende hab ich ein Baby bekommen, das wahrscheinlich weißer aussah als jedes Baby von Chauncey. Peeler hat die gleiche Hautfarbe wie ich, aber blaue Augen. Ich schätze, Mark hat die Haut von einem seiner Urgroßväter – aber mir war klar, daß ich Chauncey nicht verklagen und ihm das Baby unterschieben konnte, als ich seine Augen sah.«

Skip wünschte, sie hätte von Estelle Johnson nie etwas gehört, wünschte, sie könnte den ganzen verdammten Morgen noch einmal zurückdrehen, ihre alberne Lüge mit den Eierstöcken ungeschehen machen, wünschte, sie würde ihre Runde drehen, mit alten Damen plaudern und jugendlichen Punks böse Blicke zuwerfen. Sie zermarterte sich das Hirn, aber ihr fiel beim besten Willen kein Grund ein, warum Stelly Johnson so eine Geschichte erfinden sollte. Ihre innere Stimme sagte ihr, daß sie nicht gelogen hatte. Die Tränen und die funkelnden Augen waren einfach zu real.

Am schlimmsten war, daß sie Chauncey so etwas zutraute. Vielleicht würden die meisten Bullen glauben, daß er damit nicht davonkommen konnte, würden wirklich glauben, was sie gesagt hatte – daß sich kein Arzt darauf einlassen würde –, aber Skip kannte den Hausarzt der St. Amants, oder besser noch, den Hausarzt der Mayhews nur zu gut. Sie konnte sich sehr gut vorstellen, wie es abgelaufen war. Chauncey hätte erwähnt, daß er einen möglichen Zusammenstoß mit seinem Schwiegervater vermeiden müsse. Vielleicht war er mit seinem Problem auch zuerst zu Haygood Mayhew gegangen, hatte gesagt, daß er fürchtete, er bekäme Probleme mit Bitty, und ihm so den Wind aus den Segeln genommen, indem er ihn zu seinem Verbündeten gegen die Geißel der Männer des Südens machte, die Frauen des Südens. Und dann hatte Haygood das Problem seinem Arzt vorgetragen, der ihn weitergeschickt oder den Eingriff sogar selbst vorgenommen hatte.

Sie fragte sich, was ihr Vater dafür bekommen hatte. Sogar Haygood Mayhew konnte einem Aufsteiger wie ihm keinen Zutritt zum Boston Club verschaffen. Vielleicht zum Louisiana Club, etwas in dieser Größenordnung. Irgendwas. Das wußte Skip genau. Ihr Vater würde, ohne zu zögern, seine Seele verkaufen, aber er war nicht so dumm, sie zu verschenken.

Wütend fuhr sie zum Polizeipräsidium, wobei sie sich fragte, weshalb sie so wütend war. Sie sollte traurig sein – für Stelly, für das abgetriebene Kind, für ihr eigenes abgetriebenes Kind. Weil sie in so eine vergiftete, korrupte Gesellschaft hineingeboren worden war. Und tief im Inneren war sie vielleicht auch traurig. An der Oberfläche war sie wütend, auf Skip Langdon, die außergewöhnliche Detektivin, die diesen Müll ausgrub und ihre eigene Nase dem Gestank aussetzte.

Sie dankte dem Himmel, daß Tarantino und O'Rourke nicht im Büro waren, und ging nach oben ins Morddezernat, um das Gesuch zu tippen, das sie für ihren nächsten Schritt brauchte.

Dann machte sie sich auf den Weg zum Standesamt mit den Familienstammbüchern.

Dort bat sie einen Angestellten, nach Geburtsurkunden unter vier Namen zu suchen – LaBelle Albert, LaBelle St. Amant, LaBelle Doucette und LaBelle Campeau. Für den Mädchennamen der Mutter gab sie Caroline Mayhew (alias »Bitty«), Jaree Campeau oder Estelle Villere an. Das Geburtsdatum war ein Problem, aber der Computer suchte innerhalb von fünf Jahren von einem geschätzten Datum an. Unter keiner der möglichen Kombinationen fand sich ein Eintrag. Die zweite Sackgasse an diesem Morgen.

Da sie nach ihrem Gespräch mit Stelly noch immer ein flaues Gefühl im Magen hatte, tat sie etwas für sie sehr Ungewöhnliches – sie trank zum Mittagessen ein Bier. Dann kaufte sie Pfefferminzdragees für den Atem und fuhr zum Haus der Harmeyers im Garden District.

Ein zierliches Eisengitter umschloß den Garten, wie zum Schutz von Kindern, aber Judith und Arthur hatten keine. Kein Wunder, dachte Skip, sie konnte sich keinen von beiden beim Geschlechtsakt vorstellen. Arthur war klein, hatte gedrungene Schultern, dünnes Haar und eine Menge geplatzte Äderchen im Gesicht. Tollivers Schwester sah aus wie ein Schlachtroß.

Sie hatte eisengraues Haar, von einer starken Dauerwelle aus dem Gesicht gehalten und mit Haarspray festgeklebt. Pfirsichfarbenes Make-up bedeckte ihre Haut in einer dicken Schicht, als ob ein entblößtes Gesicht dem öffentlichen Auftritt eines Nudisten gleichkäme. Ihr Busen hatte die Größe einer Treibsanddüne (und wahrscheinlich eine ähnliche Konsistenz, wenn man ihn aus seinem Panzer befreite), sie hatte Hüften wie eine stattliche Festung – das Ganze war von Kopf bis Fuß so fest eingeschnürt, daß man sich Prellungen zuzog, wenn man mit ihr zusammenstieß. Älter als sechzig war sie bestimmt nicht, wahrscheinlich eher jünger, aber sie schien vorzeitig erstarrt, eine alte Fregatte aus der Zeit Eisenhowers. Möglicherweise, dachte Skip, hatte sich Judith einfach in ihre eigene Mutter verwandelt.

Ein Dienstmädchen in Uniform geleitete Skip »ins vordere Empfangszimmer«, wo der Clan mit seinen Freunden versammelt war. Zu ihrem Entsetzen entdeckte Skip auch ihre Eltern. Aber so schlimm konnte es eigentlich nicht werden. Da ihr Vater nicht mit ihr sprechen würde, mußte sie nur ihre Mutter abwehren, und abwehren mußte sie sie. Mit Liebhabern, die sich in die Polizeiarbeit einmischten, hatte man schon genug Probleme, wieviel schwieriger war es erst, wenn man von der ganzen Familie überwacht wurde?

Bitty und Henry waren auch da, Marcelle aber nicht. Und Bittys Vater auch nicht – möglicherweise war er schon wieder gegangen. John Hall Pigott konnte sie nirgends entdecken, er hatte Tolliver vielleicht gar nicht gekannt, aber mit einem leichten Stich der Enttäuschung wurde Skip bewußt, daß sie sich gefreut hätte, ihn zu sehen. Bitty saß in einem Lehnsessel, genau wie vor ein paar Tagen in ihrem eigenen Haus, und diesmal stand nicht Tolliver, sondern Henry hinter ihr. Tollivers Abwesenheit mutete seltsam an.

Eine Woge des Mitleids für Bitty überkam Skip, in weniger als einer Woche hatte sie zwei Männer verloren. Und wenn man in Tollivers Brief zwischen den Zeilen las, könnte man sagen, daß sie die Ursache für beider Tod war. Wenn es sich mit Tollivers Tod wirklich so verhielt, wie es den Anschein hatte, dann mußte sie ihm Anlaß zu dem Glauben gegeben haben, daß sie ihn liebte.

Skips Mutter hatte sich den Weg zu ihr gebahnt. Sie umarmten sich förmlich – Skip fiel es schwer, herzliche Gefühle für jemanden zu hegen, der sie fast immer mit mißbilligenden Worten begrüßte. Ihre heutige Begrüßung lautete: »Ach, Skippy! Nicht schon wieder dieses alte Kostüm.«

Ihr lag die Bemerkung auf der Zunge, daß sie nichts anderes besaß, aber sie wußte, was dabei herauskommen würde. »Tag, Mutter. Wie geht's Vater?«

»Er sitzt gleich da drüben.«

»Er sieht gut aus.«

»Warum gehst du nicht zu ihm und sprichst mit ihm?«

»Ach nein, lieber nicht.« Wenn sie in einer anderen Stimmung gewesen wäre, hätte sie sich vielleicht mit ihm unterhalten. Aber nach allem, was sie heute morgen erfahren hatte, war sie froh, daß sie eine Ausrede hatte, um ihm aus dem Weg zu gehen. Sie sah einen Moment zu ihm hinüber und versuchte zu ergründen, ob er wie ein Krimineller aussah. Was er getan hatte – wenn er es gewesen war –, kam einer Vergewaltigung nahe. Auf jeden Fall handelte es sich um einen gewaltsamen Angriff auf den Körper einer Frau, bei dessen Vorstellung ihr übel wurde. Das Ganze zeugte von einer Herzlosigkeit, einer Beziehungslosigkeit zu anderen Menschen, zu ihren Gefühlen und zu den eigenen Gefühlen, die geradezu unfaßbar war. Sah ihr Vater herzlos aus?

Nein. Eigentlich nicht. Der alte Haygood Mayhew sah so aus, als ob er den faustischen Pakt schon lange geschlossen hätte und möglicherweise einen Pferdefuß unter seinen maßgearbeiteten Schuhen verbarg. Ihr Vater sah so eindeutig nach dem aus, was er war, daß ihr Herz ihm entgegenflog – ein Mann, der die Fassade aufrechthalten wollte. Aber nicht nur diese äußere Fassade, von der er besessen war. Er sah aus, als ob er die zentrale Tatsache seines Lebens vor sich selbst verstecken wollte – daß er sein Leben vergeudet, seit dem Tag seiner Geburt nichts dazugelernt hatte. Irgendwie war es ihm nicht gelungen, seine Grenzen kennenzulernen, zu erfahren, daß er, der arme Junge aus Winona, Mississippi, der zum Intimfreund der Reichen und Hochwohlgeborenen aufgestiegen war, das Universum nicht beherrschen konnte. Aber sie wußte – sie sah den Kampf auf seinem Gesicht –, daß er seine eigenen Gefühle halbwegs beherrschen konnte, indem er sie einfach nicht zur Kenntnis nahm. Und bei Gott, er würde immer so weitermachen, auch wenn es ihn alle Mühe kostete, und mit dem Erbe von Generationen seiner Familie, die sich bis zur Armee der Konföderierten zurückverfolgen ließ und das Machogehabe in mindestens hundertfünfzig Jahren perfektioniert hatte, über alle Gefühle hinwegpoltern. Und falls er mit Gepolter nicht weiterkam, zog er sich einfach zurück. Wenn ein Teil des Universums – nehmen wir an, dieser Teil hieße Skip – sich nicht kommandieren ließ, existierte er einfach nicht.

Für Skip war er ein musterhaftes Beispiel für die Männer des Südens – ein Schwächling ersten Grades unter einer extrem dünnen Decke aus Kunstleder-Machismus, wie sie es nannte, so unecht, daß ihn jedes Kleinkind sofort durchschauen würde.

Moment mal, bitte! Das wollte ich doch alles hinter mir lassen – Leute wie Cookie Lamoreaux zu meinen Freunden machen und so weiter.

Aber Cookie hatte keine Abtreibungen an bewußtlosen Frauen durchgeführt, soweit sie wußte. Die schwache Seite ihres Vaters hatte sich in etwas Häßliches verwandelt.

Das weißt du nicht.

Sie wußte es nicht, aber sie wußte auch nicht, wie sie es herausfinden sollte, solange ihr Vater nicht mit ihr redete. Und dieses Problem würde sie heute nicht lösen.

Ihre Mutter flüsterte: »Wußtest du, daß du eine Laufmasche hast?«

»Verflucht! Wo denn?« Sie widmete ihre Aufmerksamkeit gerade lange genug ihren Beinen vom Knie an abwärts, um herauszufinden, daß es stimmte. »Wie geht's den Harmeyers?«

»Sie halten sich sehr tapfer. Es ist bestimmt nicht leicht...«

»Ich muß mit ihnen reden. Entschuldige bitte.« Sie entfernte sich abrupt von ihrer Mutter. Vielleicht etwas unhöflich, dachte sie, aber wenn sie sich mit ihrer Mutter auf mehr als eine oberflächliche Unterhaltung einließ, war der Nachmittag gelaufen. Ihr Vater redete zu wenig mit ihr, und ihre Mutter machte das wieder wett. Zu dem einzigen Thema, das sie interessierte, konnte sie stundenlang Reden schwingen – wie abgrundtief peinlich ihr die bloße Existenz ihrer Tochter war. Skip hatte den Verdacht, daß sie nicht die einzige war, die es sich anhören mußte. Ihrem Vater hing das Thema zweifellos so sehr zum Hals heraus, daß er neuen Bürgerclubs oder Kommitees nur aus einem Grund beitrat: um sich die Abende mit Versammlungen auszufüllen und bloß von zu Hause wegzukommen.

Bitty war jetzt allein. Sie sah so unaussprechlich traurig aus und schien in ihrem wallenden schwarzen Kleid zu versinken. Arthur Harmeyer rückte an und nahm ihre Hand.

Skip sagte: »Das mit Tolliver tut mir so entsetzlich leid, ich weiß, wieviel er Ihnen beiden bedeutet hat.«

Bitty sah sie merkwürdig verletzt an, als ob sie weinen wollte, es aber nicht konnte. Keiner von beiden antwortete. Skip spürte, wie ihr das Blut in den Kopf stieg, als ihr einfiel, was sie vermutlich dachten – daß sie, als einzige unter allen Gästen, wußte, was in dem Brief stand. Natürlich hatte man den Inhalt nicht veröffentlicht.

Sie wandte sich ab, verstört und mit dem merkwürdigen Gefühl, daß ihre Deckung aufgeflogen war. Am anderen Ende des Raumes steckten Henry und Judith die Köpfe zusammen. Beide drehten sich um und sahen sie an. Dann kam Judith auf sie zu.

»Guten Tag, Skip. Wie geht es Ihnen?« Sie reichte Skip die Hand.

»Mrs. Harmeyer, es tut mir so leid...«

»Ich weiß, aber wollen wir nicht lieber nach draußen in die Halle gehen?«

Skip ließ sich vorwärtsschieben, ihr war noch nicht ganz klar, was das bedeutete. Als sie an der Tür ankamen, sagte Judith: »Vielen Dank für Ihren Besuch, meine Liebe. Ich weiß, daß es Ihnen unter diesen Umständen bestimmt nicht leichtgefallen ist.«

Womit sie sagen will, daß ich besser nicht gekommen wäre.

Laut sagte sie: »Aber nein. Ich weiß doch, daß man...«

»Natürlich. Und dafür sind wir Ihnen dankbar.« Sie schob das Dienstmädchen mit einem scharfen Blick beiseite und öffnete selbst die Tür.

»Mrs. Harmeyer, ich habe den Eindruck, daß Sie mich rausschmeißen wollen.«

»Natürlich nicht, meine Liebe. Ihre Mutter und Ihr Vater sind in diesem Hause immer willkommen. Aber es *ist* etwas unpassend – wirklich, ich weiß genau, daß sie sich wohler fühlen würden...«

Skip spürte, wie die Wut in ihr hochkochte, und blieb hartnäckig stehen, als sie sah, daß jemand den Weg heraufkam. »Erinnern Sie sich an Jaree Doucette?«

Judith zuckte mit keiner Wimper, lächelte einfach noch brei-

341

ter, wobei eine vollkommene obere und eine ziemlich ramponierte untere Zahnreihe zum Vorschein kamen. »Wirklich nett von Ihnen, daß Sie gekommen sind, Skip.« Sie wandte sich ihren neuen Besuchern zu, einem älteren Paar, und ließ vor Skips Augen Tränen über ihr Gesicht laufen, als ob sie einen Hahn aufgedreht hätte. Sie vergrub ihr Gesicht an der Schulter des Mannes und schluchzte: »Ach, Jonathan, ich weiß gar nicht, wie ich das hier überleben soll.«

Du würdest den Hundertjährigen Krieg ohne eine einzige Falte im Gesicht überleben, du Miststück.

Sie klapperte in ihren grauenvollen braunen Pumps die Vordertreppe hinunter, ging schnell, bis sie außer Sichtweite war, und rannte dann zu ihrem Auto, dem sie einen Tritt versetzte. Sie hätte am liebsten auch mit den Fäusten daraufgetrommelt, hatte aber Bedenken, daß sie jemand beobachten könnte. Statt dessen stieg sie ein und atmete tief durch.

Also gut, irgendwann mußte es ja passieren. New Orleans konnte einen Polizeispitzel in seiner Mitte einfach nicht dulden. Aber ohne das Arschloch Henry St. Amant wäre es nicht ausgerechnet heute passiert.

Dieses verdammte Biest!

Sie trat noch einmal zu und holte sich an der Bremse einen blauen Fleck auf dem Spann.

2

Marcelle legte in ihrem Schlafzimmer Wäsche zusammen. André hatte eine Magen-Darm-Grippe – der arme Kleine, das war kein Wunder, bei dem Streß, unter dem er in letzter Zeit zu leiden gehabt hatte – und saß im Wohnzimmer vor dem Fernseher. Sie hatte schon zwei Stunden Fernsehen hinter sich und konnte es nicht mehr länger ertragen. Außerdem brauchte sie Zeit, um zu trauern wegen Tolliver.

Da sie heute zu Hause bleiben mußte, konnte sie nicht mit ihrer Mutter und Henry gemeinsam trauern; und mit André natürlich auch nicht. Sie wollte nicht, daß er jetzt schon von Tollivers Tod erfuhr. Ein Toter war in seinem Alter schon fast zu viel; sie glaubte nicht, daß er noch einen zweiten verkraften konnte. Sie würde sich etwas ausdenken müssen, wie sie es ihm beibringen könnte, würde Zeit und Ort sorgsam wählen müssen. Eine der Mütter in der Kita war Kinderpsychologin – vielleicht konnte sie ihr einen Rat geben.

Hier, allein in ihrem Zimmer, konnte sie weinen, solange sie es lautlos tat. Und so ließ sie den Tränen ihren Lauf, während sie Socken zusammenrollte und T-Shirts glättete, schnüffelte in ein Papiertaschentuch, mit dem sie die Schluchzer erstickte. Was für ein rätselhafter, seltsamer, lieber Mensch Tolliver doch war. Die Entdeckung, daß er Bitty liebte, überraschte sie keineswegs. Sie hatte es vorher nie in Erwägung gezogen, aber wenn sie jetzt darüber nachdachte, erklärte das alles.

Es war so offensichtlich, weshalb er nie geheiratet hatte, weshalb er immer in der Nähe der St. Amants geblieben war, weshalb er sich nie für Frauen zu interessieren schien. Ob Bitty wohl seit Jahren ein Verhältnis mit ihm hatte, frage sie sich. *Ihre Mutter?* Mein Gott, es kam ihr unwahrscheinlich vor, und das nicht, weil sie Bitty für eine Heilige hielt. Sie hatte lediglich den Eindruck, daß Bitty für Sex nicht viel übrig hatte.

Irgend etwas mußte dennoch mit Tolliver passiert sein, was den Umschwung zur Gewalt herbeigeführt hatte – ihn dazu gebracht hatte, ihren Vater umzubringen. Marcelle wußte, daß sie noch immer über ihren Vater weinte, und hoffte, daß sie einen Teil ihrer Tränen für Tollivers Vergebung weinte. Sie empfand wirklich Kummer und Mitgefühl für den Mörder ihres Vaters. Manchmal geschahen seltsame Dinge.

Jetzt konnte sie genau nachvollziehen, was sich am Samstag abgespielt hatte. Als sie hereinkam und um einen Job bat, mußte er seinen eigenen Tod bereits geplant haben – mußte gewußt haben, daß er den Tag nicht überleben würde. Und dann, als er sie sah, erinnerte er sich, oder es wurde ihm zum ersten Mal bewußt, wie sehr sie ihren Vater geliebt hatte. Ihn überkamen Schuldgefühle ihr gegenüber, und deshalb hatte er ihr in letzter Minute das Geschäft hinterlassen.

Marcelle wußte nicht, wie sie damit umgehen sollte, und beschloß, lieber nicht darüber nachzudenken. Ein Traum war in Erfüllung gegangen, so einfach war das. Aber um welchen Preis! Und mit emotionalen Verwicklungen, die leicht zum Fallstrick werden konnten, wenn sie nicht aufpaßte.

Außerdem kam es so plötzlich. Sie wußte nicht, ob sie wirklich darauf vorbereitet war – nicht auf die Geschäftsführung, davon hatte sie überhaupt keine Ahnung, aber das konnte sie lernen. Sondern darauf, daß sie bekam, was sie wollte. Es kam ihr so sonderbar und ungewohnt vor. Sie glaubte nicht, daß sie es verdient hatte.

Darüber konnte sie jetzt nicht nachdenken. Es war zu viel, genau wie die beiden Toten für André. Jetzt im Moment fühlte sie sich einfach nur lausig und wollte sich gründlich ausweinen. Zum Teufel mit dem Versuch, irgendwo nach irgendeinem Sinn zu suchen.

»Mommy, da ist jemand an der Tür.«

»In Ordnung, sag, daß ich sofort komme.«

Sie sah in den Spiegel, um die erforderlichen Ausbesserungen vorzunehmen, wurde aber durch das Geräusch der sich öffnenden Wohnungstür gleich wieder abgelenkt. Verdammt! Sie hatte gemeint, daß er durch die geschlossene Tür sprechen sollte.

»Hallo, Skippy. Sie hat gesagt, daß sie gleich kommt.«

»Hallo, André. Wie geht's meinem Liebling, hm? Meinem großen, tollen André?«

Die folgenden Geräusche ließen sie vermuten, daß ein kleiner Junge von den Armen einer närrischen Tante in die Luft geschwenkt wurde. Sie rief: »Vorsicht, Skip. Er hat Grippe.« Während sie ein bißchen Make-up im Gesicht verteilte, spürte sie, daß sich das Dunkel lichtete. Von allen Menschen, die ihr einfielen (vielleicht mit Ausnahme ihrer Mutter), war es Skip, die sie jetzt am liebsten sehen wollte. Ihre Wut vom gestrigen Vormittag war im Laufe des Tages verflogen – deshalb hatte sie abends wegen des Essens bei ihr angerufen. Sie wollte Frieden schließen, eine Freundschaft festigen, die sie sich für sie beide wünschte.

Der Ausdruck auf Skips Gesicht sagte ihr, daß das Make-up

nichts genützt hatte und nicht zu übersehen war, daß sie geweint hatte. »André, Liebling, da kannst du aber froh sein, daß es Skippy war. Was wäre, wenn du die Tür aufgemacht hättest und draußen hätte jemand gestanden, den wir nicht eingeladen haben?«

Er sah sie mit ernster Miene an. »Hatten wir Skippy eingeladen, Mommy?«

»Darum geht es nicht, junger Mann. Es geht darum, daß du weißt, du sollst die Tür nicht aufmachen, ohne zu fragen, wer draußen ist. Skippy, ich hoffe, du bist ihm nicht zu nahe gekommen. Hast du gehört? Er hat eine Magen-Darm-Grippe.«

Skip hielt sich den Bauch und beugte sich vor. »Würg!« Sie stöhnte und wankte zum Sofa, wobei sie so tat, als würde sie sterben, und am Ende mit schielendem Blick und heraushängender Zunge liegenblieb. Zum ersten Mal an diesem Tag – seit Tagen, dachte Marcelle – fing André an zu lachen. Fiel um und lachte und wälzte sich auf dem Boden, wand seine Decke um sich, rollte sich ein und wieder aus, wie ein kleines, zufriedenes Tier.

Ich spiele zu wenig mit ihm. Ich bemuttere ihn zu viel.

Zu Skip sagte sie: »Ich glaube, du hast ihn kuriert.«

Sie stellte den Fernseher ab und schickte ihn nach oben in sein Zimmer zum Spielen.

»Unglaublich, wie er gehorcht«, sagte Skip.

»Die Leute meinen, daß ich viel Glück mit ihm habe. Sie erzählen mir immer, wie gräßlich sich ihre Kinder benehmen, und ich danke dem Himmel.«

»Es gibt keine schlechten Kinder – nur schlechte Eltern.«

Glaubte Skip wirklich, was sie sagte, oder wollte sie ihr nur schmeicheln? »Du wärst eine gute Mutter. André mag dich.«

»Das liegt daran, daß ich nie erwachsen werde. Marcelle, es tut mir wirklich leid...«

Marcelle bedeutete ihr, sich zu setzen. »Ist das nicht schrecklich? Ich kann das immer noch nicht ganz glauben. Der beste Freund meines Vaters hat ihn umgebracht, weil er meine Mutter liebte. Und obendrein hat sich mein Lieblingsonkel umgebracht. Und beide sind ein und dieselbe Person. War es so?«

Skip breitete hilflos die Hände aus. »Mein Lieutenant stellt es so dar.«

»Es kommt mir total abwegig vor.«

»*Ich* kann es mir nicht vorstellen. Du also auch nicht?«

»Meine Mutter und Tolliver – ich hätte einfach nicht gedacht, daß sie… ich weiß auch nicht, vielleicht ist eine Tochter die letzte, der so etwas auffällt.«

»Was hättest du nicht gedacht? Daß sie ineinander verliebt sind?«

Marcelle flüsterte: »Ja.«

»Sie hatte einen Schlüssel zu seiner Wohnung.«

»Die Blumen… aber sie brauchte natürlich einen Vorwand. Sie ging oft zu Tolliver. Ich schätze, das war eine perfekte Tarnung. Man hat bloß das Gefühl…«

Skip sagte nichts und wartete.

»Ich meine, glaubst du nicht, daß es dir auffallen würde, wenn sich der beste Freund deines Vaters in deine Mutter verliebt?«

»Hast du Bitty danach gefragt?«

»Soll das ein Witz sein? Sie hat die letzte Woche mehr oder weniger im Koma verbracht, und heute ist es noch schlimmer, mit all den verdammten Pillen, die ihr der Doktor gibt… oh!« Ihr wurde plötzlich bewußt, wer der Doktor war.

»Ist schon in Ordnung. Weißt du, deine Mutter ist nicht perfekt und mein Vater ebensowenig.« Ihr verständnisvolles Lächeln sah echt aus.

»Entschuldige. Nun ja, soviel zu Bitty. Weißt du, wie das ist, wenn man mit einer Alkoholikerin zusammenlebt? Hast du schon mal was darüber gelesen? Die ganze Familie verbündet sich, indem sie nicht darüber redet – aber in unserem Fall war das anders. Wir haben miteinander darüber geredet, nur mit Mutter nicht.« Nachdenklich brach sie ab. »Mir ist gerade was eingefallen.«

»Ja?«

»Tolliver. Mit ihm haben wir nicht darüber geredet. Das Tabu schloß ihn ein.«

»Und warum?«

»Das frage ich mich gerade auch. Wenn man über diese Dinge nachliest, dann fällt einem auf, daß ein System dahintersteckt. Niemand weiß, wo das Tabu herkommt. Es ist einfach da. Fast wie Telepathie. Man weiß einfach – unbewußt oder so –, nach welchen Regeln man sich zu verhalten hat. Man weiß es...« Sie faßte ihre Gedanken zum ersten Mal in Worte. »...Man ist ungeheuer sensibel für die Gefühle anderer. Und deshalb weiß man, womit man verletzt und womit nicht. Daddy konnte über Mutter sprechen...« Sie sprach zögernd, ordnete ihre Gedanken, während sie redete. »...Aber Onkel Tolliver nicht. Das hätte vielleicht ein Hinweis sein können. Aber weißt du, was ich nicht verstehe? Daddys Verliebtheit hat aufgehört – weshalb ist Tolliver das nicht passiert? Er hat sie in ihrer schlimmsten Phase erlebt, wie wir alle. Nun ja, sie ist bildschön, findest du nicht?«

Skip nickte.

»Und sie kann endlos saufen, daran ändert sich nichts. Und dann kann sie so liebevoll sein – du solltest sie sehen, wie sie manchmal mit Henry umgeht. Als junge Frau war sie bestimmt hinreißend – ich meine, das ist sie immer noch, aber in ihren besten Zeiten muß sie doch alle umgehauen haben, oder?«

Sie lachten. Die Spannung der Tragödie löste sich langsam ein wenig.

»Als sie dann anfing zu trinken... nachdem Hélène starb...«

»Hélène?«

»Meine kleine Schwester. Von der ich dir erzählt habe. Du kennst die Geschichte doch ganz bestimmt: ›Nach ihrem Tod war Bitty nie mehr sie selbst.‹ Was heißen soll, daß sie nur noch betrunken war.«

»Das Baby hieß Hélène?«

»Ja, nach der schönen Helena, weil sie so ein hübsches Baby war, hat Mutter immer gesagt.« Marcelle hatte diese Beschreibung immer rasend eifersüchtig gemacht.

»Wie hat sie ausgesehen?«

»Wie sie ausgesehen hat?«

»Erinnerst du dich nicht?«

»Ich habe sie nie gesehen.« *Das stimmt nicht. Ich muß sie gesehen haben.*

347

»Weißt du das genau?«

»Ob ich das genau weiß? Skip, ich war damals erst drei Jahre alt. Wie soll ich da irgendwas genau wissen? Ich erinnere mich nicht an sie, genügt das? Ich kann sie gar nicht gesehen haben. Sie hat das Krankenhaus nie verlassen.«

»Wirklich?«

»Was meinst du mit ›wirklich‹? Glaubst du mir nicht? Paß auf, ich war erst *drei*. Ich weiß, daß sie nie nach Hause gekommen ist, weil Henry mir das erzählt hat. Erst vor kurzem.«

»Woran ist sie gestorben?«

»Das weiß ich nicht. Wir haben nie über sie gesprochen. Vermutlich ein weiteres Familientabu.« *Aber warum war es ein Tabu?* Sie fragte sich, ob sie mit Skip darüber reden konnte.

»In welchem Jahr kam sie zur Welt?«

»Wie bitte?«

»Wann wurde sie geboren?«

Marcelle hatte die Frage sehr wohl verstanden, nur kam sie ihr so idiotisch vor, daß sie ihren Ohren nicht traute. »Ich weiß es nicht«, sagte sie. »Ich bin vierundzwanzig und war drei, als sie zur Welt kam – jetzt wäre sie einundzwanzig, nehme ich an.«

»Also vielleicht 1968?«

»Kann sein.«

Skip sah nachdrücklich auf ihre Uhr und erhob sich schnell. »Mein Gott, ich muß mich noch auf der Dienststelle melden, bevor ich heute nach Hause kann.« Sie beugte sich umständlich vor, um Marcelle auf die Wange zu küssen. »Marcelle, ich weiß, wie schwer das für dich ist. Ruf mich an, wenn ich irgendwas für dich tun kann.«

Sie war schon weg, bevor Marcelle richtig bewußt wurde, daß sie gehen wollte. Marcelle fühlte sich seltsamerweise betrogen. Sie hatte gehofft, daß Skip sich zu einem langen, entspannten Besuch niederlassen wollte.

Sie hatte mit ihr wenigstens über die schwarze Frau reden wollen. Offensichtlich war sie keine Mörderin, aber sie hätte gern gewußt, was Skip über sie in Erfahrung gebracht hatte.

Sie kochte sich einen Tee, versuchte sich abzulenken, indem

sie über die verschmähte Unbekannte nachdachte, aber Skip hatte ein Thema berührt, vor dem sie nicht weglaufen konnte. Tief in ihrem Inneren wußte sie, daß sie Henry nicht ganz geglaubt hatte. Das Baby war zu Hause gewesen. Wo sollte ihre heftige Abscheu sonst herkommen? Sie war immer noch da. Die Eifersucht war nahezu unerträglich, und je stärker das Gefühl wurde, desto mehr fürchtete sie sich, desto heftiger kreisten ihre Gedanken, kamen immer wieder zu dem gleichen Schluß, ganz gleich, wie sehr sie sich bemühte, sich aus dem Netz zu befreien. Sie, Marcelle, hatte sie umgebracht.

Bestimmt war das die einzige Erklärung. Es würde so vieles erklären, wie Tollivers Selbstmord. Es würde das große Geheimnis ihrer Kindheit erklären, wie sie es nannte – warum sie in ihrer eigenen Familie immer eine Außenseiterin gewesen war, von ihrer Mutter ignoriert, von ihrem Bruder verachtet. Ihr Vater hatte sich alle Mühe gegeben, aber es mußte ihm schwergefallen sein, Mitleid mit einem kleinen Mädchen zu haben, das seine eigene Tochter umgebracht hatte.

Sie fragte sich, wie sie es getan hatte. Hatte sie das Baby erstickt? Fallengelassen? Sie konnte sich an nichts erinnern.

Aber dann passierte etwas Seltsames. Als sie so dasaß und sich zu verhärten versuchte, gefühlloser werden wollte, um ihrem Verbrechen ins Gesicht zu sehen, überkamen sie Wellen von Traurigkeit, nicht über sich selbst, sondern wegen des Babys. Wegen eines kleinen, unschuldigen Babys, dem soviel Gefahr gedroht hatte. Marcelle fing wieder an zu weinen, was ihre Gefühle nur verstärkte. Sie schlugen in Panik um, eine Panik, die sich mit voller Kraft auf André bezog. Er war erst vier Jahre alt, und seine Welt war ebenfalls in Gefahr.

Als sie aufgehört hatte zu schnüffeln und sich soweit beruhigt hatte, daß sie ihn nicht erschrecken würde, ging sie in sein Zimmer. Spielsachen bedeckten den Boden wie ein zerwühlter Teppich. Mittendrin hockte André, zusammengekauert in Krabbelposition, malte aus und sang vor sich hin. Er konnte sich auf diese Weise stundenlang selbst beschäftigen, und sie bildete sich dabei gerne ein, daß dies auf seine künstlerische oder musikalische Begabung schließen ließ, vielleicht sogar beides – auf jeden Fall auf ein beginnendes Interesse an den Künsten.

»André, Liebling, was malst du denn da aus?«

»Ti-Baby.« Auf dem Blatt war ein kleiner Hund mit einem Ball zu sehen, aber André malte Kringel mit einem goldenen Stift, versuchte anscheinend nicht einmal, innerhalb der Linien zu bleiben.

»Ti-Baby? Ich dachte, du wärst Ti-Baby. Ma-Mère nennt dich doch so, oder nicht?«

»Hm.«

»Nun, dann kann das Hündchen doch nicht Ti-Baby sein, oder?«

»Doch, ist es. Es heißt so.«

»Aber du bist doch Ti-Baby.«

»Das Hündchen ist Ti-Baby.«

O Gott, das arme Kind. Er hat in letzter Zeit so wenig Aufmerksamkeit bekommen, daß er glaubt, er müsse sie sich selbst geben. Er hat dem Hund seinen eigenen Namen gegeben, damit er ihn ausmalen und so tun kann, als ob sich jemand um ihn kümmerte.

»André, Liebling, weißt du, wer glaubt, daß du Ti-Baby bist? Mommy glaubt das. Du bist Mommys Ti-Baby, nicht wahr, mein Engel?«

»Hm.«

Er sah nicht zu ihr hoch, suchte sich nur einen anderen Stift aus und kritzelte weiter. Zu ihrem Entsetzen war es ein violetter Stift. Sie hatte irgendwo gehört, daß Kinder mit violett malten, wenn sie deprimiert waren.

»Liebling, bist du traurig wegen Poppy?«

»Hm.«

»Aber, mein Schatz, über solche Sachen ist man immer traurig.«

»Wenn ich male, bin ich nicht traurig, Mommy.«

»Oh, das weiß ich, mein Schatz. Wir alle tun Dinge, damit wir andere Dinge vergessen. Mommy tut das auch immer. André, Liebling?«

»Hm.«

»Mommy ist traurig. Könntest du Mommy umarmen?«

»Okay.«

Er sah auf, kam auf den Knien ein paar Zentimeter auf sie zu und öffnete seine kleinen Arme. Marcelle drückte ihn fest an sich. »Ach, Liebling, das fühlt sich so gut an.« Er löste sich wieder von ihr, hatte noch etwas Wichtigeres zu tun, wollte unbedingt zu seinem Malbuch zurück. Aber Marcelle glaubte nicht, daß es wirklich so war – sie nahm an, daß er seine Gefühle unterdrückte, so wie sie. Wie entsetzlich, wenn man das in so jungen Jahren lernte.

Ich werde nicht zulassen, daß es meinem Kind so ergeht.

»Jetzt nimmt Mommy dich in den Arm.« Sie wollte ihn wieder an sich ziehen, aber er entzog sich.

»Nein!«

»Nein? Aber André muß auch manchmal in den Arm genommen werden.«

»Nein!« Jetzt kämpfte er mit ihr. Sie hielt ihn am Handgelenk fest, aber er hatte angefangen, um sich zu schlagen und warf Buntstifte durch das bereits unordentliche kleine Zimmer.

»Warum denn nicht, mein Schatz? Wie wär's mit einer ganz kleinen Umarmung? Eine kleine Umarmung für André?«

»Nein!« Er weinte inzwischen und kämpfte um sein Leben. »Geh weg!«

Warum hatte er sich bei der Aussicht auf eine einfache Umarmung so aufgeregt? Vielleicht hatte ihn jemand in den Arm genommen, den er nicht mochte, der ihn erschreckt hatte. Vor Angst krampfte sich ihr Magen zusammen. »André, André, mein Liebling, hat dich jemand in den Arm genommen, obwohl du es nicht wolltest? Hat dir jemand wehgetan, André?«

»Nein! Nein! Nein! Neiiin! Neiiin! Neiiin!« Er schrie es wieder und wieder. Sie ließ ihn los und sah zu, wie er sich am Boden hin und her wälzte, mit den Fäusten trommelte, in seinem Schmerz auf ihn eindrosch. Sie wußte, daß er auch auf sie einschlagen würde, wenn sie ihm in den Weg kam.

Während sie beobachtete, wie er weinend um sich schlug, wissend, daß sie nichts dagegen tun konnte und abwarten mußte, bis er sich abreagiert hatte, kehrten ihre Gedanken zu der Szene zurück, an die sie sich in der letzten Stunde zu erinnern versucht hatte, zu dem tiefen schwarzen Abgrund, dessen Existenz sie zu negieren versucht hatte.

Wenn sie ihre Schwester getötet hatte und sich nicht daran erinnern konnte, warum dann nicht auch ihren Vater?

Aber das war unmöglich – sie hatte mit Jo Jo Lawrence gevögelt, während Tolliver ihn umgebracht hatte.

Tolliver war es nicht gewesen. Tolliver konnte es nicht gewesen sein. Skip hatte recht. Marcelle wäre es aufgefallen, wenn er sich in Bitty verliebt hätte. Er hatte möglicherweise beobachtet, wie sie sich aus dem Boston Club geschlichen hatte und wieder zurückgekehrt war, wollte die Schuld auf sich nehmen, um die Familie zu schützen.

War es möglich, daß sie den Club heimlich verlassen hatte und wieder zurückgekehrt war? Nein! Ausgeschlossen. Sie war mit Jo Jo zusammengewesen. Und dennoch, ganz gleich, was sie Skip erzählt hatte, sie konnte sich lediglich daran erinnern, wie sie mit ihm die Treppe hinaufgestiegen war und ihn später verlassen hatte, während er schlief. Vielleicht waren sie zu betrunken gewesen, um zu vögeln, und beide eingeschlafen. Vielleicht war das der Grund für Jo Jos seltsame Bemerkung, daß nichts passiert sei.

3

Skip sah wieder auf ihre Uhr. Zwanzig vor vier, und um vier wurde der Schalter für die Geburtsurkunden geschlossen. Einen Antrag konnte sie im Büro ausfüllen, wenn sie nur rechtzeitig ankam. Wenn sie es nicht schaffte, würde sie vor Enttäuschung tot umfallen oder sich zumindest einen abbrechen, um es zu schaffen (wie Jimmy Dee zu sagen pflegte).

Sie konnte sich kaum auf die Straße konzentrieren, in ihrem Kopf drehte es sich immer schneller. Niemand hatte ihr bisher den Namen des Babys genannt. Marcelle hatte ihn französisch ausgesprochen – »Hélène«.

Irgendwas mit »Lynn«, »so ähnlich wie Lynn«, hatte Sheree Izaguirre gesagt.

Jetzt sah sie die Dinge in einem völlig neuen Licht. Bitty mußte das Kind zur Welt gebracht haben – ein ganzes Krankenhaus konnte man nicht hinters Licht führen. (Natürlich gab es eine winzige Chance, daß sie nicht im Krankenhaus gewesen war, nur behauptet hatte, dort gewesen zu sein, aber Skip wußte nicht, warum sie das hätte tun sollen.) Wenn Hélène also Bittys Kind war, mußte sie außer Tolliver noch einen anderen Liebhaber gehabt haben. Einen Schwarzen. *Natürlich* mußte die Sache vertuscht werden, das Baby kam nie nach Hause.

Skip glaubte die feine Handschrift des alten Haygood Mayhew dahinter zu erkennen – die Leute waren wahrscheinlich bestochen worden, die Schwestern mit Geld, die Ärzte mit kleinen Gefälligkeiten. (Wenigstens hatte ihr Vater mit dieser Sache wahrscheinlich nichts zu tun, er war kein Geburtshelfer.)

Und dann hatte man Tolliver, den besten Freund der Familie, losgeschickt, um für das Baby ein Zuhause zu suchen, und er hatte sich unter seinen Freunden und Verwandten umgehört, ob irgend jemand eine clevere, zuverlässige junge Schwarze kannte, die Geld brauchte. Und dann wurde der Handel perfekt gemacht, mit dem man das Baby in die beängstigende Welt des Schwarzengettos verbannte.

Skip kam fünf Minuten vor Schluß im Büro an und sah sich erleichtert demselben Angestellten gegenüber, der ihr beim ersten Mal geholfen hatte. »Hallo, erinnern Sie sich an mich – wie wir nach all den LaBelles gesucht haben?«

Der Angestellte sah unentschlossen aus.

Skip zog ihren Ausweis hervor: »Officer Langdon. Hören Sie, ich mußte mich wirklich beeilen, um rechtzeitig hier zu sein, und deshalb hatte ich keine Zeit, einen Antrag auszufüllen. Würden Sie mir ein Blatt Papier geben, damit ich ihn hier schnell tippen kann?«

»Tut mir leid. Dazu brauchen Sie den Briefkopf vom Polizeipräsidium.«

»Scheiße!« rief sie und kümmerte sich nicht darum, wer sie hörte. Mit einem Blick auf die Uhr raste sie zum Aufzug und hoffte, daß der oberste Urkundsbeamte in seinem Büro war. Sie hatte festgestellt, daß einem die Bürokraten auf der untersten Stufe am meisten Schwierigkeiten machten. Deshalb ging sie immer ganz nach oben, wenn sie konnte.

Er war da und außerdem hilfsbereit. Neugierig, nachdem sie ihm erzählt hatte, worum es ging. Sieben Minuten später hatte sie, was sie wollte. Hélène St. Amant wurde 1968 als Tochter von Bitty St. Amant und Chauncey St. Amant (angeblich) geboren. Ein Totenschein war nicht für sie ausgestellt worden, weder 1968 noch irgendwann danach.

Freudig erregt gratulierte sie sich zu ihrer ausgezeichneten Detektivarbeit und hüpfte beinahe zu ihrem Auto zurück. Sie konnte sich die Szene genau vorstellen, wie sie sich ihrer Meinung nach abgespielt hatte. Bitty war unter einem herrischen Patriarchen aufgewachsen und hatte sich danach gesehnt, seinen Adleraugen zu entkommen. In der Hoffnung, das alles hinter sich lassen zu können, hatte sie den scheinbar liebevollen und zuvorkommenden Chauncey geheiratet, der so leidenschaftlich um die holde Maid warb. Aber Chauncey war ehrgeizig – er entwickelte sich zur jüngeren Version von Haygood Mayhew. Als sein wahres, abstoßendes Ich zum Vorschein kam, rächte Bitty sich auf meisterhafte Art. Ihr Liebhaber war möglicherweise ein Gärtner gewesen oder... nein, keiner der Dienstboten. Bitty gehörte zu den wenigen Frauen, die gesellschaftsfähige Schwarze kannten. Ihr Liebhaber war mit ziemlicher Sicherheit einer von Chaunceys musikalischen Protegés gewesen oder vielleicht auch kein Protegé, sondern ein Gleichgestellter, jemand, den ihr Ehemann bewunderte, den sie ihm hämisch unter die Nase halten konnte. Vielleicht sogar John Hall Pigott selbst.

Aber sie hatte nicht damit gerechnet, daß sie schwanger werden könnte – oder vielleicht gehörte es zu ihrer Rache dazu, nur ließen Haygood und Chauncey das nicht mit sich machen. Als sie das Baby sahen, waren sie nicht bereit, bis zum Ende ihrer Tage mit Bittys Skandal zu leben. Und so hatte das Patriarchat am Ende doch über Bitty gesiegt, ihren Widerstand endgültig gebrochen, so daß sie sich dem gesellschaftsfähigen Genuß von

Alkohol hingab. In New Orleans fand man nichts dabei, wenn jemand trank. Manchmal hatte Skip sogar das Gefühl, daß man dafür bewundert wurde, und auf jeden Fall konnten Chauncey und Haygood überhaupt nichts dagegen tun.

Aber die arme Hélène war in einer verderblichen Umgebung großgeworden. Sie war zur Prostituierten und Erpresserin geworden, die zurückgekehrt war, um Chauncey an seinem ruhmreichsten Tag bluten zu lassen.

Die Theorie war großartig. Skip hatte alles durchdacht, auch das kleinste Detail, bis sie bei ihrem Wagen ankam. Aber auf dem Heimweg wandte sie sich den Fragen zu, die ihre Theorie aufwarf.

Wie, zum Teufel, hatte LaBelle ihre wahre Identität herausgefunden? Selbst Jaree war nicht eingeweiht, falls sie nicht gelogen hatte.

Warum hatte sich Tolliver gerade diesen Zeitpunkt ausgesucht – den Augenblick von Hélènes Rückkehr –, um Chauncey umzubringen?

Wohin war LaBelle verschwunden? Hatte sie letzten Endes doch noch jemand ausbezahlt, unter der Bedingung, daß sie bis Sonnenuntergang die Stadt verlassen hatte? Wenn ja, wer hatte sie bezahlt? Chauncey? Tolliver? Haygood? Ihr Verschwinden konnte kein Zufall sein.

Und wenn LaBelle gegangen war, wirklich gegangen war, wer hatte dann Skip belästigt? Sie glaubte zu wissen, wer.

Sie stellte ihr Auto ab und betrat das Haus gar nicht erst, auch nicht, um die verdammten braunen Schuhe loszuwerden. Sie ging schnell, rannte fast, in Richtung Flußufer. Und im Laufen begann sie sich zum ersten Mal zu fragen, warum Marcelle so gereizt reagiert hatte, als sie nach Hélène gefragt hatte.

4

Wieder erwog er den Gedanken, zu Bitty zu ziehen. Falls er das tat, mußte er zumindest das Apartment behalten, damit er sich dahin zurückziehen konnte. Er hatte die letzte Nacht und den größten Teil des Tages mit ihr verbracht und sie schließlich zu Hause abgesetzt, damit sie sich »noch etwas ausruhen« konnte, bevor sie heute abend essen gingen. Er fand das Haus unerträglich bedrückend und war zugegebenermaßen mit seinen Nerven fast am Ende.

Heute war es bei weitem am schlimmsten. Er sah, daß er sich das Leben ohne Tolliver tatsächlich nicht vorstellen konnte, wußte jetzt, daß er Tolliver immer in seine Phantasie von einem Zusammenleben mit Bitty eingeschlossen hatte, daß Tolliver sowieso immer dazugehört hatte, es wurde ihm nur jetzt erst bewußt. Er rauchte seinen Joint wie eine Zigarette, zog nervös daran, nur darauf bedacht, so schnell wie möglich stoned zu werden.

Er dachte, wenn das hier alles vorbei war – falls es je aufhörte –, würde er zu den Anonymen Alkoholikern gehen. Er wußte genau, ganz genau, daß seine Rückkehr zum Alkohol schon einmal verheerende Folgen gehabt hatte. Er wußte auch jetzt, daß er einen Fehler beging, daß er sich nicht so hängen lassen durfte. Aber bei allen Göttern, dieser Tag hatte ihn so elend und melancholisch gemacht, daß er es keine Sekunde länger aushielt. Andere Leute nannten das vermutlich Sucht, aber das war ihm jetzt auch egal. Für heute würde er sich zukiffen.

Er fing gerade an, sich zu entspannen und sich auf den Abend mit Bitty einzustellen, als jemand an seine Tür hämmerte. »Mach auf, Henry. Ich weiß, daß du da bist.«

Tubs Langdon. Wie zum Teufel war sie zur Haustür reingekommen? Ein zuvorkommender Nachbar mußte gleichzeitig mit ihr angekommen sein und sie freundlicherweise hereingelassen haben. Aber sie log. Sie konnte unmöglich wissen, daß er da war.

»Mach schon, Henry! Das Gras qualmt in dicken Schwaden hier raus. Die halbe Nachbarschaft ist bestimmt schon bekifft.«

Wahrscheinlich sagte sie die Wahrheit – man konnte den Qualm von da draußen wahrscheinlich riechen. Trotzdem, wenn er sich ruhig verhielt…

»Verdammt noch mal, meinst du nicht, daß ich auf der Polizeiakademie gelernt habe, wie man eine Tür eintritt? Willst du es wirklich so weit kommen lassen?«

Er drückte den Joint aus, riß die Fenster auf und öffnete die Tür. »Schon gut, *Officer*. Sie brauchen gar nicht zu quieken und zu grunzen. Pusten Sie nur einmal kräftig, dann fliegt mein Haus ganz bestimmt weg.«

Sie packte ihn am Hemd und schob ihn in sein Apartment zurück, stieß ihn brutal auf das Sofa. »Paß auf, daß ich nicht noch saurer werde, als ich es schon bin.«

Herrje, es stimmte wirklich, was man im Fernsehen sah – Bullen griffen an, wenn ihnen danach war. Und es gab keine Zeugen. Wenn er sie anzeigte, würde sie einfach alles abstreiten. Die Ungerechtigkeit machte ihn wütend, erinnerte ihn daran, wie er einen Verkehrspolizisten angebrüllt hatte, der mit einer Anzeige wegen etlicher Vergehen plus Überfahren einer roten Ampel gedroht hatte. Er hatte gewußt, daß er besser den Mund hielt, daß das erste Grundrecht außer Kraft gesetzt wurde, wenn man sich Aug in Aug einem Hüter des Gesetzes gegenübersah.

Er setzte sich auf, versuchte, einen letzten Rest seiner verletzten Würde zu wahren, und schüttelte den Kopf. »Ich wollte eigentlich fragen, was ich für Sie tun kann, aber mein Hirn ist gerade ein wenig durcheinandergeraten.«

»Du bist in meine Wohnung eingebrochen, du kleines Arschloch. Zweimal! Du hast sie auf den Kopf gestellt *und* mich überfallen *und* meine Tür mit dem albernen Blut beschmiert *und* meinen Freund niedergeschlagen. Kannst du dir auch nur annähernd vorstellen, wie sauer ich deshalb bin?« Sie näherte sich ihm, bedrohlich, eine schlampige Harpyie in einem formlosen Kostüm mit unmöglichen Schuhen.

»Möchten Sie sich setzen?« sagte er.

»Rede, Henry.«

»Du machst mich nervös.«

»Oje, das war nicht meine Absicht.« Sie setzte sich.

Was für ein wunderbares Gefühl, sie nicht mehr vor der Nase zu haben. »Deinen verdammten Freund habe ich nicht niedergeschlagen«, sagte er. »Ich wußte gar nicht, daß du einen hast.«

»Steve Steinman. Großer Typ mit Bart und einem Film von dem Mord – und du hast ihm in der Nacht von Mardi Gras eins übergebraten. Du hast mitgehört, als Marcelle bei mir anrief, und hast mitgekriegt, daß er zu mir wollte.«

»Ich weiß nicht, wovon du redest.«

»In Ordnung. Reden wir über die anderen Sachen.«

»Ich wollte, daß du abspringst.«

»Bist du sicher, daß du mich nicht umbringen wolltest? Wie du auch deinen Vater umgebracht hast?«

»Ich habe meinen Vater nicht umgebracht. Tolliver hat meinen Vater getötet.« Sogar in seinen eigenen Ohren klang es jämmerlich.

»Ich habe den Eindruck, daß an dieser Theorie irgendwas faul ist, mein lieber Henry. Wenn Tolliver deinen Vater umgebracht hat, weshalb hast du dann zum Beispiel meine Wohnung auseinandergenommen?«

»Das habe ich schon gesagt. Um dir Angst einzujagen.«

Sie beugte sich zu ihm hinüber und zischte: »Wonach hast du gesucht?« Mein Gott, was war sie für eine häßliche Schlampe.

»Würde es dir etwas ausmachen, wenn du ein bißchen Abstand hältst? Dann kann ich besser reden.« Etwas Seltsames, aber Wunderbares war passiert. Das Marihuana fing an zu wirken und nahm ihm die Angst. Solange sie ihm nicht zu nahe kam, war alles okay. Nicht nur okay, er war ganz ruhig. Mit klarem Kopf konnte er den möglichen Konsequenzen ins Auge sehen, ohne in Panik zu geraten. Und außerdem gab es schließlich auch nicht mehr viel zu verlieren.

Als sie sich zurücklehnte, sagte er: »Ich habe nichts Bestimmtes gesucht. Ich wollte dich nur erschrecken. Genau wie mit dem Gris-Gris.«

Mit dem Schlag auf den Kopf war das etwas anderes. Er hatte wirklich gehofft, sie aus dem Fall rauszuhalten – nicht indem er sie umbrachte, er wollte nur, daß sie ein paar Tage auf ihrem Arsch sitzenblieb. (Aber dazu sollte er sich wohl besser nicht äußern, falls sie das Thema noch einmal aufs Tapet brachte.)

»Wozu, Henry? Wenn du deinen Vater nicht umgebracht hast, wozu dann der Aufstand?«

»Weil ich geraten habe, deshalb.« In seiner Stimme lag die ganze Frustration eines Menschen, der lange Zeit etwas für sich behalten hat. »Ich wußte, daß Tolliver es getan hat.« Er klang traurig, resigniert und lehnte sich erschöpft zurück in die Kissen. »Die Lage hatte sich zugespitzt, verstehst du.«

»Weiter.«

»Sag mal, was ist das hier? Unterhalten wir beide uns, nur wir beide ganz privat, oder was? Muß ich hier irgendeine Aussage unterschreiben?«

»Du hast bereits ein halbes Dutzend Vergehen zugegeben. Ich würde sagen, daß ich hier am Drücker bin, meinst du nicht?«

»Kein bißchen.« Er war unglaublich ruhig. »Ich kann mich nicht erinnern, irgend etwas zugegeben zu haben. Das haben Sie sich bestimmt nur eingebildet, Officer.«

»Also gut, im Moment unterhalten wir uns nur unter uns. Ob du das noch einmal wiederholen mußt, hängt ganz davon ab, was du sagst. Erzähl mir, was dir noch so einfällt.«

»Tolliver war nicht in meine Mutter verliebt. Er war mein Liebhaber.«

Skip blinzelte, sagte aber nichts.

»Mein Vater machte sich nicht besonders viel aus Homosexuellen. Habe ich das jemals erwähnt?« Er hatte seine Stimmlage gut im Griff, nicht zu verbittert, dachte er, beinahe unbeteiligter, als er sich wirklich fühlte.

»Das kann schon sein.«

»Er hatte seit Jahren gewußt, daß ich homosexuell bin, und man sollte annehmen, daß er auch über Tolliver Bescheid wußte – weiß Gott, wer sonst noch davon wußte –, aber er hat ihn immer ›verteidigt‹.« Er schnaubte scharf und verächtlich. »So hat er sich ausgedrückt – ›verteidigt‹. Immer wenn dieses Thema zur Sprache kam, hat Daddy ihn ›verteidigt‹. Also war es bestimmt ein ziemlicher Schock für ihn, als ich ihm sagte, daß Tolliver und ich zusammenziehen wollten.« Man sah ihm an, wie sehr er die Reaktion seines Vaters genossen hatte.

Skip sagte nur: »Wie hat er darauf reagiert?«

»Er ist natürlich durchgedreht. Hat mit allem gedroht, was

ihm einfiel – mich einsperren zu lassen, mit keinem von uns beiden je wieder ein Wort zu wechseln, mich zu enterben. Das Übliche.«

»Wenn es das Übliche war, wie kam es dann, daß die Dinge sich zuspitzten?«

»Er drohte meiner Mutter. Daß er sie einsperren ließe. Und er wäre sogar dazu fähig gewesen. Das hat mir angst gemacht. Und so leicht kann man mir keine Angst einjagen. Ich sagte zu Tolliver, daß wir unsere Pläne aufgeben sollten.

Und dann ist Tolliver durchgedreht. So wütend hatte ich ihn noch nie gesehen. Ich habe Tolliver zeit meines Lebens gekannt. Das weißt du doch, nicht wahr?« Eine komische kleine Begebenheit tauchte aus dem Nichts auf: Tolliver, wie er ihn hochnahm und herumwirbelte. Er war damals vielleicht vier Jahre alt gewesen. Der Schmerz schnürte ihm die Kehle zu, und zu seinem Entsetzen ertappte er sich dabei, wie er gegen seinen Willen vor Skip nach Luft schnappte und stöhnte. Die wunderbare, drogenbedingte Gelassenheit war ihm vorübergehend abhanden gekommen.

»Fühlst du dich nicht wohl?«

Er schluckte, bis der Kloß in seinem Hals verschwunden war. »Ich habe nur gerade an ihn gedacht, das ist alles. Ich wollte eigentlich sagen, daß Tolliver zeit unseres Lebens für meine Mutter und mich da war, um mir den Vater und Bitty in mancher Hinsicht vermutlich den Ehemann zu ersetzen, wo Chauncey sich mit der Rolle nicht abgeben wollte. Du meinst, ich habe mich in eine Vaterfigur verliebt? Gut, das gebe ich zu. Manchmal glaube ich, daß ich nur seinetwegen noch am Leben bin.«

»Hat dein Vater dich mißhandelt? Oder deine Mutter?«

»Er hat uns nicht geschlagen, falls du das meinst. Sie jedenfalls nicht. An mir hat er sich mehrmals abreagiert. Der Hauptpunkt war, daß er einfach...« Henry suchte nach Worten, fand nicht die richtigen. »Er war kein Vater, das ist alles. Er war nicht da. Er hat sich nie dafür interessiert, wer ich war, und mich immer abgelehnt. Ich war lediglich ein potentielles Steinchen in der Krone des mächtigen König Karneval. Nur habe ich ihm nie den Gefallen getan, mich in einen Miniatur-Chauncey zu verwandeln. Deshalb hatte er keine Verwendung für mich.«

Zu seiner Überraschung sagte Skip: »Das kann ich dir nach-fühlen.«

»Und dann Bitty. Bitty war für ihn nur Mittel zum Zweck. Nicht sie hat er gewollt, sondern Haygood Mayhew als Schwie-gervater. Der Bastard.« Er trat gegen einen kleinen Fußschemel, der daraufhin durchs Zimmer flog. »Dieser Bastard!« Diesmal schrie er die Worte heraus.

»Tolliver wußte das alles – er hat es miterlebt. Und damit nicht genug, er mußte sich die ganze Geschichte auch noch an-hören, bis sie ihm zu den Ohren herauskam. Ich kann dieses Thema ziemlich auswalzen, weißt du.«

»Ach ja?«

Überhebliche Schlampe. Er haßte sie. »Wie dem auch sei, um das Ganze abzukürzen, als Tolliver seinen Wutanfall bekam, drohte er damit, er würde Chauncey umbringen. Im Ernst, so wütend habe ich Tolliver noch nie gesehen, aber das ist noch nicht alles. Irgend etwas an ihm war merkwürdig. Er bekam diese entsetzlichen Kopfschmerzen und schluckte einen Hau-fen Tabletten – ich machte mir wirklich Sorgen um ihn.«

»Was erzählst du da?«

»Laß mich bitte ausreden. Ich weiß nicht, was mit ihm los war – oder ob irgendwas nicht in Ordnung war –, aber Wutanfälle paßten nicht zu ihm. Und noch etwas war eigenartig. Er konnte tagelang deprimiert sein, anscheinend völlig grundlos. Er är-gerte sich über die kleinsten Kleinigkeiten. Er wurde vergeß-lich. Ich weiß nicht, ob es an den Tabletten lag oder was…«

»…aber alles in allem hatte er sich verändert.« Ihr Tonfall deutete an, daß sie von ihm genau diesen abgedroschenen Satz erwartet hatte.

»Ja, Miss Superschlau, das hatte er. Aber bevor du noch wei-ter so tust, als ob du alles schon weißt, erinnere dich bitte, daß er meinen Vater und dann sich selbst umgebracht hat.«

»Ich habe überhaupt nichts gesagt. Das war nur eine Frage.«

»Also, ich bin zu Tolliver gegangen und habe es ihm auf den Kopf zugesagt.«

»Daß er deinen Vater umgebracht hat?«

»Ja.« Er sprach ganz leise, es war fast nur ein Flüstern, und versuchte das Wort mit normaler Stimme zu wiederholen, aber diesmal schrie er. »Ja! Ja, Gott helfe mir, das habe ich getan, und ich schwöre, ich würde mein Leben dafür geben, wenn ich es nur ungeschehen machen könnte. *Ich* habe ihn getötet, ist dir das klar? *Ich* habe Tolliver getötet!« Zu seiner eigenen Überraschung liefen ihm Tränen übers Gesicht, zum ersten Mal weinte er.

»Er hat also gar nicht Selbstmord begangen?«

»Natürlich hat er das, du blöde Kuh. Hast du nicht zugehört? Ich habe die Beziehung beendet – er hat meinen Vater umgebracht, verdammt noch mal! Wie sollten wir noch miteinander glücklich werden, nachdem das zwischen uns stand?« Er schluchzte.

»Glaubst du, daß ich das gewollt hätte? Nicht im mindesten! Angefangen mit meinem Dad... glaubst du, ich hätte das gewollt? Glaubst du, ich hätte gewollt, daß du in diesem Dreck herumwühlst? Eine Zeitlang fühlte ich nach dem Tod meines Vaters überhaupt nichts. Es war einfacher, auf dich wütend zu sein als auf Tolliver – mir selbst einzugestehen, daß er es tatsächlich getan hat. Und dann war ich wie besessen. Ich wollte, daß du verschwindest und uns alle in Ruhe läßt.« Er sah in ihr fettes, häßliches Gesicht, auf dem jetzt ein Schatten angeblichen Mitgefühls lag. Er spürte, wie die Tränen versiegten und seine Stimme klarer wurde, fast wieder normal. »Deshalb habe ich versucht, dir Angst einzujagen. Das war alles, was ich wollte.«

»Ich verstehe.«

Er antwortete nicht, und eine Weile redete auch sie nicht weiter, saß einfach da und schien nachzudenken, falls man das mit ihrem Dickhäutergehirn konnte. »Das war alles, was du wolltest?«

»Kannst du mir das verdenken?«

»Und warum bist du dann bei LaBelle eingebrochen?«

»LaBelle? Die Schwarze, nach der du mich gefragt hast? Wer zum Teufel ist das eigentlich?«

»Hélène«, sagte Skip. »Deine Schwester.«

»Hélène? Hélène ist tot. Marcelle…«

»Hélène ist nicht tot. Hélène ist eine Prostituierte, bekannt unter dem Namen LaBelle Doucette, die ein paar Wochen vor dem Tod deines Vaters an seiner Haustür gesehen wurde.«

»Du bist verrückt.« Er stand auf und begann, hin und her zu laufen, ziellos umherzuwandern, die Spannung in Bewegung umzusetzen.

»Du hast dir ein Auto geliehen – vielleicht auch gestohlen, ich weiß es nicht – und ihr Apartment auf den Kopf gestellt, auf der Suche nach irgend etwas. Aber du hast es nicht gefunden, weil ich dich gestört habe. Also bist du später bei mir eingebrochen, um es da zu suchen – nicht sehr klug, Henry.«

»Ich hab überhaupt keine Ahnung, wovon du redest. Ich kenne keine LaBelle und…«

»Willst du das abstreiten? Ich habe dich gesehen, Henry. Zweimal.«

»Verdammt, ja, ich werde es abstreiten.« Er blieb stehen und drehte sich zu ihr um. »Du hast mich nicht gesehen, du Miststück, weil ich nicht da war. Ich weiß nicht, was du mir da für eine Scheiße anhängen willst, aber meine Schwester ist seit einundzwanzig Jahren tot, begreifst du das? Wenn du einen Beweis dafür brauchst, dann sieh dir nur meine arme gebrochene Mutter an. Hélène ist tot, und ihr Tod hat unsere Familie zerstört. Was, zum Teufel, glaubst du eigentlich, wer du bist, daß du es wagst, deine Nase in alte Wunden zu stecken und sie wieder aufzureißen?«

»Tut mir leid.« Zum ersten Mal sah sie betroffen aus. »Aber eine Frage – was wolltest du gerade über Marcelle sagen?«

»Marcelle! Ich dachte, wir reden über Hélène? Entscheide dich, verdammt noch mal!« Er rückte näher, inzwischen wirklich bedrohlich, seine Stimme überschlug sich beinahe.

»Du hast gesagt: ›Hélène ist tot‹, und dann hast du Marcelles Namen genannt. Was wolltest du mir erzählen?«

»Dämliche Kuh. Ich war einfach aufgeregt, das ist alles. Ich wollte überhaupt nichts sagen, und das weißt du auch – kannst du nicht endlich aufhören? Du mußt das Messer auch noch rumdrehen, wenn's erst mal drin ist. Es stimmt, was die Leute sagen, weißt du das? Bullen sind wirklich Sadisten, besonders die fetten, häßlichen weiblichen Bullen, die mit ihren dicken Stampfern im Zoo besser aufgehoben wären.«

Sie stand auf. »Du bist ein richtiger kleiner Schatz.«

»Ich habe meinen Vater und meinen Geliebten verloren. Kannst du mich nicht in Ruhe lassen?«

»Mit dem größten Vergnügen. Würmer faßt man am liebsten auch nicht an.«

»Miststück.«

»Wenn ich wiederkomme, bringe ich Insektenvernichter mit.«

Als sie ihren Hippobody die Stufen hinunterschleppte, suchte Henry schnell nach dem Joint, den er ausgemacht hatte, und zog daran wie an einer Sauerstoffmaske. Warum, zum Teufel, hatte er Marcelle erwähnt? Vielleicht kam das von dem Gras und dem Gespräch, das er mit ihr über Hélène geführt hatte. Mist. Trotz seiner anfänglichen Gelassenheit kam es ihm so vor, als ob er dann doch noch alles vermasselt hätte. Er sehnte sich nach einem Drink und noch dreien, vieren, vielen hinterher. Aber er durfte nicht noch einmal die Beherrschung verlieren. Das Gras war schon schlimm genug. Suff war nicht drin. Er hätte beinahe alles verpatzt, als er am Sonntag morgen in ihr Apartment eingebrochen war. Er konnte es sich nicht leisten, noch einmal die Beherrschung zu verlieren. Und außerdem mußte er heute abend für seine Mutter kochen.

Bitty

Sie saß reglos in ihrem Ohrensessel, noch immer in dem schwarzen Kleid, das sie bei Harmeyers getragen hatte. Das leise Murmeln aus dem Fernseher kam aus dem Hintergrund des Hauses und bestätigte Andrés unauffällige, tröstende, wenn auch irgendwie ausgeblendete Anwesenheit. Fernsehen versetzte ihn in eine Art waches Koma, aber Marcelle wollte nicht, daß er in Bittys Nähe kam. Sie hatte erklärt, er sei krank gewesen, und jetzt ginge es ihm zwar wieder besser, und er dürfe rausgehen, aber sie fürchte noch immer, daß er sie anstecken könne. Bitty fand, daß er auch zum Ausgehen noch zu krank aussah. Marcelle hatte ihn vorbeigebracht, weil sie nicht wollte, daß ihre Mutter allein war. (Niemand hatte ihr gesagt, daß Bitty mit Henry verabredet war, aber das hätte sie sich denken können. Sie hätte wissen müssen, daß Henry sie nicht alleinlassen würde.)

Niemand wollte sie alleinlassen. Alle waren so besorgt um die arme Bitty und ihre schreckliche Sucht. Sah Marcelle denn nicht, daß das Fernsehen die Sinne ihres Kindes ebenso betäubte wie der Alkohol die ihrer Mutter? Wie kam sie dazu, sich so aufzuspielen? Die Wirkung der Tablette ließ nach, und Marcelle war aufgestanden, um ihr eine neue zu holen – irgendwas, damit sie nüchtern blieb, auch wenn es Psychopharmaka sein mußten.

Marcelle konnte nicht wissen, daß Bitty andere Gründe hatte, um heute nüchtern zu bleiben. Sie konnte es, wenn sie wollte, niemand schien zu verstehen, wie das möglich war. Und heute mußte sie nüchtern bleiben, auch wenn heute der schlimmste Tag ihres Lebens war, den sie am liebsten im Alkoholdelirium verbringen würde, vorzugsweise mit einem Tropf, durch den die barmherzige Flüssigkeit intravenös in ihren Körper gelangte. Der Ausdruck gefiel ihr – »barmherzige Flüssigkeit«.

Tollivers Tod war nahezu unerträglich. Ihr nüchterner Zustand und der Grund für ihre Abstinenz waren Salz auf ihre Wunden. Sie durfte heute nicht trinken – und möglicherweise lagen noch viele Tage ohne Alkohol vor ihr. Sie mußte unbedingt einen klaren Kopf bewahren, mußte auf der Hut sein, solange Henry von Gefängnis redete. Er hatte das Wort ohne Vorwarnung aus dem Hut gezogen – und zwar ziemlich herzlos, dachte sie, obwohl sie verstand, was er damit erreichen wollte. Den Grund kannte sie auch, aber trotzdem war der erwünschte Effekt ausgeblieben. Bis auf die vorübergehende Begleiterscheinung, daß sie nüchtern blieb und bleiben würde, weil das nicht geschehen durfte, ganz gleich, wie weh es tat.

Wollte sie sterben? Die Frage tauchte immer wieder auf. Nein, sie wollte nicht sterben, das wußte sie, sie wagte es nicht. Denn wenn sie starb, war niemand mehr da, der Henry zur Seite stand, und Henry war für sie noch immer unglaublich wichtig. Deshalb wollte sie nicht sterben.

Marcelle brachte ihr die Tablette und setzte sich wortlos in den anderen Ohrensessel, offensichtlich fiel ihr nichts ein, was sie hätte sagen können. Im Augenblick war Bitty ihr nur dankbar. Aber sie wollte etwas zu Marcelle sagen – sobald das Medikament zu wirken anfing und sie wieder sprechen konnte. Ihre Gesichtshaut spannte entsetzlich und würde wahrscheinlich reißen, wenn sie jetzt zu reden versuchte. Bestimmt sah sie furchtbar aus, wie sie so dasaß, aufrecht, die Tränen liefen ihr übers Gesicht. Sie haßte es, vor ihrer Tochter so jämmerlich auszusehen.

Sie sah Tolliver und Henry vor sich, Hand in Hand. Henry war knapp achtzig Zentimeter groß, auf dem Weg zu einer Eisbude oder vielleicht auch nur auf einem Spaziergang um den Block. Manchmal spielten sie Nachlaufen, und drinnen spielten sie Angeln und Mensch ärgere dich nicht und Dame, später dann Schach. Die beiden Menschen, die ihr auf der Welt am liebsten waren – zwei gute Freunde, die ihren Spaß zusammen hatten. Gott sei Dank, daß es Tolliver in all den Jahren gegeben hatte, sonst hätte Henry überhaupt keinen Vater gehabt. Tolliver war eingesprungen, wo er konnte. Ihretwegen. Und weil er ein wunderbarer Mensch war. Und weil er Henry geliebt hatte. Sie glaubte, daß er sich vielleicht um einen eigenen Sohn betrogen gefühlt hatte. Aber der Schuß war nach hinten losgegangen oder so, sie wußte nicht genau, wie man das nannte. Jetzt erkannte sie, daß Henry fast sein ganzes Leben lang in Tolliver verliebt gewesen sein mußte.

Die Tablette begann zu wirken. Sie atmete tief durch und genoß das Gefühl, daß die Todessehnsucht verschwand. Marcelle sah so elend aus, wie sie ihr jetzt gegenübersaß, wie eine Mutter im Krankenhaus, die darauf wartete, daß ihr Kind aus dem Koma erwachte. Sie war so ein braves Mädchen. Und auch sie hatte es nicht leicht gehabt. Chaunceys Gefühle ihr gegenüber hatten immer geschwankt. Henry hatte zumindest immer gewußt, woran er bei ihm war. Manchmal, wenn er angespannt war, hatte er Marcelle grundlos angeschrien, genau wie Henry.

Und dann ließ sich nicht leugnen – sie sagte es nur äußerst ungern –, daß er sich erotisch von Marcelle angezogen fühlte. In ihren Augen war das jedenfalls eine unbestreitbare Tatsache, aber Chauncey nannte sie neurotisch, wenn sie das Thema zur Sprache brachte. Ihr eigener Vater hatte sie auch manchmal wie seine Geliebte behandelt. Sie wußte, wie verwirrend das war, und das hatte sie Chauncey zu erklären versucht. Aber er hielt sie für verrückt. Als ob er etwas von Kindererziehung verstünde. Keine Zeile hatte er zu dem Thema gelesen. Kein Wort. Und sie kannte alle Bücher aus der Bücherei. Chauncey setzte einfach voraus, daß er alles wußte, was man wissen mußte, und behauptete einfach, daß sie im Unrecht wäre.

»Chauncey, ein kleines Mädchen kann das verwirren.«

»Ach, Bitty!« In äußerst überheblichem und ironischem Tonfall.

»Ich weiß es. Ich habe es erlebt.«

»Sie ist nicht verwirrt, Bitty.« Ärgerlich: »Bist du verrückt?«

»Chauncey, du kannst das nicht wissen.«

An diesem Punkt fing er dann an zu lachen, ein leises, herablassendes Glucksen, als ob er sich darüber amüsierte, sich auf dieses irrationale, wirre Zeug überhaupt eingelassen zu haben. »Ich verwirre niemanden.«

Einfach so. Als ob das allgemein bekannt sei. Wie die Zehn Gebote, und an Selbstsicherheit konnte Moses ihn kaum überboten haben. Ernannte sich selbst zum neuzeitlichen Propheten der Kindheit. Vielleicht glaubte er, daß das »Saint« in seinem Namen wirklich etwas zu bedeuten hatte.

Trotzdem mußte da noch etwas sein, außer Chaunceys gelegentlichen erotischen Anflügen, weshalb Marcelle am Ende so unglücklich, so wenig selbstbewußt geworden war. Was war dem kleinen Mädchen passiert, das immer alles konnte? Bitty wußte es nicht. Sie verstand Marcelle nicht. Für sie war Marcelle immer ein Muster an Tüchtigkeit gewesen – eine alleinstehende Mutter mit einem reizenden Kind. Aber manchmal versuchte Marcelle, mit ihr zu reden. Bitty fühlte sich denkbar unbehaglich dabei – aber Marcelle erzählte ihr, was in ihr vorging, von ihrer Unfähigkeit, Entscheidungen zu treffen oder auch nur zu wissen, wann es etwas zu entscheiden gab. Bitty wollte nichts davon hören. Das war nicht die Marcelle, die sie kannte.

Aber es mußte wahr sein. Wenn Marcelle sagte, sie sei unglücklich, dann war es wohl so. Bitty wollte etwas für sie tun, und jetzt konnte sie das auch. Die Tablette tat ihre Wirkung, und sie konnte sprechen. Sie konnte ihr erzählen, was in Covington wirklich passiert war, daß sie Marcelle niemals weh getan hätte.

Sie fragte sich, ob es Marcelle Spaß machen würde, ein Antiquitätengeschäft zu führen oder ob sie Tollivers Laden verkaufen würde. Und sie konnte sich beim besten Willen nicht erklären, warum Tolliver ihr den Laden hinterlassen hatte. Sie danach zu fragen fand sie zu indiskret, aber Bitty hatte nicht gewußt, daß die beiden sich so nahegestanden hatten. Henry und sie hatten ihm nahegestanden – Henry war in Tolliver verliebt und Tolliver in sie. Das war immer so gewesen. Sie wußte, daß sie recht hatte, weil das in seinem Brief stand. Es ließ sich jetzt nicht mehr leugnen, nicht mehr in Frage stellen. Sie wurde ganz zittrig, trotz der Tablette, wenn sie zu viel darüber nachdachte.

Ja, Tolliver hatte sie geliebt, aber sie hatte Chauncey geliebt. So viele, viele Jahre lang. Überrascht wurde ihr bewußt, daß sie sich dessen jetzt schämte. Daß sie ihren eigenen Ehemann und den Vater ihrer Kinder geliebt hatte. Aber so war es gewesen. Und wen hatte Chauncey geliebt? Niemanden, dachte sie verbittert. Sich selbst. Sonst niemanden.

Er hatte ihr Baby weggegeben. Selbst jetzt versetzte der Gedanke sie nicht in Erstaunen. Er hatte ihr Baby weggegeben, ihr eigen Fleisch und Blut, ihr Kind zu einem Leben in Armut und Leid verdammt, nur um seine eigene politische Karriere zu schützen. Schon der Gedanke daran war unerträglich, aber das war noch gar nichts im Vergleich zur Realität. Als sie herausgefunden hatte, was aus Hélène geworden war, hatte sie ihr unbedingt helfen wollen, hätte alles getan, um Chaunceys Entscheidung ungeschehen zu machen – aber Hélène wollte keine Hilfe. Sie lebte in einer anderen Welt, jenseits aller Hilfsmöglichkeiten ihrer Mutter. Sie schloß die Augen und hielt sie fest geschlossen, um die Erinnerung an ihre erwachsene Tochter, die sie zurückgewiesen hatte, auszulöschen.

»Mutter, ist alles in Ordnung?«

»Meine Augen tun mir weh, das ist alles.« Sie öffnete sie.

»Vom vielen Weinen«, sagte Marcelle. »Die Augen brennen davon und werden rot.« Sie wühlte in ihrer Handtasche nach einer Plastikphiole mit Augentropfen.

Als Bitty sie ihr zurückgab, sagte sie: »Marcelle, ich möchte dir etwas erzählen. Über den Sommer in Covington.«

War das Angst in ihren Augen? Bitty versuchte, sie zu beruhigen. »Du weißt, daß ich dir nie weh tun könnte, nicht wahr?«

Marcelle senkte den Blick. »Natürlich, Mutter.«

»Ich war in dem Sommer sehr deprimiert. Ich glaube nicht, daß ich mich je so depressiv gefühlt habe. Abgesehen von den letzten Tagen.« Sie ließ den Verlust ihres Babys unausgesprochen. »Marcelle, ich glaube, ich sollte erwähnen, daß ich in dem Sommer viel getrunken habe. Wahrscheinlich – ich weiß es nicht, war ich ziemlich gereizt. Und...«

»Und was, Mutter?«

»Und unglücklich. Die Dinge bekamen ein Übermaß an Bedeutung. Was zu anderen Zeiten geringfügig war, wurde plötzlich zur großen Sache. Ich schäme mich fast, es zu sagen, aber eigentlich ist nichts weiter passiert, als daß dein Vater Henry angeschnauzt hat.«

Sie ließ das Ereignis in ihrer Erinnerung an sich vorbeiziehen, sie wußte, sie würde es für Marcelle etwas beschönigen, aber sich selbst nichts ersparen.

Es war früh am Abend. Sie hatte mit Ma-Mère am Küchentisch Garnelen geputzt, während Marcelle leise im Wohnzimmer spielte, wo Pa-Père die Zeitung las.

Henry und Chauncey standen zusammen am anderen Ende der großen, offenen Küche. Henry versuchte, eine Angelschnur zu entwirren. Chauncey beobachtete ihn, überwachte ihn, schwebte wie ein Geier über ihm, hatte Bitty gedacht. Plötzlich griff er nach der verworrenen Schnur, riß sie an sich, ungeduldig, mit Gewalt, aber Henry zog sie ihm weg. Bitty schnappte nach Luft. »Laß mich das machen«, befahl Chauncey.

»Daddy!« Henrys Stimme klang hochdramatisch. »Ich hab's fast geschafft.«

»Du machst jetzt schon zwanzig Minuten damit herum. Wenn du etwas tun willst, dann tu's richtig.«

Er entriß sie den kleinen Händen des Jungen, und Henrys beschämter Blick weckte in Bitty Mordgelüste.

Ihre mühsame Selbstbeherrschung fiel von ihr ab. Plötzlich haßte sie Chauncey für alles, was er ihr und Henry und Tolliver und vor allem Hélène angetan hatte. Der Haß trat in diesem Moment zutage, wegen Henrys lästiger Angelschnur.

»Du hast Kinder gar nicht verdient!« schrie sie, so laut sie konnte. In ihrem ganzen Leben hatte sie noch nie so geschrien. Sie hatte vor Entsetzen geschrien, als sie das Kaninchen getötet hatte, und wahrscheinlich ein oder zweimal, wenn sie vor etwas erschrocken war, aber noch nie war sie so wütend geworden, daß sie wie ein Fischweib gebrüllt hatte.

»Bitty!« rief Ma-Mère schockiert.

Am anderen Ende des Raumes drehte sich Chauncey zu ihr um, überrascht, wahrscheinlich hätte er nie geglaubt, daß so eine laute Stimme in ihr steckte. Sie beobachtete, wie sich Besorgnis auf seinem Gesicht abzeichnete. »Liebling, fühlst du dich nicht wohl?« fragte er zuckersüß.

Bitty stand auf, griff nach dem Stuhl, auf dem sie gesessen hatte, und ging auf ihn zu. Die kleine, flinke Marcelle kam erschrocken über das Geschrei aus dem Wohnzimmer gerannt, lief ihr in den Weg und erstarrte, erkannte die Gefahr aber zu spät. Sie stand da und sah mit ihren riesigen Augen zu ihrer

Mutter auf. Bitty wollte zur Seite treten, aber es war zu spät. Sie mähte sie mit dem Stuhl um.

Inzwischen hatte sie aber in ihrem Bemühen, dem Kind auszuweichen, das Gleichgewicht verloren und fiel auf ihre rechte Seite. Sie verfehlte Marcelle, fiel zumindest nicht auf sie und verstauchte sich den Knöchel. Als Marcelle mit großen Augen vor ihr gestanden hatte, hatte Bitty gebrüllt: »Ich hasse dich!« Nicht zu Marcelle, sondern zu Chauncey.

»Mutter, ist das wirklich so gewesen? Du lügst mich doch nicht an, oder?«

»Natürlich nicht, Marcelle.«

»Ich erinnere mich. Ich erinnere mich daran, daß du gesagt hast: ›Ich hasse dich!‹ Ich sehe es ganz genau vor mir. Ich hatte geglaubt, du meinst mich.«

»Mein armes Kind. Natürlich habe ich dich nicht gemeint.«

»Ganz bestimmt nicht?«

»Ganz sicher nicht. Und deinen Vater habe ich eigentlich auch nicht gehaßt.« *Damals noch nicht.* »Ich habe mich nur aufgeregt.«

»War das, bevor oder nachdem das Baby gestorben ist?«

Marcelle hatte Hélène ganz beiläufig erwähnt. Bitty empfand es wie einen Schlag in die Magengrube. Sie senkte den Blick und sagte: »Danach.«

»Danach? Wirklich?«

»Marcelle, deshalb ging es mir so schlecht. Verstehst du das nicht? Deshalb war ich so leicht erregbar.« *So gewalttätig.*

»Ich habe sie nicht getötet.«

Bitty glaubte nicht richtig gehört zu haben. Sie wußte nicht, was Marcelle meinte, aber plötzlich fühlte sie sich zu elend, um der Sache auf den Grund zu gehen.

»Mutter, was ist denn?«

»Ich glaube, ich lege mich besser hin.« Marcelle half ihr zum Sofa.

Als Marcelle »das Baby« gesagt hatte, nur die beiden Worte, nichts weiter, war das Bild wieder aufgetaucht – das häßliche Mal auf Hélènes Hinterteil, wie ein verblassender blauer Fleck.

»Jemand hat sie geschlagen«, hatte Chauncey gesagt. »Sie haben ihr einen Klaps gegeben, damit sie atmet. Sie haben sie verletzt – Schwester, sehen Sie sich das an.«

»Ach das, das ist keine Narbe. Das ist ein Mongolenfleck, eine Art Muttermal.« Sie sah Chauncey spöttisch an. »Sind Sie Frankoalgerier? Aus der Umgebung vom Mittelmeer?«

Chauncey hatte nicht geantwortet, nur verwirrt ausgesehen.

»Sie ganz bestimmt nicht, Mrs. St. Amant, nicht wahr? Das muß Mr. St. Amant sein.«

»Warum fragen Sie?«

»Ich habe noch nie ein kaukasisches Baby mit einem Mongolenfleck gesehen.«

Und damit hatten die Vorwürfe angefangen. Jeden Tag hatte er Hélène untersucht, ihre Haut und ihr Haar, wie bei einer Puppe, und nach etwa einem Monat begannen Haut und Haare sich zu verändern. Ihrem Vater war es auch aufgefallen, und Chauncey erzählte ihm, was Bitty getan hatte – er *behauptete*, sie hätte es getan. Sie hatte geweint und alles abgestritten und ihnen beiden erzählt, was Ma-Mère gesagt hatte, aber sie hörten nicht auf sie, und wenn, dann hätte das auch nichts geändert.

Wiedergutmachung

Ich glaube, ich hasse den ekelhaften Kerl wirklich. Was ist das
für eine Einstellung?
  Unprofessionell.
  Skip hatte ein etwas schlechtes Gewissen, weil sie mit Henry
so brutal umgegangen war. Und beschissenerweise hatte sie
auch noch große Lust, es zu wiederholen. Sie mußte sich besser
in den Griff bekommen, wenn sie nicht so enden wollte, wie die
Bullen, die sie immer verurteilt hatte.
  Okay, zähl bis zehn. Zünde etwas Weihrauch an. Setz dich
ruhig hin. Manchmal versuchte sie zu meditieren, aber im allgemeinen mit so wenig Erfolg, daß sie den Gedanken von vorn-
herein aufgab und lediglich versuchte still zu sitzen. Es half
gegen die Adrenalinschübe, die bei ihrem Job epidemisch an-
fielen, half jedenfalls ein bißchen, obwohl sie meistens das Gefühl hatte, sie würde sich in einen Ameisenhaufen setzen, sobald sie den Lotussitz einnahm. Es fiel ihr so schwer, war ihr so
fremd, daß sie daraus eine Maxime für sich aufstellte: Wenn sie
diese Kunst jemals beherrschen sollte, dann hätte sie eine
Chance, auch ihr Schicksal zu meistern. Aber dazu war es noch
viel zu früh. Vorläufig reichte ihre spirituelle Erfahrung nicht
einmal für zehn Minuten Meditation. Fünf Minuten einigermaßen still zu sitzen mußte fürs erste genug sein.
  Am Ende der fünf Minuten – eigentlich eher nach viereinhalb
– fühlte sie sich der Situation gewachsen. Sie hatte Kostüm,
Strumpfhose und Schuhe bereits abgestreift und trug nur noch
Slip und BH. Sie ließ sich mit einer Diät-Cola auf ihrem Sofa
nieder und massierte ihre Füße, die sich bitter über ihren
Marsch auf den verdammten Absätzen kreuz und quer durchs
Quarter beschwerten.
  Nichts hatte sich geändert. Die »Meditation«, falls man das
so nennen konnte, hatte überhaupt nichts bewirkt. Sie glaubte
Henry noch immer kein einziges Wort.
  Hélène ist tot. Marcelle...
  Was war mit Marcelle?

373

Seine Worte hatten leidenschaftlich und schmerzlich geklungen, aber Henry war Schauspieler. Nehmen wir jedoch mal an, sie wüßte das nicht – wurde seine Geschichte dann glaubhafter? Möglicherweise, wenn sie Tolliver nicht gekannt hätte – und Henry auch nicht.

Ein leidenschaftlicher Mann, der sich der Schauspielerei hingab, konnte Chauncey sehr wohl getötet haben, weil er sich in seine Romanze einmischte. Aber Tolliver war ihr immer so phlegmatisch vorgekommen. (Was gegen seine Täterschaft aus Liebe zu Mutter und Sohn sprach.) Trotzdem kam es häufiger vor, daß jemand etwas tat, was nicht zu seinem Charakter paßte.

Es gab noch weitere Unstimmigkeiten. Wenn Tolliver überhaupt schwul war (was sie bezweifelte, weil Dee-Dee es nicht glaubte), dann konnte er es gut kaschieren. Warum sollte er sich im Alter von über fünfzig plötzlich dazu entscheiden, mit einem bestimmten jungen Mann zusammenleben zu wollen?

Natürlich war es möglich, daß er ihn zeit seines Lebens geliebt hatte, und auch, daß es ihm erst jetzt bewußt wurde, aber dieser Brocken war am schwersten zu schlucken. Gut, sie war voreingenommen – sie konnte den Kerl nicht ausstehen. Aber wer mochte ihn schon? Er war schlicht nicht liebenswert.

Für dich vielleicht nicht, aber wenn du seine Kindheit und all seine Leiden des Erwachsenwerdens miterlebt hättest – die in diesem Haushalt bestimmt beträchtlich waren –, dann hättest du vielleicht mehr Mitgefühl für ihn. Vielleicht würdest du dann nicht Henry, die zu groß geratene Göre, sondern den tapferen Vierjährigen sehen, der unermüdlich gegen endlose und entsetzliche Hindernisse kämpft.

Vergiß es, nur eine Mutter konnte ihn lieben.

Also gut, vielleicht eine Mutter und ein Onkel. Nehmen wir also an, daß sich der elegante Tolliver wirklich in den unmöglichen Henry verliebt hat. Was ist mit dieser Enterbungsgeschichte? Ziemlich übertrieben. Tolliver war nicht arm und nicht auf Henry angewiesen für das von ihm erträumte Zukunftsglück. Er besaß genügend Geld, so daß Henry und er bequem zu zweit davon leben konnten, ohne einen einzigen Dollar aus dem Vermögen der St. Amants. (Nebenbei mußte es auch noch Mayhew-Geld geben, das von Bitty verwaltet wurde.) Und weshalb sollte Tolliver einen Brief hinterlassen, in dem stand, daß er Bitty liebte, wenn das nicht stimmte?

Wenn man die Sache mit halbwegs kühlem Kopf betrachtete (den man bekam, wenn man einigermaßen ruhig sitzenblieb), hatte Henry ein viel besseres Motiv als Tolliver. Er war es, der Chauncey aus gutem Grund haßte und einen persönlichen Nutzen daraus zog, wenn er ihn aus dem Weg räumte. Und er war wirklich erstaunlich weitgegangen, um sie auszuschalten. Was hatte sie gegen ihn in der Hand, was er fürchten mußte? Irgendein unverdächtiges Bruchstück, einen unbeachteten Gesprächsfetzen, mit dem sie die ganze Geschichte aufrollen könnte? Warum, zum Teufel, wollte es ihr nicht einfallen?

Es würde mir einfallen, wenn ich nur lange genug still sitzen könnte, um zu meditieren.

Wenn Henry sie überfallen hatte, dann war LaBelle es nicht gewesen, und damit war ihre These gesprengt, daß LaBelle sich die ganze Zeit in der Stadt aufgehalten hatte.

Wie um alles in der Welt paßte sie ins Bild? Okay. Denk in Ruhe darüber nach. Hat sie Chauncey umgebracht?

Wenn ja, dann besaß sie einen Schlüssel zu Tollivers Wohnung. Jetzt kam ihr eine Idee. Vielleicht hätte sie sich einen besorgen können. Als Prostituierte ging sie immer zu den Freiern in die Wohnung oder in ein Hotel – Calvin Hogue hatte das ausdrücklich betont und Hinky Herbert auch. Vielleicht hatte sie Tolliver bedient und dabei den Schlüssel entwendet.

Aber was hatte sie für ein Motiv? Rache? Sicherlich hatte sie einen Grund, mit ihm abzurechnen. Aber Erpressung war doch die bessere Methode, dachte Skip – warum nicht kassieren, lieber später als nie, für das, was man ihr vorenthalten hatte? Sheree Izaguirre hatte gesehen, wie Chauncey sie nach einem Streit hinauswarf. Vielleicht war sie in sein Büro gekommen, um ihn zu erpressen, und er hatte sich geweigert zu zahlen. Und dann hatte sie einen zweiten Versuch bei ihm zu Hause gestartet, wo Marcelle sie gesehen hatte. Er wollte nicht zahlen, also hat sie ihn getötet.

Unwahrscheinlich. Eine Enthüllung wäre wesentlich sinnvoller und wohl auch befriedigender gewesen. Und außerdem, wenn LaBelle Chauncey umgebracht hatte, warum in aller Welt sollte Tolliver den Mord dann gestehen?

Hélène ist tot. Marcelle...

Warte mal, das ist es. Jetzt fiel ihr wirklich etwas ein.

Nehmen wir an, Hélène hat Chauncey tatsächlich umgebracht, weshalb Marcelle, die ihren Vater liebte, wiederum sie getötet hat und Tolliver sich selbst, um Marcelle zu schützen. Vielleicht liebte er eigentlich Marcelle und gar nicht Bitty oder Henry.

Nein, das klingt wirklich zu albern.

Kann sein, aber so sicher wie das Amen in der Kirche hatte er einen von ihnen geliebt, und Marcelle war eindeutig die appetitlichste von allen.

Je länger Skip dasaß und auf die kreative Trance wartete, desto stärker wurde sie sich ihrer veränderten körperlichen Verfassung bewußt. Die Krankheit, die sie am Morgen vorgetäuscht hatte, verließ ihren Körper, als ob sie gerade in den heilenden Wassern von Lourdes gebadet hätte.

Tarantino und O'Rourke saßen beide noch im Büro, tranken eine letzte Tasse Kaffee und kauten irgendein Thema durch – Basketball, vermutete sie.

»Sieh mal, wer da kommt«, sagte Joe. »Das ist 'ne Überraschung mit Tolliver Albert, stimmt's?«

»Das kannst du laut sagen. Tag, Frank.«

Er nickte ihr kaum merklich zu – nicht unbedingt barsch, aber auch nicht besonders zuvorkommend.

»Ist schon in Ordnung, wenn du keine Lust hast, mit mir zu reden. Ich weiß, daß du schlimme Zeiten durchmachst.«

»Was weißt du, du Miststück?« Er erhob sich mit viel Getöse von seinem Stuhl und ging, ohne sich auch nur von Joe zu verabschieden.

»Ich weiß nicht«, sagte Skip, »warum du so ein Geheimnis aus seiner Geschichte gemacht hast. In der Uptown wissen alle Bescheid.«

Joe zuckte mit seinen fleischigen Schultern. »Er ist ein stolzer Kerl. Was kann ich für dich tun?«

»Es steht mir ins Gesicht geschrieben, was?«

Er zuckte wieder mit den Schultern. »Nur so eine Vermutung.«

»Sind in der vergangenen Woche irgendwelche Morde – vielleicht auch Selbstmorde – bisher nicht identifizierter weiblicher Schwarzer reingekommen?«

»Negativ.«

»Verflucht!«

»Deine geheimnisvolle Frau?«

»Na ja, sie ist nie zu Hause aufgetaucht. Ich dachte, ich könnte ja mal nachsehen, ob sie vielleicht nicht mehr laufen konnte.«

»Kann ich dir nicht weiterhelfen, fürchte ich. Von denen, die diese Woche reingekommen sind, ist keine unbekannt. Wenn du die letzte Woche meinst, da könnte was sein…«

»Können wir mal nachsehen?«

Er zog einen Aktendeckel hervor, blätterte darin herum und reichte ihr zwei Blätter. »Da haben wir's. Gleich zwei.«

Die eine hatte man vor etwa einer Woche auf der Straße gefunden, Tod durch Kopfverletzung, vermutlich Raubüberfall. Sie war um die sechzig. Die andere war aus dem Fluß gefischt worden, erwürgt, vor etwa einem Monat. Der Leichenbeschauer schätzte das Alter auf circa zwanzig bis fünfundzwanzig.

»Scheiße.«

»Kein Glück?«

»Doch. Die Jüngere sollte ich mir mal ansehen. Ihr habt sie nicht zufällig hier?«

»Die Junge? Nein. Ich glaube, die ist bei Silverman und Schlosser. Aber die sind heute schon weg.« Er schob ihr noch ein Blatt zu. »Das hier könnte dich vielleicht auch interessieren.«

Sie überflog die Seite. Es war der Autopsiebericht von Tolliver. Die Todesursache war die angegebene Überdosis Tabletten, aber der Leichenbeschauer hatte noch etwas gefunden.

»Er litt unter Hirnverkalkung? Bedeutet es das, was ich darunter verstehe?«

Tarantino nickte selbstgefällig. »Hm. Er war ein lebender Toter. Was er da hatte – die Jacob-Creutzfeld-Pseudosklerose nennt man das –, bringt einen in wenigen Monaten unter die Erde. Höchstens in einem Jahr. Er wußte Bescheid – es gibt ein Mittel namens Klonopin, damit behandelt man die Krankheit. Das hat er regelmäßig genommen.«

»Herrje. Siehst du dadurch nicht auch alles in einem ganz anderen Licht?«

»Meinst du, er hatte nichts zu verlieren, wenn er sich aus dem Verkehr zog? Vielleicht wollte er jemand anderen schützen?«

»So ungefähr.«

»Ich wollte dir noch ein bißchen mehr über die Krankheit erzählen: Sie ist sehr selten, aber nicht sehr schwer zu diagnostizieren. Zu den harmloseren Symptomen gehören Muskelzuckungen und noch was Merkwürdiges – erhöhte Krampfbereitschaft.«

»Was?«

»Die Neigung zu epileptischen Anfällen. Außerdem Angstzustände, Müdigkeit, Kopfschmerzen, Schwächezustände, Schwindelgefühle, Lähmungserscheinungen…«

»Alles, was man sich so vorstellen kann.«

»Und zum Schluß nun das Beste: eine bestimmte Form von Schwachsinn, wie bei der Alzheimerschen Krankheit. Zu den ernsteren Symptomen gehören Gedächtnisverlust, eingeschränktes Wahrnehmungsvermögen, Persönlichkeitsveränderungen und noch was, wofür es einen tollen Fachausdruck gibt – ›abnormes Verhalten‹.«

»So ein Mist.«

»Genau. Wenn einer sich zum Beispiel als Dolly Parton verkleidet und seinen besten Freund erschießt, würdest du das als abnormes Verhalten bezeichnen? Duby platzt geradezu vor Entzücken.«

Skip sagte nichts.

»Das war ein reichlich merkwürdiger Mordfall, findest du nicht? Einer der prominentesten Bürger der Stadt wird auf einer der Straßen der Stadt umgenietet. Nicht die übliche Kneipenstecherei. Die hohen Herren sind ziemlich scharf darauf, daß die Sache aufgeklärt wird. Und dein Freund Tolliver ist so freundlich, ihnen den Gefallen zu tun.«

»Tolliver oder derjenige, der Tolliver auf dem Gewissen hat.«

»Der Tolliver auf dem Gewissen hat? Jetzt halt mal die Luft an. Weißt du, wie viele Pillen er geschluckt hat? Sieh dir das Ding noch mal an. Ungefähr fünfzig. Alle möglichen Sorten. Und es gab keinerlei Anzeichen von Gewaltanwendung in seiner Wohnung. Ne, ne, Süße. Das hat er selber getan.«

»Ich mach mich lieber auf den Weg zum Leichenschauhaus. Und danke. Es tut richtig gut, mal nicht wie eine Schwerverbrecherin behandelt zu werden.«

»Ach was, Frank ist schon in Ordnung. Er braucht bloß Zeit, das ist alles.«

Sie hatte helle Haut und rotes Haar, wie Skip erwartet hatte, aber man konnte sich nur schwer vorstellen, daß sie je schön gewesen sein sollte. Sie hatte bestimmt ein paar Tage im Wasser gelegen, bis man sie rausfischte. Sie sah häßlich aus – sehr häßlich –, aber hauptsächlich erschütternd und auf eine seltsame Weise traurig, unschuldig, wie Tote für Skip immer aussahen. Oder jedenfalls die im Leichenschauhaus ohne die Schönheitsbehandlung fürs Begräbnis. Ihr karges Leben mochte sie hartherzig und niederträchtig gemacht haben, aber das alles war von ihr abgefallen, bedeutungslos geworden, als das Leben den Körper verließ. Jetzt lag da nur noch eine Leiche – weder gut noch schlecht, weder hübsch noch häßlich, weder klug noch dumm, lag einfach nur da, reglos und starr.

Skip wünschte, sie könnte sie wieder zum Leben erwecken. Noch nie hatte der Anblick eines Leichnams solche Gefühle in ihr geweckt. Sie fragte sich, ob das noch normal war.

Sie hatte einem freundlichen Assistenten des Leichenbeschauers gesagt, daß sie glaubte, sie könnte den Leichnam identifizieren, ließ sich von ihm einen Satz Fingerabdrücke geben und fuhr zum Büro zurück, zum Erkennungsdienst. Sie gab die

Karte ab und ging nach Hause, sie war zu nervös, um sitzen zu bleiben und zu warten. Sie wollte allein sein und nachdenken.

Man hatte ihr gesagt, daß es eine halbe Stunde dauern würde. Sie wartete jetzt seit zehn Minuten zu Hause – hatte noch fünf vor sich –, als Steve anrief.

»Hallo, Liebling.«

»Tag.«

»Was ist los? Du klingst so abweisend.«

»Ich habe gerade nachgedacht. Was gibt's?«

»Ich wollte nur plaudern. Ich habe über Marcelle nachgedacht…«

»Sag mal, können wir später weiterreden?«

»Was hast du denn?«

»Nichts.« Ohne es zu wollen, hatte sie ihn angeblafft. »Ich ruf dich später zurück.« Sie legte auf.

Verdammt. Sie hätte schneller reagieren müssen. Sie hätte von Anfang an sagen sollen, daß sie im Moment nicht reden konnte.

Das Telefon klingelte wieder. »He, das war ein Treffer. Herzlichen Glückwunsch.«

»Sie ist LaBelle Doucette?«

»Sie haben es erfaßt. Saubere Arbeit.«

Verfluchter Mist. Warum hatte sie nicht eher daran gedacht? Wenn Leute wochenlang nicht zu Hause auftauchen, kann es gut sein, daß sie tot sind.

Ach, Unsinn. Sie hätte genausogut in der Karibik gewesen sein können.

War sie aber nicht. Sie hatte fast einen Monat lang in ihrem Kühlfach gelegen, nachdem sie von einer Person erwürgt worden war, die Skip seit ewigen Zeiten zu kennen glaubte.

Hélène ist tot. Marcelle…

Skip schauderte. Ganz sicher nicht.

Also gut. Was wußte sie?

Fast nichts. Nicht einmal, wie LaBelle herausgefunden hatte, wer sie war. Und sie hatte es gewußt. Sie hat Sheree Izaguirre gebeten, Chauncey zu sagen, daß Hélène ihn sprechen wollte. Jedenfalls erklärte das, wie die St. Amants erfahren hatten, wer sie war. Chauncey konnte es ihnen allen erzählt haben – Henry, Marcelle, sogar Tolliver. (Und Bitty natürlich.)

Aber woher wußte LaBelle es?

Nun, zunächst war da eine Möglichkeit: Jaree hatte vielleicht nicht gewußt, wie ihre Familie hieß, aber ihr war wenigstens klar gewesen, daß sie zu den besseren Kreisen gehörte. LaBelle hatte zweifellos die gleichen Fragen wie alle Kinder gestellt und war so wahrscheinlich in groben Zügen in das Geheimnis ihrer Herkunft eingeweiht worden. Skip konnte sich vorstellen, wie ihre altmodische Urgroßmutter möglicherweise sogar eine Art Märchen daraus gemacht hatte – *»Also kannst du stolz auf dich sein, mein Schatz, weil blaues Blut in deinen Adern fließt.«*

Und dann weißt du noch, daß LaBelle – etwa zehn Jahre später – anfängt, die Geschichte in der Stadt herumzuerzählen, Hinky Herbert und ihren anderen Kunden, und einen von ihnen stimmt die Sache nicht bloß nachdenklich, er erinnert sich auch an Jaree, erkennt ihren Nachnamen. Vielleicht hat er ihr ein paar diskrete Fragen gestellt – wie ihre Mutter heißt, wie die Familie hieß, für die sie früher gearbeitet hat –, nur um sicherzugehen.

Drei Männer hatten mit dem Fall zu tun – Chauncey, Tolliver und Henry. Welcher kam am ehesten in Frage? Henry war mit ziemlicher Sicherheit schwul – oder vielmehr ein Transvestit, der sich als Homosexueller bezeichnete, und in diesem Punkt ging Skip jede Wette ein, daß er nicht log. Damit blieben Tolliver und Chauncey übrig. Chauncey hätte ihr niemals erzählt, wer sie war – damit hätte er sich selbst angreifbar gemacht.

Also blieb nur Tolliver. Bei oberflächlicher Betrachtung erwies er sich als geeigneter Kandidat. Über sein Sexualleben wußte man in der Öffentlichkeit nicht viel, und die Callgirltheorie würde eine Menge erklären. Aber warum in aller Welt sollte Tolliver Hélène über ihre Identität aufklären? Die Vorstellung war absurd.

Sie ging auf und ab. Meditieren konnte sie nicht, und ein Joint half sicher nicht. Bewegung auch nicht. Frustriert ging sie in dem spontanen Bedürfnis nach Ablenkung unter die Dusche. Und kam geläutert daraus hervor, wie sie hinterher dachte. Mit dem Staub des Tages – der ihr wie eine Berg- und Talfahrt vorgekommen war – hatte das warme, prickelnde Wasser all ihre Gedanken über den Fall abgewaschen.

Im stillen dankte sie Steve Steinman für seine Lehre, klaubte Papier und Bleistift zusammen, nahm den Telefonhörer von der Gabel und ließ sich wieder auf dem Sofa nieder, nackt, aus ihren nassen Haaren tropfte das Wasser und lief ihr den Rücken hinunter.

Sie wußte nicht, wie lange sie so gesessen hatte, nicht lange, glaubte sie. In einem Sekundenbruchteil schien sich die ganze Geschichte auf den Kopf gestellt zu haben.

Die wichtige Frage lautete jetzt, wer hatte LaBelle umgebracht – und warum. Nur eine Antwort ergab einen Sinn.

Sie wählte die Nummer von Chaunceys Mutter.

Nach ausgiebigen Beileidsbezeugungen stellte sie ihre Frage: »Mrs. St. Amant, ich belästige Sie wirklich nur ungern, aber ich muß diesen Papierkram zu Ende bringen. Mir ist aufgefallen, daß uns ein winziges Detail für unsere Unterlagen fehlt – Chauncey war ein Adoptivkind, nicht wahr?«

»Ja. Und ein ausgesprochen hübsches Baby.«

»Wissen Sie, wer die leiblichen Eltern waren?«

»Das hat man uns nie gesagt – damals war das nicht üblich, wissen Sie.«

Ein Fastenmahl

»Du hast recht gehabt, Henry. Hélène ist tot.«

»Was, zum Teufel, willst du?« Er war auf seinen Balkon hinausgetreten, um zu sehen, wer vor der Tür stand.

»Wir müssen noch einmal miteinander reden. Über die Frage, warum du in das Apartment deiner Schwester eingebrochen bist.«

»Hast du einen Haftbefehl?«

»Das ist ein inoffizieller Besuch, aber wenn du darauf bestehst, sind in zwanzig Minuten zwanzig Bullen hier.«

Er drückte kommentarlos auf den Türöffner. Oben angekommen, trat sie durch die offene Wohnungstür, Henry war in der Küche, wo er Salatblätter zerrupfte. Skip roch gebackene Kartoffeln, und auf dem Herd stand ein Topf mit Milch. Henry sagte nichts, machte keinerlei Anstalten, sie zu begrüßen, machte sich einfach weiter über seinen Romanasalat her. Skip benahm sich wie zu Hause, begutachtete in aller Ruhe das aufgeschlagene Kochbuch auf dem Tisch, las in einem Rezept für Austernsuppe. »Du erwartest Besuch.«

Er sagte immer noch nichts.

»Henry, ich denke, du hast mich belogen. Ich glaube nicht, daß Tolliver dein Liebhaber war. In seinem Brief stand, er habe deine Mutter geliebt.«

»Er wollte mich schützen – uns alle wollte er schützen. So blieb uns der Makel der verwerflichen und häßlichen Homosexualität erspart.«

»Offen gestanden glaube ich nicht, daß Tolliver überhaupt homosexuell war. Ich glaube, er litt unter einer unerwiderten Liebe, wenn du diesen veralteten Ausdruck gestattest, und hat die Schmerzen seiner brennenden Libido von Zeit zu Zeit mit dem Besuch bei einer Prostituierten gelindert.«

Henry drehte sich um und starrte sie an, mit wütendem Blick, aber wortlos.

»Ich glaube, er hat deine Mutter geliebt, genau wie es in dem Brief steht, aber ich weiß nicht, ob er sich dessen bewußt war.«

»Sigmund Freud ist wieder unterwegs.«

Unbeeindruckt von seiner Stichelei griff Skip nach einem Salatblatt, auf dem sie gemächlich herumkaute, in der Hoffnung, ihn aus der Ruhe zu bringen.

»Vielleicht war er sich nicht darüber im klaren, daß er auf sie wartete, es hatte sich einfach so ergeben. Er mußte mit ansehen, wie sie nach dem angeblichen Tod ihrer Tochter zerbrach, aber eines Tages lief ihm die Tochter über den Weg, an deren Tod *er* nie geglaubt hatte, als erwachsene Frau.«

»O Mann.«

»Wir reden hier nur über Vermutungen. Du mußt mir das alles nicht abkaufen, wenn's dir nicht paßt. Ich erzähle dir nur eine Geschichte, die ich erfunden oder auch nicht erfunden haben könnte. Vielleicht hat er geglaubt, daß es ihr wieder besser gehen würde, wenn ihre Tochter zu ihr zurückkehren würde. Also hat er ihr erzählt, daß er Hélène gefunden hat. Vielleicht hat er Hélène auch erzählt, wer ihre Mutter ist, aber das glaube ich nicht. Ich glaube, er wollte es Bitty überlassen. Egal wie, die beiden kamen zusammen.«

»Was du da machst, ist unglaublich. Ich komme mir vor wie im Zirkus.« Er sah sie so belustigt an, daß Skip beinahe die Nerven verloren hätte.

»Das ist nur eine Geschichte, Henry. Ich habe mir nur überlegt, was der armen Bitty passiert sein *könnte* – schließlich ist es eine ziemlich schlimme Sache, wenn man ein Kind verliert. Kennst du den alten Aberglauben, daß man sich manche Dinge besser nicht wünschen soll? Ich wette, daß Bitty sich tausendmal gewünscht hat, ihr Baby zurückzubekommen, aber als Hélène dann auftauchte, war sie LaBelle – ganz und gar nicht das Kind, das Bitty sich gewünscht hatte. Ich wette, Bitty wollte ihr helfen – sie von der Prostitution wegbringen, ihr dabei helfen, einen Job zu finden, sie vielleicht aufs College schicken. Ich weiß nicht, was sie ihr im einzelnen angeboten hat, aber sie wollte sie irgendwie bemuttern, da bin ich mir ziemlich sicher. Nur wollte LaBelle das nicht – mit Bitty und der Familie, die sie weggegeben hat, wollte sie nichts zu tun haben. Ich wette, sie hat Bitty ziemlich weh getan, auf die eine oder andere Weise.

Ich tippe darauf, daß sie versucht hat, sie auszunehmen. Sie wollte Geld dafür, daß sie Chauncey nichts verriet (der wahrscheinlich gewußt hat, daß sie nicht gestorben ist, sondern weggegeben wurde, aber das konnte LaBelle nicht wissen) oder ihrem Großvater oder der ›Times Picahune‹. Vielleicht hat sie auch so etwas wie eine Wiedergutmachung verlangt – zu Bitty gesagt, daß sie es ihr schuldig sei, nachdem sie so ein schreckliches Leben führen mußte.«

»Nur weiter.«

»Ich glaube, sie hatte ein Druckmittel – kein besonders effektives, aber ausreichend für den dramatischen Effekt. Um sich eine Geburtsurkunde zu beschaffen, mußte sie nur ans Standesamt schreiben. Nachdem sie erfahren hatte, daß sie ursprünglich Hélène St. Amant hieß, war das kein Problem. Und ich glaube, das hat sie getan. Kennst du den Spruch: ›Das Kind wird zum Hüter seiner Eltern‹? Jedenfalls hast du danach gelebt, stimmt's? Und Bitty wandte sich an denjenigen, zu dem sie immer ging, wenn sie Hilfe brauchte – an dich, Henry.«

»Du weißt ja nicht, was du da redest.«

»Ach so, wahrscheinlich hat sie auch Tolliver davon erzählt. Ihm zuerst, denke ich. Ich weiß nicht, wann das alles passiert ist. Vermutlich vor etlichen Wochen. Aber die Geburtsurkunde hast du erst letzten Samstag gefunden, als ich dich bei LaBelle erwischt habe. Sie klebte an der Rückwand eines Bildes, nicht wahr? Bewiesen war damit gar nichts, aber ihre Verbindung zu den St. Amants war hergestellt.«

»Mach, daß du hier rauskommst.«

Unbekümmert griff Skip nach einem zweiten Salatblatt. Er packte sie am Handgelenk. »Verschwinde.«

Sie wußte, daß sie gewonnen hatte, und dieses Wissen machte sie ruhig und leicht überheblich. »Du hast gedacht, die Geburtsurkunde wäre das einzige, was sie mit ihrer früheren Familie in Verbindung bringen könnte – das Album mit den Zeitungsausschnitten muß dir einen ziemlichen Schrecken eingejagt haben. Und dann bist du gestört worden und mußtest abhauen. Aber du bist noch einmal zurückgekehrt, um das Album zu holen, nicht wahr? Du hättest wirklich nicht bei einer

Polizistin einbrechen sollen, Henry. Und schon gar nicht ein zweites Mal. Auf solche Sachen reagieren wir ziemlich sauer.« Fast im gleichen Moment merkte sie, daß sie zu weit gegangen war. Sie wurde boshaft und gemein.

Ein Schälmesser segelte an ihrer Wange vorbei.

Sie trat einen Schritt auf ihn zu, aber aus einer Salatschüssel flog ihr die Sauce ins Gesicht. Die klebrigen Reste tropften auf ihren Pullover. Er zerschlug eine Schale mit Grünzeug an ihrer Schulter.

»Fotze!« Er hatte total die Beherrschung verloren. Sie redete mit einer sanften und beruhigenden Stimme auf ihn ein, als ob sie ein erschrecktes Kleinkind vor sich hätte.

»Henry, es ist alles in Ordnung. Niemand will dir weh tun.«

Er warf ihr einen kurzen Blick zu, als ob er noch nicht entschieden hätte, ob er ihr glauben sollte oder nicht, dann wich er rückwärts ins Wohnzimmer aus. Er hob einen Polsterschemel hoch und hielt ihn wie ein Schutzschild vor sich. Langsam folgte ihm Skip, vermied jede ruckartige Bewegung. Sie spannte die Muskeln an, aber als der lederbezogene Brocken gegen ihre Brust prallte, ging sie zu Boden. Sie hatte sich nichts getan und sprang schnell wieder auf die Füße. Aber er hatte genug Zeit gehabt, um nach einer Lampe zu greifen.

Ihre letzte Chance war, ihn anzugreifen. Sie stürzte sich mit einem Satz auf seine Beine, worauf er zusammensackte und den Stecker der Lampe aus der Wand mit sich riß. Es wurde dunkel im Zimmer, während sie mit ihm kämpfte.

»Fotze!« schrie Henry. »Laß mich los, du Schlampe. Ich habe ihn umgebracht, verdammt noch mal; ich habe ihn umgebracht, du Fotze. Zum Teufel, laß mich in Ruhe, oder ich bringe dich auch um. Ich schwöre bei Gott, daß ich's tun werde.«

Trotz seines lauten Geschreis hörte Skip, daß jemand an die Tür hämmerte, aber dafür war jetzt keine Zeit. Er war klein, viel kleiner als sie, wand sich aber wie eine Katze beim Baden und war mindestens ebenso drahtig und schlecht zu packen. Außerdem hatte er Kraft. Vielleicht war das die legendäre Kraft der Verrückten.

»Henry? Was ist los? Henry! O Gott, was ist los?«

Das war Bittys Stimme. Für einen Augenblick lenkte die Stimme ihn ab, so daß Skip ihm einen Arm auf den Rücken drehen konnte.

»Mutter! Mutter! Sag ihr, sie soll mich loslassen!«

Das Licht ging an – Bitty hatte die Lampe am Boden entdeckt. »Skip? Skippy, bist du das?«

Skip wußte nicht, was sie sagen sollte. Schließlich erklärte sie: »Er hat die Beherrschung verloren.«

Bitty kniete sich neben sie. Henry lag auf dem Bauch, Skip saß rittlings auf ihm, hatte einen Arm auf seinen Rücken gedreht und hielt den anderen fest. Bitty strich ihm übers Haar. »Was ist denn mit dir, mein Schatz?«

»Die Schlampe weiß alles, Mutter. Sie weiß, daß ich Daddy umgebracht habe. Der Bastard – er wollte mir kein Geld mehr geben. Er hat mich nicht in Ruhe gelassen. Er hat Tolliver nicht in Ruhe gelassen...« Seine Stimme wurde immer dünner und verlor sich in einem tonlosen Geplapper.

»Wovon redest du?«

Völlig unvermittelt fing er wieder an zu schreien. »Ich habe den Bastard gehaßt! Ich habe ihn gehaßt, weil er alles konnte! Weil er ein Arschloch war! Seit Jahren wollte ich ihn umbringen!«

»Aber Tolliver...«

»Tolliver wollte mich schützen, Mutter. Verstehst du nicht?« Er hörte sich wie ein Verrückter kurz nach einem Anfall an, der verzweifelt versucht, wieder vernünftig zu reden.

»Officer Langdon«, sagte er, »ich gestehe den Mord an meinem Vater. Würden Sie mich jetzt bitte loslassen?«

Skip erhob sich und zog ihn mit sich auf die Füße, sie hielt noch immer seinen Arm auf den Rücken. In ihrer Handtasche hatte sie Handschellen. »Henry, du bist verhaftet«, sagte sie sehr bedächtig und ruhig. »Du hast das Recht zu schweigen...«

»Schluß jetzt!«

Überrascht drehte sie sich um. Diese Lautstärke hatte sie der zierlichen Bitty nicht zugetraut.

»Laß ihn los.« Bitty hielt Skips Waffe in der Hand, die sie aus ihrer Handtasche gefischt hatte.

387

Die ganze Familie spielte vor ihr verrückt. Wieder redete sie sehr bedächtig, um weder Mutter noch Sohn zu erschrecken: »Das kann ich nicht, Bitty.«

»Er hat seinen Vater nicht getötet. Ich war es.«

»Sie lügt.«

»Sei still, Henry. Versprich, daß du dich hinsetzt, damit Skippy dich loslassen kann.«

»Mutter, du kannst mich nicht beschützen. Niemand wird dir glauben, daß du es getan hast – und nicht nur deshalb, weil du kein Motiv hast. Offen gestanden, meine Liebe, trinkst du zuviel, um so eine Sache durchzuziehen.«

»Henry, das führt zu nichts.« Sie warf Skip die Handschellen zu. »Er will mich in Schutz nehmen, siehst du? Zieh ihm die an, und dann erzähle ich dir, was passiert ist.«

»Aber Mutter, es ist schon gut. Ich werde nichts tun.«

»Wie kommt es bloß«, sagte Skip, »daß ich dir nicht glaube?«

»Weil du eine dumme Fotze bist!« Er trat rückwärts nach ihrem Schienbein aus, verfehlte es aber. Mit einer einzigen fließenden Bewegung fing Skip die Handschellen und streifte sie ihm über die Handgelenke. Sie hätte ihn heftig auf einen Stuhl gestoßen, wenn Bitty nicht dabeigewesen wäre, aber in Anbetracht ihrer Collegeerziehung widerstand sie dem Impuls. Sie wartete, bis er saß, und griff dann nach der Pistole.

»In Ordnung, Mrs. St. Amant. Ich bin ganz Ohr.«

Bitty setzte sich. »Und was sagst du, wenn ich dir jetzt erzähle, daß Chauncey ein Schwarzer war?«

Henry meinte: »Komisch, so schwarz sah er doch gar nicht aus.«

»Er war vielleicht ein Achtel schwarz – oder ein Sechzehntel. Wer weiß? Er glaubte, sein Leben wäre ruiniert, wenn jemand dahinterkäme.«

»Ich verstehe. Ich weiß über LaBelle Bescheid.«

»LaBelle?« Bitty schien sich nicht sicher zu sein, daß sie den Namen wirklich aus Skips Mund gehört hatte.

»Ich weiß, daß Sie ein schwarzes Baby geboren und einer Schwarzen gegeben haben, damit sie es aufzieht.«

»Wie kannst du es wagen, so etwas zu behaupten! Was weißt

du schon davon, was es bedeutet, Mutter zu sein? Das habe ich *nicht* getan, Skip Langdon. Ich habe mein eigenes Kind nicht weggegeben. Keine Mutter würde so etwas tun.

Es war Chauncey. Er wollte nicht, daß irgend jemand davon erfährt. Er hat mich beschuldigt... Aber woher wußtest du, daß Chauncey der Vater war? Nicht einmal mein eigener Vater hat je daran geglaubt.«

»Ich habe einfach nur richtig geraten. Ich habe dieses Kind gesehen – Estelle Villeres Kind –, es sah aus wie ein Weißer, obwohl seine Eltern schwarz waren – oder was man in New Orleans unter schwarz versteht. Und dann fiel mir ein, daß Marcelle mir erzählt hat, wie sehr Chauncey das Wort *Bastard* haßte. Ich habe verschiedene Möglichkeiten durchgespielt und versucht herauszufinden, warum LaBelle weggegeben wurde. Und dann dachte ich mir, was ist, wenn *Chauncey* der Vater war? Wenn er ein Adoptivkind war, konnte es sein, daß er wie ein Weißer aussah und immer noch genügend ›schwarze‹ Erbmasse besaß, um sie an eines seiner Kinder weiterzugeben. Also habe ich seine Mutter angerufen und gefragt.«

»Du hast mit seiner Mutter gesprochen? Aber sie weiß doch gar nichts von dem schwarzen... Blut?«

»Ich habe ihr nichts gesagt.«

»Marcelle weiß es auch nicht. Wir haben nach Hélènes Geburt niemandem erzählt, daß Chauncey ein Adoptivkind war – Chauncey konnte den Gedanken nicht ertragen, daß jemand die Wahrheit herausfinden könnte. Bis zu ihrer Geburt wußte er selbst nichts davon. Und er hat es auch nie wirklich akzeptiert, obwohl er das gleiche Muttermal hatte wie sie, eines, das nur schwarze Kinder haben können. Das haben wir damals erfahren. Eine niedliche kleine Schwester hat auf den Po des Babys gezeigt, wo es ganz blau war, und gesagt: ›Na so was, ein Mongolenfleck, das habe ich bei einem weißen Baby noch nie gesehen.‹ Und Chauncey ist ganz blaß geworden. Ma-Mère sagte: ›Chauncey hatte auch so einen bis zu seinem dritten oder vierten Lebensjahr.‹ Und nur daran konnte man es sehen, kurz nach Hélènes Geburt. Sie hatte so wunderbar seidiges rotes Haar – wußtest du, daß schwarze Babys gar nicht schwarz aussehen?«

»Nein.«

»Sie verändern sich nach ein paar Monaten oder sogar Wochen. Bei Hélène passierte das beinahe sofort. Chauncey zwang mich dazu, die Leute von ihr fernzuhalten – sogar seine eigenen Eltern. Daher weiß ich, er wußte genau, daß es sein Kind war. Sie sind Rassisten, die St. Amants. Sie haßten Chaunceys Musiker und hatten überhaupt kein Verständnis dafür, daß er sich für die Bürgerrechte der Schwarzen einsetzte.« Sie verteidigte ihren toten Ehemann und sah Skip mitleidheischend an. »Aber so war er schon vor Hélènes Geburt gewesen. Sogar als er über sich selbst noch nicht Bescheid wußte. All das war echt. Er konnte bloß nicht…« Sie biß sich auf die Lippe, und Tränen traten in ihre Augen. »Er konnte bloß nicht akzeptieren, daß er selbst ein Schwarzer war. Für andere Leute war das in Ordnung, nur für ihn nicht.«

Das konnte Skip sich lebhaft vorstellen. Was er getan hatte, war für einen Weißen schwierig genug – ein Niemand, der eine Mayhew geheiratet und es bis zum Rex gebracht hat. Kein Schwarzer hätte das geschafft – auch wenn er nur ein Sechzehntel schwarzes Blut in sich hatte – oder wieviel es bei Chauncey auch immer war. Seinen schwarzen Anteil anzuerkennen hätte für ihn bedeutet, sein bisheriges Leben aufzugeben, zu sterben, in gewissem Sinne. Alles wegzuwerfen.

»Ich hätte ihn doch immer geliebt, ganz gleich, was geschah. Wenn ich nur mein Baby hätte behalten dürfen.«

Skip war sich nicht so sicher.

»Ich habe keinen anderen Ausweg gesehen. Ich dachte, er würde mich sonst nicht mehr lieben.«

»Er hat Sie dazu überredet, sie wegzugeben?«

»Ich war krank. Ich hatte eine Grippe und diese furchtbaren Kopfschmerzen – man hatte mich mit Tabletten vollgestopft. Sie mußten ein paar Leute bestechen – er, mein Vater und Tolliver –, aber weniger, als man denkt. Sie haben einfach eine Anzeige in die Zeitung gesetzt, in der stand, daß sie gestorben wäre und wir sie eingeäschert hätten. Niemand hat daran gezweifelt. Alle haben Blumen geschickt. Hinterher hat er behauptet, ich wäre einverstanden gewesen. Sogar Tolliver hat das bestätigt, also muß es wohl stimmen. Aber ich hätte doch nie…« Die Worte kamen wie ein Wimmern heraus, ihre Augen flehten, man möge ihr glauben. »Niemals, *niemals* hätte ich mein Einverständnis gegeben, wenn ich bei Sinnen gewesen wäre. Ich erinnere mich nur noch, daß wir in ein Auto stiegen, und Chauncey fuhr ein paar Blocks weiter, nicht weit, wo Tolliver in seinem Wagen auf uns wartete. Chauncey überredete mich, sie ihm zu geben. Und das tat ich. Ich übergab sie ihm einfach. Ich dachte, ich müßte es tun. Sie haben mir nie gesagt, wie die Familie hieß – nur daß alles sehr nett und anständig sei.«

»Es tut mir leid«, sagte Skip.

»Dann hat Tolliver sie gefunden – sie war eine Prostituierte, weißt du –, so hat er sie kennengelernt. Sie hat mir das erzählt, nicht er. Als er sie gefunden hatte, spürte ich, wie ich wieder zum Leben erwachte. Ich faßte wieder Mut. Aber sie lehnte mich ab. Meine arme Tochter lehnte mich ab, für das, was ich ihr angetan hatte. Und dann ging sie zu Chauncey ins Büro und versuchte, ihn zu erpressen. Er sollte Rex werden, und sie wußte davon. Aber er wollte nicht zahlen, und deshalb kam sie zu uns nach Hause. Ich habe sie damals gesehen. Ich habe alles mit angehört und Chauncey deswegen zur Rede gestellt. Er wußte schon, daß ich mich mit ihr getroffen hatte – sie hatte ihm alles erzählt –, aber er hat es mir gegenüber nicht einmal erwähnt. Kannst du dir das vorstellen?

Jedenfalls erzählte er mir, er würde sich um sie kümmern, und eines Nachts ging er weg, kam verstört wieder zurück und betrank sich. Er wollte nicht darüber reden und konnte die ganze Nacht nicht schlafen. Ein paar Tage später las ich dann in der Zeitung, daß die Polizei Probleme hätte, eine Leiche zu identifizieren, die sie aus dem Fluß gefischt hatten. Und ich wußte, daß es Hélène war. Ich wußte es einfach.«

»Haben Sie es Chauncey gesagt?«

»Natürlich. Ich habe auf ihn eingeschlagen. Ich habe ihm vorgeworfen, daß er seine Tochter umgebracht hat, und bin auf seine Brust geklettert und habe ihn so heftig geschlagen, wie ich konnte. Er hat es noch nicht einmal abgestritten. Als er keine Lust mehr hatte, sich von mir schlagen zu lassen, hat er

391

mich einfach abgeschüttelt. Keinen einzigen Kratzer hat er abgekriegt.« Ihre Schultern sackten zusammen. »Und er sagte, daß es so am besten sei. Daß sie tot ist. Und deshalb habe ich getan, was ich seit Jahren tun wollte.«

»Sie war es nicht. Ich habe es getan.« Henry sah sie herausfordernd und trotzig an.

»Erst habe ich aufgehört zu trinken. Weißt du, wie einfach das ist? Wirklich ganz einfach. Man braucht nur einen guten Grund. Man kann wochenlang nüchtern bleiben, wenn man muß. Natürlich geht das Verlangen nicht weg – die ›Abhängigkeit‹, wie man das heute nennt –, und man fängt wieder an, sobald die Bedrohung oder was auch immer vorbei ist. Glaub mir, ich weiß es. Aber man kann es eine Weile aushalten. Unterschätz das nicht.

Ich habe nicht wegen einer Bedrohung aufgehört zu trinken. Ich hatte eine Mission zu erfüllen.« Ihre Stimme hob sich ein wenig, und für einen Moment konnte die winzige, zerbrechliche, sonst so zurückhaltende Bitty Skip davon überzeugen, daß man sich auf sie verlassen konnte. Sie erinnerte sich an Geschichten, die Marcelle ihr erzählt hatte, Geschichten über Bittys Reserven, wenn alle anderen die Nerven verloren, und sie verfluchte sich selbst, daß sie nicht eher daran gedacht hatte. »Außerdem ist es mir in meinem ganzen Leben nie so gut gegangen. Ich *lebte*, um meinen Ehemann umzubringen. Ich genoß es. Ich dachte, nach vollendeter Tat könnte ich ein ganz normales Leben führen und würde nie wieder trinken.«

Sie senkte den Blick in ihren Schoß. »Es kam ganz anders. Alles brach zusammen mit dem Moment, wo er tot war. Ich brach wieder zusammen, nur diesmal mit Selbstmordgedanken.«

»Mutter!«

»Im Moment gibt es nur einen Grund, für den ich lebe – Henrys Leben. Ich will sichergehen, daß Henry nicht für mein Vergehen büßen muß.«

»Im Moment sind Sie nüchtern?« sagte Skip.

»Und ich werde es bleiben, solange ich muß. Soll ich weitererzählen?«

»Bitte.«

»Ich denke, es ist mir schon einmal gelungen, dich zu verblüffen, und du wirst dich gleich wieder wundern. Ich kann schießen. Ich beweise es dir, wenn du willst. Mein Vater hat es mir beigebracht, als ich noch klein war. Ich mußte natürlich die richtige Waffe finden, aber das war nicht schwer – Chauncey hatte genügend zur Auswahl –, und ich mußte wieder üben. Ich nahm ein paar Revolver mit zum Schießstand auf der anderen Seite des Sees und probierte aus, welche für meine Zwecke am besten geeignet war. Dann übte ich so lange, bis ich wieder so gut wie früher war. Die .44er waren vom Kaliber groß genug, um auf die Entfernung exakt zu treffen, und für einen einigermaßen guten Schützen trotzdem noch leicht zu handhaben. Henry hat wahrscheinlich in seinem ganzen Leben keinen einzigen Schuß abgefeuert, aber daß ich es kann, werden dir etliche Zeugen bestätigen.

Eine Sache habe ich allerdings bedauert. Ich habe mein Kostüm aus Einzelteilen zusammengestellt, die mir hier und da über den Weg gelaufen sind, nur konnte ich nirgendwo die richtige Perücke auftreiben.« Sie wandte sich an ihren Sohn. »Aber hier, Henry. Ich hätte sie nicht nehmen sollen, nicht wahr? Deshalb bist du dahintergekommen.«

»Mutter, rede keinen Unsinn.«

»Weil du bereits wußtest, daß dein Vater deine Schwester umgebracht hat. Du dachtest, ich erinnerte mich nicht mehr, daß ich es dir erzählt habe, nicht wahr? Das war, kurz bevor ich beschloß, ihn umzubringen – als ich zum letzten Mal betrunken war, glaube ich. Ich erinnere mich daran. Eine Zeitlang hatte ich es vergessen, aber jetzt weiß ich es wieder.«

»Mutter, ich glaube, du bist jetzt betrunken. Du hast mir überhaupt nichts erzählt.«

»Ich versteckte das komplette Kostüm bei Tolliver in einer Tüte Torfmoos. Die Polizei hat sich den Rest wahrscheinlich schon zusammengereimt – wie ich einfach ins Auto stieg, zu Tolliver fuhr und dann wieder zurück.«

»Wie erklären Sie sich Tollivers Selbstmord?« fragte Skip.

»Er war krank. Wußtest du das?«

»Es stand im Autopsiebericht.«

»Ich habe ihm erzählt, daß Chauncey Hélène getötet hat, damals, als ich auch Henry davon erzählt habe – ich war so depressiv, daß ich es dir womöglich auch erzählt hätte, wenn ich dir in jener Woche begegnet wäre – oder deiner Mutter oder dem Gouverneur. Und Tolliver sagte natürlich zu mir, daß es nicht wahr sei – das sei alles nur Einbildung. Später fiel ihm dann auf, daß ich eine Zeitlang nüchtern war. Also tat ich so, als ob ich mich noch weniger unter Kontrolle hätte als jemals zuvor, und ich fürchte, darüber hat er sich wirklich Sorgen gemacht. Er erzählte immer wieder von einem neuen Leben – daß er sich erholen und ich aufhören würde zu trinken.« Sie wischte die Tränen fort.

»Ich glaube, er hat in seinem Brief die Wahrheit geschrieben. Er war wirklich jeden Tag für mich da, mein Leben lang. Ich denke, am Ende hat er sich zusammengereimt, daß ich Chauncey umgebracht habe. Oder Henry hat es ihm erzählt.«

»Mutter!«

»Und was er dann getan hat, war die galanteste Tat, von der ich je gehört habe.« Ihre Augen leuchteten wie die einer Jungfrau im Mittelalter, die von ihrem Ritter träumt.

Mein Gott! Gleich muß ich kotzen.

»Er hat sein Leben für mich geopfert.«

In mehr als einer Hinsicht, meine Liebe.

Und doch, trotz aller Übelkeit, konnte Skip nicht umhin, ihn auch dafür zu bewundern.

Bitty kehrte aus ihren romantischen Träumereien zurück und sah Skip so gerade ins Gesicht, daß an ihrer Nüchternheit niemand mehr zweifeln konnte. Und in ihrem Blick lag wesentlich mehr Kraft, als Skip je vermutet hätte. »Wirst du mich verhaften, Skippy?«

Das war die Frage, die Skip beschäftigte.

Henry sagte: »Sie hat die Wahrheit gesagt.«

»Natürlich habe ich die Wahrheit gesagt.«

»Mit einer einzigen Ausnahme. Es hat sich alles genau so abgespielt, wie sie sagt. Ich wette, daß ich die Quittung für die Perücke noch habe. Auch wenn ich dir damit auf die Nerven

gehe: *Ich* habe es getan. Ich habe es für sie getan, verstehst du.«
Er war jetzt nicht mehr der Verrückte auf der Kippe, sondern
einfach nur ein Typ, der sich mit jemandem unterhielt, den er
sehr gut kannte. »Ich wußte, daß sie ihm den Tod wünschte.
Wenn Sie so wollen, Officer Freud, können Sie genausogut sagen, sie hat es durch mich getan. Aber ich war derjenige mit
dem Finger am Abzug. Ich wollte, daß sie eine Chance hatte zu
leben – ohne *ihn*.«

Bitty lachte, in Skips Ohren ein seltsamer Klang. Ihr fiel auf,
daß sie Bitty in der langen Zeit ihrer Bekanntschaft mit den
St. Amants wahrscheinlich nicht ein einziges Mal hatte lachen
hören. »Henry, es haut nicht hin«, sagte seine Mutter.

»Sie hat recht.« Trotz Henrys schauspielerischer Fähigkeiten
klangen die Worte bei ihm so hohl wie bei Bitty aufrichtig. Er
hatte Chauncey nicht umgebracht.

Die Frage blieb: Würde sie Bitty verhaften? Die Versuchung
zu fliehen war nahezu überwältigend. Wenn Chauncey seine
eigene Tochter umgebracht hatte und Bitty dafür ihn, war das
nicht Gerechtigkeit? Sie fragte sich, ob sie es fertigbrächte,
jetzt einfach zu gehen und zu vergessen, daß sie je davon gehört
hatte. Aber sie war Polizistin. Die Gerechtigkeit und das Gesetz
waren manchmal zwei verschiedene Dinge. Trotzdem konnte
sie sich irgendwie nicht vorstellen, wie sie Bitty Mayhew St.
Amant, noch immer in ihrem eleganten schwarzen Kleid, in
Handschellen hinter sich herzerrte zum Polizeipräsidium.

Und dann gab es noch ein Problem. Skip wußte nicht, ob sie
irgend etwas beweisen konnte.

»Mrs. St. Amant, kann ich Ihnen vertrauen?«

»Mir vertrauen? Meinst du damit, daß du mir nicht glaubst?«

»Ich glaube Ihnen. Aber ich will Ihnen so viel wie möglich
ersparen. Ich werde Sie jetzt nicht verhaften, wenn Sie mir versprechen, daß Sie morgen zum Polizeipräsidium gehen und
dort ihre Geschichte erzählen.«

»Aber... ich kenne dort niemanden.« Ihre Augen füllten sich
mit Tränen. Vor wenigen Augenblicken war sie noch die kalt-
blütige Mörderin gewesen, jetzt war sie wieder die hilflose
Dame der Gesellschaft.

»Fragen Sie nach Inspektor O'Rourke und Inspektor Tarantino. Das sind die Beamten, die an dem Fall arbeiten.«

»Aber ich kenne sie nicht. Wirst du auch da sein?« Ihre Augen flehten sie an.

»Natürlich. Aber wenn Sie nicht kommen – sagen wir, bis zum Mittag –, dann erzähle ich es ihnen selbst. Und es gibt genügend Beweise. Hélènes Leiche zum Beispiel.« Sie wurde absichtlich ziemlich schroff. »Und Zeugen vom Schießstand. Ich werde Sie heute nicht verhaften, aber morgen ist auch noch ein Tag. Wäre Ihnen diese Möglichkeit lieber?«

Bitty sah sie mit ihren blauen Augen entgeistert an. »Ich glaube schon.«

»Versprechen Sie, daß Sie kommen werden?«

Sie feuchtete ihre Lippen an. »Ich verspreche es.«

»Dann auf Wiedersehen bis morgen.«

Sie nahm Henry die Handschellen ab und ging und wappnete sich für eine lange Wartezeit in der Nachtluft. In Anbetracht der hohen Verbrechensquote von New Orleans würde Henry Bitty zu ihrem Wagen begleiten, aber sie wußte nicht, ob das in den nächsten zehn Minuten oder erst nach Stunden passieren würde. Sie drückte sich auf der anderen Straßenseite in eine Nische, trat von einem Fuß auf den anderen, frierend und ungeduldig, bis schließlich ein Plan in ihrem Kopf Gestalt annahm, ausgelöst durch einen Gegenstand vor ihren Augen – das Fenster, das Henry vor einiger Zeit geöffnet hatte, als er die Wohnung vom Marihuanadunst befreien wollte. Sie würde ihren Posten verlassen und für ein paar Minuten auf ihr Glück vertrauen müssen, aber das war wesentlich sauberer und eleganter als die Alternative, sich mit einer Notlüge Einlaß in das Haus zu verschaffen und Henrys Wohnungstür einzutreten.

Sie rief Steve an und bat ihn, sofort zu ihr zu kommen und ein langes Seil mitzubringen.

Das Glück stand auf ihrer Seite. Bitty und Henry kamen erst nach einer weiteren Stunde heraus. Sobald sie außer Hörweite waren, warf Steve das Seil über das Balkongeländer, und Skip kletterte hinauf. Es war nicht leicht, aber das war es an der Polizeiakademie auch nicht gewesen.

Die Geburtsurkunde könnte Henry vernichten – hatte es vielleicht schon getan –, aber es würde ihr nichts nützen, wenn sie sie mitnahm. Als Beweis taugte sie nur, wenn man sie in seiner Wohnung fand, nicht wenn sie von dort gestohlen wurde. Sie suchte etwas, dessen Beweiskraft noch nicht erwiesen war – aber niemand würde jemals auf die Idee kommen, daß man es aus seiner Wohnung entwendet hatte. Das machte diesen kleinen Diebstahl so reizvoll. Und die Gerechtigkeit an der Sache gefiel ihr. Henry war zweimal bei ihr eingebrochen.

Dienstag

Sie kam pünktlich um elf Uhr fünfzig und fragte nicht nach O'Rourke oder Tarantino, sondern nach Skip, womit Skip auch gerechnet hatte, weil sie inzwischen erfahren hatte, daß Bitty wußte, womit die anderen beiden beschäftigt sein würden. Sie hatten sich um zehn Uhr dreißig mit Henry eingeschlossen und nahmen sein Geständnis zu Protokoll.

Skip holte ihr eine Tasse Kaffee und ließ sie an Tarantinos Schreibtisch Platz nehmen. Das Schlangenposter hätte sie besser vorher abhängen sollen, dachte sie. Sobald es ihr die Höflichkeit erlaubte, ließ sie Bitty allein, angeblich unter dem Vorwand, essen zu gehen, aber sie war viel zu angespannt, um zu essen, zu verwirrt und desorientiert, um sich in der Nähe des Polizeipräsidiums aufzuhalten, und viel zu aufgebracht, um mit Bitty in einem Zimmer zu sitzen.

Sie hatte die Vormittagsstunden – ab sieben Uhr – mit Duby, Tarantino und O'Rourke verbracht, immer mit zweien gleichzeitig, die sie meistens anschrien, ihr ab und zu ein paar Streicheleinheiten verpaßten, wenn einem von ihnen (aber niemals O'Rourke) zufällig einfiel, daß sie eigentlich gute Arbeit geleistet hatte, auch wenn sie noch so unorthodox vorgegangen war. (Wie unorthodox sie wirklich gehandelt hatte, wußten sie nicht, und das würde sie ihnen auch niemals erzählen.)

Als Henry erschien, wäre sie beinahe ausgeflippt – wäre am liebsten schreiend auf die Straße gerannt und hätte sich in ihrer Uniform blamiert, sie wußte, was er im Schilde führte. Sie glaubte nicht, daß er damit durchkam – bei ihr jedenfalls nicht –, aber darüber durfte sie jetzt nicht nachdenken. Im Augenblick hatten bei ihr die Gefühle die Oberhand, und es kam ihr so vor, als würde jemand an ihrer Haut ziehen, sie immer straffer und straffer spannen, wie eine Art Ganzkörper-Daumenschraube. Bittys Auftauchen machte alles nur noch schlimmer. Was, zum Teufel, hatten die beiden vor? Aber sie wußte es; sie wußte es ganz genau. Tief in ihrem Inneren, verdammt, wußte sie es.

Sie fand ein leeres Büro und nahm den Telefonhörer ab, um endlich bei Steve anzurufen und ihn zu fragen, ob er alles beisammen hatte. Sie hatte den Film nach dreißig Sekunden in Henrys Wohnung gefunden, aber Steve hatte den ausgeliehenen Projektor für Mardi Gras, mit dem sie sich den Film hatten ansehen wollen, schon längst wieder zurückgegeben.

Steve war nicht zu Hause. Wie konnte er es wagen? Aber natürlich – er war sicher schon unterwegs zu ihrer Wohnung.

Als sie ankam, saß er auf der Eingangstreppe, mit dem Film und einem zweiten 16 mm-Projektor, ein unverschämt breites Grinsen auf dem Gesicht. »Wie sieht's aus?« fragte sie.

»Ich glaube – ich bin mir ziemlich sicher –, wir haben das, wonach du suchst.«

Ihre Knie zitterten. Was, zum Teufel, wollte sie eigentlich?

Der Film war genau so, wie Steve vor einer Woche verkündet hatte – perfekt, großartig. Dolly, wie sie die Revolver herumwirbelte, wie sie anlegte, wie sie schoß – »und dann nichts mehr«, wie er sich damals ausgedrückt hatte.

Aber damals hatte nur der Filmemacher aus ihm gesprochen. Da war doch noch etwas. Ziemlich viel sogar. Eine Collage, als die Kamera angerempelt wurde. Erst der dekorierte Balkon, dann wieder Dollys Gesicht. Dann ein Mauerausschnitt, nur die blonde Perücke am unteren Rand des Bildes, eine Rückenansicht – sie hatte sich umgedreht. Dann wieder Mauer, als die Kamera hochgerissen wurde. Und das war alles. Aber der Beweis war da.

Skip bekam Magenkrämpfe. Ihr war wirklich nicht nach essen zumute. Sie wollte aber nicht riskieren, daß sie in einem angespannten Moment zusammenklappte.

Sie gingen zusammen zum Supermarkt um die Ecke, liefen schnell, um sich abzureagieren, und kauften die Zutaten für Rohkostdrinks. Das war sonst gar nicht ihre Art, aber feste Nahrung würde sie im Moment unmöglich herunterbringen.

Geistesabwesend trank sie, schmeckte eigentlich nichts, hoffte nur, daß der Drink seine Wirkung tat und sie über den Nachmittag brachte.

Anschließend dachte sie darüber nach, ob sie sich zum Stillsitzen überreden könnte, aber sie wußte, daß es ihr nicht gelingen würde. Statt dessen machte sie ein paar Dehnübungen. Als ihr außer Sex und Drogen absolut nichts Entspannendes mehr einfiel, fuhr sie mit Steve zum Polizeipräsidium zurück.

Sie hatte ihm in groben Zügen berichtet, was am Vormittag geschehen war, und dann hatten sie gemeinsam einen Plan ausgearbeitet. Sie schob ihn in ein freies Büro und machte sich auf die Suche nach O'Rourke und Tarantino. Erst mußte das Terrain sondiert werden, bevor sie die Bombe hochgehen lassen konnten.

Die Stars saßen an ihren Schreibtischen, taten schweigend ihre Büroarbeit, als ob nichts geschehen wäre.

Ruhe. Die Ruhe vor dem Sturm, wie es in alten Filmen hieß.

»Wie sieht's aus?«

O'Rourke machte sich nicht die Mühe, aufzublicken.

Tarantino breitete hilflos die Arme aus. »Er sagt, er wär's gewesen, sie sagt, daß sie es war.«

»Und wem glaubt ihr?«

»Skip, hör zu, das bringt doch nichts. Wir haben keinen einzigen Beweis.«

Sie drehte sich kurz zu dem Schlangenposter um, um ihre Enttäuschung zu verbergen.

»Habt ihr den Durchsuchungsbefehl?«

»Wir haben seine Wohnung und auch ihr Haus durchsucht. Die Geburtsurkunde lag an der bezeichneten Stelle. Aber was beweist das? Das ist alles, was wir haben, und dann noch das Album, um die Verbindung zwischen den Doucettes und der ganzen verdammten Familie herzustellen. Es gibt überhaupt keinen Hinweis darauf, daß St. Amant sie aus dem Verkehr gezogen hat.«

»Sag mir die Wahrheit, Joe – wer hat's getan, verdammt noch mal?«

»Die Doucette umgebracht? Wie, zum Teufel, soll ich das wissen?«

»Wer hat Chauncey umgebracht?«

Wieder seine gottverdammte italienische Geste der Hilflosigkeit. »Tolliver Albert...«

»Blödsinn!« Sie vergrub die Hände in den Taschen und trat gegen den Schreibtisch. Sie wußte, daß sie sich kindisch benahm, wußte aber auch, daß ihnen das ziemlich egal war. Kooperatives Verhalten war hier nicht gefragt, man hielt sich besser zurück; selten hatte sie das so stark gespürt wie heute.

»Setz dich Skip. Unterhalten wir uns ein bißchen.« Sie setzte sich. »Soll ich dir einen Kaffee holen?«

Sie brachte ein verkniffenes, dünnes Lächeln zustande, um ihm für seine Aufmerksamkeit zu danken. »Nein danke, Joe.«

»Wir haben mit den Harmeyers gesprochen. Sie behaupten, daß Albert ihnen nie verraten hätte, wessen Baby es war.«

»Bestimmt sind sie von selbst drauf gekommen.«

»Was sollen wir machen? Es mit dem Gummiknüppel aus ihnen rausprügeln?«

Skip hatte das Gefühl, als würde sie in einen dumpfen, dunklen Tunnel hinabgleiten, einen, der immer dunkler wurde, je tiefer sie sank, mit irrsinnigen Drehungen und Wendungen, bis er sie endlich wieder ins Sonnenlicht hinausspuckte. Sie landete, aber nicht auf den Füßen und über und über mit Dreck beschmiert.

Was hatte sie bloß? War es so nicht am besten?

Aber sie war es. Sie hat ihren verdammten Ehemann umgebracht. Und du bist Polizistin.

Er hatte es verdient.

Du bist Polizistin! Wozu bist du da?

Für die Gerechtigkeit vielleicht?

Was willst du eigentlich?

»Denk doch mal nach.« Joe schmeichelte, flehte beinahe, doch Skip wußte, daß er nichts für sich selbst erbat. Er wollte ihr begreiflich machen, daß man sie in eine Ecke gedrängt hatte. »Daß sie beide den Mord gestanden haben, hat überhaupt nichts zu sagen. Nimm an, wir würden einen von beiden festnehmen. Kriegt er oder sie – nehmen wir an – sie – einen Anwalt? Worauf du wetten kannst. Wird sie vor Gericht etwa aussagen, daß sie schuldig ist, bloß weil sie sich den kleinen Spaß erlaubt hat, um ihr Gör rauszupauken? Ziemlich unwahrscheinlich, mein Kind.«

»Spaß! Sie hat's getan, und das wißt ihr auch.«

»Ihr Anwalt wird was anderes erzählen. Wir haben nichts in der Hand, mein Schatz.«

»Doch, das haben wir.«

Zum ersten Mal ließ sich O'Rourke herab, sie zur Kenntnis zu nehmen. »Ach ja, wirklich? Seit wann bist du zum Gesetzesexperten geworden, Süße?«

»Ich bin nicht deine Süße, du Arschloch.«

Mit einer albernen Falsettstimme äffte er sie nach.

So kam sie keinen Schritt weiter. »Ich habe einen Zeugen«, sagte sie.

»Ach, wirklich? Warum hast du uns das nicht früher erzählt?«

»Weil ich erst vor einer halben Stunde davon erfahren habe.«

»Wie bedauerlich.«

Tarantino machte ein sehr bedenkliches Gesicht. »Erzähl uns davon, Skip.« Er zog einen Stuhl für sie heran. »Hier, mach's dir bequem.«

Sie setzte sich, und obwohl sie sich in ihrer Haut immer noch wie in einem Daumenschraubenkostüm fühlte, überkam sie eine Woge von Zuneigung für Tarantino und seine altmodische Höflichkeit.

»Er heißt Steve Steinman.«

»Dein Liebhaber«, sagte O'Rourke mit ironischem Unterton, aber wenigstens hatte er sich von der Falsettstimme verabschiedet.

»Das stimmt allerdings. Sonst hätte er nie bemerkt, was er da in der Hand hat. Er hat die Schußszene gefilmt.«

»Was?« O'Rourke lief rot an.

Tarantino brüllte: »Verdammter Idiot! Ist der nicht ganz dicht?«

Skip ruderte mit den Armen in der Luft herum. »Nun mal langsam, Jungs. Nachdem er ihn entwickelt hatte, sah er ihn sich an, und dabei ist ihm nichts Ungewöhnliches aufgefallen.«

O'Rourke röhrte: »Trotzdem handelt es sich immer noch um ein Beweisstück, verdammt noch mal! Warum hat er ihn nicht vorbeigebracht?«

»Das hat er doch.« Ihr Adrenalinspiegel stieg allmählich an. Sie brachte ein pseudo-süßes, leutseliges Halblächeln zustande. »Bei mir.« Im Bewußtsein ihrer Gehässigkeit erzählte sie, wie Cookie Lamoreaux sie empfohlen hatte, und nur sie, und dann erzählte sie eine Lüge. »Ich habe ihn mir angesehen, und mir ist auch nichts aufgefallen.«

Tarantino sagte: »Ich komme nicht mehr mit.«

»Na ja, Steve und ich haben zusammen zu Mittag gegessen, und da hat er mich daran erinnert…«

»Wie ist er denn auf diese Idee gekommen, Langdon?« fragte O'Rourke.

»Wir haben den Fall nicht diskutiert, O'Rourke. Ich habe nur erwähnt, daß wir in Schwierigkeiten sind. Und er fragte, ob es vielleicht etwas nützen könnte, wenn wir uns den Film noch einmal ansehen würden. Mir wurde plötzlich klar, daß bei unserem heutigen Wissensstand vielleicht doch noch was dabei rauskommen könnte.«

Tarantino meinte: »Wir sehen uns das besser mal an, Frank.« Und zu Skip: »Wo ist dieser Steinman?«

Steve hatte den Raum bereits für die Filmvorführung hergerichtet, die Jalousien heruntergelassen, den Film in den Projektor eingespannt und auf die hintere Wand gerichtet, die als Leinwand dienen sollte.

Nachdem sie sich gegenseitig vorgestellt hatten, fiel Skip auf, daß Tarantino etwas nervös aussah, aber sie verstand nicht, warum. Er räusperte sich. »Äh, Mr. Steinman, würde es Ihnen etwas ausmachen, draußen zu warten?«

»Wie bitte?«

»Dieser Fall ist ein bißchen heikel…«

»Aber ich habe den Film bereits in allen Einzelheiten gesehen. Das ist doch idiotisch.« Er sah an den breiten Schultern vorbei zu Skip hinüber. Sie wußte nicht genau, was das zu bedeuten hatte, und sagte: »Warum gehst du nicht einen Kaffee trinken, Steve? Wir rufen dich gleich wieder rein.«

Widerwillig zeigte er Tarantino, wie der Projektor funktionierte, und ergab sich in seine Verbannung. Tarantino ließ den Film ablaufen.

Als er zu Ende gelaufen war, spürte Skip die Erleichterung, die sich wie dichter Zigarrenrauch im Zimmer verbreitete. Offensichtlich war O'Rourke und Tarantino entgangen, was Steve und sie gesehen hatten.

O'Rourke sagte: »Großartig. Was bringt uns das?«

Tarantino war etwas vorsichtiger. »Ich kann nichts entdecken.«

»Geh noch mal zurück zu der Stelle, wo sie die Revolver herumwirbelt.«

Tarantino befolgte ihre Anweisung und ließ das Bild stehen. »Seht ihr die Ampel hinter ihr an der Mauer?« fragte Skip.

»Was soll da für eine Ampel sein, Miss Uptown?«

»Laß sie reden, Frank. Sie meint das Blumendings.«

»Sie hängt immer noch da«, sagte Skip. »Wir können abmessen, wie hoch sie hängt, und dann wissen wir, wie groß Dolly ist.«

»Moment mal«, sagte Tarantino. »Ich kann mich an das Ding erinnern. Mir kam's so vor, als ob es ziemlich hoch hing – ungefähr einen Meter neunzig vielleicht. Albert war einsachtzig groß, oder?«

»Mindestens.«

Er trommelte mit den Fingern auf die Tischplatte. Dollys Kopf befand sich ein gutes Stück unter der Blumenampel. »Wie groß ist Henry?«

»Knapp über einssiebzig, denke ich. Aber da ist noch was. Erinnert ihr euch, daß Tolliver sich über die Girlanden gewundert hat? Er sagte, daß er sie nicht aufgehängt habe und nicht wisse, wo sie herkämen?«

Niemand sagte ein Wort.

»Der Mörder hat vorgesorgt, falls ihn – oder sie – jemand beobachtete. Er stand auf einem Gegenstand, um seine Größe zu verändern. Und dafür waren die Girlanden da – man hätte sonst durch das Balkongeländer hindurchsehen können.«

Tarantino sagte: »Mir fällt was ein. Sieh dir mal das Ding an, Frank. Erinnerst du dich, daß eine der Pflanzen auf einem Stuhl stand? Ich hab mich gefragt, warum.«

»Ich auch«, sagte Skip. »Aber erst als ich mir den Film zum

404

zweiten Mal ansah, kam mir die Idee, daß Dolly sie da hinge-stellt haben könnte, um für etwas anderes Platz zu schaffen – das Ding, auf dem sie stehen wollte. Ich glaube, ich weiß auch, was es war.«

»Teufel noch mal. Ich weiß es auch.«

Und sie wußte, daß Tarantino in seiner Mittagspause das gleiche getan hatte wie sie – sich den Mord Szene für Szene und Stück für Stück noch einmal vor Augen geführt. Und wenn nicht, machte das auch nichts – sie hatten die Laborfotos. Auf den Bildern würde man einen kleinen Haufen mit Kleidern mit-ten auf dem Teppich sehen und einen Revolvergürtel, der über einem Petit-point-Fußschemel hing. Der Fußschemel stand irgendwie an einem seltsamen Platz – als ob jemand dagegen-gestoßen wäre. Oder ihn weggenommen und hastig wieder zu-rückgebracht, ihn einfach irgendwo abgestellt hätte, ohne ge-nau darauf zu achten, wohin er gehört.

»Dieser Minihocker. Ich wette, das war es. Warte mal – er ist vielleicht zwanzig Zentimeter hoch, und wenn Henry einssieb-zig ist…«

Skip unterbrach ihn. »Hast du gesehen, daß der Abstand am Ende nicht mehr der gleiche ist? Wenn die Kamera hin und her schwankt?«

Hastig spulte Tarantino den Film zum Ende. Es gab zwei Aufnahmen – eine mit Dollys maskiertem Gesicht zur Kamera und die andere am Schluß, auf der ihr Kopf von hinten zu sehen ist. Die mußte gemacht worden sein, nachdem sie von dem Schemel heruntergestiegen war. Der Abstand zwischen ihrem Kopf und der Pflanze war unübersehbar. Das waren weit über zwanzig Zentimeter, mindestens dreißig.

»Heiliger Himmel!« sagte Tarantino. »Ich hole Duby.«

Duby rauchte. Die Atmosphäre veränderte sich sofort nach seinem Eintritt. Die Luft wurde in mehr als einer Hinsicht dik-ker.

»Sehen Sie sich das an, Lieutenant.« Tarantinos Stimme klang erregt. »Wir haben es. Ich schwör's Ihnen. Mit dem Ge-ständnis und dem da können wir's schaffen, ganz bestimmt. Se-hen Sie auf ihren Hinterkopf – nur auf den Kopf – und das

Blumendings an der Wand! Albert kann's unmöglich gewesen sein. Und der Kleine genausowenig. Dolly war nicht größer als einssechzig. Basta. Da haben wir sie in voller Lebensgröße. Und wir haben eine Verdächtige, die etwa einssechzig groß ist und gerade gestanden hat.«

Skip war wie hypnotisiert, starrte gebannt auf die Projektionswand, als ob da die Mona Lisa zu sehen wäre und nicht nur der Teil eines Kopfes mit Perücke. Dann schmolz das Bild vor ihren Augen. Sie wirbelte herum.

Duby warf ihr einen entschuldigenden Blick zu. »Die Asche von meiner Zigarette ist heruntergefallen. Ich hätte nicht so dicht drangehen sollen. Verdammt, und sonst ist nichts drauf, was wir gebrauchen können? Ich seh überhaupt nichts mehr.« Er zündete ein Streichholz an und hielt es an den Film. »Scheiße!« Es klang so schockiert, als ob es sich wirklich um ein Versehen handelte. »Tut mir leid, Jungs.« Er machte auf dem Absatz kehrt und verließ den Raum, ohne jemandem eine Chance zu lassen, sich auch nur zu äußern.

Kurze Zeit saßen die drei geschockt im Dunkeln. Schließlich sagte O'Rourke: »Verdammt noch mal«, und Tarantino schaltete das Licht ein. Skip wagte nicht, irgendwas zu sagen, aus Angst, wie eine Vollidiotin dazustehen. Was sie gesehen hatte, konnte nicht wahr sein. Das war einfach nicht möglich.

»Ihr Uptowntypen regiert diese ganze verdammte Welt, stimmt's?« sagte O'Rourke. Er fegte den Projektor vom Tisch und stampfte aus dem Zimmer.

Tarantino bückte sich, um das Gerät aufzuheben. Er redete mit dem Rücken zu ihr, als ob er es nicht ertragen könnte, ihr ins Gesicht zu sehen. »Mayhew war heute morgen hier. Hat bestimmt eine Stunde mit Präsident McDermott geredet. Auch beim Bezirksanwalt hat er vorbeigeschaut. Und dann soll er noch beim Bürgermeister gewesen sein.«

»Haygood?«

»Ihr alter Herr. Was weiß ich, wie der heißt.«

Sie ergriff die Flucht und hoffte, daß sie die Tränen so lange zurückhalten konnte, bis sie aus dem Gebäude draußen war. Als sie durch die Büroräume stürmte, rief Steve ihren Namen.

»Frag bei *denen* nach deinem Film«, schrie sie zurück.

»Wo gehst du hin?«

»Ich komme gleich wieder.« Damit wollte sie ihn davon abhalten, ihr zu folgen. Am Aufzug vorbei rannte sie die beiden Treppen bis ins Erdgeschoß hinunter, als ob sämtliche Dämonen der Hölle und nicht nur ihre eigenen hinter ihr her wären.

Sie wäre den ganzen Weg bis zu ihrer Wohnung gerannt, wenn die Ampeln und die Tatsache, daß sie ihre Uniform trug, sie nicht daran gehindert hätten.

Ich sollte froh sein, daß Bitty davongekommen ist. Froh, daß sie den Hurensohn umgebracht hat und damit durchgekommen ist.

Einerseits war sie auch froh. Aber ihre Ahnung hatte sich erfüllt. Bitty war aalglatt. Sie war nicht unschuldig, nicht an Chaunceys Tod und nicht an LaBelles Exil.

Sie hatte Tolliver das Baby übergeben. Sie hat es zugegeben. Genau wie Chauncey hat sie das Kind einem Leben in Armut überlassen. Wie kommt sie dazu, ihn für alles verantwortlich zu machen, was in den folgenden einundzwanzig Jahren passiert ist?

Sie war wütend auf das System und wütend auf Haygood Mayhew, der es manipulieren konnte, und wütend, weil alles schiefgegangen war. Und sie gehörte dazu und war genauso aalglatt, gehörte auch zu diesem System und der Verschwörung, die jemanden mit einem Mord davonkommen ließ. Sie konnte sich nicht vorstellen, daß sie sich schuldiger oder reumütiger gefühlt hätte, wenn sie selbst den Finger am Abzug gehabt hätte.

Das Telefon klingelte, als sie zur Tür hereinkam. Sie wußte, daß es Steve war, und wartete auf seine Nachricht, bevor sie den Stecker aus der Wand zog. Noch beim Abhören riß sie sich die Uniform vom Leib. Knöpfe flogen davon und rollten über den schäbigen Teppich. Sie riß auch die Unterwäsche herunter, knotete sich einen Schal um den Kopf und zog ein Flanellnachthemd über. Barfuß trug sie den Haufen in den Hof und zündete ihn an, dankbar, daß Jimmy Dee nicht zu Hause war,

407

um seine witzigen Kommentare zum Fenster hinauszurufen. Später würde sie sich Gedanken darüber machen, wie sie die Sauerei im Hof wieder beseitigen könnte und ob sie sich um eine neue Uniform oder um eine neue Karriere kümmern sollte. Später würde sie sich mit Steve treffen – und weinen.

Jetzt warf sie den Rest des Räucherwerks ins Feuer, das er mitgebracht hatte. Im Schneidersitz sah sie zu, wie es brannte, und sie stellte fest, daß auf das Gehirn nichts so beruhigend wirkte wie ein ordentlicher Schock. Wenn man einen guten Grund besaß, nicht nachzudenken, dann tat man es auch nicht. Oder, anders ausgedrückt, in Anbetracht mancher Geschehnisse erscheint einem das Denken trivial.

Als der letzte Hauch von Sandelholz in der Vorfrühlingsluft verflogen und kein Fetzen der blauen Uniform mehr zu sehen war, warf sie den Schal und das Nachthemd in die Flammen und rannte nackt ins Haus, hoffend, daß ihr im Treppenhaus niemand begegnete. Von ihrem Fenster aus sah sie dem Feuer zu, wie es erstarb. Der letzte Funken erlosch, und sie ging unter die Dusche.

Worterklärungen

Baton Rouge
Regierungssitz des Staates Louisiana.

Cajuns oder **Akadier**
Frankokanadier ursprünglich normannischer Herkunft, die 1755 aus dem heutigen Nova Scotia nach Louisiana deportiert wurden.

Charmer
Frau aus der weißen Arbeiterklasse.

Deke
Studentenverbindung, kurz für Delta Kappa Epsilon Bruderschaft.

Dolly Parton
Vollbusige Countrysängerin.

Doublonen
Karnevalsmünzen aus Plastik oder Aluminium.

French Quarter oder **Vieux Carré**
ist der alte Stadtkern von New Orleans aus der Zeit der Franzosenherrschaft.

Gallier House
wurde 1857 von James Gallier erbaut und gehört zu den schönsten Museen von New Orleans.

Gumbo
Eintopf aus Fisch, Schalentieren und Gemüse.

K. Paul
Bekanntes Restaurant in New Orleans mit Cajun-Küche.

Kappa
Beliebte Vereinigung der Collegestudentinnen.

Kreolen
Nachkommen der ersten französischen und spanischen Siedler in Louisiana. Sie bilden noch heute die gesellschaftliche Elite der Stadt.

Lafitte's Blacksmith Shop
Der Pirat Jean Lafitte soll in diesem Fachwerk-Ziegelbau kon-
spirative Gespräche geführt haben.

Lafitte's in Exile
Schwulenkneipe in New Orleans.

Lake Portchartrain Causeway
38 km lange Brücke über den Lake Portchartrain und längste
Brücke der Welt.

Marie Laveau
war die berühmteste aller »Mabos«, der Voodoo-Königinnen
von New Orleans.

Napoleon House
Dieses heutige Museum sollte einst Napoleon beherbergen, den
man von St. Helena entführen wollte.

Professor Longhair
Spitzname des Musikers Henry Roeland Byrd, weil er und seine
Four Hair Combo das Haar während der 40er Jahre ungewöhn-
lich lang trugen.

Rush-Parties
Parties der Studentenschaften zur Einführung neuer poten-
tieller Mitglieder.

The City That Care Forgot
Beiname von New Orleans, der Stadt, die die Feste feiert, wie
sie fallen.

Uptown
ist geographisch gesehen New Orleans flußaufwärts der Canal
Street, der Begriff bezeichnet aber auch eine bestimmte Le-
bensart in New Orleans. Uptown sind die teuersten Privatschu-
len, außerdem residieren dort die ältesten Kreolenfamilien.

WASP
White Anglosaxon Protestant: weißer Protestant angelsächsi-
schen Ursprungs.

Yat
Männlicher Weißer aus der Arbeiterklasse.

Marcia Muller

Dieser Sonntag hat's in sich
Kriminalroman. Band 14713
Aus dem Amerikanischen von Gabriele Graf

Mord ohne Leiche
Kriminalroman. Band 14541
Aus dem Amerikanischen von Monika Blaich und Klaus Kamberger

Tote Pracht
Kriminalroman. Band 14542
Aus dem Amerikanischen von Gabriele Graf

Niemandsland
Kriminalroman. Band 14543
Aus dem Amerikanischen von Monika Blaich und Klaus Kamberger

Letzte Instanz
Kriminalroman. Band 14544
Aus dem Amerikanischen von Monika Blaich und Klaus Kamberger

Wölfe und Kojoten
Kriminalroman. Band 14545
Aus dem Amerikanischen von Monika Blaich und Klaus Kamberger

Ein wilder und einsamer Ort
Kriminalroman. Band 14546
Aus dem Amerikanischen von Cornelia Holfelder-von der Tann

Am Ende der Nacht
Kriminalroman. Band 14352
Aus dem Amerikanischen von Cornelia Holfelder-von der Tann

Wenn alle anderen schlafen
Kriminalroman. Band 14537
Aus dem Amerikanischen von Cornelia Holfelder-von der Tann

Spiel mit dem Feuer
Kriminalroman. Band 14775
Aus dem Amerikanischen von Cornelia Holfelder-von der Tann

Fischer Taschenbuch Verlag

Marcia Muller

Am Ende der Nacht

Roman

Aus dem Amerikanischen von Cornelia Holfelder-von der Tann
Band 14352

Irgend etwas stimmt nicht, ahnt Sharon McCone, als ihre Freundin und frühere Fluglehrerin Matty Wildress sie Monate vor dem Fälligkeitstermin zur Überprüfung ihrer Fluglizenz bestellt. Und ihr Instinkt trügt nicht. Mattys Lebensgefährte John Seabrook ist seit einer Woche verschwunden und hat seinen elfjährigen Sohn Zach bei ihr zurückgelassen. In einem Abschiedsbrief fleht John Matty an, zusammen mit Zach eine Weile unterzutauchen. Doch Matty will zunächst noch an dem geplanten Schaufliegen teilnehmen – schließlich ist sie professionelle Fliegerin und dieser Termin ist für ihre Karriere wichtig. Aber dann läuft etwas fürchterlich schief, und vor den Augen des entsetzten Publikums stürzt Matty mit ihrer Maschine ab. Die Polizei vermutet menschliches Versagen als Unfallursache. Sharon McCone ist jedoch sicher, daß Mattys Tod kein Unfall war. Unterstützt von ihrem Freund Hy Ripinsky, stellt sie eigene Ermittlungen an, um nicht nur den Vater des kleinen Zach, sondern auch den Mörder ihrer Freundin zu finden.

Fischer Taschenbuch Verlag

Carlene Thompson

Sieh mich nicht an

Roman

Aus dem Amerikanischen von Anne Steeb

Band 14538

Deborah Robinson, ihr Mann Steve und die fünfjährigen Zwillinge Brian und Kimberley sind eine richtige Bilderbuchfamilie – bis zu dem Tag nach der traditionellen Vorweihnachtsfeier in ihrem Hause, als Steve spurlos verschwindet. Deborah hatte gespürt, dass Steve sich Sorgen machte. Nun erfährt sie von Steves Kollegen und Freunden, dass der Mann, der aufgrund von Steves Zeugenaussage wegen der brutalen Vergewaltigung von Steves kleiner Schwester seinerzeit verurteilt worden war, nach fünfzehn Jahren Haft frei gelassen wurde und gedroht hatte, sich zu rächen. Doch die Polizei stellt nun plötzlich Steves damalige Zeugenaussage in Frage. Deborah beginnt, die Vergangenheit ihres Mannes zu erforschen. Was sie herausfindet, erschreckt sie zutiefst. Sie kann sich nicht länger sicher sein, Steve wirklich zu kennen. Sie weiß nur, dass irgend jemand ihr Haus beobachtet, jemand, der skrupellos getötet hat – und bloß darauf wartet, wieder loszuschlagen...

Fischer Taschenbuch Verlag

Carlene Thompson
Heute Nacht oder nie
Roman
Aus dem Amerikanischen von Anne Steeb
Band 14779

Nach dem Mord an den zwei Männern, die Nicole brutal vergewaltigt hatten, war seinerzeit der berühmte Pianist Paul Dominic,
Nicoles Geliebter, spurlos verschwunden und später für tot erklärt
worden. Fünfzehn Jahre später lebt Nicole, inzwischen verheiratet
und Mutter eines Kindes, wieder in ihrer Heimatstadt San Anto-
nio, Schauplatz ihrer schmerzlichsten Erinnerungen, und ihre Ehe
ist am Ende. Kurz darauf wird Nicoles Vater tot aufgefunden; anscheinend hat er sich das Leben genommen, nachdem er mit der
Post seltsame Briefe erhalten hatte. Bei der Beerdigung meint
Nicole für einen flüchtigen Moment, Paul zu erblicken. Doch als
sie nach ihm sucht, ist der Mann verschwunden. Nicole wird zu-
nehmend von Träumen gequält und versucht verzweifelt, sich an
jene Nacht zu erinnern, in der ihre Vergewaltiger getötet wurden.
War sie selbst dabei? Vorsorglich lässt Sergeant Ray DeSoto Nicole
Tag und Nacht überwachen…

Fischer Taschenbuch Verlag

fi 149 / 11